LA REINE ROUGE

LA REINE ROUGE

CHRISTOPHER PIKE

Traduit de l'anglais par
Renée Thivierge

Éditeur : François Doucet
Traduction : Renée Thivierge
Révision linguistique : Féminin pluriel
Correction d'épreuves : Nancy Coulombe
Conception de la couverture : Matthieu Fortin
Illustrations de la couverture : © Thinkstock
Mise en pages : Catherine Bélisle

ISBN livre : 978-2-89767-357-4
ISBN PDF : 978-2-89767-358-1
ISBN ePub : 978-2-89767-359-8
Première impression : 2016
Dépôt légal : 2016
Bibliothèque et Archives nationales du Québec
Bibliothèque nationale du Canada

Éditions AdA Inc.
1385, boul. Lionel-Boulet
Varennes (Québec) J3X 1P7, CANADA
Téléphone : 450 929-0296
Télécopieur : 450 929-0220
www.ada-inc.com
info@ada-inc.com

Diffusion
Canada :   Éditions AdA Inc.
France :   D.G. Diffusion
                   Z.I. des Bogues
                   31750 Escalquens — France
                   Téléphone : 05.61.00.09.99
Suisse :   Transat — 23.42.77.40
Belgique :   D.G. Diffusion — 05.61.00.09.99

Imprimé au Canada

Participation de la SODEC.
Nous reconnaissons l'aide financière du gouvernement du Canada par l'entremise du Fonds du livre
du Canada (FLC) pour nos activités d'édition.
Gouvernement du Québec — Programme de crédit d'impôt pour l'édition de livres — Gestion SODEC.

Catalogage avant publication de Bibliothèque et Archives nationales du Québec et Bibliothèque et
Archives Canada
Catalogage avant publication de Bibliothèque et Archives nationales du Québec et Bibliothèque et
Archives Canada
Pike, Christopher, 1955-
      [Red Queen. Français]
      La reine rouge
      (Le monde des sorcières ; tome 1)
      Traduction de : Red Queen.
      Pour les jeunes de 13 ans et plus.
      ISBN 978-2-89767-357-4
      I. Thivierge, Renée, 1942-   . II. Titre. III. Titre : Red Queen. Français.
PZ23.P555Re 2016   j813'.54   C2016-940978-3

À Abir, bien sûr

CHAPITRE 1

J'ai déjà cru qu'il n'y avait rien que je voulais plus que l'amour. Quelqu'un qui se préoccuperait de moi plus que de lui-même. Un gars qui ne me trahirait jamais, ne me mentirait jamais, et surtout, qui ne me quitterait jamais. Oui, c'était ce que je désirais le plus, ce que les gens appellent généralement « le véritable amour ».

Je ne sais pas si ça a vraiment changé.

Pourtant, je me demande maintenant si je ne veux pas tout autant autre chose.

Vous devez vous demander ce que c'est…

C'est la magie. Je veux que ma vie soit remplie du mystère de la magie.

Idiot, hein ? La plupart des gens diraient que ça n'existe pas.

Mais bon, la plupart des gens ne sont pas des sorciers.

Pas comme moi.

J'ai découvert ce que j'étais lorsque j'avais 18 ans, deux jours après avoir obtenu mon diplôme d'études secondaires. Avant, j'étais une adolescente typique. Le matin, je me levais, je me rendais à l'école, je regardais fixement mon ex-petit ami dans la cour du campus et j'imaginais ce que ce serait s'il revenait dans ma vie. J'allais à la bibliothèque du quartier où je triais des livres pendant quatre heures, je rentrais chez moi, je regardais la télévision, je lisais un peu, je pensais encore à Jimmy Kelter, puis je m'endormais et je rêvais.

Mais j'ai l'impression que quelque part dans mes rêves, je me sentais différente des autres filles de mon âge. Alors que je m'égarais dans les royaumes crépusculaires de mon inconscient, il me semblait souvent que j'existais dans un autre univers, un monde comme le nôtre, pourtant distinct. Un lieu où je possédais des pouvoirs que mon Moi normal et quotidien pouvait à peine imaginer.

Je crois que ce sont ces rêves qui m'ont fait désirer ardemment cette chose insaisissable qui est aussi extraordinaire que le véritable amour. Il m'est difficile d'en être certaine, je sais seulement qu'il m'est rarement arrivé de m'éveiller sans ressentir un terrible sentiment de perte. Comme si mon âme avait été coupée en morceaux et éparpillée dans le monde. Il est difficile de décrire la sensation d'être à « l'extérieur ». Tout ce que je peux dire, c'est qu'au plus profond de moi, une partie de mon être a toujours mal.

Je pensais que c'était à cause de Jimmy. Il m'avait plaquée tout d'un coup, sans raison. Il m'avait brisé le cœur, l'avait extrait de ma poitrine et l'avait écrasé en m'annonçant qu'il m'aimait vraiment beaucoup, qu'on pouvait encore être amis, mais qu'il ne pouvait pas rester. Je lui en voulais de m'avoir fait souffrir. Pourtant, la douleur était là avant que je tombe amoureuse de lui, il devait donc y avoir une autre explication.

Maintenant, je sais que Jimmy n'était qu'une partie de l'équation.

Mais je vais trop vite. Permettez-moi de commencer quelque part au début.

Comme je le disais, j'ai pris conscience que j'étais une sorcière le même week-end où j'ai obtenu mon diplôme d'études secondaires. À l'époque, je vivais à Apple Valley, près de l'autoroute 15, entre Los Angeles et Las Vegas. Comment ce bled paumé a hérité de ce nom, je n'en sais rien. Apple Valley est situé au beau milieu du désert. Je n'exagérerais pas si je déclarais qu'il est plus facile de croire aux sorciers que de penser qu'il pousse des pommiers dans ce lieu perdu.

Pourtant, c'était mon chez-moi, le seul que je connaissais depuis mes six ans. Depuis l'époque où mon père, qui était médecin, avait décidé que « garde Betty » — comme l'appelait ma mère — comprenait mieux ses besoins que ma mère. De la naissance à six ans, j'habitais dans une belle demeure qui donnait sur le Pacifique, dans une enclave de Malibu bondée de vedettes de cinéma et de producteurs qui les avaient rendues célèbres. Ma mère devait avoir quelqu'un de moche comme avocat de divorce, parce que même si elle avait travaillé d'arrache-pied pour que mon père fasse ses études en médecine, et encore, pendant qu'il faisait sa résidence de six ans pour devenir l'un des meilleurs chirurgiens cardiaques de la côte ouest, elle a été expulsée du mariage avec à peine assez d'argent pour acheter une maison de deux chambres à Apple Valley. Et avec des températures estivales d'une moyenne de plus de 37 degrés, les demandes en immobilier n'ont jamais été très élevées dans notre ville.

J'avais la chance d'avoir une peau qui supportait volontiers le soleil. Elle était douce, et je bronzais profondément sans peler. Mon teint devait être un atout. Mon arbre généalogique est essentiellement européen, mais le mélange qui inclut l'Indien d'Amérique date d'avant la guerre de Sécession.

Chef *Plume fière*. Vous pourriez vous demander comment je connais son nom, et c'est bien — continuez de vous poser des questions, et vous le découvrirez, ça fait partie de mon histoire. Il était Hopi à cent pour cent, mais étant donné que c'est en quelque sorte un parent éloigné, il ne m'a transmis qu'une petite portion de ses attributs. Mes cheveux sont bruns avec un soupçon de roux. À l'aube et au coucher du soleil, ils sont plutôt marron. J'ai des taches de rousseur et les yeux verts, mais pas le vert d'une vraie rousse. Mes taches de rousseur sont rares, souvent perdues dans ma peau bronzée, et mes yeux sont si sombres que le vert semble aller et venir en fonction de mon humeur.

Là où j'ai grandi, il n'y avait pas beaucoup de verdure. Les branches assoiffées des arbres de notre campus paraissaient toujours se tendre vers le ciel à prier pour de la pluie.

J'étais assez jolie ; d'ailleurs, je le suis encore. Comprenez, il y a longtemps que j'ai atteint mes 18 ans. Pourtant, j'ai toujours la même apparence. Je ne suis pas immortelle, je suis juste très difficile à tuer. Bien sûr, je pourrais mourir ce soir, qui peut le dire ?

Comme élève de terminale brillante et séduisante, il était étrange que je ne fusse pas particulièrement populaire. Apple Valley High était une petite école — on était à peine 200 diplômés dans notre classe. Je connaissais tous les étudiants de la classe terminale. J'avais mémorisé le prénom et le nom de famille de tous les beaux gars de la classe, mais il était rare que l'un d'entre eux m'invite à sortir. Cette situation me rendait perplexe.

Je me demandais surtout pourquoi James Kelter m'avait plaquée après seulement 10 semaines de ce que j'avais senti être la relation la plus extraordinaire au monde. J'allais le comprendre lorsque notre classe entreprit cet infortuné voyage à Las Vegas.

Notre week-end à Sin City était censé être l'équivalent de notre nuit blanche après la remise des diplômes. Je sais, à première vue, ça semble stupide. Une fête dure habituellement une soirée, et nos parents croyaient que nous allions passer la nuit à l'hôtel Hilton. Mais selon le plan, chacun des 200 étudiants devait appeler ses parents en privé le matin pour leur dire qu'il venait d'être invité par des amis pour faire du camping dans les montagnes qui séparent notre désert du bassin de Los Angeles.

La combine était pitoyable. Avant la fin du week-end, la plupart de nos parents auraient découvert que nous n'étions nulle part près des montagnes. Ce n'était pas important. En fait, c'était le but du voyage. En tant que classe, nous avions décidé de laisser toute prudence au vestiaire et de briser toutes les règles.

Comment un aussi grand groupe pouvait-il arriver à prendre une décision aussi dingue ? C'était facile à comprendre si vous considériez l'endroit insolite où nous vivions. Apple Valley n'était rien de plus qu'un arrêt routier coincé entre la deuxième plus grande ville du pays — Los Angeles — et sa ville la plus amusante — Las Vegas. Pendant la majeure partie de notre vie, surtout le vendredi et le samedi soir, nous observions le passage de milliers de voitures qui filaient à toute allure en direction nordest le long de l'autoroute 15 pour aller se payer du bon temps, pendant que nous restions piégés dans une ville au nom de fruit alors qu'il n'y avait à cet endroit aucun arbre fruitier.

Alors, quand la question s'était posée sur l'endroit où nous voulions célébrer la remise de nos diplômes, toutes nos années de frustration avaient explosé. Personne ne s'était soucié du fait qu'il fallait avoir 21 ans pour jouer dans les casinos. Nous n'avions pas tous l'intention de jouer, et ceux qui voulaient le faire avaient tout simplement payé Ted Pollack pour obtenir une fausse pièce d'identité.

Ted me confectionna gratuitement ma pièce d'identité. C'était un vieil ami. Il habitait à un pâté de maisons de chez moi. Il avait un terrible béguin pour moi, ce que je n'étais pas censée savoir. Le pauvre Ted confiait toutes ses affaires de cœur à sa sœur Pam qui savait garder un secret aussi bien que le perroquet gris âgé de 50 ans qui vivait dans leur cuisine. Il était dangereux de parler en présence de cet oiseau, tout comme c'était le comble de la bêtise de se confier à Pam.

Je ne comprenais pas vraiment pourquoi Ted s'intéressait autant à moi. Bien sûr, je ne comprenais pas pourquoi je m'intéressais autant à Jimmy. À 18 ans, je comprenais très peu de choses à l'amour, et c'est dommage que je n'aie pas eu l'occasion d'en découvrir plus avant de changer. Voilà quelque chose que je regretterai toujours.

Ce vendredi-là finit par se transformer en un dépotoir de regrets. Après une cérémonie de remise des diplômes de deux heures qui avait établi un triste record de canicule et d'ennui accablant, j'avais appris de ma meilleure amie, Alex Simms, que Ted et Jimmy monteraient tous les deux en voiture avec nous pour nous rendre à Las Vegas. Alex me le dit précisément 10 secondes après que j'eus ramassé mon mortier de finissant bleu et or sur le terrain de football — après que notre classe les eut collectivement lancés dans les airs — et exactement une minute après que notre directeur d'école nous a déclarés diplômés à part entière.

— C'est une blague, non? demandai-je.

Alex balaya ses courts cheveux blonds de ses yeux bleus lumineux. Elle n'était pas aussi jolie que moi, mais ça ne l'empêchait pas d'agir comme si elle l'était. Chose étrange, dans son cas, c'était efficace. Même si elle n'avait pas de petit ami régulier, elle fréquentait beaucoup de gars, et à l'école, pas un seul ne lui aurait refusé quoi que ce soit au moindre bonjour de sa part. Charmeuse naturelle, elle pouvait toucher la main d'un gars et lui donner l'impression qu'il était en train de caresser ses seins.

Alex était un spécimen rare, un moulin à paroles compulsif qui savait quand se taire et quand écouter. Elle était vive d'esprit — certains diraient mordante — et sa confiance en elle était légendaire. Elle avait fait une demande d'admission à l'UCLA avec une moyenne de B+ et un résultat légèrement supérieur à la moyenne à l'examen d'entrée à l'université, et on l'avait acceptée — soi-disant — grâce à la force de son entrevue. Alors que Debbie Pernal, une de nos bonnes amies, avait été refusée à la même école en dépit d'une moyenne de A et d'un résultat très élevé à l'examen d'entrée.

Debbie croyait qu'Alex avait séduit l'un des doyens durant une entrevue. Dans l'esprit de Debbie, on ne pouvait expliquer autrement la façon dont Alex avait été acceptée. Debbie en avait parlé à qui voulait l'entendre, ce qui constituait finalement l'ensemble des étudiants. Ses remarques avaient déclenché un raz de marée de rumeurs : « Alex est une pute accomplie ! » Bien sûr, le fait qu'Alex ne se soit jamais donné la peine de nier l'insulte n'avait pas arrangé les choses. Au contraire, elle y prenait un grand plaisir.

Et ces deux-là étaient des amies.

Debbie nous accompagnerait également en voiture pour Las Vegas.

— Il y a eu un malentendu, dit Alex, sans grande conviction, en essayant d'expliquer pourquoi Jimmy montait dans la même voiture que nous. Nous n'avions pas prévu que les deux viennent.

— Pourquoi quelqu'un de sensé nous aurait-il placé Jimmy et moi dans la même voiture? demandai-je.

Alex laissa tomber toute prétention.

— Se pourrait-il que j'en aie plus qu'assez de t'entendre te plaindre de la manière dont il t'a larguée quand tout était si parfait entre vous deux?

Je la foudroyai du regard.

— Tu es ma meilleure amie! Tu es censée m'écouter quand je me plains. Ça ne te donne pas le droit d'inviter la personne qui m'a brisé le cœur à faire un voyage en voiture avec nous.

— Quel voyage en voiture? Tout ce que nous lui offrons, c'est un transport de trois heures. Tu n'es pas obligée de lui parler si tu ne veux pas.

— Parfait. Nous allons être entassés tous les cinq dans ta voiture pendant la moitié de l'après-midi, et ce sera tout à fait normal si je ne dis pas un mot au premier et dernier gars avec qui j'ai eu des relations sexuelles.

Alex fut tout à coup intéressée.

— Je ne savais pas que Jimmy était ton premier. Tu as toujours agi comme si tu avais couché avec Clyde Barker.

Clyde Barker était le quart-arrière de notre équipe de football et il était tellement beau qu'aucune des filles qui allaient aux matchs — moi y compris — ne se souciait qu'il soit incapable de faire une passe pour sauver sa peau. Il avait le Q.I. d'un casque fissuré.

— C'était juste de la comédie, répondis-je avec un soupir.

— Écoute, peut-être que ça ira mieux que tu le penses. Selon mes sources, Jimmy ne voit presque pas Kari. Ils ont peut-être rompu.

Kari Rider avait été la petite amie de Jimmy avant moi, et après moi, ce qui m'avait donné beaucoup de raisons de haïr la garce.

— Pourquoi ne pas nous en assurer et inviter aussi Kari ? dis-je. Elle pourrait s'asseoir sur mes genoux.

Alex se mit à rire.

— Avoue que tu es un tout petit peu heureuse que j'aie fait tout ça derrière ton dos.

— Je suis un tout petit peu en train de songer à ne pas y aller du tout.

— Ne t'avise pas. Ted serait dévasté.

— Ted va être dévasté quand il va voir Jimmy entrer dans ta voiture !

Alex fronça les sourcils.

— Tu marques un point. C'est Debbie qui l'a invité, pas moi.

En plus de tout le reste, Debbie avait le béguin pour Ted, le même Ted qui avait le béguin pour moi. Le trois heures vers Las Vegas menaçait d'être long.

— Debbie a-t-elle pensé que ce serait une bonne idée que Jimmy monte avec nous ? demandai-je.

— Bien sûr.

J'étais consternée.

— Je ne peux pas le croire. Quelle salope !

— Eh bien, en fait, elle estimait qu'il n'y avait aucune chance que Jimmy accepte de venir.

Vraiment blessant.

— Vive le vote de confiance ! Ce que tu veux dire, c'est que Debbie ne croyait pas qu'il y ait une sacrée chance que Jimmy soit toujours intéressé à moi.

— Ce n'est pas ce que j'ai dit.

— Non. Mais vous l'avez toutes les deux pensé.

— Allez, Jessie. Il est évident que Jimmy nous accompagne pour pouvoir passer du temps avec toi.

Alex me tapota sur le dos.

— Sois heureuse.

— Pourquoi as-tu attendu jusqu'à maintenant pour m'en parler ?

— Parce que maintenant, il est trop tard pour changer mon plan tortueux.

Je dépoussiérai mon mortier bleu et or et je le remis sur ma tête.

— Je suppose que c'est ton cadeau de remise de diplômes ? demandai-je.

— Bien sûr. Et le mien, il est où ?

— Tu l'auras quand nous arriverons à Las Vegas.

— Vraiment ?

— Ouais. Tu verras.

J'avais déjà le sentiment que j'allais lui rendre la pareille. Mais je ne savais pas encore comment.

CHAPITRE 2

J'étais idiote de monter en voiture avec Alex. Mais pas assez sotte pour m'asseoir sur la banquette arrière entre Ted et Jimmy. Debbie avait fini par être coincée entre les garçons, et cela sembla la ravir.

Il était 14 h lorsque nous prîmes enfin la route. Nos parents avaient insisté pour emmener manger les trois filles, mais ce ne fut amusant que tant que nous avions de l'appétit. Nous avions hâte de nous rendre à Vegas. En outre, il y avait de la tension entre les parents de Debbie et ceux d'Alex.

Le problème était relié au fiasco d'UCLA et aux échanges moches qui entouraient l'incident. La vérité, c'était que Debbie n'avait été acceptée que par l'Université de Santa Barbara — un superbe campus, à mon humble avis — et elle avait obtenu son diplôme avec la deuxième place de notre classe, tandis qu'Alex avait terminé trente-huitième. En portant un t-shirt d'UCLA pendant le repas, Alex n'avait fait aucun effort pour faire baisser la tension. Sur les cinq parents présents, ma mère avait été la seule à parler quelque peu.

Personne ne m'enviait. J'avais terminé en dixième place, et les résultats de mon examen d'entrée égalaient ceux de Debbie, mais je n'avais pas pris la peine de faire de demande d'admission à l'université. C'était une question d'argent ; je n'en avais pas. Et je ne pouvais demander d'aide financière parce que mon père était riche.

Idiote que j'étais, je gardais l'espoir que mon père se souviendrait soudainement qu'il avait une fille qui venait d'obtenir son diplôme d'études secondaires et qui avait besoin d'une somme dans les six chiffres simplement pour avoir un diplôme de premier cycle. Mais jusqu'ici, il n'avait pas appelé, écrit, ou envoyé de courriel.

Ma mère n'appréciait pas sa répudiation silencieuse. Chaque fois qu'elle en avait la chance, elle s'en plaignait. Mais j'acceptais le rejet sans sourciller. Ce n'était que la nuit alors que j'étais seule dans mon lit, que la situation me portait à pleurer.

Je connaissais à peine mon père, mais bizarrement, il me manquait.

— J'ai bien aimé ton discours, dit Jimmy à Debbie alors que lui et Ted montèrent dans la voiture dans un stationnement désert loin de la vue de tout parent.

— Merci, dit Debbie. J'avais peur que ce soit trop long. La dernière chose que je voulais, c'était d'ennuyer les gens.

« Mon Dieu », songeai-je.

Son discours de 30 minutes avait duré 20 minutes de trop. Je le savais parce que ni Alex ni moi ne pouvions nous souvenir des 20 dernières minutes.

Debbie avait parlé de l'environnement, entre toutes choses ! Qu'en savait-elle ? Elle avait grandi dans un foutu désert. Nous n'avions pas d'environnement, pas vraiment, juste un tas de sable et de terre.

— Ta remarque sur l'impact du méthane par rapport au dioxyde de carbone sur le réchauffement climatique était importante, dit Ted. Il est dommage que la toundra fonde si vite. Je ne serais pas surpris si la température de la planète augmente de 10 degrés de notre vivant.

— Ça n'arrivera pas, dit Alex, qui entrait rapidement sur l'autoroute et augmentait notre vitesse à 145.

Elle faisait toujours de la vitesse et se faisait souvent arrêter par les flics. Mais jusqu'à présent, elle n'avait pas encore reçu de contravention. Allez comprendre.

— Pourquoi dis-tu ça ? demanda Ted.

— Nous ne vivrons jamais assez longtemps. Nous allons mourir de quelque chose d'autre, dit Alex.

— Comme quoi ? demanda Jimmy.

Alex haussa les épaules.

— C'est mon point de vue. Là, on s'inquiète du dioxyde de carbone qui augmente la température, et maintenant il se trouve que le vrai coupable, c'est le méthane. C'est la loi de la nature, et de l'avenir. On ne peut rien prédire.

— N'importe quoi, murmura Debbie.

— Peu importe, dit Alex.

— En quoi vas-tu étudier à l'UCLA ? demanda Jimmy à Alex.

— En psychologie. Je me dis que bientôt, y'aura plein de gens déprimés.

— Ton plan, c'est de faire de l'argent sur leurs souffrances ? avança Debbie.

— Pourquoi pas ? répondit Alex.

— Tu es tellement altruiste, dit Debbie d'un ton sarcastique.

Alex se mit à rire.

C'était l'une de ses grandes qualités. Il était presque impossible de l'insulter.

— Je suis réaliste, voilà tout. Jessie pense comme moi, ajouta-t-elle.

— C'est faux, dis-je. Personne ne pense comme toi.

Alex me lança un regard.

— Tu as la même attitude. Ne le nie pas.

— Mon attitude change chaque jour.

Je déplaçai un tout petit peu la tête vers la gauche de façon à apercevoir Jimmy.

— Aujourd'hui, je me sens tout à fait optimiste.

Vêtu simplement, Jimmy portait un jean avec une chemise à manches courtes rouge. Ses cheveux bruns étaient un peu longs, un peu désordonnés, mais pour moi, ils avaient été une source de sensations infinies. C'était probablement qu'ils étaient épais et fins en même temps, mais quand je passais mes doigts à travers, ça me faisait tout drôle. Surtout quand il gémissait de plaisir. Une nuit, je le jure, je n'avais fait que jouer dans ses cheveux.

Ses yeux étaient de la même couleur que ses cheveux, mais il y avait de la douceur et de la bonté dans son regard. Les gens pourraient penser que « bon » était un mot étrange à appliquer à un gars, mais c'était vrai pour Jimmy. Il voyait à ce que les gens autour de lui se sentent bien, et il lui suffisait de quelques mots pour les rendre à l'aise. Lorsque nous sortions ensemble, ce que j'aimais le mieux chez lui, c'était qu'il s'assoyait en face de moi et me regardait dans les yeux pendant que je radotais sur ce qui s'était passé dans la journée. Peu importe ce que je disais, il me donnait toujours l'impression que j'étais la personne la plus importante au monde.

Nous étions au début d'octobre quand il m'avait demandé de sortir avec lui. Il était venu à la bibliothèque municipale où je travaillais, et nous avions bavardé dans les allées à l'arrière. Je savais qu'il sortait avec Kari et je maintenais une sorte de mur entre nous. Je le faisais automatiquement, peut-être parce que je l'aimais bien depuis notre première année de secondaire.

Il devait le sentir, mais il ne dit rien à propos d'avoir rompu avec Kari. Il était possible qu'à ce moment précis, ils n'eussent pas encore mis fin à leur relation. Nos conversations avaient un ton de badinage. Il voulait savoir ce que je ferais après avoir obtenu mon diplôme. Il était dans le même bateau que moi. De bonnes notes, pas d'argent.

Il avait quitté la bibliothèque sans essayer d'obtenir mon numéro, mais une semaine plus tard, il m'avait téléphoné comme par magie et m'avait demandé si je voulais aller au cinéma. Je lui avais répondu que oui, certainement, avant même qu'il m'explique qu'il était libre et célibataire.

Il vint me chercher tôt le vendredi et me demanda si j'aimerais aller à Hollywood. Formidable, lui répondis-je. Tout pour sortir d'Apple Valley. Nous finîmes par aller souper avant d'aller voir trois films à Universal CityWalk. Nous ne revînmes à la maison qu'un peu avant l'aube et lorsqu'il m'embrassa, je crus que j'allais mourir.

Le premier amour — je continue à croire que c'est celui qui compte le plus.

Nous passâmes les 10 semaines suivantes ensemble, et tout était parfait. J'étais dans un état de joie constant. Manger, boire ou dormir n'était pas important. Je n'avais qu'à le voir, qu'à penser à lui et je me sentais heureuse.

Nous avons fait l'amour après un mois, ou devrais-je dire, après 30 rendez-vous. Il passa me voir un samedi après le travail.

Il était mécanicien au Sears de la ville. Ma mère travaillait dans un Denny's voisin, dont elle était la gérante, et j'étais sous la douche. Je ne l'attendais pas. Plus tard, il m'avait expliqué qu'il avait frappé, mais qu'il n'y avait pas eu de réponse. Ce fut son excuse pour jeter un coup d'œil à l'intérieur de ma chambre à coucher. Mais mon excuse pour l'avoir invité sous ma douche, je ne peux m'en souvenir. Je ne pense pas que j'en avais une.

Ce n'était pas important — encore une fois, c'était parfait.

Allongée dans ses bras, je ressentais quelque chose de profond que je n'avais jamais imaginé qu'un humain puisse éprouver. J'étais parfaitement et totalement complète, comme si j'avais passé toute ma vie fragmentée. Juste une collection de pièces fissurées que son contact, son amour, avait le pouvoir de fusionner pour en faire un tout. Je savais que j'étais avec la seule personne au monde qui pouvait me permettre de connaître la paix.

Plus tard, lorsque j'avais tenté d'expliquer mes sentiments à Alex, elle m'avait regardée comme si j'étais folle, mais je la sentais jalouse. Malgré ses nombreux amants, je savais qu'elle n'avait jamais connu quelque chose qui s'approchait de ce que je vivais avec Jimmy.

Six semaines après notre douche, c'était fini.

Non, ça aurait été beaucoup plus facile s'il s'était contenté de disparaître. S'il était mort, je crois que la situation aurait été plus supportable. Mais non, il fallait que je le voie tous les jours à l'école, du lundi au vendredi, avec Kari — jusqu'à ce qu'elle obtienne son diplôme de façon précoce, à la fin de janvier. Sans me donner de raison, il m'avait dit qu'il devait retourner avec elle. Mais en les regardant se tenir la main à l'autre bout de la cour, je ne pouvais m'empêcher de sentir que les sourires et les rires qu'il partageait avec elle étaient faux.

Mais d'après Alex, ils étaient vrais.

Et elle était ma meilleure amie. Je devais la croire.

— Jessie, dit Jimmy, me faisant sursauter.

Il était possible que mon regard discret du coin de l'œil se soit accidentellement prolongé en un long regard perdu. M'avait-il surprise à le regarder ? Il aurait été trop poli pour le dire.

— Savez-vous où vous allez rester ? ajouta-t-il rapidement.

— Au MGM. Pas toi ? C'est là que notre classe a obtenu un tarif de groupe.

Je m'arrêtai.

— Ne me dis pas que tu n'as pas de réservation.

Il hésita.

— Je n'étais pas certain de pouvoir me libérer du boulot ce week-end. Quand mon patron a finalement accepté, j'ai essayé d'appeler chaque hôtel sur le Strip, mais ils étaient complets. J'ai pensé qu'en arrivant, je pourrais vérifier s'il y avait des annulations.

— Le week-end, ça va être difficile, répliqua Debbie.

— Pas de problème — tu peux toujours rester avec nous, dit Alex.

Un silence tendu suivit.

Ted avait dû immédiatement faire un court-circuit à l'idée que Jimmy pourrait dormir dans la même suite que moi. L'idée me rendait dingue aussi, mais pour des raisons radicalement différentes. Debbie était agacée qu'un gars puisse rester avec nous, point. Malgré son désir pour Ted, elle était prude. Elle lança un regard furieux à Alex et se mit à parler sur un ton désagréable.

— C'est gentil à toi d'offrir nos chambres.

Alex ignora le sarcasme.

— Hé, plus on est de fous, plus on s'amuse.

Je savais ce qui arriverait ensuite. Alex ne me laisserait jamais m'échapper sans me mettre sur la sellette. Elle jeta un coup d'œil de mon côté et sourit méchamment.

— Passons au vote. Jessie, es-tu d'accord que Jimmy dorme dans notre suite ?

Je devais faire cool, songeai-je, c'était ma seule porte de sortie.

— Tant que nous pouvons utiliser son corps comme bon nous semble.

Alex me tapa la main.

— Amen, ma sœur !

Je lui claquai la main pendant que les trois sur la banquette arrière se tortillaient. Ted se tourna vers Jimmy.

— Si tu es coincé, reste avec moi et Neil. Nous pouvons toujours demander un autre lit.

— Tu es dans la même chambre que Neil Sedak ? demanda Alex, abasourdie. Ce gars-là n'est jamais sorti d'Apple Valley de toute sa vie. En plus, c'était notre premier de classe, ce qui veut dire que ça doit être un intello.

— T'as quelque chose contre les intellos ? lui demandai-je.

— J'adore les intellos ! dit Alex. Tu me connais, je n'ai jamais honte d'admettre que ma meilleure amie travaille à la biblio-thèque. Mais c'est la réputation de Ted qui est en jeu. Ted, si tu passes une nuit avec Neil, tout le monde va supposer que tu n'es pas baisable.

— Pas vraiment, dis-je. Je connais deux filles qui ont couché avec Neil.

— Qui… ? exigea Alex, laissant échapper la première partie du mot avant de s'immobiliser complètement.

Je lui fis un petit sourire entendu.

— Est-ce que quelqu'un a oublié une certaine confession ? demandai-je.

Alex joua la cool.

— Une confession, c'est privé.

— Oh, mon Dieu, Alex. T'as pas fait ça, grinça Debbie avec satisfaction.

Baiser Neil l'intello allait bien au-delà de la rumeur au sujet du type de l'admission à UCLA. Ce racontar se propagerait partout à Las Vegas avant la fin du week-end. Alex me lança un regard noir.

— Dis-lui que ce n'est pas vrai, ordonna-t-elle.

— C'est possible que ça ne soit pas vrai, dis-je.

Il y avait plus de vérité dans la remarque d'Alex que je ne voulais le laisser paraître. J'étais un peu intello. Je travaillais à la bibliothèque parce que j'aimais lire. J'étais accro. Je lisais tout : fiction, documentaire, romans policiers, science-fiction, horreur, suspenses, biographies, romans d'amour — tous les genres, même les magazines et les journaux. C'était sans doute pourquoi mon cerveau était farci de tellement d'information ésotérique.

— Explique-leur que je ne faisais que plaisanter à propos de Neil, insista Alex.

Les secrets sexuels d'Alex et de Neil auraient pu se poursuivre une autre heure si Jimmy n'avait pas coupé la parole à tout le monde. Il n'aimait pas vraiment s'adonner aux ragots.

— Je me fous de la vie sexuelle de Neil, dit Jimmy. Mais je te remercie de ton offre, Ted. Si je ne trouve pas un endroit où rester, je t'appelle.

— Pas de problème, dit Ted, une expression de soulagement dans la voix.

Il fouilla dans sa poche et en sortit une carte.

— Voici une fausse carte d'identité si tu prévois de jouer.

— Super.

Jimmy l'examina.

— Ce permis a l'air réel.

— Il ne l'est pas, avertit Ted. Ne t'en sers pas à la réception du MGM pour t'inscrire. Si on la numérise, elle va planter. Mais n'aie pas peur de jouer dans les autres hôtels. Je ne les ai jamais vus numériser une pièce d'identité dans les casinos.

— Comment le sais-tu ? demanda Jimmy.

— Il est allé des milliards de fois à Vegas. Il est passé maître à compter les cartes.

— Wow, fit Jimmy, impressionné. C'est difficile à apprendre ?

Ted haussa les épaules, mais il était évident qu'il aimait l'attention.

— Il faut une bonne mémoire et un travail acharné. Mais pas besoin d'être un génie.

— Tu devrais nous donner des cours tout ce week-end, dit Debbie, un commentaire audacieux venant d'elle.

Ted haussa les épaules.

— Je peux vous enseigner les rudiments. Mais il faut des heures d'entraînement pour faire de l'argent. Et les casinos n'arrêtent pas de changer les règles, c'est donc plus difficile d'avoir un avantage.

— Les bâtards, murmura Alex.

Nous arrivâmes à Las Vegas avant le coucher du soleil. Nous ne pûmes donc nous régaler de la célèbre lueur colorée qui se lève brusquement dans la nuit du désert. Un phénomène curieux, songeai-je, que pendant le jour Las Vegas était loin d'en imposer. Juste un tas de bâtiments voyants qui sortent du sable. Mais je savais qu'à la nuit tombée, la magie émergerait et la ville se transformerait en un gigantesque parc d'attractions pour adultes.

Alex roula directement jusqu'au MGM, où nous nous inscrivîmes et nous rendîmes à notre chambre ; une suite assez grande avec trois chambres et vue sur le Strip — plus une salle de séjour centrale non seulement équipée d'un sofa, mais aussi d'une causeuse. Le prix n'était pas si mal : 150 dollars ; divisés en trois, ça nous revenait à 50 dollars chacune. Pourtant, ce week-end ruinait mes économies. Mon travail à la bibliothèque n'était pas exactement bien rémunéré.

Avec le sofa et la causeuse, nous avions de la place pour deux autres personnes. Mais Jimmy, que le diable l'emporte, était trop bien élevé pour s'imposer. Il semblait également réticent à accepter l'offre de Ted. Il essaya de son mieux pour trouver sa propre chambre en se servant de notre téléphone pour appeler plusieurs services téléphoniques qui pouvaient soi-disant vous trouver une chambre la veille du jour de l'An. Mais ce n'était que de la pub ; nous étions vendredi soir, au début de l'été, et Las Vegas était remplie à craquer. Jimmy dut s'avouer vaincu.

— Ce canapé est plus moelleux que mon lit, dit Alex, assise non loin de l'endroit où Jimmy venait de terminer ses appels.

J'étais heureuse que nous ayons temporairement quitté Ted — qui était parti trouver sa propre chambre. Alex semblait déterminée à ce que Jimmy reste avec nous.

— Nous avons réglé les dispositions pour dormir quand nous étions dans la voiture, dit Debbie, en examinant le minibar.

Il était rempli de minuscules bouteilles d'alcool, mais il aurait dû être verrouillé, car nous nous étions enregistrés avec nos véritables pièces d'identité. Mais avant de partir pour ses quartiers, Ted avait réussi à contourner le mécanisme de verrouillage. J'étais contente. J'adorais les minibars. Les collations avaient 10 fois meilleur goût, selon moi, probablement parce qu'elles coûtaient 10 fois plus cher que ce qu'elles coûtaient normalement.

— Quand nous en avons parlé dans la voiture, nous ne savions pas que cette suite serait aussi grande, dit Alex.

— Nous avons une seule salle de bain, grommela Debbie.

— As-tu l'intention de passer le week-end à vomir ? demanda Alex.

— Hé, interrompit Jimmy, ça va — souvenez-vous, j'ai la chambre de Ted comme solution de rechange. Ne vous inquiétez pas pour moi.

Alex allait répondre, mais son regard glissa de Jimmy vers moi. Son message tacite ne pouvait être plus clair. Elle ne s'inquiétait pas pour Jimmy, elle s'en faisait pour moi. Ou bien, elle essayait de nous pousser tous les deux à nous remettre ensemble, ce qui, dans son esprit bizarre, était la même chose.

Ce n'était pas important. L'éléphant qui se tenait dans la pièce venait tranquillement de barrir. On ne pouvait plus l'ignorer. Jimmy et moi devions discuter — rapidement et seuls. Mais je me sentais trop nerveuse pour le dire à voix haute. Je me levai et je captai son regard, puis je me dirigeai vers ma chambre. Jimmy comprit, il me suivit et ferma la porte derrière lui.

Avant que je puisse décider où je m'assoirais et ce que je devrais dire, il m'enlaça. Le geste me prit par surprise. Je ne lui rendis pas son étreinte, pas au début, mais comme il ne me lâchait pas, je surpris mes bras à grimper jusqu'à ses larges épaules pour les entourer. Ça semblait tellement parfait de rester là à écouter les battements de son cœur. Oui, ce mot encore ; je ne pouvais m'en libérer quand j'étais aussi près de Jimmy.

Nous nous enlaçâmes chaleureusement, mais chastement ; il n'essaya pas de m'embrasser. Une fois qu'il eut une prise sur moi, il ne déplaça plus ses bras. Bien que nous fussions debout, nous aurions pu tout aussi bien être allongés ensemble, endormis dans les bras l'un de l'autre. J'ignore combien de temps l'étreinte dura, mais on aurait dit pour toujours... comprimée en un instant.

Enfin, nous nous assîmes ensemble sur le lit. Il me tenait les mains, ou essayait de le faire, mais il me fallait continuellement les ramener pour essuyer les larmes stupides qui coulaient sur mes joues. Il ne me pressa pas de parler. Mais il ne me quitta jamais des yeux, et je sentis qu'il cherchait sur mon visage une réponse à une question qu'il avait portée en lui un long moment.

Bien sûr, j'avais ma propre question.

— Pourquoi? dis-je.

Le mot me fit sursauter plus que lui. Ça semblait tellement brusque après notre moment de tendresse. La question ne l'offensa pas, mais il me lâcha et s'assit plus loin sur le lit, s'appuya contre un oreiller.

— Tu te souviens du jour où nous sommes allés à Newport Beach? demanda-t-il.

— Oui.

C'était pendant les vacances de Noël, quelques jours avant la fête. Je ne suis pas près d'oublier, car ça s'était révélé être le pire Noël de ma vie. Il m'avait larguée le 22 décembre. Ensuite, je n'avais pas su quoi faire avec les cadeaux que je lui avais achetés, ou ceux que j'avais fabriqués pour lui. En fin de compte, je n'avais rien fait. Ils étaient toujours dans le placard de ma chambre. Toujours emballés.

— Quand nous sommes revenus à Apple Valley, Kari m'attendait chez moi.

Jimmy s'arrêta.

— Elle m'a dit qu'elle était enceinte de 10 semaines.

Je figeai.

— Nous avons été ensemble 10 semaines.

Jimmy leva une main.

— Je n'ai jamais couché avec elle une fois que j'étais avec toi. Je ne l'ai même jamais embrassée.

— Je te crois.

Et c'était vrai — il n'avait pas à jurer. Jimmy était quelqu'un d'incroyablement rare ; il ne mentait pas.

— Est-ce que tu l'as crue ?

— Elle avait apporté une échographie.

— Ça ne voulait pas dire que c'était le tien.

— Jessie…

— Dire, « Je suis enceinte, Jimmy, tu dois me revenir », c'est genre le plus vieux truc du monde.

— Je le sais. Je sais que Kari n'est pas toujours honnête à cent pour cent. Mais je n'avais qu'à la regarder dans les yeux. Elle disait la vérité.

Je croisai mes bras sur ma poitrine.

— Je ne sais pas.

— Et ça paraissait un peu.

— À 10 semaines ? demandai-je

— Ça aurait pu être 12.

— Et ça aurait pu être une taie d'oreiller repliée.

Il hésita.

— Non. Elle a remonté son t-shirt. C'était réel.

— Et elle voulait le garder.

— Oui. Ce n'était pas la principale question.

— Elle voulait que tu reviennes. C'était ça, la principale question.

Il baissa la tête.

— Je ne sais pas. Peut-être.

Ça faisait beaucoup de choses à digérer. Il me fallut une minute avant que je sois capable de parler.

— Tu aurais dû me le dire, dis-je.

— Je suis désolé. Je voulais le faire, mais je sentais que ça te ferait encore plus mal de savoir qu'elle aurait mon bébé.

Je hochai la tête.

— Tu as été bon jusqu'ici, vraiment bon, mais ce que tu viens de dire, c'est dingue. Rien ne pouvait me faire plus de mal que cet appel que j'ai reçu. Tu te souviens ? « Bonjour, Jessie, comment vas-tu ? Bien. C'est bien. Hé, j'ai une mauvaise nouvelle. Je ne sais pas exactement comment te le dire. Mais Kari et moi nous reprenons ensemble. Je sais que c'est plutôt soudain, et la dernière chose que je veux, c'est te faire du mal, mais Kari et moi... nous n'en avons pas encore terminé. Nous avons des trucs à régler. Es-tu là, Jessie ? »

Il me regarda dans les yeux.

— Bon Dieu.

— Quoi ?

— Tu t'en souviens mot pour mot.

— Je m'en souviendrai jusqu'au jour de ma mort.

— Je suis désolé.

— Ne me redis pas ce mot. Dis-moi pourquoi.

— Je viens de te dire pourquoi. Elle était enceinte. Je sentais que je devais prendre mes responsabilités et retourner avec elle.

— Pourquoi ne m'as-tu pas dit la vérité ?

— J'avais honte, c'est vrai, mais honnêtement, je croyais que la vérité te blesserait encore plus.

— C'est tellement nul. N'as-tu pas pris une seconde pour t'imaginer comment je pouvais me sentir ? Tu m'as laissée en suspens. Suspendue au-dessus de rien parce que je ne savais rien. Un moment, je suis l'amour de ta vie et le suivant, une majorette a pris ma place.

Il hocha la tête.

— C'était stupide, j'ai fait une erreur. J'aurais dû tout t'expliquer. S'il te plaît, pardonne-moi.

— Non.

— Jessie?

— Je ne te pardonne pas. Je ne peux pas. J'ai trop souffert. Tu dis que tu sentais que tu devais faire la bonne chose, alors tu es retourné avec elle. Laisse-moi te poser une question — étais-tu toujours amoureux d'elle?

— Je n'ai jamais été amoureux de Kari.

— Étais-tu amoureux de moi?

— Oui.

— Alors ce que tu as fait était mal. Elle était enceinte. Elle a pleuré et t'a supplié de revenir pour le bien de ton enfant. Ce n'est pas grave. J'étais plus importante pour toi, j'aurais dû être plus importante. Tu aurais dû lui dire non.

— Je ne pouvais pas.

— Pourquoi?

— Parce que lorsqu'elle a remonté son t-shirt et que j'ai vu cette bosse qui prenait de l'ampleur, et que je me suis rendu compte que c'était vrai, que c'était le mien, ma chair et mon sang, je savais qu'il fallait que je prenne soin de ce bébé.

— Des conneries.

— Tu te trompes, Jessie. À ce moment, rien ne comptait plus pour moi que cet enfant. Et, oui, pardonne-moi, mais il était même plus important que nous deux.

Je me levai.

— Sors.

Il se leva.

— On devrait continuer à parler.

— Non, va-t'en. C'était une grosse… erreur. Va rester avec Ted.

Jimmy s'avança vers la porte, posa sa main sur la poignée. Il allait partir. Il n'allait pas se battre contre moi. Voilà ce que j'aimais de lui, à quel point il pouvait être raisonnable. Et voilà ce que je détestais de lui, il ne s'était pas battu pour moi. C'était à moi de l'arrêter.

— Où est le bébé maintenant ? demandai-je.

Kari avait obtenu son diplôme à la fin de janvier et était partie tôt du campus. Je supposai qu'elle avait eu l'enfant.

Mais Jimmy baissa la tête. Il vacilla.

— Nous l'avons perdu, dit-il.

— Elle a fait une fausse couche ?

— Non.

Le mot était sorti, si petit. Je posai ma main sur ma bouche.

— Ne me dis pas qu'elle a eu le bébé et qu'il est mort ? haletai-je.

Il se retourna et me regarda, pâle comme du plâtre. Si frêle, si creux. J'avais l'impression que si je disais le mauvais mot, il se fracasserait.

— Il s'appelait Huck. Il a vécu pendant trois jours.

— Pourquoi est-il mort ?

Les mauvais mots. Jimmy se retourna, ouvrit la porte, parla par-dessus son épaule.

— Tu as raison, je devrais y aller. Nous pourrons parler plus tard.

Il partit ; la douleur était ahurissante. On aurait qu'il se séparait de moi une seconde fois. Ce fut alors que je souhaitai ne pas avoir dit le mot « pourquoi ». Nous aurions dû nous en tenir à l'étreinte.

CHAPITRE 3

Je ne quittai pas ma chambre pendant un certain temps, et lorsque je le fis, je découvris une note de Debbie et d'Alex. Elles étaient parties pour retrouver les jeunes de notre classe et pour planifier les festivités de la nuit. C'était le mot qu'avait choisi Alex — festivités. Je doutai qu'elle ait vu le visage de Jimmy quand il était sorti de ma chambre.

J'étais fatiguée et je savais que nous veillerions tard. J'essayai de faire une sieste, mais j'eus du mal à m'endormir. Huck me hantait, peut-être de la même manière qu'il hantait Jimmy. Je ne me faisais pas d'illusions. Jimmy avait gagné notre accrochage — si l'on pouvait l'appeler ainsi. Et moi qui avais été tellement certaine de pouvoir l'humilier quand nous finirions par nous parler. J'étais sûre d'être en position de supériorité morale. Mais Jimmy avait raison, l'enfant était de sa chair et de son sang ; ce qui transcendait l'engouement, même notre amour, peu importe si l'enfant était mort.

Je continuais de me demander ce qui avait fait mourir Huck.

Une partie de moi avait l'impression que Jimmy ne connaissait pas toute l'histoire.

À un moment donné, j'avais dû finir par m'endormir. Soudain, Alex était assise à côté de moi sur mon lit.

— Tout va bien, Jessie ? demanda-t-elle doucement.

Après tout, elle avait dû voir le visage de Jimmy. Elle s'inquiétait à mon sujet.

Je m'assis rapidement.

— Je vais bien. Quelle heure est-il ?

— Il est 17 h.

— 17 h ! Pourquoi m'as-tu laissée dormir si longtemps ?

— Tu avais l'air épuisée. En plus, la bande ne va pas se réunir avant 18 h.

— Qui fait partie de la bande ?

Alex continuait à m'examiner.

— Je ne suis pas certaine. Quiconque viendra. Mais j'ai une bonne nouvelle. Tu te souviens d'avoir dit que tu aimerais voir O ?

— Ne me dis pas que tu as réussi à avoir des billets ?

— Six sièges. Ted les a eus d'un revendeur. Il dit que peu importe qui vient, ça ne le dérange pas, au cas où tu voudrais emmener un petit ami.

— Des conneries. Il n'a jamais dit ça.

Alex haussa les épaules.

— D'accord. Je l'ai inventé. Mais il n'est pas stupide. Il a vu la façon dont toi et Jimmy vous vous regardiez.

Elle s'arrêta.

— Peux-tu me raconter ce qui est arrivé ?

— Plus tard, répondis-je.

Je pris rapidement une douche et je mis la seule robe que j'avais apportée — quelque chose de court, noir et sexy que Debbie m'avait cousu pour mon anniversaire. Elle l'avait conçue d'après un modèle que nous avions vu dans *Project Runway* — nous étions toutes accros de l'émission. La robe de Debbie était même plus inspirée que celle de la télé. C'était une femme aux multiples talents. Dommage qu'elle en dissimulait une si grande partie.

Notre classe restait au MGM, mais notre souper de célébration devait avoir lieu au Bellagio qui apparemment offrait les meilleurs restaurants. Nous avions réservé dans un bistro italien à prix élevé, mais notre classe était à peine rassemblée dans le hall du Bellagio qu'une dispute éclata. La moitié de notre groupe n'aimait pas la bouffe italienne — ils voulaient dîner ailleurs. À première vue, ce ne semblait pas être un problème majeur. Malheureusement, comme Debbie hurla par-dessus la pagaille, nous avions déjà promis à l'hôtel un minimum de 200 invités.

— Si nous ne mangeons pas tous ici, nous perdons notre rabais, dit Debbie.

— Ça donne combien? demanda quelqu'un.

— Quarante pour cent, répondit Debbie.

Cinquante pour cent de notre classe s'en foutait royalement. Ils partirent pour se rendre à d'autres hôtels. Lorsque nous finîmes par arriver au restaurant, et que nous expliquâmes au gérant qu'il nous manquait la moitié de notre groupe, il parut au bord de la crise de nerfs. Il se mit à nous crier après en italien, mais comme aucun de nous ne parlait la langue, ça ne donna pas grand-chose.

Il n'avait pas le choix, il devait nous faire asseoir immédiatement, car nous occupions la totalité de la zone d'attente. Jimmy ne se montra pas, ce qui me blessa. Je lui avais indiqué où nous allions manger. Bien sûr, je lui avais aussi dit de sortir de ma chambre.

Ted était assis à côté de moi. Il dit qu'il n'avait pas vu Jimmy ni même entendu parler de lui.

— Il n'est pas arrêté à ta chambre ? demandai-je.

— Non, dit Ted.

— As-tu essayé d'appeler son cellulaire ?

Ted parut agacé.

— Je ne suis pas son gardien. Je lui ai offert un endroit pour dormir. S'il n'en veut pas, c'est son affaire.

Je touchai le bras de Ted.

— Tu as raison. Désolée.

Ted tenta d'agir avec désinvolture, et il aurait réussi s'il n'avait pas paru s'étouffer sur sa prochaine question.

— Vous deux, vous êtes revenus ensemble ?

— Absolument pas, répondis-je.

La nourriture était excellente. J'avais commandé un plat de pâtes aux crevettes. Le cuisinier l'avait assaisonné d'un fantastique mélange d'herbes. Le goût incroyable améliora vite mon humeur. À la fin du repas, je riais avec le reste de ma classe. C'était peut-être à cause de l'alcool. Alex avait rapidement montré sa fausse carte d'identité et convaincu notre serveur que nous enseignions à Apple Valley High. Il nous apporta deux bouteilles de vin frais que la chaleur extérieure nous poussa à liquider avec beaucoup trop d'efficacité.

Je ne supporte pas bien l'alcool. Deux verres de vin au-dessus de 10 degrés d'alcool et je tombe amoureuse de l'univers. Pire encore, l'amour créé par mon état d'ébriété a généralement envie de s'écouler quelque part. Et puisque Ted au grand cœur était assis à côté de moi, je ne pouvais cesser de penser à tout ce qu'il avait fait pour nous : se procurer des billets pour *O*, et de fausses pièces d'identité, offrir une chambre à Jimmy, et ouvrir notre minibar par effraction... Allez savoir pourquoi, j'avais l'impression qu'il me fallait absolument lui exprimer ma gratitude éternelle.

Je me penchai soudainement et je l'embrassai sur les lèvres.

Il me fallut peut-être deux secondes pour me rendre compte de ce que je venais de faire.

« Merde ! Oh, merde ! »

Tu parles d'une manière d'envoyer les mauvais signaux. Son visage éclata en une expression de pur bonheur. Mais Debbie — qui était assise à sa droite — me lança un regard de travers, à tel point que j'eus l'impression que notre amitié n'y survivrait pas. En plus, Ted m'empoigna après le baiser, espérant probablement que notre bref contact oral était le début de quelque chose d'extraordinaire.

— Est-ce que je t'ai déjà dit à quel point tu es merveilleuse ? dit-il avec émotion.

— Peut-être une ou deux fois, murmurai-je, essayant de me sortir de ses bras sans que ce soit trop évident.

Alex était aussi ivre que moi. Elle examina son verre vide et devint philosophe.

— Pourquoi disons-nous toujours des conneries émotives de ce genre dans des moments comme ceux-ci ? La vérité, c'est que les sentiments que vous partagez sont aussi évidents qu'une rue à sens unique.

— Quoi ? dit Ted, clignant des yeux.

Il avait bu un peu de notre vin.

— Ne sois pas si froide, m'empressai-je de dire sur le ton de la diplomatie, essayant toujours de me dégager de l'étreinte de l'ours. Ted est un vieil ami.

— Amis, dit Alex, crachant pratiquement le mot. À quoi ça sert des amis ? Tu ne peux pas b...

— Pourquoi viens-tu de m'embrasser ? interrompit Ted, qui commençait à devenir moins joyeux.

— Parce que je t'aime bien, répondis-je.

— Et parce qu'elle est saoule, ajouta Alex.

— Est-ce que c'est vrai ? demanda Ted, en même temps qu'il devenait plus sombre.

— Eh bien, dis-je.

— Ignore-la, dit Debbie.

Elle tendit le bras et lui prit la main ; je n'avais maintenant plus qu'à m'échapper de l'autre main de Ted.

— Quand Jessie est saoule, elle agit toujours comme une pute. Un jour, nous étions dans une fête et elle a descendu un paquet de six bières puis elle s'est levée et s'est mise à danser sur la table. Elle s'est déshabillée jusqu'à son slip.

Ted me libéra brusquement. Il m'avait pratiquement repoussée et il semblait contrarié, confus.

— Qu'est-ce qui se passe ici ? marmonna-t-il.

— Laisse tomber, Debbie, tu veux ? Tu sais très bien que c'était moi, dit Alex. Et le slip n'est pas resté.

— Je suis vraiment reconnaissante pour tout ce que tu as fait pour nous, dis-je à Ted.

— Pour nous ? dit-il sèchement, en même temps qu'il commençait à dégriser.

Je cherchai en moi pour trouver la remarque parfaite qui réparerait complètement le tort que j'avais causé. Le seul problème, c'était que je fonctionnais avec un QI d'environ 50.

— Pour nous tous, dis-je à Ted. Pour moi, pour Alex, et surtout pour Debbie. Tu ne le sais peut-être pas, mais Debbie a un gros béguin pour toi. Ça dure depuis des années, mais elle est trop lâche pour t'en parler. Alors, je te le dis maintenant.

Mes mots ne furent pas aussi bien reçus que je l'espérais. Debbie laissa tomber sa serviette, elle se leva et sortit du restaurant en courant. Ted la regarda partir, puis il se tourna vers moi, espérant probablement que je clarifierais ma remarque. Le mieux que je pus faire, ce fut de roter, ce qui lança Alex dans un accès de rire incontrôlable. Ted en eut finalement assez. Il hocha la tête, se leva et me tendit deux billets.

— Je vous ai pris des sièges exceptionnels, dit-il, d'une voix amère. Profitez du spectacle.

Il partit, et se mit à courir après Debbie, du moins, c'est ce que nous supposâmes. Le reste de notre longue table se tut et tous me regardèrent. J'eus l'impression d'être une imbécile absolue. Mais Alex ne tarda pas à me rassurer.

— Bien que ton ivresse soit évidente pour tout le monde, me dit-elle, ce que tu as dit était d'une stupidité géniale. Tes remarques pourraient même changer le cours de ces deux vies médiocres.

— Ne les appelle pas « médiocres », dis-je.

— Leurs vies le seront s'ils se marient dans deux ans. Tout cela à cause de ce que tu as dit ici ce soir.

Je soupirai, et j'examinai les billets dans ma main.

— J'espère juste que nous ne serons pas assis à côté d'eux pendant le spectacle.

— Quand est-ce que ça commence ?

Mes yeux se concentrèrent lentement sur les petits caractères sur les billets.

Je haletai.

— Dans 10 minutes !

Nous payâmes notre partie de la facture ; en théorie, nous avions probablement trompé nos camarades de classe, puisque nous étions les seules à avoir commandé du vin. Mais nous n'avions pas le temps de traîner et de marchander pour atteindre un chiffre exact.

Nous eûmes de la chance. *O* avait lieu à l'intérieur du Bellagio. Un employé de l'hôtel fut assez aimable pour nous conduire à la bonne salle. Il pouvait voir que nous étions complètement ivres. Nous continuâmes à rire et à nous cogner l'une contre l'autre.

J'avais lu tant de choses sur le spectacle, et je craignais que mes attentes élevées ne puissent pas être comblées. Mais en vérité, le spectacle m'impressionna. On disait que la construction de la scène avait coûté 50 millions. L'argent n'avait pas été gaspillé. La scène ne cessait de changer de forme. Un moment, elle était remplie d'eau, comme un petit lac, et le moment suivant, un petit ruisseau courait au centre. Puis, toute l'eau disparaissait et l'espace se recouvrait de gravier.

Les artistes frôlaient le surhumain. Ils pouvaient se plier et tordre leur corps dans des positions qui auraient été un défi pour Gumby. À plusieurs reprises, Alex et moi eûmes le souffle coupé et nous nous prîmes les mains. Un des artistes principaux accomplit des cascades à haute voltige à une trentaine de mètres au-dessus de la scène, puis plongea dans un bassin carré de moins d'un mètre de large. Quel courage ! Les couleurs exotiques, l'éclairage brillant, la musique hypnotique, les chansons, la danse — j'avais l'impression d'avoir été transportée dans une autre dimension.

Pendant un moment, j'oubliai Jimmy et les autres. Dans un sens, ce fut un soulagement, nous ne vîmes personne d'autre de notre école.

Lorsque le spectacle se termina, Alex et moi avions dessoûlé, mais aucune de nous n'avait le moindre désir de retourner à notre suite. Alex avait envie de jouer. Elle avait hâte de jouer au vingt et un, au blackjack. Mais je craignais de perdre trop d'argent et d'en souffrir le reste du week-end. Je pointai les petites enseignes sur les côtés des tables.

— Regarde, la mise minimum est de 20 dollars ! On ne peut pas se le permettre !

— Le Bellagio, c'est pour les gros parieurs, dit Alex. Viens, allons trouver un endroit avec un minimum de cinq.

— Où ça ?

Alex hocha la tête vers la sortie de l'hôtel.

— Allons sur le Strip. Y'a là une centaine d'hôtels. Nous trouverons ce que nous cherchons.

Alex se dirigea à grandes enjambées vers la porte. Je dus faire des efforts pour garder le rythme.

— Pourquoi le blackjack ? Sans l'aide de Ted, nous nous ferons battre à plate couture. Pourquoi ne pas jouer dans les machines à sous ?

— Le blackjack est le meilleur jeu pour rencontrer des gars, dit Alex, en tirant une petite carte de plastique de son sac. Tu peux t'asseoir à une table et parler aux autres joueurs. C'est le seul jeu où tu arrives vraiment à les connaître. Et j'ai cette carte de triche — elle te dit exactement quand frapper et quand te lever. Elle a été conçue par ordinateur et elle te donne les meilleures chances possible. Nous ne perdrons pas trop.

— Je ne veux pas perdre quoi que ce soit. Je veux gagner. Nous avons besoin de Ted.

Alex passa un bras autour de moi.

— Désolée, ma sœur, mais ce baiser que tu lui as planté sur les lèvres l'a rendu radioactif pour le reste de l'été. Du moins, quand il s'agit de toi.

— J'étais saoule. Il me pardonnera.

— La seule façon pour lui de te pardonner, c'est de finir par avoir des relations sexuelles avec Debbie, et je ne pense pas qu'il existe une carte de triche qui pourrait calculer des probabilités aussi pourries.

— Je ne sais pas. Il a couru après elle assez rapidement.

— Peu importe. En fait, on n'a pas besoin de Ted. Il y aura beaucoup de mecs mignons aux tables qui nous aideront à jouer.

J'examinai Alex.

— As-tu l'intention d'avoir une aventure d'une nuit ?

— Tu parles comme si j'étais une sorte de catin.

— Eh bien, ce serait un comportement assez catin.

— Nous sommes à Vegas ! Les gens viennent ici pour trois raisons : pour boire, pour jouer et pour baiser. Ce sont les seules raisons d'être de l'endroit.

Je soupirai.

— Bien. Mais si je ne l'approuve pas, tu ne peux pas le ramener à notre chambre.

Alex me prit la main et me tira hors de la porte.

— Jessie, tu peux être certaine que celui qui aura la chance de se retrouver avec moi aura sa propre suite luxueuse.

— Tu coucherais avec un mec juste parce qu'il a de l'argent ?

— De l'argent et une bite.

— Putain.

— Y'a pas de putain dans cette ville. Y'a juste des donneurs et des preneurs.

À l'extérieur, il y avait le vrai Las Vegas. Le soleil était descendu et la ville brillait d'un million d'arc-en-ciel électriques. Sans oublier les fontaines fantastiques devant le Bellagio. Hypnotisées, nous les regardâmes alors que nous traversions la longue entrée. L'ensemble du Strip semblait surréaliste. Paris était de l'autre côté de la rue, New York était à notre droite. Il y avait une pyramide et un château plus loin sur la rue. J'adorais voir comment tellement d'hôtels avaient adopté des thèmes exotiques. Les trottoirs étaient bondés, la plupart des gens riaient et poursuivaient leur chemin. L'odeur de l'alcool était omniprésente.

L'air de la nuit était plus chaud qu'à la maison, pas loin de 40 degrés. Je savais qu'il faudrait toute la nuit pour que la température descende d'un autre 10 degrés. Puis, le soleil se lèverait et une autre journée de canicule recommencerait. Pendant que nous marchions, notre soif revint rapidement. Nous venions à peine d'atteindre le Tropicana quand Alex m'attira à l'intérieur.

— C'est un vieil hôtel, mais il a de la classe, dit-elle. En plus, leurs minimums sont bas. Nous devrions pouvoir trouver une table à cinq dollars.

— Que dirais-tu d'une table à un dollar?

— Bien sûr. On fait un saut jusqu'au Mississippi à bord d'un bateau à vapeur.

Comme c'était le vendredi soir, l'endroit était bondé. Il nous fut impossible de choisir notre table de blackjack. D'ailleurs, il fallut attendre longtemps avant d'obtenir une table qui puisse nous accueillir toutes les deux en même temps. Heureusement, on jeta à peine un coup d'œil sur nos pièces d'identité.

Nous commandâmes des boissons avant de négocier notre trésorerie pour les puces : quatre gros Cuba libres — cola, rhum et lime. Apparemment, les boissons servies aux tables étaient diluées, mais ces p'tits diables cognaient fort. À peine eus-je terminé mon premier que je commençai à avoir de la difficulté à compter jusqu'à vingt et un.

Le minimum était de cinq dollars, la mise maximale était plafonnée à 10 000. Alex et moi avions chacune acheté pour 100 dollars de jetons de 5 dollars et nous priâmes pour ne pas tout perdre dans les 20 premières minutes, ce dont j'avais déjà fait l'expérience. Je n'étais pas tout à fait une novice — il m'était arrivé de jouer à ce jeu à Las Vegas en compagnie de ma mère et je connaissais les règles de base. Bien sûr, quand je jouais avec elle, je devais m'habiller chic et porter beaucoup de maquillage, ce qui me faisait paraître plus âgée.

Pour commencer, nous utilisâmes la carte d'Alex. La chose la plus difficile pour moi, c'était de savoir quand couper et quand doubler la mise. La carte simplifiait le calcul : il y avait trois colonnes codées en couleurs. Si le croupier montre ceci, et vous avez cela, alors vous faites...

Nous étions à la table depuis peut-être une demi-heure, et j'avais perdu 50 dollars et Alex en avait gagné une centaine, quand un gars se montra. Il attira immédiatement mon attention. Ce n'était pas seulement parce qu'il était beau. Las Vegas ne manquait pas de beaux hommes.

Ce ne fut pas non plus parce qu'il déposa un épais rouleau de 100 et qu'il demanda 30 000 en jetons. Encore une fois, la ville était bondée de gros joueurs. C'était plus son expression calme, sa confiance tranquille, qui m'attira. Comme il empilait négligemment ses jetons et s'allumait une cigarette, il ne semblait ni heureux ni triste. Il était tout simplement là pour gagner.

À quelques sièges de là, un homme — un conducteur de camion de Chicago qui nous avait fait de l'œil à Alex et moi la seconde où nous nous étions assises — interpella le nouveau type.

— Hé ! Mec, tu ne sais pas lire ? C'est une table non-fumeurs.

Le nouveau venu le fixa avec de grands yeux résolus. Ils étaient bleus, mais tellement proches du noir qu'on aurait dit qu'ils n'avaient jamais vu le soleil.

— Non, dit-il, et il souffla de la fumée dans le visage du camionneur.

Trucky commença à s'énerver.

— Non quoi ?

— Je ne sais pas lire.

— Écoutez, éteignez la cigarette ou trouvez-vous une autre table.

— Allez vous trouver une autre table vous-même.

Trucky se leva

— T'as envie de te battre, mon vieux.

Le gars avait le sourire facile, toujours calme et cool. Il faisait 1,87 mètre, il était musclé, probablement au milieu de la vingtaine. Ça aurait pu être un flic, quelqu'un qui travaillait dans un domaine dangereux. Il émettait ce genre de vibrations. Il semblait à l'aise, mais j'avais l'impression qu'il n'était pas chez lui à Las Vegas. Il avait des cheveux blonds coupés ras et un accent que je ne pouvais placer.

Face au croupier, Alex était à ma droite et le nouveau gars était le prochain, suivi de Trucky, et un jeune couple japonais qui n'arrêtait pas de fixer la montagne de jetons du nouveau venu.

J'espérai que la menace ne l'avait pas effrayé. Je doutais qu'elle le fasse. Dès l'instant où je l'avais vu, j'avais l'impression de le connaître, comme s'il était un morceau de mon passé dont je ne me souvenais pas très bien. Je voulais qu'il reste.

— Ça ne me fait pas peur, dit-il à Trucky.

Trucky s'avança pour s'en prendre à lui, puis il sembla soudainement allergique au regard du nouvel arrivant. Il baissa la tête et s'exprima d'un ton doux.

— Je ne fume pas. Je ne devrais pas avoir à respirer votre merde.

Alex se mit à parler.

— Vous avez entendu le gars, il ne sait pas lire. C'est pas sa faute.

L'homme se retourna et lui sourit.

— Merci.

Il tendit la main.

— Je m'appelle Russ.

— Alex.

Elle lui serra la main.

— C'est mon amie Jessie, ajouta-t-elle à la hâte.

— Jessica.

Ses yeux s'attardèrent sur mon visage, assez longtemps pour que je rougisse. Il y avait de la puissance dans son regard.

— J'adore ce nom.

— Les jeux sont faits, dit brusquement le croupier.

De trois fois notre âge, il était frêle et montrait déjà des signes de la maladie qui le tuerait probablement. Son visage n'était pas simplement pâle, mais pâteux. Il aurait pu l'avoir lavé avec du savon à l'épreuve des bactéries. Les quelques cheveux qu'il possédait semblaient collés à son cuir chevelu. Plus tôt, j'avais essayé de plaisanter avec lui, mais il ne réagissait qu'aux pourboires. Mais c'était un fumeur ; il était évident qu'il avait aimé que Russ expire dans sa direction.

Nous avançâmes nos paris. Le conducteur de camion misa 20 dollars. Cinq pour moi. Alex, qui se sentait audacieuse avec 100 dollars de plus dans sa poche, misa 20 dollars. Russ déposa 1 000 dollars, ce qui fit haleter le couple japonais. Ils parlèrent avec animation dans leur langue maternelle avant de déposer chacun 20 dollars. Le croupier nous distribua nos cartes.

— Merde, jurai-je quand je vis les miennes.

Un puissant 10, suivi d'un faible 6. Total : 16, la pire main au monde, en particulier contre un croupier qui affichait un 10. La carte d'ordinateur disait que je devais doubler la mise, mais elle disait aussi que je perdrais probablement. Trucky était dans la même situation. À voir son expression de dégoût, je pouvais déjà deviner qu'il allait se lever.

Le couple japonais avait chacun 19, ce qui signifiait, bien sûr, qu'ils allaient s'accrocher. Alex avait 11 — la main parfaite pour doubler son pari initial. Russ avait aussi 11. Je supposai qu'il miserait sur ses chances et doublerait sa mise.

Toutefois, je le regardai de près. Deux raisons pouvaient expliquer qu'il choisisse d'ignorer les probabilités : la taille de son pari et le puissant 10 du croupier. Moi-même, j'aurais simplement doublé. Mais je soupçonnai que Russ était plus courageux que moi. Et qu'il avait plus d'argent.

Alex se tourna vers Russ et fit comme si elle ne connaissait rien au jeu. Elle croyait fermement qu'il n'existait aucun homme qui n'éprouvait pas de jouissance à dire quoi faire à une femme.

— Devrais-je doubler ? demanda-t-elle.

Il haussa les épaules.

— Il est écrit que vous devriez le faire.

— Vous allez doubler, non ?

— Non.

Alex fut surprise. Moi aussi. Russ semblait être un joueur expérimenté, mais son choix indiquait qu'il ne l'était pas, du moins, selon notre carte.

Alex doubla, et poussa quatre autres jetons. Russ ne toucha pas à sa mise.

Russ tira et obtint trois. Maintenant, il avait 14 devant lui — une main de merde. Il tira une autre carte, ce qu'il n'aurait pu faire s'il avait doublé, et obtint un sept, vingt et un, fantastique.

Les 40 dollars d'Alex dépendaient d'une seule main. Le croupier lui donna une carte et elle reçut un deux, la pire carte possible après avoir doublé. Elle maudit ses cartes et le croupier. Celui-ci ne cligna pas des yeux. En dépit de mes convictions, je pris une carte, j'obtins un huit et fus hors-jeu. Alex perdit aussi.

Russ fut le seul gagnant.

Ensuite, avec audace, il laissa ses 2 000 dollars sur la table. C'était un montant si ridicule à parier sur une seule main, que le reste d'entre nous ne prêta plus attention à leur propre main. Sauf Alex. Elle était en colère, elle avait perdu ses 40 dollars et elle tentait de se refaire en vitesse. Elle déposa une pile de huit jetons de cinq dollars.

— Tu es en train de jeter tes gains par la fenêtre, la prévins-je.

— Chut ! dit-elle sèchement.

J'y allai pour cinq dollars. Trucky et le couple japonais jouèrent pour 20. Notre croupier me servit un autre 16, et j'eus l'impression d'être foutue. Trucky obtint 12. Le couple japonais tira de nouveau 19. Russ avait 10. Malheureusement, le croupier avait aussi reçu un 10.

Alex obtint un misérable 15.

— Dois-je tirer ? demanda Trucky à Russ.

Quelques minutes plus tôt, l'homme avait voulu frapper Russ. On ne voit ces choses qu'à Vegas.

— Ne me demandez pas de conseils, dit Russ.

— Allez, insista Trucky.

— Eh bien, vous ne pouvez rester à ne rien faire avec un 12.

— Peut-être que le croupier va sauter, dit Trucky.

Russ haussa les épaules.

— C'est vous qui décidez.

Alex fit appel à Russ.

— Comment est-ce que je peux sortir de ce pétrin ?

Russ n'hésita pas.

— Tirez.

C'était l'heure de la décision. Le couple japonais refusa. Trucky tira et obtint neuf — vingt-et-un. Il tapota Russ sur le dos, lui dit qu'il était un bon homme. Russ tira un autre 10 pour un 20. Alex tira aussi un 10, ce qui la fit sauter. Dégoûtée, elle frappa la table.

— Vous m'avez dit de tirer ! se plaignit-elle à Russ.

— J'ai aussi dit de ne pas me demander de conseils, dit-il.

Je tirai, j'obtins un six et je sautai de nouveau. Il ne me restait que 40 dollars en jetons et les 100 dollars dans mon sac devaient me durer tout le week-end. Le croupier retourna sa carte cachée. Il avait 17. Le couple japonais avait gagné, de même que Russ, qui avait déjà une avance de 3 000. Wow !

La chose la plus intelligente à faire de ma part aurait été de partir. Alex était déjà en train de ramasser ses affaires pour s'en aller. Russ l'agaçait, elle n'aimait pas son attitude, même si elle aurait dû accepter qu'elle eût décidé de parier autant de son propre gré.

— Allez, Jessie, grommela-t-elle.

J'hésitai.

— Je veux continuer à jouer.

— Tu reçois chaque fois des mains de merde. Essayons ailleurs.

Je jetai un coup d'œil vers Russ — qui s'allumait une autre cigarette — et je me tournai vers Alex.

— Vas-y, je te rejoins plus tard.

— Parfait.

Je hochai la tête en direction de Russ.

— Je te le promets. Je t'appellerai sur mon cellulaire.

Alex comprit le message.

— Rappelle-toi, la plupart des cellulaires ne fonctionnent pas à l'intérieur de ces endroits. Va dehors si tu ne peux pas me rejoindre.

Elle se pencha et murmura à mon oreille :

— Attention à ce gars-là, il y a des problèmes en perspective.

Je me contentai de hocher la tête. N'étions-nous pas venues à Vegas pour avoir des problèmes ?

Nous jouâmes une autre heure, ensemble, et personne ne quitta la table, sauf le croupier. Il prenait de courtes pauses. Avec notre croupier de retour à la barre, mes maigres fonds recommencèrent à diminuer. De fait, la situation s'était aggravée. Je plongeai dans mon sac et j'en sortis les 100 dollars que j'avais juré de garder pour les deux prochains jours. Je jouais avec de l'argent que je ne pouvais me permettre de perdre. Certes, ma chambre était payée, mais j'avais besoin d'argent pour acheter de la nourriture et des boissons.

Pourquoi étais-je si téméraire ?

C'était insensé, mais j'avais l'impression que ma chance devait changer. De plus, je voulais rester près de Russ. Je m'étais rapprochée de lui, en prenant le fauteuil vacant d'Alex. Pour la première fois en un long moment, Russ me regarda.

— De combien êtes-vous dans le pétrin ? demanda-t-il.

— Près de 200 dollars.

— Pouvez-vous vous le payer ?

— Non, jamais.

Je l'avais regardé jouer. Il avait assurément gagné 100 000 dollars. Je pensai que peut-être il me proposerait un prêt que de toute façon je n'aurais pas accepté. J'étais trop fière. Il me surprit lorsqu'il me dit de parier tout ce qu'il me restait sur ma prochaine main.

Je hochai la tête.

— Vous êtes fou ?

Il me regarda.

— Je suis sérieux, Jessica.

— C'est Jessie.

— Pariez tout, Jessie.

Je fis signe vers ses piles de jetons.

— C'est facile à dire pour vous. Vous gagnez comme un démon. Combien avez-vous gagné?

— Je ne sais pas, je ne sais pas compter.

— Vous ne savez pas compter et vous ne savez pas lire. Quelle combinaison gagnante!

— Ça ne m'a pas trop mal servi ce soir.

— Devrais-je parier tout ce que j'ai gagné? interrompit Trucky.

Russ l'ignora. Il était concentré sur moi. Le croupier exigeait que nous placions nos paris.

— C'est l'heure de la décision, dit Russ.

Quelque chose dans sa confiance me poussa à mettre ma main dans ma poche pour en sortir mes derniers 40 dollars. Il n'était pas question de lui redemander comment il savait qu'il était temps de miser le tout. Il avait dit ce qu'il avait à dire, et c'était tout. Je pouvais lui faire confiance ou laisser tomber. Prenant une profonde inspiration, je poussai les jetons rouges dans le cercle peint en blanc sur le velours vert.

— Qui ne risque rien n'a rien.

Russ sourit et déposa 10 000 dollars.

— Vrai.

Je hochai la tête devant la taille de son pari.

— Vous êtes fou.

— Jouer est fou.

— Vrai. Mais vous avez de l'avance. Vous devriez arrêter pendant que vous êtes en avance.

— Pourquoi?

— Non, sans blague. Vous jouez contre les probabilités. À long terme, vous ne pouvez pas continuer de gagner.

— Je ne joue pas contre les probabilités.

— Vraiment?

— Je joue contre moi-même.

Sa remarque aurait dû être suffisamment énigmatique pour être ignorée. Sauf que je l'avais observé pendant plus d'une heure et qu'il avait gagné plus de quatre-vingts pour cent de ses paris. Une personne qui pouvait jouer à un niveau aussi élevé et toujours gagner devait savoir quelque chose que le reste du monde ignorait, ou bien il était fameusement veinard. Merde, regardez-moi, j'étais en train de lui faire confiance avec mes derniers jetons.

Le croupier joua une fois de plus. Ma première carte fut un as. Dieu du ciel, priai-je. Si seulement la prochaine carte était un 10.

J'obtins une dame de carreau. Blackjack, qui me paya une fois et demie mon pari original. Soudain, j'étais plus riche de 60 dollars, et j'avais retrouvé mes 100 dollars. Je devrais m'en aller, songeai-je. Partir avec assez d'argent pour louer peut-être un bateau sur le lac Mead et faire du ski nautique avec Jimmy, ou encore, retourner avec lui à ce restaurant italien au Bellagio. Jimmy aimait les pâtes; il aimait manger.

Mais Russ me regardait avec ses yeux bleu marine. Derrière eux, la mer était trop profonde, trop calme, pour lui dire non. Il voulait que je mise.

Je laissai les 100 dollars sur la table.

Le croupier prépara un nouveau sabot et distribua les cartes. J'obtins un 17, une main affreuse, surtout quand le croupier montrait un 10. Je ne pouvais qu'attendre et voir s'il sauterait. Je n'étais pas Alex, je ne me défoulai pas sur Russ. J'avais pris ma propre décision et je vivrais avec.

— Carte, dit Russ quand le croupier arriva à moi.

Il avait gagné sa dernière main et avec un autre 20 installé devant lui, il semblait qu'il allait gagner de nouveau. Ses paris au maximum de 10 000 continuaient de s'accumuler.

Je fis un rire moqueur à sa suggestion.

— Oui, bien sûr. En priant pour avoir un quatre, un trois ou un deux. Ce sont les seules cartes qui peuvent m'aider.

— Vous avez besoin d'un quatre, dit-il.

Les joueurs d'origine étaient toujours à notre table. Pour la première fois, ils se concentraient sur moi. Il savait que les 100 dollars étaient tout ce qui me restait.

— Mais les probabilités… commençai-je.

— Au diable, les probabilités, dit Russ.

— Ce n'est pas ce que vous avez dit à Alex.

— C'est parce que je vous voulais pour moi seul, répondit-il.

Il était en train de dire qu'il lui avait volontairement donné de mauvais conseils. Il voulait l'énerver pour qu'elle parte.

Qui était cet homme ?

— Donnez-moi une autre carte, dis-je au croupier.

J'obtins un quatre — vingt et un. La table applaudit bruyamment. Trucky voulait me serrer dans ses bras. Le croupier retourna sa carte. Russ avait raison, j'avais besoin d'un quatre. Le croupier avait 20.

J'avais regagné mon argent. Je poussai mon butin vers le revendeur pour qu'il puisse me donner deux jetons noirs de 100 dollars à apporter à la fenêtre du caissier. Mais Russ m'arrêta.

— Changez-les pour des verts, et jouez encore un peu, dit-il.

Les verts étaient des jetons de 25 dollars. Une personne pourrait gagner ou perdre terriblement vite à ce rythme.

— Il faut que je retrouve mon amie. Je pense qu'elle est en colère contre moi, lui dis-je.

— Nous sommes à Vegas. Ici, personne ne reste fâché longtemps.

J'essayai de discuter avec lui, mais le cœur n'y était pas. Surtout lorsqu'il m'offrit de me dire quand parier fort. Je n'étais pas folle. Je pouvais voir ce dont il était capable. Si je pouvais gagner de l'argent tout en flirtant avec un mec mignon, alors Alex pouvait aller au diable.

Je demandai un autre Cuba libre et je l'avalai d'un coup. Russ nous commanda chacun d'autres verres et nous alignâmes nos jetons et nous nous préparâmes pour du jeu sérieux. Il avait finalement pris un moment pour compter ses jetons. Il avait accumulé 150 000 dollars. Avec un visage impassible, il me dit qu'il voulait gagner un demi-million. Il donna un pourboire de 10 000 dollars à notre croupier — le gars sourit enfin — puis Russ sembla modifier notre stratégie et m'indiqua de parier faiblement pendant quelques mises. Ce qui signifiait que je devais encaisser deux jetons verts pour 10 de cinq dollars.

Je perdis les cinq prochains paris. Naturellement, j'étais soulagée d'avoir joué le minimum permis par le casino. Mais dès que le croupier brassa un nouveau sabot — il y avait en fait six jeux de cartes dans le sabot, tous mêlés — Russ me dit de parier 100 dollars. C'était plus de la moitié de ce qui me restait, mais il n'était pas question de lui dire non. Surtout avec Trucky qui mendiait de l'aide de l'autre côté.

— Pourquoi l'aidez-vous, elle, et pas moi? demanda-t-il alors que je gagnais la main suivante.

Russ se tourna vers lui.

— Vous voulez un conseil? Quittez le casino maintenant et ne revenez pas.

Pauvre Trucky. Russ l'avait blessé.

— Que vous ai-je fait? J'ai cessé de me plaindre que vous fumiez.

Russ l'ignora et se concentra sur le jeu. Le croupier avait jeté les cartes avec une grande dextérité. Je pariai encore 100 dollars et j'obtins un 20, et mon cœur sauta un battement. Surtout que le croupier finissait avec 19.

Soudain, j'étais rendue à 200 dollars. Près de 10 minutes plus tard, j'avais 1 000 dollars d'avance. Ce n'était que le début. Russ variait ses paris entre 1 000 et 10 000 dollars, rien entre les deux. Après avoir gagné plus de 3 000 dollars, il me dit de diversifier mes paris — soit 500 ou 50 dollars.

Bien sûr, Russ me disait quand placer la grosse mise. Ce qui n'empêchait pas mes mains de trembler chaque fois que je poussais mes jetons.

Je supposai qu'il comptait les cartes, mais en se basant sur ce que nous avait dit Ted, il gagnait bien trop souvent pour un compteur de cartes ordinaire. Non, songeai-je, il doit utiliser un autre type de système. Mais quoi?

Je n'étais pas la seule à être perplexe. Sa série de victoires attirait naturellement les inspecteurs. Au moins deux d'entre eux se tenaient au-dessus de nous à partir du moment où Russ avait dépassé des gains de 100 000 dollars. Finalement, le gérant apparut, un grand gars costaud avec un cou aussi épais que ses cuisses. Il avait le mot « mafia » écrit partout sur lui.

De temps en temps, le gérant levait les yeux et faisait des signes avec ses mains. Je compris qu'il était en communication avec la sécurité dont m'avait parlé Ted. Tous les casinos employaient des gens qui surveillaient d'en haut des tables au moyen de caméras spéciales, à la recherche de tricheurs et de compteurs de cartes en particulier. Pourtant, aucun d'eux ne semblait avoir l'impression que Russ comptait les cartes. Ils le laissaient jouer, même s'il continuait de gagner. Je suppose qu'ils espéraient que sa chance allait tourner et qu'il perdrait tout ce qu'il avait remporté, et même davantage.

Je me penchai et je murmurai à l'oreille de Russ.

— Ça vous dérange, toute cette attention ? demandai-je.

— Non. Ils sont comme tout le monde. Ils détestent se séparer de leur argent.

— Qu'est-ce qu'on fait s'ils nous ordonnent de quitter la place ? demandai-je.

— Ce sont des clubs privés. Nous devrons partir.

L'alcool me montait à la tête et j'en ressentais l'effet. Je soupçonnais que le bar avait augmenté la puissance de nos boissons pour que Russ joue imprudemment, mais pour être honnête, je buvais plus que lui. Je jouais comme un robot dont l'interrupteur interne de joie était coincé en position marche. L'argent que nous gagnions me donnait envie de chanter. Tout cela paraissait irréel. Je regardais toutes les piles de jetons qui s'entassaient devant moi et je me disais qu'on ne m'avait pas donné de vrais jetons. Que je jouais avec de l'argent de Monopoly. L'idée ne me dérangeait pas parce qu'en fait, dans la vraie vie, aucune nana fauchée de 18 ans d'Apple Valley n'était jamais allée à Las Vegas pour y gagner d'énormes sommes d'argent.

Notre croupier alla prendre une pause et ne revint jamais. Apparemment, nous avions une nouvelle croupière — une femme de 50 ans au visage dur qui portait un maquillage si épais qu'il semblait retenir son nez sur son visage. Russ me demanda de garder mes paris bas. Dix minutes plus tard, il se pencha et me parla à l'oreille.

— On part. Cette femme est ce qu'on appelle une croupière-manœuvrante. Sa coordination œil-main est extraordinaire. C'est la meilleure que j'aie vue. Elle nous donne des cartes qui sont à une profondeur de deux, trois, ou plus dans le paquet de cartes. Faites-moi confiance, si nous restons, nous continuerons d'obtenir des mains perdantes.

Je hochai la tête.

— D'accord.

La femme, de même que le gérant et l'inspecteur attendaient notre prochain pari. Russ poussa toutes nos piles de jetons vers l'avant et demanda au gérant de compter nos gains.

— Je vous demande pardon, monsieur? dit la femme, visiblement contrariée.

Russ demeura cool.

— Voulez-vous compter nos jetons ici, ou devrons-nous le faire au guichet du caissier?

Le gérant s'avança. Il tendit la main à Russ et ils échangèrent leurs noms et autres politesses. Il m'ignora complètement. Il semblait préoccupé par le fait que Russ ne veuille pas laisser ses gains dans la voûte de l'hôtel pour pouvoir jouer de nouveau à une date ultérieure. De mon côté, j'aurais rapporté le fait qu'ils avaient essayé de nous tromper avec une croupière-manœuvrante. Mais apparemment, Russ était plus sage.

Il leur dit que nous voulions des chèques pour les montants que nous avions gagnés, et il insista pour que les jetons soient comptés devant nous afin qu'ils ne quittent jamais nos yeux.

Nos jetons furent chargés dans deux supports de verre : un pour Russ, un pour moi. Le gérant voulait nous emmener en arrière, mais Russ insista pour que l'on compte les jetons juste là sur le comptoir. Il semblait réticent à franchir toute porte qui pouvait être verrouillée derrière nous.

Le gérant accepta les conditions de Russ. Il appela deux femmes qui regroupèrent les jetons en piles de 20, après les avoir déjà séparés par couleur. Russ avait gagné tellement de jetons d'or — qui valaient 1 000 dollars chacun — que j'en avais le vertige.

Russ ne semblait aucunement troublé. Pour lui, ce n'était qu'une autre nuit au casino.

Les femmes complétèrent mon compte en premier. 57 800 $

— Vous vous foutez de moi, soufflai-je.

— Le voulez-vous en chèque ou en espèces ?

— Un chèque, répondit Russ. Jessie, votre nom légal, c'est Jessica ?

— Ouais. Jessica Ralle. Avez-vous besoin de mon deuxième prénom ?

— Ce n'est pas nécessaire, sauf si votre banque le demande, dit le gérant.

— Merde. Ma banque n'a probablement jamais vu un aussi gros chèque.

Les femmes avaient terminé le compte de Russ. 642 450 $.

— Mon nom complet est Russell Devon, dit Russ.

— Il faut que nous voyions vos cartes d'identité, dit le gérant. Et je suis sûr que vous êtes au courant, nous retirerons automatiquement la somme due à l'impôt pour ces gains.

Je me sentis soudain prête à m'évanouir. Je jouais bien entendu avec une fausse carte d'identité. Je n'avais jamais prévu de gagner un montant pour lequel on me demanderait de voir ma pièce d'identité, encore moins déduire un montant pour l'impôt. Je me penchai contre Russ et j'enfouis le côté de mon visage dans son oreille.

— Je dois vous parler seul à seul, dis-je.

Russ demanda si nous pouvions être excusés quelques minutes, et le gérant fut d'accord. Nous nous rendîmes dans le coin, hors de portée, et avant même de pouvoir expliquer quel était le problème, je me mis à pleurer.

— Merde, merde, merde, répétais-je à travers mes larmes.

Une chance comme ça n'arrivait jamais dans le monde réel. Je n'allais pas obtenir l'argent.

Russ me jeta un coup d'œil avec un léger sourire.

— Laissez-moi deviner, dit-il. Vous n'avez pas 21 ans.

— Je suis tellement désolée, Russ.

— Détendez-vous. Vous ont-ils demandé une pièce d'identité quand vous vous êtes assises toutes les deux au début ?

— Nous leur avons montré quelque chose qu'un ami a concocté sur son ordinateur. Ces types-là sauront que c'est du faux.

— Je suis certain qu'ils le sauront, car ils voudront aussi votre numéro de sécurité sociale. Mais ce n'est pas un problème aussi grave que vous le croyez. Vous allez partir d'ici, maintenant, et traverser la rue vers Mandalay Bay. C'est à seulement 200 mètres sur le Strip. C'est là que je demeure et c'est là que je prévoyais de vous emmener prendre un café quand nous en aurions terminé ici. Passez par la porte de devant et tournez à droite. Vous trouverez un café qui est toujours ouvert.

Il regarda sa montre.

— Je vous y rejoins dans 15 minutes.

— Qu'allez-vous faire ?

Il haussa les épaules.

— Leur dire que vous jouiez avec mon argent et sous ma direction et que nous avons changé d'idée et que nous voulons tout à mon nom. Mais je vais prendre 60 000 dollars en espèces pour que vous obteniez votre part ce soir.

— Voudront-ils vous donner autant d'argent ?

— Ils ne voudront pas le faire. Mais je leur dirai que s'ils gèrent toute cette affaire gentiment, je leur promets de revenir demain soir pour jouer. Ils accepteront. À ce stade, tout ce qu'ils veulent, c'est d'avoir une chance de regagner leur argent.

J'essuyai mes yeux larmoyants

— Je me sens tellement idiote.

Il se pencha et m'embrassa sur le front.

— Pas du tout. N'importe qui d'autre serait devenu hystérique à l'idée de penser de perdre beaucoup d'argent.

Il s'arrêta et regarda autour de lui. Un inspecteur nous observait de loin.

— Il est important que vous partiez avant qu'ils vous arrêtent et vérifient votre identité. S'ils voient que c'est une fausse pièce d'identité, ils vous refuseront vos gains.

Juste à ce moment, un léger doute s'agita au fond de moi.

Et si je vais au café et que je m'assois là pendant 30 minutes et que je commence à m'énerver parce qu'il met trop de temps? Et si une autre demi-heure passe et qu'il ne se montre toujours pas? Puis, enfin, je vais à la réception et je leur demande de sonner à la chambre de Russell Devin et, ô surprise, il n'est pas inscrit au Mandalay Bay?

Et quoi alors?

Je me rendrais compte que j'étais la pire idiote de tout le sacré Strip.

— Ne devrions-nous pas nous rejoindre à votre chambre? demandai-je avec désinvolture.

Il n'hésita pas. Il tira une carte de chambre de sa poche.

— Premier tour. Chambre quatre-trois-un-quatre. Faites attention, c'est la seule clé que j'ai sur moi. Je frapperai quatre coups.

Je me sentis soudainement beaucoup mieux.

— Super.

J'allais partir.

— Jessie? appela-t-il.

Je m'arrêtai.

— Quoi?

— Quel est mon numéro de chambre?

— Quatre-trois… ah, merde, je suis ivre.

— Quatre-trois-un-quatre. Dites-le trois fois à voix haute.

— Quatre-trois-un-quatre. Quatre-trois-un-quatre. Quatre-trois-un-quatre.

— Une fois que vous êtes dans la chambre, appelez pour du café et du dessert.

— Quel genre de dessert voulez-vous?

— Je prendrai la même chose que vous. Maintenant, sortez d'ici.

Dès que je sortis du casino et sur le Strip affairé, je me sentis envahie par une vague de soulagement. La nuit était encore chaude, mais je me sentis étreinte par une joie délicieuse qui rafraîchissait mon cerveau. Je prenais conscience que je venais de gagner une somme d'argent impossible, mais mon bonheur semblait provenir d'une autre source. Russ n'était pas un gars ordinaire. C'était un homme magique. J'avais le sentiment étrange que si je restais près de lui, si j'apprenais vraiment à le connaître, je découvrirais la source de sa magie.

CHAPITRE 4

La suite où habitait Russ était phénoménale. Au dernier étage du Mandalay Bay, il occupait l'unité de coin qui faisait face au Strip. Elle disposait d'une grande chambre, d'une salle à manger, d'une cuisine et d'un salon chic dans lequel je croyais que seuls les riches pourraient vraiment être à l'aise. Je veux dire, j'hésitai même à m'asseoir sur le canapé. Le matériau brun clair était si doux, si luxueux, que j'aurais pu m'y enfoncer et m'y noyer. Pour éviter de somnoler, je finis par m'installer dans un fauteuil de cuir noir avec un panorama sur des hôtels à perte de vue.

Heureusement, de l'endroit où j'étais assise, je pouvais atteindre le téléphone. Le gars du service de chambre m'appela Mme Devon. Je trouvai le nom amusant jusqu'à ce que je me rende compte qu'il avait peut-être parlé à une véritable Mme Devon plus tôt dans la journée. C'était possible. Que savais-je au sujet de Russ ? En vérité, tout ce que je savais sur lui, c'était qu'il était un génie au blackjack.

Après avoir commandé du café et un assortiment de gâteaux et de la crème glacée, je bondis du fauteuil et je me mis à fouiller précipitamment la suite. En général, je détestais les fouineurs, mais la prudence me disait d'apprendre ce que je pouvais sur le mystérieux Russell Devon pendant qu'il était hors de vue.

Seuls des vêtements masculins étaient suspendus dans les placards. Il avait apporté deux grosses valises ; il disposait de trois costumes complets, et d'un grand nombre de cravates et de chemises parmi lesquelles choisir, sans mentionner quatre paires de chaussures, toutes confectionnées de cuir luxueux. De toute évidence, il prévoyait de rester un certain temps.

Dans la salle à manger, il avait laissé un ordinateur portable en marche sur la table, à côté d'un tas de dépliants estampillés de deux lettres d'un rouge brillant : WW. Un examen plus approfondi révéla que les initiales signifiaient West World.

Je supposai qu'il s'agissait d'une société pour laquelle il travaillait. Je n'examinai aucune des brochures en détail, mais suffisamment pour apprendre que l'entreprise était engagée dans un projet génomique — en d'autres termes, l'étude des gènes humains.

Son ordinateur portable était vraiment une tentation. Ses dossiers étaient ouverts et accessibles à la lecture ; il avait déjà entré son mot de passe. Manifestement, il l'avait laissé avec la certitude qu'il serait le premier à retourner à sa chambre. Si je le voulais, je pourrais lire ses courriels personnels. Il devait avoir oublié l'ordinateur lorsqu'il m'avait remis la clé de sa chambre.

Néanmoins, je trouvai bizarre qu'il ait laissé l'ordinateur allumé. Je n'étais pas obsédée par les questions de protection des renseignements personnels, mais je ne laissais jamais mon ordinateur portable dans une position où même ma mère pouvait en lire le contenu.

Deux choses m'empêchèrent de lire son courrier : le fait que j'aurais détesté qu'il agisse de la même manière envers moi, et le risque qu'il découvre plus tard que je l'ai fait. Russ était visiblement intelligent ; ce n'était pas quelqu'un qui raterait ce genre de détails.

Je retournai dans le confort du fauteuil de cuir. Il était minuit et quart. La journée avait été longue, une journée bien remplie, et avec l'alcool dans mon sang, je commençai à bâiller et je fermai les yeux. Soudain, j'entendis quelqu'un qui frappait à la porte ; le bruit me réveilla en sursaut. Mais la personne n'avait pas frappé quatre coups. Bien sûr, je venais tout juste d'appeler le service aux chambres. Prudemment, silencieusement, je me glissai vers la porte.

— Oui ?

— Service aux chambres.

— Super.

J'ouvris la porte. Le type — il était jeune, mais rapide — entra avec un plateau chargé de suffisamment de desserts pour une fête. Eh bien, tant pis, pensai-je. Russ ne devait pas s'inquiéter de la facture. Après avoir inscrit un gros pourboire pour le serveur, je signai le coupon en utilisant le nom de Russ. Le garçon sourit et partit et je me versai une bonne tasse de café, en y ajoutant de la crème et du sucre. Une simple gorgée me dit que je buvais du café que je n'aurais jamais pu me permettre.

Dix minutes plus tard, il y eut quatre légers coups à la porte. Je l'ouvris et je souris quand je vis le sourire en coin de Russ et le sac d'argent qu'il portait. Je supposai que c'était de l'argent comptant. Il me lança le sac de cuir. Il en émanait une impression « d'argent ».

— Vous ont-ils permis de prendre 60 000 dollars ? demandai-je.

— 100 000.

Il entra et aperçut le plateau de desserts.

— Bon Dieu, Jessie. Vous devez être quelqu'un qui ne prend pas facilement de poids.

C'est étrange, mais ce ne fut qu'à ce moment que je pris le temps de jauger son corps. Je me demandai si l'inspiration me venait du sac d'argent que je tenais. Pourquoi l'argent et le sexe vont-ils si bien ensemble ? Sans une table de blackjack devant lui, je voyais à quel point il était bien bâti. Il devait faire régulièrement de l'exercice. Avec un cul aussi magnifique, et des yeux si bleus, il serait difficile de résister.

Mais ce n'était pas comme si j'avais décidé à ce moment même de coucher avec lui. Mais oui, je commençais à y penser.

— Vous avez tort, dis-je. Je compte chaque calorie que je mange.

Il fit un geste vers les desserts.

— Combien y'en a-t-il ici ?

— Environ 60 000.

Il haussa un sourcil.

— Est-ce un sous-entendu ?

— Que voulez-vous dire ?

— Avez-vous peur que je ne vous donne pas votre argent ?

Je haussai les épaules, essayant d'avoir l'air cool.

— Je me suis bien amusée à le gagner. Ça ne me dérange pas si vous le gardez.

— Des conneries !

Il se mit à rire.

— Vous auriez dû voir l'expression sur votre visage quand j'ai posé la question. Ça n'avait pas de prix.

— Super. Alors, je viens juste de gagner mon argent.

— Touché.

Il fit une pause.

— Vous pouvez le laisser aller, vous savez.

— Quoi?

— Le sac d'argent. Vous vous y cramponnez comme si votre vie en dépendait.

J'aurais voulu lui crier que je me foutais bien de l'argent, mais il m'avait eue. Je serrais le sac si étroitement sur ma poitrine, que je dus faire un effort conscient pour le déposer. Il était difficile de ne pas regarder le sac fixement. Il représentait un tout nouvel avenir pour moi.

— Quel âge avez-vous? demandai-je.

— Quel âge me donnez-vous?

— Votre âge est difficile à déterminer, admis-je. Votre langage corporel vous donne plus de 30 ans. Au fait, c'est un compliment. Vous avez une présence imposante. Mais si je m'étais contentée de voir votre photographie, je dirais que vous êtes aussi jeune que 25 ans.

— Intéressant.

Je pris le sac d'argent et je le lui lançai.

— Intéressant? Est-ce tout ce que j'obtiens? Quel âge avez-vous?

— Quel âge avez-vous?

— J'ai l'âge légal.

— Légal pour quoi? Pas pour le jeu, ça c'est sûr.

Il fit une pause.

— Vous devez avoir entre 18 et 20 ans.

— Vrai. Maintenant, vous me donnez un intervalle pour votre âge. À condition que ce ne soit pas plus de deux ans.

Il hocha la tête.

— Je ne peux pas.

— Pourquoi?

— Parce que je devrais vous mentir. Et je ne veux pas le faire.

Il souleva le sac d'argent.

— Vous savez quoi? Vous êtes une première.

— Une première en quoi?

— Je vous ai lancé un sac d'argent et vous me l'avez relancé. C'est la première fois que je vois une femme faire ça. D'habitude, une fois qu'elles ont mis la main dessus, elles ne s'en départissent pas.

J'étais flattée.

— Je vous fais confiance. Aussi, ce n'est pas vraiment mon argent, et maintenant je suis sérieuse. Je n'ai rien fait pour le gagner. Vous n'êtes pas obligé de le partager avec moi.

— Vous m'avez fait confiance. C'est suffisant.

Il déposa l'argent sur une table à proximité.

— D'ailleurs, si vous le voulez, vous pouvez garder les 100 000 dollars.

Je faillis tomber. Je hochai la tête avec fermeté.

— Non, absolument pas. Ce ne serait pas juste. Après impôt, au plus, je devrais garder 35 000 dollars. Vous ne pouvez pas me donner trois fois ce montant.

— Je peux vous donner ce que je veux. C'est à vous de décider de l'accepter ou non. Vous avez vu combien j'ai gagné. Dans mon cas, le surplus d'argent ne fera aucune différence. Mais il peut vous aider. À la table, vous avez mentionné que vous aimeriez aller à la même école qu'Alex.

Il fit un geste vers le sac.

— Eh bien, voici votre chance.

— Comme si je pouvais entrer à l'UCLA et payer mes droits de scolarité avec de l'argent liquide.

— Croyez-moi, ils le prendraient et ils ne poseraient aucune question. Tous les campus de Californie ont des problèmes d'argent. Ils seront heureux de laisser entrer une jeune fille aussi brillante que vous, surtout si vous ne demandez pas d'aide financière.

— Il est trop tard pour m'inscrire pour le semestre d'automne.

— Montrez-leur l'argent, vous verrez bien ce qu'ils diront.

La tête me tournait. Je me calai dans mon fauteuil et j'avalai une grande gorgée de caféine. Le garçon avait apporté six différentes assiettes de crème glacée — toutes déposées sur des cubes de glace — et six variétés de gâteaux. Les plats semblaient divins, mais mon estomac tourbillonnait autant que mon cerveau et je n'étais pas certaine de pouvoir manger. Russ s'assit sur un canapé à proximité et il se versa un peu de café. Il le prit noir.

Le plus drôle, c'est que je savais qu'il le prendrait noir.

— Est-ce que le gérant s'est fâché parce que je suis partie? demandai-je.

— S'il l'était, il ne l'a pas montré. Rappelez-vous, l'argent que vous avez gagné n'est rien à côté de ce que j'ai obtenu. Pour l'instant, son travail consiste à bien me traiter pour que je me sente à l'aise dans son casino et que je revienne jouer.

— Il s'imagine que si vous continuez à jouer, vous finirez par perdre.

— Bien sûr.

Je l'examinai.

— Mais peu importe combien de temps vous jouez, vous continuerez à gagner, exact?

Russ me regarda dans les yeux.

— Oui.

— Comment?

— Sans vouloir vous offenser, Jessie, nous venons tout juste de nous rencontrer. N'est-ce pas un secret plutôt énorme à partager si tôt ?

— Vous avez passé des heures à montrer votre capacité devant moi. Je crois que je mérite une explication.

— Très bien, en échange de 100 000 dollars, je vous dirai mon secret.

Il bluffait ; c'était un de ses passe-temps favoris. Je décidai de jouer le jeu.

— Très bien. Je vous échange l'argent contre votre technique.

Il se pencha et parla sur le ton de la confidence.

— Je triche.

— Soyez plus précis.

— Je sais quand miser haut ou bas parce que je connais les cartes que j'obtiendrai ensuite.

— Comment ?

Il sourit.

— Ça fait deux fois que vous me posez la même question. Peu importe ce que je dis, vous allez continuer à le demander.

— C'est faux. Vous ne me dites rien. Ce n'est pas juste.

— Juste ? C'est juste de devoir vous dire tous mes secrets au premier rendez-vous ?

— Est-ce bien cela ? Un rendez-vous ?

Il but encore du café.

— J'espère bien.

Il l'avait dit si gentiment que je fus touchée. En vérité, il avait raison, j'étais trop exigeante. Je m'installai et je bus mon café pendant qu'il s'attaquait à un morceau de gâteau au chocolat allemand. Il prenait des bouchées de bonne taille.

— Allez-vous jouer encore à cet endroit ? demandai-je.

— J'ai trop attire d'attention. Tout au plus, je peux jouer à un ou deux autres hôtels sur le Strip avant d'être obligé de quitter la ville.

— Êtes-vous en train de dire que votre vie serait en danger?

— Vous paraissez être surprise — ne le soyez pas. Si je continue à gagner, les gens qui possèdent ces tours scintillantes vont se fâcher. Ils ont l'habitude de prendre l'argent des gens, ils n'aiment pas le voir sortir dans des valises.

Il fit une pause et but d'autre café.

— À un moment donné, quelqu'un interviendra.

— Vous parlez de la pègre, n'est-ce pas? J'ai entendu dire qu'elle contrôle encore Las Vegas dans les coulisses. Que les gens ne s'en rendent simplement pas compte.

Il me surprit quand il hocha la tête.

— La mafia n'a aucun pouvoir ici.

— Alors, qui exactement agirait contre vous?

— Voilà une histoire pour une autre nuit. Le principal, c'est que vous ayez assez d'argent pour aller à l'école.

— Si j'accepte les 100 000 dollars.

— Vous les prendrez. Vous êtes peut-être une gentille gamine, mais vous n'êtes pas stupide.

— Je ne suis pas une gamine.

Il baissa la tête.

— Mes excuses.

Je hochai la tête vers la salle à manger.

— Vous avez laissé votre ordinateur portable allumé. Estimez-vous heureux que je ne sois pas une espionne. J'aurais pu éplucher votre courrier.

Il était indifférent.

— Je m'en sers simplement pour naviguer sur Internet et rester en contact avec des amis.

— J'ai remarqué les brochures à côté de l'ordinateur. Vous travaillez pour West World ? demandai-je.

— Oui.

— J'ai jeté un coup d'œil à une brochure. C'est une société de génétique ?

— Ils ont mis au point une technologie qui leur permet de prendre une photographie en trois dimensions de l'ensemble de votre génome en quelques secondes.

— Une vraie image ? Une qui montre une possible faiblesse ?

— Une image extrêmement détaillée. Lorsque notre produit arrivera sur le marché, il explosera. Il permettra à tout médecin de prendre une photo de vous au moment où vous naissez et de prédire — avec une grande précision — les maladies que vous êtes susceptible de contracter au cours de votre vie.

— Les compagnies d'assurance vont adorer.

— Vous êtes rapide. D'ici quelques années, les compagnies d'assurance exigeront probablement de voir une telle photographie avant d'accepter de vous assurer.

— C'est terrible. Juste parce que quelqu'un a une prédisposition pour attraper une maladie, il ne devrait pas se voir refuser l'assurance.

Russ n'était pas offensé.

— Je ne vous contredirai pas. Le potentiel d'abus avec cet appareil — nous l'appelons « scanneur » — est effarant. WW tient un congrès dans cette ville ce week-end pour répondre à ces questions précises. Des tonnes de P.D.-G. de compagnies d'assurance, des doyens de facultés de médecine, des directeurs d'hôpitaux — presque tous les acteurs principaux du domaine médical se trouvent à Las Vegas pour entendre parler de notre technologie. Il y a aussi des politiciens. Après la défense, la santé est l'industrie la plus importante au monde. Tous ceux qui connaissent le scanneur veulent avoir un mot à dire sur son mode d'utilisation.

— Ça montre que je suis complètement ignorante. Je ne savais même pas que ce congrès avait lieu.

— Ne soyez pas gênée. La convention est importante, mais West World a fait des pieds et des mains pour éloigner les médias. Il n'y a pas eu un seul article dans les journaux au sujet de nos rencontres.

— Ça m'étonne qu'on puisse garder quoi que ce soit secret de nos jours.

— Ce n'est pas un problème quand on a suffisamment d'argent. West World est fortement capitalisé, à hauteur de 20 milliards de dollars, et ce n'est même pas une entreprise publique. Ils savent à quel point leur projet est controversé. Ils veulent que l'utilisation du scanneur soit répandue avant qu'on fasse beaucoup de publicité à son sujet.

— Attendez. Vous avez dit « à quel point leur projet est controversé ». Vouliez-vous dire « produit » ?

Russ déposa son café et me regarda.

— Rien ne vous échappe, n'est-ce pas ? West World n'a pas seulement conçu le scanneur pour le distribuer à quiconque peut se le payer. Ils sont au beau milieu d'un projet où ils essaient de scanner le code génétique de chaque personne sur terre.

— Vous plaisantez ?

— J'aimerais bien.

— Combien de personnes votre entreprise a-t-elle scannées jusqu'ici ?

— Cette information est brevetée.

— Privée ?

— Oui.

Mal à l'aise, je changeai de position.

— Ai-je été scannée?

Je présumai qu'il dirait non, que je l'aurais su si c'était le cas. Mais il se leva et se dirigea vers sa chambre à coucher. Il parlait plus fort tandis qu'il disparaissait de ma vue.

— Je ne sais pas — je devrai vous scanner et vous comparer à chaque personne dans notre base de données, dit-il alors que je l'entendais fouiller dans ses tiroirs.

— Vous allez le faire maintenant?

— Ça ne prendra que quelques secondes. Ce n'est pas douloureux.

— Très bien.

Il était difficile de dire non à un type qui voulait me donner 100 000 dollars.

Russ réapparut une minute plus tard avec ce qui semblait être une étroite lampe de poche. D'environ 15 centimètres de long, l'extérieur était en métal noir avec un verre teinté rouge à une extrémité. Mais la lentille ressemblait plus à du cristal qu'à du verre, et le truc bourdonna quand Russ s'assit près de moi et qu'il appuya sur un commutateur latéral.

— Nous nous faisons maintenant enregistrer, dit-il.

— Vraiment?

— C'est une lecture officielle.

Il fit une pause et continua d'un ton sérieux.

— Jessica Ralle, ai-je votre permission pour analyser votre code génétique et l'entrer dans les banques de données de West World?

J'hésitai.

— Je suppose.

— Vous devez dire oui ou non.

— Oui.

— Tendez votre bras, s'il vous plaît, et roulez votre manche.

Je fis ce qu'il me disait.

— Posez votre coude sur le bras du fauteuil, poursuivit-il. Ce sera plus facile de rester immobile.

— D'accord.

Je découvris que je tremblais un peu.

Il appuya sur un autre commutateur et un faisceau rouge émana de la partie supérieure du scanneur. Le faisceau était étroit. Il n'y avait pas de doute dans mon esprit qu'il s'agissait d'un faisceau laser. Je sentis sa chaleur lorsque le rayon frappa mon bras. La sensation fut agréable, mais de courte durée. Le laser fut allumé pour un total de trois secondes. Le dispositif bipa faiblement, le bourdonnement arrêta, et le laser disparut.

— Voilà, dit Russ, en même temps qu'il se levait et se dirigeait vers son ordinateur portable.

Je frottai l'endroit où l'instrument avait zappé. C'était chaud.

— Comment ce dispositif fonctionne-t-il? demandai-je.

— Il utilise un laser pour créer une image holographique de vos gènes. Une fois que votre information est téléchargée dans la base de données de l'entreprise, elle est utilisée pour créer une image de votre ADN.

Je me levai et je me dirigeai vers l'endroit où il se servait d'un câble pour connecter le scanneur au portable. L'écran produisit une onde de code binaire à une vitesse incroyable avant de se fixer en une image de ce que je savais, pour l'avoir vue dans mes cours de biologie de base, être une structure à double hélice.

Les couleurs et les détails étaient si riches que j'en eus le souffle coupé.

— Mon Dieu, murmurai-je.

— Pas tout à fait. C'est vous.

— Moi?

— Votre essence. Parce que l'image est enregistrée sous forme holographique, je peux la faire pivoter dans tous les sens que je veux, me concentrer sur le gène que je souhaite.

— Est-ce que j'étais déjà dans votre base de données ou non?

Il hésita.

— Non.

— Voyez-vous des problèmes avec mes gènes?

— Je n'en cherche pas.

Il leva les yeux.

— Je sais que vous percevez de la réticence quand je parle du projet de West World. Il y a une raison. Ce que je viens de vous faire, ce n'est pas comme relever vos empreintes digitales ou même prélever votre sang. C'est beaucoup plus intime. J'ai maintenant le pouvoir d'en connaître énormément sur vous. Par exemple, disons que j'ai vu que votre gène M5H2 est défectueux. Ça voudrait dire que vos chances de développer un cancer du côlon sont 10 fois supérieures à la normale.

Je posai ma main sur ma bouche.

— Est-ce que ce gène est endommagé?

— Je ne sais pas.

— Mais vous venez de me dire…

— Je vous ai dit que je ne sais rien sur vous parce que j'ai choisi de ne pas regarder. Mais si je change d'avis et que je regarde plus profondément, je pourrais découvrir que votre gène M5H2 est défectueux. Ensuite, je me sentirais probablement obligé de vous dire de commencer à passer régulièrement des coloscopies pour le restant de votre vie.

— Est-ce que c'est la procédure où l'on insère un tube de caoutchouc dans votre derrière?

— Voilà une solide description scientifique.

Je restai là à gigoter.

— C'est bizarre — je veux que vous regardiez et j'ai peur que vous regardiez.

— Votre réaction est tout à fait normale. C'est ce que ressentent la plupart des gens. Ils disent que la connaissance est le pouvoir, mais trop de connaissances risquent d'être une malédiction. Surtout si elles tombent entre de mauvaises mains. Non seulement je peux en apprendre sur votre santé physique, mais je peux aussi étudier votre santé mentale en examinant cet hologramme. Je peux même avoir une idée de votre QI. Et tout ça en quelques secondes, sans vous demander votre permission.

— Mais vous m'avez demandé la permission, dis-je.

— C'est vrai. Je vous l'ai dit, c'était une lecture officielle.

— Par opposition à une lecture officieuse.

Je m'arrêtai.

— Est-ce que West World a les ressources nécessaires pour scanner tout le monde sur la planète à son insu?

— Ils agissent comme si c'était le cas. Mais dans le monde en développement, c'est difficile. Il y a trop de gens et pas assez de routes pour les atteindre tous. Mais West World pourrait tout de même tenter de le faire.

— On dirait que ça vous fait peur.

— Y'a beaucoup de choses qui me font peur dans cette technologie.

— Russ, si vous n'aimez pas cette société, si vous ne leur faites pas confiance, pourquoi travaillez-vous pour eux?

Il tendit la main et éteignit l'image de mon ADN. Il prit son temps pour répondre.

— Parce qu'en travaillant pour eux, je demeure dans une position où je pourrais les arrêter s'ils abusent du pouvoir du scanneur.

— Faites-vous partie des dirigeants de l'entreprise?

Il regarda par la fenêtre.

— Vous pensez que je suis trop jeune, que je ne peux pas avoir un poste élevé à moins d'être lié au fondateur.

Il avait lu exactement dans mes pensées.

— L'êtes-vous? demandai-je.

Il haussa les épaules.

— Disons que je suis impliqué à fond dans l'entreprise. Mais je ne veux pas que vous partagiez cette info avec vos amis de l'école.

— Pourquoi me le dire si vous ne voulez pas que je la partage? Comment savez-vous que vous pouvez me faire confiance?

— Parce que je sais qu'ils se foutront bien de l'identité de mon employeur. Surtout quand ils verront votre sac d'argent. Tout ce qui les intéressera, ce sera de savoir comment je fais pour gagner au vingt-deux.

— Vingt et un.

— Hein?

— Vous avez dit vingt-deux. Le jeu, c'est le vingt et un.

Il cessa de sourire et se tint devant moi, puis il posa ses mains sur mes épaules. Pendant un moment, j'étais certaine qu'il allait m'embrasser. J'avais déjà décidé que je le laisserais faire. Il était assez mignon et je ne devais rien à Jimmy.

Rien à part des mois de douleur.

— Aimeriez-vous apprendre à jouer au vingt-deux? demanda-t-il.

— Ne vous moquez pas de moi — ce jeu n'existe pas.

— Mes amis et moi, nous passons notre temps à jouer. C'est le même jeu, vraiment, avec seulement quelques règles de plus. Ça pourrait vous aider à comprendre comment je gagne au vingt et un, ajouta-t-il.

— Vous rigolez.

— Non.

— N'êtes-vous pas fatigué de jouer aux cartes?

Il consulta sa montre.

— Il est passé 1 h. J'ai une réunion tôt demain matin. Je dois être au lit à 2 h. Mais nous pourrions jouer pendant un petit moment. Cela me plairait bien, ajouta-t-il.

Une fois de plus, qui étais-je pour me disputer avec un homme qui voulait payer mes études à l'université?

À ma grande surprise, Russ avait six jeux de cartes sous la main. C'étaient de nouveaux jeux, encore emballés dans du plastique. Il les ouvrit et étala les cartes sur la table de la salle à manger. Il les brassa aussi rapidement et aussi facilement que n'importe quel croupier; un vrai professionnel!

Il retira 12 paquets d'argent du sac. Chacun contenait 50 billets de 100 dollars — 5 000 dollars au total. Juste à voir l'argent, à le toucher, mon cœur battait plus fort. C'était à moi, ne cessais-je de penser, tout à moi.

À moins que je ne le perde en jouant au vingt-deux. Russ voulait utiliser l'argent pour jouer. Il me le dit d'un air sérieux. Il garda 30 000 et m'en donna 30.

— Comme nous ne sommes que deux et que vous ne connaissez pas toutes les règles, je vais jouer la partie du croupier, dit-il.

— Que voulez-vous dire, toutes les règles? Je ne connais aucune des règles.

— Je vous l'ai dit, elles sont presque identiques au blackjack. La principale distinction, c'est que la main gagnante est de vingt-deux, pas de vingt et un. Et deux cartes ont une valeur légèrement différente. Au vingt-deux, la dame de carreau et la dame de cœur correspondent à 11 points au lieu de 10. Dans ce jeu, si vous entrez en possession de ces deux cartes au début, vous avez l'équivalent du blackjack, ou un naturel. Vous recevez immédiatement deux fois votre pari.

— Pas une fois et demi?

— Non. La raison, c'est que c'est une main plus difficile à obtenir qu'au vingt et un.

— Parce que ce ne sont pas toutes les figures qui valent 11?

— Exactement. Au blackjack, la meilleure carte à obtenir au début est un as, voilà comment vous décrochez le blackjack. Mais au vingt-deux, un as n'est plus une carte importante.

— Un as vaut-il toujours 1 ou 11?

— Un as vaut 1 point, rien d'autre.

Russ fit une pause.

— Par ailleurs, le vingt-deux ne s'appelle pas blackjack. On le connaît sous le nom de « reine rouge ».

— Parce que la dame de carreau et la dame de cœur sont les meilleures cartes pour obtenir des mains gagnantes?

— Oui. Et si vous avez les deux, ça paie le double.

— Avec ce genre de gain, on dirait que le jeu favorise le joueur par rapport au croupier.

— Seulement en apparence. À part le fait que l'as n'est plus utile pour le joueur, le croupier n'a qu'à obtenir jusqu'à 16, même si nous avons élevé le chiffre gagnant à 22. Ça lui donne un avantage.

— Il perd moins souvent.

— Vous avez compris. Je savais que vous saisiriez vite.

Il glissa les six jeux dans un sabot qu'il avait pris dans un tiroir à proximité. Il semblait être prêt à jouer.

— Placez votre pari.

J'avançai un billet de 100 dollars. Je n'avais que des billets de 100.

Russ déposa une carte face cachée pour lui-même, puis il me donna une carte, la face visible. Il distribua les deux cartes suivantes face visible, une pour moi et une pour lui. J'obtins un 10 et une dame de cœur. Avec les nouvelles règles, j'avais vingt et un. Il avait devant lui une dame de carreau. Naturellement, je ne pouvais voir sa carte cachée.

— Voulez-vous arrêter? demanda-t-il.

— Oui, monsieur le croupier.

Il retourna sa carte cachée. Il avait un 9, 20 au total, ce qui signifiait que j'avais gagné. Il me donna 100 dollars, et nous continuâmes à jouer. Honnêtement, je sentais ma fatigue, mais je m'efforçais de me concentrer. Pourtant, je ne voyais pas l'intérêt de nous adonner à un jeu pratiquement identique au blackjack, surtout après une si longue nuit aux tables de casino.

Pendant que nous jouions, j'étais toujours tourmentée par la curiosité de savoir comment il avait pu gagner autant d'argent. Comment y était-il arrivé? Une fois de plus, j'essayai de le pousser doucement.

— Je sais que vous ne comptiez pas les cartes quand nous étions au casino, parce que j'ai un ami qui m'a expliqué comment ça fonctionne. Le sabot devient favorable seulement quand il reste beaucoup de 10 et d'as dedans. Mais même quand il balance en faveur du joueur, l'avantage n'est que de deux ou trois pour cent. Cinq pour cent si celui qui compte est vraiment chanceux.

— Je ne peux contredire votre ami, dit Russ.

— Donc, vous ne comptiez pas. Et je dois supposer que vous n'êtes pas médium, parce que je ne crois pas à cette merde. Alors, tout ce qui me reste, c'est que vous êtes un autre *Rain Man*.

— Qu'est-ce que c'est?

— C'est un vieux film qui met en vedette Tom Cruise et Dustin Hoffman. Dans le film, Tom et Dustin sont frères, mais

Dustin est beaucoup plus âgé et vraiment perturbé. Il a une défi-
cience intellectuelle et il a besoin de soins constants. Ce n'est que
vers la fin du film que Tom découvre que son frère est un savant.
Je suppose que vous savez ce que c'est.

— C'est une condition rare chez les personnes ayant un
handicap intellectuel. Leurs handicaps mentaux leur permettent
de se servir de parties du cerveau que la plupart des gens n'utilisent jamais. Ça leur donne des pouvoirs spéciaux.

— En faites-vous partie? demandai-je.

Il sourit.

— D'après vous, suis-je arriéré?

— Non. Mais ce ne sont pas tous les savants qui sont arriérés.

— La vaste majorité l'est.

— Vous n'avez toujours pas répondu à ma question, dis-je.

— Je vous l'ai dit, c'est seulement notre premier rendez-vous.

Je persistai.

— Je me souviens qu'au casino, chaque fois que le croupier
préparait un nouveau sabot, il étendait les cartes sur la table pour
que chacun puisse les voir. C'est à ce moment que vous les exa-
miniez. Aussi, quand il brassait les cartes, vous l'observiez attentivement. On aurait dit que vous étiez en train de mémoriser leur
séquence. Je ne sais pas comment vous le faisiez. Je suppose qu'il
faudrait une habilité spéciale, comme celle d'un savant. Mais si
vous étiez un savant, alors ça expliquerait comment vous pouviez
prédire si votre main suivante serait forte ou faible. Ça expliquerait également comment vous saviez que le croupier allait sauter.

Russ hocha la tête en même temps que nous continuions à
jouer au vingt-deux.

— C'est vrai que j'ai bien réussi à la table. Mais si je pouvais
me rappeler tout ce dont vous dites que je peux me rappeler,
alors je n'aurais jamais perdu.

— C'est faux. C'était inévitable que de temps en temps vous receviez des mains faibles. Non seulement ça, mais vous êtes assez intelligent pour ne pas gagner toutes les mains fortes. Je pense qu'à l'occasion, vous misez gros sur une mauvaise main simplement pour dérouter les employés de casino.

— Donc, vous avez tout compris de moi ? demanda-t-il.

— Je ne peux m'empêcher de remarquer que vous ne le niez pas.

— C'est inutile. Vous ne croyez que ce que vous voulez croire.

Je croyais avoir compris son secret, mais son calme mystérieux me désarmait. Ma théorie se résumait à des mots. Je sentais qu'intérieurement, il riait de moi. Non, il ne riait pas, mais il souriait. Oui, je savais qu'il m'aimait bien.

Russ regarda les dernières cartes qu'il avait distribuées. J'avais devant moi une dame de carreau et un valet — vingt et un. Même contre la dame de cœur qu'il affichait, je lui dis que j'arrêtais. Il tourna sa carte cachée. C'était une dame de carreau, ce qui lui donnait vingt-deux, ou ce qu'il appela une « reine rouge ».

Il prit mon argent. Ayant gagné les dernières mains consécutives, j'étais devenue insouciante et j'avais laissé ma pile d'argent sur la table. Je venais de perdre 1 000 dollars, du moins, c'était ce que je pensais. Puis, il expliqua que dans la reine rouge, lorsque le croupier obtient un naturel, le joueur doit débourser une somme supplémentaire de cent pour cent.

— Vous ne m'avez pas expliqué cette règle avant, me plaignis-je.

— Je pensais que vous l'apprendriez en jouant.

Il avait déjà pris le 1 000 dollars.

— Donc, je dois vous donner un autre 1 000 dollars ? lui demandai-je.

— Oui.

— Mais nous jouons pour le plaisir, pas vrai ?

— Non. Je vous l'ai dit, la reine rouge est un jeu sérieux. Ce que vous gagnerez ou perdrez ici, c'est réel.

— Vous plaisantez.

— Non, dit-il, sans sourciller.

Je sortis 10 billets de 100 à contrecœur et je les lui lançai.

— Y a-t-il d'autres règles que je devrais connaître ?

— Oui. Celle-ci est importante. Après que le croupier eut obtenu un naturel, le joueur doit immédiatement essayer de regagner son argent.

— Vous dites que pour ma prochaine main, je dois parier 2 000 dollars ?

— Oui.

— C'est une règle vraiment dingue. Et si je ne l'avais pas ?

— Alors, vous ne devriez pas jouer à la reine rouge. C'est un jeu plus ancien que le blackjack. Il a une riche tradition. On n'y joue pas simplement pour le plaisir, et personne n'est jamais censé enfreindre les règles.

— C'est idiot.

— C'est un fait. Maintenant, vous devez parier 2 000 dollars avec moi.

Je lui bâillai bruyamment au visage.

— Oubliez ça, je suis fatiguée. On arrête ça pour ce soir.

Il hocha la tête.

— Très bien. Dès que nous aurons terminé cette main.

— Oubliez la main. Arrêtons tout.

— On ne peut pas arrêter au milieu de ce genre de situation. Je suis le croupier, je viens d'obtenir vingt-deux. En tant que joueuse, vous êtes tenue d'essayer de regagner votre argent.

— Je vous l'ai dit, je suis fatiguée.

— Et je vous l'ai dit, dans le jeu de reine rouge chaque pari compte.

— Alors, l'argent que je viens de perdre, vous allez le garder?

— Oui.

— Alors, pourquoi me l'avez-vous donné au départ?

— Je vous l'ai donné pour que vous puissiez payer vos droits de scolarité. Mais dans le rôle de croupier qui joue à la reine rouge, je suis tenu de prendre l'argent et de le remettre à... Je veux dire, je n'ai qu'à le garder. Ce sont les règles.

Je démontrai fortement mon ennui.

— D'accord. Distribuez les cartes.

— Déposez d'abord votre pari sur la table.

— Très bien.

Je jetai 2 000 dollars sur la table.

— Distribuez les cartes, monsieur le croupier.

Il les distribua.

— J'ai 17.

Il montra une dame de carreau.

— Je suis foutue, murmurai-je.

— Pas nécessairement. Rappelez-vous, tirer 17 dans ce jeu équivaut à tirer 16 au blackjack.

Il fit une pause.

— Selon les principes, c'est ce que vous devriez faire.

— Pas vraiment.

Je m'arrêtai, convaincue qu'il savait quelle carte suivrait.

— Me dites-vous de tirer une autre carte?

— Je ne peux pas vous donner de conseils.

— Vous l'avez déjà fait.

— Pas dans ce jeu.

Je pensai que son comportement était terriblement bizarre.

— Carte, dis-je avec impatience.

Il me servit un cinq — vingt-deux. Il tourna sa carte cachée. Il avait un valet — vingt et un. Il avait perdu et j'avais gagné. J'avais repris mes 2 000 dollars plus 2 000 dollars supplémentaires.

— À qui devez-vous le remettre? demandai-je alors que nous commencions à nettoyer.

La crème glacée fondait et les gâteaux avaient maintenant triste mine. Mais je détestais les renvoyer. Puis, je me souvins qu'il avait un grand frigo.

— Que voulez-vous dire? demanda-t-il.

— Vous avez commencé à dire que vous deviez remettre l'argent à quelqu'un. Ensuite, vous vous êtes arrêté, et vous avez dit quelque chose d'autre.

— Je suis désolé, je ne m'en souviens pas.

Je lui touchai le bras.

— Russ.

— Quoi?

— Vous avez été extraordinaire ce soir. Un parfait gentleman. S'il vous plaît, ne gâchez pas tout maintenant en me mentant.

Il me regarda.

— Je suis désolé, je ne peux vous dire à qui j'aurais donné l'argent. Mais ce n'est pas un problème parce que vous avez regagné ce que vous aviez perdu. Alors, pouvons-nous nous en tenir à cela?

Je souris.

— Vous ne jouez pas franc-jeu. Vous savez qu'il est impossible qu'une fille se fâche contre un gars qui vient de lui donner 100 000 dollars.

Il se leva, contourna la table et il posa doucement ses mains sur mes épaules. Je dis doucement, parce qu'il n'y avait pas la moindre intimidation dans son approche. Il n'essaya pas de m'embrasser jusqu'à ce que je lui en donne le signal en inclinant la tête vers l'arrière. Il tourna légèrement la tête de côté, pour que je n'aie pas à tendre le cou pour arriver à sa hauteur. Puis, ses lèvres furent sur les miennes et ce n'étaient pas des lèvres normales. C'étaient des lèvres parfaites et seulement Jimmy était censé avoir ces lèvres parfaites.

Je me sentis tomber alors qu'il m'embrassait plus fort, et je luttai pour ne pas perdre le contrôle, mais ce fut inutile. Par une sorte de magie étrange, un instant nous étions dans la salle à manger, et l'autre dans sa chambre. Les lumières étaient éteintes, mais la fenêtre et les rideaux étaient ouverts, et le kaléidoscope de couleurs du Strip jouait à travers la vitre ouverte et dans mon cerveau.

Ses yeux parurent tourner au violet, orange et vert, tandis que sa peau — je devais lui avoir enlevé sa chemise — demeurait d'un rouge brûlant. Ses solides mains étaient sur mes seins, à l'extérieur de ma robe, et ensuite nous attaquâmes tous les deux mes boutons, si vite, si furieusement, que je commençai à faire de l'hyperventilation.

Mes sens étaient des années-lumière au-delà de l'excitation. Nous tombâmes sur le lit et j'eus l'impression que j'allais exploser. Toutes les pensées sur les rapports sexuels protégés furent emportées. Mon corps désirait tellement son corps qu'honnête-ment, je sentais que je mourrais s'il ne me faisait pas l'amour.

Il me prit ma robe. Je lui arrachai son pantalon.

Il enleva mes sous-vêtements. Je lui arrachai les siens.

Je retirai sa montre et la lançai au loin. Je ne voulais rien dans mon chemin. Mais alors quelque chose de surréaliste se produi-sit. J'allais grimper sur lui. Il leva la tête et recula pour me laisser de la place, et je regardai son visage à quelques centimètres et je sentis son souffle chaud sur mes joues.

Puis, je vis le visage de Jimmy. Je le jure, il avait pris la place de celui de Russ.

L'image était plus réelle que nos corps, plus puissante que mon désir. Peut-être que c'était l'amour qui m'avait fait le voir. L'amour ou la douleur, si les deux pouvaient même être séparés. L'amour de ma vie, Jimmy, était le seul qui m'ait jamais fait pleurer.

C'est peut-être la raison qui me fit éclater en sanglots.

Ce son fit s'effriter mon hallucination. Elle fut remplacée par l'expression confuse de Russ. Non que moi je fus confuse. Je me rendais compte que les mois n'étaient pas importants. Que j'aimais Jimmy autant que je l'aimais le premier jour où j'avais fait l'amour avec lui, et autant qu'au dernier jour. Je sus alors que si mon esprit ponctuait le temps qui passait, il n'en était pas de même pour mon cœur, et je devais lui donner une autre chance, sinon je le regretterais pour le reste de ma vie.

Je me levai du lit et je marchai nue vers les fenêtres. Derrière moi, j'entendis Russ qui soupirait.

— Il y a quelqu'un d'autre ? dit-il.

— Oui.

Je baissai les yeux vers la foule des gens qui faisaient encore la fête sous les lumières.

— Je suis désolée.

— Pourquoi es-tu désolée ?

Je lui jetai un coup d'œil. Il était à demi sous les couvertures, caché jusqu'à la taille, mais toujours beau.

— J'ai l'impression d'avoir joué les allumeuses.

— Je suis certain que tu n'en avais pas l'intention.

— Comment le sais-tu ?

— Tu es une bonne personne.

Il fit une pause.

— Tu ne devrais pas t'excuser de pleurer pour quelqu'un que tu aimes.

— Pourquoi le prends-tu si bien?

— Parce que je doute que quiconque n'ait jamais pleuré pour moi.

Il alluma une cigarette et fixa le plafond.

— Est-il ici? Il doit l'être sinon tu ne serais pas si bouleversée.

— Il est ici.

— Est-il avec quelqu'un d'autre?

— Honnêtement, je ne sais pas.

Russ trouva sa montre et regarda l'heure. Il prit une dernière bouffée de sa cigarette et l'éteignit.

— Il est tard, je ferais mieux de dormir. Ramasse tes vêtements et l'argent et prends un taxi en bas. Ne pense même pas à t'éloigner de la foule devant la porte, à moins d'être dans un taxi. J'ai laissé quelques petites coupures sur la table du salon. Ne partage pas le taxi, peu importe à quel point quelqu'un te supplie. Souviens-toi, dans cette ville, tu prends toujours ton propre taxi.

— Je comprends.

Je commençai à ramasser mes vêtements.

— Vais-je te revoir?

— Ça dépend de toi. Prends la clé que je t'ai donnée. Je peux toujours appeler la réception pour en obtenir une autre. Viens quand tu veux. Ou bien, ajouta-t-il doucement, viens quand tu ne sauras pas quoi faire d'autres.

— Russ?

— Fais ce que je t'ai dit.

Il se détourna et se drapa dans une couverture.

— Il faut vraiment que je dorme.

Le temps que je m'habille, sa respiration s'était modifiée. Il dormait — il ne ronflait pas. Je ramassai mon sac à main, sa clé, l'argent qu'il avait laissé sur la table, et le sac de cuir bourré de 100 000 dollars. En le balançant sur mes épaules par ses sangles, j'avais l'impression de découvrir des ailes d'or qui pourraient me faire voler vers un nouveau destin. Seulement, je connaissais Las Vegas, la ville du péché, et je savais qu'ici, l'or était vraiment de couleur verte.

À la porte, il y avait une file d'attente pour obtenir un taxi. Je fus tentée de partir pour le MGM à pied. Mais je me souvins de l'avertissement de Russ, et il y avait des espaces sombres entre les deux hôtels, des zones où n'importe quel vilain qui m'aurait espionnée plus tôt, et qui saurait ce que j'avais gagné pourrait organiser une attaque-surprise. Je m'obligeai à attendre un taxi. Enfin, lorsque mon tour arriva, le conducteur parut ennuyé lorsque je lui demandai de m'emmener seulement à quelques pâtés de maisons de là. Il voulait aussi prendre le couple derrière moi.

— Non, lui dis-je. Prenez-moi seule.

Il était vieux, grognon, brûlé par de trop nombreuses années sous le soleil du désert.

— J'ai attendu 30 minutes. Je ne peux pas faire d'argent avec le prix de votre course.

— Hé, chérie, ça ne nous dérange pas de monter avec toi, dit le gars derrière moi.

Sa fille l'embrassa.

— Nous aimons les plans à trois.

Je les ignorai et je parlai au chauffeur.

— Vous devez me prendre seule, ce sont les règles de la ville. Mais je vous promets de vous donner un gros pourboire.

— De combien parle-t-on ? demanda le chauffeur.

J'ouvris la porte et je sautai à l'intérieur.

— Taisez-vous et conduisez, lui dis-je.

Nous arrivâmes au MGM en 15 minutes. Le trafic avait causé le retard. De plus, je refusai de sortir du taxi avant que le conducteur m'emmène à l'entrée principale. Puis, j'ouvris mon sac à main, pas le sac que Russ m'avait donné, et je donnai au conducteur le montant de la course de 10 dollars, et un autre 20 dollars comme pourboire. Il parut satisfait bien qu'il ne me remercia pas. Il n'avait aucune idée du genre de pourboire qu'il aurait reçu s'il avait été le moindrement poli.

À l'intérieur, j'arrivai à la réception et je demandai s'il y avait une voûte avec des casiers privés où je pouvais entreposer un sac important. Bien sûr, ils avaient ce qu'il fallait ; c'était habituel d'avoir des invités qui possédaient des objets de valeur. Un garde me conduisit à une pièce tapissée de casiers et me tendit une clé. J'ouvris le casier et je déposai le sac à l'intérieur, et je verrouillai de nouveau.

— Est-ce que quelqu'un peut venir ici sans escorte ? demandai-je.

— Non, madame. Il faut une clé et être accompagné par moi ou par un des autres gardes.

— Et si je perdais la clé et que quelqu'un d'autre la trouvait ?

— Vous devez montrer une pièce d'identité pour entrer dans cette pièce. Ne vous inquiétez pas, madame, votre sac est tout à fait en sécurité ici.

— Merci, lui dis-je.

À l'étage, je trouvai Jimmy assis devant ma porte sur le plancher du couloir. Il somnolait la tête sur les genoux, mais il m'avait entendue approcher et il se leva rapidement. Il semblait heureux de me voir. Bien sûr, l'inverse — 1 000 fois plus — était également vrai.

— Depuis combien de temps attends-tu ici ? demandai-je.

— Je ne sais pas. Quelque temps.

— Tu n'as pas pu partager une chambre avec Ted ?

— Non. Je veux dire, oui, il m'a prêté sa clé. Il est à l'intérieur, avec Debbie, ajouta-t-il en hochant la tête vers ma suite.

— Avec Debbie !

Je ne pus m'empêcher de rire.

— Depuis quand sont-ils… oh, peu importe. Sais-tu où est Alex ?

— Je ne l'ai pas vue. Elle n'était pas avec toi ?

— Nous étions ensemble, mais elle s'est fâchée et elle est partie en courant. Tu la connais.

— Ouais.

— Qu'est-ce qui t'amène ?

Jimmy prit une grande inspiration. Il allait répondre, mais sa douleur empêcha les mots de sortir et son visage se froissa. Il s'arrêta de respirer ; l'air autour de lui parut se figer.

— Je ne sais pas pourquoi Huck est mort, finit-il par dire. Il était petit et frêle. Il était né plus tôt, deux semaines, mais les médecins ont dit que ce n'était pas la raison de sa mort. Ils voulaient faire une autopsie, mais je ne voulais pas qu'on le découpe. Kari ressentait la même chose. Nous l'avons enveloppé dans une couverture et l'avons emmené, et il y a eu un enterrement privé pour lui et voilà.

— Ça fait combien de temps ?

Jimmy semblait hébété. Il compta sur ses doigts.

— Ça fait un mois, je ne suis pas certain. Je suis désolé, ajouta-t-il, alors qu'une larme coulait sur sa joue, je suis désolé, j'aurais dû te le dire plus tôt.

— Oh, Jimmy, ne dis pas ça. Tu n'as rien fait de mal.

Je l'embrassai et je le tins dans mes bras pour ce qui sembla être une éternité. Puis, il m'embrassa et je l'embrassai, et c'était bien que j'aie été avec un autre homme moins d'une heure auparavant. Parce que Russ avait été un rêve, j'en prenais conscience, alors que Jimmy était la seule chose réelle dans ma vie. Je l'aimais, bon Dieu que je l'aimais.

CHAPITRE 5

L e lendemain matin, deux surprises nous accueillirent, Jimmy et moi.

Tout d'abord, Debbie et Ted se joignirent à nous dans notre suite pour le service aux chambres et aucun d'eux ne me parla durement au sujet de mon comportement en état d'ivresse de la veille. En effet, leurs visages étaient tellement lumineux que je n'aurais pas été étonnée s'ils m'avaient remerciée. Ils étaient à peine vêtus, et il était clair que Ted avait passé la nuit avec Debbie.

Voilà pour l'indéfectible amour de Ted à mon endroit.

La deuxième surprise, qui n'aurait pas dû en être une, ce fut qu'Alex ne revint pas à notre suite avant que nous en soyons déjà à la moitié de nos crêpes. Elle ne paraissait pas embarrassée ou honteuse, mais elle était manifestement épuisée. Juste avant d'aller se coucher, elle m'attira cependant dans sa chambre et referma la porte.

— Que s'est-il passé après mon départ ? demanda-t-elle pendant que nous étions assises ensemble sur son lit.

— Rien, dis-je, en haussant les épaules.

— Des conneries. J'ai essayé de t'appeler une dizaine de fois et je n'ai pas eu de réponse.

— Je n'ai pas reçu tes appels. Tu l'as dit toi-même, les cellulaires ne fonctionnent pas bien sur les planchers de casino.

— Donc, tu es restée et tu as joué avec Russ ?

— Nous avons joué au vingt et un.

— Autre chose ?

— À quelques mains de vingt-deux.

— Hein ?

— Peu importe. Écoute, il ne s'est rien passé entre nous, rien de sexuel.

Alex m'examina.

— Tu mens.

Merde, je détestais de ne pouvoir la duper.

— Nous nous sommes pelotés, voilà tout, dis-je. Ensuite, j'ai pensé à Jimmy et je me suis arrêtée.

— Si vous vous êtes pelotés, tu as dû te rendre à sa chambre.

— Nous sommes allés dans sa suite pour diviser nos gains.

Elle vit que j'avais l'air sérieux.

— Combien ?

— Beaucoup. Je t'en parlerai plus tard. Le principal, c'est que Jimmy m'attendait quand je suis rentrée. Et il a passé la nuit avec moi.

— Alors, vous êtes revenus ensemble ?

— Oui.

— Tu parais sûre de toi. Dois-je te rappeler que c'est le même gars qui t'a larguée sans raison ?

— C'est toi qui nous as fait monter dans la même voiture. Je pensais que tu voulais que nous revenions ensemble.

— Peut-être. Mais je voulais qu'il te supplie un peu.

— En plus, il avait une raison de retourner avec Kari, une bonne.

— Quoi ?

— Nous pouvons en parler plus tard aussi. Maintenant, je suis fatiguée de tes questions, et toi, on dirait que tu vas t'effondrer. Où étais-tu toute la nuit ?

— Au Mirage, dernier étage, unité de coin.

— Russ occupe une suite au dernier étage du Mandalay Bay. Nous aurions pu nous faire signe. Alors, quel est son nom, son âge, est-il riche, et quelle est sa position préférée ?

— Alfred Summon, mais je l'appelle Al. Il est plus jeune que Russ et plus vieux que Jimmy. Il a de l'argent, il vend des médicaments aux médecins, qui les revendent ensuite à leurs patients. Je ne sais pas si je dirais qu'il est riche. Il m'a dit qu'il n'a pas de position favorite, seulement une fille préférée, et la nuit dernière, c'était moi.

— Est-ce que c'était une aventure d'une nuit ?

À cette question, Alex réfléchit.

— J'espère que non.

— Tu dis ça comme s'il t'intéressait.

Encore une fois, elle hésita.

— Je sais que ça a l'air complètement nul, mais oui je crois qu'il m'intéresse. Il y a quelque chose chez lui. Il n'est pas comme les autres gars que j'ai déjà rencontrés.

J'avais exactement la même impression au sujet de Russ.

— Comment vous êtes-vous rencontrés ? demandai-je.

— Dans un bar. En bas.

— Qui a approché qui?

— Je ne sais pas, j'étais ivre. C'est important?

— Il est ici pour assister à un congrès de médecine?

— Comment le sais-tu?

— Russ est ici pour la même raison.

— Eh bien, peut-être qu'ils sont amis. Vas-tu revoir Russ?

— J'aimerais bien, c'est un type fascinant, mais je ne veux pas risquer quoi que ce soit avec Jimmy.

Je m'arrêtai.

— Ça me fait penser. Est-ce que je peux emprunter ta voiture? Jimmy et moi, nous voulons faire un tour sur le lac Mead et louer un bateau.

Alex me tendit les clés.

— Bien sûr. Mais je crois que tu risques plus en ne revoyant pas Russ. Jimmy t'a déjà laissée tomber. Il peut le refaire. Peut-être qu'il te prendra plus au sérieux s'il sait qu'il a de la concurrence.

— Tu sais que je n'aime pas jouer au plus fin. J'aime Jimmy, je ne veux rien faire pour le blesser.

Je me levai.

— Et avant de te lancer dans un autre sermon, essaie de dormir huit heures. T'as vraiment pas l'air en forme.

Alex replongea sur le lit, ferma les yeux et soupira.

— Ça ne me dérange pas, ça valait le coup. Al, c'est difficile à expliquer... on dirait qu'il a une sorte de magie.

Tout comme Russ. Je donnai à Alex un rapide baiser sur le front et je la laissai se reposer. Avant même que je referme la porte, elle ronflait.

Pendant que les autres achevaient leur petit-déjeuner, je descendis et je retirai 2,500 dollars de mon sac. Je me sentais coupable de ne pas parler de l'argent à Jimmy, mais je ne voulais pas avoir à expliquer comment je l'avais obtenu.

Par ailleurs, j'avais *besoin* de vêtements. Lorsque nous nous étions inscrits à l'hôtel la veille, nous étions passés devant une rangée de boutiques qui m'avaient fait sortir les yeux des orbites. C'est-à-dire, jusqu'à ce que je voie les prix.

J'étais au-delà du bonheur d'être revenue avec Jimmy et j'étais désespérée de paraître de mon mieux. Mais la triste vérité, c'était que ma garde-robe était nulle. Mes chèques bimensuels de la bibliothèque d'Apple Valley étaient en moyenne de 80 dollars après impôt, ce qui ne laissait pas de place pour l'achat de vêtements sexy. Sans blague — le maillot de bain que j'avais apporté à Las Vegas était le même que je portais aux épreuves de sélection pour l'équipe de natation lors de notre première année d'école secondaire.

Mais il y avait un bikini blanc qui avait attiré mon attention le jour précédent, et maintenant, son prix ne me dérangeait plus. Je suis tout simplement entrée dans la boutique, je l'ai pointé et je leur ai demandé de vérifier à l'arrière pour en trouver un à ma taille. Pendant que j'attendais le retour de la vendeuse, je repérai un mannequin qui portait un chemisier de soie rouge et une jupe noire courte. Je ne m'arrêtai pas pour demander la permission du mannequin, je lui retirai ses vêtements. Lorsque la femme finit par revenir avec le bikini, je dansais dans la salle d'essayage. Je n'avais jamais été aussi excitée d'acheter quelque chose.

Les trois articles avaient pris la majeure partie de mon argent. 1 874,56 $. Bon Dieu, les gens normaux ne pouvaient même pas entrer dans ces boutiques.

Deux heures plus tard, je flottais au soleil, dans l'eau et la béatitude. Après avoir conduit jusqu'au Lac Mead, Jimmy avait loué un bateau assez rapide pour que nous puissions faire du ski nautique — à tour de rôle, bien sûr. Mais j'étais loin d'être en aussi bonne forme physique que Jimmy, et les muscles de ma poitrine et de mes bras se fatiguaient rapidement. Jimmy eut pitié de moi et il ancra notre bateau près du barrage Hoover, là où l'eau était à son plus profond. Je gonflai un radeau et me laissai flotter sur le dos avec un livre à la main pendant que Jimmy faisait de la plongée autour de moi.

L'eau chaude léchait doucement mes côtés. Le barrage était à moins d'un kilomètre à ma droite. Jimmy s'était déjà faufilé pour me faire chavirer à une occasion, mais sous la menace de privation de relations sexuelles pendant un an, j'avais réussi à le convaincre que c'était une mauvaise idée de répéter le truc. À part ne pas vouloir endommager mon livre de poche, j'étais couverte de lotion solaire avec un FPS de 100 et je portais une nouvelle paire de lunettes de soleil que j'avais achetée en sortant de l'hôtel. Le prix avait fait tourner la tête de Jimmy — elles avaient coûté une centaine de dollars. Je lui expliquai la folie en lui disant que j'avais eu de la chance la veille aux tables du casino.

Mais il fallait que je sois plus prudente. La remarque anodine n'avait pas satisfait Jimmy, surtout quand j'avais dévoilé mon nouveau bikini. Il n'était pas accro à la mode, mais il savait reconnaître quelque chose de coûteux. Il était époustouflé par mon apparence, et dans un même souffle, il m'avait demandé qui me l'avait acheté.

— Mon père. C'est un cadeau de fin d'études, lui dis-je.

— Je pensais que tu avais dit qu'il ne t'appelait même pas?

— Il ne l'a pas fait. Il a seulement envoyé le cadeau.

— Ton père, le célèbre médecin, t'a envoyé une pièce de vêtement qui n'a qu'un seul but : que tous les gars de notre classe veuillent coucher avec toi? Désolé, je ne te crois pas.

Je souris gentiment.

— D'accord, j'ai menti. Quelqu'un d'autre me l'a offert. Tu n'as pas besoin de savoir qui.

Il se tut à cette remarque. Peut-être qu'Alex avait raison, c'était sans doute une bonne chose qu'il s'inquiète de la concurrence.

Après avoir été sous l'eau Dieu sait combien de temps, il refit surface près de l'endroit où je flottais. Jimmy avait une endurance incroyable. Avant sa dernière année de secondaire, il avait fait de la course de fond pour l'équipe d'athlétisme et il gagnait toutes les courses. Son entraîneur lui avait dit qu'il avait du potentiel pour les Jeux olympiques. Pourtant, il avait quitté l'équipe l'an dernier. Maintenant, avec ce qui s'était passé avec Kari, je comprenais pourquoi.

— Ton livre, c'est comment? demanda-t-il.

— La partie suspense est excellente, mais on dirait que l'auteure l'a écrit en un mois. Tous les paragraphes sont courts et irréguliers.

— S'il retient ton intérêt, c'est tout ce qui compte.

— Je suppose.

J'examinai la couverture et je fronçai les sourcils. Une dent de serpent noir d'où dégoulinait du venin rouge, ou peut-être du sang humain. Je l'avais choisi parce que j'étais certaine d'avoir déjà vu cette couverture, mais j'ignorais où.

— Ce qui me dérange, poursuivis-je, c'est que l'auteure a du talent. Elle peut vraiment faire quelque chose de bien quand elle le veut, mais on dirait qu'elle ne fait pas d'efforts parce qu'elle sait qu'elle ne l'écrit que pour un montant d'argent fixe, peu importe si le livre est bon.

— Les auteurs ne reçoivent-ils pas de redevances? Plus le livre se vend, plus ils font d'argent.

J'agitai le livre.

— Tu n'es pas au courant de la nouvelle tendance dans l'édition. Cette auteure produit trop de livres dans une année pour pouvoir tous les écrire. Elle colle tout simplement son nom sur des histoires qui ont été écrites par des écrivains fantômes.

— Alors, l'écrivain fantôme pourrait être un homme, pour ce que tu en sais.

— C'est vrai. Mais j'ai lu dans un magazine qu'ils ne reçoivent jamais de redevances. Ce sont tout bonnement des écrivains qui ont besoin d'argent.

— On dirait que ça te dérange.

— Je reprends ce que j'ai dit il y a un instant. Je respecte l'écrivain fantôme. Il ou elle doit gagner son pain. C'est la femme sur la couverture que je déteste. C'est elle qui prostitue son nom.

— La plupart des gens qui réussissent prostituent leurs noms. C'est pour cette raison qu'ils réussissent.

Jimmy se mit à nager plus près, à faire du surplace, ses cheveux bruns plaqués en arrière à cause de l'eau. Il retira son masque de plongée. Il était bronzé, ce qui ne me surprenait pas. Quand il travaillait comme mécanicien à l'arrière du Sears, il enlevait souvent sa chemise. Il paraissait bien — il avait toujours bien paru. C'était ridicule à quel point il faisait bon de l'avoir tout près.

— À quoi penses-tu ? demanda-t-il, lorsque je cessai de parler.

Je souris faiblement.

— Je pensais simplement à la première fois où nous avons fait l'amour.

— Mince. Et moi qui espérais que tu pensais à la nuit dernière.

— Pourquoi ?

— J'aime penser que je me suis amélioré avec l'entraînement.

— Nous, les filles, nous sommes stupides. La première fois est toujours la meilleure.

Je m'arrêtai.

— Te souviens-tu que je n'aie pas répondu à la porte? Je savais que c'était toi. Mais je savais que tu entendrais l'eau couler et que tu viendrais me rejoindre.

Jimmy se frotta les yeux pour enlever l'eau.

— Qu'est-ce que tu racontes?

— As-tu besoin d'une description détaillée? Ce samedi après-midi. Tu étais venu après le travail. Ma mère était sortie, et je me trouvais sous la douche. Tu as dit que tu avais frappé, mais que je ne répondais pas. Tu as passé la tête dans ma chambre et tu as appelé. Tu devais savoir que j'étais sous la douche.

Je me penchai et je l'embrassai.

— Tu devais savoir que je t'inviterais.

Il ne me sourit pas comme je m'y attendais. Il avait plutôt l'air perplexe.

— Sans vouloir t'offenser, Jessie, ce n'est pas comme ça que ça s'est passé. Je n'ai jamais fait l'amour avec toi juste après le travail. La première fois que nous l'avons fait, c'était la nuit après que nous sommes allés au cinéma. Il était tard. Ta mère dormait dans la chambre d'à côté.

— Excuse-moi. Nous ne sommes allés au cinéma que deux fois. À notre premier rendez-vous et à notre dernier.

Je le repoussai.

— Espèce de salaud, tu penses à Kari.

— Non. Je le jure, je ne pense pas à elle.

— Je m'en fiche. C'est moi qui ai raison et c'est toi qui as tort.

— Attends une seconde, ne te fâche pas. Retournons à cet après-midi dont tu parles. Je suis venu et je t'ai demandé si je pouvais prendre une douche dans ta salle de bain. Je venais tout juste de cesser de travailler. Je suis mécanicien, mes mains étaient couvertes d'huile. Chaque fois que je quitte le travail, je dois me faire tremper les mains dans un solvant pour détacher l'huile. Ensuite, je dois les frotter avec un savon fort. Mais tu n'avais pas tous ces trucs, et mes mains étaient encore assez sales même après la douche. Penses-y, Jessie, je ne t'aurais jamais emmenée au lit, surtout la première fois — avec des doigts sales.

— Es-tu en train de dire que tu n'as pas pris de douche avec moi?

— Oui, je l'ai fait. Mais ce n'était pas après être parti du travail.

— Jimmy, c'est ridicule. C'est impossible que tu commences déjà à être sénile. Nous n'avons pas sauté directement dans le lit. Tu m'as rejointe sous la douche et nous nous sommes lavés l'un l'autre pendant un bon moment. J'ai nettoyé tes mains. Tu m'as lavé les cheveux. Voilà ce qui rendait ça si romantique. Voilà pourquoi c'est un souvenir si spécial pour moi.

Ma voix se brisa, je devenais émotive.

— Ça me blesse que tu ne puisses même pas t'en souvenir.

Il leva une main.

— Attends, laisse-moi te donner un autre indice qui pourrait t'aider à te rafraîchir la mémoire. Revenons à cet après-midi dont tu parles, ou dont tu penses parler. Quand nous sommes arrivés dans le lit et que nous nous sommes étendus, l'un face à l'autre, tu étais couchée sur le côté droit ou le côté gauche?

— La plupart du temps, je m'étendais sur mon côté gauche. Debout au pied du lit, j'étais à la gauche.

— C'est impossible.

— Pourquoi?

— Parce que ça voudrait dire que j'aurais dû être couché sur mon côté droit. Et deux semaines après notre premier rendez-vous, je me suis cassé trois côtes de ce côté et c'était encore sensible quand nous avons fait l'amour. Je ne pouvais pas me coucher sur le côté droit, c'était trop douloureux.

— Comment as-tu pu me faire l'amour ?

— C'était un mois après la blessure et ça faisait moins mal. Mais je faisais toujours attention de me coucher sur mon côté gauche, pas le droit.

— C'est faux. C'est faux. Nous avons fait l'amour quatre semaines après avoir commencé à sortir ensemble, pas six semaines. Et tu étais souvent étendu sur ton côté droit.

— Seulement plus tard. Seulement pendant les semaines avant Noël.

— C'est des conneries. Ce jour-là était précieux pour moi. J'ai passé encore et encore dans ma mémoire tout ce qui était arrivé ce jour-là. Comment pourrais-je me tromper autant ?

J'avais même vécu ce que beaucoup appellent une expérience mystique après avoir fait l'amour. J'avais vu une lumière blanche, et j'avais entendu un son qui ne ressemblait à rien à ce que j'avais entendu auparavant. C'était plus comme une pure vibration, quelque chose qu'aucun instrument de musique ne pouvait produire. J'avais senti comme un frisson à travers tout mon corps.

— Quand je te parle de mes mains huileuses et de mes côtes cassées, ce sont des faits. Je ne les ai pas inventés.

Il fit une pause.

— Je ne voulais pas te contrarier. J'ai juste... je ne sais pas.

— Quoi ? Dis-le.

Il hocha la tête.

— Ce n'est pas important.

— Mais c'est important ! Voilà ce que je suis en train de te dire. Voilà pourquoi je suis contrariée. Le jour le plus important de ma vie semble n'avoir rien signifié pour toi.

— Jessie.

— Mon journal ! J'ai noté tout ce qui est arrivé dans mon journal ! Lorsque nous serons de retour à l'hôtel, je peux te le montrer.

— Tu m'avais dit que tu ne tenais pas de journal.

— J'ai menti.

— Pourquoi l'as-tu apporté à Las Vegas ?

— Je ne pouvais pas le laisser à la maison. Ma mère aurait pu le trouver.

— Oh.

— Je te laisserai lire les pages cet après-midi. Je les ai écrites la même nuit. Tu verras, tout est là, et ce n'est pas comme si j'avais écrit des trucs qui ne se sont pas produits. Je ne me suis pas imaginé ces choses.

Jimmy paraissait toujours troublé.

— Ce n'est pas ce que je dis. Je suis désolé.

Ma colère disparut aussi vite qu'elle était venue. Je tendis la main et lui touchai le visage.

— C'est moi qui devrais m'excuser de m'énerver contre toi. Je suis désolée.

— Tout va bien. C'est juste nos cerveaux qui nous jouent des tours.

En entendant sa remarque, je me sentis balayée par une sensation froide et bizarre, même si le soleil flambait sur nous et que l'eau était aussi chaude que celle d'une baignoire. Soudain, quand je repensai à cette journée dont nous étions en train de parler, je ne pus me rappeler exactement ce qui s'était passé. Pourtant, l'évocation avait été si évidente à peine quelques minutes auparavant. Maintenant, c'était étrange, on aurait dit qu'une partie de moi commençait à s'en souvenir comme Jimmy l'avait décrit.

— Ta première entrée sur moi, elle date de quand ? demanda Jimmy.

— Quand nous étions en première année de secondaire, lui dis-je.

— Pourquoi avais-tu écrit sur moi ?

Parce que j'avais le béguin pour lui dès le moment où je l'avais rencontré. Mais je n'allais pas le lui dire.

— Nous venions tout juste de nous rencontrer. Tu semblais quelqu'un d'intéressant, dis-je.

— Oh.

Je voyais bien qu'il était toujours soucieux.

— Ça t'arrive parfois d'avoir des impressions de déjà-vu? demandai-je.

— Tout le temps.

— Pourquoi ne m'en as-tu pas parlé?

— Pourquoi l'aurais-je fait?

— Parce que moi aussi, ça m'arrive continuellement.

Je fis une pause.

— Mais le déjà-vu n'a pas de rapport avec la mémoire, pas directement.

Il me regarda fixement.

— Maintenant, on dirait que tu essaies de te convaincre. Qu'est-ce qui ne va pas, Jessie?

J'hésitai.

— Cette discussion me fait un peu peur. Parfois, je me demande si j'ai un problème avec ma mémoire. Ma mère se plaint souvent qu'elle m'a dit de faire une course, comme aller chercher du lait ou du pain au magasin, et je n'en ai aucun souvenir. Ou bien, je me souviens de quelque chose d'un peu différent. À la place, je vais chercher des œufs et du beurre. Est-ce que ça t'arrive parfois?

— Comme mon père ne me parle jamais, je dois dire non.

Il fit une pause.

— Puis-je te demander où tu étais hier soir?

— J'étais juste sortie, en train de faire des conneries.

— Mais tu n'étais pas avec Alex.

— Non.

— Ça ne me regarde pas. Si je te le demande, c'est seulement parce que toute la nuit, je t'ai cherchée. J'avais l'impression de vivre un long déjà-vu.

Mes frissons s'intensifièrent. Parce que tout le temps que j'étais avec Russ, j'avais aussi eu cette impression de long déjà-vu. Tout le temps où j'étais avec lui, j'avais le sentiment de l'avoir connu quelque part. D'autant plus qu'il me traitait comme une vieille amie.

Je ne pouvais toujours pas croire qu'il m'ait donné autant d'argent.

J'avais encore la clé de sa suite.

Mais quel était le numéro de la chambre ? Quatre-trois-quatre-un ? Ce n'était pas ça. Mais ce n'était pas important, c'était la suite en coin à l'étage supérieur. Je pourrais toujours la trouver.

— Je sais ce que tu veux dire, murmurai-je.

Jimmy se força à sourire.

— Tu as rencontré un mec sexy ?

— Et si je l'avais fait ?

Il haussa les épaules.

— Comme je l'ai dit, ça ne me regarde pas.

— Bien.

— Tant que tu n'as pas couché avec lui.

— Tu es le seul avec qui j'ai couché, répondis-je.

J'aurais souhaité que ce soit vrai pour lui. Surtout après avoir regagné la rive, deux heures plus tard, quand il partit pour rendre le bateau et que je me dirigeais vers la voiture. Kari me rencontra dans le stationnement, non loin du bord du lac, et elle se contenta de lever les yeux à mon approche. Dire que j'étais choquée aurait été un euphémisme. Jimmy était certain que Kari n'était pas venue à Las Vegas.

— Quelle surprise de te rencontrer ici! dit-elle avant de se retourner pour regarder l'eau.

Je dus me rappeler que la jeune fille venait de perdre un enfant. Sinon, je lui aurais tordu le cou.

— Je ne savais pas que tu étais ici, dis-je.

Elle portait un short bleu et un t-shirt blanc. Ses pieds étaient nus. Elle étendit ses jambes sur le sable et continua à regarder l'eau.

— Je n'ai pas l'habitude de partager mon itinéraire avec toi.

— As-tu l'habitude de me suivre? demandai-je.

— Non.

Elle finit par me regarder.

— Je ne te suis pas.

Je fis signe de la tête vers la Camry d'Alex.

— Mais tu as reconnu la voiture.

— Ouais.

Elle se leva et fit un pas vers moi. Kari avait une tête de moins que moi, une beauté blonde. Sauf pour sa taille, elle aurait pu être un modèle naturel. De fait, elle avait travaillé pour quelques revues. Son sourire était le plus brillant de l'école. Elle semblait avoir perdu la plus grande partie de son poids de grossesse. Je me sentis dégoûtée envers moi-même pour le sentiment d'intimidation que je ressentais en sa présence.

— Où est Jimmy? demanda-t-elle.

— Il sera là dans quelques minutes.

— Avez-vous eu du plaisir sur le lac?

— Nous nous sommes bien éclatés.

Je m'arrêtai.

— Pourquoi es-tu ici, Kari?

Elle haussa les épaules.

— C'est notre fête de fin d'études. Un long week-end de sensations et de frissons. Pourquoi ne devrais-je pas être ici?

— Jimmy m'a raconté ce qui s'est passé.

Elle ne répondit pas.

— Je tiens à te dire combien je suis désolée, ajoutai-je.

Elle sourit alors, ce qui me donna la chair de poule.

— Pourquoi es-tu désolée? Ce n'est pas ta faute.

— Tu as dû vivre un enfer.

— Tu n'as aucune idée de ce que je vis.

Je voulus faire preuve de compassion.

— Veux-tu parler à Jimmy? Je peux aller faire une promenade si tu as besoin d'être seule avec lui.

Elle hocha la tête.

— Je ne suis pas ici pour le voir.

— Pourquoi es-tu ici? répétai-je.

— Pour te prévenir.

— Me prévenir moi? De quoi?

— Il va t'arriver la même chose.

— Qu'est-ce que tu racontes?

— Huck. Jimmy t'a dit son nom, n'est-ce pas. Je vois qu'il l'a fait. C'est bon, tu devrais le savoir. Au moins de cette façon, tu ne pourras pas dire que je ne t'ai pas avertie.

— Hein?

— Ils n'en prennent jamais juste un, Jessie. Ils en prennent toujours deux.

— Kari, je suis désolée. Je n'ai pas la moindre idée de ce dont tu parles.

Elle sourit de nouveau, faiblement, et passa devant moi d'un air décontracté. Pendant un moment, j'étais certaine qu'elle allait m'attaquer. Je retins mon souffle, et je me préparai à riposter. Mais elle se contenta de frôler mon côté.

— Bonne chance, dit-elle.

Jimmy arriva quelques minutes plus tard. À ce moment, Kari était partie depuis longtemps. Il sut que j'étais bouleversée. Il fallait que je lui raconte ce qui s'était passé. Nous parlâmes dans le stationnement du lac, puis il tendit la main pour prendre son cellulaire.

— Que fais-tu? demandai-je.

— Je l'appelle. Elle n'a pas le droit de nous traquer comme ça.

— S'il te plaît, ne l'appelle pas. Laisse-la tranquille.

Jimmy hésita, puis il éloigna le téléphone. Il était clair qu'il ne voulait pas lui parler.

— La perte de Huck a été dure pour elle. Je pense qu'elle fait une dépression nerveuse. Qu'a-t-elle dit d'autre?

— Je t'ai tout raconté, dis-je.

Sauf à quel point ses remarques bizarres m'avaient ébranlée. J'avais l'impression d'avoir besoin d'aide, de protection; mais je ne savais pas vers qui me tourner.

«Viens quand tu ne sauras pas quoi faire d'autres.»

Pourquoi Russ m'avait-il dit une chose semblable? C'était presque comme s'il avait prévu ce moment et compris à quel point je me sentirais confuse. Un désir foudroyant de le revoir m'envahit soudain.

Je savais alors que ma théorie sur sa façon de battre le casino était sérieusement défectueuse. Il avait gagné en se servant de la magie. Il y avait une réelle magie dans cet homme. Si je pouvais le revoir, il saurait ce que je dois faire ensuite. Au moins, comme avec les cartes, il devrait savoir si je devais agir ou attendre.

— Ramène-moi à l'hôtel, dis-je à Jimmy.

Lorsque nous arrivâmes au MGM, notre suite était déserte. Une note d'Alex me disait de l'appeler sur son cellulaire, mais c'était tout. J'expliquai à Jimmy que j'étais fatiguée et que je voulais faire une sieste — seule. Il était sensible à mes humeurs. Il me dit qu'il allait sortir faire une promenade, revenir dans une heure ou deux. Je lui dis de prendre deux heures. Avant son départ, il m'embrassa, mais mon esprit était ailleurs, et il le sentit aussi.

— Est-ce que ça va, nous deux? demanda-t-il.

Je m'obligeai à sourire.

— Nous allons très bien.

— Elle m'avait dit qu'elle ne viendrait pas. Elle l'avait juré.

— Quand on jure trop, ça perd tout son sens.

Il hésita.

— Au revoir, Jessie

— Au revoir, Jimmy.

Il y avait quelque chose d'angoissant dans le son de nos adieux. Comme s'ils pouvaient être permanents.

Après le départ de Jimmy, je pris rapidement une douche et je revêtis les nouveaux vêtements que j'avais achetés, la jupe courte noire et la blouse de soie rouge. Je pris le téléphone pour avertir Russ que j'arrivais. Je dus passer par un standard. Je le demandai par son nom, non par le numéro de sa suite. Il répondit à la seconde sonnerie.

— Allô?

— Russ. C'est Jessie.

— Jessie.

Il avait l'air heureux.

— Je doutais d'avoir de tes nouvelles de si tôt.

— Ne sois pas idiot. J'ai passé un bon moment la nuit dernière.

— Moi aussi.

— Hé, ça te dérange si je passe te dire bonjour?

— Maintenant?

— Ouais. Il se passe des trucs et, bien, je suppose que j'aurais besoin de ton avis à ce sujet, ajoutai-je. Mais je peux venir plus tard si c'est mieux.

— Maintenant, ça va. Mais arrive tout de suite. Plus tard, je dois sortir.

— Je serai là dans 10 minutes.

— Prends un taxi, ne marche pas. Il fait 1 000 degrés à l'extérieur.

— À qui le dis-tu? répondis-je.

Je descendis et sortis par l'entrée principale pour faire la queue pour un taxi. Son hôtel était situé à seulement 250 mètres du mien. Ça semblait stupide de gaspiller de l'argent pour un taxi. Mais j'étais fatiguée après des heures sur l'eau, et même si le soleil déclinait vers l'horizon, il faisait encore plus de 40 degrés. J'eus la chance que la file pour les taxis soit courte.

Mon chauffeur ne me regarda même pas lorsque je montai.

— Le Mandalay Bay, dis-je.

Il hocha la tête, mit le compteur, toujours silencieux. C'était un étranger, trapu, la peau foncée, avec une forte barbe. Je cherchai la pièce d'identité et le permis qui sont généralement épinglés là où un passager peut les voir, mais je ne vis rien. Nous partîmes du MGM pour entrer sur le Strip.

Il prit la mauvaise direction. Ça ne me dérangeait pas. La sortie du MGM formait un angle d'où il était difficile de rouler directement jusqu'au Mandalay Bay. Je supposai qu'il contournait le pâté de maisons pour arriver plus facilement à destination. Mais lorsqu'il eut dépassé trois pâtés de maisons au-delà du Strip, je commençai à m'inquiéter.

— Hé, où allons-nous? demandai-je. Je vous ai dit de m'amener à Mandalay Bay.

Il hocha la tête.

— Mandalay Bay.

Je tapai sur la fenêtre en plastique qui nous séparait.

— C'est de l'autre côté.

Il hocha la tête et pointa devant nous.

— Mandalay Bay.

— Non. Faites demi-tour. Revenez sur le Strip.

Il hocha la tête.

— Pas de Strip.

— Bon Dieu, vous ne parlez pas anglais?

Apparemment, ma question l'avait offensé. Il cessa de parler, mais continua à rouler en s'éloignant de plus en plus du Strip. Il tourna sur une autre route qui semblait mener vers un secteur industriel. Il n'y avait pas d'hôtel en vue, ce qui était rare à Las Vegas. Je continuai de frapper à sa fenêtre, mais il m'ignora. J'étais furieuse d'avoir oublié mon cellulaire. J'aurais appelé le 911.

Mais j'étais plus agacée qu'effrayée.

Très bien, songeai-je, c'est un jeu qui se joue à deux. J'attendrai jusqu'à ce qu'il soit obligé d'arrêter à un feu. Ensuite, je sauterai par la porte et je courrai à toute vitesse. Il pourra me chasser à pied s'il veut se faire payer.

Mais le problème, c'est qu'il sembla s'écouler une éternité avant qu'on arrive à un feu rouge.

Enfin, il dut arrêter. Ma porte était déverrouillée.

Je sortis du taxi en une seconde.

Il jura et sortit par son côté, mais j'étais déjà en train de courir dans la rue.

Pendant un moment, je craignis qu'il ne remonte dans son taxi et qu'il essaie de me renverser. Mais du coin de l'œil, je le vis s'éloigner en voiture.

Je m'arrêtai de courir et je fis le point sur ce qui m'entourait. C'était certainement un quartier de la ville qui ne figurait dans aucune brochure touristique. Outre des rangées d'entrepôts, il y avait de nombreuses usines. Des bâtiments poussiéreux dont la peinture s'écaillait — on aurait dit qu'ils avaient été construits pendant la Seconde Guerre mondiale. Comme nous étions samedi, ils étaient malheureusement tous fermés.

Néanmoins, c'était inquiétant. Il n'y avait pas une seule voiture dans aucun des parcs de stationnement. On aurait presque dit que cette partie de la ville était en quarantaine. L'idée m'était à peine venue que je remarquai une odeur de pourriture. Le soleil distendu brûlait à l'horizon comme le champignon atomique d'une bombe nucléaire explosée. Il faisait encore insupportablement chaud, mais la puanteur semblait résister à la sécheresse de l'air.

Le trottoir de béton était brisé et inégal. Il était plus facile de se promener au centre de la route goudronnée. Mais lorsque je passai au-dessus d'un couvercle d'égout, je crus entendre de faibles gémissements. On aurait dit un grand groupe de personnes dans un supplice horrible.

C'était réel, ce n'était pas mon imagination. Je retournai au couvercle d'égout et je me mis à genoux sur le sol chaud. Les gémissements se firent plus virulents. J'entendais des voix de femmes mêlées à des voix d'enfants. J'essayai d'imaginer qui pouvait être piégé là-dessous, mais y penser me rendait tout simplement malade.

Qui qu'ils puissent être, ils souffraient.

Une voiture de sport rouge s'approcha. C'était une Porsche. La conductrice avait baissé le toit. Comme elle était de toute évidence habillée pour une nuit sur le Strip, je supposai qu'elle aussi était perdue. Elle ralentit et s'arrêta quand je lui fis signe. Tout autour de nous, les ombres s'allongeaient. Il ferait bientôt nuit.

— Que faites-vous ici, ma chère ? demanda-t-elle en m'examinant.

Je fis de même. Outre une riche robe de soirée noire, elle portait des bijoux : un collier de perles coûteux, des boucles d'oreilles en rubis appariées à ses cheveux roux, des anneaux d'or et de diamant à chaque main. On aurait dit une femme de 50 ans qui essayait d'en paraître 40.

— Je pense que je suis perdue, lui dis-je.

— Moi de même. Montez. Peut-être que nous pourrons trouver une façon de revenir sur le Strip.

Si ça avait été un gars, j'aurais continué à pied. Mais je tenais à sortir de ce secteur de la ville et elle avait l'air sûre. Je grimpai sur le siège avant et fermai la porte. Elle redémarra la voiture et nous quittâmes l'endroit.

— Je suppose que vous n'êtes pas d'ici ? demanda-t-elle.

— Y a-t-il quelqu'un qui soit d'ici ?

Elle sourit.

— Je vois ce que vous voulez dire. Depuis combien de temps êtes-vous perdue ?

— Pas longtemps. Je suis montée à bord d'un taxi conduit par un chauffeur cinglé. Je lui ai dit de m'emmener à Mandalay Bay, et il m'a conduite ici. J'ai pensé qu'il n'allait jamais s'arrêter. Il ne faisait que rouler et rouler.

— Comment avez-vous pu sortir ?

— Je suis sortie comme une fusée quand il s'est arrêté à un feu.

— Savez-vous comment il s'appelle ? demanda-t-elle.

— Non. Son permis n'était pas affiché.

La femme hocha la tête.

— Mauvais signe. Ça veut dire que son véhicule n'est pas enregistré. Ça aurait pu être n'importe qui.

— Comment avez-vous abouti ici ? Si ça ne vous dérange pas que je vous le demande.

— Une querelle avec mon copain. J'ai sauté dans sa voiture et j'ai décollé. Je n'avais aucune destination en tête, et ce que j'ai su, c'était que j'ignorais comment revenir.

Elle hocha la tête vers la route devant nous alors qu'elle ralentissait.

— Qu'en pensez-vous ? Devrions-nous aller à gauche ou à droite ?

Je me tortillai d'un côté et de l'autre sur le siège avant, en essayant de jeter un coup d'œil entre les bâtiments, dans l'espoir d'avoir même un aperçu de l'un des plus grands hôtels. Mais nous étions entourées de monolithes crasseux. Je m'efforçai de me souvenir du nombre de fois où le chauffeur avait tourné.

— Je crois que nous devrions aller à gauche, dis-je.

La femme tourna à droite.

— Je ne suis pas d'accord.

— Vraiment ? Vous venez de dire que vous ne saviez pas du tout où aller.

— C'est vrai. Mais voyez-vous, je ne suis pas pressée de revenir sur le Strip.

— Je croyais que vous l'étiez.

— Non.

— Est-ce à cause de votre petit ami ?

— Non.

Elle me regarda et c'est alors que je remarquai à quel point ses yeux étaient sombres, à quel point ils étaient froids.

— C'est à cause de vous, Jessie.

À cet instant, mon sang tourna en eau et se glaça ; il sembla congeler sur place. Je sentis une douleur dans mon cœur et je me demandai s'il avait cessé de battre. Ma crainte se transforma en terreur. Je tendis la main vers la porte, mais la femme accéléra brusquement.

— Sortez de la voiture maintenant et vos amis ne vous reconnaîtront pas à l'hôpital, dit-elle.

Je m'efforçai de me calmer, mais ce fut impossible.

— Comment savez-vous mon nom ?

— Je sais tout sur vous.

— Que voulez-vous ?

— Tout.

Soudain, elle avait un pistolet à la main, mais ce n'était pas une arme ordinaire. J'avais vu suffisamment de films policiers. C'était un Taser. Elle allait me foudroyer.

Il n'y avait nulle part où aller. Nous roulions à plus de 100 kilomètres-heure. J'avais le choix entre faire face à l'impact de l'asphalte ou être frappée par sa décharge fulgurante. Aucun ne m'attirait. Pendant qu'elle activait le Taser et que des étincelles vertes craquaient entre les électrodes jumelles, je tailladai son bras droit avec mon bras gauche. Je tapai fort et j'avais un bon angle, mais son bras ne bougea pas d'un centimètre.

Progressivement, elle déplaça le Taser vers ma tête, un vert brûlant brillant dans ses yeux verts et froids. De nouveau, je tentai de frapper, mais ma main toucha les étincelles et un impitoyable courant pénétra mon bras et mon cerveau.

Pendant un instant, j'eus l'impression que mon cerveau était en feu.

Puis tout devint noir.

CHAPITRE 6

J e me réveillai dans l'obscurité et le froid.

J'étais allongée sur le sol. Je sentis la glace avec le bout de mes doigts et avec l'arrière de mon crâne avant d'ouvrir les yeux. Après la chaleur étouffante de Las Vegas, la dernière chose à laquelle je pouvais m'attendre, c'était d'avoir froid. Mais ce gel était trop profond pour être simplement relié à un changement météorologique. Je compris instantanément que ce pourrait être fatal.

J'ouvris les yeux et j'aperçus une lumière orange terne protégée par une bande de petites barres d'acier. Elle était très haute, accrochée à un plafond métallique à six mètres du sol givré. Elle faisait partie d'une série de lumières qui dégageaient une faible lueur. Néanmoins, c'était suffisamment éclairé pour voir que la chambre était vaste et remplie d'une cargaison macabre.

Je me trouvais dans une chambre froide de taille industrielle. Des dizaines de rangées de bœufs pendaient à des centaines de crochets d'acier. Les pièces de viande étaient rouges et blanches, chargées de muscle et de graisse. Un énorme morceau était suspendu à quelques centimètres à ma gauche. Je le touchai; la viande était aussi dure que la pierre. Je savais ce que cela voulait dire. Le bœuf n'était pas conservé au frais pour être vendu prochainement. Il était congelé, ce qui signifiait que la température de la chambre était sous le point de congélation.

À combien de degrés plus bas, je l'ignorais. J'ignorais combien de temps j'avais été inconsciente, mais comme j'étais encore vivante, ça ne devait pas faire très longtemps. J'étais toujours vêtue de mon chemisier de soie rouge et de ma jupe noire, et je perdais ma chaleur corporelle à un rythme terrifiant. Je tâtonnai la pièce de viande et le bout de mes doigts devint encore plus froid. Bientôt, mes mains et mes pieds seraient engourdis. Je savais qu'il me fallait agir rapidement.

Je m'assis et je gémis de douleur. Quiconque m'avait manipulée pendant que j'étais inconsciente l'avait fait rudement. J'avais l'impression que toute ma colonne vertébrale était meurtrie. Les salauds m'avaient probablement lancée d'un endroit à l'autre, jusqu'à ce qu'ils finissent par me larguer sur ce plancher.

Mais pourquoi avoir choisi cet endroit? Évidemment, ils voulaient me tuer, mais ils auraient pu le faire pendant que j'étais inconsciente. Je me demandai — de fait, c'était plus un espoir — si cela faisait partie d'un rituel complexe. Était-il possible que quelqu'un essaie de me faire peur, de me faire croire que... quoi?

Il ne me fallut pas trop de temps pour arriver à une hypothèse.

Je me levai et je criai haut et fort, en espérant que quelqu'un écoutait.

— Hé! Je suis réveillée! Si c'est de l'argent que vous voulez, vous pouvez l'avoir! Il est dans un coffre-fort au MGM! Les clés sont dans mon sac! Laissez-moi partir et je vous y amènerai!

Même si j'ignorais où se trouvait mon sac à main.

Silence. Personne ne répondit.

— Je dois avoir une centaine de milliers dollars en espèces! hurlai-je.

Silence complet. Ma déception était écrasante.

Je n'étais pas certaine, mais j'avais l'impression qu'il n'y avait personne. C'était probablement leur plan — qui qu'ils soient — de laisser le froid accomplir son travail pour ensuite revenir chercher mon cadavre. Après, ils pourraient me jeter n'importe où : dans une tombe peu profonde dans le désert; dans la rue où cette salope m'avait ramassée. J'ignorais si une autopsie révélerait que j'avais gelé à mort, surtout si l'on me donnait le temps de dégeler avant de disposer de mes restes.

Il était difficile de s'imaginer soi-même sous forme de cadavre.

Je fis le tour du congélateur à la recherche d'un moyen de sortir. Il n'y avait pas de fenêtre, seulement une sortie à l'extrémité opposée du long bâtiment. La porte était un épais monstre d'acier. Je tirai sur la poignée, mais j'aurais tout aussi bien pu tirer sur un rocher. Elle ne bougea pas d'une fraction de centimètre.

Des courroies étaient montées sur l'arrière de la porte où je supposai qu'une hache aurait dû être fixée en cas d'urgence — comme dans ce cas — mais mes ravisseurs avaient été assez vigilants pour l'enlever. Les malins avaient pensé à tout.

Mais pourquoi? Pourquoi moi?

La seule personne que je savais me détester était Kari, et elle était mystérieusement apparue au lac Mead. Il était vrai qu'elle avait essayé de me prévenir, de me dire que j'étais en danger, mais son avertissement avait été vague et décousu. Ce qu'elle avait dit n'avait aucun sens. Elle avait agi comme une personne insensée, et les gens insensés font des choses insensées.

Mais l'organisation d'un enlèvement aussi élaboré que celui-ci allait bien au-delà de ses capacités. C'était une meneuse de claque blonde, nom de Dieu. Comment aurait-elle pu réussir à embaucher le chauffeur de taxi — je ne doutais nullement qu'il faisait partie du plan — et la femme à la Porsche ? Il était possible que Kari soit furieuse que je lui aie volé Jimmy, mais elle n'était tout simplement pas assez intelligente pour organiser une manigance aussi complexe.

Rares étaient ceux qui auraient pu planifier un tel complot.

Pourtant, j'avais rencontré un tel homme la nuit précédente. La seule personne au monde qui savait que j'étais sur le point de descendre en courant et de monter dans un taxi.

« Prends un taxi, ne marche pas. Il fait mille degrés à l'extérieur. »

Si je devais créer une courte liste de gens potentiellement derrière mon enlèvement, le nom de Russ viendrait en tête. Qu'il se soit assis à notre table de blackjack ne pouvait être le fruit du hasard. Tout était si clair maintenant. Quand j'avais tenté de partir, il avait tout fait pour que je reste. En effet, il m'avait trompée avec le plus ancien des appâts au monde. La promesse d'argent. Et il avait livré la marchandise. Comme par hasard, il avait décidé de me remettre 100 000 dollars aussi nonchalamment que j'avais ensuite commandé le service aux chambres. De plus, il avait lui-même gagné plus de 600 000 dollars.

Mais avait-il vraiment gagné l'argent ?

Personne au monde ne pouvait battre les casinos. Était-ce possible que les gens du Tropicana aient fait partie de cette escroquerie ? C'était difficile à croire. Plus j'ajoutais de gens à ma liste, plus le crime se complexifiait. Pourtant, si Russ avait agi seul, avec seulement quelques voyous embauchés pour l'aider à commettre le sale boulot, il me restait toujours à comprendre la façon mystérieuse dont il avait battu le casino.

Merde, il me restait un mystère beaucoup plus pressant.

Pourquoi voulait-il me tuer ?

Mes doigts étaient glacés, je ne cessais de frissonner, et mes pieds devenaient engourdis. Je piétinai sur le sol pour stimuler la circulation, mais ça ne fonctionnait que tant que je bougeais. Dès que j'arrêtais, le froid revenait dans mes orteils.

L'engourdissement dans mes pieds m'effrayait bien plus que mes doigts en train de geler. Je savais que si mes pieds lâchaient, je ne serais plus capable de me mettre debout, de me déplacer, et c'était la seule chose qui me gardait au chaud. Je devrais m'asseoir à côté des bouvillons morts, et je m'évanouirais probablement rapidement. Je n'étais vraiment pas le genre de candidate pour Jenny Craig. Au mieux, je pesais 50 kilos.

Je sautai de haut en bas, je me chantai des chansons, j'essayais de garder le moral. Je m'efforçais surtout d'imaginer un moyen de passer à travers cette fichue porte. Elle était d'acier ; j'étais de chair et de sang. Bon, me dis-je, je devais trouver un moyen de rendre le jeu équitable. Comment faire ? Il me fallait des outils, des outils en acier.

De nouveau, je fouillai la chambre froide. Les seules choses qui ressemblaient le moindrement à des instruments étaient les crochets qui retenaient la viande. Leurs pointes étaient extrêmement effilées. Je me demandai si je pouvais en libérer un, et m'en servir pour briser les charnières de la porte. Ça valait la peine d'essayer. Les chances que quelqu'un fasse irruption pour me sauver dans les 30 prochaines minutes étaient plutôt improbables.

Je pensai alors à Jimmy. À l'heure actuelle, il devait être à ma recherche, inquiet de ma disparition. Il avait probablement parlé à Alex et peut-être qu'elle avait eu peur et qu'elle lui avait parlé de l'homme que nous avions rencontré la veille. Pourtant, Alex n'était pas fille à paniquer. Peut-être attendrait-elle avant de parler. Sa vertu pourrait être ma malédiction. Peut-être ne parlerait-elle de Russ que longtemps après ma mort.

J'eus beaucoup de difficulté à décrocher un gros morceau de bœuf. J'ignorais où ces bouvillons avaient été élevés, mais il devait y avoir eu beaucoup à paître. La viande était plus lourde que ce que je pouvais soulever.

Pourtant, ma crainte me donna des forces supplémentaires, et par essais et erreurs, j'appris à mieux utiliser la force de ma jambe pour soulever la pièce plutôt que d'employer seulement mes bras. Je finis par réussir à libérer un des plus petits bouvillons et à le déposer sur le sol. Immédiatement, j'entrepris de dévisser son crochet.

Malheureusement, je ne sentais plus que deux doigts de chacune de mes mains, et ce n'était pas le pouce. Je n'avais pas d'emprise sur le crochet. De plus, le crochet avait soit été vissé par une machine, ou il avait gelé en place. Quoi qu'il en soit, il refusait de bouger.

— Merde! hurlai-je. Va au diable!

Une minute plus tard, j'eus une brillante idée.

Je priai Dieu pour que ça fonctionne.

Ouais, alors j'étais une hypocrite, et après. J'étais en train de mourir.

J'avais commis une erreur en retirant la viande avant le crochet. La raison en était simple. Les crochets étaient profondément enracinés dans la viande. Le bœuf était lourd et avait du volume. Si je pouvais entourer de mes bras un des plus petits bouvillons et le faire tourner, je devrais ainsi décupler ma force de levier.

J'avais déjà fait tomber le plus petit bouvillon. Je m'attaquai au suivant en taille ; il était sensiblement plus large. Mais je parvins à obtenir une solide emprise sur ses côtes et sur son arrière-train. Je levai les yeux et je supposai que les crochets avaient été vissés dans le sens des aiguilles d'une montre. Je commençai à tourner en sens inverse.

Je parlais au bœuf pendant que je travaillais, comme s'il était mon partenaire d'évasion.

— Ne laisse pas ce crochet te déchirer l'intérieur. Tu es né pour quelque chose de plus important que d'engraisser un tas de touristes charnus. Même dans la mort, tu peux sauver une vie. Tu peux être un héros. Toi et moi, nous sommes une équipe. Il suffit que tu restes en un morceau et que tu m'aides à arracher ton crochet du plafond.

Il était épuisant de me battre avec le bouvillon, d'essayer de le faire pivoter. J'étais sur le point de lâcher quand tout à coup le crochet se mit à grincer. Mais plus encore, il pivota de plus d'un demi-cercle. Ensuite, il fut facile de le dévisser. Je n'avais qu'à donner une poussée au bouvillon de temps en temps.

Deux minutes plus tard, la viande tomba au sol, et l'impact contribua à secouer le crochet, et il se libéra de la pièce. Je le saisis par son extrémité pointue, et je me précipitai vers la porte, enfin prête à essayer mon plan.

Je découvris que j'avais un autre problème.

Dans tous mes efforts avec la viande et les crochets, j'avais réussi à garder mes doigts au chaud. Mais j'avais oublié mes pieds. Je venais de passer trop de temps à peu près au même endroit.

Maintenant, je ne sentais plus mes orteils. Pire encore, la plante de mes pieds était engourdie. Bizarrement, l'instant où je me rendis compte de leur état, je commençai à avoir du mal à me tenir debout. Je tendis un bras pour m'empêcher de tomber. Je fus tentée de m'asseoir, pour me reposer et les frotter et essayer ainsi rétablir la circulation. Mais c'était une tentation idiote. Je savais que si je m'assoyais, je ne pourrais jamais me relever.

La porte m'attendait, mais je devais y tourner le dos et essayer de marcher. Sauter n'était plus une solution de rechange, mais j'avais l'impression que si je pouvais simplement continuer à me servir de mes pieds, ils me reviendraient. Ma promenade ressemblait plus à un glissement de côté. Je devais garder les deux mains plantées sur le mur pour maintenir mon équilibre.

Je dus faire le tour de la chambre froide avant de commencer à sentir un picotement dans mes pieds. Un deuxième tour restaura la sensation dans la plante de mes pieds, et je recommençai même à sentir quelques-uns de mes orteils. Enfin, je réussis à me tenir debout sans avoir à utiliser le mur pour me soutenir. Je me jurai que, tout en travaillant sur la porte, je ferais une pause toutes les deux minutes pour me promener. Piétiner était toujours une méthode efficace pour stimuler ma circulation, mais ça commençait à être douloureux. Je me demandais si ça voulait dire que j'avais des engelures.

La porte, la porte d'acier, la putain de porte. Elle était si épaisse et si solide ! On aurait dit qu'elle avait été construite pour résister à une explosion atomique, alors que sa seule utilité consistait à garder un tas de vaches au froid.

Mais il y avait une bonne nouvelle. La pointe du crochet était assez effilée pour glisser derrière les charnières de la porte. En outre, la poignée du crochet était longue, ce qui me donnait un bon effet de levier.

Je commençai à travailler sur les charnières inférieures, en pensant qu'elles seraient plus faciles à briser, puisque je pourrais me servir de la puissance de mes jambes pour appuyer sur le crochet. Maintenant que je me servais de mes pieds pour autre chose que de simplement me supporter, ils commencèrent à se réveiller encore plus, et je pus sauter sur le bout du crochet. Une fois de plus, j'entendis un grincement rassurant alors que les vis des charnières se libéraient. Je pressai mes paumes contre la porte pour me stabiliser, et je sautai à plusieurs reprises sur l'extrémité plate du crochet.

La charnière inférieure éclata et se libéra du mur.

Malheureusement, à mon dernier saut sur le crochet, je tombai et je me tordis la cheville droite en descendant. Désolée, jeune fille, pas d'entorse bénigne pour toi. J'entendis un bruit juste avant de frapper le sol. Certes, ça aurait pu être la charnière qui craquait en se libérant, sauf que le bruit venait du plus profond de ma cheville et qu'une douleur foudroyante explosa dans ma jambe droite. La douleur créait à la fois un engourdissement et une brûlure. Je ne pouvais décider lequel était pire. Je savais seulement que je m'étais blessée au pire moment possible.

Je roulai sur le sol en jurant, et je tentai de me relever en griffant le mur, mais dès que je me levai et que je mis mon pied à terre, je criai. L'os était cassé, aucun doute là-dessus. La douleur palpitait en même temps que les battements de mon cœur. Elle me martelait la tête, et des vagues de vertiges et de nausées me balayèrent. Je me penchai et je vomis, mais rien ne sortit. Je n'avais pas mangé depuis longtemps. J'avais l'impression d'être dans la chambre froide depuis toujours.

Je n'avais pas le choix — il fallait que je m'assoie, que je me repose quelques minutes et que j'essaie de récupérer. J'espérais que ma cheville soit simplement sortie de sa cavité et qu'elle se replace comme par magie. Il n'y avait nulle part où placer mes fesses sauf le sol glacé, et je m'assis le dos à la porte, la colonne vertébrale pressée contre l'acier glacé.

J'essayai de me concentrer sur la charnière brisée à côté de moi. J'avais bien progressé, me dis-je, j'étais à mi-chemin pour retrouver la sécurité. Tout ce que je devais faire, c'était de briser la charnière supérieure et je serais libre. Je me promis que dès que la douleur dans ma cheville cesserait de battre, je me lèverais et m'y attaquerais. Il n'était pas question qu'une petite charnière mette fin à ma vie. Pas quand mon ami le bouvillon avait donné sa vie pour libérer le crochet afin que je puisse m'en servir pour briser la charnière…

— Mon ami le bouvillon ? dis-je à voix haute

À quoi est-ce que je pensais ? Qu'est-ce que je faisais ? La charnière cassée avait disparu de ma vue. Pourquoi ? Parce que mon esprit avait erré au loin et que j'avais fermé les yeux. Le danger de ma situation me frappa comme le coup de poing d'un boxeur. J'étais assise les yeux fermés dans une chambre froide dont la température frôlait les – 10 degrés. À ce rythme-là, j'allais bientôt perdre connaissance.

Mourir. J'allais mourir à moins que je me lève de sur mon derrière.

Je me forçai à ouvrir les yeux, et je respirai rapidement à quelques reprises, et j'essayai de me pousser avec ma bonne cheville. Au début, ça sembla fonctionner, je réussis à me pousser vers le haut, puis je glissai et tombai de nouveau. La raison en était horriblement claire. Même avec mon pied qui n'était pas blessé, je ne pouvais m'agripper au sol, puisque la plante de mon pied était engourdie. La douleur dans ma cheville diminuait parce que mon pied droit s'engourdissait lui aussi.

J'avais brisé la promesse que je m'étais faite. De ne m'asseoir en aucun cas. Je l'avais brisée parce que le froid me jouait des tours dans la tête. Il m'avait convaincue de m'asseoir parce que j'étais blessée. Mais le froid n'était pas mon ami, c'était mon ennemi. Il essayait de me tuer. Il me tuerait à moins que j'arrive à bouger.

Je roulai sur les genoux, je pressai le haut de ma tête contre la porte et je tentai de me tenir debout, tendant le bras vers la poignée de porte. Pendant quelques secondes, je pus me hisser au point où je me balançais sur ce qui semblait être des jambes invisibles, jusqu'à ce que je glisse soudainement et que je me fracasse la tête contre la porte. Ma chute sur mes genoux ne fut pas longue, pas aussi longue que lorsque je m'étais tordu la cheville, mais une piste sombre me suivit jusqu'au sol. Mon nez avait frappé la porte et l'avait éclaboussée de sang.

— Merde! hurlai-je pour personne. Allez au diable!

Je levai la main vers mon nez et je sentis le sang chaud qui suintait sur mon visage. Puis, on aurait dit que quelqu'un avait coupé l'alimentation et que le sang s'était arrêté. Du moins, c'était ce que je croyais qui s'était passé. Je me rendis compte alors que mes doigts étaient engourdis. Mes mains et mes pieds étaient entièrement engourdis, entièrement inutiles.

— Il faut que je me lève, il faut que je me lève, continuai-je à répéter alors que je roulais une fois de plus sur mes fesses.

Je m'étais rendue trop loin pour lâcher prise. Le crochet était là. La charnière supérieure était à peine à un mètre et demi au-dessus du sol. Si je pouvais me relever, glisser le crochet derrière la charnière et m'y accrocher de tout mon poids, il est probable que tout sauterait. Si seulement je pouvais me mettre debout. Si seulement je ne m'étais pas blessée à la cheville.

Si seulement je n'avais pas fait confiance à Russ.

— Putain de salaud, Russ. Tu paieras pour ça. Je te ferai payer.

Voilà la dernière chose que je me rappelle avoir dite à voix haute. À un moment donné, je dus avoir fermé les yeux de nouveau, bien que je ne me souvienne pas de l'avoir fait. Mes pensées revinrent à la nuit précédente, à la table de blackjack, lorsque j'avais compris que Russ avait volontairement offensé Alex. Il lui avait fait perdre de l'argent pour qu'elle s'énerve et parte. Lui-même l'avait admis. Pourtant, il était convaincu que je ne partirais pas avec elle. Étrange de voir à quel point il était sûr de lui. Après tout, elle était ma meilleure amie, et lui, je ne le connaissais pas.

Pourquoi aurait-il supposé que je resterais avec lui ?

Pourquoi m'avait-il paru si familier ?

Ce gars que je rencontrais pour la première fois.

Je remarquai que je ne frissonnais plus. Ce fut un soulagement. De fait, j'avais l'impression qu'un liquide chaud était pompé dans mes veines. Tout de même, une partie de moi se demandait si c'était une bonne chose. Il me semblait me rappeler que lorsque les gens mouraient de froid, ils commençaient par sentir qu'ils avaient chaud.

Ouais, j'avais lu un article à propos d'une lycéenne partie patiner sur un lac qui était censé être gelé dur, mais la glace avait brisé et l'eau l'avait avalée pendant environ 10 minutes avant qu'un pompier la sauve.

Elle était morte depuis plus de 10 minutes. Probablement 15 même. La jeune fille avait mon âge, nous aurions pu être amies…

Mais le pompier l'avait ramenée à la vie. C'était un miracle.

Je tentai de me concentrer sur ce que l'article avait mentionné d'autre, mais mon cerveau commençait à s'ennuyer de fouiller ce sujet, et erra jusqu'à Jimmy, là où il avait passé la plus grande partie des six derniers mois. Jimmy, mon pauvre ami, il devait vraiment se faire du souci pour moi. Il appellerait sans doute la police, peut-être remplirait-il un rapport pour signaler ma disparition. Mais je savais ce que lui dirait la police. Tous les flics disent toujours la même chose à la télévision.

— Désolés, mais nous devons attendre au moins 24 heures avant que la disparition de votre amie soit officielle.

Ils regarderaient Jimmy avec pitié, mais secrètement ils croiraient probablement que la jeune femme s'était enfuie avec un homme plus âgé et riche. Surtout si Alex leur avait parlé de Russ.

— *Tu dis que tu n'as pas pris de douche avec moi ?*

— *Oui, je l'ai fait. Mais ce n'était pas après être parti du travail.*

Cette discussion que nous avions eue au lac était vraiment étrange. Comment Jimmy avait-il pu oublier la première fois où nous avions fait l'amour ? Mon Dieu, c'était comme s'il avait oublié la date de mon anniversaire de naissance. Sauf qu'il avait effectivement oublié mon anniversaire. C'était en novembre. Le 12 novembre, et je lui avais dit que c'était proche, mais le jour était venu et reparti sans qu'il s'en souvienne. Je n'avais pas crié après lui ou quoi que ce soit du genre. Nous venions tout juste de commencer à sortir ensemble, et je ne voulais pas l'embêter et passer pour une chipie, et d'ailleurs, ça n'avait pas d'importance le jour où j'étais née. Ce qui était plus important, c'était la date de ma mort, qui allait être aujourd'hui, à moins que je me grouille le cul et…

Et alors ? Je ne pouvais pas m'en souvenir. Ce ne devait pas être important.

Quoi qu'il en soit, la première fois où nous avons fait l'amour, c'était important. Il était sous la douche, comme je le lui avais dit, ou plutôt, juste après que nous ayons pris une douche. Mais il avait raison sur un point — il n'avait pas passé du temps à laver l'huile de ses mains sous la douche parce qu'il ne devait pas revenir du travail. Je me rendais compte qu'une partie de ma version de l'histoire était exacte et l'autre erronée. Il était venu à la maison, et j'étais sous la douche pour me préparer pour notre rendez-vous. Je savais qu'il allait venir. Il avait téléphoné avant. Nous étions censés aller souper, puis aller voir un film.

J'avais sauté sous la douche parce que j'avais chaud et que j'étais en sueur. Nous étions au milieu de l'été. La journée avait été chaude. Et j'étais allée prendre une douche parce que je croyais que ce serait une façon cool de le séduire. Quand il était question de sexe, c'était quelqu'un de timide. Je veux dire, je l'étais moi aussi, puisque, techniquement, j'étais encore vierge. Mais je commençais à être un peu fatiguée d'attendre qu'il fasse les premiers pas, alors j'avais pensé le faire à sa place. En d'autres termes, la douche n'avait été qu'une excuse.

Une belle excuse fraîche en une chaude journée d'été.

Seulement, je n'avais pas commencé à sortir avec Jimmy avant octobre.

C'était bizarre. Maintenant, mon souvenir de cette journée devenait pire que le sien. Mais j'aurais juré, en ce moment, que nous avions fait l'amour au milieu de l'été, ou bien à la fin de l'été. Ouais, ça devait être vraiment vers la fin, car ce n'est qu'après l'Halloween que j'avais commencé à m'inquiéter d'être enceinte…

Enceinte ? Holà ! Je n'ai jamais été enceinte.

Pourtant, je me souvenais… de quelque chose. Mon ventre qui enflait.

Vraiment étrange. Comme un mystère.

Je ne sais pas pourquoi ça me dérangeait autant. J'avais des problèmes beaucoup plus sérieux à résoudre. Mon nez saignait, ma cheville était blessée et je gelais à mort. Tout de même, ça m'ennuyait de ne pas pouvoir me souvenir de Jimmy qui se lavait les mains sous la douche, ce qui aurait réglé la querelle une fois pour toutes sur le moment où nous avions fait l'amour pour la première fois.

Mais je devais admettre que je commençais à me rappeler la situation beaucoup plus comme lui s'en souvenait. La journée avait certainement été chaude, un vrai four, et il n'était pas venu dans la journée, après le travail, mais le soir, pour que nous sortions ensemble. Ouais, son argument avait quelques faits en sa faveur. Je devrais le lui dire quand je le reverrai.

Si jamais je le revoyais.

Ma dernière pensée cohérente.

Une fois de plus, tout devint noir.

Mais c'était beaucoup plus noir qu'avant.

CHAPITRE 7

J e me réveillai à la lumière et au froid.

C'était un fait, même si je n'étais plus dans la chambre froide, je me sentais toujours glacée. À certains égards, j'avais une impression encore pire, encore plus étrange, comme si j'étais un morceau de viande suspendu à un crochet d'acier. Mais c'était faux, puisque je fixais un plafond d'hôpital. Une voix féminine à peine perceptible se fit entendre dans un haut-parleur invisible.

— On demande le docteur List à l'urgence. Dr Michael List, salle d'urgence, s'il vous plaît.

J'étais en sécurité, c'était bien. Je pouvais me détendre. Quelqu'un m'avait trouvée et m'avait emmenée à l'hôpital. Les médecins essayaient probablement de me réchauffer pendant que j'étais étendue là.

Pourtant, je ne voyais pas de médecin et je ne sentais pas d'appareil de chauffage. Je sentais… eh bien, je ne sentais rien. J'aurais pu dire que je ne sentais rien au-dessous de mon cou, mais je n'avais pas plus de sensations dans mon visage. Ma vision du plafond aux carreaux verts insonorisant ne flancha pas, même pour un instant, ce qui me porta à croire que je ne clignais même pas des yeux.

J'étais inquiète. Cligner des yeux était un réflexe. J'avais lu quelque part que si quelqu'un passait aussi peu qu'une heure sans cligner, ses pupilles commençaient à être endommagées. C'est pourquoi il est important de fermer avec un bandage l'œil affecté des gens qui ont souffert d'AVC ou d'autres conditions qui souvent paralysent la moitié du visage. Je fis un effort conscient pour fermer les yeux, mais ils ne remuèrent pas. Le plafond refusait de disparaître.

Je détestais cette teinte particulière de vert. J'étais surprise de voir que le personnel de l'hôpital avait choisi une couleur aussi insipide, même s'il s'agissait d'une cabine d'urgence bas de gamme. Le vert avait une teinte jaune pâle qui me rappelait le vomi. Peut-être que mon nez influençait mes yeux. L'air avait une odeur qui me donnait la nausée. Pas de l'alcool à friction, autre chose, que je ne pouvais identifier, même si j'étais certaine de l'avoir déjà sentie.

Sans réfléchir, je tendis le bras pour fermer mes paupières et je découvris que mon bras ne voulait pas bouger. Même si je ne sentais rien, j'avais supposé que j'avais l'usage de mes membres, que je n'étais pas gelée. Mais je me rendais maintenant compte que j'étais complètement engourdie.

Je n'avais jamais entendu parler d'un truc pareil. Je me demandai si cela signifiait que mon état était grave. Pourtant, comme aucun médecin ou infirmière ne planait au-dessus de moi, j'étais un peu rassurée. Si j'avais vraiment été en danger, le personnel de l'hôpital serait en train de travailler sur moi à cette minute même. Ils me laissaient probablement décongeler lentement. J'étais certaine que tout allait bien aller.

J'aurais voulu tourner la tête, obtenir une meilleure vue sur mon entourage. Les carreaux verts me tombaient sur les nerfs. J'essayai de déplacer mes pupilles pour élargir mon champ de vision, mais je découvris qu'il ne se modifiait pas. Que se passait-il? Mes yeux étaient-ils gelés aussi? C'était ridicule. Je voulais que quelqu'un s'arrête et m'examine pour que je puisse demander ce qui se passait. Cet hôpital ne me semblait pas normal, sauf pour l'appel occasionnel sur l'interphone.

— On demande le docteur William Jacob à la salle des rayons X. Dr William Jacob, salle des rayons X, s'il vous plaît.

Mes pensées revinrent à ma captivité pendant que j'étais allongée dans la chambre froide. Je me souvins comment j'avais tenté de briser la porte de métal, comment j'avais failli m'échapper. Si seulement je ne m'étais pas brisé la cheville en tombant. Attends une minute! Je m'étais blessée à la cheville. Je m'étais aussi blessé au nez. Pourquoi ne ressentais-je aucune douleur? Je veux dire, oui, je savais que j'étais encore en train de dégeler, et tout le reste, mais je me serais attendue à ce que ces deux points douloureux aient été les premiers à se réveiller et à commencer à se plaindre. Pourtant, je ne ressentais toujours rien.

Tout simplement étrange, très étrange.

J'entendis des pas, deux personnes qui parlaient, un homme et une femme. Ils s'approchaient certainement — leurs voix devenaient de plus en plus fortes. Quel soulagement, pensai-je, d'avoir finalement quelqu'un à qui parler! Quelqu'un qui pourrait répondre à mes questions.

L'homme et la femme entrèrent dans ma chambre. Je tentai de tourner la tête pour les regarder, mais elle refusa de bouger. Je les entendais, mais je ne pouvais les voir. Pourtant, je savais que l'homme était à ma droite, tandis que la femme se trouvait plus près, à ma gauche.

— Pouvez-vous croire que j'avais des billets pour le match de championnat et que je n'y suis pas allé? dit l'homme. Je me suis dit pourquoi rouler tout ce chemin vers le Staples Center quand je peux regarder les Lakers à la télévision.

— Mais vous avez manqué la fébrilité d'être sur place, répondit la femme. J'ai entendu dire que la foule était pratiquement en larmes au décompte des dernières minutes.

— C'est vrai, dit l'homme. Ça peut être très excitant de se retrouver dans la foule et de hurler comme un fou, surtout si l'on est ivre. Mais j'avais des sièges bon marché, ils étaient dans la section la plus éloignée du jeu. C'est pourquoi je suis resté à la maison et j'ai regardé le match à la télé. Staples est beaucoup plus vaste que l'était le Forum. Si vous vous assoyez dans les derniers rangs, je vous jure que vous pouvez à peine voir les joueurs. On dirait des personnages de dessins animés. Et nous sommes vraiment gâtés avec les reprises instantanées. À la télévision, quand quelqu'un fait un smash fantastique ou un tir à trois points qui renverse soudainement les résultats, ils le rejouent 10 fois. On en profite encore et encore. Mais en personne, vous clignez des yeux et vous pouvez manquer la plus grande partie du jeu.

— Au Staples, n'y a-t-il pas un écran où l'on montre les reprises instantanées? demanda-t-elle.

— Il y en a plusieurs. Ils sont tous dirigés vers les sièges des riches. Je vous le dis, toute l'arène est conçue pour ceux qui paient des billets à 500 dollars le siège et plus. Des prolos comme nous, ils ne s'en préoccupent même pas. Même la nourriture qu'ils offrent dans les sièges bon marché est différente de celle que vous pouvez acheter dans les sections où les billets se vendent à prix élevés.

— Vraiment? Il me semble qu'il devrait y avoir une loi contre ça.

— Il devrait y avoir des lois contre beaucoup de choses, dit l'homme.

La femme parut ramasser un dossier médical. J'entendis le tâtonnement de documents, et le bruit venait de la gauche où elle se trouvait.

— Très bien, qu'avons-nous ici? Femme caucasienne, 20 ans, découverte par une famille qui s'était perdue après avoir quitté le Strip, quelque part dans le secteur industriel de la ville.

— Pauvre fille. Vous parlez d'un endroit de merde pour se faire larguer.

La femme continua à lire le dossier.

— Elle a été amenée à l'urgence il y a une heure, peu après minuit. Le docteur Palmer et le docteur Kirby ont tenté une longue réanimation. On a immédiatement appliqué un massage cardiaque, pendant que la patiente était ventilée au moyen d'un tube trachéal. Un millilitre d'épinéphrine a été injecté dans la veine jugulaire interne, de même que 10 millilitres de chlorure de calcium. On a essayé plusieurs fois la défibrillation, mais sans réponse. Le docteur Palmer l'a déclarée morte à 12 h 59.

La femme s'arrêta pour parler à son partenaire.

— Que croyez-vous que nous cherchions ici, Dave?

« On m'a déclarée morte, pensai-je. Est-ce que ça signifie que j'étais déjà morte en arrivant à l'hôpital? »

De quoi diable ces deux-là sont-ils en train de parler?

Pendant un moment, d'épais doigts boudinés passèrent devant mes yeux.

— C'est étrange, Susan, dit Dave. Regardez ce sang sur le nez. Quelqu'un a dû la malmener avant de…

— Avant de quoi ? demanda Susan.

— Touchez pour voir comment sa peau est froide. Et elle est ici depuis plus d'une heure. Elle devrait au moins être à la température ambiante.

J'entendis Susan palper mon bras gauche, bien que je fus incapable de sentir ce qu'elle faisait.

— Bon Dieu, vous avez raison, on dirait un glaçon, dit-elle.

— Palmer ne l'a pas mentionné dans ses notes ? demanda Dave.

— Il a écrit une petite note disant qu'elle paraissait être en hypothermie, mais c'est ridicule. On dirait que quelqu'un l'a entreposée dans un congélateur avant de finalement décider de larguer son corps. Vous savez ce que ça veut dire ?

— Quoi ?

— Elle pourrait être morte depuis longtemps, dit Susan.

« Morte ? » pensai-je.

Encore ce mot. Ils parlaient de moi comme si j'étais morte. C'était quoi, leur problème ? C'étaient des médecins, pour l'amour de Dieu, et j'étais étendue ici devant eux. Tout ce qu'ils avaient à faire, c'était de vérifier mon pouls et de sonder ma poitrine et ils sauraient que j'étais vivante.

Et si ce n'étaient pas de vrais médecins, seulement des internes ou même des étudiants en médecine ? Ils étaient peut-être en train de m'examiner dans le cadre de leurs études, de la même manière qu'ils pourraient disséquer un corps durant leur cours d'anatomie pendant leur première année à l'école de médecine.

— Si elle est morte depuis longtemps, dit Dave, alors celui qui l'a tuée s'est donné beaucoup de mal pour la garder en bonne forme. Elle paraît presque vivante.

« Oui ! » essayai-je de crier. « Je suis vivante. C'est quoi, votre problème, vous autres ! »

Mais je n'arrivais pas à remuer les lèvres. Je ne pouvais même pas émettre un grognement à partir de ma gorge, ou tout autre bruit qui leur ferait savoir qu'ils n'étaient pas en présence d'un cadavre.

— C'est vrai, elle est superbe, dit Susan. J'espère que je paraîtrai aussi bien quand je mourrai. Mais je me demande…

— Quoi ?

— Et si la cause de la mort était l'hypothermie ?

— C'est aller un peu loin, dit Dave. Ils ont tout simplement pu la congeler après l'avoir tuée. Pour ce qu'on en sait, ce coup sur son nez a envoyé des fragments d'os dans son cerveau.

— Vous avez raison. Nous ne le saurons pas tant que nous ne l'aurons pas ouverte. Mais j'ai fait un examen préliminaire de ce bras et je peux déjà dire que son sang ne s'est pas ramassé dans les extrémités inférieures quand elle a été mise au congélateur.

« M'ouvrir ! »

Mon horreur transcendait la raison. Elle vint près de court-circuiter mon cerveau pour me forcer dans un coin, tremblante et abrutie. Ce qui m'empêcha de craquer complètement, ce fut de prendre conscience que j'étais plus en danger que je ne l'avais été dans la chambre froide.

La docteure Susan et le docteur Dave n'étaient pas de vrais médecins qui soignaient les gens vivants. C'étaient de foutus coroners. Ils étaient le genre de médecins qui ne s'intéressaient qu'aux cadavres.

Bon Dieu, il fallait que je sorte d'ici. Ou bien je devais faire au moins une sorte de bruit avant qu'ils commencent à couper. Je luttai de toutes mes forces pour faire bouger mes lèvres, pour qu'elles se contractent, mais je ne pouvais remuer ce que je ne pouvais pas sentir.

Dave semblait être en train d'examiner mon bras droit.

— Je vois ce que vous voulez dire. Les veines à l'avant et à l'arrière de son bras sont remplies de sang frais. Je ne serais pas surpris si votre théorie était juste.

Il fit une pause.

— Quelle façon horrible pour une chose aussi mignonne de partir ! De geler à mort dans une boîte sombre.

— Je ne suis pas d'accord, dit Susan. Je peux penser à des façons bien pires de partir.

— Avons-nous la permission de faire une autopsie complète ?

Susan examina le dossier.

— Nous n'en avons pas besoin. Elle a officiellement été classée comme Jane Doe, et possible victime de meurtre. Ça veut dire que la police de Las Vegas a été avertie et qu'elle veut des réponses immédiates. Nous pouvons l'ouvrir maintenant, si vous voulez.

« Non ! Dave, vous ne voulez pas ouvrir une chose aussi mignonne que moi. »

Mais Dave sembla soudainement enthousiaste.

— Puis-je prendre les commandes de ce cas ? demanda-t-il.

— Voulez-vous des maux de tête ? Avec un cas comme ça, vous finirez probablement au tribunal pour répondre à une centaine de questions.

— Je vous l'ai déjà dit, je pense qu'il est temps que je me dégourdisse un peu. Pendant des années, j'ai travaillé sur des cas dont personne à part la famille immédiate ne voulait entendre parler. Je vous ai observée en cour, je crois que je peux supporter la pression. Sauf, ajouta-t-il, si vous avez une objection.

« Objection ! C'est un idiot ! Il ne peut pas différencier une fille morte d'une fille vivante ! »

Mais Susan non plus. Je hurlais mentalement après cette paire inadéquate. Susan déposa le dossier et roula une lumière au-dessus de moi. Elle l'alluma, et je fus baignée par une aveuglante lumière blanche. Pendant quelques secondes, je fus aveuglée.

— Soyez sérieux, Dave. J'attendais le jour où vous auriez envie d'aller de l'avant comme ça et d'exiger de faire vos preuves au tribunal, comme aiment le dire les avocats. Il est temps que vous utilisiez vos talents au maximum, et ça paraît être le cas parfait. Vous avez une belle jeune victime, une méthode d'assassinat mystérieuse. Je ne serais pas surprise si dans deux mois, on vous voyait à la télévision, trois soirs par semaine, à donner aux gens la dernière mise à jour sur l'Horrible meurtrier du congélateur.

Dave se mit à rire.

— L'Horrible meurtrier du congélateur. Ça me plaît.

— C'est ce que j'ai pensé. Maintenant, puisque nous parlons d'un possible cas judiciaire, nous devons commencer à enregistrer dès les étapes préliminaires. Je sais que vous n'en avez pas l'habitude.

— Ça ne me dérange pas. Quand voulez-vous ouvrir le micro?

— Dans quelques minutes. Enlevons-lui ses vêtements. Mais il ne faut pas déchirer le tissu. Nous devons tout déposer dans un sac, l'étiqueter et le remettre à l'inspecteur responsable du dossier.

— Mais les docs de l'urgence ont arraché les boutons de sa blouse pendant qu'ils travaillaient sur elle, dit Dave.

— Ça arrive souvent. La police ne fera pas d'histoire.

— J'ai compris, dit Dave.

Ils allaient me déshabiller? Ça n'aurait pas dû me déranger, bien sûr, ils allaient m'ouvrir. Mais ça me dérangeait. En plus, leur excuse pour faire mon autopsie sans qu'un membre de la famille — ou même un ami — signe les documents d'autorisation était de la foutaise. Du moins, je pensais que c'était de la foutaise. En fait, je n'étais pas très au courant des lois. Mais merde, s'ils consultaient simplement la police, ils découvriraient que j'étais portée disparue.

À condition que Jimmy ait signalé ma disparition. Je commençais à penser qu'Alex lui avait parlé de Russ, peut-être pour le calmer et le rendre jaloux en même temps, et que Jimmy n'était toujours pas allé à la police. Rien n'avait de sens, je savais seulement que j'étais enfermée dans un cauchemar. Ça n'aurait pu être pire.

Bien sûr, ça pourrait être encore bien pire.

Ils pourraient se mettre à me découper.

Tandis qu'ils m'enlevaient mes vêtements, ma tête roula de gauche à droite et je pus jeter un coup d'œil sur Dave et Susan. De leurs commentaires, je m'attendais à ce que Dave soit plus jeune que Susan. Ce n'était pas le cas. Susan avait environ 30 ans et était extrêmement séduisante, avec des traits sombres qui tiraient probablement leur origine d'un brin de gènes du Moyen-Orient. Elle avait des cheveux bruns foncés, mais comme ils étaient cachés sous un bonnet de chirurgien, je ne pouvais évaluer leur longueur. Alors qu'elle retournait mon corps, j'eus l'impression que ses yeux s'attardaient sur les miens.

— Dave ? dit-elle.

— Quoi ?

— Cette fille me fait flipper. On dirait presque qu'elle est vivante.

« Allez, Susan ! Allez, ma fille ! Regardez-moi encore dans les yeux ! Regardez et vous verrez que je suis toujours là ! »

— Je sais comment vous vous sentez, dit Dave. Elle est presque parfaitement préservée.

Susan soupira.

— C'est une honte, non ? Jeune, jolie, toute sa vie devant elle. Puis un sale type lui met la main dessus et elle finit sur notre table de découpage.

— Eh bien, nous allons tous finir ici un jour.

— C'est vrai. Mais je préfère ne pas y penser.

— J'y pense chaque fois que je mange un autre beigne.

Susan se mit à rire.

— Ça ne vous empêche pas de continuer à en mettre dans votre bouche.

Ma tête roula en direction de Dave. Il avait 10 ans de plus que Susan, mais il paraissait en avoir 20 de plus à cause de son obésité. Il avait d'énormes lèvres et des doigts charnus, et un sérieux problème de système pileux. Ses poils étaient partout sauf où ils auraient dû être, et il avait une grosse tête avec des yeux verts exorbités.

Ils finirent de m'enlever mes vêtements et les déposèrent dans un sac. Étant donné qu'ils s'étaient tous les deux approchés de la table, je pouvais les voir, surtout pendant qu'ils examinaient la partie supérieure de mon corps. Susan tendit le bras pour prendre un fil noir et j'entendis un claquement sonore. Un tic nerveux traversa le visage de Dave.

— Comment est-ce que je commence ? demanda-t-il.

— Identifiez-vous et identifiez votre sujet. Dans ce cas, il suffit de se référer à elle comme à Jane Doe. Dites ce que vous savez, sans extrapoler. Voilà, laissez-moi mettre l'enregistreuse numérique à zéro. Prêt ?

— Ouais.

— Vous êtes en direct, dit Susan.

— Ici le docteur David Leonard, coroner et médecin au Las Vegas Memorial. Assiste également la docteure Susan Wheeler.

Aujourd'hui, nous sommes le 12 juin. Il est 2 h 16. Le sujet est une Jane Doe non identifiée, morte à son arrivée à l'hôpital, il y a environ deux heures. La patiente est une femme d'environ 20 ans. Elle a été admise à l'urgence sans aucun signe de respiration et de pouls. Un ECG n'a noté aucune activité cérébrale, et elle a été déclarée morte à 12 h 59 par le docteur Fred Palmer.

Susan interrompit l'enregistrement.

— Vous avez de la difficulté à sortir de votre introduction. Commencez à décrire ce que vous voyez chez la patiente.

— Pouvons-nous revenir en arrière et effacer les parties non pertinentes ?

— Nous pourrons modifier ce que vous voulez. Maintenant, continuez.

— Le sujet a deux caractéristiques frappantes. Il y a une grande quantité de sang autour de son nez, et sa peau et sa musculature sont exceptionnellement froides, bien en dessous de la température ambiante. Pourtant, le manque d'accumulation de sang dans les extrémités inférieures indique qu'elle était vivante quand elle a été déposée dans un congélateur. Pour cette raison, il semblerait que la cause de la mort pourrait être l'hypothermie.

Dave fit une pause et essuya la sueur de son front, et j'entendis un autre clic du côté de Susan.

— Eh bien, dit-il. C'est beaucoup plus difficile quand on prend conscience que des jurés pourraient un jour écouter cet enregistrement.

— Vous vous habituerez aux projecteurs. Au fait, vous vous débrouillez bien. Mais il est peut-être temps de l'ouvrir et de voir ce que nous avons. Pour accélérer les choses, je vais lui scier le crâne et lui enlever le cerveau, pendant que vous retirez ses viscères et faites l'incision du péricarde. Comprenez, je vais me taire et vous laisser décrire l'état du crâne.

— Comment pouvons-nous nous coordonner pour que ce soit moi qui paraisse être responsable tout ce temps? demanda Dave.

— C'est facile. Je tiendrai le cerveau pour que vous le voyiez. Si vous voulez le découper, faire un examen microscopique, je peux m'en occuper pendant que vous continuez à parler.

Dave se frotta les mains.

— C'est un bon plan.

«Arrêtez! Oh, s'il vous plaît, Dieu du ciel, ARRÊTEZ!»

Ils ne pouvaient m'entendre. Ils étaient trop occupés avec leurs jouets. Susan avait une scie à ruban de poche alimentée par un petit moteur. Elle vérifia le fonctionnement du moteur, puis elle tendit le bras pour prendre un scalpel.

Chaque film médical à suspense que j'avais vu revint me hanter. Je savais exactement ce qu'elle allait faire. À l'aide du scalpel, elle ferait une incision tout autour du haut de ma tête. Elle découperait les côtés de mon visage. Puis, en se servant de ses mains gantées, elle saisirait ma peau et la retirerait. Ouais, tout comme si j'étais une poupée ensanglantée. Ensuite, elle pèlerait la chair de mon visage jusqu'en bas de mon menton et elle la laisserait pendre de ma mâchoire.

Enfin, elle m'ouvrirait le crâne et extrairait mon cerveau.

Dave tenait une paire de ciseaux assez large pour trancher mon abdomen, et c'était précisément pour cette raison qu'il s'en servirait. Il sortirait mes tripes — le foie, la vésicule biliaire, la rate, les petits et gros intestins, l'estomac, et jetterait la masse dégueulasse dans un bol d'acier pour le peser et l'examiner plus tard.

Puis, en se servant de nouveau des ciseaux, il s'aventurerait jusqu'à la toujours populaire incision du sac péricardique, une préférée des coroners de partout parce qu'ils arrivent à ouvrir le sternum et faire semblant, pendant un certain temps, qu'ils sont en train d'exécuter une chirurgie cardiaque. En réalité, il n'allait que me découper le cœur et le jeter dans un autre bol.

Dave appuya le bout de sa lame à un endroit que je ne pouvais pas voir.

Pour la première fois, je sentis quelque chose, une pression sourde.

Je pensai qu'il avait pointé la lame sur mon pubis.

« OH ! MON DIEU ! »

Dave fronça les sourcils.

— Susan, désactivez le micro une seconde.

Susan fit comme il le lui demandait, son scalpel à la main.

— Quel est le problème ? demanda-t-elle.

— C'est sa peau. Elle est tellement froide, elle est encore partiellement gelée. Je ne suis pas certain de pouvoir l'ouvrir si facilement.

— Vous ne le saurez pas tant que vous n'aurez pas essayé.

— C'est justement le problème. Je pense que nous devrions attendre une heure.

« OUI ! ATTENDEZ UNE AUTRE HEURE ! QUE DIEU VOUS BÉNISSE ! »

Susan semblait agacée.

— Je ne dispose pas d'une autre heure. Écoutez, si c'est trop de pression, laissez-moi m'en occuper. Vous pourrez toujours faire le prochain.

— Mais vous disiez que c'est un cas spécial. Je ne veux pas passer à côté.

— Alors, commencez à découper.

Dave soupira.

— Bien. Remettez le magnétophone en marche.

« NON ! ATTENDEZ ! QUE DIEU VOUS MAUDISSE ! NON ! »

Une voix féminine se mit à parler sur l'interphone de l'hôpital.

— On demande la docteure Wheeler à l'urgence. Dre Susan Wheeler à l'urgence, s'il vous plaît.

Susan baissa son scalpel.

— Je me demande ce qui se passe.

Dave déposa ses ciseaux géants.

— Vous feriez mieux de vous presser. J'ai entendu dire qu'ils étaient à court de personnel ce soir. Je vous l'ai déjà dit, Palmer ne va jamais oublier que vous avez commencé à l'urgence.

Susan me regarda avant de partir. Encore une fois, j'eus l'impression d'une connexion. Cette fois-ci, la sensation était plus forte, une certitude. On aurait presque dit qu'elle pénétrait mon cerveau.

C'était sans doute mon imagination. Elle retira ses gants, et elle se tourna vers la porte et parla par-dessus son épaule.

— Ne faites rien avant mon retour, dit-elle.

— Combien de temps croyez-vous que vous serez partie ? dit Dave.

— Si je dois voir un patient, au moins une demi-heure.

« Une demi-heure, c'est bon, pensai-je. Je peux vivre avec une demi-heure. »

Dès le moment où Susan disparut, j'entendis Dave s'avancer vers la porte et la fermer. Il l'avait probablement verrouillée, car je crus entendre un pêne dormant se mettre en place. Je supposai que c'était mon imagination, jusqu'à ce qu'il revienne à mon côté et que je voie son visage. Ses pupilles étaient deux fois plus dilatées que la minute d'avant, et il était rayonnant. Il m'examina de haut en bas, se régalant du spectacle.

Je comprenais enfin pourquoi il suait tellement en me voyant.

Pourquoi il hésitait à me découper immédiatement.

Il voulait d'abord profiter de mon corps.

Le docteur Dave faisait dans la nécrophilie.

Il sourit alors que ses mains se tendaient vers des endroits que je ne pouvais voir.

— Bébé, j'ai attendu longtemps pour une fille comme toi. Si jeune, si douce, si froide. Mon bébé câlin froid. Toi et moi, nous allons faire un peu de magie ensemble.

Il me lâcha. J'étais incapable de voir, mais je crus l'entendre défaire sa ceinture, et descendre sa fermeture à glissière. Pour une fois, la malédiction de mes globes oculaires gelés fut une bénédiction. Pourtant, ce fut alors seulement que mon horreur absolue se transforma en un pur dégoût, que je sentis une vague de feu s'élancer à travers mon corps glacé. Ce fut comme si 1 000 milliards de cellules se décongelaient en un instant et se reconnectaient à mon cerveau.

Je m'assis brusquement. Tous les os de ma colonne vertébrale craquant fortement.

Je le fixai avec dégoût.

— Foutu pervers! dis-je. Touche-moi encore une fois et je te couperai la bite!

Le docteur Dave recula pendant que je lui lançais des injures, une main velue volant vers sa poitrine. Toute la couleur sembla se drainer de son visage. Il avait du mal à respirer. Son éclat pâle se changea en un bleu maladif. Bon Dieu! Il était victime d'une crise cardiaque. Incrédule, je le regardai qui tombait sur le sol, à bout de souffle, sa bave se répandant sur le sol de la morgue.

Mon mouvement de colère s'apaisa et, en même temps, la vague de feu qui avait ranimé mon corps. Soudain, mes membres se coincèrent de nouveau et je tombai en arrière sur la dalle sous la lumière zénithale et à côté de la scie à crâne et des ciseaux cardiaques. J'entendis un martèlement à la porte, et Susan qui appelait le nom de Dave. Je me demandai comment elle avait su qu'il était en douleur, et comment elle réussit à ouvrir ce qui semblait être une porte verrouillée.

Je la vis arriver à grands pas dans la pièce et s'agenouiller à côté de Dave. Je devais maintenant être capable de remuer les yeux. Elle posa une main sur sa poitrine et s'immobilisa.

— Est-ce que ça fait très mal ? demanda-t-elle doucement, sa voix paraissant maintenant plus profonde, plus âgée.

— La douleur, haleta-t-il. La poitrine. En train de mourir.

— C'est vrai. Vous sentez la mort approcher, répondit-elle, une chose bizarre à dire à un patient, songeai-je, même aussi perverti que l'était David Leonard.

D'un air décontracté, Susan se leva et se dirigea vers un interphone où elle appuya sur un bouton et se mit à parler.

— Ici la docteure Wheeler. Je suis à la morgue. J'ai un code bleu. Je répète, j'ai un code bleu. S'il vous plaît, envoyez de l'aide immédiatement.

Susan retourna à l'endroit où son partenaire haletait sur le sol. Elle prit les mains bleues de l'homme, elle les pressa contre sa poitrine et elle ferma les yeux. On aurait dit qu'elle essayait de le guérir, pensai-je, de le réconforter en quelque sorte.

Mais je savais que je ne comprenais pas cette femme, pas plus que je ne comprenais ce que je faisais sur une table d'autopsie au beau milieu de la nuit, parce qu'elle affichait un sourire béat en tenant Dave, comme si la douleur de l'homme lui apportait du plaisir.

Deux minutes plus tard, une équipe de secours arriva, chargea Dave sur une civière et disparut par la porte. Susan ne les suivit pas, pas tout de suite. Elle se tourna et revint à l'endroit où j'étais allongée, impuissante. Pour la troisième et dernière fois, nos regards se croisèrent et je sus pertinemment qu'elle savait que j'étais vivante.

Elle tenait mon sac à main dans sa main.

Elle le posa à côté de ma jambe nue et se mit à parler.

— Vous avez eu de la chance cette fois-ci. Vous avez réussi à invoquer le feu. Mais ne pensez pas pour une seconde que vous avez le contrôle.

Elle fit un geste derrière elle vers la droite, à un endroit où il n'y avait rien que de l'air.

— Rappelez-vous, vous et moi, nous surveillons.

Sur ces mots étranges, elle se retourna et sortit.

Elle me laissa seule sur la dalle froide. Mais on aurait dit que ses remarques insolites avaient expliqué que j'avais le pouvoir de me lever si je pouvais de nouveau activer le feu. La clé, c'était de se concentrer, compris-je. Le fait qu'ils allaient m'ouvrir en me découpant m'avait fait battre en retraite. Mais l'attaque de Dave avait provoqué ma rage, qui avait activé le feu. Le feu était la clé. Soudain, je fus convaincue que tout ce qu'il me restait à faire, c'était de le susciter de nouveau pour que le gel dans mes membres fonde.

« Je suis Jessica Ralle. J'ai 18 ans, et il n'est pas question que je meure dans ce cachot isolé. Je préférerais brûler. »

Je répétai les mots, encore et encore.

Fort, dans ma tête, avec une intensité de plus en plus grande.

Puis, tout d'un coup, une vague de chaleur se déclencha au centre de mon plexus solaire. C'était *puissant*. Ça rayonnait comme un soleil de plomb. Encore une fois, je sentis le flux de chaleur à travers mes nerfs, mes muscles et mes tendons en train de décongeler. Le feu paraissait migrer vers le haut, vers mon cœur. Bientôt, mon sang pompait à travers mes veines avec un sauvage abandon. Mon diaphragme se souleva brusquement comme un piston dans une voiture de course, et je pris soudainement plusieurs inspirations rapides.

Quelques secondes plus tard, je pus plier mes bras et mes jambes. En quelques minutes, je me tenais debout et j'allais chercher mes vêtements. Ils n'étaient pas très loin, dans un sac à côté de la table d'autopsie, soigneusement étiquetés.

Jane Doe. Pour une raison ou pour une autre, j'aimais bien le nom. C'était le nom donné aux morts, et d'une certaine manière, ils étaient libres. Au moins libres de la douleur que les vivants pourraient leur infliger.

Je lavai le sang de mon visage, je m'habillai en vitesse, j'attrapai mon sac à main, et je quittai l'hôpital.

CHAPITRE 8

Dehors, j'eus de la difficulté à m'orienter.

J'arrivai vite à la conclusion que je me trouvais au centre-ville, pas très loin du Strip, dans une partie ancienne de la ville. Pourtant, la zone n'était pas exempte de grands hôtels. J'aperçus le Golden Nugget et je me sentis un peu rassurée.

Les gens qui m'avaient enlevée ne m'avaient rien volé. Mon sac à main contenait encore l'argent qui me restait de ma frénésie de magasinage du matin. D'hier matin, plutôt, me corrigeai-je. Nous étions au milieu de la nuit.

Que la nuit était obscure ! Le ciel était noir comme de l'encre répandue, et les quelques étoiles visibles étaient des formes floues brumeuses plutôt que des points de lumière éclatants.

On aurait dit que la Terre elle-même avait été poussée au bord de la galaxie où tout était sombre et désolé. L'air était lourd, non pollué, mais loin d'être frais, comme si j'étais enfermée dans une gigantesque chambre étouffante. Je supposai que ce n'était que ma propre perception, que j'en étais encore à me remettre de mon épreuve.

Comme je ne voyais pas de taxi, je décidai de prendre un bus pour retourner sur le Strip. Je fus surprise d'entendre les gens qui attendaient à l'arrêt dire que les navettes de bus fonctionnaient gratuitement 24 heures par jour.

Mais le bus ne se rendait pas tout à fait jusqu'au MGM. Il me laissa en bordure du Strip. La nuit était encore chaude. À présent, ma soif devenait douloureuse. Je cherchai des affiches, mais je n'en vis aucune. Je me trouvais dans un monde abandonné. Je m'avançai vers un hôtel de taille moyenne que je ne reconnus pas. Pour atteindre l'entrée, je devais prendre une rue latérale sombre et traverser un stationnement relativement désert.

C'est là que je tombai sur trois gars ivres en uniforme. Leurs uniformes étaient tellement sens dessus dessous que je ne pouvais pas dire s'il s'agissait de l'armée, de la marine, de l'armée de l'air, ou autre chose. Leurs cheveux coupés en brosse laissaient paraître leur cuir chevelu luisant, et ils affichaient une attitude belligérante. Ils m'arrêtèrent alors que j'essayai de passer, et ils m'entourèrent. Trois gars musclés sur stéroïdes. Juste ce qu'il me fallait après toute la merde que je venais de vivre. Ce n'était pas tant qu'ils m'effrayaient, mais ils me tapaient sur les nerfs.

Je décidai de passer à l'offensive, et de montrer qu'ils ne m'intimidaient pas.

— Écartez-vous de mon chemin! dis-je sèchement.

Le chef de la meute de loups était directement devant moi, un grand blond avec une cicatrice rouge qui allait de son oreille droite à un œil injecté de sang. Il fit un pas de plus, il puait l'alcool. Il hocha la tête vers mon sac à main.

— Qu'as-tu là, ma jolie sœur? Des gains obtenus aux tables? Ou avec du bon sexe avec ton vieux plein aux as?

Ordinairement — disons, pour ne pas me faire violer — je leur aurais remis mon sac à main. Je ne sais si c'était à cause de la nuit ou de mon humeur, mais j'étais fatiguée de me faire pousser. Je fixai le gars.

— Je n'ai pas de vieux plein aux as. Et je n'ai rien gagné. Sans compter que je ne les partagerais pas avec un pauvre type comme toi.

Il se mit à rire, regarda ses amis, qui sourirent pour montrer leur soutien.

— Bon Dieu, la jolie sœur a du mordant. On n'aurait pas ça cru en te regardant.

Il perdit son sourire, son ton devenant sérieux.

— Tu n'es pas connectée, n'est-ce pas?

De façon dont il avait prononcé «connectée», on aurait dit que le mot signifiait quelque chose de particulier pour lui. Mon instinct me dictait de dire que oui, je l'étais, mais ma tête me disait qu'il en voudrait la preuve. Et puisque j'ignorais de quoi il parlait, je tins bon et je continuai à agir comme si je n'avais pas peur.

— Va te faire foutre, lui dis-je.

Mon courage les fit tous hésiter. Le partenaire du chef, à sa droite, perdit son sourire.

— Peut-être que nous devrions foutre le camp, Wing, dit-il à son patron.

Wing lui lança un regard dur.

— Tu veux la laisser partir après avoir dit mon nom à ma jolie sœur? Tu crois que c'est intelligent, Moonshine?

Moonshine baissa la tête.

— Elle est peut-être connectée. Elle a le look. Ses yeux, ils me filent la chair de poule. Mais je ne sais pas.

— Elle le dirait si elle l'était, dit le troisième homme.

Il était petit et trapu, mais très musclé, avec un air débile. Wing pointa vers mon sac à main.

— Remets-le ou nous le prenons, avec un peu de ton miel, jolie sœur. N'est-ce pas, Squat?

— Absolument, dit le troisième gars.

Soudain, le phlogistique à l'intérieur de mon plexus solaire se gonfla de nouveau. J'avais voulu dire la chaleur — ouais, j'ignore pourquoi j'avais pensé le mot « phlogistique », sauf que je savais qu'il voulait dire chaleur. Je sentais la même combustion que j'avais connue à la morgue. Une fois de plus, il gonfla en force et en taille jusqu'à ce qu'il remplisse mon corps. J'avais l'impression d'avoir le bout des doigts en feu. Je me déplaçai rapidement, sans crainte, jusqu'à ce que je me retrouve devant le visage de Wing.

— Recule, jurai-je. Recule maintenant, sinon tu le regretteras tout le reste de ta misérable vie.

Les yeux de Wing me fixèrent, devinrent bleu glacial, puis se posèrent vers son copain sur le côté, Squat. Wing fit un hochement de tête à peine perceptible et soudain Squat s'anima. Il était preste. Il commença à ma gauche, mais un instant plus tard il tentait de me prendre par-derrière. Il agrippa mes coudes, les tordit vers l'arrière, et me souleva du sol de quelques centimètres.

Au même moment, Wing fouilla dans sa poche et en sortit quelque chose de brillant, argenté et pointu. Un couteau à cran d'arrêt.

— Ne bouge pas, jolie sœur, et ça ne fera pas trop mal, chuchota Squat dans mon oreille.

Ses paroles, ses mains sales, sa poigne, rien de tout cela ne m'effrayait. Je *savais* que je pouvais avoir le dessus sur lui et ses partenaires.

— Tu aurais dû écouter tes propres conseils, répondis-je, alors que je libérais mon bras en le secouant et que je percutais mon coude dans les côtes de Squat.

Le son que firent ses côtes en craquant fut distinct, comme une rangée d'os de poulet qu'on défonçait. Squat hurla et tomba au sol.

Wing fit signe à Moonshine, et le gars s'approcha. C'était dommage qu'il soit plus lent que Squat et qu'il ait encore plus peur. Lançant mon pied gauche, je le frappai profondément dans la partie la plus tendre de l'aine. Lui aussi hurla et tomba sur la chaussée.

— Assez! jura Wing alors que sa lame tranchait l'air vers ma gorge exposée.

En fait, il était plus rapide que Squat. Sa lame siffla alors qu'il balançait son bras, et je savais que si elle atteignait sa cible, une rivière rouge épaisse jaillirait sur le sol du stationnement.

Pourtant, mes yeux semblèrent passer en mode haute vitesse et je pus suivre son couteau simplement en voulant qu'il ralentisse. Non pas que son élan ait effectivement ralenti. Ce nouveau pouvoir semblait être strictement un truc mental qui me permettait d'étudier la trajectoire de la lame, pour que j'aie le temps de planifier ma réaction.

Je tendis la main et saisis le poignet de Wing. Ma poigne était solide comme un étau d'acier, et je *pressai*. Encore une fois, j'entendis les os qui se brisaient, et soudain Wing pleura pour que je le laisse aller. Mais, je me répète, j'étais de mauvaise humeur. Il avait essayé de me tuer, et maintenant, je voulais le faire souffrir.

J'aurais pu le forcer à abandonner le couteau à ouverture automatique — il était toujours dans sa main — mais je rapprochai plutôt la pointe de son globe oculaire. Il commença à haleter, à supplier.

— Mère, s'il te plaît! cria-t-il. Nous voulions juste jouer avec toi! Ce n'était que pour le plaisir. Nous ne savions pas que tu étais connectée. Tu m'as entendu le demander. Tu m'as entendu le dire... Oh, Seigneur, s'il te plaît, ne prends pas mes yeux! J'ai besoin de mes yeux pour voir!

— Qu'as-tu besoin de voir? demandai-je. D'autres victimes à voler? À violer? Donne-moi une seule bonne raison pour laquelle je ne devrais pas les arracher?

— S'il te plaît, Mère! J'ai une femme! J'ai une femme et un enfant!

Je me tournai vers Moonshine, qui essayait avec difficulté de se remettre sur ses pieds.

— Est-ce vrai? demandai-je. A-t-il une femme et un enfant? Vous savez que je le saurai si vous mentez, alors dites la vérité!

Moonshine hocha faiblement la tête.

— Il a une fille et une femme. Mais il ne leur parle jamais...

— Assez! cria Wing. Mère a posé la question et tu as répondu. Maintenant, tu te tais!

Je souris à Wing, tenant la lame à un millimètre de son globe oculaire bombé.

— Assez? Voilà ce que tu as crié avant que tu essaies de m'ouvrir la gorge. Est-ce que c'est ça que tu cries à ta femme quand elle se conduit mal?

— Non, Mère! Je suis un bon mari, je le jure!

— Trop jurer, ça perd tout son sens, dis-je.

Mes paroles eurent un profond effet sur moi. Je me rendis soudain compte que j'étais dans une situation qui ne pouvait être réelle. Comment aurais-je pu être agressée par trois abrutis, et me battre contre eux et m'en défaire comme si de rien n'était?

Impossible. Pourtant, tout autour de moi paraissait et semblait réel. Je savais qui j'étais, Jessica Ralle, bien que j'aie l'impression d'être quelqu'un d'autre, un peu comme une personne qui jouait un rôle dans une pièce de théâtre.

Pourquoi Wing passait-il son temps à m'appeler « Mère » ?

D'un autre côté, je savais que je ne pouvais me contenter de libérer Wing. Lui et ses copains étaient de mauvais types. Il fallait leur parler avant de les relâcher.

Je pris le couteau à ouverture automatique de sa main cassée.

— Je vais faire mieux, Mère ! S'il te plaît, donne-moi une chance !

— Très bien, tu l'auras ta chance, dis-je doucement juste avant de taillader sa joue gauche avec sa lame, coupant cinq centimètres de chair crue.

Il frissonna de douleur, mais ne déguerpit pas comme je m'y attendais. Pas même quand le sang dégoulina sur son uniforme.

— Quelque chose pour que tu te souviennes de moi, dis-je en reculant un peu. Maintenant, partez.

Les trois gars s'élancèrent ; ils volèrent pratiquement au-dessus du stationnement. Je laissai tomber le couteau, et je me tournai pour me diriger vers l'hôtel. J'avais encore très soif.

À l'intérieur, je trouvai un café avec un comptoir élevé qui donnait sur le plancher du casino. L'endroit bourdonnait. Mais bien sûr, c'était une nuit de week-end.

La serveuse était une grosse femme d'âge moyen, avec une expression triste, mais lourde de vécu. Je commandai un grand cola. Elle hésita en reprenant le menu.

— Vous voulez de la glace avec votre cola ? demanda-t-elle.

— Bien sûr. Mais je veux un Coke, pas un Pepsi.

— Nous avons du cola, ma sœur. Une sorte, à prendre ou à laisser.

— Je vais le prendre.

Tout comme Wing, elle m'appelait « ma sœur ». Juste avant qu'il m'ait attaquée. En y repensant, je me rendis compte que ce n'était que lorsque je lui avais démontré que je pouvais me battre qu'il avait commencé à m'appeler Mère.

Une fois qu'il avait su que j'étais connectée.

Peu importe ce que ça pouvait vouloir dire.

Mon cola arriva et il avait vraiment le goût du Coke, et je ne pus me plaindre. Je le bus avidement et j'en commandai un second. Je me retournai dans mon fauteuil pour examiner le casino. Le café permettait une vision nette de l'étage principal. De l'endroit où j'étais assise, je pouvais voir une grande partie de l'action : les tables de poker, les machines à sous, les tables de dés, les tables de blackjack. Seules les tables de vingt et un me paraissaient bizarres. Je dus les observer un moment avant de me rendre compte de ce qui n'allait pas.

Ils ne jouaient pas au vingt et un.

Ils jouaient au vingt-deux.

Le signe au-dessus des tables n'indiquait pas blackjack.

Mais reine rouge.

— Oh, Seigneur, murmurai-je, une phrase qui semblait étrange sur mes lèvres. J'avais voulu dire Oh, mon Dieu. Je n'avais jamais dit Oh seigneur. Bien sûr, je ne m'étais jamais assise pour boire un « cola » dans un casino où le vingt-deux était le jeu le plus populaire.

Lorsque ma serveuse revint, je lui posai des questions sur les tables de vingt-deux. Elle paraissait ennuyée.

— Quel est le problème ? demanda-t-elle.

— Où sont les tables de blackjack ?

— Les quoi ? demanda-t-elle.

— Ils sont en train de jouer au vingt-deux ! Qu'est-il arrivé au vingt et un ?

— Vous vous foutez de ma gueule, ma sœur?

— Certainement pas.

La femme hocha la tête avec impatience.

— Y a rien comme ça qui se joue ici. Nous jouons au vingt-deux, comme nous l'avons toujours fait.

— C'est insensé.

— Je ne dirais pas ça si fort, si j'étais vous.

Elle hocha la tête pendant qu'elle parlait, comme une sorte de mise en garde. Pourtant, quelque chose sur mon visage la rendait perplexe. Peut-être quelque chose dans mes yeux qui la faisait se demander si elle devrait me prendre plus au sérieux. Mais elle parut se débarrasser de sa crainte. Une fois de plus, son ton devint plus sec.

— Vous allez payer pour ces boissons? demanda-t-elle.

Je pris deux billets de 20 dollars de mon sac à main et je les lui tendis.

— Gardez la monnaie, dis-je pendant que les yeux de la femme s'écarquillaient.

Mon verre à la main, je me dirigeai vers les tables de vingt-deux. Je voulais voir comment on y jouait, si les règles correspondaient à celles que Russ m'avait enseignées. Ça faisait longtemps que je n'avais pas pensé à Russ.

Cet enfoiré, pensais-je, une demi-heure plus tard, après avoir observé le travail du croupier pendant trois sabots de cartes. Il était impossible de nier le lien bizarre. Russ m'avait enseigné les règles exactes de ce casino.

Vingt-deux était la meilleure main que l'on pouvait obtenir. Elle payait le double. Les as ne valaient que 1, pas 11. La dame de cœur et la dame de carreau étaient les cartes les plus importantes — elles avaient chacune une valeur de 11.

Personne ne parlait ou ne plaisantait pendant qu'il était assis à la table où l'on jouait à la reine rouge. Il semblait que Russ ait aussi eu raison sur ce point.

C'est un jeu plus ancien que le blackjack. Il a une riche tradition. On n'y joue pas simplement pour le plaisir, et personne n'est jamais censé briser les règles.

Je vis ce qui arrivait à un joueur qui tenta de briser les règles. C'était un jeune homme d'apparence douce, assurément pas à sa place parmi les gens dont il était entouré. Il jouait avec une petite quantité de jetons lorsque le croupier obtint vingt-deux. Comme Russ l'avait fait pour moi dans sa chambre d'hôtel, le croupier prit tous les paris sur la table et demanda un supplément de cent pour cent de chaque pari à chaque joueur. Tout le monde paya rapidement, y compris le type en question.

Mais alors, le croupier obtint de nouveau vingt-deux, et non seulement réunit-il tous les paris, mais il exigea aussi que les joueurs lui paient un autre cent pour cent de leur mise précédente. Pour la plupart des joueurs, c'était beaucoup d'argent, car, comme l'avait démontré Russ, les règles imposaient qu'un joueur essaie immédiatement de regagner son argent. Donc, leurs paris étaient maintenant de *quatre fois* le montant d'origine.

Le choc de deux énormes augmentations frappa durement les joueurs. Non seulement le jeune homme était-il à court de jetons, mais il avait tout à coup une dette envers le croupier. Il se leva comme pour partir, mais le croupier appuya rapidement sur un bouton. Un inspecteur de la taille de King Kong apparut de nulle part et arrêta le gars.

— Y a-t-il un problème ? demanda l'inspecteur.

Le croupier hocha la tête vers le jeune homme qui gigotait, effrayé, de toute évidence.

— J'ai tiré deux naturels, bégaya le type. Je ne peux pas le couvrir. Je veux dire, je peux, mais je dois aller dans ma chambre pour chercher l'argent.

L'inspecteur hocha poliment la tête, mais ses yeux glacials disaient : « Vous n'irez nulle part, monsieur. »

— Où logez-vous ? demanda-t-il.

— Au Dunes, répondit le gars.

J'avais entendu parler du Dunes, mais je croyais que l'hôtel avait été démoli il y avait de ça des années.

— Montrez-moi la clé de votre chambre, dit l'inspecteur.

Le gars fouilla dans ses poches.

— Je ne l'ai pas sur moi. C'est ma femme qui l'a.

— Où est-elle ?

— La porte voisine. S'il vous plaît, laissez-moi partir et je reviendrai dans quelques minutes.

L'inspecteur lui fit un regard dur.

— Nous devons avoir l'assurance que vous reviendrez.

Maintenant le type tremblait dans ses chaussures.

— Je n'ai rien à offrir, monsieur.

L'inspecteur tendit un bras lourd.

— Accompagnez-moi.

Le gars recula un peu.

— Non, un instant, monsieur, s'il vous plaît. Je peux trouver l'argent. C'est ma femme qui l'a.

J'ignore ce qui m'incita à intervenir, sauf peut-être trois petits faits : le gars mentait ; l'inspecteur savait qu'il mentait ; et l'inspecteur détestait les menteurs, mais il aimait les traiter à la dure.

J'ouvris mon sac à main et je tendis la main pour prendre mon argent en même temps que je m'avançais soudainement entre le jeune homme et son assaillant. J'embrassai le gars sur la joue, et je regardai l'inspecteur du coin de l'œil.

— Bonsoir chéri. Désolée, d'être en retard.

Je dévisageais maintenant l'inspecteur.

— Pourquoi me regardez-vous ainsi ? Y a-t-il un problème ? demandai-je.

L'inspecteur m'examina de près. Il aimait ce qu'il voyait, mais il le craignait aussi. Il baissa la tête.

— Vous êtes la femme de cet homme ?

Je souris.

— Je ne suis pas sa sœur. Que puis-je faire pour vous ?

— Votre mari a accumulé une petite dette. Nous aimerions qu'il la règle avant de partir.

— Définissez « petite » ? demandai-je, même si je connaissais le chiffre.

L'inspecteur hésita.

— Exactement 500 dollars. Mais nous prendrions 400 en argent comptant.

Mon sourire devint de glace. Je trouvais bizarre qu'il essaie de nous tromper alors que mon supposé mari se tenait à côté de moi. On aurait dit qu'il s'attendait à une négociation.

— Je pense que vous prendrez 300 en espèces, car voilà tout ce que vous doit mon homme, dis-je.

L'inspecteur recula d'un pas.

— Je croyais que vous veniez d'arriver.

Je m'avançai vers lui.

— Je suis ici depuis assez longtemps. Mon mari vous doit 300 dollars, pas un sou de plus.

Je m'arrêtai.

— J'espère que vous ne pensez pas à nous tromper, n'est-ce pas ?

Maintenant, c'était à l'inspecteur de gigoter.

— Non, Mère, jamais. Pourquoi ne réglons-nous pas pour 200, et nous serons quittes, ajouta-t-il avec inquiétude. Est-ce que ça vous semble juste ?

— Très équitable.

Je comptai deux billets de 100 dollars. L'argent me semblait plus sombre que celui auquel j'étais habituée ; il y avait plus de rouge que de vert dans l'encre. Mais lorsque j'examinai les billets de plus près, je vis le familier Benjamin Franklin qui me regardait fixement.

Je tendis l'argent pour que l'inspecteur le prenne. Mais avant qu'il puisse atteindre les billets, je les laissai aller pour qu'ils flottent vers le sol afin qu'il soit obligé de se pencher pour les récupérer. Le geste était destiné à le forcer à s'incliner devant moi, et chose bizarre, cela semblait naturel.

L'inspecteur les ramassa rapidement.

— Merci, Mère.

— Merci à mon mari, s'il vous plaît. Et présentez vos excuses.

L'inspecteur s'inclina.

— Je vous présente mes excuses pour le malentendu, monsieur. Sentez-vous bien libre de jouer ici de nouveau, avec bien sûr une compensation pour votre chambre et votre nourriture.

— Bien sûr, dit le gars.

— Allons, chéri, lui dis-je, en saisissant la main du gars et en l'attirant loin des tables.

Je ne le lâchai pas jusqu'à ce que nous soyons près de la sortie. Le type était vraiment prêt à se prosterner devant moi.

— Je ne sais pas comment vous remercier pour votre aide, Mère, dit-il. Je suis endetté envers vous.

— Pas de problème. Il y a seulement une chose que je veux en retour.

— N'importe quoi !

— Ne jouez plus! Vous ne gagnerez jamais.

Il sembla prendre mon conseil à cœur. Il me salua et déguerpit. Je sentais aussi l'envie de fuir, de sortir de cet endroit et d'entrer dans l'air de la nuit avant que je me mette à crier. Je me sentais prise au piège dans un sort que seul Russell Devon avait pu jeter.

« Viens quand tu ne sauras pas quoi faire d'autres. »

C'était la dernière personne que je devrais aller voir. C'était le seul qui savait que je me dirigeais vers son hôtel dans un taxi. Par conséquent, il devait avoir été derrière mon enlèvement. La logique était simple et ne pouvait être niée. Il me fallait aller à la police, le signaler, ou à tout le moins parler à Jimmy et à Alex et leur faire savoir que j'allais bien.

Je ne fis rien de tout cela. Cette seule remarque de Russ continuait à me hanter. J'étais morte et j'étais ressuscitée dans une morgue d'hôpital. J'avais glissé et j'étais tombée dans un univers parallèle. Et il était venu à moi parce qu'il avait su que j'allais finir exactement dans cette situation. Comment pouvais-je savoir tout cela?

Parce qu'il m'avait enseigné à jouer au vingt-deux.

De plus, j'avais peur que Jimmy et Alex ne me croient pas si je leur racontais tout ce qui m'était arrivé. Si j'avais été à leur place, je ne les aurais pas crus. Mais Russ me croirait. Même si c'était un mauvais gars, même s'il essayait encore de me tuer, je savais qu'il ne se moquerait pas de moi. En ce moment, sortir de ce cauchemar me semblait presque aussi important que de rester en vie.

Je marchai vivement sur le Strip. Lorsque j'arrivai au Mandalay Bay, les lettres d'or lumineuses au-dessus du casino indiquaient le MANDY. J'essayai de me dire qu'il n'y avait pas de problème, que quelques lumières avaient brûlé. Pourtant, les lettres étaient bel et bien manquantes.

À l'intérieur de l'hôtel, à l'étage du casino, tout le monde jouait à la reine rouge.

Je pris l'ascenseur vers l'étage supérieur. La veille, c'était le 43e étage. Aujourd'hui, c'était le 44e, et il n'y avait plus de 13e étage. De toute façon, qui voulait rester au 13e étage? Surtout ici, à Las Vegas, la ville la plus superstitieuse sur terre.

Au dernier étage, je sortis de l'ascenseur et marchai vers la gauche jusqu'à la dernière chambre sur le côté droit. Vers la suite opulente que je savais donner sur l'ensemble du Strip. J'aurais pu me servir de sa clé pour entrer — elle était toujours dans mon sac —, mais je décidai d'être polie et de frapper.

Il répondit immédiatement. Il était quatre heures du matin, mais il était bien habillé. Un costume bleu foncé et une cravate rouge. Plus formel que la veille. Il m'examina avec ses yeux bleus, appariés à son costume, à la recherche d'indices. J'ignore s'il avait trouvé ce qu'il cherchait, mais je ne pus me tromper sur son soulagement.

— Jessica! Tu vas bien.

— Pourquoi n'irais-je pas bien?

— Veux-tu entrer? demanda-t-il.

— L'extérieur, c'est très bien.

Il se mit à parler avec émotion.

— C'est bon de te voir, Jessica.

Jessica. C'était mon vrai nom, c'est vrai, mais tout le monde m'appelait Jessie. Je le lui avais dit la veille.

— Ce n'est pas si bon de te voir, Russell, répondis-je.

— Pourquoi dis-tu cela?

— Tu veux jouer à l'innocent ou pouvons-nous sauter cette partie?

— On dirait que tu as eu une nuit agitée.

— On pourrait dire. Je me suis fait ramasser par un chauffeur de taxi de l'enfer qui m'a conduite au beau milieu de nulle part. Ensuite, j'ai fait un tour de voiture avec une salope d'âge moyen qui avait un Taser. Soudain, j'étais en train de me rafraîchir dans une chambre froide avec un millier de bouvillons morts. J'ai passé l'heure suivante à essayer d'en sortir, mais j'ai fini par me casser le nez et la cheville. Le froid m'a finalement vaincue, et je me suis évanouie. Après, je me suis réveillée dans un hôpital, et ça semblait aller mieux jusqu'à ce qu'on croit que j'étais morte et que l'on commence à pratiquer une autopsie sur moi.

Je fis une pause.

— Ouais, tu as raison, c'est une nuit agitée.

Il m'interrompit.

— Un hôpital?

— Tu fais comme si tu étais surpris, Russell. Ne le sois pas. L'autopsie avec Susan et Dave était le point culminant de la nuit. Si Susan n'avait pas été appelée pour traiter un patient de l'urgence, et si Dave n'avait pas souffert d'insuffisance cardiaque et d'une soif insatiable pour les cadavres d'adolescentes, alors il est probable que maintenant je ne serais plus qu'une autre dépouille éventrée à la morgue. Peux-tu imaginer? Mon cerveau dans un bocal? Merde, si c'était arrivé, nous n'aurions rien à nous dire maintenant.

Russell semblait stupéfait.

— T'es sérieuse? Ils ont failli t'ouvrir?

— Pourquoi pas? Selon eux, j'étais morte avant mon arrivée à l'hôpital.

— Je sais ce que ça veut dire.

— Eh bien, c'est un énorme soulagement.

— Comment se fait-il qu'on n'ait pas réussi à te réanimer?

— Je ne sais pas, peut-être que Jésus n'était pas disponible.

— Mais pourquoi…?

— On ne pouvait pas me réanimer parce que j'étais morte. Morte!

— Jessica.

— Cesse de m'appeler comme ça! Mon nom, c'est Jessie.

— Pourquoi? Toi, tu continues de m'appeler Russell.

Il avait raison. Je ne l'avais pas remarqué. Je le faisais automatiquement, même dans mon esprit.

— Veux-tu entrer, s'il te plaît? dit-il, lorsqu'il vit que je ne répondais pas.

— Non.

— Pourquoi pas?

— Parce que tu étais le seul qui savait que je venais ici hier après-midi. Et quand j'y repense, je ne peux pas m'empêcher de me rappeler que le premier taxi qui s'est approché au MGM a refusé de me laisser entrer. J'ai dû prendre le taxi suivant. Parce que ce taxi *m'attendait*, moi. Et c'est à partir du moment où je suis montée dans ce taxi que mon enfer a commencé.

Je fis une pause.

— Est-ce une raison suffisante pour ne pas entrer?

Il consulta sa montre.

— Si tu ne veux pas parler, alors pourquoi es-tu ici? demanda-t-il.

— C'est à toi de me le dire.

— Tu es ici pour trouver des réponses.

— Oui. Donne-les-moi. Pourquoi m'as-tu fait kidnapper?

— Je n'ai rien à voir avec le fait que tu te sois retrouvée dans cette morgue.

— Et la chambre froide?

Russell baissa les yeux, examina mes chaussures poussiéreuses, et ignora ma question.

— On dirait que tu as marché jusqu'ici, dit-il.

— Eh bien, j'étais infiniment sûre de ne pas vouloir entrer dans un autre taxi.

— Comment as-tu pu marcher jusqu'ici avec une cheville cassée?

Sa question me déconcerta. Je ne savais pas à quel point mon nez était blessé, mais ma cheville, c'était une autre affaire. Quand j'avais sauté et raté le crochet de viande, il était certain que ma cheville avait craqué. Il était possible qu'elle ne se soit pas brisée, mais à tout le moins, j'avais une si mauvaise entorse que j'aurais dû être incapable de marcher dessus.

Pourtant, je venais de marcher à grands pas le long du Strip.

Russell pouvait voir que j'étais perdue, probablement parce que je ne savais pas quoi dire. Il parla à ma place.

— À qui vas-tu parler si tu ne me parles pas? À James? À Alexis?

— Comment es-tu au courant au sujet de Jimmy?

— Je le connais.

— Comment? demandai-je. Et pourquoi appelles-tu Alex, Alexis? Et Jimmy, James?

— Entre et je t'expliquerai.

— Non! Tu as envoyé ces psychopathes après moi!

— Ces gens s'intéressaient à toi longtemps avant notre rencontre.

— Qu'est-ce que c'est censé vouloir dire?

Il ouvrit la porte plus large.

— C'est une longue histoire. Entre.

— Comment puis-je savoir que tu ne me blesseras pas de nouveau?

Russell fit alors quelque chose d'étrange. Il sourit comme si je lui avais dit quelque chose de stupide.

— Comment pourrais-je te faire du mal? demanda-t-il.

— Tu pourrais me couper la gorge. Tu pourrais me tuer.

Sa question suivante me déconcerta encore plus. On aurait presque dit qu'il avait été témoin de ma rencontre avec Moonshine, Wing, et Squat.

— Ne serais-tu pas capable de te protéger?

De nouveau, j'étais perplexe. Il avait toutes les réponses. Je n'étais qu'un cadavre réchauffé avec de possibles lésions cérébrales.

— En bas, on joue à la reine rouge, dis-je.

— Je sais.

— Au vingt-deux. Pas au vingt et un.

— Je sais.

— Ça ne te dérange pas?

— Non, dit-il.

— Pourquoi m'as-tu enseigné ce jeu?

— Pour que tu saches que tu peux venir ici.

— Quand je ne saurais pas où aller?

— Exactement.

J'hésitai.

— Es-tu connecté?

— Oui. Maintenant, tu es connectée. S'il te plaît, entre, Jessica.

Il m'avait eue. Je n'avais aucun autre endroit où aller. Sauf dans la suite de l'homme qui avait organisé mon enlèvement. J'entrai et il referma la porte derrière moi.

CHAPITRE 9

La suite avait la même apparence qu'elle avait la nuit précédente. Son ordinateur portable était ouvert et en état de marche sur la table de la salle à manger. Une pile bien rangée de tracts de son entreprise était placée à côté. Mais la couleur des brochures était différente. Je dus en examiner une de près pour être certaine, mais le lettrage noir et rouge semblait être une touche nouvelle.

Je m'assis dans le même fauteuil de cuir que la dernière fois. Russ s'assit en face de moi sur la causeuse. Il prit un téléphone portable de sa poche.

— Puis-je appeler certains de mes amis et leur dire que tu es ici ?

Je grognai.

— Non !

— Ces gens sont importants. Il vaudrait mieux que tu les rencontres. Ils seront en mesure de répondre à des questions auxquelles je ne peux répondre.

— Est-ce que ce sont ceux qui ont orchestré mon enlèvement ?

— Ce n'est pas le nom qu'ils lui donneraient, mais oui.

— Oublie ça, dis-je.

— Je dois les appeler à un moment donné.

— Très bien. Appelle-les quand je serai à 15 kilomètres d'ici.

— Que penserais-tu si je te disais que quelqu'un de proche de toi est avec ces gens ?

— Je supposerais que tu mens.

— J'ai tout fait pour ne pas te mentir, Jessica.

— Ça alors, Russell, pourquoi ai-je des problèmes à te croire ?

Il soupira et éloigna le cellulaire.

— Très bien, que veux-tu savoir ?

— Pourquoi jouent-ils au vingt-deux en bas ?

— Au lieu du vingt et un ?

— Sans blague ! Ouais, au lieu du vingt et un.

— C'est une longue histoire.

— Je suppose que nous avons le temps, ajoutai-je. Ou as-tu besoin d'aller au lit tôt ? Si tel est le cas, je crains que tu sois trop tard. Le soleil se lève dans environ trois heures.

— Ça ne me dérange pas. Je dois juste être au lit avant l'aube. Toi aussi.

— Pourquoi ?

— Ça fait partie de la longue histoire.

— Fantastique. J'adore les histoires. Raconte-moi la tienne.

Il pointa les brochures sur la table.

— Tu te souviens du scanneur dont je t'ai parlé ? Comment il a été conçu pour lire le code génétique d'une personne ?

— Oui. C'était un mensonge?

— Non. Il lit le code génétique d'une personne normale. Mais ce n'est pas son but principal.

Il fit une pause comme s'il cherchait les mots justes.

— Il a été construit à l'origine pour identifier les personnes qui sont plus que normales.

— Plus que normales? Comme les superhéros ou des trucs semblables?

— Le scanneur est capable d'identifier les personnes qui ont un jeu de gènes supplémentaires. Des gènes qu'une personne moyenne ne détient pas.

— Combien de personnes possèdent ces gènes supplémentaires?

— C'est impossible de répondre avec un simple chiffre. Une personne sur 10 000 pourrait montrer un des gènes dont je parle. Mais seulement une sur un million en posséderait trois ou plus.

— Il en existe combien de ces gènes?

— Jusqu'à présent, nous en avons identifié 10.

— Que font-ils pour les gens qui les ont?

— La plupart des gens ne savent même pas qu'ils existent. Ils restent dormants et ils ne font rien. Mais une fois qu'ils ont été activés, eh bien, une personne acquiert des capacités spéciales.

— Laisse-moi deviner. Comme la capacité de gagner aux cartes?

— Oui.

— Donc, tu es spécial, Russell.

— Pourquoi le sarcasme? Tu sais que c'est vrai.

— Excuse-moi. C'est juste que je déteste lorsqu'un type commence à raconter à quel point il est spécial. Surtout quand le même type ignore ma question. Pourquoi les gens d'en bas jouent-ils au vingt-deux?

Il leva une main.

— Je t'avais prévenue, pour répondre correctement à ta question, j'ai besoin de temps.

— Je suppose, étant donné que tu dis que je suis connectée, que j'ai un ou plus de ces gènes? demandai-je.

— C'est vrai. Tu en as plus que moi.

— Ça alors, ça fait de moi une sur un million.

— Jessica. Nous n'irons nulle part si tu ne laisses pas tomber cette attitude narquoise.

— Je pourrais la laisser tomber si tu m'appelais Jessie au lieu de Jessica.

Je m'arrêtai.

— Pourquoi persistes-tu à m'appeler comme ça?

— C'est ton nom ici.

— Que veux-tu dire, ici? Dans cette suite? Dans cet hôtel?

— S'il te plaît, si tu pouvais simplement me laisser continuer.

— Non. Je veux que tu me dises où est « ici ». Si tu ne le fais pas, je risque de commencer à crier, et si je commence, je ne sais pas si je serai en mesure d'arrêter.

— Juste parce qu'ils jouent au vingt-deux en bas au lieu du vingt et un?

— Ouais. Tu vois, j'ai ce petit problème quand l'une des pierres angulaires de l'univers change brusquement. Ça me fait me sentir mal à l'aise. Et puisqu'on est censés être à Las Vegas, et qu'à Las Vegas, on joue au vingt et un, je veux savoir où je suis.

Je m'arrêtai.

— S'il te plaît.

— Très bien.

Il se leva soudainement.

— Allons dans la chambre.

Je restai assise.

— Pourquoi?

— On n'arrivera à rien à moins que tu ouvres ton esprit.
Viens, nous devons aller dans la chambre.

— Qu'y a-t-il dans la chambre?

— Un miroir. Je veux que tu le regardes.

— C'est tout?

— Oui. Viens.

— Non.

— Pourquoi pas?

— Sans blague. Hier, tu as aidé à me faire kidnapper.
Maintenant, tu veux que je te fasse confiance pour aller dans
ta chambre.

— Tu es aussi en sécurité là que tu l'es ici.

— Je ne vais pas dans ta chambre.

— Je ne peux répondre à tes questions sans le miroir.

— Essaie.

Il fit une pause.

— N'as-tu pas l'impression que tu es capable de te protéger
contre moi si le besoin se présentait?

— Que veux-tu dire? demandai-je, même si je savais exactement ce qu'il voulait dire.

Il suffisait de voir ce que j'avais fait à Wing, Squat et
Moonshine. Russell m'examina de près.

— Il t'est arrivé quelque chose depuis que tu t'es réveillée à
l'hôpital. Quelque chose qui te dit que la réponse à ma question,
c'est oui. Alors, soyons honnêtes l'un envers l'autre. Je sais que
tu n'as pas peur de moi.

Il avait raison. Instinctivement, si l'on en arrivait à un combat,
je savais que je serais difficile à battre. Il ne me faisait pas peur.

Je le suivis dans sa chambre. Il y avait une lampe à éclairage
tamisé près des grandes fenêtres qui donnaient sur le Strip, mais
sinon il y avait surtout de l'ombre. Le miroir auquel il faisait

allusion était relié à l'armoire principale. Il allait du plancher au plafond. Russ s'assit sur le coin du lit et me dit de me tenir devant le miroir et de le regarder.

— Que vois-tu ? demanda-t-il.

— Moi. Le lit. Les fenêtres.

— Me vois-tu ?

— Non, sauf si je tourne la tête et que je regarde à un certain angle.

— Ne fais pas ça. Reste immobile et regarde dans le miroir et écoute ma voix.

— Tu ne vas pas m'hypnotiser, n'est-ce pas ?

— Je vais t'aider à voir quelque chose que tu as oublié.

— Qu'est-ce que ça veut dire ?

— Pour l'instant, laisse tomber toutes tes questions et fais tout simplement ce que je te dis pendant quelques minutes. Lorsque nous aurons terminé, tu pourras me demander tout ce que tu veux. Tu pourras partir si tu veux, aller voir tes amis. Mais pour le moment, pour aller au cœur de tes questions, tu dois collaborer. D'accord ?

— Bien. Mais je n'enlève pas mes vêtements.

— Tu ne dois pas retirer tes vêtements. Tu regardes simplement dans le miroir. Concentre-toi. Dis-moi ce que tu vois.

— Moi.

— Lève ton bras droit. Comme si tu étais sur le point de saluer quelqu'un. Que vois-tu ?

Je levai mon bras droit.

— Mon bras en l'air.

— Est-ce ton bras droit ou ton bras gauche ?

— C'est mon bras droit.

— Mais tu regardes ton reflet. Ça paraît être ton bras droit ou ton bras gauche ?

— Dans le miroir, ça semble être mon bras gauche parce que tout est inversé. Mais je sais que c'est mon bras droit.

— Parce que ton intellect te dit que c'est le bras droit ?

— Oui.

— Mais quand tu regardes dans le miroir, innocemment, tout dans la chambre semble être à l'envers ?

— Je dirais inversé ou renversé.

— Ce sont de bons mots, des mots précis. Pourtant, l'image de toi dans le miroir est un reflet de qui tu es. Maintenant, baisse ton bras droit et lève le bras gauche. Que vois-tu ?

J'obéis à ses instructions.

— Mon bras gauche en l'air.

— Mais tu vois vraiment tout simplement un bras en l'air ? Tu dois y penser pour savoir que c'est ton bras gauche.

— Oui.

— Bon. Maintenant, nous allons jouer un petit jeu. Tu vas laisser la partie analytique de ton cerveau s'éteindre lentement pour que tu voies ce que tu vois, sans le remettre en question. Ici, nous sommes à la recherche de l'innocence, rien de plus. Ça pourrait prendre quelques minutes pour se rendre dans cet état, mais nous ne sommes pas pressés. Toutes tes questions, tous tes doutes, nous pouvons les garder pour plus tard. D'accord ?

— D'accord.

— Laisse tomber ton bras à ton côté et détends-toi. Regarde dans le miroir. Que vois-tu ?

— Mon visage.

— Bon. Tu as commencé à te concentrer sur ton visage. Maintenant, souris, un sourire lumineux, et dis-moi ce que tu vois.

Je souris du mieux que je le pouvais, mais il était difficile de maintenir un sourire tout en répondant.

— Je vois mes dents, mes gencives, mes lèvres qui se courbent vers le haut.

— Bon. Ton reflet réagit à ce que tu fais. Cligne plusieurs fois des yeux. Que vois-tu?

— Je me vois cligner des yeux.

— Tu vois. Tu es en contrôle. Ton reflet ne peut que faire que ce que tu fais. Pourquoi? Parce que c'est seulement un reflet. Tu es ce qui est réel. N'est-ce pas?

— Oui.

— Bouge ton nez.

Je remuai mon nez.

— Que vois-tu?

— Mon nez qui remue.

— Jette un dernier long coup d'œil sur ton visage, et un dernier long regard sur ton corps. Bientôt, tu vas fermer les yeux. Mais avant, tu veux que l'image de toi se fixe fermement dans ton esprit. Est-ce que tu comprends?

— Oui.

— Examine-toi de près.

— Je le fais.

— Examine tes cheveux, ton visage, tes épaules et tes bras. Laisse ton regard parcourir lentement tout ton corps, et quand tu te sens prête, vas-y et ferme les yeux.

Je commençai mon examen par le haut, comme il me l'avait dit. Mais je ne me souviens pas exactement du moment où je fermai les yeux. À un moment donné, je pris conscience qu'ils étaient fermés. Une partie de moi soupçonnait qu'il essayait de m'hypnotiser, mais je n'étais pas inquiète. Je savais que personne ne pouvait se faire hypnotiser contre sa volonté.

Aussi, je trouvais l'expérience agréable. Sa voix était calmante, et c'était relaxant de fixer le miroir. Même debout devant lui, les yeux fermés, c'était apaisant.

La voix de Russell semblait me parvenir d'un endroit éloigné.

— Tu sais que tu es debout devant un miroir. Tu ne dois pas ouvrir les yeux pour voir ton reflet. Tu sais qu'il est là, à quelques mètres devant toi. Et tu sais que tu contrôles ton reflet.

— Oui, dis-je doucement.

— Quand tu te déplaces, il se déplace.

— Oui.

— Nous allons continuer avec notre jeu. Il est totalement sûr et tu garderas le contrôle à tout moment. Maintenant, je veux que tu imagines que ton esprit est à l'*intérieur* de ton reflet. Que le contrôle de ton corps est transféré à l'*intérieur* de ton reflet. C'est facile à réaliser. Comme je l'ai dit, ton reflet est à quelques mètres de distance. Tout compte fait, il est identique à toi. Autrement dit, tu déplaces ta conscience dans une réplique exacte de toi-même.

Il fit une pause.

— Détends-toi et laisse ton esprit dériver vers l'avant. Laisse-le dériver vers ton reflet. N'y pense pas trop. Ne t'inquiète pas de le faire bien ou mal. Contente-toi de laisser ton esprit flotter vers ton reflet et profite de la sensation de lâcher-prise.

J'étais surprise de voir comment il était facile d'obéir à ses consignes. En vérité, je crois qu'une partie de moi faisait quelque chose de semblable chaque matin quand je me brossais les dents devant mon miroir à la maison. *J'aimais* me regarder, même si je ne l'avais jamais dit à personne. Je craignais probablement qu'on me croie vaniteuse. Pour moi, laisser vagabonder mon esprit dans mon reflet ne me paraissait pas difficile.

Encore une fois, sa voix semblait venir de loin.

— As-tu l'impression que tu t'es déplacée dans ton reflet?

— Oui.

J'entendis quelqu'un qui murmurait. C'était moi qui parlais, mais ça semblait être une autre personne, quelqu'un tout près.

— Es-tu à l'aise à l'endroit où tu es?

— Oui, dis-je.

— Même si tes yeux sont fermés, peux-tu imaginer ton corps debout devant toi?

— Oui.

— Peux-tu imaginer que si tu déplaces ta main droite, la main droite de ton corps se déplacera aussi?

— Oui.

— Faisons un essai. Sans ouvrir les yeux, lève ton bras droit.

Je n'étais pas certaine, mais je sentis un mouvement. Pourtant, le mouvement était sans effort. Je n'avais pas à essayer de lever mon bras, il se levait tout simplement.

— Ton bras est dans l'air, dit-il. Ce pourrait être ton bras droit, ce pourrait être ton bras gauche, ce n'est pas important. As-tu remarqué avec quelle facilité il flotte dans l'air?

— Oui.

— C'est arrivé automatiquement.

— Oui.

— C'est parce que ton esprit est à l'intérieur de ton reflet.

— Oui.

— Maintenant, lève ton autre bras.

Encore une fois, je sentis un mouvement, mais pas d'effort, et pourtant, dans mon imagination, je pouvais voir mes deux bras en l'air. Dans mon corps et dans mon reflet.

Non, attendez, ce n'était pas tout à fait vrai. Je ne voyais qu'une image à la fois. Ce devait être mon corps que je regardais, car mon esprit était *dans* mon reflet, en train de regarder mon corps. Exactement.

Mais quelle différence cela faisait-il ? C'étaient des copies conformes l'une de l'autre, ou des copies inversées l'une de l'autre, pour être plus précise.

Je décidai de ne pas m'en inquiéter. D'accepter tout simplement.

— Les deux bras sont maintenant dans l'air, dit-il.

— Oui.

— Te sens-tu fatiguée à les tenir en place ?

— Non.

— Et pourquoi ?

— Ce ne sont que des images.

— Bon. Et qu'est-ce que tu es ?

— Une image. Un reflet.

— Parce que tu as déplacé ton esprit à l'intérieur du miroir.

— Oui.

— Comment se sent-on quand on est un reflet ?

— Bien.

— As-tu tous les souvenirs de Jessica ?

— Oui.

— Parfait. Passons à l'étape suivante. Rappelle-toi la nuit dernière. Tu étais dans cette chambre avec Russell.

— Je m'en souviens.

Et ça ne me dérangeait pas qu'il s'appelle Russell au lieu de Russ. De fait, ça semblait plus naturel, comme si je lui avais toujours donné ce nom.

— Tu étais dans cette chambre et tu l'embrassais.

— Oui.

— Puis, tu as enlevé tes vêtements et tu l'as embrassé encore un peu dans le lit.

— Oui.

— Alors, tu as pensé à quelqu'un d'autre.

— Oui.

— Et soudain, tu as voulu être avec cette personne.

— Oui.

— Comment s'appelait-il?

— James.

— Tu as soudain eu envie de voir James.

— Oui.

— Qu'as-tu fait ensuite?

— Je me suis levée et je suis allée à la fenêtre.

— Continue.

— J'ai commencé à pleurer. J'ai dit à Russell que je ne pouvais pas faire ça.

— Russell a-t-il compris?

— Il a été très compréhensif. Il n'a pas fait de pression. Même si je sais qu'il a le béguin pour moi, il respecte ma relation avec James.

— Comment t'a-t-il montré ce respect?

— Il a vu que j'étais bouleversée et il savait que je pensais à James. Il m'a dit d'aller le voir.

— Est-ce que c'était difficile de quitter Russell?

— C'est toujours difficile. Il est attirant et c'est passionnant d'être près de lui.

— Mais c'est James que tu aimes le plus?

— Oui, répondis-je fermement.

Il sembla y avoir une longue pause.

— Qu'as-tu fait ensuite?

— Je me suis habillée et j'ai quitté cette suite.

— Suivons chacun de tes gestes à partir de là. Es-tu complètement habillée?

— Oui.

— Tu es prête à quitter la suite de Russell et à descendre.

— Oui.

— Allons-y ensemble. Tu ouvres la porte et tu quittes la suite. Parcours-tu le couloir jusqu'aux ascenseurs ?

— Oui.

— Entres-tu dans l'ascenseur ?

— J'appuie sur un bouton et j'attends qu'il vienne.

— Bon. Que fais-tu ensuite ?

— Quand l'ascenseur arrive, je fais un pas à l'intérieur et j'appuie sur le bouton qui me conduit à l'étage du casino.

— Dis-moi ce que tu vois.

— Les portes s'ouvrent en glissant. Je m'éloigne du couloir des ascenseurs et je vois le casino qui s'étend en dessous.

— Tu vois des gens jouer ?

— Oui.

— À quoi jouent-ils ?

— Aux machines à sous, au poker, aux dés, à la dame de cœur.

— À la dame de cœur ?

— Oui.

— Tu les vois jouer au vingt-deux ?

— Oui.

— Ça te dérange ?

— Pourquoi est-ce que ça devrait me déranger ?

— Que veux-tu faire ensuite ?

— Je prends un taxi pour retourner à ma chambre.

— Qui trouves-tu dans ta chambre ?

— James.

— Où est-il ?

— À ma chambre, il m'attend.

— Est-ce qu'il dort?

— Non.

— Es-tu certaine?

— Oui.

— Pourquoi est-il réveillé?

— Il savait que j'allais voir Russell.

— Comment savait-il que tu allais voir Russell?

— Je lui avais dit que je voulais te voir... le voir. Nous en avions discuté, James et moi.

— James est jaloux que tu ailles voir Russell?

— Un peu. Il sait que Russell a des sentiments pour moi.

— Mais si ça le rend jaloux, pourquoi y vas-tu?

— Nous avons besoin de l'aide de Russell.

— Pourquoi?

— Pour nous aider à trouver... quelqu'un.

— Qui?

Je détestais la question.

— Je ne sais pas.

— Tu ne sais pas qui tu essaies de trouver?

— Non. Attends. Arrête.

— Chut. Tout va bien, nous pouvons arrêter.

— Merci.

— Tu es en sécurité. Rien ne peut te faire de mal.

— Je... Je ne sais pas.

— Tu crois que quelque chose peut te faire du mal?

— Je ne veux pas en parler.

— À propos de quoi?

— Pourquoi je suis allée demander de l'aide à Russell.

— Es-tu gênée d'avoir commencé à l'embrasser?

— Oui. Mais... il y a quelque chose d'autre.

— Quoi?

— Je ne peux pas te le dire ! criai-je.

J'entendis ma voix qui montait de volume. En même temps que je sentais un serrement soudain dans mon cœur. Ça semblait sortir de nulle part. La sensation rendait ma respiration difficile. Elle m'avait prise complètement par surprise. Une minute, j'étais impatiente de retourner à ma chambre d'hôtel pour voir James et l'instant suivant mon esprit était rempli d'un terrible fardeau. Je pouvais à peine le supporter.

— Arrête. Je veux arrêter, m'entendis-je haleter.

— Nous pourrons arrêter dans un instant. Pourquoi es-tu allée voir Russell ?

— Je te l'ai dit. Pour obtenir son aide.

— Pourquoi as-tu pensé que Russell pourrait t'aider ?

— Il est connecté.

— T'a-t-il dit qu'il est connecté ?

— Non ! Mais il connaît des gens. Des gens puissants. Il peut nous aider.

— Vous aider à faire quoi ?

La douleur écrasante se décuplait. Je pouvais à peine respirer. L'air aurait pu tout aussi bien être saturé de fumée.

— Je ne peux pas te le dire !

— Peut-il t'aider à trouver quelqu'un ?

— Oui ! Non !

— Tu as dit oui. Peut-il t'aider à trouver quelqu'un ?

— Oui ! Oui ! Maintenant, s'il te plaît arrête !

— Qui essaies-tu de trouver ?

— Je ne sais pas ! Je ne veux pas savoir !

— Comment s'appelle-t-elle ?

La douleur dans ma poitrine sembla éclater et prendre la forme de perte terrible. Je venais de me faire poser la seule question qui importait parce qu'*elle* était la seule chose qui comptait — pour moi. Mais je ne pouvais supporter d'y penser, encore moins admettre qu'elle existait. Je craignais que si je le faisais, ma douleur devienne assez forte pour me tuer.

— Lara, dis-je en pleurant.

— Qui est Lara?

— Non! criai-je et j'ouvris les yeux et je courus vers le miroir et je le frappai avec mon nez.

Du sang jaillit de mes narines, sur le miroir, alors que je tombais au sol. En un instant, Russell fut à côté de moi, mais je le repoussai et je bondis sur mes pieds. Mais ce n'était pas comme si j'avais employé mes muscles. J'avais tout simplement voulu me lever et je m'étais retrouvée sur mes pieds. Russell était incapable de m'arrêter.

Il fallait que je sorte. Je ne pouvais affronter la vérité sur Lara. La souffrance était trop atroce, et d'ailleurs elle n'était pas réelle, je ne pouvais lui permettre de devenir réelle.

Je me précipitai vers la porte et je l'ouvris.

Un homme se tenait dans le couloir. Un bel homme qui avait mes yeux. Je ne l'avais pas vu depuis des années, mais ce n'était pas quelqu'un que je risquais d'oublier.

— Papa, criai-je en m'effondrant dans ses bras.

CHAPITRE 10

Lorsque je me réveillai, mon père était assis à côté de moi sur le lit. Je ne l'avais pas vu depuis des années, mais je n'avais pas l'*impression* qu'il était quelqu'un que je connaissais à peine. Bien que je n'aie de lui aucun souvenir récent, cet homme me semblait aussi familier que si nous avions discuté la veille. Je compris alors que le lien entre un père et sa fille ne meurt jamais vraiment. C'était merveilleux de le voir. Je lui serrai la main quand il toucha la mienne.

— Papa, murmurai-je.

— Jessica. C'est moi. Tout ce temps, j'étais ici.

Il parlait d'*ici*, peu importe où était cet ici.

J'avais oublié la puissante de sa présence. Il faisait 1,90 m, plus grand que Russell et James, et il avait de magnifiques yeux verts et des cheveux marron foncé qui descendaient plus bas que son collet. Mes traits étaient plus proches des siens qu'ils ne l'étaient de ceux de ma mère. Les siens étaient même plus anguleux, plus riches en quelque sorte, peut-être en raison du temps. De toute évidence, il avait vu beaucoup de choses dans sa vie. Ses mains étaient larges, même pour sa taille, fortes, mais aussi agiles. Ses gestes étaient tellement doux. Il avait l'air d'un médecin, d'un guérisseur, et il ressemblait à mon père. Il était mon père, je devais me le rappeler. J'étais toujours en train de me remettre du choc de son apparition.

— Comment te sens-tu ? demanda-t-il.

— Je me sens idiote.

— Pourquoi ?

— À cause de la manière dont je me suis comportée. Russell a fait une expérience avec moi et j'ai paniqué sans raison.

Mon père hocha la tête.

— Tu t'es rappelé quelque chose extrêmement douloureux. C'est naturel que tu essaies de fuir ce souvenir.

— Mais ce dont je me suis souvenue n'est jamais arrivé. Il n'y a aucune raison pour que ça me bouleverse.

Mon père fit un geste vers le miroir du placard.

— Peut-être est-ce arrivé.

— Parlons-nous d'Alice et du miroir ici ?

Il hocha la tête dans l'affirmative d'un air sérieux.

— Lewis Carroll avait une raison d'écrire ce roman.

— Il y a une reine rouge dans ce livre.

— Ce n'est pas une coïncidence.

— Donc, tu sais pourquoi on joue au vingt-deux en bas ?

— Parce que nous sommes dans le monde des sorciers, dit-il.

Le nom semblait trop familier pour être une blague.

— C'est réel? demandais-je.

— Aussi réel que le monde réel. Peut-être plus.

Il se leva.

— Allons dans le salon. Nous avons toute la place à nous seuls. Russell est sorti faire une course. Mais d'abord, tu aimerais peut-être te laver. Je crains que tu te sois de nouveau fracassé le nez.

Je lui saisis la main avant qu'il puisse partir.

— Qu'en est-il de Lara?

— Elle est aussi réelle.

J'essuyai une larme soudaine.

— Ma fille. J'ai une fille.

— Je sais que ce doit être difficile à croire. Mais tu es mère.

Je sentis de nouveau un douloureux coup de poignard.

— Ils l'ont emmenée, n'est-ce pas?

Mon père hésita.

— Oui.

— Est-elle en sécurité? Vont-ils lui faire du mal?

— Elle va bien. Ils ont peur de lui faire du mal.

— Pouvons-nous la ravoir?

— Nous allons la ravoir.

Il me tapota l'épaule.

— Allez, va te laver — nous devons discuter de beaucoup de choses.

Avant de rejoindre mon père dans la pièce principale, je pris une douche rapide. Depuis que j'avais quitté mon hôtel et que j'avais été kidnappée par le chauffeur de taxi, mon corps et mes vêtements avaient été malmenés. À part laver la sueur et la poussière, il me fallut frotter pour enlever le sang séché sur mon visage. Mon nez était couvert de contusions, mais il ne semblait pas avoir été cassé.

Lorsque j'entrai dans la salle de séjour vêtue d'un peignoir d'hôtel, mon père buvait du café. Il m'en versa rapidement une tasse et je m'installai dans un fauteuil de cuir pendant qu'il s'assoyait sur le canapé principal. Sa compagnie m'apportait un sentiment de sécurité que je ressentais pour la première fois en ce qui me paraissait une éternité.

Il sourit.

— Je ne peux imaginer ce qui te passe par la tête en ce moment.

— Tu veux dire que tu n'es pas capable de lire dans mes pensées? demandai-je, plaisantant à demi.

Mais il répondit d'un ton sérieux.

— Il ne serait pas facile d'entrer de force dans ton esprit.

— Pourquoi?

— Parce que tu es unique.

Venant de mon père, ce fait était plus facile, et en même temps plus difficile à accepter. Je le savais sincère.

— Russell a dit qu'il existe 10 gènes inhabituels, dis-je.

— Nous en connaissons 10. Certains des gènes se chevauchent pour créer des capacités différentes. Par exemple, une personne pourrait avoir trois gènes supplémentaires et posséder six capacités inhabituelles. Par contre, ça se produirait seulement après qu'elle aurait maîtrisé ses trois dons de base.

— Combien de ces 10 gènes possèdes-tu?

— Cinq. James en a cinq aussi, ce qui est rare. Russell en a quatre. Et toi, ma chère, tu en as un énorme sept, ce qui est encore plus rare.

— Wow!

— « Wow » est le mot juste. Dans le monde, seulement une poignée de gens en ont autant. La plupart sont membres de ce que nous appelons « le Conseil ». C'est un groupe ancien. Un de leurs membres a huit gènes de sorcier.

— Des gènes de sorcier ? Pourquoi leur donnes-tu ce nom ?

— Parce que la plupart d'entre nous ont découvert leurs pouvoirs il y a longtemps, à une époque où l'on traitait de sorcier toute personne qui était différente des autres.

Mon père haussa les épaules.

— C'est juste une façon de parler. Dire que quelqu'un a des gènes de sorcier, c'est la même chose que dire que quelqu'un a atteint l'étape suivante dans l'évolution humaine. Leur apparition est un événement naturel.

— Je suppose que tu sais reconnaître les gènes et le pouvoir qui leur est associé, dis-je.

— Oui. Mais je ne te dirai pas quels pouvoirs sont associés aux sept gènes que tu possèdes.

— Pourquoi pas ? demandai-je.

— Il est important que les pouvoirs apparaissent spontanément. Que tu ne les forces pas.

— Je ne vais pas les forcer. Je veux juste savoir ce qu'ils sont.

— Si tu le sais, ça va gâcher ton innocence. Il faut que tu me fasses confiance là-dessus. J'ai beaucoup d'expérience dans ce domaine.

— Peux-tu me dire s'il y a un gène pour la longévité ?

— Il y a un gène pour la guérison. Beaucoup de sorciers le reçoivent à la naissance. Quand tu découvriras le pouvoir de guérir les autres, tu découvriras également que tu peux te guérir, continuer à réparer ton corps et l'empêcher de vieillir. Ça, je peux te le dire, ajouta-t-il. Tu possèdes ce gène.

— Donc, si quelqu'un me tranchait la gorge, je pourrais réparer les dommages avant de mourir ?

— Non. Tu mourrais avant de pouvoir réparer les dégâts. Mais tu peux guérir presque tout dans ton corps si tu as le temps.

— Alors une balle entre les yeux me tuerait ?

— Ça tuerait n'importe quel sorcier, dit mon père.

— Merci de me prévenir. Je parie que tu sais ce que je vais te demander maintenant.

— Mon âge? Tu es prête à recevoir un choc?

— Toute la journée, j'ai reçu un choc après l'autre. Alors, oui.

— Je suis né peu de temps avant le début de l'ère élisabéthaine, en l'an 1528, à Londres, en Angleterre.

— Oh, Seigneur, haletai-je.

Il rit.

— J'ai la chance de posséder le gène de guérison. Même avant de devenir connecté, j'étais un peu voyant. Par accident, j'ai exposé mon don et j'ai été jugé et condamné à mort. Mais j'ai eu de la chance, j'ai été pendu au lieu d'être brûlé sur le bûcher. Il aurait été difficile pour un sorcier qui venait à peine de découvrir ses dons de se ramener à la vie après avoir été réduit en cendres.

— Qui t'a jugé? demandai-je.

— L'évêque de la place. Plus tard, il est devenu inquisiteur à plein temps. C'était un bon ami jusqu'à ce qu'il découvre que j'étais de mèche avec Satan.

Ce souvenir sembla amuser mon père.

— C'est comme ça que tu es devenu… connecté? demandai-je. La pendaison?

— Oui. Tu commences à saisir la mécanique.

Je hochai vigoureusement la tête.

— Je comprends très peu. J'ai juste dit ça parce que nous avons tous les deux vécu une expérience de mort, puis nous nous sommes réveillés ici — où que puisse être ici. Je dois supposer que d'une certaine façon la mort active les gènes de sorcier.

— Exactement. Voilà la clé. Tu as compris.

— Je n'ai rien compris. Qu'est-ce que c'est que cet enfer de monde de sorciers? Où est-il?

Il fit un léger sourire.

— Tout d'abord, ce n'est pas l'enfer, même si dans mon cerveau primitif — il y a cinq siècles — c'était d'abord mon impression. À tout le moins, il me semblait vivre chaque journée deux fois.

— Que veux-tu dire?

— En ce moment, dans le monde des sorciers, il y a deux ou trois heures, nous sommes passés au lundi matin. Mais quand tu te réveilleras au matin dans ce que tu appelles le monde réel, ce sera dimanche matin.

— Comment est-ce possible? Est-ce qu'un des gènes nous transporte dans le temps?

— J'aimerais bien. Ainsi nous pourrions corriger toutes les erreurs que nous avons commises dans le passé. Crois-moi, Jessica, la réponse à ta question est à la fois plus simple et plus complexe que tout ce que tu auras à absorber maintenant. Surtout que je devrai utiliser des mots pour expliquer le paradoxe.

— S'il te plaît, essaie. Qu'est-ce que le monde des sorciers? demandai-je.

— Le monde des sorciers est une dimension parallèle à ce que tu appelles « le monde réel ». Il existe en même temps que le monde réel. Mais parce que les humains ne peuvent vivre deux périodes en même temps, ceux qui sont éveillés à l'existence de l'univers des sorciers découvrent qu'ils vivent un jour ici puis revivent le même jour dans le monde réel. Jusqu'ici, est-ce que tu me suis?

— Les journées sont-elles identiques?

— Autrefois, elles étaient pratiquement identiques. Presque tous les gens que tu connais dans le monde réel ont leur contrepartie dans l'univers des sorciers. Ils vivent leur vie de la même manière que le font les gens dans le monde réel. Pour eux, *ce monde-ci* est celui qui est réel, c'est le seul monde. Prends James et Alexis, par exemple. Ils sont tes meilleurs amis ici. Ils sont également tes meilleurs amis dans le monde réel. Mais James et Alexis en savent aussi peu sur Jimmy et Alex, que Jimmy et Alex en connaissent sur James et Alexis.

— Tu as dit que *presque* tout le monde a une contrepartie dans les deux mondes. Pourquoi pas tout le monde?

— Parce qu'il est possible que leur contrepartie soit morte dans l'un des mondes.

Je fis la grimace.

— Alors, cette personne est seulement à moitié vivante?

— Non. Elle n'a même pas besoin de savoir que sa contrepartie est morte.

— Attends une seconde! Comment se fait-il que Lara n'ait pas d'équivalent dans le monde réel? Je sais qu'elle n'est pas morte là-bas. Je veux dire, je ne l'ai même jamais eue.

Mon père hésita.

— Huck est l'homologue de Lara.

— Hein?

— Dans le monde des sorciers, James a eu une fille. Dans le monde réel, Jimmy a eu un fils.

— Pourquoi parles-tu de Jimmy? Et moi? Je n'ai eu personne dans le monde réel.

Mon père parla doucement.

— Je sais, c'est compliqué. Franchement, c'est quelque chose qui n'a jamais eu lieu avant, d'après ce que nous en savons. Je suggère que tu retiennes cette question jusqu'à ce que tu rencontres le Conseil.

— Ce n'est pas une question facile à retenir.

— Je suis désolé, je ne sais pas quoi te dire.

J'essayai de laisser tomber, mais la question continuait à fulminer à l'intérieur.

— Très bien. Tu as dit que James — Jimmy — a cinq gènes de sorcier. Est-ce qu'autant de gènes ne lui donneraient pas une impression de ce monde ?

— Ses gènes sont inactifs. Regarde, tu en as sept et tu n'avais presque pas idée que ce monde existait.

Je réfléchis à ses paroles.

— Déjà-vu, murmurai-je.

— Pardon ?

— Quand Jimmy et moi étions au lac, hier, nous avons parlé de la façon dont nous avions souvent des éclairs de déjà-vu. Il semblait même que nous avions deux ensembles de souvenirs qui entraient en conflit les uns avec les autres.

— Voilà un signe que tes gènes étaient en train de s'activer spontanément. Tu avais commencé à avoir un aperçu de ce monde. Mais même si tu es devenue connectée à tes capacités latentes, pour le moment, ton souvenir du monde réel va continuer à occulter le souvenir du monde des sorciers.

— Pourquoi ?

— Parce qu'il est impossible pour un être humain d'absorber soudainement, du jour au lendemain, toute une vie de souvenirs. Tout ce qui t'est arrivé dans le monde des sorciers — par exemple, la naissance de ta fille — te reviendra lentement, au cours des prochains mois.

— Es-tu en train de dire que j'ai toute une vie de souvenirs que je ne connais pas ? demandai-je.

— Oui et non. Je t'avais prévenue, dans un premier temps, la vérité te paraîtra contradictoire. Tu sais quelque chose sur la Jessica du monde des sorciers. Sa vie s'est jouée de façon parallèle à la tienne à un degré remarquable. Mais elle a aussi été différente pour quelques détails importants. Ces détails te reviendront avec le temps.

— Pourquoi les souvenirs du monde réel dominent-ils d'abord ?

— C'est le cas pour toi parce que tu as traversé l'expérience de mort dans le monde réel. Si ça t'était arrivé dans le monde des sorciers, alors ces souvenirs auraient été les premiers à dominer. Ce qui compte, c'est que c'est la même chose dans un cas comme dans l'autre. Il faut du temps pour absorber notre autre série de souvenirs. Mais juste hier, dans le monde des sorciers, quand je t'ai parlé, tu savais tout sur cet endroit et rien sur le monde réel.

— Comment les souvenirs se sont-ils effacés ?

— Pardonne-moi de me répéter. Ils ne sont pas effacés. Ils sont toujours à l'intérieur de toi, c'est seulement que ton cerveau ne peut pas les traiter en ce moment, car il vient d'être envahi d'une vie de souvenirs du monde réel.

— C'est troublant.

— Il faut un certain temps pour s'y habituer. Rappelle-toi ce qui t'est arrivé quand Russell t'a fait te concentrer sur le miroir ? Tu t'es souvenu de ta fille, Lara.

— Je m'en suis souvenu, mais…

Je me sentis gênée de continuer.

— Mais le souvenir de Lara a déjà commencé à s'effacer, finit-il à ma place.

— Oui ! C'était tellement précis pendant quelques minutes. Sa naissance, je la tenais, je la regardais dans les yeux. Elle a de beaux yeux, n'est-ce pas ?

— Oui. Tu te souviens de leur couleur ?

— Non ! C'est ce que j'essaie de te dire. Le souvenir a commencé à s'effacer. C'est bizarre — comment puis-je oublier ma propre fille ?

— Parce que Jessie ne lui a jamais donné naissance. C'est Jessica qui l'a fait.

— Mais je suis Jessica.

— Oui.

— Mais de la façon dont tu le dis maintenant, c'est comme si nous étions deux personnes différentes.

— Dans un sens, jusqu'à ce que tu te réappropries tes souvenirs du monde des sorciers, vous êtes deux personnes différentes. Parce que vous avez des passés distincts. Pour cette raison, j'insiste pour que tu évites James au cours des prochains jours. Tu ne le reconnaîtras pas, et il croira que quelque chose ne va pas chez toi. Mais tu ne dois pas t'inquiéter de le blesser. Je l'ai vu avant de venir ici et je lui ai expliqué que tu étais connectée et qu'il faudrait encore quelques jours pour que le processus se complète.

— Mais tu as dit qu'il me faudra des mois pour retrouver tous mes souvenirs.

— C'est vrai. Mais si je lui avais dit que plusieurs mois étaient nécessaires, il aurait paniqué. D'ailleurs, ce sont les premiers jours qui sont les plus cruciaux. Tu te sentiras fragile, avec tellement de nouvelles expériences qui te bombarderont de tous les côtés. Pendant que tu es dans le monde des sorciers, la meilleure chose que tu peux faire, c'est de te tenir avec des amis qui sont déjà connectés. Pour cette raison, ce serait une bonne idée d'éviter Alexis et Debra pour le moment.

— Qu'est-ce qui arrive avec maman ?

— Je ne pense pas qu'elle causera de problèmes.

— Pourquoi ?

— Tu seras à Las Vegas plus longtemps que prévu.

— Pour retrouver Lara.

— Exactement. Elle est ici.

— Qui l'a prise ?

— On réglera ça dans quelques minutes. Je tiens à m'assurer que tu comprends ce qui t'est arrivé et comment ça va t'affecter au cours des prochains jours.

Je hochai la tête.

— Intellectuellement, je comprends ce que tu dis au sujet des deux dimensions et à propos de revivre le même jour deux fois. Mais tout ce processus de « se connecter » me semble bizarre. Je veux dire, d'une part, c'est une expérience d'éveil et d'autre part toute une vie est effacée.

— Une fois de plus, tes souvenirs du monde des sorciers sont intacts. Essaie de voir ton amnésie temporaire comme un mécanisme naturel d'adaptation. Sans elle, il faudrait te mettre sous sédation.

— Parce que je serais soudainement forcée de tout contempler de deux points de vue différents ?

— Exactement.

Je fronçai les sourcils.

— Je viens tout juste d'avoir un éclair d'un souvenir qui n'est pas tout à fait le mien. Mais je ne suis pas certaine que c'est vraiment arrivé.

— Raconte-le-moi et je te le dirai.

— Je me rappelle être allé trouver Russell pour lui demander de l'aide pour ravoir Lara. C'est une évocation qui m'est revenue quand je me tenais devant le miroir. Mais je me souviens aussi d'autre chose au sujet de ce Conseil que tu as mentionné. Je suis allée voir Russel parce que j'espérais qu'il puisse entrer en contact avec eux.

— Voilà un souvenir authentique.

— Bon, dis-je. Je suppose que c'est bon.

— Qu'est-ce qui te perturbe?

— Oh, environ 10 000 choses.

Mon père était patient.

— Qu'est-ce qui t'embrouille le plus?

— Je ne peux pas imaginer que pour le reste de ma vie, je vais devoir vivre le même jour deux fois.

— Ce ne sera pas exactement le même jour, puisque les mondes ne sont plus identiques.

— Quand ce transfert a-t-il lieu? Je veux dire, quand est-ce que mon esprit passe du monde réel au monde des sorciers, et vice-versa? demandai-je.

— À l'aube. Précisément au moment où le soleil se lève. À cette latitude, il faut un peu moins de trois minutes pour qu'il se dégage à l'horizon. Pendant ce temps — dans les deux mondes — tu perdras soudainement conscience. Si tu es debout, tu tomberas parce que toute vie semble laisser ton corps. Un observateur croirait probablement que tu as cessé de respirer parce que ta respiration passe tout près de s'arrêter. Voilà pourquoi c'est une bonne idée d'être au lit à l'aube.

— Qu'y a-t-il de si spécial au lever du soleil?

— Le soleil est la source de toute vie sur terre. Une nouvelle journée commence quand il apparaît.

— Je sais. Ce que je demande, c'est — est-ce que notre esprit ou notre âme quitte soudainement un monde pour s'envoler vers l'autre?

— C'est une façon de voir. Il est impossible de décrire la transition avec des mots. Ça arrive tout simplement une fois que tu es connectée.

— Qu'arrive-t-il si je choisis de rester éveillée à l'aube?

— Tu ne seras pas capable. Pas pendant ces trois minutes.

— Si je suis endormie, est-ce que je remarque le change-ment?

— Non. Tu dors dans un monde, et tu te réveilles dans l'autre.

— C'est foutrement bizarre.

Je m'arrêtai.

— Excuse mon langage.

— Ce n'est pas un choc pour moi que ma fille jure.

— Donc, nous sommes de bons amis dans ce monde?

— Oui.

J'hésitai. Lara n'était pas ma seule source de chagrin.

— Pourquoi pas dans le monde réel? demandai-je doucement.

Mon père soupira.

— Je suis resté loin pour te protéger.

— De qui? réclamais-je.

— Des mêmes personnes qui ont enlevé Lara, dit-il.

— Comment peux-tu me protéger en étant loin de moi?

— Dans le monde réel, ils savent qui je suis. Mais ils ne savent pas qui tu es. Du moins, nous ne le croyons pas.

Sa remarque ne me surprit pas autant qu'elle l'aurait dû. Une partie de moi avait toujours senti qu'il y avait une raison à son absence. Il n'avait pas protesté quand j'avais adopté le nom de famille de ma mère — Ralle — et que j'avais éliminé le docteur *Major*. En effet, lorsque j'avais eu 10 ans et que j'avais officielle-ment changé mon nom, ma mère m'avait dit que mon père avait été heureux que je l'aie renié.

Ça n'avait eu aucun sens. Jusqu'ici.

— Qui sont-*ils*? demandai-je.

— Je promets de répondre à cette question dans quelques minutes. Dès que je saurai que le passage d'un monde à l'autre est clair pour toi.

— Je suis désolée. Je dois être débile dans ce monde. J'ai toujours du mal avec tous les nouveaux concepts.

Mon père était sympathique.

— Je sais ce que tu ressens. À la surface, la situation est simple. Tu revis le même jour dans un monde légèrement différent. Mais quand tu commences à examiner cela sous des angles particuliers, tu finis par avoir mal à la tête. Crois-moi, j'ai connu cela, nous passons tous par là.

— Avais-tu quelqu'un pour te guider au début ?

— Non. Tu as de la chance. Après ma pendaison, quand je me suis réveillé le lendemain, j'avais l'impression d'être mort et d'être arrivé en enfer. J'allais au lit le samedi soir et je me réveillais le samedi matin, et tout le monde faisait la même chose que le jour d'avant. Ça a duré des mois, jusqu'à ce que je comprenne que si je faisais soudainement quelque chose de radical dans le monde de la sorcellerie, hors des normes, alors je pouvais changer des événements dans le monde réel.

— Que veux-tu dire par « radical » ?

Mon père m'examina.

— Comprends que je suis né dans ce que tu pourrais considérer comme une société barbare. À l'époque, la vie ne valait pas cher.

— Ne me dis pas que tu as tué quelqu'un.

— J'ai tué trois hommes en légitime défense, et je me suis servi de mes pouvoirs uniques pour le faire. Ils avaient été envoyés par un magistrat de la place pour me faire arrêter pour avoir mis une de ses filles enceintes. Je les ai rencontrés seul, avec une épée, pour ce qui semblait de l'extérieur être un combat loyal. Mais deux de mes capacités sont la force et la vitesse supranormale. Ils n'avaient aucune chance.

— Qu'est-ce qui est arrivé le lendemain? demandai-je, pensant que je devais avoir la même capacité.

— Ils sont venus me chercher de nouveau. Mais je savais qu'ils allaient venir, alors je me suis enfui à l'aube. Je ne voulais pas devoir les tuer encore une fois.

Mon père fit une pause.

— Ce n'est que plus tard que j'ai découvert qu'ils avaient été détournés sur la route et abattus.

— Par qui?

— Je ne sais pas, et ce n'est pas important. Ce qui importe, c'est qu'ils sont morts de toute façon, et le même jour.

— Mais pas de la même manière, dis-je.

— Exact, accepta mon père.

— Est-ce que ça veut dire que ce qui arrive dans ce monde affecte le monde réel?

— Oui. Mais pas toujours de la façon dont tu t'y attends. Aussi, l'inverse peut se produire. Ce qui se passe dans le monde ordinaire peut modifier ce qui a lieu dans le monde des sorciers. Les univers sont interconnectés. Il est faux de dire que l'un est plus important que l'autre.

Pour une raison quelconque, je ne sentais pas que ce qu'il me disait était tout à fait exact. Non pas que mon père me mentait délibérément, mais plutôt que sa compréhension était incomplète. Le sentiment était particulièrement aigu, comme une certitude, et je me demandai s'il existait un gène d'intuition avec lequel je serais née.

Je venais à peine de me poser la question lorsque le mot « oui » surgit dans mon esprit. J'allais parler de l'expérience à mon père, mais quelque chose m'arrêta. Peut-être était-ce mon intuition.

— Mais les jours du monde des sorciers arrivent en premier, dis-je.

— Nous avons l'impression qu'ils se produisent en premier. Pour quelqu'un d'aussi vieux que Cleo, ils ont lieu de façon simultanée.

— Qui est Cleo ?

— Le chef de notre Conseil. Celle qui a les huit gènes.

— Elle doit être assez puissante.

— C'est un euphémisme.

— Veux-tu dire que ses jours se chevauchent ?

— Oui.

— Comment son cerveau démêle-t-il tout cela ?

— C'est difficile à imaginer. Au fil du temps, elle a dû s'y habituer.

— Quel est l'âge de Cleo ? demandai-je.

— Elle est là depuis le début.

— Du monde des sorciers ?

— De la civilisation humaine. Elle n'a jamais dit son âge exact à qui que ce soit, mais nous savons qu'elle vivait avant même la construction des pyramides. En fait, elle a aidé à les édifier.

— Alors, elle dirige le Conseil ? demandai-je.

— Ça ne fonctionne pas de cette façon. Elle n'est pas chef. Mais quand Cleo parle, tous écoutent.

— Es-tu membre du Conseil ?

— Non. Mais je travaille en étroite collaboration avec lui.

— Russell voulait que je rencontre des gens ce soir. Je pense qu'il parlait du Conseil.

Mon père fit un geste de la main.

— C'était le cas, mais il est trop tard pour ça. Et puis la sécurité de cet hôtel est loin d'être infaillible. Il y a un risque que tu aies été suivie ici.

— Suivie par qui ?

Il hésita.

— Les Lapras.

— Enfin. Je suppose que ce sont les mauvais types.

— Oui. Je vais tout te dire à leur sujet après avoir terminé un survol de l'histoire de ma vie. Ça t'aidera à mieux comprendre les deux mondes.

— C'est cool de pouvoir arriver à mieux te connaître.

Ma remarque le fit sourire.

— Merci.

— De rien, répondis-je.

— J'ai mentionné les trois hommes que j'ai tués. Le geste ne m'avait pas beaucoup troublé et il n'avait pas semblé avoir d'effets majeurs sur le monde des sorciers ou sur le monde réel. En fait, à cette époque, je menais une vie assez insouciante, surtout quand j'ai découvert que je pouvais prévenir le vieillissement de mon corps. Chacun de mes pouvoirs se manifestait lentement, mais sûrement, et en peu d'années, j'ai accumulé d'énormes richesses. Durant son règne, la reine Elizabeth elle-même m'a anobli pour mon courage et ma générosité. J'ai même contribué à chasser l'Armada espagnole de mon pays.

— Je suis surprise qu'on ne te retrouve pas dans les livres d'histoire, taquinai-je.

— Je l'étais, mais le Conseil a fait effacer mon nom. Ils ont pris conscience de mon existence un peu après que l'armada eut échoué, et ils ont envoyé quelqu'un pour me chercher. Je me souviens à quel point j'avais peur de rencontrer un groupe de personnes qui possédaient les mêmes pouvoirs que moi, mais encore plus puissants. Mais aussitôt que j'ai été présenté au Conseil, j'ai su que je me trouvais entre amis. C'était une bande tellement chaleureuse. Ils m'ont dit que je n'étais pas seul au monde, mais qu'il valait mieux que je reste discret et que je n'attire pas l'attention sur moi.

— Je comprends les raisons de rester discret. Mais pourquoi le Conseil n'aide-t-il pas l'humanité ?

— Pourquoi supposes-tu qu'il ne le fait pas ?

Je haussai les épaules.

— Je n'ai jamais rien lu sur leurs bonnes actions sur Internet.

Mon père sourit.

— De temps à autre, il apporte son aide, mais il le fait discrètement — tu pourrais dire à contrecœur. Il ne veut pas porter atteinte au libre arbitre du peuple. Il ne peut pas se servir de ses pouvoirs pour aider la société à se sortir du pétrin sans provoquer une altération dans le cours naturel des événements.

— À quel moment est-il venu à la rescousse de l'humanité ? demandai-je.

— Quelques fois, quand il semblait que la civilisation risquait de s'effondrer. Il a été d'une grande aide lors de la Seconde Guerre mondiale, lorsque les Alliés ont vaincu les puissances de l'Axe. Il a empêché les nazis de mettre au point la bombe atomique. En fait, depuis ce temps, il a contribué à maintenir les armes nucléaires sous contrôle.

— Les autres, tu les appelles les Lapras. As-tu un nom pour le groupe auquel tu appartiens ?

— Les Tars.

— Qu'est-ce que ça veut dire ?

— C'est Cleo qui l'a choisi. Elle dit que ça signifie « les anciens ».

— Parle-moi encore de ta vie.

— J'ai évoqué la Seconde Guerre mondiale. Après ce conflit, le Conseil a pris conscience de deux phénomènes. Les événements du monde réel ont commencé à diverger de plus en plus des événements du monde des sorciers. Et les Lapras se sont organisés en une force puissante.

— Le groupe Tar était-il au courant des Lapras avant cela?

— Oui. Mais il ne leur avait pas prêté beaucoup d'attention. Il les considérait comme un groupe de sorciers égoïstes qui avaient accidentellement pris possession de leurs pouvoirs. Par exemple, les Lapras ont presque tous occupé des postes de pouvoir dans la société, même si le Conseil les avait avertis que c'était une erreur de devenir bien en vue.

— Le Conseil a-t-il déjà utilisé son autorité pour tuer les Lapras?

— Seulement quand ils ont agi totalement hors de contrôle.

— Y a-t-il des personnages historiques chez les Lapras? demandai-je.

— Oui. Mais je n'ai pas la liberté de citer de noms. Permets-moi de poursuivre mon récit. Comme je le disais, nous avons commencé à remarquer que le monde des sorciers ne reflétait plus le monde réel comme il l'avait fait auparavant. Le Conseil ne connaissait qu'une chose qui pouvait causer ce changement. Des sorciers et sorcières qui se comportaient mal.

— Parce qu'ils étaient éveillés dans les deux mondes, dis-je.

— Exact. Seuls les gens avec des gènes supplémentaires pouvaient consciemment décider d'agir de telle manière que leur conduite dans le monde des sorciers n'était pas la même que dans le monde réel. Jusqu'à la Seconde Guerre mondiale, nous étions trop peu à avoir un impact sur la société, à moins de choisir de le faire volontairement, ce qui était rare. Mais tout à coup, pour apparemment aucune raison, des tonnes de sorciers et sorcières se réveillaient. Et la quasi-totalité d'entre eux se joignait aux Lapras.

— Y avait-il plus de gens qui naissaient avec les gènes?

— Ça arrivait. Comme je le disais, l'apparition de ces gènes dans notre race est un phénomène naturel. Mais ce n'était pas le vrai problème. C'était la façon dont ces gens étaient recherchés et éveillés. Les Lapras les cherchaient. Ils les trouvaient. Et leur façon d'activer leurs pouvoirs était brutale. Nous estimons que quatre-vingts pour cent des personnes qu'ils ont soumises à l'expérience de mort n'ont pas survécu pour raconter l'histoire.

— De quel genre de chiffres parlons-nous?

— Ce ne sont que des estimations, mais nous croyons que les Lapras ont identifié et essayé d'activer 50 000 personnes. Aux quatre coins du monde.

— Et seulement 10 000 ont survécu?

— Oui.

— Mais 40 000 décès. Comment les Lapras auraient-ils pu cacher une chose pareille?

— Des gens disparaissent constamment. Le FBI a des milliers de cas non résolus chaque année. Depuis que l'humanité a appris à balancer un bâton, l'assassinat est devenu épidémique, et dans les pays en développement où la maladie est tellement répandue, 40 000 décès, ce n'est rien. Les Lapras n'ont jamais eu de problème à dissimuler leurs expériences ratées.

— Hier, Russell m'a montré le scanneur. Est-ce que les Lapras ont un dispositif similaire pour identifier les personnes avec des gènes de sorcier?

— Ce sont eux qui ont inventé le scanneur.

— Je ne comprends pas. Russell travaille pour leur entreprise.

Mon père hésita.

— La prochaine chose que je vais te dire est très secrète. C'est important que tu n'en parles à personne. Ni à James ou à Alexis, ou à aucun de leurs homologues dans le monde réel.

— Je comprends.

— Russell est un agent double. Les Lapras croient qu'il nous espionne, alors qu'en réalité, il travaille en étroite collaboration avec le Conseil.

— Tu es certain que ce n'est pas un agent triple ? Serait-il possible qu'il travaille en fait pour les Lapras ?

Le souvenir de la façon dont il m'avait séduite même s'il savait que j'étais avec Jimmy m'assaillit. Par ailleurs, j'avais de vagues souvenirs d'avoir flirté avec lui dans le monde des sorciers. Il était frustrant de ne pas pouvoir me rappeler des détails de notre relation. Pour ce que j'en savais, c'était un amant.

— Quand tu rencontreras Cleo, tu te rendras compte qu'il serait impossible de la tromper. Elle a une confiance absolue en Russell.

— Est-ce qu'il travaille pour la compagnie de scanneur pour la surveiller ?

— Oui. Nous y avons maintenant accès, mais avant elle appartenait aux Lapras et ça leur donnait un énorme avantage sur nous. Ils pouvaient arriver aux gens qui avaient des gènes supplémentaires avant nous. Et une fois que les Lapras avaient activé quelqu'un, ils leur disaient toujours que leur mode de vie était le seul.

— Quel est le mode de vie des Lapras ? demandai-je.

— Ils se considèrent comme des êtres supérieurs, les dirigeants naturels de l'humanité. Leurs gens cherchent iné-vitablement des positions de pouvoir dans les gouvernements, l'armée, les industries. La plupart des sénateurs ou membres du Congrès à Washington ont leur soutien ou en font eux-mêmes partie.

— Papa, je suis désolée, tu commences à me perdre.

— Tu ne crois pas qu'il y a des sorciers et des sorcières avides de pouvoir ?

— Je suppose. Les personnes maléfiques semblent toujours faire le plus d'argent et se faire élire aux plus hautes fonctions. Je ne suis pas naïve, je sais que l'humanité est égoïste. C'est juste difficile d'imaginer une énorme conspiration qui travaille secrètement pour conquérir le monde.

Mon père fit un geste vers les lumières du Strip.

— Tu as eu la chance de te promener dans le monde des sorciers avant d'arriver ici. Que penses-tu de notre autre dimension?

— Franchement, ce que j'ai vu m'a donné la chair de poule.

— Pourquoi?

— Les gens semblent avoir peur de leur ombre. Ils s'inquiétaient tous de savoir si j'étais connectée ou non.

— Savaient-ils ce à quoi tu étais connectée?

— Je ne sais pas, je ne suis pas certaine.

Mon père hocha la tête.

— Prenons une leçon de l'histoire. En Italie, dans les années qui ont suivi la Seconde Guerre mondiale, après que Mussolini a été tué, des criminels se sont réunis et ont formé ce qu'on a ensuite connu comme la Mafia. Bien sûr, ça existait avant la guerre, mais à partir du milieu des années 40, c'est devenu tellement gros, que c'est devenu plus puissant que le gouvernement officiel. Penses-y un instant. L'Italie avait une constitution, c'était une nation démocratique. Il y avait des élus, et tout le monde votait pour l'adoption des lois. Pourtant, l'homme moyen n'avait aucune foi en ces lois. La police et les fonctionnaires qui étaient censés les appliquer étaient corrompus. Si quelqu'un réclamait la justice, il devait aller à la Mafia. Mais à cette époque, on ne prononçait même pas le mot Mafia à voix haute. Elle était tellement puissante qu'on craignait de le faire. Mais si les gens avaient besoin d'aide dans leurs affaires, ou si l'on avait nui à quelqu'un dans leur famille, ils couraient vers la Mafia, et la Mafia s'en occupait.

— Papa. J'ai vu *Le parrain*.

— Qui traitait de la Mafia américaine et qui n'était qu'une ombre de son prédécesseur au-delà des mers. Ce que tu as éprouvé ce soir en marchant dans le monde des sorciers, c'était ce qu'on ressentait quand on vivait en Italie après la guerre. Dis-moi, lorsque tu étais à l'extérieur cette nuit, as-tu été accostée ?

— Comment le sais-tu ?

— Je l'ai senti. Qu'est-ce qui s'est passé ?

— Trois types ont tenté de m'agresser. Ils auraient pu essayer de me violer si je leur en avais donné la chance.

— Qu'as-tu fait ?

— Je les ai combattus.

— Étais-tu surprise ? D'être capable de les combattre ?

— Bien sûr.

— Je parie que ça les a surpris aussi. Avant que ces types t'attaquent, ont-ils d'abord essayé de savoir si tu étais connectée ?

— Oui.

— Que leur as-tu dit ?

— Je ne savais pas quoi dire. C'est arrivé tellement vite. Mais après que je les ai réduits en bouillie, ils ont cessé de m'appeler « jolie sœur » et ont commencé à m'appeler « Mère ».

— « Mère » se réfère à une femme connectée. Ils m'auraient appelé « Père ». Ce sont des expressions des Lapras, mais le public ne peut pas nous différencier.

— Mais ils connaissent votre existence ? demandai-je.

— La population en général est devenue sensible aux gens de pouvoir, et elle a appris à les craindre. Voilà le travail des Lapras. Dans ce monde, en surface, notre nation a la même constitution que le gouvernement des États-Unis. Un nombre identique de sénateurs, de membres du Congrès et de juges de la Cour suprême. Pourtant, quelque chose de semblable à la Mafia a pris le relais, et la personne moyenne sait que c'est plus puissant que le gouvernement. Peu en parlent, ils ont trop peur. Surtout ici, à Las Vegas.

— Qu'est-ce qui est si spécial à propos de Vegas?

— Les Lapras ont beaucoup de gens d'ici.

Je frissonnai.

— Je préférerais ne pas avoir à passer autant de temps ici.

— Le monde des sorciers a des avantages sur le monde réel. Tes pouvoirs vont se développer ici beaucoup plus rapidement et ils te seront utiles dans tes déplacements.

— En faisant peur aux gens? demandai-je.

— Tu n'auras pas à faire cela. Mais il doit maintenant être évident pour toi que les Lapras se sont d'abord concentrés à prendre le contrôle du monde des sorciers. C'est pourquoi ce monde est devenu un endroit sombre. Pourtant, ce qu'ils font ici cause aussi des dommages dans le monde réel.

— Donne-moi un exemple, dis-je.

— Prenons mon travail comme médecin dans le monde réel. Savais-tu qu'il y a 60 ans, je traitais le cancer de trois façons : avec la chimiothérapie, la chirurgie et la radiothérapie? Maintenant, plus d'un demi-siècle plus tard, si je me sers d'autre chose que de ces trois méthodes pour guérir un patient, je perdrai mon permis d'exercer et j'irai probablement en prison.

— Vraiment?

— Effrayant, n'est-ce pas?

— Oui. Mais qu'est-ce que ça a à voir avec les Lapras?

— Ils voient les êtres humains normaux comme des êtres inférieurs. Ils ont l'intention d'être la prochaine forme de vie dominante sur cette planète. Ils ne veulent pas que les humains vivent longtemps et en bonne santé.

— Donc, ils jouent avec notre système de santé?

— Ils maîtrisent complètement l'American Medical Association et la FDA.

— Est-ce qu'ils projettent de faire disparaître les gens ordinaires? demandai-je.

— Peut-être. À tout le moins, ils veulent que l'humanité soit sous leur contrôle. C'est pourquoi ils ont envahi le monde des sorciers. Ça leur donne une longueur d'avance quand il est question de prendre en charge le monde réel.

Mon père fit une pause.

— Voilà pourquoi il faut les arrêter.

— Tu ne blâmes certainement pas les Lapras pour tous nos problèmes?

— Pas du tout. Mais ils empêchent les hommes et les femmes de bonne volonté de résoudre les problèmes auxquels sont confrontés les deux mondes. Ils empoisonnent tous les niveaux de la société.

Je hochai la tête.

— J'aurais préféré que tu ne me dises pas toutes ces choses.

— C'est important que tu sois au courant.

— Pourquoi?

— Parce que tu peux nous aider. Il est possible que tu puisses nous aider beaucoup plus que tu ne le crois.

— Qu'est-ce que tu racontes? demandai-je.

— Ta fille. Lara.

— Ma fille est un bébé. Ce n'est pas une sorte d'arme.

— Elle est née avec 10 gènes de sorcière.

— Je pensais que personne ne les avait tous.

— Lara est la première.

Je sentis la colère monter en moi.

— Alors, si elle était si importante pour toi et ton fichu Conseil, comment se fait-il que vous ayez laissé les Lapras la prendre?

Mon père ne répondit pas tout de suite. Il se retourna et regarda par la fenêtre le spectacle de lumières colorées. À ce moment précis, je perçus le poids de son âge. Son corps n'était pas las, mais son âme l'était peut-être.

— Je me souviens de la nuit où Lara nous est venue, dit-il enfin. Il y avait une pleine lune dans le ciel, directement au-dessus de nos têtes, et le monde entier paraissait baigné d'une douce luminosité. La lumière semblait venir d'un royaume céleste. Il y avait aussi de la musique; pas un son que j'entendais avec mes oreilles, mais une vibration intérieure qui me remplissait d'une joie incroyable. Je croyais que c'était mon imagination — les rêves exaltés d'un grand-père. Mais quand j'ai parlé aux membres du Conseil, ils ont dit qu'ils avaient ressenti la même chose. Lorsque Lara est née, on aurait dit qu'un être exceptionnel entrait dans le monde.

— Tu me fais peur, papa.

— Pourquoi?

— Tu parles comme un fanatique religieux.

Il sourit.

— Peut-être en suis-je un. Mais Cleo ressentait la même chose que moi et elle ne s'émeut pas facilement. Secrètement, elle a nommé l'enfant Isis, un ancien nom pour la mère divine. Isis était la déesse égyptienne originelle. La légende veut qu'elle baigne ses dévots d'une lumière blanche de guérison au moment de la mort.

— Cleo croit-elle que cette lumière active les gènes de sorcier pendant l'expérience de la mort?

— Une vision astucieuse. Cleo dit que c'est de cette façon que l'expérience de la mort nous pousse à un niveau supérieur dans l'évolution humaine.

Je hochai la tête.

— Je ne sais pas. Si cette Cleo était si sage, pourquoi n'a-t-elle pu protéger mon bébé?

— Tu étais fortement gardée. Le Conseil vous observait toutes les deux nuit et jour. Mais la septième nuit, quelque chose d'étrange s'est produit, quelque chose que nous n'avions jamais connu. Un nuage rouge a semblé descendre sur la maison où vous vous trouviez. C'était probablement plus mental que physique, mais à cause de lui, la lumière des étoiles s'est affaiblie et la lune a disparu. Soudain, nous étions tous désorientés, et aucun de nous ne savait exactement où vous étiez, toi et Lara. Nous avons paniqué de plus en plus et nous avons continué à fouiller la maison, mais nous n'avons pu trouver trace de l'une ou de l'autre. Lorsque le nuage rouge s'est enfin levé, à l'aube, nous nous sommes rendu compte que quelqu'un s'était faufilé dans la maison et avait pris l'enfant.

J'essuyai les larmes sur mes joues. La perte m'était revenue avec presque la même douleur qu'avant. Je devais lutter pour respirer.

— Mais votre Conseil est si ancien, si sage. Ils doivent avoir une théorie sur la façon dont c'est arrivé.

— Pose-leur la question quand tu les rencontreras demain.

— Je vais le faire. Quel âge a maintenant Lara?

— Elle doit avoir près d'un mois.

Je hochai tristement la tête.

— Elle est née à peu près au même moment que le bébé de Jimmy.

— Les Lapras l'ont pris aussi.

Je faillis sauter de mon siege.

— Qu'est-ce que tu racontes? Le bébé de Jimmy est mort.

— Ils se sont tout simplement arrangés pour que Jimmy le croie.

— Comment?

— Ils ont volé le bébé de quelqu'un d'autre, ils l'ont tué et lui ont remis le corps. À cet âge, plusieurs bébés se ressemblent. Ils n'ont pas eu à utiliser un scénario élaboré pour tromper Jimmy et Kari.

— Comment ont-ils pu faire une telle chose? haletai-je.

— Les Lapras feraient n'importe quoi pour arriver à leurs fins. Ils semblent être dépourvus d'empathie.

— Pourquoi ont-ils pris nos bébés?

— Ils ont pris Lara parce qu'ils ont réussi à scanner ses cellules et ont découvert qu'elle possédait tous les gènes. Ils la voient comme une alliée potentielle.

— Un bébé d'un mois.

— Les Lapras pensent à long terme.

— Pourquoi ont-ils pris le bébé de Jimmy et de Kari?

— Probablement pour manipuler Jimmy pour qu'il fasse de la pression sur toi — quand le temps sera venu.

— Qu'est-ce que ça veut dire?

— Les Lapras savent que nous allons essayer de reprendre Lara. Plus ils peuvent exercer de pression sur Jimmy, mieux c'est. Rappelle-toi, il est seulement au courant de Huck. Seul James est au courant de Lara. Lara ne signifie rien pour Jimmy.

— Mais quand je lui expliquerai qu'elle est sa fille…

— Nous verrons, dit mon père.

Il jeta un coup d'œil à sa montre.

— Russell devrait bientôt être de retour.

— Quelle sorte de course lui as-tu fait faire?

— Ça concerne Lara. Mais laisse-le t'expliquer comment ça s'est passé quand il reviendra.

— Russell a paru bouleversé que je me retrouve à la morgue. Mais il semble que c'était ce que vous vouliez — que je me fasse kidnapper et larguer dans la chambre froide. Qu'est-ce qui n'a pas marché?

— Les Lapras t'ont kidnappée de la chambre froide avant que nous puissions y arriver.

— Je suppose que vous me gardiez fortement? dis-je d'un ton sarcastique.

Il baissa la tête.

— Nous avions pris toutes les précautions.

— Je suis désolée, papa. Je n'ai aucun droit de m'en prendre à toi de cette façon.

— Non. Nous le méritons.

Il paraissait malheureux.

— Je suis médecin, et tu es ma fille. Le Conseil m'avait donné la responsabilité de te réanimer. Nous étions quatre dans une camionnette. Nous savions quand tu avais été placée dans la chambre froide et quand l'hypothermie te ferait perdre connaissance. Nous avions aussi deux personnes à la chambre froide. Elles braquaient une caméra sur toi et elles nous envoyaient une retransmission en direct de tous tes gestes.

— Vous m'avez vue parler au bœuf et utiliser le crochet pour briser les charnières?

— C'était très intelligent. Mais je suis ton père, et te regarder souffrir était de la torture. En même temps, si tu t'étais échappée, nous aurions dû tout recommencer.

— Que s'est-il produit ensuite? demandai-je.

— Nous avons perdu notre ligne directe. Nous avons essayé d'appeler les hommes qui gardaient la chambre froide, mais personne ne répondait. Puis, il est arrivé la même chose que la nuit où Lara a été enlevée. Une brume rouge est venue, et nous avons eu de la difficulté à communiquer les uns avec les autres. On aurait dit que nous parlions une langue étrangère que nous n'avions jamais entendue auparavant. Puis, nous nous sommes perdus.

— En chemin vers la chambre froide?

— Je sais que ça paraît impossible. Je connais toutes les rues dans cette ville. Mais peu importe la direction que nous prenions, nous revenions constamment à la même place.

— Où?

Il haussa les épaules.

— Nulle part. Nous tournions en rond. Ça a duré des heures. Ensuite, comme si un voile s'était levé, nous avons su où aller. Mais quand nous avons atteint la chambre froide, tu étais partie et nos partenaires étaient morts, égorgés. Ils avaient été assassinés.

— C'étaient tes amis?

— Oui.

— Je suis terriblement désolée.

Je m'arrêtai.

— Je comprends comment j'ai gelé à mort dans le monde réel. Mais quand je me suis réveillée ici, dans le monde des sorciers, j'étais aussi gelée. Qui m'a placée dans la chambre froide ici?

Mon père hésita.

— Ce devait être les Lapras.

— Et ils m'ont congelée exactement au même endroit?

Avant qu'il puisse répondre, on frappa à la porte, quatre coups rapides. Nous nous levâmes tous les deux.

— Oui? répondit mon père.

— C'est moi, répondit Russell.

Mon père le laissa entrer et lui demanda immédiatement comment ça s'était passé. Russell paraissait heureux.

— Excellent, dit-il.

— De quoi parlez-vous? demandai-je.

— Tu dois faire un appel téléphonique, dit Russell.

— À qui?

— Aux Lapras, dit Russell.

— Hein?

Je crus que j'allais être malade.

Mon père regarda sa montre.

— C'est une situation complexe. C'est préférable que le Conseil te l'explique demain.

— Pour l'instant, les Lapras ont contacté Russell, et à travers lui, ils ont clairement fait savoir qu'ils veulent te rencontrer.

— Pourquoi? demandai-je.

Mon père répondit.

— Lara est bouleversée d'avoir été enlevée à sa mère. Et il semble qu'elle rend la vie dure à ses ravisseurs.

— Comment? Est-ce qu'elle pleure sans arrêt? demandai-je.

Russell sourit.

— Je pense qu'elle fait bien pire.

Mon père tendit le bras vers le téléphone.

— L'aube approche. Nous devons les appeler bientôt.

Je hochai la tête.

— S'il te plaît, ne me précipite pas.

— L'appel ne doit pas nécessairement être long, dit Russell. Tout ce qu'ils veulent que tu fasses, c'est d'accepter de les rencontrer à un certain moment et dans un certain lieu. Essaie de fixer la réunion vers minuit. C'est-à-dire minuit dans le monde des sorciers.

— Pourquoi ? demandai-je.

— Ainsi, tu pourras rencontrer le Conseil en premier, dit mon père.

J'essayai de penser vite.

— Est-ce que vous savez où est Lara ?

— Je t'ai dit qu'elle était à Las Vegas, dit mon père.

— Comment peux-tu en être sûr ? avançai-je.

— Las Vegas est leur principal centre de pouvoir, dit mon père. Il n'y a pas si longtemps, le gouvernement testait des armes atomiques dans le désert non loin d'ici. Il y a plusieurs années, on devait réduire ces tests, mais ils se poursuivent toujours. Du moins, sous terre. Les Lapras ont un intérêt majeur dans les radiations artificielles parce qu'ils conduisent à la mutation, et la mutation mène à l'évolution, même si la plupart des mutations sont de type négatif. Les Lapras ne s'en soucient pas, tout ce qu'ils souhaitent, c'est de créer plus de personnes avec des gènes de sorcier. S'ils doivent en détruire cent pour en obtenir une, ils sont heureux.

— Tu veux dire qu'ils exposent délibérément les gens normaux aux radiations ? demandai-je.

— Oui, dit mon père. C'est une longue histoire. Nous n'avons pas assez de temps pour te l'expliquer. Tu devras simplement nous faire confiance, nous savons qu'ils vont garder Lara à Las Vegas. En outre, le Conseil peut sentir qu'elle est ici, même si nous ignorons exactement où elle se trouve.

— Pourquoi est-ce que tu ne le sais pas ? persistai-je.

— Ils la déplacent constamment, dit Russell.

— Attends, dis-je, en me tournant vers Russell. Est-ce que c'est toi qui les as contactés pour qu'ils me parlent ou est-ce que ce sont eux qui l'ont fait ?

— Ils m'ont contacté, dit Russell.

— Faisons l'appel, dit mon père.

— Attendez! Qu'est-ce que Lara fait pour les obliger à me contacter?

Mon père haussa les épaules et se tourna vers Russell.

Russell parla avec prudence.

— Il semble que Lara soit une enfant particulièrement consciente, et elle veut que sa mère revienne. Pour la garder heureuse, les Lapras disent qu'ils sont prêts à travailler avec toi.

J'étais déconcertée.

— Pourquoi est-ce que ça les dérange que ma fille soit malheureuse? Ils ne me paraissent pas très sensibles.

— Nous croyons, répondit Russell, qu'elle leur fait payer pour ce qu'ils ont fait. Voilà notre meilleure estimation.

— Payer comment? demandai-je.

— Nous l'ignorons, dit mon père, de plus en plus impatient.

Je voyais que j'y allais trop fort. Je pointai vers le téléphone.

— Bien. Allez-y. Faites l'appel, dis-je.

Mon père tendit le téléphone à Russell qui composa rapidement le numéro de mémoire.

— Moins tu parles, mieux c'est, dit Russell. Beaucoup d'oreilles sont à l'écoute à l'autre bout. Mets-toi juste d'accord sur le moment et le lieu et raccroche.

— D'accord, acceptai-je, me sentant très nerveuse.

Russell termina la composition. J'entendis sonner. Quelqu'un répondit. Russell commença à parler.

— Bonjour… Oui, c'est moi… Oui, je sais quelle heure il est… Ouais, elle est juste ici… Elle a accepté de collaborer… Bien sûr… Oui… Vous pouvez lui parler maintenant.

Russell me remit le téléphone. Je m'efforçai d'empêcher ma main de trembler.

— Bonjour? dis-je.

Un homme avec une voix envoûtante se mit à parler. Il semblait à peine humain ; ses mots auraient pu être créés par voie électronique. En même temps, il était très persuasif.

— Bonjour, Jessica Ralle. C'est un plaisir d'enfin vous parler. J'ai beaucoup entendu parler de vous.

— Qui est-ce ?

— Je m'appelle Frank.

— Frank. Est-ce vous qui avez volé mon enfant ?

Je crus l'entendre sourire, si une telle chose était possible par téléphone.

— Nous ne l'avons pas volée. Nous l'avons simplement déplacée dans un endroit plus sûr. Vous êtes libre de lui rendre visite autant que vous le voulez. Si nous avons bien compris, vous aimeriez que l'on se rencontre pour discuter de son avenir.

Penché assez près pour entendre, Russell hocha la tête.

— Oui, dis-je. Mais je veux vous rencontrer dans un endroit public de mon choix.

— Nous nous rencontrerons là où nous choisirons de le faire, interrompit Frank. Nous passerons vous prendre, vous et Russell, devant le Mirage à minuit, demain soir — ce fuseau horaire. Compris ?

— Non. Je veux…

— Ce n'est pas négociable.

Je me sentais frustrée, mais Russell indiqua que je devais accepter la rencontre.

— Je suis d'accord sur vos termes à deux conditions. D'abord, Lara doit être avec vous quand vous venez me chercher. Sinon, je ne monte pas dans la voiture.

— Elle sera là, je le promets, dit Frank.

— Deuxièmement, je veux lui parler maintenant.

— Lui parler ?

— Oui. Donnez-lui le téléphone.

— C'est un bébé. Elle ne peut pas encore parler.

— Amenez-la au téléphone ou la rencontre est annulée. Et ce n'est pas négociable.

Il se passa un moment, pendant que Frank sembla déplacer le téléphone.

Soudain, j'entendis un roucoulement délicieux. C'était juste un babil enfantin, un pur non-sens, et chaque cellule de mon corps s'anima.

— Lara, c'est ta maman ! m'épanchai-je. Maman va te voir très bientôt ! C'est promis !

Le roucoulement cessa.

Frank revint sur la ligne.

— Êtes-vous satisfaite ? demanda-t-il.

— Je serai satisfaite quand j'aurai ma fille.

— Alors, venez à la rencontre avec un esprit ouvert.

Frank accrocha. Russell sourit et leva le pouce. Mon père tendit la main et m'embrassa. Il toucha ma joue et essuya une larme. Je ne comprenais toujours pas pourquoi il m'avait laissé grandir sans père. J'avais besoin de savoir qu'il m'aimait.

Pourtant, j'avais senti son amour même alors.

— Bien joué, Jessica, dit-il.

Je me mis à pleurer.

— Je veux juste la ravoir. Peu m'importe ce qu'il faut.

Mon père hocha la tête.

— Nous ferons tout ce qu'il faut.

CHAPITRE 11

L e lendemain matin, je me réveillai sur un banc à trois
pâtés de maisons du Strip et à six du MGM. Je marchai jusqu'à l'hôtel, me demandant pourquoi les Lapras
avaient choisi de me larguer dans un endroit aussi quelconque.
Pendant que je marchais, j'essayais d'imaginer ce que j'allais dire
aux autres. Je supposai qu'ils seraient heureux de me voir, mais
tout de même furieux.

J'avais raison.

Dès que je franchis la porte de mon hôtel, hésitante, et que je
les saluai tous de la main, ce fut comme une explosion. Des vagues
d'accolades et un feu roulant de questions suivirent rapidement.
Tout le monde semblait parler en même temps, et j'étais incapable de
placer un mot. Bien sûr, ils voulaient savoir où diable j'avais disparu.

Je débitai le discours que j'avais préparé. Et je fis attention de ne pas en dévier.

— Je suis désolée de vous avoir effrayés hier quand j'ai disparu. Je ne l'avais pas prévu. Et ce n'est pas parce que j'avais envie de vous faire peur que je ne vous ai pas appelés. Vous le savez, je ne suis pas du genre hystérique. Mais il s'est passé quelque chose, et je dois en discuter en privé avec Jimmy. Et, non, je n'étais pas avec un autre gars. C'est compliqué. Je vous expliquerai tout dès que Jimmy et moi aurons parlé. D'accord?

Alex leva la main.

— Excuse-moi, agent 007. Jette un coup d'œil à mes yeux. Remarque qu'ils sont injectés de sang. Vérifie ceux de Debbie et de Jimmy. Tu verras qu'ils sont tout aussi rouges. Personne d'entre nous n'a pu relaxer depuis ta disparition. Je ne sais pas pour les autres, mais j'estime que je mérite infiniment plus que le stupide discours préparé que tu viens de nous faire.

— Absolument, dit Debbie.

— Tu viens de nous faire vivre un enfer, dit Ted.

Je levai la main.

— Je vous en dirai plus un peu plus tard. Mais c'est important que je parle à Jimmy en premier.

— Je suis ta meilleure amie, dit Alex.

— Je pensais être sa meilleure amie, dit Debbie.

— Jessie s'arrange pour que tu le croies, dit Alex.

Al, la nouvelle conquête d'Alex, se leva. Alex nous avait déjà été présenté; ça semblait être un bon gars. Physiquement, il était loin d'en imposer. Plutôt court, il faisait un peu d'embonpoint, avec un visage de bébé et de longs cheveux bruns emmêlés. Pourtant, il y avait une force dans sa voix, et il était évidemment très intelligent.

— Je pense que nous devrions laisser Jessie parler quand elle sera prête à le faire. Un week-end à Las Vegas, ce n'est pas évident pour moi et je ne veux pas perdre de temps à m'inquiéter de savoir où elle était. Alors, faisons ce que veut Jessie et laissons tomber.

Alex foudroya Al du regard avant de se diriger vers sa chambre à pas lourds.

— Elle n'est pas trop matinale, dis-je pour essayer de le rassurer.

— Il lui arrive d'être un amour environ une heure toutes les deux semaines, ajouta Debbie.

Jimmy me frotta les épaules.

— Que veux-tu pour le petit-déjeuner? demanda-t-il.

— Du café, du bacon, des œufs brouillés, des saucisses, du pain de blé, dis-je.

Jimmy tendit la main vers le téléphone, mais il jeta ensuite un coup d'œil dans la pièce — la température de la suite était encore assez élevée — et il parut changer d'avis.

— Allons manger en bas, proposa Jimmy.

J'acceptai. Je m'habillai rapidement et je sortis de la chambre avec Jimmy avant que quelqu'un d'autre ait le temps de me faire un autre discours. J'étais franchement reconnaissante au nouvel ami d'Alex. Al semblait le plus calme du groupe. À notre départ de la suite, il était en train d'appeler la police pour leur dire que Jessica Ralle était revenue saine et sauve et qu'elle ne faisait plus partie des personnes disparues.

Pour que nous puissions tout simplement apprécier notre nourriture, je suppliai Jimmy de ne pas me poser de questions pendant le repas. Patient comme toujours, il se plia à ma volonté. Je crois qu'il était soulagé de me voir saine et sauve, et pour le moment, il n'était pas d'humeur à m'enguirlander. En même temps, je savais que sa patience avait ses limites. Je devrais répondre à ses questions.

Il était impossible qu'il croie mon bizarre récit à moins que je lui démontre clairement mes pouvoirs. J'étais prête à le faire pour lui, mais je n'étais pas certaine de ce que représentaient mes sept gènes de sorcière. À part de me dire que j'avais un potentiel de guérisseuse, mon père était demeuré muet sur le sujet.

Je me savais forte et rapide, et intuitive d'une certaine manière. Mais j'ignorais le temps qu'il faudrait pour que mes pouvoirs se manifestent pleinement. Mon père avait laissé entendre que ça pourrait prendre des années, et qu'ils change-raient au fil du temps.

J'étais affamée. Je me gavai et je fus heureuse de découvrir que je n'avais pas mal au ventre. Jimmy leva un sourcil quand je terminai la plus grande partie des œufs brouillés et du pain grillé, ses deux aliments préférés du matin.

— Je peux toujours en commander d'autres, lui dis-je.

Il sourit.

— C'est amusant de te voir manger.

— Amusant?

— As-tu déjà entendu dire que les gars sont excités par les femmes qui ont d'énormes appétits?

— J'ai déjà lu ça. C'est simplement que je ne t'ai jamais classé dans la catégorie d'un mec normal.

— Je le prends comme un compliment. Que veux-tu faire aujourd'hui?

— Louer une voiture et sortir à plus de 100 kilomètres de la ville.

— Je suis désolé, mais je ne crois pas pouvoir me le permettre.

Je fis un geste de la main.

— Ne t'inquiète pas à propos de l'argent. Je te l'ai dit quand nous étions au lac, j'ai eu de la chance à la table de blackjack.

— Ouais? Je me souviens seulement des cadeaux qu'un inconnu t'a donnés. Combien as-tu gagné?

— Beaucoup. Nous en parlerons après être sortis d'ici. Pour l'instant, je dois savoir si tu as eu des nouvelles de Kari.

Le visage de Jimmy s'obscurcit.

— Elle est toujours en ville. Elle a téléphoné, et quand je lui ai annoncé que tu avais disparu, elle n'a pas paru surprise. Elle a dit que tu reviendrais, mais que probablement je ne te reconnaîtrais pas. Ensuite, elle a raccroché.

Un autre signe que Kari connaissait le monde des sorciers. Mais comment? Qui l'avait connectée? Après mon appel avec Frank, mon père et Russ m'avaient révélé que Kari n'avait que deux gènes de sorcière et que deux était le minimum pour qu'elle se réveille dans l'autre dimension. Pourtant, ils m'avaient donné l'impression que la plupart des gens avec deux gènes avaient du mal à faire le saut.

J'espérais que Kari n'était pas en contact avec les Lapras. Ça n'avait pas de sens qu'elle se soit lié d'amitié avec eux. Après tout, ils avaient volé Huck. Mais peut-être qu'ils l'avaient atteinte en premier et qu'ils avaient mis le blâme sur les Tars. Ce n'était pas une bonne chose. Je comptais sur l'aide de Kari. Nous avions toutes les deux le même objectif — nous voulions toutes les deux le retour de notre enfant.

Jimmy m'examinait pendant que je réfléchissais à ces problèmes. Mon père avait dit que Jimmy avait cinq gènes de sorcier au total. C'était un fonceur. Pourtant, mon père avait rejeté l'idée de faire vivre l'expérience de la mort à Jimmy.

— Il y a des chances qu'il ne survive pas, avait dit mon père.

— Pourquoi? avais-je demandé.

— Il n'a pas le gène de guérison.

— Mais tu as dit que ce n'était pas tout le monde qui en avait besoin pour que leurs autres gènes soient activés.

— C'est vrai. Mais même là, je serais réticent à amener Jimmy aussi proche de la mort ; et je suis chirurgien cardiaque et un expert en réanimation. Il est trop précieux pour le Conseil pour prendre le risque.

— Parce qu'il a beaucoup de gènes ?

— C'est une raison. Il y en a d'autres.

De retour au petit-déjeuner, Jimmy continuait de m'examiner.

— Kari a-t-elle quelque chose à voir avec ta disparition ? demanda-t-il.

— Non, pas directement. Mais elle est reliée à des trucs qui se passent dans ma vie.

— Comment ?

— Je te le dirai dans la voiture.

Je me levai de la table.

— Peux-tu me donner quelques minutes ? Je dois aller chercher quelque chose dans le coffre-fort de l'hôtel.

— Quoi ?

— De l'argent.

Je me penchai et je l'embrassai.

— Je ne serai pas partie longtemps.

J'avais une carte de débit de la Bank of America qui me servait aussi de carte de crédit Visa. Le problème, c'était que je n'avais presque pas d'argent dans le compte. Mais l'hôtel avait des guichets automatiques qui permettaient d'effectuer des dépôts instantanés dans un compte avec de l'argent comptant. C'était la raison pour laquelle je tenais à me rendre à mon sac d'argent. Je voulais mettre de l'argent dans mon compte pour pouvoir utiliser ma carte afin de louer un VUS à quatre roues motrices confortable avec beaucoup de puissance.

Je réussis à obtenir un Ford Expedition. Le gars au comptoir de Hertz me dit que c'était la meilleure sur les terrains hors route.

C'était ce qui m'importait le plus. Je n'expliquai pas à Jimmy pourquoi je voulais la puissance supplémentaire jusqu'à ce que nous soyons dans le véhicule en direction vers l'extérieur de la ville. Je le laissai conduire, il aimait rouler pendant de longues distances.

— Tu te souviens au début du quatrième film d'Indiana Jones ? dis-je. Comment Indy avait abouti dans une ville fabriquée utilisée pour mesurer les effets des bombes nucléaires sur des maisons, des bancs, des arbres — des trucs normaux en fait ?

— Bien sûr. Je me rappelle aussi comment Indy lui-même s'était sauvé d'une explosion nucléaire en se cachant dans un réfrigérateur. J'ai toujours voulu envoyer une note à Spielberg pour lui faire remarquer que c'était impossible.

Je ris.

— Hé, c'était une scène amusante. Qui se soucie si elle était réaliste ? La raison pour laquelle j'en parle, c'est que ces villes existent encore dans le désert. Savais-tu que dans les années 50, c'était un passe-temps favori à Las Vegas d'aller sur le balcon de l'hôtel et de regarder l'armée faire exploser une bombe nucléaire ? Les gens voyaient le champignon atomique et sentaient la chaleur de l'explosion sur leurs visages. Ils n'étaient pas du tout inquiets au sujet des radiations.

— Je suppose que beaucoup de ces gens ont eu le cancer plus tard, conclut Jimmy.

— C'est possible.

Jimmy me regarda.

— Ne me dis pas que tu veux visiter ces villes ?

— Oui.

Jimmy renifla.

— Peux-tu imaginer un pire endroit à explorer ? Il y a des traces de particules radioactives dans le sable. Est-ce qu'on ne pourrait pas aller à un endroit un peu plus sain ?

Je tendis le guide touristique que j'avais acheté à la boutique de souvenirs de l'hôtel.

— J'ai lu à ce propos. Le rayonnement de fond est plus élevé que la normale, mais ce n'est pas censé être dangereux si l'on ne reste pas trop longtemps.

— Est-ce que cette envie de visiter ces villes a quelque chose à voir avec ta disparition ? demanda-t-il.

— Oui. Continue à rouler et je t'expliquerai lorsque nous arrêterons.

— J'aimerais que tu laisses tomber le suspense, dit-il.

Je regardai par-dessus mon épaule pour m'assurer que nous n'étions pas suivis.

— Ce que je dois te dire ne va pas être facile à avaler. Nous aurons besoin d'un endroit totalement privé, et tu devras avoir l'esprit ouvert.

— Tant que nous ferons l'amour quand tu auras fini de parler.

Je tendis la main et j'ébouriffai ses cheveux.

— T'es mon champion.

Pendant que nous roulions, ma mère appela sur mon cellulaire. Elle voulait savoir comment était Las Vegas. Je n'étais pas surprise que le secret soit déjà sorti du sac. Ma mère ne semblait pas dérangée le moins du monde. En fait, elle parut heureuse d'entendre que j'étais avec Jimmy. Elle l'avait toujours aimé. Mais alors, je gâchai les choses en lui révélant que j'avais parlé à mon père.

— Il t'a appelée ? demanda-t-elle.

— Ouais. Ne t'énerve pas. Il a présenté ses excuses pour ne pas être venu à la cérémonie de remise des diplômes. Il m'a dit qu'il se rattraperait.

— Comment ?

— En payant mes études universitaires.

Ma mère soupira.

— J'ai déjà entendu ça. J'espère que tu prends tout ce qu'il a dit avec un grain de sel.

— C'est pas comme ça que ça s'est passé, maman. Nous avons eu une très bonne conversation. Beaucoup de choses sont plus claires pour moi maintenant. Il n'est pas l'homme que tu crois.

— Alors, pourquoi ça lui a pris quatre ans pour t'appeler?

— C'est compliqué. Ce n'est pas quelque chose que je peux t'expliquer au téléphone. Je n'aurais probablement pas dû t'en parler. J'étais simplement heureuse de voir... d'avoir de ses nouvelles.

— Tu m'en parleras quand tu reviendras à la maison Jessie. Mais ne te fais pas de fausses joies.

— Ne t'inquiète pas pour moi, maman, dis-je.

Jimmy me jeta un coup d'œil après que j'eus raccroché.

— Pourquoi ne m'as-tu pas dit que tu avais parlé à ton père? demanda-t-il.

Je haussai les épaules.

— Il y a un million de choses que je dois te dire.

— Tu commences à me rendre dingue, tu sais.

— Fais encore une trentaine de kilomètres, et ensuite range-toi sur le côté de la route.

— Pourquoi?

— D'abord une démonstration, puis mon explication.

Trente kilomètres plus loin, il se gara. Je descendis et je marchai jusqu'à une centaine de mètres de la route. Jimmy me suivit. On aurait dit que le soleil était devenu une nova. Il faisait si chaud que le ciel aurait pu être en feu. Heureusement, nous avions apporté un grand nombre de bouteilles d'eau dans le VUS.

— Ça devrait être suffisamment loin, dis-je en arrêtant.

Nous n'avions pas pris une artère principale pour nous rendre hors de la ville. La circulation était clairsemée. Tout de même, je ne voulais pas que quiconque voie ce que nous allions faire.

Jimmy regarda autour de lui.

— Si tu as envie de faire l'amour de façon déchaînée, je peux penser à des endroits plus romantiques.

— Nous ne sommes pas ici pour baiser. Nous sommes ici pour nous battre.

— Hein?

Je le poussai sur la poitrine.

— Je veux que tu essaies de me battre.

Lorsque je le bousculai, il tenta d'attraper mes mains, mais il manqua son coup. J'étais aussi rapide que j'étais forte.

— Jessie, si c'est ton idée d'une plaisanterie, je ne trouve pas ça drôle.

— Ce n'est pas une blague. Je te l'ai dit, c'est une démonstration.

— De quoi?

— Que je peux te botter le cul!

— Depuis quand?

— Depuis hier.

Je le poussai de nouveau, assez durement pour le faire tomber.

— Lève-toi et défends-toi, monsieur. Et tu peux être certain que si tu ne te bats pas aussi rudement que tu le peux, je vais te faire saigner.

Comme la plupart des gars, Jimmy avait un côté macho et il n'aimait pas être bousculé. Il se leva rapidement et commença à m'encercler, ses poings prêts.

— Et si je te frappe en plein visage ? demanda-t-il. Tu auras des ecchymoses. Comment vais-je expliquer ça aux autres ?

— Tu es trop lent pour me toucher au visage, lui dis-je.

Je m'avançai, je lui giflai le nez et je reculai.

Il cligna des yeux, hébété. Il n'avait sans doute vu de mon attaque qu'un mouvement flou. De plus, son nez saignait à flots, même si je n'avais employé qu'une fraction de ma force.

— Mon Dieu, Jessie ! hurla-t-il.

— Je te l'ai dit. Je ne fais pas ça pour m'amuser. Tu dois me battre. Tu dois t'y donner à cent pour cent.

— As-tu suivi des cours ? demanda-t-il, revenant à son encerclement.

— Des cours de quoi ?

— D'autodéfense. Qui t'a montré à bouger comme ça ?

— C'est pas le mouvement. C'est moi.

— Qu'est-ce que ça veut dire ?

Je restai immobile.

— Attaque-moi. Plaque-moi.

Il s'essuya le nez.

— Je pourrais te faire du mal.

— Fais-le, espèce de fillette !

Pour le mettre encore plus en colère, je lui envoyai du sable en plein visage avec un coup de pied. Il n'y a pas grand-chose de plus irritant que de la poussière dans les yeux. Tout ce qu'on peut faire, c'est de verser de l'eau jusqu'à ce qu'ils soient nettoyés. Mais ma stratégie fonctionna, j'avais certainement piqué le côté macho de Jimmy. En colère, il se lança sur moi.

— Salope ! cria-t-il.

Je ne cédai pas. Je pus seulement imaginer ce qu'il ressentit quand nous entrâmes en collision. On aurait dit que j'étais faite de pierre. Il rebondit et il aurait frappé le sol, mais je l'attrapai avant qu'il tombe et je le soulevai au-dessus de ma tête. Il y avait une dune tout près. Je l'y lançai, en essayant de faire en sorte qu'il atterrisse en toute sécurité. Il parvint à amortir sa chute avec ses pieds et ses mains, mais il gémit quand même de douleur.

Je courus vers le VUS et je revins en quelques secondes avec deux bouteilles d'eau. Je posai sa tête sur mes genoux.

— J'ai de l'eau, lui dis-je. Étends-toi encore et laisse-moi la verser sur tes yeux. Je dois laver la poussière.

— Comment as-tu fait ça? dit-il en haletant, le sang de son nez se mélangeant avec la saleté sur son visage.

— Je t'en parle dans une minute. Essaie de garder les yeux ouverts. Ça y est, l'eau est en train de laver la poussière. Ça va aller.

Pour le nettoyer, il fallut plusieurs minutes et deux bouteilles d'eau supplémentaires, mais ses yeux finirent par se dégager et il put voir sans cligner. En colère, il se leva et voulut savoir ce qui se passait.

— Je suis une sorcière, lui dis-je calmement.

Il trébucha vers le VUS, sa chemise dégoulinant.

— Explique-toi, sinon le rendez-vous va être court, jura-t-il.

Je le pourchassai, et je l'arrêtai en l'attrapant autour de la taille. J'épinglai ses bras contre son corps. Il lutta pour se libérer, mais c'était inutile.

— C'est vrai, mon chéri. Je suis désolée, il fallait que je sois dure avec toi pour bien me faire comprendre. Mais là, je ne pouvais pas penser à une autre façon de te convaincre. Si ça peut te réconforter, dis-toi que mon épreuve a été 1 000 fois pire après avoir été kidnappée.

— Qui t'a enlevée?

— D'autres sorciers.

— C'est insensé!

— Peux-tu bouger?

— Non!

— C'est vrai, tu ne peux pas bouger d'un centimètre. Peux-tu imaginer que j'ai 10 fois ta force? Et je peux augmenter l'intensité.

— Tu me fais mal!

Je le libérai.

— Désolée. C'est tout nouveau pour moi. Je ne connais pas ma force.

Il se laissa tomber dans le sable et il leva les yeux vers moi.

— Commence par le début.

— Tu ne veux pas parler dans l'Expedition climatisé?

Il gémit pendant qu'il se tâtonnait les bras et les jambes pour s'assurer qu'il n'avait rien de brisé.

— Je ne sais pas si je pourrai y arriver.

— Je peux te porter.

Il hocha la tête, agacé, et se leva lentement sur ses pieds.

— Tu n'étais pas obligée de me donner une démonstration aussi fougueuse.

— Je t'ai dit que je suis désolée, dis-je.

Nous nous dirigeâmes vers le VUS, avec Jimmy qui boitait.

— D'abord, il faut que je te dise quelque chose, avant de raconter toute l'histoire.

— Quoi?

— Huck est vivant. Ton fils est vivant.

Je me rendais compte que je courais un terrible risque en amenant le sujet de Huck, surtout au début. Jimmy pourrait se mettre en colère et se fermer complètement. Mais je sentais que je devais prendre le risque. Il me fallait lui causer un choc pour ébranler sa conception des choses. Notre combat l'avait impressionné — mais cela ne l'avait pas préparé à entendre parler de miracles.

Il s'arrêta net.

— Non.

— Tu me connais, Jimmy. Je n'oserais jamais te faire marcher avec une chose pareille. Je sais avec certitude que Huck est vivant. Kari le sait aussi. Ce qui explique ses paroles au bord du lac. Je t'ai dit qu'elle a agi comme si votre fils avait été enlevé. Eh bien, elle ne mentait pas. L'enfant qu'on vous a donné à enterrer n'était pas le vôtre. Vous avez été trompés par des gens vraiment maléfiques.

— Est-ce que ce sont de méchantes sorcières ? demanda-t-il, une note de sarcasme dans la voix.

— Tu peux les appeler comme ça.

Il hésita, évidemment effrayé de permettre à l'espoir de prendre vie en lui. Personne ne comprenait ce sentiment mieux que moi. Les gens voyaient habituellement l'espoir comme une émotion positive, alors que je savais que le plus souvent, c'était un signe avant-coureur de douleur.

— Qu'est-ce qu'elles voudraient obtenir avec Huck ? demanda-t-il doucement.

Je le pris par le bras, je le laissai s'appuyer sur moi pour l'aider à marcher.

— Je vais tout t'expliquer pendant que nous roulons. Tout ce que je te demande, c'est d'avoir une *très grande* ouverture d'esprit. La merde qui m'est arrivée depuis que je t'ai vu hier est presque impossible à imaginer, sans parler d'y croire.

— Tu ne vas pas continuer à me battre, n'est-ce pas ?

— C'était juste cette fois, promis-je.

— Bien. Je vais essayer de garder un esprit ouvert.

Nous montâmes dans le VUS, et fîmes fonctionner le climatiseur au maximum de sa capacité. Cette fois, je pris le volant. Jimmy était trop mal en point pour gérer l'accélérateur et le frein.

Mon explication partit du mauvais pied. Je devais commencer par Russ, et inévitablement, je racontai quelques pieux mensonges au sujet de notre rencontre. Ça n'aurait pas été un problème, sauf que Jimmy pouvait lire dans les pensées, probablement à cause d'un de ses gènes de sorcier et du fait que lui-même était quelqu'un de tellement sincère.

Je racontai à Jimmy comment Alex et moi avions été intriguées par la façon dont Russ jouait au blackjack, en particulier par le fait qu'il gagnait continuellement. Mais Jimmy resta accroché au fait qu'Alex était partie et m'avait laissée seule avec le type.

— Il lui avait donné de mauvais conseils sur une main, dis-je.

— C'est ça? Ce n'était pas sa faute. Personne ne peut prédire comment les cartes vont sortir.

— Justement. Russ savait quand une bonne main venait, ou lorsque le croupier allait sauter.

— Parce qu'il est un sorcier lui aussi?

— Exact.

— Alex savait-elle qu'il était un sorcier?

— Bien sûr que non.

— Alors, pourquoi s'est-elle fâchée parce qu'il ne pouvait prédire quand elle aurait une main gagnante?

— S'il te plaît. Permets-moi de continuer.

Mais il était difficile de continuer, et c'était censé être la partie facile. Quand je lui dis combien d'argent Russ et moi avions gagné, Jimmy hocha la tête et dit qu'il lui faudrait le voir pour le croire. Je lui donnai l'assurance qu'il était dans un sac dans un coffre-fort au MGM. Je l'assurai également que Russ ne me draguait pas, qu'il voulait tout simplement attirer mon attention avec ses capacités uniques. Mais Jimmy commença à se tortiller quand je lui dis comment nous nous étions rencontrés à sa chambre d'hôtel.

— Pourquoi y es-tu allée ? demanda-t-il.

— Ma pièce d'identité était fausse. Je ne pouvais pas réclamer l'argent que j'avais gagné. Il a dû le demander pour moi. Il a pris la majeure partie de l'argent sous forme de chèque, mais il m'a donné 100 000 dollars en espèces.

— Tu viens de dire que tu avais gagné 57 000 dollars.

— Je sais. Mais il m'en a laissé plus.

— Et il ne voulait rien en retour ? demanda Jimmy.

— L'argent ne compte pas pour lui. Il peut en faire autant qu'il en veut.

Je m'arrêtai.

— Jimmy, si tu as des problèmes avec cette partie de mon histoire, alors je devrais arrêter maintenant. Ce n'est rien comparé à ce que je dois te raconter.

— Toi, aurais-tu des problèmes avec une histoire comme ça ?

— Bien sûr.

— Comment se fait-il que tu ne m'aies pas tout raconté hier ? Comme lorsque nous étions au lac ?

— Hier, je n'étais pas au courant de ce qui se passait. Maintenant, je le suis.

Il soupira.

— Bien. Continue.

Je décidai de simplement persévérer et je racontai à Jimmy ma formation au jeu de vingt-deux — la reine rouge. Je lui expliquai le scanneur et la façon par laquelle il pouvait créer une image holographique de l'ADN d'une personne. Ici, Jimmy sembla rayonner. Il avait un intérêt marqué pour la science. Mais je ne mentionnai pas le pelotage avec Russ. Je lui dis que j'avais pris un taxi pour rentrer au MGM et que c'était là que je l'avais trouvé à m'attendre à l'extérieur de ma chambre.

— Tu n'avais pas de sac plein d'argent avec toi, dit-il.

— Je te l'ai dit, je l'avais déjà placé dans le coffre-fort de l'hôtel.

— Continue, dit Jimmy.

Je lui racontai comment j'avais été enlevée par un chauffeur de taxi bizarre et la femme riche avec le Taser. Lorsque j'arrivai à la partie où je m'étais réveillée dans une chambre froide, Jimmy hocha de nouveau la tête, mais je continuai de parler. Je lui racontai ma tentative de fuite du congélateur. Comment j'avais échoué — comment je m'étais blessé la cheville et je m'étais assise pour me reposer. Comment j'avais commencé à somnoler pour finalement m'évanouir.

Je passai au chapitre sur la morgue avec le docteur Dave et la docteure Susan. J'étais effrayée de me souvenir de cette portion et j'espérai que la peur évidente dans ma voix ajouterait du poids à mon histoire. Mais comme son regard se concentrait à l'extérieur du VUS, je ne savais pas si Jimmy m'écoutait.

Arrivée au moment où je m'échappais de l'hôpital, je décidai que mon récit ne serait pas enrichi par ma rencontre avec Wing, Moonshine, et Squat. Je sautai cet épisode et je dis à Jimmy que je m'étais dirigée directement vers l'hôtel de Russ. Mais au lieu de jouer au vingt et un à l'intérieur du casino, tout le monde jouait au vingt-deux.

Et voilà, j'étais allée trop loin, du moins dans son esprit. Il m'arrêta.

— Tu crois honnêtement que tout ça est arrivé, dit-il.

— Ce n'est pas une question de croire. Ça s'est vraiment produit.

— Toute la ville de Las Vegas a renoncé à son jeu favori pour la nuit et a décidé de jouer au vingt-deux au lieu de jouer au vingt et un?

— Ce n'est pas ce qui s'est passé. C'est plus compliqué.

— Non, Jessie. C'est encore plus simple. Jusqu'au moment où tu as rencontré Russ, tout était normal. Mais ensuite, il s'est employé à te séparer d'Alex et dès qu'il l'a fait, ton fantasme a commencé.

— Ce n'est pas un fantasme!

Il me regarda.

— Gare-toi sur le côté de la route.

— Non. Tu n'es pas en état de conduire.

— Tu peux rester au volant, mais d'abord, tu vas écouter. Arrête-toi.

Je fis ce qu'il voulait et nous demeurâmes en silence pendant plusieurs minutes avant qu'il s'exprime de nouveau.

— Jessie, as-tu déjà entendu parler du DOM? demanda-t-il.

C'est l'acronyme d'une drogue beaucoup plus puissante que le LSD. J'ai lu là-dessus dans les journaux récemment. Elle a été créée dans les années 60, mais peu de gens l'ont utilisée à cette époque parce que c'était trop effrayant. Mais maintenant, une version modifiée est apparue et les policiers sont inquiets. La personne sous l'influence de cette drogue peut être tellement convaincue qu'elle est entrée dans une nouvelle réalité, qu'elle n'arrive jamais à en sortir.

Il tendit le bras et me prit la main.

— Jessie, il y a des gens dans des hôpitaux psychiatriques qui jurent qu'ils sont des sorcières, des sorciers et des magiciens — tout ça à cause de cette drogue.

Je me sentis profondément triste. Je prenais conscience qu'il y avait un risque qu'il ne croie jamais mon histoire. Et je ne pouvais pas le lui reprocher. Moi-même, je ne l'aurais pas cru.

— Es-tu en train de dire que Russ m'a glissé cette drogue à la table de blackjack?

— Dès qu'Alex a disparu, les miracles ont commencé à avoir lieu. Ce n'est pas une coïncidence.

— Et l'argent que nous avons gagné? demandai-je.

— Comme je l'ai dit, je dois le voir pour le croire.

— Mais quand tu le verras, me croiras-tu?

— Non.

— Jimmy.

— Comment peux-tu espérer que je croie que pendant une nuit — non, deux nuits — la totalité de Las Vegas a été transformée en univers parallèle?

— La transformation se produit encore et encore, entre aujourd'hui et demain.

— Et pour toi, ça semble être réel?

— Jimmy. Tu n'as aucune idée de ce que j'ai traversé avant de finir par tout accepter.

— Est-ce que Russ a continué à te marteler jusqu'à ce que tu l'acceptes?

— Russ et mon père.

— Ton père? Jessie, ton père n'est pas là.

— Comment peux-tu le savoir?

— S'il est ici, appelle-le maintenant.

— Je ne connais pas son numéro de téléphone cellulaire.

— Jessie. Sais-tu à quel point ton histoire ne se tient pas?

— Explique-moi comment j'ai pu te battre.

— Je ne sais pas. Je ne peux pas l'expliquer. Mais ça ne veut pas dire que tu viens de rentrer d'un voyage dans une autre réalité.

— Ma force surnaturelle est un fait. Ma vitesse est aussi un fait.

Je pointai par la fenêtre vers une colline du désert.

— Que dirais-tu que nous fassions une course vers cette colline?

— D'accord. Tu oublies que les objets lointains paraissent souvent plus près dans le désert. Cette colline est à huit kilomètres d'ici.

— Et si je peux courir cette distance en 10 minutes? Alors, vas-tu me croire?

— Huit kilomètres à 1 minute 25 secondes par kilomètre? C'est impossible. Les plus grands coureurs sur terre ne peuvent pas courir deux kilomètres de suite à cette vitesse.

— Alors, tu auras la preuve.

J'ouvris la porte de l'Expedition.

— Ferme la porte, Jessie.

— Pourquoi?

— Ferme-la, s'il te plaît.

Je refermai la porte.

— Je sais ce qui ne va pas. Je sais pourquoi tu ne peux pas me croire.

— J'espère que c'est vrai. Commences-tu à accepter que ce que tu dis soit impossible?

— Ce n'est pas ça. Le Jimmy que je connais croit en l'impossible. Il croit en la magie, ou du moins il y croyait avant.

Je m'arrêtai.

— C'est parce que je t'ai dit que Huck était toujours vivant.

— Ce n'est pas ça.

— Oui, c'est ça. Quand je t'ai dit que ton fils était vivant, tu as réagi comme si tu n'y croyais pas. Mais ensuite tu as laissé tomber, immédiatement. La raison, c'est que tu ne peux pas aller là. C'est trop douloureux. Mais plus je parle, et plus tu te rends compte que c'est là que s'en va mon histoire. Voilà pourquoi tu dois m'arrêter.

— C'est faux, répondit-il.

— Mais c'est la vérité.

Jimmy formait des poings avec ses mains et les serrait. Je voyais qu'il voulait prendre le volant, faire demi-tour et retourner à Las Vegas.

— Je te jure quand je rencontrerai ce Russ, je vais lui péter la gueule.

— Ce ne sera pas facile, répondis-je calmement.

Il me regarda.

— As-tu le béguin pour lui?

Je souris tristement.

— Tu sais que j'ai le béguin pour un seul gars. Et il est assis juste en face de moi.

Jimmy demeura silencieux un long moment. Puis, il tendit la main et mit son bras autour de mon épaule, m'attirant tout près.

— Je suis désolé d'avoir dit ça, dit-il.

— Tout va bien.

— Mais je ne suis pas désolé de t'avoir arrêtée. À tes yeux, ton histoire peut paraître vraie, mais elle ne l'est pas. En ce moment, pour une raison ou une autre, tu délires. Mais ce n'est pas ta faute. Tu dis que tu me connais, Jessie, et je ne peux pas le nier. Même si je t'ai laissée pour Kari, je sais que tu m'as repris parce que tu sais que je t'aime. Et je sais que tu m'aimes. C'est pour ça que tu as pu me pardonner d'être retourné avec Kari. Le lien entre nous est réel, il est profond, et tu n'essaierais jamais de me faire du mal intentionnellement en me parlant de Huck, à moins que ce Russ ne t'ait tordu le cerveau d'une manière ou d'une autre. Voilà pourquoi je t'ai écoutée si longtemps. Mais maintenant, je dois t'arrêter et t'aider à revenir à la réalité.

— Je te remercie pour tes gentilles paroles. Elles sont importantes pour moi.

Je me blottis contre son côté et je l'embrassai sur la joue avant de reculer.

— Mais elles sont fausses. Et la seule façon de te le prouver, c'est de te surprendre de nouveau. Plus durement cette fois. Avec tellement de rudesse que ta tête va exploser et que tu pourras accepter une histoire sur une ville entière qui joue au vingt-deux.

Avant qu'il ait la chance de réagir, je sortis du VUS et je fermai la porte. Je me dépêchai d'atteindre le pare-chocs arrière, je m'agenouillai et je soulevai l'arrière du véhicule. Cette fois, je sentis le poids, mais ça me semblait gérable. Avançant à petits pas avec ma tête sous l'arbre de transmission, j'écartai largement les bras et je saisis le véhicule aussi près des côtés que je le pouvais. J'entendais Jimmy crier à l'intérieur du VUS, mais je ne lui prêtai pas attention.

Lorsque j'atteignis le centre de gravité, je permis à l'avant de s'élever du sol de sorte que je tenais la Ford Expedition à près de deux mètres au-dessus de l'asphalte. Respirant fort, concentrée sur ma tâche, je commençai à marcher sur la route. Je fis peut-être 50 mètres, un demi-terrain de football. Dieu merci, la route était déserte.

— Jimmy! appelai-je enfin.

Il semblait proche de l'hystérie.

— Jessie?

— As-tu besoin d'autres preuves?

— Non!

— Es-tu certain? Puis-je te déposer?

— Oui!

Je m'accroupis et je tombai à genoux. Je baissai lentement l'avant du véhicule, puis l'arrière. Le véhicule fermement au sol, je me roulai d'en dessous et je brossai la poussière de mes shorts. Je remontai dans la voiture, sur le siège avant.

— Tu es aussi blanc qu'un fantôme, dis-je avec un sourire.

Il hocha la tête avec de faibles mouvements saccadés.

— Tu as l'air d'une sorcière.

Je démarrai le VUS.

— Ça va si je continue de conduire ?

— Oui.

— Aimerais-tu entendre le reste de mon histoire ?

— Absolument.

— Penses-tu que je suis en train de délirer ?

— Non

— Bon.

Je me penchai vers lui et je l'embrassai sur les lèvres.

— Je t'aime, Jimmy. Je t'aime dans les deux mondes.

Il se mit à bégayer.

— Je ne… je ne comprends pas.

Je mis le véhicule en marche et je poussai le moteur à fond.

— Fais-moi confiance. Tu finiras par comprendre.

Quelque 90 minutes plus tard, nous nous arrêtâmes sur un chemin de terre, le pare-brise recouvert de poussière. Tendant le bras vers les essuie-glaces, j'activai le système de gicleurs et tentai de nettoyer la crasse. Il fallut une bonne quantité de liquide pour réussir à voir clairement.

Jimmy était occupé à étudier les cartes du guide touristique que j'avais acheté à l'hôtel.

— D'après ce que je peux voir, beaucoup de ces villes seront sécurisées avec de hautes clôtures et du fil barbelé.

— Je m'en occupe, répondis-je.

Il me regarda.

— S'il te plaît, ne fais rien pour me rendre fou. Je ne pense pas pouvoir en supporter davantage.

Je ris.

— Je vais essayer de bien me tenir. À quelle distance sommes-nous du point zéro?

Jimmy jeta un regard oblique vers la carte.

— C'est bizarre que tu poses cette question. Ces endroits semblent être regroupés en demi-cercle autour d'un grand X noir qui est étiqueté «Point Zéro» avec une majuscule initiale. Les noms des villes conviennent bien : Hadès, Purgatoire, Enfer, Fission en furie, Brasier.

— Ont-elles toutes été construites pour déterminer l'effet d'une bombe d'un certain calibre sur une ville d'une certaine dimension?

— Ouais. Mais d'après ce que je l'ai lu, l'armée les a également remplies avec de nombreux porcs. Ils ont placé des porcs dans les maisons, dans les granges, dans les sous-sols, et ils ont laissé un tas de porcs à l'extérieur.

— Pourquoi des porcs? demandai-je, ne voulant pas vraiment le savoir.

— Parce que la peau du porc est celle qui ressemble le plus à la nôtre. Même chose pour leur système cardio-vasculaire. Voilà pourquoi les valves de porcs sont encore utilisées en chirurgie cardiaque. En plus, le porc est l'un des animaux les plus intelligents au monde. Les scientifiques ont probablement voulu évaluer les effets de la radiation sur leur corps, leur cerveau et leur peau.

— Ça me dégoûte qu'on se permette de traiter les animaux si cruellement, dis-je.

— Imagine, on a laissé tomber deux de ces bombes sur le Japon. Sur de vraies personnes.

— Voilà une pensée effrayante.

— C'est toi qui as voulu venir ici. Tu sais que tu ne m'as toujours pas dit pourquoi.

— Mon père a fait une remarque sur la façon dont les Lapras mènent des expériences sur les êtres humains en se servant de la radiation résiduelle des essais atomiques. Je veux voir si c'est vrai.

— Ne pouvons-nous pas tout simplement croire ton père et en rester là?

— Non.

J'essayais d'éviter la question de Jimmy et je savais qu'il le sentait. La vraie raison qui m'avait poussée à me rendre jusqu'à ces villes dépassait l'entendement. Je venais ici parce que j'avais l'impression que je devais le faire. Le nom « Enfer » m'attirait le plus. Je demandai à Jimmy où c'était situé.

— C'est à droite, à l'est d'ici, dit-il. C'est assez proche du point zéro.

— Voilà notre destination, dis-je, et je fis un virage serré à droite, soulevant plus de poussière.

Ironiquement, il semblait que plus je conduisais vite, plus il était facile de devancer le nuage de poussière. Mais à cause des nids-de-poule et des bosses, nos fesses étaient endolories.

Vingt minutes plus tard, nous fûmes obligés d'arrêter. Une porte d'acier de neuf mètres surmontée d'un mètre de fil de fer barbelé bloquait le chemin. Jimmy me lança rapidement un coup d'œil soupçonneux, mais je me contentai de hocher la tête et je sortis.

— Pousse-toi, prends le volant, dis-je.

Nous étions dans les collines, loin à l'est de Las Vegas. Il nous était impossible de voir la ville, et vraiment rien d'autre à part du sable et des anémones de Virginie. Le soleil se trouvait directement au-dessus de nos têtes. J'avais oublié de mettre un écran solaire le matin et je pouvais littéralement sentir la moiteur qui était aspirée de mes pores. Les sorcières n'étaient apparemment pas à l'épreuve de tout.

Une chaîne ultrarésistante, de même qu'une serrure de la taille d'un livre, fermait la clôture. J'agrippai la chaîne, et je testai sa force.

— Qu'est-ce que tu me donnes si je casse cette chaîne avec mes mains nues? criai-je à Jimmy.

— Brise-la, et je t'embrasse le cul! cria-t-il à son tour.

— Que dirais-tu de mes seins! Je suis une fille plutôt traditionnelle.

— Jessie! Laisse tomber. Il n'y a rien là-bas…

Je le fis taire en faisant claquer la chaîne en deux morceaux. Même à travers la poussière et la fenêtre teintée du VUS, je vis son expression incrédule. D'un coup de pied, j'ouvris la porte et je lui fis signe de passer.

— Un truc étonnant, ce DOM, dis-je alors que je montais près de lui.

Il me regarda fixement.

— Comment puis-je savoir que tu es une bonne sorcière? Tu ne m'as jamais dit comment je pouvais en être sûr.

— La seule façon d'en être absolument certain, c'est de me faire l'amour. Si tu meurs en ayant un orgasme, je suis une mauvaise sorcière. Maintenant, conduis. Je veux arriver à Inferno avant de fondre.

Nous gardâmes les fenêtres fermées et le climatiseur à plein régime, mais la chaleur pénétrait tout de même le VUS. Heureusement, nous arrivâmes rapidement à Enfer.

D'un côté, la ville de fortune était assise parmi des collines basses aux pentes douces et de l'autre, elle était bordée d'une plaine aride. Je supposai que la zone ouverte pointait en direction du point zéro. Au loin, en ligne droite vers l'emplacement où les bombes avaient explosé, j'aperçus deux petites villes qui semblaient avoir absorbé beaucoup plus de dommage.

Je compris en un instant pourquoi le gouvernement avait étalé les villes. On avait essayé d'évaluer le degré de destruction causé par chaque bombe relativement à la distance par rapport à la cible. Étant donné qu'Enfer était située à au moins à cinq kilomètres du point zéro, elle était toujours en grande partie intacte.

Mais ça ne voulait pas dire grand-chose. On aurait dit une ville fantôme qui avait été ravagée par des sauterelles. Les structures faites de bois étaient des squelettes affaissés de suie et de cendre. Les bâtiments de ciment et de briques avaient mieux résisté, bien que la peinture avait décollé; probablement une combinaison des explosions et des tempêtes de poussière. Plus de la moitié des fenêtres étaient brisées, et la majeure partie des bardeaux de toiture à base de goudron avait fondu à travers les plafonds.

Mais, étrangement, Enfer était une ville impressionnante. Elle avait été pulvérisée par des dizaines d'armes nucléaires, et pourtant, elle avait survécu pour raconter son histoire.

Outre les bâtiments normaux, de notre côté de la ville, il y avait un parc pour enfants avec quelques balançoires et des toboggans qui auraient été utilisables sans les couches épaisses de rouille. De plus, tout à fait surprenant, dans le centre de la ville, il y avait une fontaine de pierre où s'agitait une modeste quantité d'eau souterraine. Du moins, je supposai que l'eau provenait du sol. Je doutais qu'il y ait de l'électricité sur place pour pomper le liquide à partir d'un étang ou d'un ruisseau à proximité.

Je sentis immédiatement que la ville était habitée. Pourtant, l'esprit ou les esprits que je percevais me semblaient étrangers. Et je ne pus m'empêcher de remarquer comment Jimmy regardait la ville. Il n'était pas encore connecté, mais il n'était pas idiot. Il examina la ville de près avant de se tourner brusquement vers moi.

— Nous sommes surveillés, dit-il.

Je hochai la tête.

— Tu as raison. Est-ce que ce sont de bons ou de mauvais sorciers?

Il hésita.

— Il y a danger ici, mais il y a aussi quelque chose d'autre.

— Quoi?

— Je ne sais pas. Pourquoi nous as-tu emmenés ici?

— Je ne sais pas, dis-je.

— Eh bien, nous faisons une belle paire.

Jimmy ouvrit sa porte.

— Tu restes ici. Laisse le moteur en marche, et prépare-toi à déguerpir à tout moment.

Je lui saisis doucement le bras.

— Tu devrais pourtant maintenant avoir compris que je peux prendre soin de moi.

Il hocha la tête.

— Ne sois pas arrogante. Si quelqu'un te tire dans le cœur, je doute que ton nombre de gènes de sorcière compte beaucoup.

— Bon conseil.

Je laissai aller son bras.

— Mais je t'accompagne quand même.

Nous marchâmes ensemble vers la ville. Jimmy était intelligent, il avait apporté deux bouteilles d'eau Evian. Il portait aussi une casquette de baseball blanche pour se protéger la tête du soleil, mais il la déposa sur ma tête.

— Si tu savais que nous venions ici, pourquoi ne pas avoir acheté un compteur Geiger en ville? demanda-t-il.

— Parce que le truc biperait tellement fort maintenant que tu aurais été exaspéré au point de partir avec la voiture et de m'abandonner peu importe à quel point tu dis que tu m'aimes.

— Ce n'est pas drôle. Je suis sérieux quand je dis que des éléments radioactifs peuvent traîner pendant des milliers d'années. Même si le gouvernement a cessé les essais nucléaires dans les années 60, ça ne veut rien dire.

— Ça ne veut surtout rien dire parce qu'il n'a pas vraiment cessé.

— Qui t'a dit ça?

— Mon père, dis-je.

— Merveilleux. Si jamais nous nous marions et que nous avons des enfants, ils vont probablement naître avec deux têtes.

J'avais tout raconté à Jimmy sur le monde des sorciers, mais je ne lui avais pas parlé de Lara. Après Huck, je ne croyais pas qu'il serait capable d'en prendre plus.

Je levai soudain la main.

— As-tu entendu?

— Quoi?

— Des bruits de pas. Quelqu'un est en train de courir.

— Vers nous ou loin de nous?

J'écoutai attentivement.

— Ils sont tout près. Ils nous regardent.

Jimmy parla sérieusement.

— Chaque minute où nous restons ici augmente notre danger. Tu pourrais inhaler une particule parasite de plutonium.

Une seule particule risque de te donner le cancer du sein, comme la mère de Debbie.

Son commentaire me dégrisa. Mais c'est alors que je remarquai une traînée de liquide boueux qui menait de la fontaine centrale vers un immeuble qui portait une enseigne de pharmacie. C'était le bâtiment le mieux entretenu en ville, et je soupçonnai que quelqu'un l'utilisait comme sa maison.

— Quelqu'un vient tout juste d'aller se chercher à boire, dis-je.

Jimmy s'agenouilla et examina la trace.

— Ce sont de petits pieds.

— Oui.

Je m'arrêtai et fermai les yeux. La sensation d'être observés s'intensifia, et de plus, je commençais à percevoir l'esprit de la personne qui nous surveillait. Il ou elle semblait jeune. J'ouvris les yeux.

— Nous sommes observés par un enfant.

— En es-tu certaine?

— Il est seul et il est curieux à notre sujet.

— Combien d'yeux a-t-il?

C'était censé être une blague, mais je ne souris pas.

— Je ne sais pas, dis-je doucement.

Nous le trouvâmes dans la pharmacie en train de grignoter une barre protéinée et un sac de croustilles au barbecue. Il buvait de l'eau potable d'une cruche qu'il avait remplie à la fontaine. Il n'était pas nu, mais tout près. Il portait un morceau de toile déchirée retenu à sa taille par un morceau de corde sale. Il avait environ six ans, il était sale et exceptionnellement bronzé — soit brûlé par le soleil ou par d'autres formes de radiation. Il avait 10 doigts et 10 orteils et semblait normal sur ce plan, même s'il avait une toux sèche et de mauvaises marques sur sa peau. Des lésions, peut-être. Ses yeux bleu cobalt paraissaient briller.

Je lui fis un sourire chaleureux.

— Salut, je m'appelle Jessie et lui, c'est Jimmy. Comment t'appelles-tu?

Il m'avait entendue, certainement, car il s'immobilisa à ma question. Mais il n'ouvrit pas la bouche pour répondre. Au lieu de cela, il tendit le bras pour prendre un bloc-notes et un stylo bleu et écrivit quatre lettres. Il eut de la difficulté à les former, comme un droitier qui était obligé d'écrire de la main gauche.

WHIP.

— Tu t'appelles Whip? demanda Jimmy.

Le garçon hocha la tête et sourit timidement à Jimmy. Il se leva et lui offrit une barre protéinée et des croustilles. Toute la nourriture était fraîche. Je ne pouvais que supposer que quelqu'un la lui apportait de l'extérieur.

Jimmy accepta gracieusement la nourriture. Je pensais qu'il aurait eu peur que l'enfant ait une sorte d'infection ou une maladie — sa toux paraissait chronique —, mais Jimmy ne se montra nullement préoccupé. Son comportement était illogique, surtout après le discours qu'il venait de me donner. Bien sûr, la nourriture avait une belle apparence, comme si elle avait été récemment livrée. Certainement, Whip ne l'avait pas récupérée des bâtiments de la place. Mais alors, je me rendis compte que le désir de Jimmy d'accepter la nourriture de l'enfant allait plus loin. Pendant qu'il était avec Whip, Jimmy pensait à Huck. J'ignore comment je le savais, mais j'en étais certaine. Et il voulait que le garçon l'aime.

— C'est bon, je te remercie, dit Jimmy, pendant qu'il mâchouillait la barre protéinée et les croustilles.

Mais il hésita quand Whip lui offrit une gorgée de son eau. Ça je pouvais le comprendre.

— Whip, tu vis seul ici? demanda Jimmy.

Whip hocha la tête, puis tendit la main et pressa le bras de Jimmy.

— Sais-tu où est Las Vegas? demandai-je.

Les yeux du garçon devinrent plus lumineux, si c'était possible. Il hocha vigoureusement la tête.

— Es-tu déjà allé à Las Vegas? poursuivit Jimmy.

Whip cessa de hocher la tête. Il se tut, se contenta de rester là, sans même manger. La lumière dans ses yeux disparut.

— Veux-tu nous accompagner à Las Vegas? s'empressa d'ajouter Jimmy, lorsqu'il vit à quel point la question avait affecté l'enfant.

Whip devint tellement excité qu'il sauta de haut en bas. La réaction fit sourire Jimmy, mais elle m'inquiéta. Je me penchai et murmurai à l'oreille de Jimmy.

— Nous connaissons cet enfant depuis seulement une minute et nous parlons de le sortir de son environnement naturel. Nous devrions en discuter. Il est évident que quelqu'un lui apporte de la nourriture sur une base régulière. Comment cette personne se sentira-t-elle la prochaine fois qu'elle viendra et qu'elle verra que Whip est parti?

Jimmy haussa les épaules.

— Nous pourrions l'emmener pour une visite, nous n'avons pas à le garder là-bas.

— Tu pourrais finir par faire paniquer celui ou celle qui s'en occupe.

— Nous expliquerons dans une note que nous l'avons emmené.

— Fantastique. Veux-tu aussi laisser ton numéro de téléphone cellulaire?

Jimmy hésita.

— Ce serait probablement une erreur.

— Sans blague! Nous ne pouvons laisser nos noms ou nos numéros.

Je m'arrêtai.

— Les Lapras se servent de ces villes en raison de leurs niveaux élevés de rayonnement de fond. Ils les utilisent pour faire subir des mutations aux gens. Pour ce que nous en savons, Whip est une de leurs expériences.

— Il a plutôt l'air d'une expérience rejetée, d'après moi, dit Jimmy. Écoute, je suis d'accord pour que nous surveillions ces sales types dont tu m'as parlé. Mais même s'ils nourrissent cet enfant, ils le maltraitent. Il a besoin d'un bain et d'un examen médical. Tu n'as pas dit que ton père arrivait ici aujourd'hui? Ton père dans ce monde?

— C'est ce qu'il m'a dit la nuit dernière. Mais...

— Je comprends. Tu n'as pas vu cette version de ton père depuis des années. Tu ne sais pas s'il va se montrer.

— Exactement.

— Donnons-lui le bénéfice du doute et supposons qu'il va venir. Il pourrait examiner Whip en profondeur sans que nous emmenions le garçon dans une clinique officielle.

— C'est la première fois que je vois ce côté paternel chez toi.

Jimmy frotta la tête du garçon.

— Il y a beaucoup de choses que tu ne connais pas à mon sujet.

Je soupirai.

— Très bien, nous allons l'emmener. Mais pendant notre voyage de retour à Las Vegas, s'il te plaît essaie de lui préciser qu'il ne nous accompagne que pour visiter la ville. Aucun de nous n'est en position d'adopter cet enfant.

Jimmy hocha la tête.

— Je suis d'accord. Autre chose?

— Je tiens absolument à laisser une note pour celui qui lui apporte sa nourriture.

Je déchirai une page du bloc-notes de Whip et j'empruntai l'un de ses stylos. Je composai une note qui expliquait l'essentiel, mais qui, je l'espérais, ne nous mettait pas en danger.

☙❧

WHIP EST AVEC NOUS ET NOUS PRENONS BIEN SOIN DE LUI. NE VOUS INQUIÉTEZ PAS, IL SERA BIENTÔT DE RETOUR.

— Qu'en penses-tu? demandai-je à Jimmy.

Il fronça les sourcils.

— Ça ne me rassurerait pas si j'étais un parent.

— Quel genre de parent le laisserait tout seul ici?

— Un trou du cul.

Jimmy se leva et offrit sa main à Whip.

— Faisons-le monter dans l'Expedition et partons d'ici.

— Pourquoi es-tu tout à coup si pressé de partir?

Jimmy se retourna et me regarda droit dans les yeux, et à ce moment je compris qu'il était tout aussi connecté que je l'étais.

— Parce que je viens de me rendre compte que nous avons trouvé exactement ce que tu venais chercher ici. Et que ce garçon est plus important que nous ne pouvons le comprendre.

Les paroles de Jimmy me touchèrent profondément. C'est idiot, je le sais, mais je sentis une lueur chaude dans ma poitrine pendant que je les regardais marcher tous les deux, main dans la main, vers le VUS.

CHAPITRE 12

Sur le chemin du retour vers Las Vegas, Jimmy me mit au défi d'appeler mon père pour voir s'il avait pris l'avion pour venir à Las Vegas comme promis. J'ignore si Jimmy testait la validité de mon histoire ou la parole de mon père ou les deux. Dans ce monde, l'homme ne m'avait pas même envoyé une carte d'anniversaire depuis des années.

Je dus passer par le service d'urgence du docteur Michael Major pour obtenir son numéro de cellulaire. Même alors, on me le donna à contrecœur. Je dois admettre que je me sentais nerveuse en composant le numéro. La nuit précédente, j'avais passé des heures à lui parler, mais c'était arrivé dans le monde des sorciers, et là-bas les règles étaient différentes.

Heureusement, il répondit rapidement.

— Allô?

— Salut. C'est ta fille perdue depuis longtemps.

Il ne sembla pas surpris. Évidemment, le passage d'un monde à l'autre n'était rien pour lui.

— Où es-tu? demanda-t-il.

— Dans le désert, je rentre en ville.

Je m'arrêtai.

— Où es-tu?

— Je suis arrivé à Vegas il y a deux heures. J'ai téléphoné à ton hôtel, mais Alex m'a dit que tu étais sortie avec Jimmy.

— Il est avec moi maintenant.

— As-tu essayé de lui expliquer ce qui t'était arrivé?

— Bien sûr.

— Comment ça s'est passé?

— Comme si une tonne de briques nous était tombée dessus. Mais je pense qu'il est en train de s'ouvrir à la possibilité que rien ne cloche chez moi qu'une lobotomie ne pourrait réparer, dis-je.

— Ne t'inquiète pas, j'ai de l'expérience dans ce domaine. Je lui parlerai. Mais je dois veiller à ce que personne ne sache où je demeure. Je t'enverrai mon adresse par texto dans quelques minutes en me servant d'un téléphone crypté. Tout de même, quand vous atteindrez la ville, je veux que vous rouliez pendant un certain temps pour voir si vous êtes suivis. Essaie de *percevoir* si quelqu'un vous prend en filature. Si c'est le cas, garez votre voiture à un hôtel, dépêchez-vous de traverser le casino et prenez immédiatement un taxi de l'autre côté. Répétez le processus plusieurs fois — c'est le meilleur moyen de déjouer une filature.

Il fit une pause.

— Quand vous serez absolument sûrs d'être hors de danger, venez me voir.

— Je suis heureuse que tu sois ici, papa.

Je trouvais intéressant qu'il m'ait dit d'essayer de percevoir si j'étais suivie. Il devait être au courant de mon gène intuitif et du fait qu'il commençait déjà à fonctionner.

— Je t'avais promis de venir, dit-il.

— Je sais, c'est juste... Ce sera formidable de te voir dans ce monde.

— Je te l'ai dit, si je suis resté loin de vous, c'était simplement pour que ta mère et toi soyez en sécurité. Mais pour l'instant, je ne veux pas parler plus que nécessaire sur ce téléphone. Tu recevras bientôt mon message.

Mon père raccrocha brusquement. Jimmy souriait.

— Je suis impressionné, dit-il.

— Qu'est-ce qui t'a impressionné le plus, que je soulève le VUS ou que je parle à mon père?

— T'entendre parler avec ton père tenait plus d'un miracle.

Jimmy tendit la main et caressa mon bras. Whip dormait sur la banquette arrière.

— Pourquoi ne lui as-tu pas parlé de notre invité?

— Je commence à avoir l'impression que ces sorciers, des deux côtés, se comportent comme des espions. Il ne fait pas confiance aux téléphones cellulaires. En fait, il veut que nous nous assurions de ne pas être suivis avant de nous approcher de lui.

— Personne ne va nous filer. Il faudrait qu'on nous attrape la seconde où nous rentrons en ville.

Quelqu'un s'accrocha à nous dès que nous rentrâmes à Vegas — une Mercedes berline noire. Jurant à voix basse, Jimmy essaya de la semer, mais ce fut inutile. Enfin, il vira brusquement vers l'avant du Circus Circus, vers le service de voiturier. Nous sortîmes en trombe de la voiture, tous les trois, saisissant le billet de stationnement, puis nous traversâmes l'étage du casino en courant. J'étais heureuse de voir que Jimmy avait pris Whip dans ses bras et courait comme un démon. J'avais donné mon t-shirt à l'enfant pour l'envelopper — je portais un débardeur en dessous — et le t-shirt suffisait amplement à couvrir les guenilles sales de Whip. Dehors, à l'arrière de l'hôtel, nous attrapâmes un taxi, nous nous dirigeâmes vers le Tropicana, et répétâmes le manège.

À ce moment-là, nous étions assez certains de ne plus être suivis. Pourtant, nous prîmes un troisième taxi pour nous rendre à l'endroit où demeurait mon père, un appartement dans un complexe à prix élevé, à quatre pâtés de maisons du Strip. Ce n'était pas un hôtel, mais l'endroit semblait opérer comme si c'en était un. On pouvait louer un appartement pour aussi peu qu'une semaine, ou aussi longtemps qu'un an. Je supposai que mon père connaissait les meilleurs endroits pour se cacher en territoire ennemi.

Mon père avait la même apparence qu'il avait quelques années plus tôt. Il n'avait pas une ride de plus. Il était habillé de façon décontractée, mais il projetait toujours l'aura du médecin qui avait réussi. Effectivement, il rayonnait d'un pouvoir que Jimmy ne pouvait ignorer. L'emprise de mon petit ami sur la réalité était ébranlée. Chaque brique que je retirais du mur qu'il s'était lui-même construit l'emmenait de plus en plus à accepter totalement mon histoire.

Mon père nous embrassa tous les deux, mais il me tint plus longtemps dans ses bras. Il me donna un baiser sur le front.

— Tu m'as manqué, murmura-t-il.

— Tu m'as vue la nuit dernière, dis-je.

— C'est cette version qui m'a manqué.

Je le serrai plus fort.

— Pas autant que tu m'as manqué.

Il finit par me laisser aller.

— Il y a beaucoup de choses dont nous devons discuter.

Il fit un geste vers Whip.

— D'abord, parle-moi de ce petit garçon.

Je lui expliquai où nous avions trouvé l'enfant et pourquoi nous avions décidé de le ramener à Las Vegas avec nous. Mon père fut intrigué par son habileté à écrire et perplexe de voir qu'il ne parlait pas. Un bref examen révéla que ses cordes vocales fonctionnaient normalement.

Mais il révéla autre chose.

Un petit détail que Jimmy et moi avions été idiots de ne pas remarquer.

Whip avait une queue!

«Bon Dieu!» pensai-je.

Elle partait de la base de sa colonne vertébrale. Elle était aussi longue que son corps était grand, et elle rétrécissait en une pointe qu'il lui était possible de recourber en un doigt tout à fait opérationnel. La majeure partie de la queue était plus épaisse que l'une de ses jambes osseuses, mais d'après ce que je pouvais voir, c'était du muscle et du cartilage solide, dépourvu de toute ossature.

Whip avait réussi à la dissimuler en l'enroulant soigneusement autour de sa taille, sous ses vêtements. Mon père avait des années-lumière d'avance sur Jimmy et moi pour comprendre ces mutations. Il demanda les stylos et le bloc-notes de Whip et les tendit à l'enfant.

— Aimes-tu te servir de ta queue pour écrire? demanda mon père.

Sans effort, Whip ramassa un stylo avec le bout de sa queue et ouvrit son carnet avec ses mains. Il écrivait 10 fois plus rapidement et plus clairement que ce qu'il avait fait à Enfer.

Je préfère utiliser ma queue pour faire la plupart des choses, écrivit-il. *Mais je sais que je dois faire attention de garder mes fesses secrètes.*

Nous rîmes tous devant son choix de mots.

Sa queue sortait sous des sous-vêtements que mon père lui avait donnés à porter, mais Whip faisait néanmoins de son mieux pour demeurer couvert. J'étais impressionnée. Si l'on considère l'endroit où il avait grandi, j'aurais supposé qu'il soit généralement dépourvu d'aptitudes sociales.

— Quand nous serons avec d'autres personnes, nous ferons de notre mieux pour garder ta queue cachée, lui dit mon père.

Merci, écrivit Whip.

— Est-ce que ça t'embarrasse? lui demanda mon père.

Pas quand je suis seul. Mais je sais que je suis le seul à en avoir une.

— Est-ce que tu vis seul à Enfer? demanda Jimmy. La ville où nous t'avons trouvé?

Il y en a d'autres, mais la plupart ne sont pas gentils avec moi.

— Qui t'apporte ta nourriture? demanda mon père.

Frankie. Un homme effrayant.

— Frank, lançai-je. Ce pourrait être le Lapra à qui j'ai parlé au téléphone dans le monde des sorciers. Whip, Frankie a-t-il une voix grave?

Oui. Il me crie après.

— Pourquoi te crie-t-il après? demanda Jimmy.

Il dit que je suis laid. Il me lance des pierres si je m'approche de lui.

— S'il ne t'aime pas, pourquoi t'apporte-t-il de la nourriture? Whip hésita.

C'est elle qui l'oblige à me l'apporter.

— Qui est-elle? demanda mon père.

Whip hocha la tête. Peu importe comment mon père essaya de formuler la question, Whip continua de refuser de répondre.

Mon père emmena l'enfant dans la salle de bains et le lava ; ce qui parut plaire immensément à Whip. Mon père lui fit aussi un examen beaucoup plus approfondi. Lorsqu'il eut terminé, il revint à la salle de séjour et ferma soigneusement la porte de la chambre derrière lui.

— J'ai de mauvaises nouvelles, dit-il. Whip est loin d'être en santé. Les marques sur ses bras et ses jambes sont de la cellulite. C'est une forme de bactérie qui se propage dans les tissus cellulaires sous-cutanés. Je l'ai mis sous perfusion et je lui ai donné des antibiotiques de même qu'un léger sédatif pour l'aider à dormir.

— On ne peut pas lui donner des antibiotiques sous forme de comprimés ? demandai-je.

— L'infection est trop avancée. Il faut l'éliminer immédiatement. Mais ses poumons m'inquiètent encore plus. Sa respiration est mauvaise. Je dois lui faire passer une radiographie des poumons de même que d'autres tests. Il est possible qu'il ait la tuberculose.

— Est-ce que ce n'est pas infectieux ? questionnai-je, me demandant intérieurement si nous pouvions utiliser nos gènes de sorcier pour guérir le garçon.

— Oui. Il se pourrait que l'enfant soit mis en quarantaine.

— Je peux aider à prendre soin de lui si vous pouvez trouver les médicaments dont il a besoin, dit Jimmy.

« Non, mais quand même, pensai-je. J'aime bien ce garçon, mais la tuberculose ? »

Mon père sourit à mon copain.

— C'est très noble de ta part. Laisse-moi faire d'autres tests avant de décider si nous devons le déplacer en dehors de la ville.

— S'il est sous le contrôle des Lapras, alors nous devons absolument le faire sortir d'ici, dit Jimmy.

— Ça pourrait être une erreur d'interférer avec leurs affaires, dit mon père avec prudence. Du moins, quand il est question de ce garçon.

— D'après ce que j'ai entendu, vous vous spécialisez à foutre le désordre dans leurs affaires, dit Jimmy.

Mon père s'assit et soupira.

— C'est vrai. Mais mes partenaires et moi essayons de nous concentrer sur l'ensemble de la situation.

Jimmy était offensé.

— Donc, Whip ne compte pas parce que c'est juste un gamin avec une queue?

— Jimmy, dis-je. Mon père fait ce qu'il peut. Il y a tellement de choses que nous ne savons pas. Comme qui est cette « elle » qu'il a mentionnée.

Mon père hocha la tête et attira mon attention.

— Tu as senti quelque chose quand il en a parlé? demanda-t-il.

Je hochai la tête.

— Ouais. Quelque chose de sombre qui donne la chair de poule.

— Étant donné que je n'ai pas vécu la mort et vu la lumière, je ne peux que voir les choses d'un seul point de vue, dit Jimmy. Mais dois-je vous rappeler que c'était l'intuition de Jessie qui nous a menés vers Whip?

Mon père sembla surpris, mais je sentis que je devais soutenir Jimmy dans ce qu'il disait.

— Je ne savais pas pourquoi je devais aller là-bas. Je me sentais obligée. Et après avoir trouvé Whip, j'ai cessé d'être obsédée.

Mon père réfléchit.

— C'est intéressant.

Jimmy traversa la pièce et s'assit sur une chaise près de mon père. Il se pencha vers lui en même temps qu'il parlait, et je savais ce qui allait suivre.

— Je dois vivre ce que Jessie a vécu, dit-il. Tant que je ne l'aurai pas fait, je ne pourrai lui être utile. Je ne peux pas puiser dans mes pouvoirs et je ne peux pas atteindre cet autre monde dont vous ne cessez de parler.

— L'autre monde auquel tu ne crois pas, le taquinai-je.

— Ce n'est pas juste. J'ai avalé une remarquable quantité de folie depuis que nous avons quitté la ville ce matin. Je pense qu'on peut m'accorder un certain mérite. Mais la seule façon dont je peux avoir une emprise sur ce genre de trucs, c'est de devenir moi-même un sorcier.

— Jessie t'a-t-elle expliqué qu'il te manque le gène de guérison ?

— Oui. Mais ce n'est pas un obstacle pour un homme comme vous. J'ai vu assez d'émissions médicales, je sais ce que fait un chirurgien cardiaque. Chaque jour où vous opérez, vous arrêtez le cœur d'une personne et vous le branchez sur un cœur-poumon artificiel. Je parie que cette procédure est assez proche de l'expérience de la mort pour activer mes gènes de sorcier.

Mon père ne répondit pas. Il fallut que je l'incite.

— Est-ce que ça fonctionnerait, papa ? demandai-je.

Mon père soupira et hocha la tête.

— Franchement, je ne l'ai jamais essayé. Ça pourrait très bien fonctionner. Mais je ne suis pas autorisé à prendre un tel risque.

— Est-ce que tous les sorciers et toutes les sorcières qui n'ont pas le gène de guérison se voient refuser l'accès à votre société secrète ? demanda Jimmy d'un ton amer.

J'étais surprise de voir que Jimmy veuille autant risquer la mort quand il avait tellement insisté au sujet d'être là pour Huck. Mais plus j'y pensais, plus je me rendais compte que je ressentirais la même chose. Jimmy nous entendait continuellement parler d'ennemis et de dangers invisibles. Il estimait probablement qu'il lui était impossible de protéger son fils à moins de pouvoir affronter directement ces menaces.

— Non. Mais comme Jessie, tu es spécial, tu es unique, et une grande partie de cela est liée avec ta relation avec ma fille.

Jimmy nous considéra.

— Je ne comprends pas.

Mon père me regarda.

— Tu ne lui as pas parlé de Lara?

— Non. Il était tellement bouleversé quand j'ai essayé de le convaincre que Huck était encore vivant, je ne voyais pas l'intérêt.

— Qui est Lara? demanda Jimmy.

Je tendis le bras et je pris la main de Jimmy.

— Notre fille.

Il renifla.

— Tu te fous de moi.

— C'est vrai, dit mon père. Il n'y a pas de Huck dans le monde des sorciers pour la simple raison que tu n'as jamais été avec Kari dans ce monde. Tu es resté avec Jessica, et elle est accidentellement tombée enceinte. Elle a eu une petite fille, et vous l'avez tous les deux prénommée Lara. Sauf que l'enfant n'était pas un accident, pas pour le Conseil. Sa naissance avait été prévue depuis des siècles.

Jimmy fronça les sourcils et me jeta un coup d'œil pour que je clarifie la situation, mais je hochai la tête. Une partie de ce que mon père disait était une nouvelle pour moi.

— S'il te plaît, ne me dis pas que Jimmy et moi faisons partie d'un programme de reproduction, dis-je.

— N'aie pas l'air surprise, dit mon père. Tu t'en doutais quand nous en avons parlé la nuit dernière. On t'a dit encore et encore qu'il était extrêmement rare d'avoir sept gènes de sorcier. On t'a dit que cinq était rare aussi. Assurément, il a dû te passer par l'esprit qu'il est assez hors de l'ordinaire que de toute la planète, le gars que tu rencontres et duquel tu tombes amoureuse ait presque autant de gènes que toi. Mais ce n'est pas tout, les gènes de Jimmy sont complémentaires aux tiens. Les trois qu'il te manque, il les a.

— Quels sont ces gènes ? demanda Jimmy.

— En ce moment, ce n'est pas important, dit mon père.

— Voilà pourquoi Lara est née avec les 10, soufflai-je.

— Oui, dit mon père. On vous a délibérément rapprochés. Il avait même été convenu que vous partageriez quelques classes. Mais nous n'avons pas eu besoin d'exagérer dans ce domaine, parce que nous savions que vous alliez spontanément être attirés l'un vers l'autre. D'une certaine manière, les sorciers se reconnaissent habituellement entre eux.

— Pourquoi Jimmy m'a-t-il laissée pour Kari dans ce monde ? demandai-je.

— J'étais avec elle avant d'être avec toi, dit Jimmy.

— C'est vrai. Mais tu es retourné avec elle.

— Tu sais pourquoi je suis retourné avec elle, dit Jimmy, agacé.

— Je veux entendre l'explication de mon père, dis-je.

— Nous ne sommes pas certains, mais nous ne pouvons que supposer que les Lapras ont découvert notre programme génétique. Il est possible qu'ils aient trafiqué les esprits de Kari et de Jimmy, juste assez pour que Jimmy choisisse le mauvais moment et la mauvaise fille pour commencer à fréquenter quelqu'un.

— À t'entendre, on dirait que tout est calculé, dis-je, et ce fut à mon tour de montrer de l'amertume. Je suppose que tu as épousé maman parce que c'était ce que tu étais censé faire. Bien sûr, ça pourrait éclaircir pourquoi tu avais hâte de la plaquer après ma naissance.

Mon père prit beaucoup de temps pour répondre.

— J'aime ta mère autant que tu aimes Jimmy, dit-il. J'ai eu le cœur brisé de la quitter, et d'être loin de toi dans ce monde. Je t'ai expliqué tout cela dans le monde des sorciers. Je l'ai fait parce que je savais que les Lapras m'observaient. C'était la seule façon de te garder en sécurité.

— Mais tu nous as laissés grandir Jimmy et moi dans une ville non loin de leur siège ! répondis-je sèchement. Ça n'a aucun sens.

— Au contraire, c'est parfaitement logique quand on sait qu'Apple Valley était le dernier endroit où ils auraient pensé chercher quelqu'un que nous cachions.

— Parce que c'est très près de leur bastion, dit Jimmy.

— Exactement, dit mon père.

— Mais tu as dit qu'ils nous ont découvert Jimmy, Kari et moi.

— Ils ne connaissaient rien sur toi quand tu étais plus jeune. En fait, il y a des chances qu'ils n'aient pas été au courant de ton existence jusqu'à ce que tu tombes enceinte de Lara.

— Qu'est-ce que tu racontes ? Est-ce que sa conception a envoyé une sorte de signal ?

J'avais posé la question en guise de plaisanterie et je fus surprise lorsque mon père hocha la tête d'un air sérieux.

— Sa naissance peut avoir projeté un signal.

Jimmy hocha la tête.

— Jessie, as-tu au moins vu Lara ? Es-tu certaine qu'elle existe ?

— Je ne l'ai pas vue. Mais je lui ai parlé au téléphone. Je l'ai entendue… elle roucoulait. C'est la nôtre. Je n'ai aucun doute là-dessus.

Jimmy entendit quelque chose dans ma voix.

— Mais il y a un problème avec elle. Qu'est-ce que c'est ?

Ni mon père ni moi ne voulions lui dire la vérité.

— Les Lapras l'ont enlevée aussi.

Jimmy paraissait désappointé, dégoûté. Il pointa mon père.

— Jessie m'a un peu parlé de votre implication avec le Conseil. Vous êtes censé être un tas de sorciers super-puissants. Mais tout ce que j'entends, c'est comment vous n'arrêtez pas de tout faire foirer.

Mon père ne broncha pas devant ses accusations.

— Nous avons commis des erreurs. Nous ne sommes pas parfaits. Mais nous sommes confrontés à un ennemi exceptionnel. Et si le Conseil a commis des erreurs, c'est parce qu'ils n'ont pas voulu interférer avec le libre arbitre de l'humanité. Même quand il était question de vous deux. Nous vous avons placés l'un près de l'autre, mais nous ne vous avons pas obligés à tomber amoureux. Ça pourrait être difficile à comprendre, mais une âme aussi brillante que celle de Lara ne pouvait entrer dans ce monde qu'à partir d'un couple qui était profondément amoureux.

Mon père avait parlé avec une telle conviction que ni Jimmy ni moi n'avions l'impression de pouvoir contester sa dernière remarque. Mais pour être honnête, je pensais qu'il était trop obsédé au sujet de Lara. Ma fille était supérieure aux autres parce que ses gènes étaient meilleurs, mais elle n'était pas une sorte de déesse.

— Donc, votre Conseil ne veut pas risquer de me faire passer par l'expérience de la mort parce que je pourrais mourir, dit Jimmy. Et si je meurs, il n'y a personne d'autre autour qui peut coucher avec votre fille et créer des bébés parfaits.

— C'est une façon de voir les choses, dit mon père.

— Mais ça ne vous a pas dérangé de prendre le risque avec Jessie, dit Jimmy. D'après ce que j'ai entendu, elle aurait pu mourir une dizaine de fois pendant qu'elle était entre vos mains.

— Non. C'est ça le problème. Elle est sortie d'entre nos mains.

— Je continue de penser que vous avez été négligents, dit Jimmy.

— Nous avons fait de notre mieux, mais nous avons été obligés de risquer d'activer les gènes de Jessie à cause de ce qui est arrivé à Lara. Autrement, j'aurais été heureux d'attendre que vous ayez tous les deux 30 ans. Je veux que ma fille aille à l'université, qu'elle ait une carrière. Je veux la même chose pour toi, Jimmy. Mais Lara est venue dans ce monde au moment qu'elle a choisi et elle a apporté une lumière magique qu'aucun de nous ne peut même commencer à comprendre.

— Si elle est si spéciale, pourquoi les Lapras ne la tuent-ils pas ? demanda Jimmy.

— Ils pourraient décider de la tuer un jour, s'ils découvrent qu'ils ne peuvent pas la contrôler. Mais pour l'instant, ils savent qu'elle est la seule qui porte l'ensemble des 10 gènes de sorcière à l'intérieur d'elle. Ils sentent son pouvoir, et c'est un pouvoir qu'ils aimeraient retourner contre nous.

Mon téléphone portable sonna. Il identifiait l'appelant comme Kari. Je dis aux autres qui c'était. Mon père me dit d'accepter l'appel, mais de ne pas rester longtemps en ligne. Les Lapras pourraient retracer l'appel et remonter jusqu'à nous. Il me dit également de lui dire que j'étais seule, si elle le demandait.

— Bonjour, Kari. C'est une agréable surprise, dis-je, m'insérant à côté de Jimmy sur le fauteuil.

Je voulais qu'il entende, ou du moins je pensais que je le
voulais.

— J'en suis sûre. Où es-tu ?

— Pourquoi ?

— Je veux que nous nous rencontrions. Nous avons des
choses à discuter.

— Comme ?

— Huck et Lara. Toi et Jimmy.

— Qui est Lara ? demandai-je.

— Ne fais pas l'idiote, Jessie, ça ne te va pas.

Kari fit une pause.

— Où veux-tu que nous nous rencontrions ? Je peux me
rendre là où tu es.

— Ce n'est pas nécessaire, répondis-je.

— Il te suffit de dire un lieu et une heure, dit Kari.

— Vraiment, Kari, c'est un week-end de vacances pour moi.
Pourquoi devrais-je en perdre une partie à te parler ?

— Parce que je viens de voir Huck. Et je peux emmener
Jimmy voir Huck s'il t'accompagne.

Soudain, Jimmy se mit à hocher vigoureusement la tête. Il ne
me donnait pas le choix.

— Le Café Mirage, dans une heure, dis-je, et je raccrochai.

L'espoir de Jimmy était si grand qu'il semblait prêt à exploser.

— Est-ce que ce pourrait être vrai ? murmura-t-il.

— Il est évident que Kari a été contactée par les Lapras, dit
mon père. Ça fait d'elle la dernière personne au monde que tu
devrais voir, Jimmy. Laisse aller Jessie seule à la rencontre. Kari
veut tout simplement que tu sois là pour qu'elle puisse te manipuler en utilisant ton fils comme carotte. Mais sa véritable cible
est Jessie, et elle va essayer de t'obliger à forcer Jessie à faire des
choses qui ne seraient pas sages.

— Comment sauver mon fils pourrait-il ne pas être sage ? demanda Jimmy.

— Si tu montres que tu peux facilement te faire manipuler, tu placeras ton fils dans un plus grand danger, dit mon père. S'il te plaît, ne prends pas ça dans le mauvais sens, mais maintenant ils te voient comme le maillon faible de notre groupe. Ne leur donne pas raison.

En colère, Jimmy se leva.

— Mais vous l'avez dit vous-même — je ne fais pas partie de votre groupe. Je ne suis rien. Je ne peux pas aider à protéger Jessie dans le monde des sorciers, et maintenant vous me dites que je ne peux même pas voir mon fils dans ce monde. Eh bien, allez au diable ! Jessie ne connaît même pas Kari. Quatre années de secondaire ensemble et les deux se sont à peine saluées. Eh bien, moi je suis sorti avec la fille, et j'ai eu un enfant avec elle. Je sais comment elle pense, et je peux obtenir bien plus d'elle que Jessie. Voilà pourquoi j'accompagne Jessie à cette rencontre.

— Et si Jessie ne veut pas que tu l'accompagnes ? demanda mon père.

Jimmy me regarda fixement, désespéré, et je pouvais voir son cœur battre derrière ses yeux.

— M'en empêcherais-tu ? demanda-t-il.

Je me sentais piégée, coincée par l'amour. Dans ce monde, rares étaient les sentiments pires que celui-là.

— Mon père a raison. Ils vont te manipuler pour arriver jusqu'à moi. Alors, qui sait, nous pourrions aussi bien finir par nuire à Lara.

— Je ne connais pas de Lara, dit-il.

— Moi, je la connais, dis-je, sentant la nécessité d'être franche. Et maintenant, elle est pour moi la personne la plus importante au monde. Dans les deux mondes.

Jimmy inclina la tête.

— Ne fais pas ça, Jessie.

— Je n'ai pas dit que je t'empêcherais de venir. Je ne t'imposerais jamais une telle décision. Tout ce que je veux dire, c'est que je crois que mon père a raison.

— Tu veux que je reste ici à ne rien faire ?

— Reste ici et aide mon père à prendre soin de Whip. Souviens-toi, c'est toi qui as insisté pour que nous l'emmenions à Vegas. Quand il se réveillera, il faut que nous lui posions des questions. Il pourrait en savoir beaucoup plus qu'on ne pourrait le croire.

— Bon discours, dit Jimmy. Alors, tu veux que je reste ici à jouer les bonnes d'enfant pendant que tu cours te jeter dans la gueule du loup.

— Tu sais que je suis capable de prendre soin de moi.

— S'il te plaît, cesse d'enfoncer le clou.

Jimmy se tourna vers la porte.

— Le Café Mirage dans une heure. Je te verrai là-bas.

Il partit sans dire au revoir.

Je craignais qu'il me faille m'habituer à ce genre de choses.

CHAPITRE 13

Même si nous étions venus séparément, Jimmy et moi arrivâmes au Mirage à l'heure fixée. Kari était en retard. Elle nous fit attendre une demi-heure. Pendant ce temps, Jimmy et moi ne nous parlâmes guère. C'était triste — Lara était son enfant autant que le mien, mais il ne ressentait aucun lien avec elle. Bien sûr, intellectuellement, il croyait ce que je lui avais dit, mais son cœur était fixé sur Huck — et il l'avait probablement été depuis la naissance de l'enfant.

Kari arriva enfin. Elle était vêtue d'une jupe courte verte et d'un chemisier blanc ajusté. Cette fille ne manquait jamais une occasion de montrer sa poitrine. Elle portait des boucles d'oreilles émeraude qu'elle n'aurait jamais pu se payer. Les bijoux confirmaient le fait qu'elle s'était récemment faite de nouveaux amis.

Elle ne semblait pas aussi hébétée que la veille, et je me demandai à quel point elle avait joué la comédie. Elle était très difficile à déchiffrer, même avec mon intuition qui se développait. Je me demandai à quelles habiletés ses gènes de sorcière étaient reliés. On aurait dit que quelqu'un lui avait enseigné à ériger un mur psychique.

— Tu es en retard, dis-je froidement, alors que Kari s'installait en face de nous.

Nous avions choisi une table dans un coin, nous pourrions ainsi discuter en privé. Jimmy et moi sirotions un grand cola. Avec la chaleur de l'été, une simple marche depuis le stationnement avait suffi à nous déshydrater.

Kari sourit faiblement.

— J'étais occupée.

— Apparemment, répondis-je. Tu veux nous en parler ?

— J'aimerais beaucoup mieux entendre vos aventures.

Je tapai impatiemment sur la table.

— Tu es connectée, je suis connectée. Qu'y a-t-il à dire ?

— Comment t'ont-ils connectée ? demanda-t-elle.

— Qui sont-ils ? répliquai-je.

— Ne fais pas l'innocente. Nous savons que les Tars t'ont déjà contactée. Tu sais que je parle aux Lapras. Là, Jessie, était-ce si difficile ? Maintenant, toutes nos cartes sont sur la table.

Il me manquait quelque chose. Je cherchai à m'avancer avec précaution.

— Je suppose que les Lapras t'ont connectée de la même manière que les Tars l'ont fait dans mon cas, dis-je.

— Non. Je me suis connectée moi-même.

Je grognai.

— Comme si tu aurais su comment.

Kari se tourna vers Jimmy.

— Après l'enterrement de Huck, je souffrais tellement, c'était insupportable. Mes parents ne savaient pas quoi faire. Ils ont tenté de me parler, ils m'ont emmenée voir un psychiatre. Il m'a donné des médicaments qui étaient censés améliorer mon humeur. J'ai essayé de lui dire qu'il n'y avait rien de mal avec mon humeur. Que mon problème, c'était que mon fils était mort. Il ne m'a pas du tout comprise. J'ai cessé de le voir, et mes parents ont décidé qu'il vaudrait mieux me laisser tranquille. C'était peut-être une erreur, tout dépend du point de vue. Ma mère souffre d'arthrite rhumatoïde et elle cache une bouteille d'analgésiques dans le placard de sa chambre à coucher. De l'OxyContin. Elle déteste les prendre, mais parfois la souffrance est trop forte.

Kari fit une pause.

— Comme je l'ai dit, ma douleur était plus que ce je pouvais endurer.

Je compris en un éclair.

— Tu as avalé la bouteille de médicaments. Tu as fait une surdose.

Kari hocha la tête.

— Théoriquement, je suis morte. Les ambulanciers ont dit que mon cœur avait cessé de battre au moins 15 minutes lorsqu'ils m'ont trouvée. Je ne sais pas s'ils m'ont sauvée ou si c'est un gène de naissance qui l'a fait. Tout ce que je sais, c'est que quand je me suis réveillée, on aurait dit que j'étais dans un autre monde.

Elle se tut, et son regard se concentra encore plus sur Jimmy.

— Un monde où ni toi ni moi n'avons de fils.

Jimmy en avait assez entendu.

— Je me fous de cet endroit. Ce qui m'importe, c'est ici et maintenant. Huck est-il vivant?

— Oui, dit Kari.

— Depuis combien de temps le sais-tu?

— Quelques semaines.

— Pourquoi tu ne me l'as pas dit? demanda Jimmy. Tu savais ce que je vivais.

— Comment aurais-je pu te le dire? Nous l'avions déjà enterré. Tu ne m'aurais pas crue.

— C'est des conneries. J'aurais écouté tout ce que tu avais à dire s'il était question de notre fils.

Kari montra son amertume.

— Vraiment? Je pense que tu avais d'autres préoccupations. Comme comment tu pourrais convaincre ta chère Jessie de reprendre avec toi maintenant que tu n'avais plus d'obligations envers moi.

Jimmy hocha la tête.

— Tu déformes ce qui est arrivé. Tu rejettes toute la responsabilité sur moi.

— À qui d'autre dois-je faire des reproches? J'ai observé vos ébats au lac hier. J'ai vu à peu près tout ce que vous avez fait, et c'est certain que Mme la chienne de sorcière ici a eu besoin de te supplier pour que tu enlèves tes pantalons.

— T'es malade, dis-je froidement.

— Non, Jessie, je suis furieuse, et j'ai le droit de l'être. Le mois dernier, il couchait avec moi, et maintenant il couche avec toi. Bien sûr, nous avons déjà passé par là. Il semble que même si notre cher Jimmy est bien équipé avec beaucoup de gènes de sorcier, quand on en vient aux questions de cœur, il est comme la plupart des gars, il pense avec sa bite. Ce qui signifie qu'il va probablement revenir vers moi très bientôt.

Je souris.

— Tout ce que tu as à offrir, c'est du sexe.

— Non, Jessie, ce que j'offre, c'est du bon sexe.

Kari s'arrêta.

— Et un fils. Qu'as-tu à dire, Jimmy? Veux-tu voir ton fils?

Jimmy était furieux, mais il réussit à se maîtriser, et il rongea son frein.

— Quand? demanda-t-il.

— Aujourd'hui, si tu le veux, dit Kari.

— À quelle condition? demandai-je.

Kari se pencha.

— Il y en a une seule. Vous devez tous les deux accepter de m'accompagner.

— Pourquoi viendrait-elle? demanda Jimmy.

Il y avait dans sa voix une intonation légèrement sauvage qui m'effrayait. Je m'inquiétai aussi quand il prit la main qu'elle lui offrit.

— Parce qu'elle est la reine des abeilles, dit Kari, serrant les doigts de Jimmy. J'ai donné naissance à un beau garçon en bonne santé dont l'ADN dispose de cinq gènes extraordinaires. En grandissant, il sera au moins aussi merveilleux que son père. Normalement, les Lapras seraient heureux de nous accueillir dans leur giron. Le seul problème, c'est que la fille de Jessie est née avec 10 gènes.

— Lara est née parfaite, dis-je avec de la fierté dans ma voix.

— Pas tout à fait parfaite, ricana Kari. J'ai entendu dire par le bouche-à-oreille que jusqu'ici, elle cause plus d'ennuis que ce qu'elle vaut.

— C'est un bébé, dis-je. Je lui manque.

Kari retenait toujours Jimmy.

— Nous manquons à Huck, Jimmy. Je sais qu'il te manque. C'était incroyable de le revoir. J'ai pu jouer avec lui pendant une heure. Je l'ai nourri, je lui ai donné son bain et j'ai changé sa couche. Il va très bien. Il est intelligent, heureux, et en bonne santé. Je pense qu'il m'a reconnue.

Jimmy hocha la tête.

— C'est bien.

Kari continua.

— Il est dans une belle maison à 20 minutes d'ici. En haut de la colline, elle offre une vue fantastique du désert. Comme il y a une brise, on a accroché ces carillons sur le balcon arrière et ça fait un bruit enivrant. Nous pouvons y rester ensemble, et tu pourras voir Huck tant que tu le voudras.

Jimmy cessa de hocher la tête et resta assis en silence. Kari et moi attendions.

— Pourvu que Jessie vienne avec nous, répéta-t-il, alors qu'il soulevait doucement les doigts de Kari et retirait sa main. Je ne comprends toujours pas ce qu'elle a à voir avec Huck.

— Elle n'a rien à voir avec lui, dit Kari, furieuse.

— En même temps que j'ai tout à voir avec lui, dis-je tristement, posant un bras autour de son épaule.

Tu parles d'une façon de tirailler un gars.

— C'est la singularité de Lara qui est la clé de cette situation. Les Tars veulent l'éduquer pour faire le bien. Les Lapras veulent s'en servir pour le mal. Mais pour l'instant, tout ce que veulent les deux parties, c'est de la rendre heureuse, et pour ça, ils ont besoin de moi, sa mère.

— Elle a seulement un mois, dit Jimmy. Comment peut-elle savoir qui tu es?

— Que puis-je dire? Elle le sait. Mais prends le temps d'examiner ce que t'offre Kari. C'est un pacte classique avec le diable. Va avec les mauvais types et ils te donneront ce que tu veux aujourd'hui. Il suffit de ne pas poser de questions au sujet du lendemain, parce que tu pourrais découvrir que, à long terme, tu vends les âmes de tes enfants.

— On se fout de leur âme! éclata Kari. J'essaie de garder mon fils vivant. Voilà tout ce sur quoi tu dois te concentrer, Jessie. Je sais qu'ils ont Lara, et tu le sais aussi. J'espère que Jimmy le sait aussi. Tout ce que tu dis c'est de la merde! Ils ont les enfants, ils ont donc le contrôle. Nous devons collaborer. C'est aussi simple que ça.

— Ce n'est pas si simple, répondis-je.

— Menteuse. Et qui te dit que les Tars sont mieux que les Lapras? Il y a quelques jours, nous ne savions même pas que ces deux groupes existaient. Pour autant que nous sachions, les Lapras sont les bons gars.

— S'ils sont si bons, pourquoi t'ont-ils remis un bébé mort et t'ont-ils convaincue que c'était Huck, en te disant d'aller l'enterrer, pour ensuite te renvoyer en te tapotant le dos?

— Si les Tars étaient si grands et tout-puissants, comment se fait-il qu'ils n'aient pas pu empêcher que nos enfants se fassent kidnapper? répliqua Kari.

— « Kidnapper » est le mot clé, dis-je. C'est ce que font les Lapras. Ils prennent ce qu'ils veulent quand ils le veulent. Ça devrait te donner une idée de leur sens moral.

Je me tournai vers Jimmy.

— Tu ne peux pas négocier avec eux. Au fond, tu le sais très bien.

Il me regarda fixement.

— Es-tu en train de dire que tu ne viendras pas avec moi? demanda-t-il doucement.

— Je te dis que c'est une mauvaise idée.

Il leva la main. Son ton semblait raisonnable, mais il y avait aussi un fond de menace.

— Ce n'est pas ce que je te demande. À l'appartement, tu as dit que tu ne voulais pas m'obliger à prendre une décision dans un sens ou dans l'autre.

— C'est vrai. Je ne vais pas te forcer. Va avec elle si tu le veux.

— Mais tu as entendu Kari. Je ne peux pas faire ça, pas sans toi.

Ma lèvre inférieure se mit à trembler.

— C'est du brouillage de cerveau, purement et simplement. Ils essaient de te monter contre moi, et tu as été averti qu'ils le feraient. S'il te plaît, ne te laisse pas avoir.

— Qui t'a mis en garde, Jimmy ? demanda nonchalamment Kari. Russ ? Je ne suis pas certaine que Jessie t'ait tout dit sur lui. Comme à quel point ils sont vraiment proches ?

Je souris à Kari.

— Tu commences à être désespérée, n'est-ce pas ? Jimmy sait que je ne le tromperais jamais.

Kari croisa mon regard.

— Es-tu certaine ?

— Oui, dis-je.

Kari hocha la tête et s'adossa.

— Jimmy t'a-t-il parlé de la dernière fois que nous avons fait l'amour ? demanda-t-elle.

Le regard de Jimmy se durcit.

— Kari, tu viens de jouer la mauvaise carte. Soudain, ce que dit Jessie commence à avoir du sens. Tu viens de me rappeler comment tu aimes procéder.

Kari bouillait. Ses yeux balayèrent rapidement la table, comme si elle cherchait quelque chose à lui lancer. Pourtant, en quelques secondes, je pus l'entendre s'obliger à prendre de profondes inspirations, pour se calmer. C'était différent de la Kari que je connaissais et qui n'avait aucune maîtrise d'elle-même. Je me demandai si les Lapras n'avaient pas déjà entamé sa formation.

— Je n'aurais pas dû parler comme ça, dit Kari. Je m'excuse. Tout ce que j'essaie de faire, c'est de sauver notre fils. Voilà ma seule préoccupation. Tu ne peux pas me blâmer de me battre pour sa vie.

— Ne fais pas ton cinéma, dis-je.

— Mon cinéma? N'as-tu pas pensé que parce que Huck n'est pas aussi spécial que Lara, on peut plus facilement se passer de lui?

Des larmes montèrent aux yeux de Kari.

— Je ne sais pas comment tout ça va se terminer. Mais j'ai l'impression que si je ne leur donne pas ce qu'ils veulent, ils le tueront.

Le visage de Jimmy s'assombrit.

— Ils ont dit ça?

Kari baissa la tête.

— Non, mais la menace… semble flotter dans l'air, tu comprends.

Jimmy se tourna vers moi.

— C'est un trop gros risque pour moi.

Je restai assise tranquille pendant quelques secondes, et j'essayai de ressentir le moyen que nous devrions prendre. Les paroles que je prononçai ensuite, c'était comme si elles m'avaient été envoyées d'en haut.

— Il est trop tôt. Ils ne feront de mal à aucun des bébés. Les Lapras existent depuis très longtemps. Ils sont patients. Pour l'instant, ils vont attendre et observer pour voir comment les choses évoluent.

Kari sécha ses yeux avec une serviette de table.

— Tu fais des suppositions, dit-elle. C'est facile à faire quand ce n'est pas notre enfant.

— Huck est l'enfant de Jimmy, répliquai-je. Et puisque nous sommes ensemble, je m'en fais pour lui. Je vais sans doute finir par passer pas mal de temps avec lui.

— Surtout si quelque chose de malheureux arrive à sa mère, murmura Kari.

— Je n'ai pas dit ça, dis-je.

— Non, mais tu l'as pensé.

Je haussai les épaules.

— Eh bien.

Kari lança sa serviette.

— Espèce de salope !

— C'est toi qui es venue ici avec une arrière-pensée. Ne crois pas que Jimmy et moi ne voyons pas que tu essaies de jouer sur tous les plans. Ton problème, c'est que tes petits pouvoirs de sorcière te sont montés à la tête.

— Regarde qui parle. La mère divine en personne.

— Je ne peux pas empêcher que mon enfant soit parfait, dis-je.

Kari se tourna vers Jimmy.

— Allons voir Huck. Dans 20 minutes, tu pourrais le tenir dans tes bras. Si elle veut, Jessie peut rester dans la voiture. Ils ont juste dit que je devais l'emmener à la maison.

— Ils ne la laisseraient pas simplement rester dans la voiture, avança Jimmy.

— En fait, Kari a peut-être raison, dis-je. Ils essaient de découvrir s'ils peuvent nous déplacer comme des pièces sur un échiquier. Cette rencontre, toute cette danse de la carotte et du bâton, je pense qu'ils veulent juste voir si nous mordrons à l'appât. Je crois que le mieux que nous puissions faire, c'est de les ignorer.

Jimmy me prit les deux mains.

— J'ai peur de les envoyer promener. Tu me dis qu'ils sont maléfiques, et ils ont mon fils. Aucun de nous ne peut être certain de ce qu'ils vont faire.

— Mais nous pouvons être sûrs que leur offre n'est que de la merde. Ils disent que tu pourras voir Huck si je t'accompagne. Mais ils n'ont pas dit qu'ils vont le laisser aller. Parce qu'ils ne le laisseront pas partir. Au mieux, tu vas obtenir de voir ton fils pour un court laps de temps.

— C'est ridicule, dit Jimmy. S'ils ne le livrent pas, nous irons à la police.

Il regarda Kari.

— Non ?

Kari hocha la tête.

— Jessie serait probablement d'accord avec moi quand je dis que ça ne servira à rien.

— Ça ne servira à rien, murmurai-je.

— Alors, nous contacterons le FBI, déclara Jimmy. Je me fous de ce que sont ces gens. Ils ne sont pas au-dessus de la loi.

— Veux-tu parier ? dit Kari.

Jimmy lança un regard furieux.

— Tu vas raconter à la police et au FBI que Huck est vivant et tu vas les conduire à la maison où tu as vu notre fils.

— Ou quoi ? Tu vas me poursuivre en justice ? demanda Kari.

— Jimmy, dis-je, elle te dit enfin la vérité.

— Mais le FBI..., commença Jimmy.

— Ne peut pas nous porter secours, interrompis-je. Les Lapras les écraseraient comme des mouches.

Jimmy prit un certain temps pour absorber l'information qui lui venait de deux côtés opposés. Non pas que Kari essayait soudainement d'aider. Mais elle voyait finalement que ses mensonges ne fonctionnaient pas.

Jimmy hocha la tête.

— Je ne sais pas quoi faire.

— Alors, attendons, dis-je. Ce n'est pas le moment de poser un geste.

Il hésita.

— C'est toujours à moi de décider ?

— Je te l'ai dit, je t'accompagnerai si tu me le demandes.

Il se leva et regarda Kari.

— Fais savoir à tes nouveaux maîtres que nous ne sommes pas des marionnettes. Nous ne nous mettrons pas à bondir simplement parce qu'ils nous ordonnent de le faire.

Jimmy ne donna pas à Kari la chance de répondre. Il partit et je le suivis, fière qu'il soit mon petit ami.

Mais lorsque nous fûmes à l'extérieur, Jimmy se mit à parler de notre situation qui selon lui était foutue.

— Cette discussion que nous venons d'avoir, c'était en grande partie à propos de Huck. Comme tu l'as dit, c'est lui la carotte des Lapras. Mais comme nous avons choisi d'ignorer leur demande, la prochaine fois, ils trouveront un angle différent pour nous atteindre. Tu comprends ce que je te dis.

— Ils menaceront Lara, admis-je.

C'est alors que je pris conscience que je ne lui avais pas annoncé que j'allais rencontrer les Lapras seule dans le monde des sorciers.

— Exactement, dit Jimmy. Et quand ils le feront, tu vas comprendre comment je me sens en ce moment.

— Je suis désolée.

Je tendis la main, je le pris dans mes bras et je l'embrassai. Mais l'affection semblait un peu forcée. Comme mes prochaines paroles.

— Je ne vais pas laisser ces monstres l'élever.

Il hocha la tête.

— Tu signerais un contrat avec le diable pour les empêcher de la tuer.

Avant de rencontrer Kari, Jimmy était allé chercher la Ford Expedition que nous avions larguée au Circus Circus. Nous utilisâmes le VUS pour retourner à l'endroit où mon père séjournait. Lorsque nous nous garâmes à l'extérieur du complexe d'appartements, un long silence s'était installé entre nous. Enfin, je dis la seule chose que je pensais qui comptait.

— Je t'aime.

Mais lorsqu'il s'apprêta à répondre, je posai mon doigt sur ses lèvres.

— Ne dis rien. Tu n'as pas à le dire.

— Pourquoi?

— Tu viens de prouver ton amour au-delà des mots. Je ne peux imaginer à quel point il a été difficile pour toi de ne pas accepter l'offre de Kari. Je sais que tu l'as fait pour moi. Et je sais que ça te rend dingue.

Il hocha la tête.

— Ça n'a pas été facile.

Je le tins tout contre moi.

— J'aimerais pouvoir faire l'amour maintenant.

— Whip se réveillera bientôt. Il va nous chercher. Nous ne pouvons pas tout simplement le larguer à ton père.

— Je sais. J'aurais seulement aimé…

— Jessie?

— Je meurs d'envie d'être étendue avec toi dans le lit et de te tenir dans mes bras.

Il devait ajouter les mots fatals.

— Jusqu'à ce que tu disparaisses.

J'hésitai.

— Oui.

— Tu ne dois pas aller voir Russ ou quelque chose du genre ?

Je l'embrassai de nouveau, rapidement.

— Je te jure, il ne se passe rien entre nous.

— Pourquoi t'a-t-il donné une centaine de milliers de dollars ?

— Il essayait juste d'attirer mon attention, pour me montrer ce que j'étais. Comme je te l'ai dit, l'argent ne signifie rien pour lui, pour n'importe lequel d'entre eux.

— Es-tu l'une d'entre eux ?

— Je suis la même que j'ai toujours été.

Je continuai de l'embrasser, mais il recula soudainement. Je me demandai si c'était parce que je venais juste de mentir.

— Quel est le problème ? demandai-je.

— Je pense à ce que je disais il y a un instant. À propos de toi qui disparaîtrais lorsque nous nous endormirons. Je sais que tu ne vas pas disparaître littéralement. Tu seras là quand je me réveillerai le matin. Mais chaque jour, tu seras différente, plus une sorcière qu'un être humain. Et tu seras entourée d'ennemis.

— Ne pense pas comme ça. Tu existes aussi dans ce monde.

— Ça semble génial. C'est probablement vrai. Mais ça ne m'aide pas parce que je ne suis pas conscient de ce monde. Et d'après ce que tu m'as dit au sujet de James, mon autre moi, il est tout aussi inconscient de mon existence que je le suis de la sienne. Tous ces pouvoirs incroyables dont tu as fait preuve, je n'en ai aucun.

— Mais tu as entendu ce qu'a dit mon père. Ils te viendront en temps et lieu.

Il renifla.

— Quand j'aurai 30 ans? Mon fils, ma fille, toi — vous êtes tous en danger maintenant.

Il se détourna.

— Je ne sais pas combien de temps je peux attendre.

Je sentis un froid à l'intérieur.

— Qu'est-ce que tu racontes?

Il hocha la tête et sortit de la voiture.

Nous étions à mi-chemin de l'appartement de luxe que louait mon père quand je remarquai un homme et une femme assis dans un véhicule non loin de l'endroit où mon père et Whip logeaient. Nous sursautâmes en voyant que la tête de l'homme était sur le corps de la femme et la tête de la femme sur le corps de l'homme.

J'eus mal au cœur.

Une voix se fit entendre dans notre dos.

— Kari a alerté les Lapras quand vous avez quitté le Mirage. Ces deux-là avaient reçu l'ordre de vous suivre, dit un homme qui utilisait un mouchoir blanc pour essuyer du sang d'une longue épée.

Il était entièrement vêtu de cuir noir, incluant ses bottes, et ses yeux noirs dégageaient une énergie sauvage — même si on ignorait l'épée sanglante. Ses cheveux blond foncé frôlaient ses épaules. Il me rappelait un vampire, mais, étonnamment, je n'avais pas peur de lui. Avant de me dire au revoir la nuit dernière dans le monde des sorciers, mon père m'avait parlé de deux des membres du Conseil : Cleo, naturellement, puisqu'elle dirigeait le Conseil, et Kendor, parce que mon père avait le sentiment que je tomberais sur lui avant de rencontrer l'ensemble du Conseil.

Kendor était celui vers qui se tournait le Conseil lorsqu'il fallait employer la force. Un maître escrimeur et un expert dans pratiquement toutes les formes de lutte, il était censé posséder une vitesse et une force plus grandes que n'en possédait tout autre sorcier vivant.

C'était un beau diable, et j'aimais son nom — Kendor. Je le voyais comme une sorte de héros. Mon père m'avait dit que Cleo était la seule à pouvoir le contrôler.

Je ne pus m'empêcher de me poser des questions sur son degré de contrôle. Les fenêtres de la voiture où le couple était assis — mort — étaient complètement baissées. D'après leurs expressions, on aurait dit qu'ils avaient été pris par surprise. Il y avait beaucoup de sang et déjà les mouches avaient commencé à se rassembler.

Ils étaient jeunes, au milieu de la vingtaine, et même s'ils avaient possédé le gène de guérison, ça ne les aurait pas du tout aidés maintenant. Mon père avait clairement précisé que c'était le genre de blessures que même ce gène ne pouvait réparer.

Jimmy jeta un coup d'œil sur les cadavres.

— Bon Dieu, dit-il, le souffle coupé.

— Vous devez être Kendor, dis-je, lui offrant ma main. Mon père m'a dit que si je ne faisais pas attention, je pourrais tomber sur vous par accident.

— Je suis ici parce que vous n'étiez pas assez prudents, répondit-il, désignant le couple décapité avant de me serrer la main.

Sa poigne était ferme et son accent empreint d'influences de divers pays européens. Sa voix était puissante ; il n'avait pas besoin d'élever le ton pour qu'on l'entende. Il dégageait une confiance totale. Il n'avait peur de rien, c'était évident, et je sentais le côté tueur en lui, même si j'ignorais la présence des corps.

Mon père avait dit que sur le plan de l'âge, Kendor était le deuxième par rapport à Cleo et il avait ajouté — comme si j'avais vraiment besoin de l'avertissement — qu'il avait un sens de l'humour un peu tordu.

— Désolée si nous avons été insouciants, lui dis-je.

— N'en parlons plus.

Kendor se tourna vers mon copain et lui tendit la main.

— Vous devez être Jimmy.

Jimmy lui serra la main sans hésiter, sans doute pour montrer qu'il n'était pas effrayé.

— Comment connaissez-vous mon nom? demanda-t-il.

— J'ai rencontré votre alter ego, dit Kendor.

Jimmy hocha la tête vers les deux dans la voiture.

— Étaient-ils ici pour nous faire du mal? demanda-t-il.

— Probablement pour espionner. Mais je déteste tellement les fouineurs. Pas vous?

Jimmy sourit et se tourna vers moi.

— Je pense que ce gars va me plaire, dit-il.

Kendor s'adressa à Jimmy.

— Je dois vous demander une faveur. Puis-je emprunter votre petite amie pendant une ou deux heures?

— Ça me va. Mais vous feriez mieux de demander à Jessie, dit Jimmy, laissant savoir à Kendor que je prenais mes propres décisions.

Kendor me lança un regard pénétrant.

— Je me rends compte que ce n'est sans doute pas la meilleure façon de me présenter, dit-il.

— Ce qui vous manque en subtilité, vous le gagnez en flair, répondis-je.

Il baissa la tête.

— Merci, Jessie.

— Ne dites à personne que j'étais ici, prévint-il en s'adressant à Jimmy.

Jimmy hocha la tête.

— Pas de problème.

— Qu'allons-nous faire? demandai-je.

— Discuter, dit Kendor.

— J'aimerais bien, répondis-je, avant de pointer de nouveau le couple mort. Et eux?

— Eux? Eh bien, ils sont le moindre de vos soucis.

Kendor termina de nettoyer son épée et la gaina dans un étui en cuir qu'il portait à la taille.

— Voulez-vous conduire ou devrai-je le faire?

Je jetai un dernier regard vers le couple mort. Je pensai que je devrais échanger leurs têtes sur leur corps. Kendor avait effectivement un sens de l'humour inhabituel.

— Je vais conduire, répliquai-je.

CHAPITRE 14

Nous quittâmes la ville dans la direction opposée de celle que Jimmy et moi avions prise plus tôt, et nous nous dirigeâmes vers l'ouest sous un soleil qui dérivait vers l'horizon. Je portais d'épaisses lunettes de soleil, mais l'éclat ne semblait pas déranger Kendor. Après avoir roulé une demi-heure en dehors de la ville, à l'approche d'une rangée de collines montagneuses, il m'indiqua de m'engager sur un chemin de terre. La route était fortement criblée de trous, et j'étais heureuse de la robustesse de notre VUS.

— À quoi pensez-vous? demanda-t-il — une de ses rares paroles depuis qu'il était monté dans mon véhicule.

— À Lara. Puis-je vous poser des questions à son sujet?

— Je préfère attendre et en discuter plus tard. Posez une autre question, ajouta-t-il.

— Bien. Aimez-vous toujours tuer ?

— Toujours ?

— Mon père dit que vous étiez un fameux guerrier dans votre jeunesse.

Kendor réfléchit.

— Quand j'étais jeune et que je combattais avec d'autres personnes dans un but commun, c'était gratifiant pour moi, mais seulement si notre objectif était noble. Sinon, non, je ne prends aucun plaisir à blesser quiconque, homme ou bête.

— Ça veut dire que vous êtes végétarien ?

— Oui.

Je ris.

— Désolée.

Il n'était pas offensé.

— Je vous amuse. Pourquoi ?

— C'est simplement que vous me faites penser à un vampire.

— J'ignorais que vous croyiez aux vampires.

— Je n'y crois pas.

J'hésitai.

— Devrais-je y croire ?

Il sourit, mais ne répondit pas.

Nous continuâmes à rouler. De longues périodes de silence ne semblaient pas le déranger. Après avoir vécu quelques milliers d'années, je suppose que même moi j'aurais dompté ma nature bavarde.

— Quel est le dernier combat que vous avez aimé ? demandai-je.

— Le siège d'Alésia. 52 av. J.-C. Ce n'est pas que ça m'a beaucoup plu, mais il était important pour plusieurs raisons.

Il me regarda.

— Avez-vous lu sur ce sujet à l'école ?

J'hésitai.

— Est-ce que ça avait quelque chose à voir avec César?

— C'était vraiment un bon ami.

Je dus me retenir pour ne pas pousser un cri de joie.

— Vous le connaissiez? C'est tellement cool! criai-je.

— Je suis heureux que vous voyiez cela d'un bon œil.

— Est-ce que votre Conseil existait déjà à cette époque? demandai-je.

— Votre père vous a parlé de nous?

— Oui. Est-ce que ça va?

— D'après moi, plus vous en savez, mieux c'est. À cette époque, le Conseil était présent, mais nous étions plus ou moins organisés et nous évitions de nous impliquer dans les affaires de l'humanité. Mais nous avions compris que la République romaine avait le potentiel d'unifier l'Europe, et pour cette raison, avec la discrétion habituelle de Cleo, nous avons appuyé son développement.

— Je détecte une pointe de sarcasme, dis-je.

— Votre père vous a probablement dit que Cleo et moi avons quelquefois des divergences d'opinions. Nous partageons le même désir d'aider l'espèce humaine, mais nos méthodes diffèrent. Elle a l'impression que l'humanité est mieux servie par l'apprentissage de ses erreurs. Mais je suis las de sa capacité illimitée à répéter ses erreurs.

Kendor hocha la tête, comme s'il était en train de se rappeler un millier de querelles avec son associée.

— Parfois, j'aimerais qu'elle nous laisse jouer un rôle plus proactif.

— Comme avec César? demandai-je.

— Oui. De temps à autre, quelqu'un apparaît dans l'histoire, et le Conseil le reconnaît comme ayant la capacité de mener la race humaine à un niveau supérieur. Que ce soit un sorcier ou pas, ce n'est pas important. À bien des égards, il est préférable que ce n'en soit pas un, bien que certains sorciers aient réussi à contribuer à l'humanité avant de feindre leur mort et de disparaître.

— Pouvez-vous me donner des exemples ? demandai-je.

— Plus tard. Pour l'instant, nous allons nous en tenir à César. Je me suis battu à ses côtés uniquement parce que je voulais lui faire gagner ses batailles pour qu'il puisse revenir à Rome et créer un nouveau système de maintien de l'ordre dans une société déjà prometteuse. À l'époque, je ne savais pas que son règne serait de si courte durée. Même maintenant, j'ai l'impression que son assassinat a été l'un des principaux moments décisifs de l'histoire, tout comme les historiens modernes comprennent la mort de John F. Kennedy. César était l'un de ces rares chefs qui n'avaient pas soif de pouvoir simplement pour l'amour du pouvoir. C'était purement parce qu'il voyait la nécessité désespérée d'un gouvernement unifié qu'il avait accepté les responsabilités d'empereur.

— Je suis surprise. D'après ce que j'ai lu…

Kendor m'interrompit en levant la main.

— S'il vous plaît, ne citez pas vos livres d'histoire. Si vous avez assez de chance pour survivre les siècles à venir, je peux vous assurer que vous ne reconnaîtrez pas les comptes-rendus des futurs historiens concernant cette époque. Il y a un dicton qui dit l'histoire est écrite par ceux qui gagnent. Il y a de du vrai dans cette remarque, mais il serait plus exact de dire que les historiens décident de ce qu'est l'histoire.

— Voulez-vous dire que c'est la meilleure évocation qui gagne ? demandai-je.

— La plupart du temps. Mais dans la vraie vie, César était l'égal de la plus grande vedette de l'une de vos plus célèbres superproductions. Je le connaissais, j'étais près de lui, je comprenais son esprit. C'était ma foi en lui qui avait inspiré le Conseil à soutenir son ascension fulgurante au pouvoir. Même Cleo, qui croit rarement à l'appui des guerriers, avait l'impression que César pouvait faire germer un âge d'or qui durerait des siècles.

— Excusez-moi, mais on dirait que la route est sur le point de se terminer.

— Peu importe. Continuez jusqu'à ce que nous atteignions les collines. Il y aura un endroit pour se garer.

— Se garer? Allons-nous faire une promenade?

— Oui. Est-ce un problème?

— Il fait plus d'une centaine de degrés à l'extérieur.

— La marche ne sera pas longue et la chaleur de la journée vous permettra d'apprécier encore plus notre destination, dit Kendor.

Après avoir garé l'Expedition, je m'apprêtai à remplir mon sac à dos de bouteilles d'eau. Kendor me dit qu'elles ne seraient pas nécessaires. Mais il me demanda si j'avais un maillot de bain.

— Pas avec moi, dis-je.

— Êtes-vous timide?

— Allons-nous nager?

— Je vais le faire. Et j'espère que vous vous joindrez à moi. Comme vous pouvez sans doute le deviner, je suis plus âgé que j'en ai l'air. Je ne ressens plus de frissons à la vue d'une femme nue.

— Phrase de drague fantastique!

Je me mis à rire.

— Mais je suppose que c'est vrai.

L'idée que Kendor se faisait d'une courte promenade n'était pas la même que la mienne. Nous marchâmes à pied au moins trois kilomètres et une grande partie se trouvait en pente raide.

Il marchait vite ; j'étais essoufflée à le suivre. Ce n'était pas l'effort physique ; c'était la chaleur. Pourtant, ça valait le coup. Soudain, le terrain sombre de poussière de sable, de piles de pierres et d'anémones de Virginie s'ouvrait sur un bol de granit rond qui contenait un délicieux étang turquoise. Il y avait même une petite cascade à l'autre bout.

— C'est magnifique ! haletai-je.

Kendor était heureux de ma réaction.

— Il est alimenté par un ruisseau souterrain. Le niveau de l'eau monte de un à deux mètres dans les mois les plus froids, mais par ailleurs, il demeure constant.

— Je ne vois pas de déchets ou de traces de pas. Est-ce que quelqu'un d'autre connaît cet endroit ?

— Récemment, je n'ai jamais rencontré quelqu'un dans cette région. Mais les Paléoindiens venaient ici il y a des siècles. Ils considéraient l'endroit comme un lieu sacré. Allons, descendons à l'eau. Je vais vous montrer un mur de leurs pétroglyphes.

— À quand remonte votre amitié avec les Paléos ? demandai-je alors que je traînais derrière lui.

C'était un plaisir de simplement le regarder marcher. Il se déplaçait avec une grâce si fluide et il ne semblait jamais se lasser.

Il se moqua de ma question.

— Vous voulez connaître mon âge, dit-il.

— Bien sûr. Mais je me demande aussi si vous veniez ici avant la découverte de l'Amérique par Christophe Colomb.

— Beaucoup de gens ont découvert l'Amérique avant Christophe Colomb. Mais ne craignez rien, je vous présenterai une revue de l'histoire de ma vie après notre bain.

— En supposant que je sois d'accord pour me baigner nue avec vous.

— Vous avez ma parole de gentilhomme que je ne vous toucherai pas.

— Promettez-vous de ne pas regarder?

Il sourit.

— Vous seriez insultée si je ne regardais pas.

Je ne pus rien dire. Il avait raison.

Les pétroglyphes étaient confinés à un mur dissimulé derrière la cascade. Il y avait des dizaines de beaux symboles complexes, ainsi que des milliers de mots anciens gravés dans une écriture remarquablement hypnotique. Je demandai à Kendor s'il pourrait traduire le langage pour moi. Pour la première fois depuis notre rencontre, il hésita.

— Je le peux. Mais comprenez, les Paléos n'ont pas inventé cette écriture. Elle leur avait été enseignée par un homme que j'ai rencontré le jour où j'ai découvert qui j'étais.

— Cet homme était-il un sorcier?

— Je ne suis pas certain de ce qu'il était. Il se nommait l'Alchimiste.

— Est-il encore vivant?

— Ça fait partie de l'histoire que j'espère raconter. Mais vous avez chaud. Allons d'abord nager pour nous rafraîchir.

— Super, dis-je.

Et je m'efforçai de faire patienter ma curiosité, ce qui n'était jamais une tâche facile pour moi. Mais Kendor avait raison, je me sentais un peu étourdie à cause du soleil, et j'avais hâte d'aller dans l'eau. Ça ne me dérangeait plus de ne pas avoir de maillot. Il n'était pas nécessaire que Kendor me donne sa parole de gentilhomme. Je me plaisais à penser que j'étais séduisante, mais je savais qu'il avait vu beaucoup mieux que moi en son temps.

Nous nous déshabillâmes et nous plongeâmes. Avec le soleil du désert, je m'attendais à ce que la température de l'eau soit au-dessus d'une trentaine de degrés. C'était en fait plus proche d'une vingtaine de degrés, et mon cœur sauta un battement lorsque je plongeai sous l'eau. Mais après avoir fait quelques longueurs dans le bassin — il faisait au moins quatre fois la longueur d'une piscine olympique — je n'aurais échangé le froid pour rien au monde. Je me sentais incroyablement rajeunie, surtout après avoir suivi les conseils de Kendor et bu de l'eau du lac.

— Qu'est-ce qu'il y a dans cette eau ? demandai-je, alors que nous nous croisions au milieu.

Le corps nu de Kendor était distrayant. L'homme était vachement beau.

— Du pouvoir, dit-il, en m'éclaboussant.

— Vraiment ?

— Vous le sentez, n'est-ce pas ?

— Oui. Mais quelle sorte de pouvoir ? D'où vient-il ?

— C'est la puissance de tous les éléments de la nature regroupés en un seul endroit. Les Paléos l'ont reconnu, mais ils n'ont pas cru bon de donner plus d'explications.

Je pris sa réponse comme une indication de cesser de poser autant de questions.

Nous nageâmes pendant une demi-heure et quand nous eûmes terminé, nous nous glissâmes dans nos sous-vêtements, tout en laissant le reste de nos vêtements étalés sur les rochers. Nous nous assîmes à l'ombre près de la cascade. En fait, l'ensemble du bol rocheux était couvert d'ombres et je savais que le soleil se coucherait bientôt.

Kendor me demanda où je voulais qu'il amorce son histoire.

— Au début, dis-je.

— Je suis né en Celte, en Angleterre, vers l'an 3000 av. J.-C. Eh oui, je le sais, vos livres mentionnent que les Celtes ne semblent pas avoir occupé cette partie du monde avant 500 av.

J.-C. Mais j'y étais et pas vos historiens, alors croyez-moi. C'était plusieurs siècles avant que les Romains apparaissent sur nos côtes méridionales. Mon clan, le Tyenna, était situé dans ce qui est maintenant Dover. Vous le connaissez sans doute pour ses célèbres falaises blanches, mais c'est aussi le point géographique du Royaume-Uni qui est le plus proche de l'Europe continentale. Plus tard, je me suis souvent demandé pourquoi il m'avait fallu autant de temps pour traverser la Manche.

— Mais vous ne pouviez pas voir la terre au-delà de l'eau, non ?

— Quand j'ai pris possession de mes dons de sorcier, j'en étais capable, dit Kendor.

— Sautez à cette partie. Comment avez-vous été connecté ?

— En surface, ma mort et ma renaissance ont été banales. J'avais 20 ans quand un hiver dévastateur a frappé notre clan. La neige est arrivée tôt et n'est jamais partie. En avril, notre peuple avait été réduit de moitié. Moi-même, j'avais perdu un tiers de mon poids et deux de mes quatre enfants avaient déjà péri.

— Vous étiez marié ?

— À la manière de l'époque. Elle s'appelait Nanar, et je l'aimais tendrement. Elle a eu le cœur brisé de perdre nos deux garçons, et j'étais déterminé à ce que nos filles ne subissent pas le même sort. Voilà comment je me suis retrouvé à pêcher sur un lac gelé, non loin du camp. La nuit était avancée, et j'avais allumé un feu. Vous pourriez penser que j'étais négligent de faire brûler du bois dans un endroit si précaire, mais la glace était si épaisse que je ne pouvais pas atteindre l'eau en dessous sans le feu. Il faisait un froid glacial, j'avais besoin de cette chaleur pour rester en vie. Une lumière jaune pâle teintait le ciel de l'est quand j'ai commencé à rassembler mes effets pour rentrer à la maison. Mon expédition avait été un succès. J'avais attrapé quatre gros poissons, suffisamment pour nourrir ma famille pendant une semaine. Je me souviens de ma joie en imaginant le plaisir qu'aurait Nanar quand elle verrait la nourriture fraîche. À un certain point, j'ai dû devenir insouciant et m'approcher trop près du bord de la glace. À cette époque, un faux pas suffisait pour vous faire quitter ce monde. La glace a cédé sous mon poids et je suis tombé dans l'eau. Le lac n'était pas grand, il n'aurait pas dû y avoir de courant. Mais j'ai probablement été poussé hors de mon trou de pêche en me démenant frénétiquement. Soudain, j'ai vu une légère lumière rouge à environ six mètres à ma droite, et je n'avais jamais eu aussi froid.

» Mon seul espoir était de revenir vers l'ouverture. Mais comme je nageais vers elle, je sentais la vie qui s'écoulait de mes bras et de mes jambes. J'ai paniqué et j'ai aspiré — la pire chose que je pouvais faire. Maintenant, je gelais à mort et j'étais en train de me noyer. Pourtant, j'ai réussi à atteindre la lumière rouge. Je ne pouvais pas voir le trou, mais je savais qu'il devait être proche du feu. C'était ma seule chance, non pas qu'il me restait beaucoup d'espoir. Mais une partie de moi refusait d'abandonner, même si je commençais à m'enfoncer. Et cette partie sembla allumer un feu au plus profond de mon plexus solaire.

— J'ai vécu la même chose ! criai-je.

Kendor tendit la main et tapota affectueusement ma jambe.

— Je sais, Jessie. Je comprends tout ce que vous avez traversé dans cette chambre froide et par la suite. Voilà une des raisons pour lesquelles je vous raconte cette histoire. Ma chaleur interne a flambé à travers mes bras et mes jambes. Bientôt, j'ai pu de nouveau sentir mes doigts et mes orteils, et j'ai recommencé à nager vers la lumière rouge. Lorsque j'ai atteint la surface, ma première bouffée d'air frais a été céleste. J'ai cru que j'étais sauvé. Mais grimper hors d'un lac gelé n'est pas une question de force. Il faut plus d'habileté que toute autre chose. Le bord continuait à se briser sous moi, et je ne cessais de retomber dans l'eau. Bientôt, ma force retrouvée s'est mise à décliner et j'ai recommencé à m'enfoncer. C'est alors qu'une main puissante est descendue et m'a sorti de là.

» Pendant un long moment, j'étais trop fatigué pour même regarder mon bienfaiteur. Je me suis contenté de m'étendre sur la glace près du feu mourant et de regarder les étoiles qui pâlissaient. Je crois qu'à un moment donné, je me suis évanoui. Avec le recul, je sais que j'ai dû mourir. Je me souviens ensuite que le soleil était haut dans le ciel et qu'un homme avec une longue barbe était assis à côté de moi. Il portait une robe rouge foncé, et sans poser de questions, j'ai compris que c'était lui qui m'avait sauvé.

— Était-ce l'Alchimiste ? demandai-je.

— Oui. Mais il ne m'a pas dit son nom à ce moment-là.

— Qui était-il ? D'où venait-il ?

Kendor hésita.

— On ne le sait pas. Il était venu pour moi et il m'a sauvé, et pour cela, je lui devais ma vie. Mais il ne semblait rien vouloir en retour. Lorsqu'il a été certain que j'étais vivant, il a hoché la tête et s'est éloigné. Je ne l'ai pas revu pendant 3 000 ans.

— Mais c'est comme ça que vous êtes devenu connecté ?

— Oui.

— Avez-vous parlé à quelqu'un de votre transformation ?

Kendor fronça les sourcils.

— Je l'ai dit à mon frère, Jasper — nous étions proches et il savait garder un secret. Malheureusement, les changements se sont manifestés sans que nous en parlions. Les autres membres du clan ont rapidement remarqué ma force et ma vitesse, et ils ont commencé à me craindre. Ce n'était pas important que je me serve de mes pouvoirs simplement pour aider à nourrir ceux qui m'entouraient. Pour la plupart des gens, la mort n'est jamais aussi menaçante que la peur du surnaturel. Il n'a pas fallu beaucoup de temps avant que Nanar, mes filles et moi soyons chassés du camp Tyenna.

— Qu'est-il arrivé à Jasper ? demandai-je.

— Il a été tué en essayant de me défendre. C'est arrivé le jour de notre expulsion. Je n'étais pas avec lui à ce moment-là, et j'ai plus tard vengé sa mort en tuant tous les hommes qui avaient participé à son assassinat. Mais celui qui a inventé l'expression selon laquelle la vengeance est un plat qui se mange froid n'a jamais perdu un frère aimant. Se venger, ce n'est pas mieux que de boire de l'eau glacée en hiver.

— Une de vos filles a-t-elle hérité de vos pouvoirs ?

— Oui, Tabby. Elle les a éveillés par accident lorsqu'elle est tombée d'une falaise et s'est brisé tous les os du corps. Elle avait 16 ans à l'époque. Naturellement, sa mère était abasourdie de la voir se rétablir. Mais dans mon cœur, je savais que Tabby était comme moi, et que la mort était la clé pour déchaîner la magie. Parce que c'était de cette façon que nous percevions ce qui nous était arrivé ; d'étranges pouvoirs nous avaient été accordés par les dieux, pour des raisons qu'eux seuls connaissaient.

— À quels dieux croyiez-vous ? demandai-je.

— À cette époque, nous en avions tellement. Leurs noms ne sont pas importants.

— Nanar ressentait-elle la même chose ?

— Nanar était reconnaissante de mes dons. Ils nous avaient permis de survivre les hivers rigoureux. Et bien sûr, elle était folle de joie quand Tabby avait été guérie. Mais tandis que Tabby et moi ne vieillissions pas, contrairement à elle et à Clara, ma femme a commencé à prendre nos pouvoirs pour une malédiction.

— Pourquoi ?

Kendor me regarda.

— Imaginez ce que ce sera si vous ne vieillissez jamais, mais que Jimmy prend de l'âge.

— Mais j'ai le don de guérison. Je peux le garder jeune.

— C'est votre père qui vous a dit ça ? Il n'aurait pas dû. Oui, il se peut que vous soyez en mesure de prolonger sa vie et de le guérir de la plupart des maladies. Mais s'il vit deux siècles, il va quand même devenir vieux.

Kendor s'arrêta.

— Et un jour, vous devrez l'enterrer.

Il m'était difficile de répondre. Je ne pouvais imaginer être avec Jimmy aussi longtemps et ensuite le perdre.

— C'est ce qui est arrivé avec Nanar ? demandai-je.

— J'ai perdu Nanar quand elle avait 88 ans. Je suis incapable d'exprimer ce qui s'est passé avec des mots.

— Parce que vous l'aviez perdue longtemps avant ? dis-je.

— Je suis resté un jeune homme, et Tabby n'a jamais vieilli. Mais Nanar est devenue vieille et ridée, tout comme Clara. J'aurais donné ma vie pour changer de place avec elles, mais je ne le pouvais pas. Et alors, j'ai finalement compris la partie amère de ce que c'est qu'être un sorcier.

— Puis-je savoir si Tabby est vivante ?

Il hocha la tête.

— Je préfère ne pas en parler.

— De quoi aimeriez-vous parler ? demandai-je prudemment.

— Revenons au siège d'Alésia et à César. Quand j'aurai terminé, vous comprendrez pourquoi. Ce fut un moment important pour la république néophyte, et j'emploie délibérément le mot « néophyte ». Rome était déjà en danger d'être détruite avant même de pouvoir commencer à approcher son potentiel. Avec mon aide, dans la décennie qui avait précédé Alésia, César avait largement pacifié la Gaule, et il envisageait un retour à Rome. Mais en 53 av. J.-C., les tribus gauloises se sont rassemblées pour une réunion d'une importance capitale. Elles avaient compris que ce n'était qu'en unissant leurs nombreuses tribus qu'elles parviendraient à se libérer de Rome. Elles ont nommé commandant l'impitoyable Vercingétorix, de la tribu Averni, et elles ont placé l'essentiel des armées gauloises sous son contrôle.

» Nous n'étions pas au courant de cette alliance, et elle nous prit complètement par surprise. Le premier signe de difficulté provint de ce qui est maintenant la ville d'Orléans en France. Tous les colons romains y avaient été tués. Et la tuerie de tous les citoyens romains, des commerçants et des colons établis dans les autres grandes villes gauloises avait suivi. En entendant la nouvelle, César a rallié notre armée à la hâte et nous avons traversé les Alpes dans ce que vous appelleriez aujourd'hui la France. C'était en soi un exploit incroyable, puisque les Alpes étaient englouties sous la neige. César fit le voyage en un temps record, et nous avons pu surprendre les tribus gauloises. César a ensuite divisé nos forces, en envoyant quatre légions dans le nord pour se battre contre trois importantes armées gauloises, tandis que nous nous mettions à la poursuite de Vercingétorix avec cinq légions. César a réussi à disperser les armées gauloises, mais durant l'été 52 av. J.-C. Vercingétorix a atteint le fort d'Alésia.

— Qu'est-ce qui était si spécial à propos de ce fort ? dis-je, me demandant pourquoi il me donnait tous ces détails.

— Il était situé sur une colline qui était entourée de nombreuses vallées fluviales ; ce qui lui offrait ses fortes défensives caractéristiques. Vercingétorix avait 80,000 hommes contre nos 20,000. Un assaut frontal n'aurait eu aucune chance de réussite ; César a donc décidé d'entreprendre un siège. Il espérait forcer une reddition par le manque de vivres. L'idée était brutale, mais sensée au plan stratégique. Outre ses guerriers, Vercingétorix devait nourrir la population locale.

» Afin de garantir un blocus solide, nous avions construit un ensemble de fortifications — appelées « circonvallation » — autour d'Alésia. Voilà quelque chose que vous pouvez lire dans vos livres. En un mois, des fortifications de 4 mètres de haut avaient été édifiées sur 18 kilomètres. Les lignes étaient entourées de fossés, et il était pratiquement impossible de traverser. Mais Vercingétorix était un diable sournois. Il réussit à glisser un détachement de cavalerie à travers une section inachevée. Ce fut un coup majeur porté à nos plans. Nous devions alors nous inquiéter de l'arrivée de renforts. Anticipant une importante force de secours, César ordonna la construction d'un second réseau de fortifications, qu'on appelait « contrevallation ». Cette structure donnait vers l'extérieur et était située entre notre armée et le premier ensemble de murs que nous avions érigés. Elle était conçue pour nous protéger contre les forces de secours gauloises qui arriveraient. Pour nous, les soldats combattants, l'ironie était douloureuse. Nous, les assiégeants, nous préparions à être assiégés. À l'intérieur d'Alésia, les choses allaient de mal en pis. Trop de gens au sein du plateau se faisaient concurrence pour trop peu de vivres. Vercingétorix décida d'expulser les femmes et les enfants de la citadelle, espérant épargner la nourriture pour les combattants et priant que César se montrerait miséricordieux et ouvrirait une brèche dans nos lignes pour les laisser passer. Mais César a ordonné qu'aucune aide ne soit offerte aux civils. On a donc laissé les femmes et les enfants mourir de faim dans une zone tampon entre les murs de la ville et la circonvallation.

— C'est horrible, dis-je. Comment pouvez-vous dire qu'il était un grand homme ? Il aurait pu permettre aux femmes et aux enfants de traverser.

Kendor hocha la tête.

— C'est quelque chose qu'il vous faut entendre. Vous voulez des héros qui ne posent que des gestes nobles. Mais les plus grands héros prennent souvent les décisions les plus amères. César savait que si nous ouvrions même une petite partie de notre enceinte, Vercingétorix profiterait de l'occasion pour détruire nos lignes.

— Alors, vous vous êtes contentés de rester les bras croisés et de les regarder tous mourir?

— César surveillait. Jour et nuit, il écoutait leurs pleurs. Pour lui, c'était une forme de pénitence. Néanmoins, il savait que ce qu'il faisait était juste. Il protégeait ses hommes.

— Pourquoi me raconter tant de choses sur cette bataille? Ça me rend tout simplement malade.

— Parce que tôt ou tard, vous serez appelée à prendre des décisions semblables.

— Comment le savez-vous? Vous ne pouvez pas voir mon avenir.

Kendor s'exprimait doucement.

— Je peux voir l'intérieur de votre cœur.

— C'est insensé. On vient de se rencontrer.

— Vous vous trompez. J'étais le principal protecteur de Lara dans le monde des sorciers. Au cours de cette semaine que nous avons passée ensemble, j'ai appris à bien vous connaître. Nous avons eu de nombreux entretiens privés.

— J'en suis heureuse. Mais j'ai suffisamment entendu parler de cette bataille. Parlons d'autre chose. Parlons de l'Alchimiste.

— Je suis sur le point d'y arriver.

— Oh.

— Il est relié à Alésia. Permettez-moi de continuer. Toutes les femmes et tous les enfants sont morts. L'été a pris fin, et le deuxième jour d'octobre, les efforts de secours gaulois sont finalement arrivés, dirigés par Vercassivellaunus, un cousin de Vercingétorix. Il a lancé une attaque massive avec 60 000 hommes, tandis que Vercingétorix attaquait avec ses soldats à partir de l'intérieur du fort. Nous étions pris entre le marteau et l'enclume. Nous n'avions aucune chance. Pourtant, vous pouvez lire dans vos livres d'histoire comment César a en quelque sorte miraculeusement rallié ses troupes et vaincu l'ennemi. À ce jour, les historiens demeurent perplexes au sujet de cette bataille. Comment 140,000 hommes peuvent-ils avoir perdu contre 20,000 ? La réponse est simple. C'est impossible.

— Je suppose que l'Alchimiste a fait quelque chose ?

— Oui.

— Quoi ?

Le regard de Kendor devint soudainement lointain.

— Il est arrivé une semaine avant les forces de secours gauloises. J'étais seul dans ma tente pendant la nuit, mais je ne pouvais dormir à cause de la puanteur des corps en décomposition de l'autre côté de la ligne. L'air était chaud et humide. Je restais là à me demander combien de temps nous pourrions continuer quand, subitement, il se tenait dans l'ouverture de ma tente. Je l'ai reconnu bien sûr, mais j'ai bondi avec mon épée. À cette époque, il était rarement payant de faire confiance à un étranger.

— Que voulait-il ? demandai-je.

— Il m'a dit qu'il était venu pour nous aider. Je lui ai demandé comment, et il a parlé d'une poudre noire que nous pourrions produire et qui nous permettrait de tuer une centaine d'hommes avec une seule catapulte. Je trouvais l'idée ridicule, mais il a insisté pour que je prenne une torche et que je le suive jusqu'à une grotte à des kilomètres de notre camp. Là, les murs étaient lourds de dépôts de guano.

— De guano ?

— Des excréments de chauves-souris. Ça s'était accumulé et cristallisé au fil des siècles. Aujourd'hui, un chimiste reconnaîtrait le matériau comme une source idéale de nitrate de potassium. À l'époque, on appelait ça le « salpêtre » ou la « pierre de sel ». L'Alchimiste m'en a fait ramasser plusieurs grands sacs. Quand j'eus terminé, le soleil s'était levé et l'Alchimiste me conduisit à un dépôt de soufre. Pour moi, ce n'était qu'une poudre jaune malodorante. Lorsque nous sommes enfin arrivés au camp, il m'a ordonné de lui apporter un sac de charbon, qu'il a broyé en une poudre fine avec un marteau.

— Attendez une seconde ! Vous parlez de la poudre à canon !

— Excellent. Vous connaissez votre chimie. Soixante-quinze pour cent de nitrate de potassium, quinze pour cent de charbon de bois, dix pour cent de soufre. Soigneusement mélangée et comprimée dans des sacs en cuir, elle fournissait à l'armée de César une arme intéressante à placer dans nos catapultes.

— Vous avez commencé à bombarder l'ennemi ? demandai-je.

— Oui. Lors de notre tir de barrage initial, je pense que nous en avons tué plus par pur état de choc que par la puissance explosive réelle. Nos propres hommes avaient peur de manipuler le mélange. Ils parlaient de la poudre noire qui venait des Enfers, le royaume infernal de Pluton. César n'a rien fait pour dissiper les craintes. Il conservait précieusement la formule et n'autorisait qu'un groupe d'hommes restreint à la fabriquer. Ils ont tous été tenus au secret sous la foi du serment. César s'est particulièrement assuré, ajouta Kendor, qu'aucun de nos hommes n'écrive sur le sujet dans leurs journaux personnels.

— C'est de cette manière qu'elle est apparue et disparue de l'histoire ?

— Le secret était trop grand pour disparaître complètement. Dans vos livres d'histoire, vous lirez que la poudre noire a été découverte par les Chinois au IXe siècle, mais je peux vous assurer qu'elle a ressurgi dans plusieurs conflits majeurs en dehors des portes de Rome. C'était l'une des raisons qui a fait qu'Attila le Hun n'a pas réussi à piller la ville.

Kendor fit une pause.

— Mais je m'écarte du sujet. Vous voulez entendre parler de l'Alchimiste. Lorsque les forces de secours gauloises sont enfin arrivées, nous avions entreposé plusieurs tonnes de poudre noire. Une fois que vous connaissiez le secret, elle n'était pas difficile à fabriquer. Nous avons immédiatement commencé à bombarder les 60 000 hommes de Vercassivellaunus. Peu ont survécu, et la semaine suivante, Vercingétorix rendit les armes à César.

— Alors, César n'était pas le génie militaire que tout le monde croit.

— L'Alchimiste a apporté la clé de la victoire. Mais aucun d'entre nous n'aurait été vivant pour l'utiliser si César n'avait pas dirigé notre armée. Quand la bataille a été terminée, l'Alchimiste est revenu dans le milieu de la nuit. Il avait un jeu de cartes avec lui. Je n'avais jamais rien vu de tel. Tout le papier que nous avions à Rome était sous forme de rouleaux encombrants.

— Ne me dites pas que le jeu était identique à un jeu moderne.

— C'était le même que ceux que vous trouvez dans les casinos. Cinquante-deux cartes. Les dames, les carreaux, les cœurs, et les valets — les quatre mêmes couleurs. Je sais ce que vous allez dire. Votre histoire raconte que ce sont les Chinois qui ont inventé les cartes au IXe siècle. Mais ne trouvez-vous pas intéressant de noter qu'il s'agit du même endroit et de la même époque dont parlent vos historiens concernant l'invention de la poudre à canon ?

— Voulez-vous dire que l'Alchimiste s'est organisé pour que nos livres d'histoire soient réécrits?

— Je n'en suis pas certain. Mais je trouve que la coïncidence est curieuse.

— C'est le moins qu'on puisse dire. L'Alchimiste vous a-t-il enseigné des jeux de cartes?

— Le vingt-deux. La reine rouge. Il m'a transmis les règles, puis nous avons joué le jeu avec de vrais enjeux. Il avait pris le rôle du croupier et m'avait battu à plate couture. J'ai perdu plus de deux livres en pièces d'or, ce qui faisait beaucoup d'argent à cette époque. C'est beaucoup d'argent maintenant. Il a insisté pour que je le paie. Puis, il a dit qu'il faudrait toujours qu'il soit payé quand une personne perdrait à la reine rouge.

— Comment?

— Je suppose que vous voulez dire : comment était-il censé recueillir l'argent? Il ne m'a rien dit, et je ne me suis pas soucié de le lui demander parce que je trouvais la directive très étrange. Mais je dois admettre que j'ai aimé le jeu. L'Alchimiste m'a laissé 100 jeux de cartes, et j'ai enseigné la reine rouge à des dizaines de mes camarades soldats. Beaucoup ont développé une accoutumance. Plusieurs ont gaspillé leur salaire, et des bagarres ont éclaté. Mais lorsque les hommes qui jouaient le rôle du croupier gagnaient, ils n'étaient jamais en mesure de conserver leurs gains.

— Que voulez-vous dire?

— Ils égaraient les pièces. Ou bien les pièces de monnaie disparaissaient, tout simplement. Une superstition est apparue au sujet du jeu, ce qui a causé des querelles, et César est intervenu et l'a interdit. Il a ramassé tous les jeux de cartes et les a envoyés à Rome. Ces caisses n'ont été rouvertes que lorsque Claudius est devenu empereur en 41 apr. J.-C.

— Avez-vous enseigné à Claudius à jouer à la reine rouge?

— Quelqu'un l'a fait. Un soldat de l'armée de César avait transcrit les règles et avait transmis le document à ses enfants. Claudius a réagi favorablement. Il aimait les jeux de toutes sortes, et pas seulement les concours de gladiateurs. Pendant un certain temps, la reine rouge a vécu une renaissance, mais ce n'étaient que les proches de l'empereur, les nobles et les sénateurs, qui jouaient. Ils étaient les seuls à qui l'on avait remis des jeux de cartes.

— Est-ce que les gains des croupiers ont continué à disparaître ?

Kendor hésita.

— Oui.

— Comment ?

Une note d'impatience teinta sa voix.

— Je ne sais pas. Le jeu a duré seulement 13 ans, aussi longtemps que le règne de Claudius. De toute façon, à ce moment-là, les jeux étaient usés. Il restait à peine un jeu complet. Lorsque Néron est monté sur le trône, il l'a interdit.

— Pourquoi ?

Kendor haussa les épaules.

— C'est ce que faisait Néron. Il interdisait tout ce qu'il n'aimait pas.

— Comment le jeu a-t-il été relancé plus tard ?

— Je ne sais pas. Peut-être quelqu'un a-t-il trouvé une ancienne copie des règles sur un parchemin poussiéreux. Ce n'est pas important.

Je voyais que je perdais l'attention de Kendor. Il semblait irrité de parler du jeu, alors que c'était lui qui avait soulevé cette question. Je lui demandai de me parler encore de l'Alchimiste.

— Il est revenu une troisième fois, au milieu de la nuit, après que nous ayons pris le contrôle total d'Alésia. Nous avions capturé une centaine de milliers de guerriers. À l'époque, il était d'usage de les vendre en esclavage. Comme symbole de miséricorde, César avait prévu de renvoyer 10,000 d'entre eux chez eux sans leurs armes. Il était loin d'être cruel et déplorait le meurtre insensé. Mais l'Alchimiste voulait que les prisonniers soient brûlés vifs. Tous, en paiement du secret de la poudre noire qu'il avait donnée à César. J'étais choqué. Je lui ai dit de retourner à l'Enfer d'où il venait.

— César connaissait-il personnellement l'Alchimiste ?

— Pas très bien. Il l'avait rencontré le jour où j'avais apporté à César un échantillon de poudre noire. Mais l'Alchimiste avait refusé de lui parler, ce qui avait irrité César. À l'époque, pourtant, il lui était reconnaissant de nous avoir aidés à gagner la bataille. Mais quand il a entendu la demande de l'homme, il m'a dit de le tuer. J'étais heureux de le faire. L'Alchimiste se reposait dans ma tente, et je l'ai attaqué avec mon épée.

Kendor fit une pause.

— Mais j'ai été incapable de le combattre.

— Il vous a défait dans un combat à l'épée ?

— Oui et non. Il passait son temps à apparaître et à disparaître. Je n'avais vu ce pouvoir chez aucun sorcier. Il me raillait alors que je balançais inutilement mon épée vers lui, et il me coupait avec un couteau quand ça l'amusait. J'ai été forcé de battre en retraite. Mais je n'étais pas prêt à me rendre. Ma tente était séparée du reste de l'armée. J'ai donné l'ordre de charger une énorme boule de poudre sur notre catapulte la plus robuste et j'ai fait sauter la tente qui a été réduite en lambeaux.

Kendor fit une pause.

— Ce fut la fin de ce sorcier maudit.

— S'il pouvait devenir invisible, comment pouvez-vous être certain de l'avoir tué ? demandai-je.

— J'ai trouvé sa robe brûlée et déchiquetée dans les ruines. Elle était couverte de sang. J'ai même déniché des morceaux de sa barbe. C'était toute la preuve qu'il me fallait. C'est arrivé dans le monde des sorciers.

— Attendez une seconde. Tout ce temps, je pensais que vous parliez du monde réel.

— À cette époque, il y avait peu de différence entre les deux.

— Alors, vous viviez chaque jour deux fois?

— En quelque sorte. C'était la philosophie des Tars — la philosophie de Cleo — de ne pas faire exprès pour modifier le cours de la deuxième journée.

— La deuxième journée?

— La deuxième journée se passe dans le monde réel. Le premier jour se passe toujours dans le monde des sorciers. Je croyais que vous étiez au courant.

— Oui, oui. C'est que parfois, tout ça m'embrouille.

— Je comprends.

— Donc, l'Alchimiste est parti? demandai-je.

Kendor hésita.

— Il doit l'être.

— Vous ne semblez pas certain.

J'attendis que Kendor réponde, mais il se contenta de se détourner et de fixer les pétroglyphes. À ce moment, j'étais certaine que le soleil s'était couché, même si je ne pouvais voir l'horizon à partir de l'intérieur du bol rocheux. J'étais toujours impatiente de connaître ce que l'écriture paléoindienne racontait, et je rappelai à Kendor qu'il m'avait promis de m'en parler. Devant mon insistance, il se leva, contourna la cascade, et s'avança vers le mur de lettres et de symboles. Je le suivis.

— L'écriture est très belle, dit-il en touchant la gravure avec sa main. Il est difficile d'imaginer qu'elle a été inventée par un esprit aussi sinistre.

— Êtes-vous certain que c'est l'Alchimiste qui l'a inventée?

Il hocha la tête.

— Bonne question. Il aurait pu l'apprendre de quelqu'un d'autre. Quoi qu'il en soit, vous dites que vous voulez savoir ce qui est écrit. Alors, préparez-vous. Je vais seulement traduire ces quelques lignes, mais ce sera suffisant.

J'avalai ma salive.

— Dites-le-moi.

Kendor fit un geste avec sa main.

— « Méfiez-vous de l'enfant aux 10 joyaux brillants, l'Infinie, dit-il. Celle dont les yeux correspondent à la couleur de ce lac. Car il est impossible de la vaincre, et elle détient le destin du monde dans sa paume. »

Je me sentis frissonner.

— Quel est le problème ? demandai-je.

— Ne faites pas semblant de ne pas comprendre, Jessie.

— Quoi ? Êtes-vous en train de dire qu'on parle de Lara ?

— Bien sûr qu'on parle Lara. Qui d'autre possède les 10 gènes de sorcière ?

— Ce pétroglyphe a été créé il y a plusieurs siècles, avant l'existence du scanneur, et personne ne savait comment compter les gènes de sorcier. Vous ne pouvez pas simplement supposer que les 10 joyaux brillants se réfèrent à ses 10 gènes.

— Lara est née avec des yeux aigue-marine.

— Beaucoup de bébés naissent avec des yeux bleus. La couleur se transforme à mesure qu'ils vieillissent.

— Je ne dis pas qu'elle est née avec des yeux bleus. Dès que je l'ai vue, je me suis rappelé ce lac.

— Ce n'est quand même pas une preuve.

— Alors, permettez-moi de traduire la dernière ligne. Il est écrit : Son nom sera « Protecteur ».

— Alors ?

— *Lara* est le mot latin pour « protecteur ». Le latin est une langue très ancienne, ajouta-t-il.

— Vous l'avez inventé !

— Vous pouvez le vérifier par vous-même.

— Non. Je ne vous crois pas.

— Alors, pourquoi êtes-vous tellement en colère ?

— Parce que je ne veux pas d'une fille qui est spéciale ! Une enfant que tout le monde est impatient de posséder. Si je dois avoir un bébé, j'en veux un normal. Et je veux qu'on la laisse tranquille.

Kendor me regarda fixement un long moment.

— Je suis désolé, Jessie. Il est trop tard.

Ses mots me piquèrent. Je ne savais pas comment réagir, et il n'avait rien d'autre à me proposer. En silence, nous rassemblâmes nos vêtements, nous nous habillâmes et nous revînmes au VUS. À ce moment-là, il faisait sombre et revenir à Las Vegas sembla prendre une éternité.

Mais lorsque nous arrivâmes à l'appartement de mon père, et que le moment fut venu de nous dire au revoir, Kendor m'enlaça soudainement et me tint tout près de lui. Il murmura dans mon oreille.

— Quand vous rencontrerez le Conseil ce soir dans le monde des sorciers, faites semblant de ne pas me connaître.

— Pourquoi ? Vous étiez là quand Lara est née.

— C'était dans le monde des sorciers. Le Conseil ne sait pas que nous nous sommes rencontrés dans ce monde. Le plus important de mon histoire est encore à venir. Même Cleo n'en connaît qu'une partie, mais je veux que vous l'entendiez au complet.

— Pouvez-vous me dire de quoi elle parle ?

Il hésita.

— De Syn. L'amour de ma vie.

CHAPITRE 15

La nuit suivante, vers 21 h, nous étions dans le monde des sorciers, dans une magnifique maison que je n'aurais pu trouver même à l'aide d'une carte. Mon père et Russell m'avaient couvert les yeux avant que j'entre dans la voiture. Ils m'avaient dit que pour ma protection il était préférable que j'en sache le moins possible sur l'endroit où le Conseil préférait se réunir.

Mais j'avais l'impression qu'ils ne me faisaient pas confiance.

Sans être un manoir, la demeure était grande. Elle était meublée avec goût, mais pas plus qu'une maison ordinaire. Ils ne m'enlevèrent pas mon bandeau tant que je ne fus pas à l'intérieur, assise sur un canapé recouvert d'un tissu laineux. Il y avait au moins un étage au-dessus du salon où nous étions installés, peut-être deux. J'aimais les foyers de briques, les planchers de bois, et les tapis qui paraissaient provenir de toutes les parties du globe. À part nous, la résidence semblait vide.

Russell confirma ce fait. Il était vêtu d'un costume bleu marine avec une cravate rouge. Mon père était plus décontracté, il portait un manteau sport gris et un pantalon noir. Il ne m'accompagnerait pas pour rencontrer les Lapras. Russell serait mon seul guide.

Russell ne semblait pas aussi confiant qu'auparavant. J'ignorais ce qui l'effrayait le plus, rencontrer le Conseil ou m'accompagner jusqu'à la forteresse de l'ennemi. Apparemment, il avait passé beaucoup plus de temps avec les Lapras qu'avec les Tars. Pendant la guerre de Sécession, alors qu'il était encore un jeune homme de 80 ans, il avait pénétré les rangs des Lapras. Il m'avait montré une photo noir et blanc granuleuse dans laquelle il se tenait, en uniforme de l'Union, près d'Ulysses S. Grant en personne. Russell avait été colonel au cours de cette période. On le retrouvait dans les livres d'histoire, mais sous un autre nom — colonel Clyde Chester, ou « 3C », le nom que lui donnaient ses copains.

Le Conseil avait favorisé Lincoln et l'Union, tandis que les Lapras voulaient que le Sud gagne. Les Lapras avaient envoyé Russell pour tuer le brillant général, mais il avait volontairement échoué dans sa tentative et les aides de camp de Grant avaient ordonné de le pendre. Plus tard, alors qu'il était enterré par un groupe de soldats ivres de l'Union, mon père avait réussi à le secourir et à aider à le réanimer.

Les deux hommes se connaissaient depuis longtemps.

Ça me faisait flipper d'y penser.

Surtout depuis que je savais que Russell éprouvait des sentiments pour moi.

Il fallait que je lui parle à ce sujet. Bientôt.

Russell et mon père avaient souligné que les Lapras n'étaient pas puissants pendant la guerre de Sécession. Ils ne pouvaient guère se donner le nom d'organisation. C'était pour cette raison que Russell avait pu infiltrer leurs rangs, et qu'ils lui avaient fait confiance.

Dans le but de me mettre à l'aise, ils parlèrent de la longue relation de Russell avec les Lapras. La conversation eut l'effet inverse. Peut-être que c'était mon intuition nouvellement développée qui murmurait à l'intérieur, ou simplement mon bon sens, mais il me semblait que plus quelqu'un gardait un secret longtemps, plus il y avait de chance qu'on le découvre.

On frappa à la porte. Nous nous levâmes tous.

Les membres du Conseil, quatre hommes et trois femmes, entrèrent.

Bien sûr, compte tenu de leur âge et de leur pouvoir, j'avais cru qu'ils seraient vêtus de façon exotique. À tout le moins, je m'attendais à ce qu'ils portent des amulettes antiques et des colliers de pierres précieuses et des anneaux.

Ils n'avaient pas l'allure d'un groupe ordinaire. À défaut d'autre chose, ils projetaient trop de pouvoir pour passer inaperçus, même pour un idiot. Pourtant, à l'exception de Kendor, ils n'étaient pas habillés de façon à attirer l'attention, même si deux des hommes portaient les cheveux assez longs. L'un était Kendor, bien sûr, et encore une fois, il était entièrement vêtu de cuir noir. Nous échangeâmes un signe de tête ; il était entendu que je garderais son secret.

Grandes et minces, Mona et Pal étaient toutes les deux de peau noir minuit, et elles se ressemblaient tellement qu'elles pouvaient être sœurs. Elles ne me serrèrent pas la main, mais elles se prosternèrent dans ma direction. Leur sourire était chaleureux et affectueux, et elles dégageaient toutes les deux un vague parfum de camphre et une sorte d'encens que je ne pouvais identifier. Elles avaient également les mêmes longs cheveux noirs bouclés.

Il y avait trois autres hommes : Hatsu, Baba, et Mirk.

Hatsu était un Chinois court, mais costaud. Il était le seul du groupe que j'aurais pu qualifier de laid. Il avait un nez émoussé et un gros ventre. S'il possédait la capacité de guérir, il ne s'en était pas servi pour lui-même. Il portait de vilaines cicatrices.

Par contre, ses traits déplaisants étaient neutralisés par son rire et son charme. Lorsque nous nous rencontrâmes, il me tapota le dos comme si nous étions de vieux amis, et ce n'était pas du jeu. Je ressentais sa bonté. Je serais même allée jusqu'à dire que je savais qu'il mourrait pour me protéger.

Peut-être était-ce un souvenir latent qui revenait, je l'ignore. Mon père avait dit que les membres du Conseil s'étaient approchés de moi après la naissance de Lara, mais que j'avais à peine été consciente de leur présence.

Baba était originaire de l'Inde. C'était l'autre homme aux cheveux longs, mais ils étaient brun clair, tout comme sa peau, et ses yeux étaient bleu foncé comme plusieurs personnes du Cachemire. Il hocha la tête dans ma direction, son expression sereine. Il semblait absorbé et il resta silencieux.

Mirk était un blond scandinave, un véritable géant. Lorsqu'il me vit, il dit quelque chose dans une langue que je ne connaissais pas, et Hatsu se mit à rire bruyamment pendant que mon père rougissait. Je sentais que Mirk et Hatsu étaient des amis proches et qu'ils ajoutaient de la légèreté au Conseil. Mirk me salua en me soulevant du sol et en m'embrassant sur les deux joues.

Baba portait un costume sombre comme celui de Russell, la cravate en moins. Hatsu et Mirk portaient des pantalons sport et des chemises à manches courtes. Mona et Pal étaient vêtues de robes d'été fraîches qui atteignaient à peine leurs genoux ; elles formaient une paire sexy.

Seule Cleo portait un tailleur-pantalon rouge d'apparence exotique. Le tissu était en grande partie de la soie entrelacé de cuir noir. Ses cheveux roux étaient courts, indisciplinés. Je n'aurais pas été surprise qu'elle les coiffe simplement en secouant sa tête, après la douche. Il y avait dans ses mouvements quelque chose de primal, fluide et puissant. Elle aurait pu être une panthère en train de chasser dans la nature.

Elle était étonnamment petite. Ses yeux noirs n'étaient pas simplement larges et chaleureux, ils semblaient être sans fond. Tout de même, elle paraissait ne pas avoir plus de 30 ans, et mon père avait dit qu'elle était âgée d'au moins 7 000 ans.

Cleo s'assit près de moi sur le canapé, à ma gauche ; elle avait laissé tomber ses chaussures noires sur le tapis et avait glissé une jambe sous ses fesses. Elle était petite, mais rayonnait d'une immense énergie. Je n'avais pas besoin d'être une sorcière pour le sentir. Chaque fois qu'elle regardait dans ma direction, j'avais l'impression qu'un aimant passait sur mon front. Sa peau était de bronze, ses lèvres charnues et d'une riche couleur rouge. Elle avait l'air d'une poupée, et pourtant, elle donnait l'impression d'être un réacteur atomique.

Elle me plut. Ils me plurent tous, et je leur faisais confiance, ce qui était probablement le plus important. Pourtant, ils me faisaient peur, surtout quand je considérais leur âge. En leur compagnie, j'étais une enfant.

J'étais heureuse que Russell et mon père soient présents. Par respect, ils restèrent debout tout le temps où le Conseil était présent. Russell demeura près de la porte, mon père se tint derrière moi.

Kendor était assis dans le fauteuil à ma droite. C'était bizarre, mais ils le laissaient diriger la plus grande partie de la conversation. Bien sûr, je savais de son récit qu'il était quelqu'un qui avait l'habitude de commander.

— Nous savons que vous avez traversé bien des épreuves au cours des deux derniers jours, Jessica, commença-t-il. Et nous savons que vous avez un rendez-vous avec les Lapras après votre départ d'ici. Pour cette raison, nous ne parlerons pas longtemps. Pourtant, nous avons voulu vous rencontrer pour que vous compreniez bien qui se tient derrière vous. Je parle au nom de tout le Conseil quand je vous dis que personne n'est plus important pour nous que vous et votre fille. Nous réussirons à ramener Lara. Je jure que nous n'aurons pas de repos tant qu'elle ne sera pas de nouveau dans vos bras.

Encore une fois, j'étais dépassée par sa présence.

— Merci, murmurai-je.

— Vous devez avoir des questions auxquelles nous seuls pouvons répondre.

Kendor fit une pause.

— Demandez-nous ce que vous voulez.

Je bus un peu d'eau avant de parler.

— Mon père m'a expliqué ce point, mais je demeure confuse. Avant que mes gènes de sorcières ne soient activés, j'avais un ensemble de souvenirs de ma vie dans le monde des sorciers. Pourtant, maintenant que je suis connectée, les souvenirs se sont estompés, et tout ce que je connais, c'est la Jessie du monde réel.

— Avez-vous des souvenirs quelconques de cet endroit? demanda-t-il.

Je voulais sourire, pleurer, je ne savais pas ce qui était le pire.

— Lara. Je me souviens d'avoir tenu ma fille dans mes bras. D'avoir senti ses coups de pied à l'intérieur de mon ventre. Et ses yeux, je me souviens de leur luminosité. Mais c'est étrange, je ne me souviens pas de leur couleur.

Je voulais que leur couleur me soit confirmée. Je ne me fiais pas encore à ce que les Paléos avaient écrit.

— Bleu-vert, dit doucement Cleo. Magnifiques.

— C'est vrai ! m'exclamai-je, ses yeux me revenant tout à coup très clairement. Je m'en souviens.

— Vous souvenez-vous de la nuit où elle a été enlevée ? demanda Kendor.

— Non. Est-ce important ?

— Votre point de vue sur cette nuit-là pourrait nous aider. Nous savons que votre père vous a expliqué comment un sort d'une puissance extraordinaire a été utilisé contre nous. Nous avons perdu toute notion de temps et de lieu.

— Aucun d'entre nous n'avait connu quelque chose de semblable auparavant, ajouta Hatsu.

— Était-ce vous deux qui gardiez Lara ? demandai-je.

Kendor désigna Mirk et Hatsu.

— Vous nous avez à peine vus, mais nous trois ne l'avons jamais quittée à partir du moment de sa naissance.

— Vous aviez donc prévu une attaque ? demandai-je.

Kendor hocha la tête.

— Nous croyions que les Lapras tenteraient de prendre votre enfant. Et l'autre, Huck. Mais jamais un seul instant nous n'avions imaginé qu'ils réussiraient !

Je me tournai vers Cleo. C'était intimidant pour moi de le faire ; son regard était si intense que je ne pouvais le soutenir que brièvement. Mais je voulais que ce soit elle qui réponde à ma prochaine question.

— Voilà un autre point qui me laisse perplexe, dis-je. Pourquoi Kari a-t-elle donné naissance au bébé de Jimmy dans le monde réel, alors que j'ai eu son enfant dans ce monde ?

— Ça ne faisait pas partie de notre plan, déclara Cleo.

— Votre plan ? Voulez-vous dire la façon dont vous avez manipulé avec qui j'étais ? Et mes ancêtres ?

— Je n'emploierais pas le mot « manipuler », dit Cleo.

— S'il vous plaît, expliquez-moi seulement pour que je puisse comprendre, dis-je.

— Pendant des siècles, nous avons suivi votre lignée. Nous savions qu'elle détenait de nombreux gènes de sorcier. Nous avons aussi observé d'autres lignées, en particulier celles qui montraient des gènes différents de ceux que porte votre lignée.

Cleo fit une pause.

— Votre père vous l'a révélé. Pendant longtemps, nous espérions apporter en ce monde un enfant qui possédait tous les gènes de sorcier. Mais ce ne fut pas possible jusqu'à ce que votre mère épouse votre père, et que vous vous accoupliez avec James.

— On dirait que vous nous reproduisez comme du bétail, dis-je, ne réussissant pas à faire taire l'amertume de ma voix.

Cleo hocha la tête.

— Si tel était le cas, nous aurions pu produire un enfant à 10 gènes il y a plusieurs siècles.

— Pourquoi ne l'avez-vous pas fait ? demandai-je.

— Il fallait que l'enfant naisse du libre arbitre, dit Kendor.

— Il fallait qu'il naisse de l'amour, ajouta Cleo.

— Je ne comprends pas, dis-je.

Cleo continua.

— Aucun d'entre nous ne comprend vraiment les ingrédients qui ont permis la naissance d'une enfant comme Lara. Mais nous savons que dans le passé, quand nous avons essayé de forcer l'accouplement d'individus qui possédaient de nombreux gènes de sorcier, les résultats ont toujours été désastreux.

J'avais peur de poser la question.

— Que s'est-il passé?

Kendor parla sans ambages.

— Soient les mères faisaient des fausses couches, soient les nourrissons naissaient… mauvais.

— Mauvais?

— Maléfiques, dit Kendor.

Cleo poursuivit.

— S'il n'est pas conçu et élevé dans l'amour, un sorcier puissant ne peut pas connaître l'amour. Tout ce qu'il reconnaît, c'est le pouvoir. Pour une telle âme, l'équilibre est impossible.

— Il a fallu les détruire, dit Kendor.

— Alors qu'ils étaient encore des enfants? soufflai-je.

— Plus jeunes.

Je dus prendre un moment pour absorber l'immensité de ce qu'ils étaient en train de dire. Ils impliquaient que l'aspect émotionnel de mon union avec Jimmy était aussi important que nos gènes complémentaires. En effet, il était évident que Cleo voyait notre «accouplement» comme un événement spirituel. Alors que je me considérais comme agnostique, cette femme ancienne agissait comme si j'avais donné naissance à une sainte.

— Mais vous m'avez placée près de Jimmy, dis-je. Tout était arrangé à l'avance, n'est-ce pas?

— J'ai encouragé ta mère à acheter la maison d'Apple Valley une fois que j'ai su que James y habitait, admit mon père.

Je songeai à Apple Valley, une ville si stérile.

Et à mon père qui n'avait pas vu ma mère depuis des années.

Avais-je vraiment été conçue dans l'amour?

— Vous n'auriez pas pu trouver un endroit plus agréable pour la famille de Jimmy ? demandai-je, essayant de faire une plaisanterie sur le sujet pour dissimuler mes pensées aux membres du Conseil.

Mais je sentais que même Cleo ne pouvait lire dans mes pensées, pas maintenant.

— Vous vous êtes rencontrés tous les deux quand vous étiez censés le faire, dit Cleo.

— Ma question initiale tient toujours. Vous agissez comme si Jimmy et moi étions des âmes sœurs. Si tel est le cas, pourquoi ne suis-je pas la mère de son enfant dans les deux mondes ? Il ne devrait y avoir que… Lara.

— Jimmy sortait avec Kari avant qu'il ait eu une chance de vous connaître, dit Kendor. Nous ne pouvons pas contrôler le destin.

— Nous essayons d'interférer aussi peu que possible, ajouta Cleo.

Je hochai la tête.

— Mais même quand Jimmy et moi nous étions ensemble, il m'a pourtant laissée pour retourner avec Kari. J'entends tout ce que vous dites, mais ça me reste en travers de la gorge.

— Il est douloureux d'être rejetée, avança doucement Hatsu.

Je voulais rire, mais je crois que mon rire sortit plutôt en grimace.

— Rejetée ? Je n'ai guère eu la chance de le connaître.

Cleo fronça les sourcils.

— Vous avez peut-être raison de vous sentir mal. Il y a là un mystère qu'il nous reste encore à résoudre. Mais le fait demeure que nous ne pouvons reculer dans le temps et changer la séquence des événements. Huck est vivant dans ce que vous appelez le monde réel. Lara est vivante dans le monde des sorciers. Si c'est possible, nous sauverons les deux enfants.

— Mais Lara est notre priorité, dit Kendor.

Je levai la main.

— Attendez une seconde, James — je veux dire Jimmy — ne connaît pas Lara. Il connaît Huck. Je lui ai promis que même si son fils n'a pas une chaîne parfaite de 10 gènes, nous allions secourir le garçon.

— Mais il y a un moment, vous avez dit que Huck ne devrait pas exister, que ce devrait juste être votre fille, dit Kendor.

Je m'apprêtais à poursuivre, mais je me rendis compte qu'il m'avait eue, et je me tus. Kendor se contenta de me regarder, ils le firent tous, attendant. Je sentais qu'il fallait que je dise quelque chose.

— J'essaie tout simplement d'épargner beaucoup de chagrin à Jimmy, dis-je.

— Est-ce votre seule raison de vouloir sauver Huck ? demanda Kendor, d'un ton décontracté ; mais le sens de ses paroles était aussi puissant que l'épée dont il s'était servi pour décapiter les deux Lapras à l'extérieur de l'appartement de mon père.

Je baissai la tête.

— Quelle autre raison pourrais-je avoir ?

Cleo parla d'une voix douce.

— Pour nous, il est clair que vous vous inquiétez de l'amour de votre petit ami. Vous savez qu'il est resté avec vous dans le monde des sorciers. Mais dans le monde réel, il vous a laissée, et vous avez l'impression que votre cœur est déchiré. Vous craignez que James vous aime plus que ne le fait Jimmy. Mais vous ressentez un besoin désespéré de gagner l'amour de Jimmy en sauvant son fils.

J'aurais voulu discuter, mais j'en fus incapable. Tout ce qu'elle disait était vrai. « James devait plus se soucier de moi que ne le faisait Jimmy, songeai-je. James ne m'avait jamais quittée. Il ne m'avait jamais dit adieu sans un mot d'explication. »

Les larmes que j'avais retenues étaient proches de l'ébullition. Il me fallut toutes mes forces pour ne pas pleurer devant le Conseil. Pour ce que ça m'apporterait ; ils savaient que j'étais une épave émotionnelle. Cleo se pencha et me caressa le bras.

— Il est vrai qu'il est resté avec vous dans ce monde, murmura-t-elle dans mon oreille, si bas que je savais que les autres n'avaient pu l'entendre.

On aurait presque dit qu'elle parlait à mon cœur.

— Mais ne doutez pas, son amour pour vous s'épanche dans les deux mondes.

— Comment le savez-vous ? demandai-je.

— Un tel amour est si réel, si profond qu'il est facile de le voir. Et parce qu'il traverse les deux mondes, il ne peut être mesuré, et il n'y a aucune échelle qui nous dit qu'il est plus grand dans le monde des sorciers que dans le monde réel.

— Essayez-vous simplement de me remonter le moral ? demandai-je.

— Vous savez que ce que je dis est vrai, dit Cleo.

— Comment le savez-vous ?

— Parce que rien ne compte pour vous autant que l'amour.

Ses paroles me firent sourire et Cleo me serra dans ses bras, et c'était le plus gros câlin qu'un humain m'ait jamais donné. Des milliers d'années d'affection avaient poli son cœur en un diamant. J'eus l'impression que la plaie de mon propre cœur commençait à se souder et à guérir.

Mais pas tout à fait, pas encore.

Hélas, nous devions en revenir à nos affaires. C'était ridicule de m'inquiéter pour savoir si Jimmy m'aimait vraiment, pendant que les enfants étaient hors de notre portée. Je posai une question que j'avais posée à Russell et à mon père, mais je sentais que le Conseil pourrait être en mesure de mieux y répondre.

— Pourquoi les Lapras ont-ils pris ma fille ? demandai-je.

Kendor prit la parole.

— Lara est quelque chose de nouveau. Nous n'avons vu personne comme elle avant. Son potentiel est vaste. Pour autant que nous sachions, il pourrait être infini.

Il citait les Paléoindiens.

Une fois de plus, sa perception de Lara me rendait nerveuse. Je connaissais à peine ma fille, mais je voulais qu'elle soit éduquée le plus normalement possible. À entendre Kendor, on aurait dit que l'ensemble du Conseil était prêt à la consacrer. Je leur dis comment je me sentais, et Hatsu répondit avec son fort accent chinois.

— Nous ne disons pas qu'elle est le prochain Krishna ou Bouddha, ou le Christ, dit-il. S'il vous plaît, n'allez pas croire que nous tenons à la diviniser ou à construire une religion autour d'elle. L'histoire a vu assez de cette folie.

Puis Cleo parla et ses mots secouèrent la pièce.

— Mais qui peut prétendre que ces grandes âmes ne possédaient pas le même patrimoine génétique que Lara ? demanda-t-elle. Il est regrettable qu'aucun d'entre nous, au sein du Conseil, n'ait rencontré ces hommes, mais il est possible que votre fille puisse être la puissante lumière que nous avons toujours espéré trouver.

— Vous agissez comme si vous vouliez la former pour devenir une sorte de sauveur, dis-je, agacée.

— De quoi avons-nous besoin d'être sauvés ? demanda Cleo. De Satan ? Le monde n'a pas besoin de Lucifer quand il a les Lapras. D'autre part, vous n'avez pas besoin de leçon sur les besoins d'aide désespérés de la terre. Vous n'avez qu'à prendre un journal. Et il n'y a rien de honteux à admettre que nous avons abouti à une impasse. Oui, nous aussi, le Conseil, ne sommes pas certains de savoir comment sauver le monde réel, ou le monde des sorciers. Toutefois, nous espérons que Lara puisse nous aider.

— Excusez-moi, mais ne sommes-nous pas censés nous aider nous-mêmes? demandai-je.

— C'est vrai, dit Cleo. Chaque fois qu'une âme cherche de l'aide à l'extérieur d'elle-même, elle réduit sa force. Mais nous croyons que Lara est née pour nous aider à voir plus profondément en nous-mêmes.

— Comment? demandai-je.

Cleo haussa les épaules.

— Je n'en ai aucune idée.

Je réfléchis à tout cela pendant un moment.

— Eh bien, une chose est sûre — elle peut seulement aider le monde des sorciers.

— Pourquoi pas les deux mondes? demanda Kendor.

— Parce qu'elle n'existe pas dans les deux mondes, protestai-je.

Hatsu sourit.

— Nous doutons que ça puisse l'arrêter.

Je hochai la tête.

— Vous agissez tous comme si vous étiez certains que les Lapras ne lui feront pas de mal. J'ai bien peur de ne pas partager cette croyance.

— Les Lapras sont on ne peut plus pragmatiques, dit Kendor. Ils voient Lara comme un outil précieux. Pourquoi lui feraient-ils du mal avant d'avoir eu la chance de la former?

— Combien de temps vont-ils attendre?

Je pensai aux deux hommes qu'ils avaient assassinés devant la chambre froide.

— Mon père m'a dit qu'ils sont portés à la violence.

Kendor hocha la tête.

— Ils n'ont aucun scrupule à tuer.

— Ce sont des animaux, dit Hatsu. Ils n'ont aucune moralité.

— Super. Et ils ont ma fille.

Je m'arrêtai.

— Pourquoi ne les avez-vous pas détruits, il y a longtemps, avant qu'ils deviennent aussi puissants ?

Kendor hocha la tête.

— Voilà la question la plus sensée que j'ai entendue de toute la soirée.

Avec cette remarque, il lança un regard dur à Cleo.

— Trop des membres du Conseil étaient opposés à l'idée, ajouta-t-il.

Cleo ne mordit pas à l'hameçon. Hatsu sourit dans ma direction.

— Vous voyez que nous ne sommes pas tous du même avis, dit-il. Nous espérons que vous le comprendrez comme une force. L'avis de tout le monde est important. Le vôtre est particulièrement bienvenu ici.

Je sentais que notre temps ensemble approchait à sa fin.

— Très bien, parlez-moi de votre plan, dis-je.

— Notre plan ? demanda innocemment Hatsu.

— Pour la ramener, dis-je. Russell et mon père ont dit qu'elle est ici, à Las Vegas.

— C'est exact, affirma Kendor.

— Savez-vous où elle est ? demandai-je.

— Dès que nous avons une idée de son emplacement, ils la déplacent, dit Hatsu.

Je fis signe à Russell.

— Vous êtes très haut placé dans leur organisation. Comment se fait-il qu'ils ne vous fassent pas assez confiance pour vous révéler où elle est ?

Russell hésita.

— Ils ont leur propre cercle privé qu'ils appellent l'Ordre. Il est composé d'une dizaine de membres. Malheureusement, je n'en fais pas partie. Mais comme ils me permettent de vous emmener à eux ce soir, c'est une indication qu'ils sont sur le point de m'accepter dans l'Ordre.

— Ensuite, vous saurez où Lara est détenue? demandai-je.

— En principe, dit Russell.

— Avez-vous d'autres espions dans leur groupe? À part Russell? demandai-je à tous ceux qui étaient présents.

Il y eut une longue pause avant que quelqu'un parle.

— Certaines choses doivent rester confidentielles, dit Kendor.

— Au cas où je sois kidnappée? avançai-je.

— Oui, dit Kendor, et il sourit. Capturée et torturée.

— Charmant, dis-je.

— Ils veulent votre aide, affirma Cleo. Il est douteux qu'ils soient assez stupides, si tôt, pour recourir à la violence physique.

— Mais ce n'est pas hors de question? dis-je.

— Avec eux, la violence est toujours possible, dit Kendor.

Je perdais patience.

— Aucun de vous ne m'a expliqué comment vous prévoyez ramener Lara. Ou est-ce aussi une information secrète?

— Songez à quel point il doit être embarrassant pour eux d'avoir à nous contacter, dit Kendor. Ça ne fait que trois semaines qu'ils ont enlevé Lara. Ça montre à quel point ils sont désespérés.

— Mon père me l'a dit, reconnus-je. Pourquoi sont-ils si désespérés?

Kendor haussa les épaules.

— Lara doit être en train de les torturer.

— Soyez sérieux, s'il vous plaît, dis-je.

— Je le suis, affirma Kendor.

— Comment avez-vous réagi quand les Lapras vous ont dit qu'ils voulaient discuter ? demandai-je.

— Nous les avons d'abord ignorés, répondit Kendor. Nous voulions que vous arriviez ici en ville et que vous soyez connectée. De cette façon, nous pourrions traiter directement avec vous, pendant que vous faisiez affaire avec eux.

— Vous avez donc préparé des plans, dis-je.

— Nous n'avons pas chômé, répliqua Kendor.

— Mais c'est Lara elle-même qui a été notre plus grande alliée, poursuivit Cleo. C'est une enfant particulièrement consciente qui veut ravoir sa mère, et elle a rendu la chose douloureusement évidente. Pour la garder heureuse, Jessica, les Lapras sont obligés de traiter avec vous.

— Quel genre de marché vont-ils essayer de conclure ? demandai-je.

— Ils vont probablement vous présenter le même type de mesures incitatives que Kari a offert à Jimmy, dit Cleo. Ils vous permettront de voir Lara autant que vous le voulez, tant que vous acceptez de demeurer dans un endroit sous leur contrôle.

— Ce serait où ? demandai-je.

— Quelque part à Las Vegas, ou tout près, répondit Kendor.

— Je suppose que je dois rejeter leur offre, dis-je.

— Non, rétorqua Cleo. Vous devrez leur donner tous les signes que vous êtes intéressée, mais que vous désirez d'abord réfléchir à leur offre. Ça ne leur plaira pas, mais vous devez insister.

— Pourquoi ? demandai-je.

Kendor se pencha.

— Parce que si vous ne les empêchez pas de prendre le contrôle de votre vie, il est possible que nous ne vous revoyions jamais.

— Je ne comprends pas, répliquai-je. On dirait que vous vous servez de la rencontre de ce soir pour gagner du temps et recueillir des renseignements. Mais demain soir, je suis censée retourner à eux pour toujours.

— Vous vous trompez, déclara Cleo. Nous espérons obtenir une grande quantité de renseignements de cette rencontre.

— Comme quoi? demandai-je.

— Comme le moyen qu'ils ont utilisé pour créer la confusion, dit Kendor.

— C'est ce que nous appelons le nuage qui nous a balayés, la nuit où Lara a été enlevée, expliqua Hatsu.

— Et la nuit où ils t'ont prise de la chambre froide, ajouta mon père.

J'hésitai.

— Comment était-ce?

Kendor soupira et hocha la tête.

— N'en parlons pas ce soir. Pas avant que vous les rencontriez.

— Vous me faites peur, dis-je.

— La peur vous aidera à demeurer alerte, affirma Cleo. Mais sachez qu'ils ne sont pas invincibles. Ils auraient dû prévoir que Lara ne serait pas heureuse de se faire enlever à sa mère. Ils ont fait une erreur de ne pas vous avoir enlevées toutes les deux. Je crois que cette seule erreur les conduira à leur perte.

Je me forçai à rire.

— Merde, ils peuvent se rattraper rapidement et me kidnapper ce soir.

— Voilà une autre raison pour laquelle Russell vous accompagne, expliqua Kendor. Il contribuera à votre sécurité.

— Pouvez-vous venir ce soir? lui demandai-je.

— Les Lapras ont trop peur de moi, lança Kendor.

— Mais je me dirige vers leur fief, dis-je.

— Russell nous convoquera en cas de besoin, dit Kendor.

— Donc vous allez couvrir mes arrières ? demandai-je.

— Seulement en cas d'urgence, répliqua Kendor.

Cleo hocha brusquement la tête, comme si elle voulait mettre un terme à mes questions.

— Nous devons agir avec prudence. Si nous mobilisons notre pouvoir et si nous tentons un assaut frontal, ils tueront Lara plutôt que nous laisser la prendre.

— En d'autres mots, dit Kendor, s'adressant à Cleo et non à moi, notre force n'est pas notre pouvoir. Nous devons nous fier à notre patience.

Cleo croisa son regard sauvage.

— Patience et sagesse, dit-elle, avant de lui tourner le dos et de me prendre la main. L'avenir est toujours en mouvement. Tout ce que nous savons, c'est que ce soir, il se produira quelque chose d'inattendu. Il y a de bonnes chances que ce ne soit pas agréable. Pour la même raison que nous voulons que vous les rencontriez — pour obtenir des renseignements — ils veulent aussi vous rencontrer. Ils soupçonnent que vous êtes en contact avec nous. Vous le nierez, bien sûr, mais ils sauront que vous mentez. Peu importe. Ils espèrent que, grâce à vous, ils découvriront ce que nous savons.

— Mais vous ne semblez pas savoir quoi que ce soit, protestai-je.

Cleo me serra la main, et je me souvins soudainement que mon père m'avait dit qu'elle pouvait voir dans les deux mondes en même temps.

— Je suis heureuse que vous ayez cette impression, affirma-t-elle, une note espiègle dans la voix. Ça signifie que cette rencontre a été une réussite.

CHAPITRE 16

Suivant les instructions des Lapras, à minuit, Russell et moi étions devant l'entrée du Mirage. Plus de personnes allaient et venaient qu'il y en aurait eu dans le monde réel. Mais leur rythme était nettement plus lent, plus prudent, comme s'ils craignaient d'aller trop vite et d'attirer l'attention. C'était une chose que j'avais remarquée chez la plupart des gens du monde des sorciers. Ils semblaient terrifiés.

Et d'ailleurs, c'était le cas de Russell, bien qu'il ait eu de bonnes raisons d'avoir peur. Nous étions tous les deux effrayés. Mais il essayait de faire bonne figure devant moi. Il me demanda ce que je pensais du Conseil.

— Très impressionnant, répondis-je honnêtement.

Il hocha la tête.

— C'est bien vrai. Surtout Cleo. Tu pourrais être surprise, mais même après toutes ces années, j'ignore encore son âge.

— Mon père a dit qu'elle a plus de 7 000 ans.

— Il l'a juste supposé en se basant sur des trucs qu'elle a racontés, comme aider à la construction des pyramides pas très longtemps après avoir acquis ses pouvoirs. Mais la vérité, c'est que personne ne connaît *leur* âge, surtout la grande pyramide. D'après les indices qu'a laissés tomber Cleo, il semble que l'Égypte a traversé trois grandes dynasties. Et elle a expliqué que la plus ancienne était la plus avancée. Cleo dit qu'à cette époque, il y avait beaucoup de sorciers vivants.

— Où sont-ils tous disparus?

— Je ne sais pas, elle ne nous en a jamais parlé.

— Ont-ils été tués?

— Peux-tu imaginer d'essayer de tuer quelqu'un comme Cleo?

— Je vois ce que tu veux dire, répondis-je. Kendor est incroyable.

— Dans un combat, il n'y a personne d'autre que j'aimerais plus avoir à mes côtés. Il connaît tous les anciens systèmes de combat, et toutes les méthodes modernes. Il n'y a pas si longtemps, il s'est fait passer pour un SEAL des forces spéciales des Marines des États-Unis et il a appris à utiliser les systèmes d'armes les plus avancés d'Amérique.

— D'une façon ou d'une autre, je ne vois pas avoir besoin d'une arme à feu.

— Je te comprends.

Russell se tapota la tête.

— Je l'ai vu en action pendant la guerre de Sécession. Durant la marche brutale de Sherman vers la mer, après qu'Atlanta eut été brûlée par son armée, un peloton de soldats de l'Union était en train de piller une petite ville et de violer ses habitants. Seul, avec seulement une épée, Kendor a tué chacun de ces hommes.

— Mon père a dit que le Conseil soutenait l'Union.

— Oui. Mais Kendor ne tolère pas les violeurs. Pour lui, ce sont des animaux, il les tue. Cleo est la seule qui peut le contrôler, ajouta Russell.

— Je ne voulais pas t'insulter quand j'ai demandé s'il pouvait nous accompagner ce soir.

— Tu plaisantes? J'aurais bien aimé qu'il soit ici.

Je jetai un coup d'œil à ma montre.

— Ils sont en retard.

— Probablement qu'ils scrutent la zone et essaient de découvrir si le Conseil a mis en place un système de sécurité pour te protéger.

— Vont-ils réussir à le savoir?

— C'est peu probable. Mais il y a une chose dont je veux te prévenir. Tu as posé comme condition qu'ils aient Lara avec eux dans la voiture pour que tu y montes. Tu vas devoir laisser tomber cette demande. Elle ne les accompagnera pas. Ils ne risqueraient jamais de l'emmener comme ça au grand jour.

— Mais ils vont me la laisser voir ce soir, n'est-ce pas?

Russell hocha la tête.

— Voilà un point sur lequel tu devras insister.

— Qu'est-ce que je fais s'ils essaient de me retenir prisonnière?

— Espérons qu'on n'en viendra pas à ça, dit-il.

— Qu'est-ce que je fais s'ils me torturent? Tu sais, je viens à peine de terminer mon secondaire, et je ne suis pas psychologiquement préparée à me faire lentement arracher les ongles des doigts.

Russell me tapota le dos.

— Souviens-toi, ils savent penser à long terme. Ils veulent ta collaboration. Comme Cleo l'a dit, ils seraient insensés d'utiliser la violence si tôt dans la partie.

Quinze minutes plus tard, une limousine noire arriva. Un homme d'environ deux mètres dix et puissamment bâti en sortit et fit un signe de tête dans notre direction. Il n'avait pas besoin de parler pour que je sache que c'était Frank ; il m'avait semblé être un géant au téléphone. Il portait un somptueux costume sombre, une chemise rouge et une cravate foncée. Ses épaules étaient aussi larges que celle d'un défenseur de première ligne de la NFL, et il avait d'énormes mains et une tête chauve massive. Il paraissait avoir environ 40 ans, bien qu'il aurait pu être âgé de plusieurs siècles pour ce que j'en savais. Il était d'une beauté brute, et je ne doutais pas qu'il ait hérité du gène de la force.

Il leva le bras.

— Jessica, Russell, venez.

Nous grimpâmes à l'arrière de la limousine ; Frank nous y rejoignit. Il n'y avait que nous trois, à part un chauffeur, dont nous étions séparés par une vitre insonorisée. La limousine s'engagea sur le Strip pendant un moment, avant de tourner sur une rue secondaire. Frank était assis en face de nous, l'air grave. Tout en lui était surdimensionné. Il s'adressa à Russell.

— Des problèmes ? demanda-t-il.

— Je n'ai vu personne, dit Russell, parlant des Tars. Je me pose des questions.

Frank traita les préoccupations de Russell avec respect.

— Dans quel sens ?

— Peut-être qu'ils se préparent à attaquer, dit Russell.

— De quoi parlez-vous ? demandai-je, feignant l'ignorance.

Frank me regarda.

— Questions de sécurité. Nous vous expliquerons plus tard. Je dois dire, Jessica, vous êtes encore plus belle en personne.

Je croisai son regard impitoyable.

— Par opposition à quoi?

— Fougueuse aussi. Russell m'a averti que vous pouviez aussi être difficile.

— Seulement quand on me ment. Et vous m'avez déjà menti. Où est ma fille? Elle était censée être ici.

— Nous allons la voir maintenant, dit Frank.

— Vous n'avez pas répondu à ma question.

— Pour sa protection, dit Frank, nous la gardons hors de vue pour le moment. Mais vous la verrez bientôt, je le promets.

— Bien, dis-je.

Les fenêtres étaient si sombres que lorsque nous laissâmes le Strip derrière, je ne pus identifier aucune des routes que nous prenions. Nous avancions dans un long motif inconsistant destiné à révéler ceux qui pourraient nous suivre. Frank sortit son cellulaire et envoya une série de textos. Russell regardait droit devant lui, m'ignorant. La conversation ne semblait pas être une priorité pour les Lapras.

Vingt minutes qui parurent une éternité s'écoulèrent. Finalement, je constatai que nous nous trouvions dans le désert sur une étroite route goudronnée. Soudain, nous tournâmes sur un chemin de terre et je sentis les roues avant s'enfoncer. Une brèche s'était ouverte sur la route et en un clin d'œil nous étions en train de descendre une pente raide. J'aperçus une porte de garage qui s'ouvrit et qui se referma.

Nous étions entrés dans un long tunnel droit. Si nos phares nous avaient lâchés, nous aurions été perdus. On aurait dit un trou qui avait été creusé sur le côté sombre de la lune. Nous roulâmes pendant un quart d'heure à 110 kilomètres/heure avant de nous arrêter.

Dans l'obscurité totale. Sous terre.

Je descendis de la limousine, et je vis que le tunnel continuait dans les deux directions. L'air était humide, l'omniprésent silence, déconcertant. Il y avait devant nous une porte d'apparence ordinaire. Nous entrâmes et avançâmes dans un couloir blanc, puis nous traversâmes une autre porte quelconque.

Soudain, tout se transforma.

Nous étions dans une chambre aussi belle que celle où j'avais rencontré le Conseil, mais le mobilier était résolument moderne, et il n'y avait pas d'étage au-dessus de nous. Il y avait au sol un vaste espace circulaire, complètement noir, qui semblait être utilisé pour l'enseignement de la danse. Il ne cadrait pas avec le reste de l'espace de vie, et je me demandai à quoi il servait.

Le salon, si l'on pouvait l'appeler ainsi, était truffé de verre et de cuir, avec un agencement de couleur dominé par le gris, le noir et le blanc. Même sans fenêtres, la pièce semblait vaste. Le plafond en forme de dôme aidait à créer cette perception, tout comme la demi-douzaine de vases de fleurs répartis sur le piano et sur les nombreuses tables de bout.

Pourtant, malgré l'ambiance moderne l'endroit ne paraissait pas chaleureux. L'espace donnait l'impression d'être habité, mais je me posais des questions sur les esprits de ses occupants. Mon cœur bondit dès l'instant où nous entrâmes, et je sentis une pression sourde sur mon front. On aurait dit que mon corps physique ressentait de mauvaises vibrations.

À ma grande surprise, Frank nous dit de nous mettre à l'aise et partit. Russell et moi nous assîmes sur le canapé sans parler. Il me lança un coup d'œil qui voulait dire que nous étions observés. Quelques minutes plus tard, la porte s'ouvrit et une femme entra.

C'était la docteure Susan Wheeler. De la morgue.

J'eus le souffle coupé, bien que ce que j'avais vraiment envie de faire était de vomir. Elle était vêtue d'une tenue de médecin d'un bleu uni, comme si elle venait d'arriver de l'hôpital. Au moins, sa tenue paraissait fraîche — sans tache de sang.

Sa peau moka lisse n'avait pas changé, ni ses cheveux brun foncé. Mais contrairement à la dernière fois, elle ne portait pas de bonnet et je voyais que ses cheveux lui allaient jusqu'à la taille. C'était son trophée — ils brillaient à la lumière d'une lampe à proximité. Ses yeux sombres étaient aussi insondables que jamais, mais ils ne brillaient pas comme ses cheveux. On aurait dit que toute lumière qui pénétrait Susan Wheeler n'était pas autorisée à partir.

Pourtant, elle était belle.

La plupart des hommes l'auraient trouvée irrésistible.

— Je crois que vous vous souvenez de moi, dit-elle en même temps qu'elle s'assoyait nonchalamment en face de nous.

Elle portait des chaussures athlétiques blanches de marque Puma qui paraissaient flambant neuves. De la façon dont elle se comportait, elle donnait l'impression de quelqu'un qui était incroyablement en forme. À qui est-ce que je racontais des histoires ? Elle avait sans doute la force de 50 hommes.

Je dus me calmer avant de pouvoir parler.

— Vous êtes la personne qui a essayé de me disséquer à l'hôpital, dis-je.

— Vous voulez dire que je suis la coroner qui était chargée d'effectuer votre autopsie.

— Depuis le début, vous saviez que j'étais vivante !

Susan haussa les épaules.

— Je jouais sur vos peurs. Ce fut un cadeau. J'essayais de déclencher votre capacité de guérison. Vous devez admettre que j'ai réussi.

— Je vous en suis reconnaissante, dis-je, d'un ton sarcastique.

— De rien.

Je m'impatientai.

— Frank m'a dit que je rencontrerais les dirigeants de votre organisation.

— Oui.

— Où sont-ils?

— Assis en face de vous.

— Vous?

— Je suis la présidente de l'Ordre des Lapras.

Je jetai un coup d'œil à Russell. Il ne prit pas la peine de cacher sa surprise. Il était évident que c'était la première fois qu'il rencontrait la femme, et cela m'inquiéta. Il était censé être proche de leur cercle restreint et il ne connaissait même pas leur chef?

— Êtes-vous celle qui m'a enlevé Lara? demandai-je.

— Oui, c'est moi.

Elle l'avoua sans hésiter. Elle voulait que je sache à quel point elle était puissante. Il était possible qu'elle soit plus forte que Cleo. Pourtant, il était difficile d'imaginer qu'elle puisse être la source des étranges distorsions spatiotemporelles qui avaient désarmé la protection du Conseil. Elle hocha la tête comme si elle lisait dans mes pensées.

— Je dirige les Lapras parce que personne ne peut me diriger. Nous sommes une société purement hiérarchique. Plus le pouvoir d'un individu est grand, plus cet individu est autorisé à monter dans notre organisation. C'est important — si vous choisissez de rester avec nous — parce que vous possédez un grand nombre de gènes de sorcière et vous pouvez un jour occuper une place importante.

— Donc, dans votre groupe, « la force prime le droit », dis-je.

— C'est la même chose pour nous que dans la nature.

— Essayez de dire ça aux dinosaures.

— Ils ont régné sur la terre pendant des millions d'années. Je serais surprise que l'humanité dure aussi longtemps.

— Vous croyez que nous allons nous détruire ?

— Oui. Ou une race supérieure viendra et fera le travail à notre place. La vie est un état temporaire. La mort est notre destin ultime.

— Vous êtes tout à fait réjouissante.

— Je suis réaliste.

— Si en fin de compte, tout est désespéré, alors pourquoi avez-vous pris la peine de voler ma fille ? demandai-je.

Susan ne clignait presque jamais des yeux ni ne montrait beaucoup d'émotion d'aucune sorte. Son ton et le choix de ses mots avaient quelque chose de mécanique.

— Elle m'intriguait, dit-elle. Ce qu'elle peut faire. Ce qu'elle pourrait devenir. Voilà la scientifique en moi. Lara est quelque chose de nouveau et de différent. Ça la rend intéressante.

— Vous parlez d'elle comme d'un spécimen.

— Comparés à elle, nous sommes tous des spécimens. Il est intéressant de voir quels pouvoirs elle a commencé à développer, même si c'est encore un bébé.

Je m'arrêtai.

— Est-ce qu'elle a démontré des capacités inhabituelles ?

— Passez du temps avec elle et vous le verrez par vous-même.

Je ne pris pas la peine de dissimuler mon mécontentement.

— Je ne devrais pas être obligée de demander la permission de la voir. Elle était âgée de quelques jours à peine quand vous me l'avez enlevée au milieu de la nuit. Et la seule raison pour laquelle vous me parlez maintenant, c'est parce que vous avez de la difficulté à la gérer.

Susan m'examina.

— Qui vous a dit ça ?

— C'est vrai ou pas ?

— Qui vous a dit cela ? répéta-t-elle. Unis à son regard froid, ses mots coupaient comme des scalpels.

La douleur dans mon front empira, et je me sentis obligée de répondre. Mais je n'avais pas l'impression de révéler de secrets. Si Kari savait que je parlais aux Tars, cette femme le savait sûrement aussi.

— Les Tars, murmurai-je.

Susan réfléchit.

— Que pensez-vous d'eux ?

— Je suis la mauvaise personne à qui le demander. Je les connais à peine.

— Comment compareriez-vous leur organisation à la mienne ?

— Eh bien, tout d'abord, votre organisation est vraiment nulle. La façon dont vous vous comportez, enlever Lara et Huck, c'est comme si vous n'aviez pas de morale.

— Comment définissez-vous la morale ?

— Comme le fait le dictionnaire.

Mes insultes ne l'atteignaient aucunement. Elle répondit sur le même ton plat.

— Personnellement, je définirais la morale comme de chercher à faire ce dont bénéficient le plus de personnes au cours du temps le plus long. Avez-vous un problème avec cette définition ?

J'hésitai.

— Je ne suis pas certaine de comprendre ce que vous voulez
dire.

— Aujourd'hui, dans l'autre monde, mes gens vous ont vu
aller faire un tour dans le désert. Ils n'ont pas pris la peine de
vous suivre, mais je suis convaincue que si vous aviez une carte
avec vous, elle vous a avertie que vous vous rendiez dans une
zone utilisée par le gouvernement pour mener des expériences
avec des armes nucléaires. De fait, ils continuent à les tester
là-bas, mais ils ne s'en vantent pas.

— Qu'est-ce que ça a à voir avec la morale ? demandai-je.

— À la fin de la Seconde Guerre mondiale, le président
Truman a été confronté à la décision morale la plus difficile de
notre époque : fallait-il ou non employer la bombe atomique
contre le Japon ? Pour un homme aussi honorable, c'était un
choix presque impossible à faire. Les Japonais avaient commencé
la guerre, et l'Amérique avait perdu d'innombrables soldats à
tenter de les vaincre. Maintenant, enfin, l'Amérique avait le Japon
dans les cordes. La plupart de leurs villes avaient été incendiées
et n'étaient plus que des ruines. Pourtant, les Japonais étaient un
peuple fier et ils refusaient de se rendre. Bien au contraire — ils
s'occupaient à former chaque homme, femme et enfant à résister
à une invasion. Les conseillers de Truman ont estimé qu'il faudrait sacrifier un million de soldats américains pour sécuriser
l'île, sans parler des cinq millions de Japonais qui mourraient
avec eux.

Susan fit une pause.

— Ou bien, il pourrait lâcher une ou deux bombes atomiques et en finir.

— Je ne suis pas venue ici pour une leçon d'histoire.

— Vous êtes venue ici pour comprendre pourquoi je vous ai
enlevé Lara. La raison réside dans mon expérience de l'histoire.

Dans un sens, Truman a dû faire face à la même décision à laquelle nous sommes aux prises toutes les deux. Le président savait que faire tomber une bombe atomique sur une ville sans défense causerait des souffrances incommensurables. Il avait vu un film démontrant les tests d'explosions atomiques. C'était un homme intelligent. Sa tête disait : « Oui, utilise l'arme, mets rapidement fin à la guerre. » Mais son cœur disait : « Non, c'est trop affreux, trop de femmes et d'enfants seront brûlés vifs. » Il ne savait pas quoi faire. Il a prié Dieu de le guider.

Susan fit une pause.

— Mais en fin de compte, vous savez ce qu'il a choisi.

— Bien sûr. Il a ordonné d'anéantir Hiroshima et Nagasaki.

— Et que pensez-vous de sa décision ?

— C'était barbare.

— Voilà tout ce que vous avez à dire ? C'était barbare ? Et les millions de vies qu'il a sauvées ? Des deux côtés de la guerre ?

— Comme vous l'avez dit, l'Amérique avait le Japon dans les cordes. Si Truman avait attendu, les Japonais se seraient rendus.

Susan me regarda.

— Je peux affirmer avec une certitude absolue qu'ils n'auraient jamais renoncé. Est-ce que cela modifie votre opinion ?

— Non.

— Et pourquoi ? demanda Susan.

— Parce que… Je ne vous crois pas.

— En fin de compte, Truman a pris conscience que sa décision ne pouvait se baser sur des suppositions, même si c'était un homme profondément religieux. Elle devait se fonder sur les mathématiques. Tuer un quart de million de personnes pour en sauver six millions.

Elle fit une pause.

— L'histoire nous dit qu'il a fait le bon choix. Quelques jours plus tard, la guerre était terminée.

Elle me rappelait Kendor quand il avait parlé de César. Ça me fit réfléchir.

— Rien de tout cela n'a quoi que ce soit à voir avec Lara, dis-je.

— Vous vous trompez. Lara est tout aussi importante pour le monde que l'énergie atomique. J'oserais même dire qu'avec le temps, on la verra probablement comme plus importante. Tant que nous avons la force de volonté de l'utiliser.

— De l'utiliser? Comment allez-vous l'utiliser?

— Je ne sais pas. Comment quiconque peut-il le savoir à ce stade-ci? Mais il est facile d'imaginer un jour où nous pourrions employer ses capacités pour unifier le monde.

— Vous voulez dire, conquérir le monde, dis-je.

— Conquérir, sauver, unir, contrôler : ce sont tous des mots qui veulent dire la même chose. À moins d'unir le monde sous une seule autorité, il va se détruire, et des milliards d'innocents mourront. Déjà, les germes de sa destruction sont visibles partout.

— Vous êtes la dernière personne à qui je confierais cette autorité.

— Alors, donnez-moi Lara. Je vous l'ai dit, si elle est la plus forte, elle finira par diriger les Lapras.

— Ouais, dans 20 ans d'ici. En attendant, vous aurez le contrôle et vous êtes exactement ce dont cette planète troublée a besoin. Une sadique.

Russell, qui s'était montré remarquablement réservé en demeurant silencieux, laissa échapper un son de dégoût. Il semblait offensé. Peut-être craignait-il que j'aie poussé la femme à bout. Pourtant, Susan ne sembla pas ennuyée.

— Vous vous méprenez, Jessica. Je ne cause pas de douleur par cruauté. Je me sers de la douleur comme d'un outil. De la même manière, à la morgue, j'ai employé votre peur pour activer votre gène de guérison et contribuer à éveiller vos autres capacités.

— C'est des conneries ! L'enlèvement de Lara était l'acte d'un monstre !

Susan parla calmement.

— Je n'ai pris aucun plaisir à vous enlever votre fille. Je l'ai prise dans l'espoir de l'utiliser pour créer un avenir meilleur. Malheureusement, j'ai surestimé mes capacités, ou bien j'ai sous-estimé les siennes. Elle est âgée d'un mois, mais elle a la vivacité d'esprit d'un enfant de trois ans. Pire, dans le court laps de temps où vous étiez ensemble toutes les deux, elle s'est liée à vous d'une façon que je ne peux comprendre. Je me contenterai de dire que je ne peux vous remplacer.

— Peu importe l'affection que vous lui donnez.

— Exact. Un nourrisson normal reconnaît sa mère, jusqu'à un certain point. Mais je ne serais pas surprise si Lara était capable de vous repérer de loin.

— Êtes-vous en train de dire que je lui manque ?

— Oui.

— Comment est-ce qu'elle montre ce… manque ?

— Ça n'a rien à voir.

Pendant que Susan parlait, je ne pus m'empêcher de me souvenir de la façon dont elle avait traité le docteur David Leonard quand il s'était effondré sur le sol de la morgue. En surface, elle avait tout fait correctement. Elle avait examiné sa poitrine pour détecter une éventuelle attaque cardiaque et elle avait noté sa couleur bleue. Puis, elle avait appelé les médecins de l'étage supérieur.

Pourtant, en attendant que les médecins arrivent, elle avait pris les mains mourantes de l'homme, elle les avait placées sur son cœur et elle avait fermé les yeux comme si elle se pâmait de… plaisir? Est-ce que je l'avais imaginé? Ça ne ressemblait certainement pas à de l'inquiétude.

Susan parlait des Lapras comme d'une organisation qui était établie logiquement. Elle récompensait le pouvoir et l'efficacité. Elle ne s'intéressait nullement à la faiblesse. Mais je me demandais s'il y avait plus encore. Cette femme étrange s'était-elle avancée si profondément du côté obscur, qu'elle profitait en fait de la douleur qu'elle causait?

— Avez-vous cessé d'allaiter ma fille? demandai-je.

— Vous me demandez si j'ai embauché une nourrice. Non, il n'y en avait pas en qui je pouvais faire confiance. Malheureusement, à ce jour, Lara a toujours des problèmes avec le lait maternisé.

J'hésitai.

— Est-ce qu'elle souffre de coliques?

— Oui. Elle hurle souvent de douleur.

— Alors, redonnez-la-moi!

— Acceptez mes conditions et vous pourrez l'avoir.

— Vos conditions. J'en ai déjà entendu une version de la part de Kari. Au fait, pourquoi avez-vous kidnappé son bébé?

— Huck possède un nombre impressionnant de gènes de sorcier. Il est toujours le fils de Jimmy. Dans l'avenir, il pourrait faire un formidable employé.

— Menteuse. Vous auriez pu attendre pour le prendre. Mais vous vouliez utiliser Huck pour faire pression sur moi en passant par Jimmy.

Susan haussa les épaules.

— La stratégie pourrait encore fonctionner, même si vous en êtes consciente.

Penchée en avant, je pointai un doigt vers elle.

— Vous ne pouvez pas traiter les gens comme des objets et vous attendre à ce qu'ils réagissent de manière positive. Dans toute cette conversation, vous ne m'avez rien dit qui me donne envie de me joindre aux Lapras.

— Joignez-vous à nous et vous pourrez avoir tout ce que vous voulez.

— Avec mes gènes, et sans votre aide, je peux déjà avoir ce que je veux.

— Les Tars vous laisseront-ils satisfaire vos désirs comme bon vous semble?

— Je ne sais pas de quoi vous parlez, dis-je.

— Les Tars ont des règles. Si vous vous joignez à eux, vous devrez suivre ces règles. Ils ne vous permettront pas de faire ce que vous voulez.

— Les Tars sont engagés à respecter le libre arbitre.

— Des conneries, murmura Russell, jouant bien son rôle.

Je me tournai vers lui.

— Explique.

Il regarda Susan pour voir si elle était d'accord à ce qu'il poursuive et elle hocha la tête. Il parla d'un ton condescendant.

— Leur principale directive, c'est qu'aucun sorcier ne peut utiliser ses pouvoirs pour profiter de l'être humain moyen.

Je hochai la tête.

— Ça semble raisonnable.

— Mais nous sommes nés supérieurs! dit-il. Nous sommes conçus pour vivre une vie de qualité supérieure. Ce n'est pas seulement une philosophie. C'est la sélection naturelle. L'humanité a évolué, et avec leurs puissants cerveaux, les hommes ont fini par prendre le contrôle de cette planète. De la même façon, avec nos gènes supérieurs, il est naturel que nous devions gouverner l'humanité.

— Tu parles comme un nazi, lui dis-je.

— Si les organisations des Tars et des Lapras n'existaient pas, poursuivit Susan, ceux qui possèdent des gènes de sorcier contrôleraient quand même le monde. Ce qui se passe est inévitable. Voilà pourquoi tous ces arguments sont vains. Un nouvel ordre est né. Il ne va pas disparaître par magie.

— Si tout cela est inévitable, alors pourquoi avez-vous besoin de Lara?

— Je n'ai besoin de rien, dit-elle. Lara peut simplement m'aider à accélérer un processus qui est déjà en bonne voie. Maintenant, je vous ai accordé cette rencontre de courtoisie parce que je croyais pouvoir raisonner avec vous. Si je perds mon temps et que vous êtes entichée de la doctrine des Tars, alors s'il vous plaît dites-le-moi tout de suite.

— Pour que vous puissiez me tuer et en finir?

Susan haussa les épaules.

— Peut-être qu'on en arrivera là. Lara veut être réunie avec vous, mais êtes-vous vraiment la meilleure personne pour agir comme sa mère? Je vous préviens, ça reste à déterminer.

La menace était sans équivoque.

— Je ne comprends pas.

— Vous comprendrez avant de partir d'ici.

— Vous avez promis que je pouvais la voir, dis-je.

— Vous le pouvez.

Susan fouilla dans sa poche, en sortit un cellulaire et appuya sur un bouton. Elle ne dit pas un mot. Deux minutes plus tard, on frappa à la porte et Frank entra, portant un petit bébé dans ses énormes mains.

Je ne me souviens pas d'avoir bondi sur mes pieds et d'avoir traversé la pièce, mais je dus l'avoir fait, car en un instant, Lara était dans mes bras. L'amour que je ressentis pour elle à ce moment était trop grand pour être exprimé en mots. Pourtant, je dois me servir de mots pour traduire ce que je ressentais, et l'expression la plus proche que je peux trouver pour transmettre mes émotions, c'est que ça m'a tuée de la tenir dans mes bras. On aurait dit que le *je* que formaient Jessie et Jessica était emporté par un raz de marée d'amour. Je n'avais pas besoin d'exister parce qu'elle existait. C'est alors que je compris comment une mère pouvait souffrir un million de morts pour protéger son enfant.

Ses cheveux étaient plus roux que les miens. Un mois seulement, et elle avait tellement de boucles! Ses cheveux rejoignaient presque ses yeux. Dieu, ses yeux, ils étaient glorieux. Ils étaient, comme l'avait dit Kendor, d'un aigue-marine enchanteur, semblables à l'eau du lac du lieu sacré des Paléos. Ils étaient si brillants, tout comme son sourire.

Lara roucoulait et rigolait et essayait de m'attraper. Je dus m'asseoir avant d'enfoncer mon visage dans son corps. J'avais peur de m'évanouir. Elle tendit ses doigts vers moi et tira sur ma main et je sentis des vagues de plaisir circuler à travers chaque nerf de mon corps.

La seule chose qui me confondait, c'était de voir à quel point sa peau était humide. Comme si elle sortait d'un bain chaud. Puis, je me rendis compte que je pleurais sur elle. J'essuyai ses joues potelées avec l'ourlet de mon chemisier.

— Êtes-vous satisfaite? demanda Susan.

— Oui, murmurai-je.

— Vous pouvez vivre avec elle dans une maison dans le désert. Une belle maison dans un bel endroit. Des amis peuvent vous rendre visite, peu importe combien. James peut vivre avec vous, si vous le souhaitez, ça dépend de vous deux. Tout ce que je demande en retour, c'est que vous preniez soin de Lara et que vous cessiez tout contact avec les Tars.

Susan fit une pause.

— Est-ce que ça vous semble juste?

Mon bonheur fut soudainement ébranlé par la crainte.

— Je ne peux pas prendre de décision maintenant, lui dis-je.

— Très bien. Je ne veux pas que vous preniez une décision hâtive. Dormez là-dessus.

Susan fit signe à Frank qui s'avança vers moi.

Je grinçai des dents.

— Que faites-vous?

— Il reprend Lara, dit Susan.

— Elle vient tout juste d'arriver! Vous avez laissé Kari jouer avec Huck pendant des heures!

— Kari est une imbécile. Il lui faut des heures pour établir un contact. Une fois de plus, vous et Lara êtes liées, et à ce stade, c'est tout ce qui est nécessaire.

Frank s'était arrêté au-dessus de moi et tendait les mains.

— Vous ne voulez pas qu'il emploie la force. Elle pourrait être blessée.

Tremblante, je lui remis ma fille, et la seconde où elle quitta mes mains, Lara commença à pleurer. Une *vague* sembla passer à travers la pièce. Je ne pouvais la voir, mais je la sentais. C'était une impulsion invisible qui rendait toute la pièce légèrement floue. Le sol sembla trembler, et j'eus la sensation que la terre elle-même répondait au stress du moment. Lara était en colère contre ceux qui nous séparaient et cette vague... eh bien, elle était dirigée vers Susan et Frank!

Je remarquai que Frank avait de la difficulté à quitter la salle. Il trébucha deux fois. Il avait du mal à respirer. Susan était aussi touchée. Comme pour conjurer l'assaut d'une migraine soudaine, elle posa les mains sur sa tête.

Il fallut plusieurs minutes après le départ de Lara pour que les effets de la vague diminuent et cessent complètement. À ce moment-là, Susan était furieuse. La raison en était évidente. Elle n'avait pas voulu que je sache ce dont Lara était capable.

— D'une manière ou d'une autre, votre fille sera maîtrisée, dit Susan d'une voix glaciale.

Elle n'eut pas besoin d'ajouter que si je ne les aidais pas, ils devraient employer d'autres méthodes pour la maîtriser, et ces moyens seraient douloureux.

— C'est juste un bébé, suppliai-je.

— Ce n'est *pas* juste un bébé.

Susan se raidit.

— Mes conditions sont-elles claires ?

— Allez-vous aussi redonner Huck à Kari et Jimmy ?

— Oui.

— Est-ce que je serai libre d'élever Lara jusqu'à ce qu'elle soit adulte ?

— Pourquoi pas ? répondit Susan.

Elle n'avait pas vraiment répondu à ma question.

J'avais l'impression de perdre le contrôle. Je me sentais battue par les vagues d'émotion qui circulaient à travers moi. Pour la première fois depuis mon entrée dans la pièce, je m'humiliais devant Susan.

— Jusqu'à la naissance de Lara, dis-je, je n'étais même pas au courant de l'existence des Tars. Ils sont soudainement entrés dans ma vie. S'ils découvrent où je vis avec Lara, qui dit qu'ils ne chercheront pas à me contacter ?

— Tant que vous m'avertissez immédiatement d'un tel contact, je ne vous en tiendrai pas rigueur. Mais si je découvre que vous travaillez secrètement avec leur Conseil...

Susan ne termina pas sa phrase. C'était inutile.

— Je mourrai, dis-je.

— Vous mourrez toutes les deux si vous devenez gênantes. Permettez-moi de bien me faire comprendre. Je suis prête à coopérer avec vous et Lara jusqu'à un certain point. Mais si elle ne cesse de répéter ce que vous avez vécu ce soir, alors je vous détruirai toutes les deux et je me concentrerai sur mon propre programme de génétique.

Susan fit une pause.

— D'autres questions ?

— Une seule. Comment me suis-je retrouvée sur votre table de dissection ?

— Vous voulez savoir comment nous savions que vous étiez dans la chambre froide.

— Oui.

Susan hocha la tête en direction de Russell.

— C'est lui qui nous l'a dit.

J'étais stupéfaite. Était-ce possible ?

Russell hocha la tête.

— Je travaille pour le Conseil seulement en apparence.

Il se mit à rire.

— Les imbéciles.

Je me levai et je m'éloignai de lui. Est-ce que ça faisait partie de son jeu ? Pour convaincre les Lapras qu'il était l'un d'eux ? Il semblait tellement persuasif. Je cherchai en moi, comptant désespérément sur mon intuition pour savoir de quel côté m'orienter, mais je ne sentis que de la confusion. Une cruelle vérité perça soudainement mon cœur, ce qui me rendit encore plus perplexe.

— Tu as tué les hommes à l'extérieur de cette chambre froide! haletai-je. Ceux qui veillaient sur moi pour s'assurer que je survivais!

Russell sourit.

— Les bons vieux Joe et Barry. J'ai eu de la peine pour eux. Mais qu'est-ce qu'un mec peut faire?

— Tu… tu es une racaille! criai-je.

Russell était amusé.

— Ce n'est pas ce que tu pensais la nuit dernière quand tu m'arrachais mes vêtements.

— On m'a dit que Russell nous a été d'un grand soutien au cours des 100 dernières années, dit Susan. Nous envisageons de lui accorder une place dans notre Ordre.

Russell fronça les sourcils.

— Je pensais que c'était une affaire réglée.

Susan hocha la tête.

— L'impatience de la jeunesse. Tous nos autres membres sont âgés d'au moins trois siècles. N'êtes-vous pas un peu jeune pour qu'on vous accorde un poste aussi important?

— Jugez-moi sur mes réalisations, et non sur mon âge, dit Russell. Après tout, ne suis-je pas celui qui vous a emmené Jessica?

— C'est vrai. Mais êtes-vous certain que vous pouvez faire ce qu'il faut pour être un membre de notre Ordre? demanda Susan.

— Je peux tout faire, répondit-il.

Susan le regarda un long moment avant de répondre.

— Il y a une raison pour laquelle vous n'êtes pas venu ici avant.

— Qu'est-ce que c'est?

Susan se leva et fit signe vers l'espace circulaire de l'autre côté de la salle de séjour. Plus précisément, elle pointa deux instruments accrochés au mur. Je ne les avais pas remarqués plus tôt. L'un était une épée. N'étant pas une experte en lames, je ne pouvais savoir quand et où elle avait été fabriquée. Comme elle était entièrement gainée de cuir, je ne pouvais qu'imaginer à quel point la lame était tranchante.

La deuxième arme, si c'en était une, ressemblait à un long bâton de bois. Au début, je crus qu'il s'agissait de bambou, mais en regardant plus attentivement, je constatai qu'il n'y avait pas de séparations ou de cavités internes. Le bâton était soit creux ou plein, je ne pouvais le dire, mais même sans y toucher, je sentais que le bois était dur, peut-être même pétrifié.

— Vous êtes tous les deux venus ici ce soir en souhaitant quelque chose, dit Susan. Vous, Jessica, vous voulez ravoir votre fille. Je vous ai fait une offre qui vous donne un moyen de satisfaire ce désir, mais je dois ajouter une dernière condition. Avant de vous céder Lara, je dois savoir si vous êtes assez forte pour être sa mère. Comprenez-vous ?

— Je comprends assez pour savoir que votre définition de la force n'est pas la même que la mienne, répondis-je.

— C'est vrai. Mais étant donné que c'est moi qui dois décider du sort de votre fille, ma définition est la seule qui compte.

Elle fit une pause.

— Même si on possède un grand nombre de gènes, ça ne garantit pas un réel pouvoir. J'ai vu des sorciers avec trois gènes en vaincre d'autres qui en avaient six parce que leur volonté les avait poussées à gagner. Le désir et le feu brûlaient en eux.

Susan s'approcha de moi et pointa vers mon plexus solaire. On aurait dit qu'elle lisait dans mes pensées.

— Savez-vous pourquoi on lui donne le nom de plexus solaire ? demanda-t-elle.

Je me souvins d'avoir été étendue sans vie sur une dalle froide de la morgue.

Puis d'être soudainement revenue à la vie lorsque je m'étais sentie attaquée.

— Non, dis-je.

— Parce qu'il est le centre du feu de la vie. En Inde, ils appellent ce centre le « siège d'Agni », qui signifie feu. En Chine, il est la source du chi, ou l'énergie vitale. Dans l'Égypte ancienne, c'était la partie du corps humain où Ra, le dieu du soleil, était adoré. Les traditions n'ont pas d'importance, elles disent toutes la même chose. Lorsque le feu brûle brillamment, il en va de même de la vie.

— Pourquoi me faire un discours ? demandai-je.

Susan m'ignora et se tourna vers Russell.

— Se joindre à l'Ordre exige plus que de la loyauté et l'accomplissement de différents actes. Vous devez aussi prouver que vous possédez ce feu en démontrant la profondeur de votre désir de gagner, et de votre désir de vivre.

— Je n'ai jamais entendu dire que je devais me battre contre un autre sorcier pour devenir un membre de l'Ordre, déclara Russell.

Susan sourit faiblement.

— En effet, ceux qui ont échoué à l'épreuve ne sont plus avec nous. Et ceux qui l'ont réussie sont assez sages pour ne pas en parler.

Son regard circula entre nous deux.

— Un seul de vous quittera cette pièce vivant.

— Je ne comprends pas, déclara Russell. On m'avait dit qu'elle était importante.

— Elle l'est. Mais seulement si elle est capable de vous tuer.

Russell se raidit.

— Je sers les Lapras depuis ma naissance.

Susan hocha la tête.

— En raison de votre loyauté, je vous laisse choisir l'arme que vous préférez.

Russell fit un geste vers moi.

— Au moins, trouvez-moi une sorcière qui vaille la peine d'être tuée. Il y a deux jours, elle n'était même pas connectée.

Susan se retourna et parla par-dessus son épaule.

— Alors, votre place dans l'Ordre est pratiquement assurée, dit-elle.

— Je préfère me battre d'égal à égal, dit Russell, et le fait qu'il discutait contre la tentative de me tuer me fit me demander une fois de plus si je ne m'étais pas trompée à son sujet.

— Ne sous-estimez pas Jessica, dit Susan, en même temps qu'elle s'assoyait sur le canapé, d'où elle avait une vue dégagée sur le cercle noir. C'est une mère qui lutte pour avoir son enfant. Peu de créatures dans la nature sont plus dangereuses. De plus, elle possède beaucoup de gènes de sorcière. Ils peuvent être enfouis profondément, mais vous savez à quel point la peur de la mort peut les forcer à faire surface.

Russell réfléchit, puis salua en direction de Susan.

— Très bien, je choisis l'épée, dit-il.

J'explosai.

— Comme si ça te dérangeait que ce soit un combat juste ! criai-je.

Russell haussa les épaules et s'approcha nonchalamment de l'épée.

— Je ne suis pas venu ici pour perdre la tête, dit-il.

— Tu es un hypocrite et un traître, jurai-je.

Ma crainte augmenta de façon spectaculaire. Je n'étais pas en train de rêver. Je ne me tirerais pas de cette situation en discutant. L'un d'entre nous allait réellement mourir — peu importe le monde où nous nous trouvions.

— Et tu n'es pas mieux que morte, répondit-il en soulevant le cuir de protection et en dégainant l'épée.

— Réfléchissez, Jessica, dit Susan. La lame fait un mètre de long et elle est lourde. La perche fait deux mètres de long et elle est dure comme la pierre. Vous aurez le double de la portée, et vous devriez pouvoir bloquer chacun de ses coups.

Elle me fit signe d'aller chercher mon arme.

— Et ne soyez pas amère. À la morgue, je vous avais prévenue que ce moment viendrait.

C'était un souvenir éprouvant qui ramena ses paroles à mon esprit.

Vous avez eu de la chance cette fois-ci... Mais ne pensez pas pour une seconde que vous avez le contrôle.

— J'aurais dû vous tuer avant de partir de l'hôpital, dis-je, alors que je traversais le cercle noir et que je récupérais le bâton, ou ce que Susan appelait la perche.

Effectivement, il était dur comme du bois pétrifié, bien qu'il semblait avoir été enduit d'ambre séché, ce qui le rendait d'autant plus facile à agripper. Dans mes mains, il me paraissait remarquablement léger. Je le balançai en le tenant en son centre, en espérant qu'ainsi il serait plus aisé de bloquer les coups de chaque côté.

Russell, quant à lui, se réchauffait, étirait ses muscles, et coupait l'air avec son épée. Il était rapide ; ses coups d'épée répétitifs semblaient disséquer les molécules d'oxygène. Sa lame chantait, et il n'y avait aucune trace d'hésitation dans ses mouvements.

Je savais que j'avais été folle d'espérer sa sympathie.

Il enleva sa veste et lança ses chaussures et ses chaussettes. Je me demandai si je devrais faire de même. Mais en fait, je n'avais pas choisi de porter des vêtements élégants pour la rencontre. J'étais chaussée de mes Nikes préférées, et les semelles de caoutchouc semblaient bien s'agripper au plancher noir.

Susan parla depuis le canapé.

— Préparez-vous. Il y a une seule règle. Vous devez demeurer dans le cercle jusqu'à ce que votre adversaire soit mort.

Elle fit une pause.

— Commencez !

Immédiatement, Russell se mit à tourner en rond, m'obligeant à me déplacer vers la gauche alors que j'aurais préféré aller à droite. Il paraissait concentré et nullement effrayé.

Pourtant, il me prenait au sérieux. Le premier coup qu'il tenta était ce que je savais être un « coup fatal ». Il l'avait balancé tout droit vers le haut de mon crâne, et je serais morte si je ne l'avais pas bloqué.

Mais ma force nouvellement acquise et mes réflexes étaient entièrement à ma disposition. Mon instinct travaillait aussi. Sans avoir eu besoin d'y réfléchir, mes mains s'éloignèrent l'une de l'autre et lorsque la lame descendit sur moi, à quelques centimètres de ma tête, il y avait beaucoup de place sur mon bâton pour recevoir le coup.

Je m'attendais à moitié que son épée se coince sur mon bâton, mais le bois bloqua proprement le coup. Cela sembla surprendre Russell. Pendant un instant, il laissa la lame s'attarder au sommet du bâton. Profitant de son hésitation, je donnai un coup avec mon pied gauche, et je le frappai directement dans la cage thoracique.

J'entendis un craquement distinct. Il eut le souffle coupé.

— Lara ne va pas perdre sa mère, me jurai-je. C'est tout ce qui compte.

— Tu te trompes ! cria-t-il, retirant sa lame et la balançant vers mes mollets.

Je dus sauter pour éviter son coup, et je supposai que son coup manqué me permettrait de lui donner un coup à la tête. Je tentai ma chance, mais il avait prévu l'assaut. Il l'esquiva, et je le ratai par un kilomètre.

Effectivement, je m'en rendis compte une seconde plus tard, son attaque et sa réponse à mon coup n'avaient été qu'un stratagème. Dès l'instant où mon bâton s'envola vers l'endroit où avait été sa tête, il poussa sa lame de sa main droite vers sa gauche et leva son épée vers mon bras droit. Ma tentative manquée avait laissé mon côté droit exposé. Je dus me tordre fortement vers la gauche pour éviter de perdre le bras droit au niveau du coude.

J'y réussis de justesse. Tranchant comme une lame de rasoir, l'acier attrapa la peau à l'extérieur de mon bras et tailla un morceau de chair. J'eus de la chance que la coupure ne soit pas plus large, sinon j'aurais perdu l'usage de mon bras.

Mais avec la douleur qui grimpait de mon coude à mon cerveau et le sang qui giclait dans les airs, j'étais loin de sentir que j'avais de la chance. Il fit une pause pour évaluer les dégâts qu'il avait causés. Dieu, comme je détestais son culot à ce moment précis, tellement que j'aurais voulu l'étriper !

— Lara ne connaîtra jamais sa mère, dit-il, complétant sa remarque antérieure.

Il recommença à tourner autour de moi. Maintenant, il venait à moi par ma droite, car il ne craignait plus ce bras. Son approche était sensée. Je saignais abondamment, et le liquide chaud suintait le long de mon bras et se déversait sur le bâton, ce qui rendait la prise glissante.

J'attendais que mon gène de guérison s'active, mais je pris conscience que cette habileté nécessitait mon attention pour fonctionner. Si je pouvais faire une brève pause, m'asseoir et fermer les yeux pendant deux minutes en me concentrant sur la plaie, j'arriverais sans doute à arrêter le saignement.

Mais il ne m'accorderait pas ce répit. Sa poursuite était implacable. Il arriva de nouveau par le haut avec son épée. Je le repoussai, mais ensuite, il pointa son épée directement vers moi, à plusieurs reprises en succession rapide, et je dus esquiver les coups en me déplaçant vers la gauche et vers la droite, d'avant en arrière. Il réussit presque à me faire sortir du cercle. Derrière moi, j'entendis Susan qui applaudissait. La chienne.

Le combat durait depuis seulement quelques minutes lorsque je commençai à comprendre la stratégie de Russell. Il demeurait constamment à l'offensive. Mon coup de pied initial lui avait brisé les côtes, mais cela m'avait coûté plus que ça en avait valu la peine — puisque ça l'avait averti du danger que je représentais s'il me donnait une chance de réfléchir et de récupérer. Si j'avais été intelligente, je ne lui aurais jamais fait savoir au début à quel point j'étais forte. Maintenant, il se méfiait, et il n'allait pas me permettre de respirer.

Il balança son épée pour atteindre mes jambes. J'essayai quelque chose de différent. Je plantai mon bâton dans le sol, et je l'utilisai comme un petit arbre pour bloquer son coup. La tactique le surprit, et j'entrevis une ouverture. Je donnai un coup de pied avec ma jambe droite vers son genou gauche. Il vit venir le coup. Au dernier moment, il recula. Mais mon pied attrapa sa rotule et de nouveau, j'entendis un craquement.

J'avais déchiré le cartilage, peut-être même rompu un ligament. Mais j'étais inexpérimentée. J'aurais dû exploiter ma chance plutôt que de la célébrer. J'aurais dû frapper encore, immédiatement. C'était toute l'idée de l'histoire de Kendor au sujet de César. Pendant un combat, si vous avez l'avantage, prenez-le, même si ça signifie que vous devez agir brutalement.

Je me demandai si Kendor avait prévu ce moment précis et essayé de me prévenir alors que j'étais assise avec lui au bord du lac dans le désert.

Russell profita de mon hésitation. Affichant un niveau de rapidité qu'il n'avait pas révélé avant, il tourna à 360 degrés sur sa jambe intacte et essaya de me décapiter avec une épée qui semblait invisible tant elle était rapide.

Je bloquai son coup. Il me fallut mes deux bras et mes talons bien ancrés pour empêcher l'épée de me trancher le cou, mais je réussis. Dans le processus, je perdis le petit doigt de ma main gauche, plus un autre morceau de chair qui tomba au sol pendant que mon sang jaillissait dans les airs.

Encore une fois, j'entendis Susan qui tapait des mains.

Encore une fois, Russell se mit à tourner autour de moi.

Le sol était trempé de sang. Je ne pouvais plus me fier à ma prise. J'aurais voulu demander une trêve pour enlever mes chaussures, pour replacer mon doigt, pour guérir. Les deux extrémités de mon bâton étaient glissantes. Je craignais de le balancer à pleine puissance. Comment pouvais-je être certaine qu'il ne s'envolerait pas de mes mains ?

Puis, je vis Russell sourire, comme s'il lisait dans mes pensées et comptait sur le fait que je demeurerais sur la défensive. Il me parut évident autant que le sang qui coulait sur mes deux bras que seul un geste audacieux me sauverait. Mais d'abord, je devais m'assurer d'une chose.

— Tu n'aurais pu faire ça si tu éprouvais des sentiments pour moi, murmurai-je.

Il hocha faiblement la tête.

— Je n'en ai jamais eu, Jessica.

Je reculai d'un grand pas vers l'extrémité du cercle, et j'agrippai le bout du bâton du mieux que je le pouvais. Je le balançai vers lui. Il bloqua le coup. Je le balançai encore et encore, et il continua de me bloquer. Je ne m'en faisais pas — j'utiliserais la totalité des deux mètres de mon arme, et je ne lui donnerais aucun répit même si je voulais désespérément arrêter. Je le frappais comme si c'était un lion qui m'attaquait, mon souffle en feu, et je le pourchassai autour du cercle.

Puis je fis une erreur. Ou était-ce le destin?

Je glissai. Je glissai dans mon propre sang.

Je ne tombai pas sur le sol, mais je perdis l'équilibre. Soudain, mon bâton n'était plus en position et j'étais exposée à son attaque. Encore une fois, Russell montra son âge et son expérience. Il ne s'énerva pas et n'essaya pas de me couper en deux. Mais il fit une avancée calculée vers mon estomac. La lame me traversa en entier. Elle sortit par mon dos.

Il retira l'épée et recula d'un pas.

C'était la première pause qu'il prenait.

Il attendit que je tombe.

Le sang coulait de mon ventre comme d'un robinet. Je sentais une rivière chaude qui glissait dans le bas de mon dos. Une flaque se forma à mes pieds, et mes Nikes blancs devinrent rouges. Le sang tombait sur le sol en pulsations, au rythme de mon cœur, et chaque jet apportait une vague de vertiges. Je clignai des yeux et pendant un instant il y avait trois Russell. Il était étrange, songeai-je, qu'à l'arrière-plan, je ne voyais qu'une seule Susan.

Je sentais ses yeux glacials sur moi. Elle se pencha en avant, légèrement curieuse de voir comment je choisirais de passer les dernières secondes de ma vie. Pourtant, comme à la morgue — quand ses yeux avaient rencontré les miens et que j'avais compris qu'elle savait que j'étais vivante — je sentis qu'elle voulait me dire quelque chose.

Puis, je compris qu'elle l'avait déjà fait.

Son discours sur le feu de la vie dans le plexus solaire.

L'Agni, le chi, Ra, le dieu du soleil.

Ce feu magique qui couve à l'intérieur, et qui attend d'être activé dans la bonne circonstance, et de la bonne façon, à condition que je sache comment. Bien sûr, je connaissais déjà le secret. Je l'avais déjà fait pour rester en vie. Je pourrais le refaire, et me guérir, après avoir réglé le sort de mon ennemi.

Il y avait une raison pour laquelle elle avait donné le premier choix à Russell.

Elle savait qu'il prendrait l'épée.

Toute personne saine d'esprit l'aurait fait.

Sauf un sorcier. Un sorcier avait besoin de son bâton.

Pour brûler. Et qu'était un sorcier, sinon une sorcière de sexe masculin ?

Pendant que Russell attendait que je laisse tomber mon bâton et que je m'effondre sur le sol, mourante, je me concentrai sur mon plexus solaire. Je me laissai consumer par la rage soulevée par sa trahison. Je sentis le feu que j'avais connu dans la morgue se rallumer. Mais cette fois, il ne s'arrêta pas au bout de mes doigts. Il circula à travers mes bras et alluma le bout de mon bâton, et la flamme qui jaillit de la pointe était rouge comme mon sang et tout aussi chaude que le souffle d'un dragon.

Trop tard, Russell comprit son erreur. Il n'aurait jamais dû me donner la chance de me reposer. Je vis ses pensées vaciller derrière ses yeux. Il savait qu'il ne pouvait pas me permettre de porter la flamme jusqu'à lui. Pour l'éteindre, il devait me tuer, immédiatement. Il n'y avait pas d'autre moyen.

Il se précipita vers moi avec son épée.

Il avait prévu de passer l'épée à travers moi.

Je levai le bâton. Russell courut dans le feu et le bâton le frappa au cœur. Les flammes se répandirent, comme si elles étaient nourries par mon sang sur le sol. Le liquide rouge sembla se changer en essence, et les flammes qui avaient frappé sa poitrine envahirent le cercle, comme une sphère née d'une malédiction infernale.

Il frissonna et laissa tomber son épée. Pendant un moment, on aurait dit que quelqu'un l'avait soufflé avec une explosion de vapeur, mais c'était de la fumée. Ses mains se couvrirent de cloques, qui se gonflèrent en grotesques appendices bouffis, et qui explosèrent de sang bouillonnant. Puis, une autre couche se forma, mais celle-ci n'était pas remplie de liquide. Au lieu de cela, elle devint dure, et noire, et croûteuse.

Ses cheveux s'enflammèrent. Il poussa un cri et leva les bras pour tenter de combattre les flammes, mais ses vêtements prirent feu. L'horreur de sa crémation l'obligea à fermer les yeux, mais ce fut inutile. Ses sourcils, ses cils, ses paupières — tout brûla. Pendant quelques secondes atroces, ses globes oculaires furent exposés et on aurait dit qu'ils fixaient Susan et qu'il la voyait pour ce qu'elle était vraiment. Même pendant que sa chair fondait, son expression se tordit en une horrible prise de conscience, et j'aurais juré qu'il ne la voyait plus, non plus qu'il voyait une femme de n'importe quelle sorte, mais plutôt quelque chose d'autre.

Inclinant sa tête en arrière, Susan ferma les yeux et sourit.

Son expression était béate. La douleur de l'homme nourrissait son bonheur.

Enfin, Russell hurla une dernière fois et s'effondra sur le sol et je pus fermer mes yeux et penser à la nuit où je l'avais rencontré, et à quel point son corps était superbe. Pour une raison ou pour une autre, ma haine avait disparu. Peut-être avait-elle été consumée par sa douleur atroce. Je me rappelais qu'il m'avait tenue nue dans sa chambre d'hôtel, alors que nous nous embrassions et que nous nous touchions à la lueur du Strip.

Je pris conscience que je ne saignais plus. Enfin, je guérissais, même mon doigt coupé. Pourtant, je sanglotais, et je sentais des larmes chaudes qui coulaient sur mes plaies qui s'estompaient. J'ouvris les yeux et je vis un tas de cendre noire au centre du plancher. À un moment donné, Susan avait dû se lever. Elle se tenait devant moi et fixait ce qui restait de Russell.

— C'était un traître, dit-elle sèchement.

— Quoi ? dis-je en haletant. Il a essayé de me tuer.

Susan secoua la tête.

— Alors, il était aussi un lâche. J'avais déjà entendu mes gens dire qu'il avait été réticent à livrer votre emplacement dans la chambre froide. Ils avaient dû tuer eux-mêmes les deux hommes qui gardaient la place. Russell avait refusé de le faire.

— Alors, tout cela n'était qu'un jeu pour vous ?

Je me sentais malade. J'avais tué un homme innocent, et un ami.

— Une épreuve et une leçon, Jessica. Vous avez passé le test lorsque vous avez invoqué le feu. Mais vous devriez peut-être envisager la leçon de ce soir, quand il sera question de votre petit ami et de votre fille.

— Ça veut dire ? demandai-je.

Susan balaya des flocons de cendres de ses vêtements d'hôpital.

— Frank vous ramènera à votre hôtel. Demain soir, dans le monde des sorciers, il vous appellera et ira vous chercher, et nous nous reverrons. Si vous le souhaitez, vous pouvez venir avec James. Je suis certaine qu'il adorerait voir Lara.

Elle fit une pause.

— Mais emmenez un seul membre du Conseil des Tars, et vous brûlerez tous.

Frank apparut alors. Il entra par la porte comme si on l'avait appelé, même si je n'avais pas vu Susan lui faire signe. Cette fois, il ne transportait pas Lara, mais un petit garçon. L'enfant était vêtu d'un survêtement gris et paraissait avoir environ cinq ans. Un bel enfant. Il avait de longs cheveux noirs et des yeux noirs bordés d'une luminescence jaunâtre ensorcelante qui les faisaient ressembler à des soleils jumeaux éclipsés par des trous noirs. L'enfant avait un jumeau, car j'étais certaine de l'avoir déjà vu.

Une queue de un mètre et demi ressortait de l'arrière de sa colonne vertébrale, et enveloppait sa taille. Elle était effilée en une pointe acérée qui me rappela le dard d'un scorpion. Instinctivement, je sus qu'elle était toxique.

L'enfant sauta dans les bras de Susan. Elle sourit.

— Maman! cria Whip.

CHAPITRE 17

De retour au MGM, je me glissai dans mon lit vide et je me réveillai huit heures plus tard à côté de Jimmy. C'était lundi matin, bien sûr, même si j'avais l'impression d'être restée une semaine entière à Las Vegas.

Susan avait juré que Russell était un traître, ce qui me convainquit qu'il était demeuré fidèle aux Tars. Ce qui me rendait aussi anxieuse de parler à Russ. S'il était vivant, merde. Ce truc de deux mondes était en train de me faire mourir, parce que je ne savais pas du tout s'il avait été tué dans le monde réel.

Mais Jimmy commença immédiatement à me bombarder de questions sur ce qui était arrivé pendant ma « journée manquante ». Je l'implorai de me donner la chance d'aller voir Russ — seule — mais il se montra très ferme.

— Non, dit Jimmy. J'y vais avec toi.

Le reste de la bande était toujours sur place : Debbie, Ted, Alex, et son nouveau petit ami, Al. Je leur avais dit que j'avais gagné un forfait qui nous permettait de séjourner gratuitement à l'hôtel — repas inclus — pendant cinq jours. Bien sûr, je payais chaque truc avec le contenu de mon sac d'argent. Ils avaient accepté le mensonge, parce qu'ils le voulaient, même si Alex n'était pas si facile à duper. Avant que je puisse sortir en compagnie de Jimmy, elle me prit à part.

— Je ne te reconnais pas, dit-elle.

Je baissai la tête.

— Je sais.

— Depuis que tu as disparu cette nuit-là, tu as changé, dit-elle. Si je n'ai encore rien dit, c'est seulement parce que Jimmy est avec toi. Mais aujourd'hui, c'est terminé, et avant la fin de la journée, tu vas me raconter tout ce qui se passe.

— D'accord.

Je la serrai dans mes bras.

— Mais il faut que je t'avertisse — tu ne croiras pas un mot de ce que je te dis.

— Je le croirai si c'est la vérité, répondit-elle.

— Jimmy a dit la même chose hier et il a fini par jurer après moi.

Alex regarda à l'endroit où Jimmy attendait pour partir avec moi.

— Pourquoi dois-tu sortir précipitamment maintenant ? demanda-t-elle.

— Je dois voir Russ.

— Et tu emmènes Jimmy ?

— La jalousie n'est plus un problème.

— Je doute que Jimmy soit d'accord.

J'embrassai Alex sur la joue.

— Nous discuterons plus tard, je te le promets. Maintenant, il faut que je parte.

Bientôt, Jimmy et moi étions dans un taxi en direction du Mandalay Bay, quand je changeai soudainement d'idée et dis au chauffeur de nous emmener au Bellagio.

— Qu'est-ce qu'il y a au Bellagio? demanda Jimmy.

— Peut-être que nous sommes suivis, murmurai-je, au cas où notre chauffeur soit un Lapras. D'ailleurs, on ne va pas au Mandalay Bay. Je veux aller à la nouvelle adresse que mon père m'a donnée.

— Non. Je veux connaître ce Russ, insista Jimmy.

— Tu le rencontreras. Plus tard.

— Tu me caches quelque chose.

Je soupirai.

— J'ai eu une nuit difficile.

Nous suivîmes la même routine que précédemment. Nous entrâmes dans l'hôtel Bellagio à l'avant et nous prîmes un autre taxi à l'arrière. Nous répétâmes deux fois l'opération avant que je me sente suffisamment à l'aise pour me rendre à une maison que mon père avait louée ce matin. Il avait déjà quitté l'appartement.

À notre arrivée, mon père était en train de prendre son petit déjeuner avec Whip. Lorsqu'il nous vit, le garçon nous fit de surprenants câlins à Jimmy et à moi, avant que mon père l'envoie regarder la télévision dans une autre pièce.

Le teint blême de mon père disait tout, je n'eus pas besoin de lui poser de questions. Mais Jimmy insista pour avoir une explication, et il ne fallut pas beaucoup de temps pour que j'apprenne ce qui était arrivé à Russ — dans le monde réel.

Pour une raison inconnue, un incendie avait éclaté au rez-de-chaussée de son hôtel. Six suites avaient été endommagées et une dizaine d'occupants avaient été blessés, dont un décès. Selon mon père, il n'y avait aucun doute que Russ était mort. On avait déjà identifié son corps.

— Les autorités disent qu'il est mort dans son sommeil, dit mon père.

— Ce n'est pas ce qui s'est passé, murmurai-je.

Mon père se tourna vers Jimmy.

— Puis-je parler à ma fille, seul ? demanda-t-il.

Jimmy hocha la tête.

— Je suis fatigué de vous autres et de tous vos secrets. Je veux savoir pourquoi ce type est mort. N'y avait-il pas une réunion entre quelques-uns d'entre vous et le Conseil ?

J'étais lasse de mentir. Mon père me fit signe de me taire, mais je l'ignorai.

— Mon père, Russ et moi avons rencontré le Conseil. Puis, je suis allée avec Russell — Russ — pour parler aux Lapras.

Jimmy fronça les sourcils.

— Pourquoi ?

— Pour voir Lara, dis-je, sachant ce qui allait arriver.

Jimmy sembla prêt à exploser.

— Alors, dans le monde des sorciers, pour toi c'est correct d'aller leur parler de ta fille, mais pas pour moi dans ce monde au sujet de mon fils ? demanda-t-il.

— Lara est aussi ta fille, dis-je.

Jimmy agita une main en signe d'agacement.

— Je me sens comme Alex. Comme si je ne te connaissais pas. Ou peut-être que ce n'est pas ça. Peut-être est-ce l'autre Jessica du monde des sorciers que je ne connais pas.

— S'il te plaît, Jimmy, j'étais là quand Russ est mort.

Ma voix se brisa.

— Il est mort à cause de moi.

— Pourquoi? demanda Jimmy.

— Comment? demanda mon père.

— Je l'ai tué, dis-je. J'ai invoqué le feu.

— Avaient-ils découvert son masque? demanda mon père.

— Merde. Ils l'ont toujours su, dis-je.

Mon père était stupéfait.

— C'est logique, je suppose.

J'avais envie de hurler.

— C'est logique? Il dormait profondément dans son lit dans ce monde. Comment se fait-il que le feu que j'ai créé dans le monde des sorciers ait pu ramper jusque dans son hôtel dans ce monde?

— J'ai expliqué comment les événements dans les deux mondes se produisent en parallèle, dit mon père. Ils s'influencent mutuellement. Mais ce qui se passe dans un monde n'a pas à correspondre parfaitement à ce qui se produit dans l'autre.

Je sentis venir un mal de tête.

— Juste au moment où je pense avoir tout compris, tout s'écroule, murmurai-je.

Mon père se montra attentionné. Il me serra dans ses bras et me caressa la tête. Mais j'avais du mal à pleurer. Plus rien ne me semblait réel. Pourtant, mon manque de larmes ne signifiait pas que ma douleur n'était pas aussi vive. Je ne cessais d'imaginer le beau visage de Russ en train de fondre, et son dernier cri.

Si moi je ne comprenais pas, Jimmy se heurtait à un mur.

— S'il vous plaît, quelqu'un pourrait-il m'expliquer ce qui s'est passé la nuit dernière? supplia-t-il. Dans les deux mondes. Et ensuite, montrez-moi comment je peux réunir les morceaux.

Avant que je puisse répondre, le cellulaire de mon père sonna. C'était le Conseil. Ils voulaient nous parler, à nous trois. Mon père protesta, mais Cleo arriva sur la ligne et dit que Jimmy devait être inclus dans la discussion. On aurait pu croire qu'elle avait été dans la même pièce que nous une minute plus tôt à entendre Jimmy se plaindre.

Pendant que Whip continuait à regarder les dessins animés dans sa chambre, mon père accrocha un gadget à son cellulaire pour que l'on ne puisse pas intercepter notre signal. Une fois la connexion établie, nous pouvions entendre tout le monde clairement. Le Conseil voulait un compte-rendu détaillé de la nuit précédente.

Je le leur donnai. Ils écoutèrent sans m'interrompre jusqu'à ce que j'arrive au point de la mort de Russell, au funeste avertissement de Susan et à l'apparition de Whip.

Aucun des membres du Conseil ne semblait se soucier de la façon dont Russ avait péri dans ce monde, même si je supposais qu'ils étaient déjà au courant. Lorsque j'eus terminé, Cleo parla.

— La perte de Russ est un coup terrible. C'était un homme exceptionnel et un ami cher. Il est important, Jessie, que vous compreniez qu'il a donné sa vie pour vous protéger. La seule raison pour laquelle il vous a soumise à un combat aussi intense, c'était pour que cette femme vous voie comme étant digne d'être la mère de Lara.

— Il m'a poussée jusqu'au bout, ajoutai-je, ne souhaitant pas en dire plus devant Jimmy. J'ai eu de la chance de sortir de là en un seul morceau.

— C'est moi qui ai formé Russ au combat, dit Kendor. S'il avait vraiment voulu vous tuer, il l'aurait fait au tout début, avant que vous ayez la chance de réveiller le feu.

— Malheureusement, nous devrons pleurer Russ plus tard, dit Cleo. Il nous faut avancer. Pour l'instant, Jessie, vous accepterez l'offre de Susan et vous vous isolerez avec Lara. Étant donné qu'elle est prête à vous laisser avoir des visiteurs, il est possible que Jimmy agisse comme espion pour nous, s'il le désire.

— Comment? demandai-je. Jimmy n'est pas éveillé au monde des sorciers.

— James l'est, dit Cleo. Ils peuvent travailler séparément, et pourtant en équipe.

— Non, dis-je. C'est trop dangereux.

— Jimmy est capable de prendre ses propres décisions, dit Cleo. Sans Russ, nous aurons besoin d'un moyen de communiquer avec vous.

— Je suis heureux d'offrir mes services en tant qu'espion, dit Jimmy. À une condition. Que je passe à travers le processus de la mort.

— Non, dit Cleo.

— Sa requête est juste, déclara Kendor. Nous lui demandons de risquer sa vie pour nous. En plus, il sera plus utile s'il est éveillé aux deux mondes.

— Vous savez aussi bien que moi que la moitié de ceux qui n'ont pas le gène de guérison ne se remettent pas de l'expérience de la mort.

— C'est Las Vegas, dit Jimmy. Cinquante pour cent de chances, c'est le meilleur qu'on puisse obtenir dans cette ville.

— Je suis surpris, interrompit Hatsu, de voir que cette Susan est prête à laisser Jessie avoir des visiteurs, dit-il.

— Elle a énormément confiance en ses propres capacités, dit Cleo. À deux reprises, elle nous a soumis à cette confusion, et deux fois elle en est sortie indemne, après avoir pris ce qu'elle voulait.

— Je crois que l'offre qu'elle a faite à Jessie est un stratagème, dit Kendor. Elle veut que Jessie attire des membres du Conseil à l'endroit où elle va rester.

— Pourquoi? demandai-je.

— Pour disposer de nous, dit Kendor.

— Elle doit certainement savoir qu'elle ne peut pas tous nous combattre en même temps, dit Hatsu, insulté.

— Jusqu'à présent, elle n'a eu aucune difficulté à avoir le dessus sur nous, dit Cleo.

Hatsu renifla.

— Il semble que Lara sache comment la blesser. Pouvez-vous décrire plus en détail cette vague que vous avez ressentie, Jessie?

— Je vous ai dit qu'elle est venue quand ils m'ont arraché Lara des mains, dis-je. La vague est apparue soudainement. Elle a paru remplir la pièce, bien que je ne pense pas qu'elle me visait. J'étais la moins affectée. Mais je peux vous dire que je détesterais être du mauvais côté de la vague. Sa force était effrayante.

— Dommage que Lara ne soit pas plus âgée, dit Kendor. Nous pourrions la prier de se concentrer sur Susan et de la faire disparaître par combustion spontanée.

— Nous n'avons pas besoin de Lara pour utiliser une fusion contre Susan, avança Hatsu. Si nous pouvons la trouver, l'immobiliser, alors je crois qu'il est temps.

— Ce n'est pas envisageable, dit rapidement Cleo. Elle pressentirait l'attaque et elle s'empresserait de tuer Lara.

— Qu'est-ce qu'une fusion? demandai-je.

— Quelque chose dont nous ne parlons pas, déclara Cleo.

Un long silence suivit. Dans mon esprit, je pouvais sentir l'agitation de Hatsu et de Kendor. Mais je percevais aussi leur réticence à s'opposer à Cleo.

— Cleo, dis-je. Est-il possible que Susan ait plus de gènes de sorcière que vous?

Cleo réfléchit.

— D'après ce qu'elle vous a dit, il est clair que Lara est potentiellement plus puissante qu'elle. Je suis certaine qu'elle fait cette hypothèse en se basant sur le fait que Lara possède tous les 10 gènes de sorcière que nous avons pu identifier. Étant donné que je n'ai que huit gènes, il est possible que Susan en ait neuf. Par conséquent, la réponse à votre question doit être oui.

— Cette femme pourrait-elle avoir un gène que nous n'avons jamais vu auparavant ? suggéra Hatsu.

— C'est très improbable, interrompit mon père.

— Pourquoi ? demandai-je.

— Nous avons scanné des milliards de personnes et observé seulement 10 gènes, déclara-t-il. Si vous me le demandez, je dirais qu'il est plus probable que Susan ait développé une forme inhabituelle de télépathie par laquelle elle est capable de projeter une puissante illusion profondément ancrée dans notre esprit.

— Ce qui nous est arrivé quand Lara a été enlevée n'avait rien à voir avec la télépathie, dit fermement Kendor.

— Susan est un casse-tête, dit Cleo. Il est clair qu'elle n'a jamais été scannée. On dirait qu'elle est sortie de nulle part.

J'étais stupéfaite.

— Mais certains d'entre vous doivent avoir entendu des rumeurs à son sujet ? Je ne peux pas être la première sorcière à l'avoir rencontrée.

— Peut-être que vous êtes la première à l'avoir rencontrée et à avoir survécu pour en parler, dit Hatsu. Sans compter ses associés, bien sûr.

— Je suis surprise que les Lapras aient pu la cacher aussi longtemps, réfléchit Cleo.

— Elle travaille dans un hôpital local ! m'exclamai-je. Du moins, dans le monde des sorciers. Elle n'essaie absolument pas de se cacher.

— Au contraire, dit Kendor. Sa position de médecin lui a fourni une solide couverture.

— Elle a déjà quitté ce poste pour se cacher, dit Cleo. Nos gens n'ont pu la retrouver dans aucune des cliniques locales.

— Que savons-nous à son sujet ? demanda Hatsu.

— J'ai l'impression qu'elle est très âgée, dis-je. Son sens de la moralité est barbare. Elle croit que ce qu'elle fait est juste. Elle a beaucoup parlé du président Truman et de sa décision de larguer les bombes atomiques sur le Japon. Elle a comparé son choix à sa décision d'enlever Lara.

— Fascinant, dit Cleo.

— Pourquoi dites-vous ça ? demanda Jimmy.

— Qu'elle puisse se voir comme étant justifiée, dit Cleo.

— Mais son intérêt pour l'énergie atomique est certainement lié au programme des Lapras qui vise à créer plus de sorciers en exposant un tas de gens ordinaires à un excès de radiations, dit Hatsu.

— Vous vous trompez tous les deux, dit Kendor.

— Expliquez, dit Cleo.

— Je pense qu'elle a parlé de Hiroshima parce qu'elle était présente lorsque la bombe a été larguée, répondit Kendor.

— Une idée intéressante, déclara Cleo. Est-ce que ça vous donne n'importe quelle indication sur son mode psychologique ? Ou sur son pouvoir ?

— C'est juste une observation, dit Kendor.

— Quelqu'un d'autre a des idées sur notre femme mystérieuse ? demanda Cleo.

— J'ai une idée, dit Hatsu. Après ce qu'elle a fait à Russ, nous ne pouvons pas lui permettre de poser le prochain geste. Nous devons passer en mode offensif.

— Je suis d'accord, acquiesça Kendor. Je suis contre l'idée que Jessie accepte l'offre de Susan. Je dis que nous devons mettre tous nos efforts pour la localiser et l'attaquer. Ce soir, dans le monde des sorciers, si possible.

— Pourquoi dans le monde des sorciers ? demandai-je. Pourquoi pas ici ?

— Nous avons déjà discuté des dangers d'une attaque frontale, dit Cleo, ignorant mes questions. Ils sont trop grands. Nous devons en apprendre davantage sur la puissance de cette femme. Sa source, comment on peut la contrecarrer, et pourquoi elle veut Lara.

— Alors, une fois de plus, nous nous contentons d'attendre et d'observer ? demanda Kendor, sans prendre la peine de dissimuler l'impatience dans sa voix.

— Nous observons et nous apprenons, dit Cleo avec une note d'irrévocabilité. Dr Major, Jessie, Jimmy — nous reprendrons bientôt contact avec vous. Peut-être nous reverrons-nous sous peu. Cette séance est levée.

La connexion fut coupée.

— Je comprends ce que vous vouliez dire, lança Jimmy. Je sentais leur pouvoir même au téléphone. C'était comme lorsque j'ai rencontré Kendor en personne.

— Tu as rencontré Kendor ? demanda mon père.

Jimmy figea, se rendant compte de son erreur.

— Pendant une minute, après notre entretien avec Kari, ajoutai-je rapidement. Il nous a révélé qu'il nous protégeait avant de reprendre son chemin.

Mon père sembla accepter cette remarque.

— Ils t'ont montré une grande confiance en parlant devant toi, dit-il à Jimmy. Je les connaissais depuis un siècle avant d'avoir la chance d'assister à une de leurs réunions.

— Je suppose que je devrais être reconnaissant, dit-il.

Je lui frottai le dos.

— Tu ne l'es pas?

Jimmy haussa les épaules.

— Je demeure un exclu. À partir de maintenant, chaque soir où j'irai me coucher, je devrai m'en faire pour savoir si tu seras vivante le matin.

— Allez, dis-je. Ce n'est pas si mal.

Il me regarda.

— Ce ne l'est pas?

Mon père se leva.

— Il faut que j'aille voir ce que fait Whip.

— Attends, dis-je. Que voulait dire Hatsu quand il suggérait d'utiliser une fusion contre Susan? Et à deux reprises, Cleo a fait une mise en garde contre l'idée d'une approche frontale contre les Lapras. Les deux parlaient-ils de la même chose?

Mon père hocha la tête.

— Je suis presque certain que c'est la même chose. Mais tout ce que je sais à propos de la fusion, c'est à partir d'indices que j'ai amassés au fil des ans. Le Conseil ne m'en a jamais parlé directement. Mais il semble que dans une situation d'urgence majeure, ils sont capables de joindre leurs esprits en une seule immense conscience. Dans un tel état, ils ont accès à tous les gènes de sorcier à la fois. À tous les pouvoirs d'un sorcier parfait.

— Il est difficile d'imaginer que dans un tel état, ils ne seraient pas en mesure de détruire Susan, dit Jimmy.

— Je n'en connais pas assez sur le processus pour en discuter avec vous. Mais remarquez qu'Hatsu a dit qu'il leur faudrait savoir où Susan se trouvait et l'immobiliser. La fusion n'est peut-être pas si simple à employer. De plus, il est assez clair que Cleo

LA REINE ROUGE

a peur que Susan ne se saisisse de Lara et la tue à l'instant ou le Conseil essayait quelque chose d'aussi drastique.

— Je suis d'accord avec Cleo, admis-je.

Jimmy n'était pas convaincu.

— Je n'ai pas eu l'impression que tous les membres du Conseil pensaient de la même manière, dit-il.

— Tu parles de Kendor, dit mon père. Pendant des siècles, Cleo s'est montrée prudente et sa sagesse a permis au Conseil de surmonter de nombreuses crises. Pour cette raison, ils sont réticents à s'opposer à sa volonté. Tous, sauf Kendor. Il est plus orienté vers l'action, et la stratégie de Cleo, qui requiert d'observer et d'attendre, le rend fou. Mais ne vous méprenez pas, je ne l'ai jamais vu lui désobéir ouvertement.

Je pouvais voir que mon père tenait beaucoup à aller vérifier ce que faisait Whip.

— Comment va notre merveilleux garçon? demandai-je.

La veille, dans le monde réel, après notre rencontre avec Kari, Jimmy et moi avions passé du temps avec Whip. Mais nous l'avions laissé à mon père en prenant conscience que Whip avait beaucoup plus besoin d'un médecin que d'amis. De plus, pensais-je encore, il était possible qu'il soit contagieux.

— Sa cellulite s'est beaucoup améliorée, dit mon père. Les antibiotiques sous perfusion ont déjà aidé à soigner les taches sur sa peau.

— Mais hier, vous étiez plus inquiet au sujet de ses poumons, dit Jimmy. A-t-il la tuberculose?

Mon père hésita.

— Non.

— Papa? demandai-je.

Je n'aimais pas son ton.

Mon père soupira.

— Je lui ai fait passer une radiographie à l'extérieur de la ville, dans une clinique de Baker. J'aurai besoin de faire pratiquer une biopsie pour confirmer mon diagnostic, mais je suis certain que ses difficultés respiratoires sont le résultat de grosses masses dans sa poitrine.

— Masses, comme dans « tumeurs » ? demandai-je, effrayée.

— Oui.

— Pouvez-vous l'opérer ? s'enquit Jimmy.

— Non. C'est trop répandu.

— Ne peut-on pas le guérir ? demandai-je.

Mon père hocha la tête.

— Son état dépasse mes pouvoirs.

— Mais nous sommes censés être des guérisseurs génétiquement améliorés. À quoi sert notre pouvoir ?

— Ses tumeurs ne sont pas normales. Elles ont été créées par contact direct avec du plutonium.

Mon père vit à quel point nous étions bouleversés, et il ajouta rapidement :

— Mais toi et ton étonnante fille — je ne sais pas, des miracles, ça arrive. Peut-être pouvons-nous faire quelque chose pour lui.

Jimmy semblait accablé. Moi-même, je me sentais plutôt fragile.

— Il est si jeune, murmura Jimmy.

— Regardez où sa mère l'a planqué, dit mon père d'un ton amer. Dans Plutonium City. Ce n'est pas étonnant qu'il ait un cancer.

— Parlant de sa mère, dis-je, en me levant, je veux poser quelques questions à Whip sur cette salope.

Whip avait l'air de mieux se porter que la veille. En plus d'être propre et mieux habillé, comme mon père l'avait dit, sa peau s'était améliorée. Ses yeux paraissaient également plus brillants, et je me souvins de ses câlins chaleureux à notre arrivée. De toute évidence, Whip manquait d'affection.

— As-tu compris pourquoi il est muet ? murmurai-je à mon père pendant que Jimmy informait Whip sur les dessous de l'histoire du dessin animé qu'il regardait.

Jimmy était une sorte de fanatique quand il était question de vieux dessins animés et d'anciennes bandes dessinées. Il nous avait déjà acheté des billets pour le prochain Comic-Con qui devait se tenir à Las Vegas. Dommage, j'aurais pu penser à de meilleures villes pour passer des vacances.

— Je soupçonne que son état est le résultat d'un trauma- tisme émotionnel, répondit mon père. En examinant les pou- mons de Whip, j'ai aussi fait radiographier sa gorge, et j'ai vu à ce qu'un spécialiste examine la région. Il a tout ce qu'il faut pour parler.

— A-t-il des gènes de sorcier ? demandai-je.

— Cinq. J'étais impressionné. Son QI est très élevé. Il a cinq ans et il peut lire à un niveau d'école secondaire.

— Il ne semble pas qu'il ait impressionné sa mère, dis-je. Du moins, pas suffisamment pour qu'elle le garde.

— Tu es certaine que Susan est sa mère ? demanda mon père.

— Je t'ai parlé de l'autre Whip. Je pense qu'elle a fait des expériences sur lui pour faire augmenter son nombre de gènes de sorcier.

— Tu as sans doute raison. Sa queue doit être une mutation.

— Notre Whip a une queue qu'il utilise pour écrire, dis-je. Le Whip de Susan a une queue qui se termine par un dard. Ses yeux sont effrayants. Pourquoi les deux sont-ils physiquement différents ?

Mon père fronça les sourcils.

— Je ne sais pas.

— Mais tu as déjà vu quelque chose comme ça auparavant ? Des gens qui paraissent dissemblables d'un monde à l'autre ?

— Pas à ce point, non, dit mon père. C'est un mystère.

— Il est évident qu'elle a aussi fait des expériences sur notre Whip. Puis, elle l'a rejeté au moment où il ne lui était plus utile.

Je m'arrêtai.

— J'aimerais tuer cette salope.

Mon père parut préoccupé.

— Ne planifie pas de vengeance pour l'instant. Peut-être te sens-tu puissante maintenant, mais tes capacités ne font que commencer à s'épanouir.

— Tu ne m'as toujours pas expliqué ce que sont ces capacités, me plaignis-je.

Chaque fois que je posais des questions sur mes autres gènes, mon père changeait rapidement de sujet.

— C'est important qu'elles apparaissent naturellement, dit-il.

— Pourquoi ? insistai-je.

— Si tu les utilises trop tôt, tu peux t'endommager de façon irréparable.

Encore une fois, il changea de sujet en revenant à Whip.

— Tu as dit que Susan était affectueuse avec la version de son fils du monde des sorciers ?

— Elle l'adorait. Quand il est entré, c'était la première fois que je la voyais sourire.

Jimmy et Whip s'amusèrent ensemble pendant les 20 minutes suivantes. Il était évident que Jimmy était le favori du garçon. Je dus finalement m'imposer entre eux. Assise en face de lui, je lui demandai si je pouvais lui poser quelques questions. Whip répondit en attrapant son bloc-notes et un stylo et en écrivant le mot « oui ». Toutes ses réponses étaient fournies de cette façon. Il écrivait incroyablement vite.

— Whip, dis-je. Quand tu étais dans le désert, à part Frankie, y avait-il quelqu'un de Las Vegas qui te rendait visite ?

Non.

— As-tu toujours vécu dans la ville du désert ?

Non.

— Habitais-tu ici ?

Whip baissa la tête. Ses yeux semblèrent se mouiller.

Je vivais près d'ici, dans une maison, écrivit-il.

— Connais-tu le nom de la ville où tu habitais ?

Henderson.

Je me tournai vers Jimmy.

— À quelle distance se trouve Henderson à partir d'ici ?

— Vingt minutes sur l'autoroute.

— Kari a dit que Huck était à seulement 20 minutes, dis-je.

Jimmy devint soudain intéressé.

— Devrions-nous emmener Whip faire un tour dans cette région ? demanda-t-il.

— Je pensais exactement la même chose, dis-je en me tournant vers Whip. Pendant combien de temps as-tu vécu dans le désert ? demandai-je.

Dix-sept mois, trois jours, écrivit Whip.

— Vivais-tu avec ta mère avant ?

Whip hésita.

Parfois. Quand elle n'était pas occupée.

— Te laissait-elle avec des gardiens quand elle était occupée ?

Avec des gens différents. Ils étaient méchants.

— Sais-tu pourquoi elle t'a envoyé dans le désert?

Whip répondit rapidement, peut-être trop rapidement.

Non.

— As-tu fait quelque chose qui l'a mise en colère?

Non.

— Es-tu certain?

Non. Oui.

Whip s'essuya les yeux.

Je ne veux pas parler d'elle.

Je lui caressai le dos.

— Je suis désolée. Parle-moi des gens avec qui tu vis dans le désert. As-tu des amis spéciaux?

Clair et Bill, écrivit-il.

— Est-ce que ce sont des enfants comme toi?

Ils sont comme vous et Jimmy, mais pas aussi jolis.

— Pourquoi dis-tu qu'ils ne sont pas jolis? demandai-je.

Ils ont des trucs qui poussent sur leur corps. Comme de très grosses verrues. Ça ne cesse de grossir.

— Est-ce que Frankie leur apporte aussi de la nourriture?

Je partage une partie de ma nourriture avec eux. Mais ils se nourrissent surtout de la nourriture qu'on laisse tomber.

— Que veux-tu dire par «laisse tomber»?

Un hélicoptère laisse tomber des sacs de nourriture.

— À quelle fréquence?

Toutes les deux ou trois semaines.

— Es-tu le seul à qui on apporte de la nourriture spéciale?

Oui.

— Peut-être que sa mère se préoccupe de lui, observa mon père.

Je hochai la tête, ne voulant pas exprimer devant le garçon mes véritables sentiments pour Susan.

— Whip, demandai je. Ça va être une question étrange, mais je veux que tu y penses vraiment très fort avant d'y répondre. D'accord?

Je pense toujours très fort.

— As-tu des souvenirs d'avoir vécu dans un autre monde?

Whip n'écrivit pas. Il me regarda, puis il hocha la tête.

— De quoi te souviens-tu au sujet de cet endroit?

De mauvaises personnes y vivent, écrivit-il à contrecœur.

— Les Lapras?

Oui.

— Te sens-tu différent quand tu te souviens de cet endroit?

Je me sens mal.

— Tu ne l'aimes pas?

Non, là-bas je suis méchant. Je tue des gens.

— Comment est-ce que tu tues des gens? demandai-je.

Whip posa son stylo marqueur et leva la queue.

Au début, notre voyage à Henderson nous sembla une perte de temps. Nous roulâmes dans toute la ville sans repérer une zone qui soit le moindrement familière à Whip. Mais je pensai alors à la description que Kari avait faite de la maison où les Lapras gardaient Huck. Que c'était joli. Qu'il y avait une belle vue. Je me dis alors que la maison était probablement située en dehors de la ville.

Effectivement, il y avait de fortes chances qu'ils gardent Lara tout près. C'était logique. Ainsi, ils pourraient centraliser leur sécurité. Je demandai à Jimmy de se diriger vers les quartiers huppés au nord de la ville, où il y avait de grands espaces ouverts, et des falaises d'où l'on pouvait voir à des kilomètres de distance.

— T'est-il venu à l'esprit que nous pourrions être en train de rouler vers la fosse aux lions ? demanda Jimmy.

— J'ai juste besoin d'avoir une idée approximative de la région, dis-je, avant de parler à Whip qui était assis sur la banquette arrière de la nouvelle voiture louée, une berline Mercedes.

J'avais retourné la Ford Expedition pour des raisons évidentes. Les Lapras l'auraient repérée en une minute.

— Whip, continue à regarder par les fenêtres, lui dis-je. Fais-nous savoir si quelque chose te paraît familier.

Il hocha la tête. Il semblait beaucoup aimer nous aider.

Dix minutes plus tard, il me tapa sur l'épaule et montra une colline surmontée d'une solide formation rocheuse. La forme du sommet était curieuse. On aurait dit une couronne. La colline semblait se trouver à environ trois kilomètres de distance, mais il était possible que cet intervalle soit double en raison du curieux effet du désert sur la vision à distance. Je dis à Jimmy de s'arrêter et de baisser nos fenêtres.

— Tu as déjà vu cette colline, demandai-je à Whip.

Il hocha la tête et tendit la main vers son bloc-notes. Il me le remit un instant plus tard.

C'était dans notre cour, avait-il écrit.

Je souris.

— C'est parfait. Bon travail, Whip.

Il ouvrit la bouche comme s'il allait parler.

Un léger soupir en sortit, suivi par une toux sèche.

Mais il essayait — il essayait de nous parler.

CHAPITRE 18

Sur le chemin du retour vers Las Vegas, je demandai à Jimmy de m'accorder un peu de temps seule. Je lui précisai qu'il fallait que je m'explique avec Alex et que je ne pouvais repousser plus longtemps cette clarification. Il était d'accord. Il me dit qu'il allait offrir un moment de répit à mon père en prenant soin de Whip quelques heures.

— Si tu me promets de ne rien faire de dangereux pendant ton absence, dit-il.

Il me connaissait trop bien. Je souris et lui donnai un baiser.

— Crois-moi, de toute ma vie, je n'ai jamais eu autant de raison de vouloir rester en vie, l'assurai-je.

— Lara?

— Oui. Et toi, toujours toi, dis-je.

Il semblait touché.

— J'aime la partie « toujours ».

— Maintenant, c'est réalisable. Nous sommes des sorciers. Un jour, tu réussiras à activer tes gènes. Et même si tu n'as pas celui de la guérison, je ferai tout mon possible pour garder tes pièces en excellent état de fonctionnement.

— Je parie que tu te concentreras sur une partie en particulier.

Je lui caressai la jambe.

— Tu lis dans mes pensées.

Il m'embrassa plus fort, aucun de nous ne se préoccupant de Whip qui regardait. Tout de même, au moment de mon départ, Jimmy semblait triste.

— Quel est le problème ? demandai-je.

— Je n'aurais jamais dû te laisser.

— Tu as fait ce qu'il fallait. Tu essayais de prendre la bonne décision.

— Pour commencer, j'ai été idiot de la rendre enceinte.

— Je ne vais pas te contredire là-dessus.

Jimmy ouvrit la porte et sortit de la voiture, emmenant Whip.

— Assure-toi de ne pas être suivie, m'avertit-il.

— Ça devient une seconde nature. Au revoir, Jimmy. Au revoir, Whip. Je vous aime tous les deux.

Whip appuya sa paume droite sur son cœur, puis il pointa les doigts vers moi. Je n'en étais pas certaine, mais je crois qu'il tentait de me dire qu'il m'aimait. À ce moment, dans le monde entier, je ne pouvais penser à deux gars dont je me souciais plus. C'était bizarre, je venais à peine de rencontrer Whip.

Pourtant, pendant que je roulais vers le MGM pour aller trouver Alex, des réflexions au sujet de Russ vinrent me hanter. Je ne pouvais nier que j'avais eu le béguin pour Russ, et ça ne voulait pas dire que j'en aimais moins Jimmy. Je croyais que les sentiments de Russ envers moi étaient aussi profonds. Son empressement à m'accompagner pour rencontrer les Lapras avait montré tellement de courage. Il l'avait fait pour Lara et moi. Me souvenant de son anxiété quand nous attendions Frank à l'extérieur du Mirage, je compris qu'il devait connaître le danger qu'il était sur le point d'affronter. Mais qui aurait pu deviner que je serais celle qui le tuerait?

Bien sûr, c'était Susan qui l'avait assassiné. Ma haine à son endroit ressemblait à une chose vivante à l'intérieur de moi. Je savais que je ne pourrais me reposer tant qu'elle ne serait pas morte.

J'étais sur le point de me garer au MGM quand je me rappelai les cris tourmentés que j'avais entendus sous terre juste avant que la rousse au Taser ne me ramasse. En réalité, je n'avais jamais oublié ces cris. Dans les moments où j'étais inactive, ils me revenaient constamment à l'esprit. Si ces cris m'avaient attirée, il devait y avoir une raison, mais j'ignorais laquelle.

Je ne connaissais pas non plus le nom de la rue où j'avais entendu les sons. J'avais seulement une vague idée de la direction où le chauffeur de taxi m'avait emmenée. Mais je me doutais que si je roulais dans les environs pendant un moment, je pourrais apercevoir quelque chose de familier. J'étais certaine qu'il s'agissait d'un secteur industriel.

Et en plus, je n'étais pas pressée d'affronter Alex.

Je ne savais aucunement ce que j'allais lui dire.

L'après-midi était avancé alors que je m'éloignais du Strip, en me basant plus sur mon intuition que sur mes souvenirs. Quand j'arrivai dans la zone, je m'arrêtai dans une boutique de prêteur sur gages, mais le propriétaire ne me fut d'aucune aide. Je tournai en rond. Mon gène d'intuition travaillait au mieux à une capacité de dix pour cent et même s'il me semblait avoir découvert l'endroit où j'avais sauté hors du taxi, j'étais incapable de trouver la rue exacte.

Jusqu'à ce que je décide d'abandonner et de retourner vers l'hôtel ; alors je tombai sur le bon pâté de maisons. Et je compris. Mon intuition fonctionnait seulement quand je n'essayais pas de forcer les choses.

Une fois de plus, le secteur semblait désert. Aucune des usines n'était en activité et les entrepôts locaux paraissaient vides. Le lieu me donnait l'impression d'appartenir au monde des sorciers. La zone sentait la mort.

Je me garai à côté du couvercle d'égout d'où avaient paru provenir les lamentations oppressantes. La plaque-couvercle était en acier et la chaleur du soleil l'avait chauffée au point où les doigts me piquaient simplement à y toucher. Heureusement, alors que je fouillais dans le coffre de ma nouvelle voiture louée, j'eus la chance de trouver une boîte à outils équipée d'un gros tournevis et d'une lampe de poche recouverte de caoutchouc. Ces deux outils m'étaient essentiels si je devais descendre dans le trou d'homme.

Et j'allais descendre. Le douloureux gémissement n'avait pas cessé. On aurait dit qu'un millier d'âmes étaient emprisonnées à mes pieds.

Je réussis à libérer le couvercle d'égout à l'aide du tournevis. Mais les barreaux qui permettaient de descendre dans le sol me semblaient représenter une opération beaucoup plus délicate. Pour commencer, on aurait dit qu'ils n'avaient pas servi depuis la construction de l'égout. Ils étaient recouverts d'une épaisse couche de poussière, et ils étaient affreusement courts.

Comme l'égout se trouvait au centre de la rue, je sentis qu'il serait responsable de replacer le couvercle au-dessus ma tête au cas où une autre voiture passerait par là et coincerait une de ses roues dans le trou. Mais je me demandai comment je pourrais fermer le couvercle et tenir la lampe de poche en même temps.

Alors, je songeai à la façon dont tous les espions cool à la télé portaient leurs lampes de poche dans leur bouche lors de situations dangereuses, pour pouvoir garder les doigts sur le déclencheur de leurs Glocks. Non pas que j'avais un revolver, mais c'était un fait que ma bouche était assez grande pour tenir la lampe.

J'allumai la lampe de poche et j'enfonçai le bout dans ma bouche. Je me glissai au bord de l'égout, je me retournai, je tendis un pied, et je priai d'être capable de trouver le troisième ou quatrième barreau. La vérité, c'était qu'une fois que j'eus posé mes pieds et mes mains sur les barreaux, je me sentis plutôt en sécurité. Le couvercle de l'égout était encore assez chaud, mais je l'attrapai rapidement et je lui donnai quelques coups secs jusqu'à ce qu'il se replace au-dessus de moi.

Je commençai à descendre en gardant les deux mains sur les barreaux, et en respirant autour de la lampe de poche. J'étais heureuse de son revêtement en caoutchouc. Je songeai que ça empêcherait ma salive de pénétrer le boîtier et de court-circuiter les piles.

« Quelle belle façon de mourir », pensai-je.

Si ma langue était électrocutée, je ne pourrais même pas crier en tombant.

Le puits étroit était profond. Je descendis un long moment avant d'atteindre le fond, qui se révéla être un égout de béton de plus de deux mètres et demi de hauteur. Il n'était pas circulaire comme je m'y attendais, il avait plutôt une forme beaucoup plus rectangulaire, sa largeur étant supérieure à sa généreuse hauteur. L'air était plus humide que dans le désert au-dessus, mais le sol de l'égout était très sec.

Ce qui me fit me demander si le système d'aqueduc souterrain ne prenait vie que lorsque la ville était frappée par un orage. Ayant vécu à Apple Valley, je savais que ces orages étaient rares, mais qu'ils pouvaient être intenses. Je me rappelai à quoi ressemblait Las Vegas quand nous avions roulé sur l'autoroute. On aurait dit que la ville avait été construite dans une zone relativement abaissée par rapport aux rangées de collines lointaines. S'il y avait une crue éclair, l'égout où je me tenais risquerait de se remplir jusqu'au plafond. Le fait qu'il n'y avait pas de poussière sur le sol ou sur les murs me portait à croire que c'était probable.

Mais qu'en était-il des gens qui étaient censés vivre ici? C'était bizarre, mais ce ne fut que lorsque j'eus terminé ma descente et inspecté mon environnement immédiat que je me rendis compte que les gémissements avaient cessé. Pourtant, j'avais été certaine qu'il provenait d'en dessous de moi. Ça aurait dû être maintenant 10 fois plus fort.

— Peut-être m'ont-ils entendue arriver, murmurai-je à voix haute, comme si je voulais entendre ma voix, n'importe quel son.

Les plaintes avaient peut-être cessé, mais pas le sentiment lugubre. Je n'avais pas besoin d'être une sorcière pour détecter qu'il y avait quelque chose de bizarre au sujet de cet égout. Je ne voyais rien, je n'entendais rien, mais je savais que je n'étais pas seule.

Pourtant, j'ignorais qui m'observait.

Quelque chose d'ancien peut-être. Quelque chose de triste.

J'aurais voulu lancer un appel, mais mon instinct me dit que ce serait une erreur. En effet, mon bon sens me hurlait de sortir de là immédiatement. J'avais eu une raison de descendre ici, même si je n'étais plus certaine de savoir pourquoi.

Je pris conscience à quel point il serait facile de me perdre dans un tel labyrinthe. Pour cette raison, avant de quitter le puits qui m'avait conduite jusqu'à cet égout, je gravai une marque claire sur le mur avec mon tournevis. Je comptais tracer une série de ces marques si j'atteignais un tournant.

Je commençai la randonnée dans la direction que je croyais être celle du Strip. Je m'attendais toujours à entendre de nouveau les gémissements, mais il n'y avait que le silence. J'aurais aimé avoir apporté une bouteille d'eau. J'avais bu juste avant de sortir de la voiture, mais malgré l'air humide ma soif était revenue rapidement. La petite lampe était puissante ; j'avais une vision claire de ce qui m'entourait. Mais je m'inquiétai aussi des piles. Ce serait une erreur de marcher à plus d'un kilomètre de l'endroit où ma voiture était garée.

Après 10 minutes, j'arrivai à une fourche. Je pouvais tourner à gauche, à droite, ou continuer tout droit. Pour une raison ou pour une autre, je pris la droite. J'avais choisi au hasard, mais je croyais que la direction me mènerait au centre-ville, où se trouvait l'hôpital qui employait la docteure Susan Wheeler jusqu'à il y a deux jours.

Avant de prendre le virage, je pris soin de graver une autre marque sur le mur qui pointait vers l'endroit d'où je venais.

Le nouvel égout était plus carré, plus étroit. Le plafond faisait à peine un mètre quatre-vingt de hauteur. Je détectai une odeur musquée. Mais surtout, je remarquai des marques sur le mur. Initialement, elles ressemblaient à des graffiti délavés, mais plus j'avançais, plus je me rendais compte que je voyais des mots délavés écrits dans une langue étrangère.

De l'allemand. J'en avais fait trois ans au secondaire. Mon professeur, M. Barnes, avait été superbe ; il nous avait fait faire des exercices pour faire entrer un vocabulaire de mille mots dans nos cerveaux. Je m'arrêtai, je dirigeai la lumière sur une partie claire, et je pus déchiffrer une phrase qui me glaça les os : *Schmerz wird zum Vergnügen wenn die Macht Schmerzen schafft.*

La douleur devient un plaisir quand c'est le pouvoir qui crée la douleur.

Je continuai à avancer et j'aperçus une croix gammée délavée peinte en rouge et noir. Sur le mur, de chaque côté de ce signe, il y avait l'étoile de David et la croix chrétienne. On aurait dit que les deux derniers symboles avaient été placés là pour contenir l'influence néfaste du signe nazi.

Une courte distance plus tard, l'égout s'ouvrait brusquement dans une caverne de béton. Je supposai que c'était ce que je cherchais. Ma lampe de poche s'efforçait en vain de donner une vision claire des proportions de la pièce. Le faisceau semblait se projeter et mourir. L'humidité avait augmenté de façon spectaculaire. Comme si j'étais arrivée dans la jungle amazonienne, seulement il n'y avait pas d'arbres. Mais il y avait une odeur distincte de décomposition. C'était la première fois que je la sentais et pourtant je la reconnus.

Des corps en décomposition. Des cadavres, avec un peu de chance.

Soudain, je craignis qu'ils ne soient pas tout à fait morts.

J'entendis des pas derrière moi et je me retournai et j'aperçus Frank. Ou Frankie — c'était probablement le nom qu'on lui donnait dans ce monde. C'était ainsi que l'appelait Whip. Il n'avait pas de lampe de poche, mais une torche enflammée. J'ignorais comment il avait réussi à s'approcher de moi aussi furtivement. Il se tenait au bout de l'égout qui m'avait conduite à cet horrible endroit, et à voir son expression, je ne croyais pas qu'il allait me laisser retourner par le chemin d'où j'étais venue.

— Jessie, dit-il d'un ton menaçant. Vous n'auriez jamais dû venir ici.

C'était un Lapra important, l'assistant de leur chef. De ce que je savais de leur groupe, ils ne reconnaissaient que le pouvoir et le contrôle. Pour cette raison, je savais que ce serait une erreur de montrer que j'avais peur.

— Je vais où je veux, dis-je.

Il fit un pas vers moi et pointa vers l'obscurité de sa main libre.

— Vous ne comprendrez jamais l'histoire de ce lieu, et des autres qui lui ressemblent, bien qu'ils soient tous pareils, comme un seul lieu. Je l'ai dit à Susan après votre visite l'autre nuit. Elle était d'accord avec moi, mais elle a toujours l'impression qu'il y a de l'espoir pour vous.

Il fit une pause et agita lentement sa torche dans ma direction alors que je sentais sa chaleur.

— Y a-t-il de l'espoir ?

— Laissez tomber les énigmes, lui dis-je. Si vous avez quelque chose à demander, faites-le.

Frankie s'approcha tellement qu'il me surplombait.

— Que sentez-vous derrière vous ?

— La mort, dis-je. La souffrance.

— La mort fait cesser la souffrance. Vous ne pouvez avoir les deux. Vous avez besoin de la vie pour avoir la souffrance. Mais ce n'est qu'à la fin de la vie qu'il y a suffisamment de souffrance pour créer suffisamment de plaisir pour rendre la vie digne d'être vécue. Voilà le paradoxe, et le but de ce lieu.

— Je ne sais pas de quoi vous parlez.

Il hocha la tête.

— Si vous deviez mourir ici, lentement, horriblement, vous procureriez peut-être du plaisir à beaucoup de gens.

Encore une fois, je fis attention de ne montrer aucune crainte.

J'enfonçai brièvement ma lampe de poche dans son ventre.

— Votre maîtresse me veut vivante. Je suis la mère de l'enfant exceptionnelle. Êtes-vous certain de vouloir me tuer ?

Il repoussa ma lampe.

— Je n'aime pas le pouvoir que vous donne votre position. Vous n'avez rien fait pour la gagner. Et je crois que cette enfant est une menace.

— Alors, vous devriez peut-être me tuer. Vous pouvez toujours mentir à votre patronne. Lui dire tout simplement que je suis disparue. Mais vous savez que je suis plus forte qu'il n'y paraît. Vous avez vu ce que j'ai fait à Russ. Il se pourrait que je finisse par vous tuer.

Frankie sourit sans gaieté.

— J'ai déjà eu l'idée que vous devriez simplement disparaître. Seulement, je n'ai pas peur de vous ni de personne d'autre. Russ était un pion que j'aurais pu descendre d'un seul coup, et vous avez à peine survécu à votre duel contre lui. Est-ce que ça vous dit quelque chose, Jessie ?

— Pas vraiment. Sauf que vous commencez à m'ennuyer. Écartez-vous maintenant, ou je vous tue à l'endroit même où vous vous tenez.

Frankie recula un peu, mais pas de côté. Il continuait à me bloquer la sortie.

— Je vous promets une mort lente. Et je promets d'y prendre plaisir, dit-il.

Il leva sa torche au-dessus de sa tête.

— Préparez-vous.

Je tendis la main pour prendre mon tournevis. Il était caché dans ma ceinture, dans mon dos. En même temps, je coinçai ma lampe de poche dans ma poche avant, pour être en mesure de voir, sans avoir à la tenir.

Je sentais que la fanfaronnade de Frankie n'était pas vaine. Il aurait facilement pu tuer Russ, ce qui signifiait qu'il possédait probablement un avantage considérable sur moi.

Pourtant, il mentait quand il disait qu'il ne craignait personne. Lara avait réussi à l'atteindre lorsqu'il l'avait arrachée de mes mains. La vague qu'elle avait créée l'avait fait grimacer et s'étouffer, et il avait dû penser *Comment? Elle n'est âgée que d'un mois! Que va-t-elle faire quand elle sera adolescente?* Je me doutais qu'il n'était pas le moins du monde intrigué par son potentiel. Il était certain qu'il était prêt à risquer la colère de Susan pour disposer de la mère de Lara.

Je devais frapper un seul coup mortel. Si ça ne fonctionnait pas, je devrais faire appel au feu et espérer qu'il soit plus fort que le sien. Pourtant, je craignais ses pouvoirs cachés. Car la chaleur de sa torche augmentait soudainement de façon exponentielle, ses flammes alimentées par la magie. Je ne voulais pas penser au nombre de gènes de sorcier qu'il possédait.

Je reculai mon tournevis comme un archer l'aurait fait avec son arc. L'outil était ma flèche. Si je ne réussissais pas à lui enfoncer le tournevis dans la poitrine, ça allait probablement mal tourner, pardonnez le jeu de mots.

— Prête? demanda-t-il.

Je forçai un sourire.

— Toujours.

— Arrêtez! cria une voix du fond de l'égout.

La voix était impérieuse.

Frankie abaissa sa torche.

Je fis de même avec mon tournevis.

De l'entrée de l'égout s'avança un grand personnage vêtu de cuir noir. Dans sa main droite, il tenait une épée ensanglantée. Des gouttes rouges coulaient de l'acier sur le sol sombre.

— Kendor, murmurai-je, pendant que mon cœur battait fort dans ma poitrine.

Mon Dieu, il était bon de le voir. Il venait d'entrer dans la caverne, et Frankie sembla rétrécir d'un mètre de hauteur. Bien sûr, les flammes qui jaillissaient de sa torche s'étaient calmées. Je n'aurais pas été surprise que le fichu truc s'éteigne. Frankie ne put s'empêcher de reculer instinctivement. Pour sa part, Kendor paraissait amusé de nous voir ensemble tous les deux. Il fit signe à Frankie avec son épée.

— Votre maîtresse est soucieuse de conclure un accord avec cette jeune femme, dit-il. Comment aviez-vous l'intention de lui expliquer la mort de Jessie ?

Frankie ricana, mais son expression manquait de conviction.

— Je n'ai pas à vous donner d'explications, dit-il.

Kendor le dévisagea.

— Non ?

Frankie hocha la tête.

— Cet endroit nous appartient. Elle n'a pas le droit de venir ici. Mais je suis prêt à oublier cette transgression si elle accepte de partir maintenant et de ne jamais revenir.

— Non, dit Kendor.

— Que voulez-vous dire par « non » ? demanda Frankie.

Kendor leva son épée de quelques centimètres. Ce fut suffisant.

— Vous le savez, dit Kendor.

Frankie recula d'un autre pas.

— C'est un lieu sacré. Nous avons le droit de le protéger.

Kendor tordit légèrement sa lame pour qu'un peu plus du sang qui s'y était accumulé coule librement.

— Vous pourriez consulter les personnes que vous avez mises en place pour protéger cet endroit à propos de vos droits. Mais j'ai bien peur que personne n'ait beaucoup à dire.

Frankie joua l'offensé.

— Vous osez jouer vos jeux barbares ici ? Je vous frapperais à mort de mes propres mains si Susan le permettait.

— Non, dit encore Kendor.

— Non, non — vous parlez comme un maudit perroquet. Que voulez-vous ?

Kendor sourit.

— Rien.

Dans un mouvement presque trop rapide pour que mes yeux de sorcière le suivent, il bondit vers Frankie. Haut dans les airs, Kendor trancha la tête de Frankie au niveau du cou. Le crâne massif tomba comme une boule de bowling, atterrissant avec un bruit sourd.

Ce fut horrible à regarder — et fascinant — dépourvu d'une tête, le corps de Frankie plia lentement aux genoux et aux hanches, s'assit et se pencha en avant. Il fallut près d'une minute pour que le sang cesse de gicler de l'artère principale dans le moignon de son cou.

Kendor ne prêta aucune attention au corps. Il sortit un mouchoir de sa poche et essuya le sang de son épée avant de replacer la lame dans son fourreau qui pendait derrière son côté droit. Il me fit signe de rentrer dans l'égout, où il s'assit non loin de l'ouverture de la caverne. Assise devant lui, je laissai l'arrière de ma tête reposer sur le mur de béton.

— Merci de m'avoir sauvé la vie, dis-je.

Kendor hocha la tête.

— C'est ma faute si votre fille a été enlevée, dit-il.

— Vous ne pouvez pas vous le reprocher. Ce pouvoir que possède Susan, cette confusion — tout le Conseil semble impuissant contre elle. Même Cleo ignore ce dont il s'agit.

Kendor soupira et leva un genou pour y poser son bras.

— C'est vrai, elle ne comprend pas. Malheureusement, moi je comprends, dans une certaine mesure.

— Mais lors de la réunion du Conseil, vous avez dit que c'était la première fois que vous voyiez quelque chose de semblable.

— J'ai menti.

Il fit une pause.

— Je connais Susan depuis le jour où César est revenu de Rome et s'est proclamé empereur. Ce jour-là, j'étais avec lui, et c'était le premier jour où j'ai aperçu Syn dans la foule.

Je me mis à trembler.

— Êtes-vous en train de dire que Syn et Susan sont la même personne ? murmurai-je.

— Oui.

— Elle était votre maîtresse ?

— Pendant 2 000 ans.

J'eus de la difficulté à parler.

— Racontez-moi votre histoire.

CHAPITRE 19

—La dernière fois où nous avons parlé en tête à tête, je vous ai révélé mon engagement à César. Je ne vais pas insister sur cette partie de mon histoire, sauf pour dire que la victoire d'Alésia lui avait donné l'élan nécessaire pour revenir à Rome et se couronner empereur. C'était une époque passionnante. Je pensais qu'enfin l'humanité aurait la chance de s'engager sous une bannière unique de droit et de justice et de se développer comme je l'avais toujours rêvé.

Mais c'était un rêve absurde. Dans mon enthousiasme à aider César à unifier l'Europe, j'ai négligé ce qui se trouvait sous mon nez et j'ai permis à Brutus et à sa bande de voyous de tuer un homme que beaucoup prenaient pour un dieu.

— Syn avait-elle quelque chose à voir avec l'assassinat de César ? demandai-je.

— Non. Quand César a été poignardé à mort, Syn venait à peine de s'éveiller à ses pouvoirs. Mais même comme sorcière naissante, elle comprenait mieux que moi la mentalité de meute des gens ordinaires de Rome. Contrairement à moi, elle était née en cette ville. À plusieurs reprises, elle m'avait averti d'augmenter la sécurité personnelle de César. J'aurais dû l'écouter, mais j'avais peut-être trop confiance en l'amour dont on le comblait partout où il parlait.

— Vous avez dit que vous avez d'abord repéré Syn dans une foule, avançai-je. L'aviez-vous reconnue comme une sorcière potentielle ?

Kendor m'offrit un rare sourire.

— Par opposition à une belle femme ? Je suppose que les deux allaient de pair. Dès l'instant où nous nous sommes rencontrés, j'ai été hypnotisé par ses yeux sombres. Il y avait une éternité que j'étais tombé amoureux, mais parfois, en fixant ces yeux-là, j'avais l'impression d'avoir trouvé le plus grand mystère de ma vie. Bien sûr, elle avait un côté sauvage — comme la plupart des femmes puissantes de cette époque, surtout à Rome. J'étais avec elle depuis peu quand j'ai découvert qu'elle avait la capacité de devenir connectée.

— Comment pouviez-vous en être certain ? demandai-je.

— Je n'en étais pas certain jusqu'au jour où je lui ai fait traverser l'expérience de la mort. Mais c'était quelque chose dont je ressentais la vérité et j'avais vécu assez longtemps pour faire confiance à mon intuition.

— Avez-vous senti le mal en elle ? demandai-je.

La question sembla surprendre Kendor.

— Syn n'était pas diabolique ; du moins pas à cette époque. Mais je voyais en elle quelque chose que je n'avais jamais vu avant chez une femme. Je n'ai pas de mots pour le décrire. Sa beauté était évidente, bien sûr, son énergie, indéniable. Elle était la fille d'un sénateur, elle était riche et gâtée, et elle avait l'habitude de voyager avec une dizaine d'esclaves qui bondissaient au moindre de ses ordres. Mais quand elle est venue vers moi, et que j'ai renvoyé ses esclaves, ça ne l'a pas dérangée.

— Essayait-elle de vous impressionner ?

Kendor sourit.

— Je crois que c'était beaucoup plus simple. Nous étions amoureux, nous voulions nous rendre heureux l'un l'autre. Syn a rapidement compris que je détestais les foules, alors elle s'est débarrassée des gens qui l'aidaient. Elle n'en avait pas besoin. Nous avions seulement besoin l'un de l'autre.

— Comment s'est-elle connectée ?

— À l'époque, j'avais déjà connecté une centaine de sorciers et j'avais découvert que de congeler une personne jusqu'à ce qu'elle en meure était la façon la moins traumatisante. Mais Cleo a raison — la moitié de ceux qui n'ont pas de gène de guérison ne parviennent pas à survivre. J'ignorais si Syn avait ce gène simplement à la regarder. Je savais seulement qu'elle serait une sorcière puissante si elle survivait. L'hiver après notre rencontre, je l'ai emmenée dans les Alpes italiennes et je l'ai conduite sur un lac gelé, une des choses les plus difficiles que j'ai faites de toute ma vie. Mais la chance nous a souri ce jour-là, ou devrais-je dire cette nuit-là. Parce que c'était durant cette nuit, près d'un feu rugissant, qu'elle s'est soudainement mise à respirer et qu'elle est revenue à la vie.

— Alors, quand nous traversons l'expérience de la mort, nous mourrons vraiment ?

— Oui. Mais la plupart des sorciers qui se connectent de cette façon cessent généralement de respirer pendant une courte période. Au plus, 10 ou 15 minutes. Syn n'a pas respiré pendant 10 heures. J'ai supposé que je l'avais perdue. Ce fut une nuit douloureuse, puis joyeuse.

Je réfléchis.

— Quand je me suis réveillée à la morgue, je ne respirais pas. Se pourrait-il que j'aie été morte pendant plusieurs heures?

— C'est probable. Vous avez beaucoup en commun toutes les deux.

— J'espère que non, dis-je.

Il me lança un coup d'œil curieux avant de continuer.

— Syn est née de nouveau dans les profondeurs de l'hiver. Mais ce fut au mois de mars suivant, en ce triste jour connu sous le nom « ides de mars », que César a été assassiné. Après la perte de notre chef, Cleo et le Conseil m'ont demandé de quitter Rome et de retourner en Angleterre, où ils étaient centrés. Mais à cette époque, j'ai refusé de quitter la ville parce que Syn ne voulait pas y aller. C'était étrange, même à un âge précoce, elle ne voulait rien avoir à faire avec le Conseil.

— Les membres du Conseil étaient-ils au courant à son sujet? demandai-je.

— Bien sûr. Ils savaient qu'il y avait une femme dans ma vie. Mais seul Hatsu venait nous rendre visite.

— Est-ce qu'il la reconnaîtrait s'il la rencontrait aujourd'hui?

— Je suis sûr que oui. Mais Syn se donnait beaucoup de mal pour éviter les autres membres du Conseil. Même lorsque d'autres sorciers venaient nous rendre visite, elle s'éclipsait.

— Quelle excuse donnait-elle?

— Elle ne voulait pas faire partie d'une organisation où elle serait redevable à quiconque. J'ai essayé de lui expliquer que ça ne fonctionnait pas de cette manière, mais mes paroles tombaient dans l'oreille d'une sourde. Je me doutais que Syn était jalouse de ma loyauté envers Cleo.

— Se sentait-elle menacée par elle ? demandai-je.

— Voilà une hypothèse raisonnable, mais je ne suis pas certain qu'elle soit exacte. Car Syn était la personne la plus courageuse que j'avais rencontrée de toute ma vie, même parmi les sorciers. Naturellement, parce que je ne pouvais être avec elle chaque seconde, je lui ai enseigné tout ce que je savais sur le maniement de l'épée, et elle était une élève extraordinaire. Pas à cause de ses gènes, qui étaient puissants, mais en raison de son manque d'inhibition. Si on l'attaquait, le nombre de personnes qu'elle tuait n'était pas important, et elle ne s'inquiétait pas de passer près de mourir pendant une bataille. Vous supposez que je l'ai protégée pendant le premier siècle de sa vie, et c'est vrai, mais plus tard, elle m'a sauvé la vie aussi souvent que je lui ai sauvé la sienne.

— Alors, dès le début, c'était une meurtrière, dis-je.

— Non.

— Mais vous venez juste de dire…

— Syn n'a jamais blessé une âme à moins d'être provoquée. J'ai trouvé fascinant d'observer qu'après sa connexion, et après avoir hérité d'un éventail extraordinaire de pouvoirs, elle était plus douce dans ses rapports avec les gens. Elle n'a plus gardé d'esclaves, et elle est devenue plus conviviale et plus joyeuse. À l'époque, j'imaginais que l'amour que nous partagions déclenchait ce sentiment en elle. Cet amour était si parfait qu'il semblait déborder de l'intérieur de nous et se propager à d'autres.

— Parfait, dis-je en soupirant. Voilà le mot que j'emploie toujours quand je pense à Jimmy.

— Alors, vous comprenez.

— Oui et non. Je ne peux pas vous écouter parler de Syn sans songer à la Susan que j'ai rencontrée.

— C'est raisonnable. Je fais la même chose. Il m'est difficile de penser à cette époque en raison de *ce qu'elle est* aujourd'hui.

— Comment a-t-elle changé ? Pourquoi ? demandai-je.

Kendor dégaina son épée et examina la lame. Il prit un long moment pour répondre.

— J'aimerais bien le savoir, déclara-t-il.

— Il a dû y avoir une raison.

Il haussa les épaules et glissa un doigt sur toute la longueur de la lame, laissant un léger film de sang couler de sa peau.

— Je peux vous donner des raisons. Un plein panier, des trucs dont un psychologue moderne se servirait pour construire un profil qui expliquerait pourquoi Syn a mal tourné. Mais ce ne serait qu'une suite d'événements. Ça ne vous dirait pas comment son cœur a pu changer.

— Dites-le-moi quand même. Racontez-moi son histoire.

— Très bien. Au IVe siècle, en 386, Syn et moi avons eu notre premier enfant, un garçon nommé Robere. C'était un enfant merveilleux et il est devenu un homme extraordinaire. Et nous avons encore été bénis quand nous avons découvert qu'il était un sorcier qui possédait ce gène spécial qui permettait de guérir les autres aussi bien que lui-même. Quand il a eu 30 ans, je l'ai transformé de la même manière que j'avais transformé sa mère. À la même époque, je lui ai enseigné à se défendre, mais peut-être ai-je passé trop de temps à sa formation. Il est devenu un grand guerrier, et en 431, quand Attila et ses hordes inépuisables de Huns ont attaqué Rome, mon fils est sorti pour protéger la ville. Les Huns étaient des guerriers redoutables. Ils étaient particulièrement doués pour se servir d'un arc et d'une flèche tout en montant à cheval, et leur talent à lancer le javelot était inégalé. Mais Rome était Rome, et ses soldats avaient une longue tradition de victoires contre des défis impossibles, surtout quand un de leurs chefs connaissait les secrets de la poudre à canon. Ils ont repoussé les Huns, mais Robere n'est jamais revenu du combat. Un Hun l'avait épinglé à un arbre avec un javelot. Il est mort instantanément, mais je crois qu'en résultat, une partie de Syn est morte beaucoup plus lentement au cours des années qui ont suivi.

— Elle l'a pleuré longtemps?

— Pendant des années, elle a à peine parlé. J'avais de la difficulté à supporter son silence parce que j'étais habitué à sa personnalité pleine de vie. Pourtant, comme le temps a passé, elle est revenue lentement comme elle était, et en l'an 658, elle a donné naissance à une fille, Era. Nous vivions en Sicile à l'époque, et il m'a semblé qu'en un clin d'œil, Era était devenue une femme mûre et mère de deux enfants, Anna et Theo, avec un merveilleux mari, Peter, qui travaillait comme pêcheur. Je crois que le temps a passé si vite, car ces jours étaient heureux. Mais c'est à cette époque que la peste de Justinien, le premier des fléaux buboniques, a frappé l'Europe; et Era et ses enfants sont morts.

— Y avait-il des sorciers parmi eux?

— Era et Theo n'en étaient pas. Anna oui, et quand elle est tombée malade, j'ai essayé de la connecter de la manière habituelle. Mais il lui manquait le gène de guérison, et le processus l'a tuée.

— Vous ne pouviez pas la guérir vous-même?

Kendor hésita.

— Je pensais qu'Anna allait de mieux en mieux grâce à mes soins. Mais Syn a insisté pour qu'elle soit complètement immunisée contre la peste. Elle a fait pression sur moi pour que je la connecte.

— Mais comme membre du Conseil, vous connaissiez le risque.

— Bien sûr. Voilà pourquoi j'étais réticent à tenter l'expérience. Mais Syn avait l'impression que la peste était le plus grand danger. La décision a été difficile. Vous devez comprendre. Les cadavres s'empilaient dans les rues. La mort nous entourait.

— Qu'est-il arrivé au mari d'Era ?

— Quand nous avons perdu Anna, il s'est noyé.

— Avez-vous eu d'autres enfants ?

— Un. Herme. Il est né en Angleterre en 1472. Il est né sorcier, avec de nombreux gènes, y compris le gène de guérison. Syn l'a connecté quand il avait 25 ans.

— Pourquoi ne l'avez-vous pas fait ?

— Syn a insisté.

Il fit une pause.

— Elle adorait ce garçon.

— Est-il toujours vivant ?

— En 1706, il nous a quittés et est parti de Londres pour voyager en Amérique. Nous recevions régulièrement ses lettres jusqu'à ce que les colonies rompent avec l'Angleterre. Puis, nous n'avons eu de ses nouvelles que de façon sporadique. Pour être franc, je l'ai reproché à Syn.

— Pourquoi ?

— En vivant en Amérique, Herme était devenu Américain. Il avait perdu tout respect pour la couronne d'Angleterre. Bien sûr, Syn et moi vivions en Angleterre depuis des siècles. Nous y étions chez nous, et pour Syn, il fallait obéir au roi. Elle croyait très fort à l'ordre. Même par la poste, elle a continué à se quereller avec Herme. Immédiatement après le Boston Tea Party, elle lui a écrit une lettre particulièrement virulente.

Kendor fit une pause.

— On n'en a plus entendu parler.

— Parce qu'il était en colère ?

— Herme était une âme douce. Il n'était pas du genre rancunier et aurait fini par pardonner à sa mère et lui écrire de nouveau.

Kendor fit un léger geste.

— Nous avons dû supposer qu'il avait été tué dans le conflit.

— Se serait-il porté volontaire pour se battre ? D'un côté ou de l'autre ?

— J'en doute. Herme était peintre et sculpteur. Il n'avait aucun intérêt aux combats. Il avait refusé toutes mes tentatives pour lui enseigner à manier l'épée.

— Alors, pourquoi supposez-vous qu'il est mort ?

— Il était attaché à nous. Même s'il se querellait avec sa mère, ils étaient proches. Je ne peux imaginer qu'il ait abandonné Syn pour des raisons politiques.

Kendor fit une pause.

— Il lui était difficile de ne pas savoir. Pendant des années, chaque fois que le courrier arrivait, elle courait vers la boîte.

— Je peux imaginer, dis-je.

— Je ne veux pas vous offenser, Jessie, mais vous ne pouvez pas imaginer.

Je hochai la tête.

— C'était il y a 300 ans. Pourquoi n'avez-vous pas eu d'autres enfants ?

— Syn a refusé. Après la disparition d'Herme, on n'a plus jamais fait l'amour. Pas de relations sexuelles. Pas quand il y avait des risques de tomber enceinte.

Kendor hocha la tête.

— Pendant un long moment, elle se hérissait chaque fois que je la touchais.

— Ce devait être difficile pour vous.

— C'était insupportable, et pourtant, je l'ai supporté.

— Parce que vous l'aimiez.

— Oui.

— Vous l'aimez toujours. Voilà pourquoi vous avez menti au Conseil à son sujet.

— Oui.

— À quand remonte la dernière fois que vous l'avez vue ?

— Il y a quatre jours, près de l'hôpital où vous avez été emmenée. Elle marchait le long de la rue, le regard perdu au loin.

— Vous a-t-elle vu ?

— Non.

— À quand remonte la dernière fois où vous étiez ensemble ?

— Pendant la Seconde Guerre mondiale. À l'époque, nous vivions à Glasgow. Nous étions en plein dans le Blitz. Les Allemands bombardaient la Grande-Bretagne. Ils se concentraient sur Londres, mais ils ont aussi frappé notre ville.

— Pourquoi êtes-vous resté en Europe ? Pourquoi ne pas être venu en Amérique ?

— Syn refusait de partir. Elle avait décidé que ce qu'Hitler essayait de faire était la meilleure chose.

J'étais choquée.

— Pourquoi ?

— Elle croyait que les nazis pourraient ramener l'ordre dans le monde plus rapidement que quiconque. C'était l'excuse qu'elle donnait. Mais c'était complètement insensé. Hitler était de toute évidence un facteur de déstabilisation. Nous passions notre temps à discuter de ce sujet. Surtout parce que je voulais nous débarrasser d'Hitler.

— Vous vouliez le tuer ?

— Oui. J'étais tout à fait capable de le tuer.

— Avec l'approbation du Conseil ?

— Non. Cleo refusait de me le permettre. J'étais déterminé à le faire quand même, et Syn était au courant. Voilà l'excuse qu'elle m'a donnée pour me quitter, mais je savais qu'elle me mentait.

— Où est-elle allée ?

— En Allemagne. Pour travailler avec les nazis.

Je posai la main sur ma bouche.

— Mais elle devait avoir une autre raison. Comme vous l'avez dit, c'était insensé de soutenir Hitler.

Kendor demeura silencieux pendant un long moment. Pendant que j'attendais qu'il continue, je perçus le gémissement que j'avais déjà entendu par le couvercle d'égout. Le son sortait de la caverne à côté de laquelle nous étions assis, de l'obscurité qui semblait n'avoir aucune limite. Je ne pus alors m'empêcher de penser aux mots allemands que j'avais vus écrits sur la paroi de l'égout.

Schmerz wird zum Vergnügen wenn die Macht Schmerzen schafft.

— Vous l'entendez, n'est-ce pas ? demanda enfin Kendor.

— Qu'est-ce que c'est ?

— Ce pourrait être des mutants que les Lapras ont écartés parce qu'ils n'étaient plus utiles à leur programme. Ou autre chose.

— Quoi ?

— Un écho du passé.

Kendor fit une pause.

— Vous avez demandé pourquoi Syn est allée travailler pour les nazis. Je crois que c'est parce qu'ils lui ont donné quelque chose que personne d'autre ne pouvait lui offrir.

— Quoi ?

— Une source constante de douleur.

— Je ne comprends pas.

Kendor hocha la tête.

— Quand Syn a quitté Glasgow, je suis presque devenu fou à essayer de la retrouver. Je me suis servi de tous les contacts que j'avais des deux côtés de la Manche. J'ai presque brisé la promesse que j'avais faite à Syn en sollicitant le secours du Conseil. Sans leur aide, il m'a fallu trois ans avant de découvrir qu'elle était en Allemagne, et une autre année pour apprendre qu'elle travaillait à Auschwitz, en Pologne.

Je me sentais malade.

— Le camp de concentration?

— Le camp le plus horrible jamais construit. Des millions de Juifs y ont perdu la vie. En plus de nombreux Polonais, Tsiganes, et soldats russes. De tous les temps, de toute l'histoire, ce camp a causé une plus grande concentration de douleur que tout ce que le monde avait connu jusque-là.

— Savez-vous ce qu'elle faisait dans le camp?

— Elle occupait un rang très élevé dans la structure de commandement. Je sais qu'elle a mené des expériences sur les Juifs en utilisant de fortes doses de radiation. Autant que je sache, ces tests étaient les premiers effectués pour produire artificiellement des gènes de sorcier chez des êtres humains.

— Attendez. C'est un programme des Lapras. C'est à cette époque que Syn s'est jointe aux Lapras?

— Je suppose. Mais je dois souligner que c'était la première fois qu'elle s'intéressait à eux. Au contraire, jusqu'au moment où elle m'a quitté, ils semblaient plutôt l'amuser.

— Y'a rien de logique là-dedans. Comment une personne peut-elle changer si vite?

— Ça ne s'est peut-être pas fait rapidement. J'étais peut-être aveugle. Après la perte d'Herme, elle n'était qu'une ombre d'elle-même. À l'époque, je croyais au pouvoir de guérison du temps, mais plus maintenant.

— Mais vous avez dû avertir le Conseil qu'elle s'était jointe aux Lapras. Non, attendez — vous ne l'avez pas fait, je sais que vous ne l'avez pas fait. Je les ai entendus parler d'elle au téléphone. Ils n'ont encore aucune idée de qui est Susan.

Kendor ne répondit pas. Il se contenta de rester assis.

— Pourquoi ne le leur avez-vous pas dit? demandai-je.

Il se mit à parler avec une explosion de sentiments.

— Comment aurais-je pu? Susan était toute ma vie, déclara-t-il.

— Voulez-vous dire que vous aviez honte?

— C'était beaucoup plus. Je ne pouvais supporter qu'ils la voient sous cet éclairage.

— Mais en ne leur disant pas la vérité, vous affaiblissez leurs plans.

Kendor saisit l'épée, tirant d'autre sang de sa paume.

— Je sais, dit-il.

Je voyais que je lui faisais du mal. Je ne pouvais insister.

— Pourquoi avez-vous dit qu'elle désirait une forme constante de douleur?

— Je crois qu'elle en avait besoin pour un autre type d'expérience.

— Je ne vous suis pas.

Il hocha la tête.

— C'est juste de la spéculation.

— Kendor. Vous être trop vieux pour spéculer.

— Quand l'Allemagne est tombée aux mains des alliés, j'ai découvert que Syn avait quitté Auschwitz pour le Japon. À ce moment, une autre forme de souffrance atroce était en pleine création, cette fois-ci, par les Américains. C'était une invention personnelle du général Curtis LeMay. En utilisant les bombardiers les plus avancés des forces aériennes, il avait commencé à laisser tomber d'énormes quantités de dispositifs incendiaires sur Tokyo et sur d'autres grandes villes japonaises. Ce type d'attentat a causé plus de morts et de blessés qu'on en avait vus en Europe, y compris Dresde. Peu d'Américains se rendent compte que la campagne aérienne de LeMay a tué plus de gens que les bombes atomiques larguées sur Hiroshima et Nagasaki.

— Attendez ! criai-je en me redressant. Syn a fait exprès de me parler de ces villes. Elle n'a cessé de vanter la sagesse de Truman d'avoir largué les bombes nucléaires.

— Peut-être lui ont-ils donné accès à quelque chose qu'elle n'avait jamais eu avant.

— Je suis désolée, vous me perdez, dis-je.

— Suivez son modèle. Syn est allée à Auschwitz parce que les pires horreurs sur terre avaient lieu là-bas. Quand la guerre a pris fin en Europe, elle s'est rendue au Japon pour savourer leur torture. Partout où il y avait la souffrance la plus intense, Syn était là. En fait, même si je dis que la bombe incendiaire a tué plus de gens que les bombes atomiques, Hiroshima et Nagasaki représentent quand même des événements uniques dans l'histoire. En quelques millisecondes, 80,000 personnes sont mortes à Hiroshima, tandis que 50 000 autres sont mortes à Nagasaki. Beaucoup ont succombé plus tard à la suite d'empoisonnement aux radiations. Mais ce que je dis, c'est que les explosions ont fourni à Syn deux instants exquis d'atroce douleur qui n'avaient pas de précédent. Et ils étaient liés à la libération de quantités massives de radiations. Pensez-y un instant. Les radiations sont à la base de toutes les mutations sur terre, et c'est une mutation qui a produit les gènes de sorcier chez les êtres humains. Peu importe si nous parlons des Tars ou des Lapras.

— De la façon dont vous parlez, vous agissez comme si votre Syn a commencé à chasser la douleur comme un vampire le fait avec le sang, dis-je.

Kendor était amer.

— Elle n'est plus ma Syn. Mais oui, votre analogie est juste. Syn m'a laissé pour rechercher la douleur. Pourquoi? Elle nourrit quelque chose de malade chez elle. Ne me demandez pas quoi. Je l'ignore. Mais cette douleur ouvre des portes en elle.

— Des portes?

— À des pouvoirs que personne d'autre ne possède.

— La confusion? demandai-je.

— Exactement.

— Mais les incidents d'Hiroshima et de Nagasaki se sont passés il y a plus de 60 ans. Le Conseil n'a jamais connu cette confusion jusqu'à l'enlèvement de Lara.

— Ce n'est pas tout à fait vrai. Lorsque j'ai découvert que Syn s'était rendue à Hiroshima et qu'elle avait survécu à l'explosion, je me suis envolé pour le Japon. À l'époque, j'avais beaucoup de contacts dans l'armée de l'air américaine. Ils m'ont fait entrer dans le pays. On m'a même révélé les sites qui étaient des cibles possibles pour leurs prochaines bombes atomiques. Kokura était la cible de choix pour la deuxième bombe, mais mon instinct m'a dit d'aller à Nagasaki. En fin de compte, comme Kokura était couverte de nuages et on l'a contournée. Nagasaki est devenue la prochaine cible. Syn avait dû pressentir la même chose que moi.

— Vous n'aviez pas peur de mourir dans l'explosion? demandai-je.

— Il fallait que je la voie, que je la sauve.

— Comment pouviez-vous être certain qu'elle y était? demandai-je.

— Parce que je l'ai rencontrée pour le thé le matin de l'explosion.

— Vous rigolez?

— Non. Elle semblait de bonne humeur. Plus heureuse que je ne l'avais vue depuis des années. Pourtant, il y avait une lueur bizarre dans ses yeux qui m'étourdissait. Quand elle me regardait, mon sens de la perception se tordait et se déformait. Je ne peux même pas vous dire quand nous nous sommes séparés ce matin-là. Une minute, nous étions en train de parler et la suivante, elle avait disparu.

» Mais je me souviens de l'explosion. C'est arrivé à 11 h. La bombe était à base de plutonium au lieu d'uranium comme celle qui avait été lancée sur Hiroshima, et elle était donc beaucoup plus puissante. Mais elle a été larguée à trois kilomètres au large de la cible, dans la vallée d'Urakami, une zone industrielle; et une grande partie de la ville a été protégée contre l'explosion par les collines. C'est la seule raison qui explique que j'ai survécu. Pourtant, l'arme a produit une explosion dévastatrice. J'étais à huit kilomètres du centre de l'explosion et j'ai eu l'impression que ma peau avait pris feu. La douleur était plus intense que tout ce que j'ai connu. Mais à cet instant, j'ai vécu quelque chose de pire que toute ma douleur physique combinée.

— La confusion?

— Oui. La désorientation était pire que la souffrance atroce. C'était comme si une porte vers une autre dimension, vers l'enfer lui-même, s'était brusquement ouverte et que j'avais été poussé à l'intérieur. J'étais perdu dans un brouillard rouge. Toute notion de temps et d'espace avait éclaté. Mon cerveau ne pouvait les traiter, puisqu'ils avaient cessé d'exister.

Kendor fit une pause.

— Je n'ai refait cette expérience que lorsque Lara a été enlevée.

— Mais l'explosion a eu lieu il y a 60 ans! répétai-je.

— Peu importe! Quand on ouvre certaines portes, on ne peut jamais les refermer. Je suis convaincu que ce jour-là, Syn a eu accès à un pouvoir qu'elle n'a jamais abandonné.

— Alors, comment est-il possible de l'emporter sur elle?

— Je ne sais pas si c'est possible. Je sais seulement que nous devons essayer.

Je tapotai d'impatience.

— Vous ne m'avez toujours pas dit pourquoi Syn a si mal tourné, dis-je.

— Vous m'avez demandé de vous raconter son histoire, et je l'ai fait. Elle a beaucoup souffert. Elle a été témoin de terribles souffrances. Peut-être qu'à un moment donné, c'est devenu trop pour elle, et elle a craqué.

— Mais vous m'avez dit à quel point elle était forte. Comment elle était pleine de vie. D'autres sorciers dans sa position n'ont pas craqué, et vous étiez là pour la soutenir. Et l'amour d'un homme comme vous, Kendor... Eh bien, nous ne nous connaissons pas depuis longtemps, mais je sais que n'importe quelle femme mourrait pour être avec vous.

Je m'arrêtai.

— Il nous manque quelque chose.

Kendor me regarda fixement.

— Jessie, avez-vous déjà eu un bon ami qui est devenu toxicomane?

— Deux amis. Tom est devenu accro à l'héroïne et Lisa à la méthamphétamine. Ça a détruit leurs vies.

— Pourquoi ont-ils pris ces drogues?

— Parce qu'ils étaient idiots, dis-je.

— C'est faux. Ils les ont prises parce qu'ils souffraient et que les drogues leur enlevaient leur douleur. Ça pourrait être difficile pour vous de le comprendre, parce que vous n'avez jamais été toxicomane.

— Et vous? demandai-je.

— Après l'épidémie de peste, Syn et moi sommes devenus accros à l'opium. La dépendance a duré des années. Nous avons fini par y renoncer parce que nous avons vu à quel point ça nous ruinait. Mais pendant longtemps, la drogue menait nos vies. Je me souviens d'avoir attaché Syn durant des semaines pour l'empêcher de fumer.

— Ça a été plus difficile pour elle que pour vous de briser l'habitude.

— Oui.

— Vous dites que Syn a trouvé une nouvelle drogue quand elle a découvert comment ouvrir ces portes à l'intérieur de son esprit. Celles qui sont nourries par la douleur et la souffrance?

— Oui.

— Je ne crois toujours pas que c'est la réponse, dis-je.

— Rappelez-vous votre description de la docteure Susan Wheeler à la morgue où l'on vous a emmenée. Quand son partenaire a été victime d'une crise cardiaque, elle était assise à côté de lui dans un état de plaisir, et elle absorbait sa peur et sa douleur. Même chose quand Russell est mort. C'est le principal symptôme de sa dépendance à une force du mal.

— Mais qui l'a amenée à cette dépendance? demandai-je.

— Pourquoi demandez-vous cela?

— Peu de toxicomanes commencent seuls. Habituellement, c'est un ami ou un vendeur qui leur fournissent leur première expérience.

Je m'arrêtai.

— Elle a dû avoir un mentor. Vous savez de qui je parle.

Kendor hocha la tête à ma suggestion.

— Non ! L'Alchimiste est mort il y a 2 000 ans.

— Vous supposez qu'il est mort, mais Syn est saturée de son odeur. Et qui sait, je ne serais pas surprise si elle était celle qui avait relancé la reine rouge. Vous devez admettre que le jeu est terriblement populaire dans le monde des sorciers. Et ne me dites pas qu'elle n'était pas au courant. Elle a vécu avec vous à Rome pendant le règne de Claudius.

Kendor hocha la tête.

— C'est impossible. Elle n'aurait pas suivi cet homme, pas à l'époque. Tout ce qu'il voulait faire, c'était de torturer des gens. Il était malade.

— Tout comme Syn, dis-je doucement.

Kendor ne répondit pas, et je craignis d'avoir touché une corde trop sensible pour être exposée. Mais il finit par parler.

— Il y avait les rêves, dit-il.

Je fus soudainement sur le qui-vive.

— Quels rêves ?

— Ils nous sont venus au fil des ans, à Syn et à moi. Ils n'avaient pas de sens. On aurait dit que l'Alchimiste se tenait dans notre chambre pendant notre sommeil. Ensuite, nous nous réveillions tous les deux au même instant et il avait disparu.

— Est-ce que l'un de vous l'a vraiment vu ?

— Non. Peut-être. C'était plutôt que nous le ressentions.

— Qu'en était-il des rêves eux-mêmes ? De quoi s'agissait-il ?

Kendor fronça les sourcils.

— Je me souviens de lumières, d'objets dans le ciel, de bruit, de beaucoup de bruit. Mais je ne reconnaissais rien de tout cela.

— Bizarre.

— Puis, il y avait le temps perdu. Chaque fois que nous faisions ces rêves, nous ne savions plus quel jour on était.

— Je ne comprends pas. N'aviez-vous aucun moyen de connaître la date ?

— Syn pouvait le faire. Elle pouvait dire la date simplement en examinant la position des étoiles la nuit. Sauf quand nous faisions ces rêves. Alors, elle disait que le ciel changeait du jour au lendemain. Sauf qu'il ne pouvait s'agir d'une seule nuit.

— Alors, cette perte de temps devait avoir été importante ? demandai-je.

— Oui.

— Parlons-nous de journées ?

— Peut-être de semaines. Peut-être plus.

— Mon Dieu.

Kendor hocha la tête.

— On n'a jamais pu l'expliquer.

— En avez-vous parlé au Conseil ? À Cleo ?

— À Cleo, une fois.

— Qu'est-ce qu'elle a dit ?

— Rien. Mais elle avait l'air inquiète.

— Comme si elle savait ce qui causait tout cela ?

— Oui.

Mes fesses devenaient douloureuses. Je me levai et je m'étirai.

— Je suppose que tout ce que vous me m'avez dit est confidentiel, dis-je.

Kendor se leva et replaça son épée dans son fourreau. Il ne semblait pas certain de sa réponse.

— Oui.

— Je suis surprise que vous m'en ayez dit autant.

— Je vous l'ai dit parce que vous aviez besoin de savoir ce que vous devez affronter.

— Dites-moi la vérité. Le Conseil dispose-t-il d'un plan pour ce soir ? Dans le monde des sorciers ?

Il hésita.

— Nous envisageons une fusion.

Je me sentais anxieuse.

— Cleo a dit qu'elle n'était pas d'accord. Que ça pourrait forcer la main de Susan et la pousser à tuer Lara.

— Alors, nous devrons probablement essayer sans Cleo. Syn n'attendra pas indéfiniment que Lara lui obéisse.

— C'est insensé ! C'est un bébé ! Elle n'en sait pas assez pour obéir à qui que ce soit !

— Vous m'avez demandé d'être honnête avec vous. Je connais Syn. Je sais ce qu'elle essayait de vous dire avec ses menaces. Lara est une nouveauté génétique qui pourrait un jour produire des résultats intéressants. Mais Syn préférerait plutôt la voir morte que de nous la laisser. C'est pourquoi j'ai recommandé au Conseil d'attaquer. Si ma femme a une soudaine crise d'impatience, elle tuera votre fille.

— C'est la première fois que vous l'appelez votre femme.

— Après ce qu'elle est devenue, le mot ne me vient pas facilement.

— Dommage que le Conseil ne comprenne pas que vous savez de quoi vous parlez.

Je hochai tristement la tête.

— Il n'y a pas d'espoir, n'est-ce pas ?

Kendor me tapota le dos.

— Je sens de l'espoir, et je ne devrais pas. Ce qui me fait me demander si nos chances ne sont pas meilleures que ce que nous en savons. Dans un cas comme dans l'autre, nous nous rencontrerons ce soir dans le monde des sorciers et nous ferons face à nos démons. Les miens viendront de mon passé. Les vôtres sont liés à votre futur.

— Je ne comprends pas, dis-je.

— Vous êtes une fleur qui vient tout juste de commencer à s'épanouir. Je sais que vous avez demandé ce que représentent vos pouvoirs, et qu'on vous a dit de les laisser se manifester à leur propre rythme. Mais je peux vous avouer que vous possédez les mêmes gènes que Syn.

— Vous voulez dire que je suis destinée à devenir un monstre ?

— Vous êtes l'épine qui peut arracher l'épine. Vous ressemblez tellement à Syn, vous êtes le parfait antidote pour l'arrêter.

— Quand vous en êtes-vous rendu compte ?

— Dès que je vous ai rencontrée.

Il se tourna dans la direction d'où nous étions venus.

— Suivez-moi, je connais un raccourci pour sortir d'ici.

Je lui saisis le bras.

— Pouvez-vous me donner au moins un indice sur la façon dont je peux l'arrêter ?

— Je viens de le faire.

— S'il vous plaît. Dites-moi un pouvoir que je possède et que je ne connais pas ? insistai-je.

Il sourit.

— Vous pouvez devenir invisible.

— Êtes-vous sérieux ? Personne ne pourrait me voir ?

— Pas exactement.

Il me prit par la main.

— Venez, nous devons sortir d'ici. Nos amis et nos ennemis nous cherchent.

CHAPITRE 20

Une heure plus tard, j'étais finalement seule avec Alex, dans sa chambre, et sur le point de lui expliquer que j'étais une sorcière lorsqu'elle me dit qu'elle était déjà au courant. Je dois admettre que dans un long week-end de surprises, celle-ci remportait le prix.

— Comment le sais-tu? demandai-je.

— Al aussi est un sorcier.

— Ton nouveau petit ami? Le suave vendeur de médicaments?

— Oui.

— Et tu le crois? demandai-je.

— Il a fait une démonstration assez convaincante de ses capacités.

— Qu'est-ce qu'il a fait ?

— Il m'a demandé de ne pas te le dire. Il a dit que tu étais une sorcière nouvellement née et que tu viens de commencer à découvrir tes pouvoirs. Il m'a expliqué que tu vas traverser une étape très délicate.

Alex fit une pause.

— Je ne peux pas croire que je viens de te raconter tout ça avec un visage impassible.

— Est-ce que Jimmy est au courant ? demandai-je.

— Pas encore. Mais Al veut le lui dire.

— Où est Al maintenant ? demandai-je.

— Il est dans ta chambre avec Jimmy et le petit garçon avec la queue.

Alex cligna des yeux.

— Est-ce qu'on est en train de me jouer un tour sans que je m'en rende compte ?

— J'aimerais bien. Où est Debbie ? demandai-je.

— Elle est rentrée à la maison avec Ted.

— Est-elle heureuse ?

— Oui. Il parle d'aller étudier avec elle à Santa Barbara.

— Ted a été accepté au MIT.

— L'amour est aveugle.

— Alors, la suite nous appartient ? demandai-je.

— Je suppose. Tant que quelqu'un continue de payer la facture.

— On s'en est occupé.

Je m'arrêtai.

— Peux-tu jouer avec Whip pendant quelques minutes ? Jimmy et moi avons vraiment besoin de parler à Al.

— Bien sûr.

Alex me prit le bras alors que je me levais.

— À quoi ça ressemble ?

— Merveilleux. Horrible. Je ne peux pas tout te raconter maintenant, mais demain, je serai en mesure de t'en dire beaucoup plus.

— Qu'y a-t-il de si spécial demain?

— Disons que si je suis vivante dans 24 heures, alors beaucoup de mes questions auront reçu des réponses, et je serai en bien meilleure position pour t'expliquer ce qu'il en est.

Alex me regarda avant de hocher la tête.

— Je savais que tu prendrais ta revanche sur moi pour avoir invité Jimmy à monter en voiture avec nous.

Quelques minutes plus tard, Jimmy et moi nous assîmes avec Al dans ma chambre. À ma grande surprise, Jimmy ne me sermonna pas d'être partie toute seule, même s'il s'était précipité à l'hôtel avec Whip avant le moment prévu lorsqu'il avait constaté que je n'étais pas revenue au MGM. Il me dit que mon père avait averti le Conseil de ma disparition.

— Kendor leur dira que je vais bien, dis-je.

— Tu étais avec lui? demanda Jimmy.

— Ouais. Il voulait encore discuter.

— À propos de quoi? insista Jimmy.

— Sa vie. Il m'a raconté beaucoup de choses sur son passé.

— Wow. Tu as de la chance, dit Al, impressionné. Le gars est une légende. Peux-tu me présenter à lui?

Je l'examinai de plus près qu'avant. Al était toujours court et dodu et il avait un visage de bébé que n'aidait pas sa masse de cheveux bruns bouclés. Ce n'était pas le genre habituel d'Alex, mais il avait un certain style. Je remarquai la vivacité dans ses yeux bleus et le fait qu'il restait assis calmement durant notre examen minutieux.

— Ça dépend, dis-je. Es-tu un bon ou un mauvais sorcier?

— Je suis censé être un mauvais sorcier, mais les Lapras ne savent pas que je travaille pour les Tars.

— Quel est ton contact avec les Tars? demandai-je.

— Hatsu. Appelle-le sur mon cellulaire. Il confirmera ce que je viens de te dire.

Ce que je fis. Hatsu m'assura que je pouvais faire confiance à Al. Après avoir remercié Hatsu, je rendis son téléphone à Al.

— Je suppose que Hatsu t'a dit de prendre contact avec Alex, dis-je.

— C'est Frankie qui l'a fait. C'est un Lapras, tu ne dois pas le connaître.

— De fait, nous nous sommes rencontrés. Étais-tu proche de lui? demandai-je.

— Personne n'est proche de Frankie. C'est un connard.

— Alors, ça ne te dérangera pas d'apprendre qu'il est mort.

Al cligna des yeux.

— Kendor?

— Il l'a décapité.

Je fis un mouvement comme si je levais un sabre.

— Ça a été rapide.

— Attends une seconde, dit Jimmy. Je pensais que toi et Kendor, vous vous étiez rencontrés pour une conversation amicale. Tu n'as rien dit au sujet d'un type qui était mort.

— Est-ce que je devais le faire? lui demandai-je. Tu as vu ce qu'il a fait aux deux qui étaient garés devant l'appartement de mon père.

Jimmy hocha la tête.

— Tu as raison.

— Kendor est célèbre pour tuer n'importe quel Lapras à vue, dit Al.

— C'est pour cette raison que tu as décidé de te joindre aux Tars?

Al hocha la tête.

— Quand je me suis connecté, je suis tombé sur les mauvaises personnes. Je veux me faire pardonner pour ce que j'ai fait. Je suis ici pour aider.

— Quel genre de choses? demanda Jimmy.

— Rien dont j'ai envie de raconter, dit-il avant de se tourner vers moi. Hatsu s'est porté garant de moi, et aucun membre du Conseil ne ferait cela sans être certain de la personne.

— As-tu rencontré d'autres membres du Conseil? demandai-je.

— Jusqu'ici, je n'ai rencontré que Hatsu, parce que le Conseil sait que j'ai été envoyé par Frankie pour espionner vos gens. Mais je connais ton père, ajouta-t-il.

— Comment? demandai-je.

— Le docteur Michael Major se trouve à être un de mes clients à Malibu.

— C'est vraiment toute une coïncidence, dit Jimmy.

— C'est juste un de ces trucs qui arrivent, dit-il.

Jimmy me regarda et leva les yeux au ciel. Cette méfiance ne ressemblait pas à Jimmy. En général, il donnait aux gens le bénéfice du doute. Je pensai que sa peur pour ma sécurité le faisait surcompenser.

— Frankie savait-il que mon père faisait partie du Conseil?

— Je n'ai pas peur des questions tests, mais ton père ne fait pas partie du Conseil.

Al fit une pause.

— Écoute, Jessie, je sais que tu as passé une période difficile à Las Vegas et je comprends tes soupçons. Juste après que j'ai été connecté, je me méfiais de tout le monde que je rencontrais.

Il est dommage que je me sois trouvé à connaître ton père avant tout cela, parce que ça semble plutôt commode. Mais Hatsu a de bonnes raisons de me faire confiance.

— Quelles sortes de raisons? demanda Jimmy.

— Je crains de ne pas pouvoir vous le dire maintenant, dit Al.

— Encore des secrets, dit Jimmy. Ça ne vous rend pas malades à un moment donné?

— Hatsu doit être prudent, dit Al. Nous le sommes tous. Vous ne savez pas de quoi les Lapras sont capables.

— Quelles instructions Frankie t'avait-il données? demandai-je.

— D'infiltrer votre groupe et de lui faire des rapports.

— Qu'est-ce que tu lui as dit sur nous? demandai-je.

— Rien. Je devais le rencontrer cet après-midi, mais à la dernière minute, il a annulé le rendez-vous.

— Donc, ton aventure avec Alex, c'est quoi? Un mensonge?

— De l'extérieur, c'est ce qu'on doit voir. Mais je lui ai déjà expliqué que j'ai été envoyé ici pour la rencontrer dans le but de t'avoir à l'œil. Ça ne la dérange pas, tant que je tiens vraiment à elle.

— Pour nous, c'est difficile de croire que tu puisses être sincère, poursuivit Jimmy.

Al haussa les épaules.

— Vous pouvez croire ce que vous voulez.

— À quel point y tiens-tu? demandai-je doucement.

Al se redressa, et une note de fierté teinta sa voix.

— Je risque ma vie à vous parler de cette manière. Le seul fait de rester ici, sans avoir reçu d'autres ordres de Frankie, ça me met en danger. Mais je suis prêt à rester, parce que je pense que je peux vous aider.

— Comment? demanda Jimmy.

— Je connais le fonctionnement des Lapras. Je le saurai s'ils vous suivent ou s'ils essaient d'insinuer quelqu'un d'autre dans votre groupe. Je peux vous aider de nombreuses façons.

Il semblait sincère, du moins à mes yeux, mais quelque chose en lui me donnait un mauvais pressentiment. C'était bizarre, mais j'avais l'impression de connaître son visage, ou plutôt que c'était un visage que je n'oublierais jamais. Je sentais qu'il pourrait avoir un impact dans ma vie.

Évidemment, Jimmy voulait qu'il parte, même si Alex tenait vraiment à lui. Je ne savais pas quoi faire.

— En quelle année es-tu né? demandai-je.

— En 1914. J'ai servi dans la Seconde Guerre mondiale.

— Quel âge avais-tu quand tu as été connecté? demandai-je.

— Vingt-huit ans. J'étais pilote de chasse. J'ai été abattu par les Japonais pendant la bataille de Midway. Je me suis noyé en mer, en quelque sorte. Quand je suis revenu à moi, j'étais dans le monde des sorciers.

— Ça a dû être un choc, dis-je.

— C'est le moins qu'on puisse dire, acquiesça Al.

Je me tournai vers Jimmy.

— Quel est votre pronostic, docteur?

Il regarda Al hardiment.

— Fais-le sortir et tire-lui dessus.

Il rit doucement.

— Al, tu as l'air d'un gars sympa. Mais il ne semble pas que tu aies beaucoup à offrir à Jessie maintenant. Ça pourrait être beaucoup plus facile pour tous les intéressés si l'on se retrouvait plus tard.

— Et qu'en est-il d'Alex? demanda Al.

Jimmy haussa les épaules.

— Il lui est déjà arrivé de se passer de sexe pendant une semaine ou deux. Elle survivra.

— Avec Frankie parti, dis-je à Al, à qui feras-tu tes rapports ?

— Je l'ignore, ça n'est jamais arrivé avant, dit Al. Mais ne vous inquiétez pas. Peu importe à qui je parle, je ne leur dirai rien de significatif.

— Ça te dérange si je te demande combien de gènes de sorcier tu as ?

— Deux, dit Al.

— Que peux-tu faire ? demanda Jimmy, curieux.

— Normalement, nous ne donnons pas ce genre d'information.

Jimmy se leva et s'avança vers la porte.

— C'est toi qui décides, Jessie. Je veux commander quelque chose à manger pour Whip, dit-il.

Après son départ, je fis un léger sourire à Al.

— J'espère que tu ne nous mens pas. Je détesterais devoir te tuer.

— Ça prend du temps pour gagner la confiance. Je ne te blâme pas, et je ne blâme pas Jimmy.

— Tout ça est douloureux pour lui. Il n'arrive pas à convaincre le Conseil de le laisser traverser l'expérience de la mort.

Al hocha la tête.

— Il se sent exclu et incapable de t'aider.

— Exactement.

Al était pensif.

— On pourrait peut-être faire quelque chose.

Quelques heures plus tard, après le souper, et après avoir longuement et doucement fait l'amour avec Jimmy dans notre chambre, je reposais dans ses bras et j'attendais la fin de ce qui pourrait être ma dernière nuit de sommeil dans le monde réel. Je me demandais si j'arriverais à dormir. Pourtant, je me souvins de la règle essentielle. Si je n'étais pas inconsciente lorsque l'aube se lèverait, je m'évanouirais où que je sois.

— Je n'entends pas les autres, dis-je.

— Alex et Al sont partis faire une promenade. Ils reviendront sans doute bientôt.

— Tu ne crois pas qu'elle est en sécurité avec Al, dis-je.

— Le temps nous le dira.

Jimmy s'arrêta et fit un geste d'inquiétude alors que Whip s'étouffait dans la chambre voisine. Il était endormi sur le sofa dans le centre de la suite, mais il se reposait à peine.

— Je n'aime pas le son que font ses poumons, dit Jimmy.

— Tu aurais dû le laisser avec mon père.

— Pas ce soir.

— Pourquoi pas ce soir ?

— Nous devons le surveiller de temps en temps.

— Je parlerai de lui au Conseil, dis-je. Mon père m'a dit que Mirk est le guérisseur le plus puissant du groupe.

— C'est bizarre que Susan aime tellement son fils dans le monde des sorciers et qu'ici, elle ne puisse pas le supporter, dit Jimmy.

— Ça ne me surprend pas. Regarde comment il est chaleureux. À elle seule, cette qualité pousserait Susan à le bannir de sa vue.

— Je me demande qui est le père ? dit Jimmy.

— Moi aussi.

Il n'était pas le seul. De ce que Kendor m'avait raconté, je savais que ça ne pouvait être lui. J'étais en train d'examiner d'autres possibilités quand Jimmy m'embrassa soudainement. Doucement et rapidement, mais délicieusement, et avec tellement de passion. Il commença à caresser ma hanche nue, quelque chose qui ne manquait jamais de m'exciter.

— Qu'est-ce que tu fais? murmurai-je.

— Je t'agresse sexuellement. Rappelle-toi comment c'est pour moi. Je ne sais pas où tu seras quand je me réveillerai.

— Je serai ici, à côté de toi.

Sa main glissa sur mon côté jusqu'à mes cheveux. Il se mit à jouer avec mon oreille.

— J'aimerais que nous soyons tous ensemble, dit-il.

Je souris pour lui faire plaisir.

— Toi, et Huck et Lara et moi. Tu sais, pour deux jeunes fous qui viennent de terminer leurs études secondaires, nous avons une assez grande famille.

— C'est bizarre que nous ayons des enfants. Je n'ai jamais fait l'amour sans préservatif.

Je ris.

— Es-tu sérieux? Nous avons fait l'amour une dizaine de fois… Attends une seconde, je crois que tu as raison. Je me souviens de James dans le monde des sorciers.

— Comment est-il? demanda Jimmy.

— Je ne sais pas, je ne l'ai jamais rencontré.

— Mais tu viens de dire que tu te souviens de lui.

— C'est vague. Mon père m'a ordonné de garder une certaine distance jusqu'à ce que mon autre ensemble de souvenirs revienne.

— Donc, pour ce que tu en sais, je pourrais être un vrai salaud dans le monde des sorciers.

Je fis semblant d'être rêveuse.

— En fait, d'après mes souvenirs, il est un bien meilleur amant.

Il me pinça l'oreille.

— Aïe !

— Tu le mérites bien, dit Jimmy.

— Probablement.

Je pris sa main dans la mienne.

— Tu ne me poses jamais de questions sur elle.

Il soupira.

— C'est déjà assez difficile d'avoir à penser à Huck.

— Je comprends. Mais si nous arrivons à survivre les prochains jours, Lara va être au centre de ma vie pendant une longue période. Pourras-tu l'accepter ?

— Tant que j'arrive à la connaître dans au moins un monde.

— Le Conseil trouvera un moyen moins risqué pour te connecter. C'est censé être plus facile à mesure que tu vieillis.

— Je ne peux pas attendre jusqu'à mes 30 ans, Jessie.

— Tu n'auras pas à le faire.

— Et Huck ? Qu'est-ce qui se passe avec lui ? Tu m'as posé des questions à propos de Lara. Au moins, je suis liée à elle. Dans le monde des sorciers, elle est théoriquement ma fille. Mais toi, tu n'as pas cette connexion à Huck dans aucun des mondes. Seras-tu capable de t'ajuster pour m'aider à prendre soin de lui ?

— Je suis certaine que je vais l'aimer. Tant que…

Je ne terminai pas ma phrase.

— Tant que Kari ne sera pas dans ton chemin. C'est ce que tu allais dire…

— Je ne vais pas te mentir. Cette fille n'est pas apte à être mère. Les Lapras lui offrent un peu d'argent et une maison avec une vue et elle se range de leur côté.

— Ils lui ont offert de ravoir son fils. Vivant, dit Jimmy.

Il y avait quelque chose dans sa voix. J'aurais dû le repérer plus tôt.

— Seigneur. Tu lui as parlé aujourd'hui. Tu l'as vue !

— Alors ? Tu as vu Kendor.

— Ce n'était pas prévu. Raconte-moi ce qui s'est passé ? T'a-t-elle emmené voir votre fils ?

— Elle a offert de m'emmener. J'ai refusé.

Jimmy disait la vérité. En un instant, je regrettai de l'avoir jugé. Il était plus fort que moi. Avouons-le, j'étais allée à la rencontre des Lapras parce que je voulais voir Lara, non pas parce que le Conseil exigeait que j'y aille.

— Je suis tellement désolée, dis-je en le tenant serré contre moi.

— Tout va bien, me dit-il à l'oreille. Ensuite, je l'ai baisée. Alors, l'après-midi n'a pas été une perte totale.

J'aurais voulu le frapper. J'aurais voulu pleurer. Mais bien sûr, je finis par rire, et c'est de cette façon que nous nous endormîmes, dans les bras l'un de l'autre, avec un sourire au visage.

CHAPITRE 21

Lorsque je me réveillai dans le monde des sorciers, dans ma chambre d'hôtel du MGM, je souhaitai que James fût ici avec moi. Je ne l'avais pas vu depuis que j'avais été connectée. À cet égard, James en connaissait moins que son homologue. Merde, peut-être ignorait-il même que j'étais une sorcière. Certes, mon père lui avait parlé, mais je ne savais pas exactement ce qu'il lui avait dit.

Je m'éveillai tard, avec le soleil haut dans le ciel. Je me souvenais d'avoir fait l'amour avec Jimmy avec une faible lumière dans le ciel de l'est, ce qui signifiait que je devais m'être évanouie juste avant l'aube.

Je me dirigeai vers le salon pour appeler le service aux chambres. J'étais affamée — j'avais besoin d'un petit-déjeuner, d'un déjeuner, de quelque chose. Mais un gars que je ne reconnaissais pas était assis sur le canapé en train de lire le journal d'un œil distrait.

— Qui diable êtes-vous? demandai-je.

Il déposa le journal et redressa sa cravate. Il portait de beaux vêtements : une veste sport verte, un pantalon blanc qui semblait briller dans le noir, et une montre Cartier en or. Ses cheveux blond foncé étaient courts.

— Je suis Alfred, dit-il. Le petit ami d'Alexis. Nous nous sommes parlé avant que tu ailles dormir.

— Mon Dieu, Alfred, je n'ai jamais vu quelqu'un changer autant d'un monde à l'autre. Qu'est-ce qui se passe avec toi?

Alfred, qui avait une tête de plus qu'Al, et qui n'était plus dodu, mais mince et élancé, avec des muscles qui ne pouvaient venir que d'heures passées au gym, hocha la tête vers ma chambre.

— Je ne pouvais pas parler librement devant Jimmy, dit-il. Je m'excuse.

— Mais pourquoi parais-tu si différent?

— Voilà comment je parais à Alex dans l'autre monde. C'est mon apparence réelle.

— Comment peux-tu paraître d'une façon pour elle et avoir l'air complètement différent pour nous? demandai-je.

— Jessica, je pourrais devenir invisible si je le voulais.

Alors, je compris ce qu'il voulait dire. C'était ce que m'avait expliqué Kendor dans l'égout.

— Tu as le gène d'invisibilité, dis-je.

— Oui. Dans ses premiers stades, il permet seulement de modifier ton apparence pour que personne ne te reconnaisse. On pourrait appeler ça une forme d'invisibilité.

— Est-ce que tous les pouvoirs sont comme ça? Ils commencent comme quelque chose et se transforment en quelque chose de plus avancé? demandai-je.

— Oui. Ton intuition est apparue rapidement. Mais sur une longue période, elle arrivera à maturité et se transformera en ce que nous appelons la sagesse. Seul un petit nombre de sorciers y arrivent, comme Cleo.

— De la manière dont tu parles, tu ne parais pas être un jeune sorcier qui vient d'être connecté il y a 60 ou 70 ans. Nous as-tu menti à propos de ton âge?

Il rit.

— J'ai dû mentir pour garder mon déguisement intact. Mes mensonges en faisaient partie. Voilà pourquoi tu ne t'y es pas arrêtée.

— Kendor m'a expliqué que j'avais la même aptitude. Crois-tu que tu pourrais m'aider à l'activer pour que certaines personnes dans le monde des sorciers ne sachent pas qui je suis?

— Voilà pourquoi je suis ici. Pour t'aider à démarrer. Mais dis-moi d'abord de qui tu veux te cacher et pourquoi.

— Des Lapras, bien sûr.

Alfred hocha la tête.

— Tu dois être plus précise.

— Je veux retourner à Henderson, à un endroit que Whip nous a indiqué. J'ai le sentiment que la maison où ils gardent Lara est proche de l'endroit où demeure Huck.

— Mais il n'y a pas de Huck dans ce monde.

— Je le sais.

Le visage d'Alfred s'obscurcit.

— Y a-t-il autre chose que tu veux me dire?

Je pensai que je ferais mieux de changer de sujet.

— Combien de gènes de sorciers as-tu vraiment? lui demandai-je.

Ma question l'amusa.

— Apprenons d'abord à mieux nous connaître avant de partager des renseignements aussi personnels.

Il se leva.

— Alors, es-tu prête pour ta première leçon?

— Allons-nous quelque part?

— Tout ce dont nous avons besoin, c'est d'un miroir. Comme celui attaché à ton placard.

— J'ai déjà fait ça avant avec Russell, dis-je. Je suis allée à l'intérieur de mon reflet et j'ai vu avec les yeux de mon reflet.

— Aujourd'hui, nous ferons le contraire. Tu resteras de ce côté du miroir, dans le monde des sorciers, mais tu vas modifier ton reflet jusqu'à ce que tu sois convaincue que ton apparence est différente. La clé, c'est de faire confiance à la puissance de ton imagination.

Avant de commencer, Alfred me laissa prendre une douche et m'habiller. Il me donna même le temps de manger un sandwich à la dinde que le service aux chambres avait apporté. Puis, il devint très sérieux. Il me fit me tenir debout et regarder fixement dans le miroir du placard pendant que je transformais lentement et méthodiquement mon visage.

Au début, l'exercice ne semblait être rien de plus que de me tromper moi-même. Pendant quelques secondes, de temps en temps, j'imaginai mes lèvres plus grosses et plus rouges, mais lorsque j'arrêtais de me dire à quel point elles avaient changé, elles reprenaient leur apparence normale. Ce qui rendait l'exercice encore plus frustrant, c'était qu'Alfred ne me laissait pas m'asseoir ou me reposer. Non plus qu'il ne me permettait de fermer les yeux et de m'égarer. Je devais demeurer à cent pour cent concentrée sur mon visage.

— Après tout, je ne suis peut-être pas prête pour ce pouvoir, dis-je

— Tu es plus prête que tu ne le penses. Kendor l'a vu en toi, et c'est la même chose pour moi. Maintenant, quel genre de lèvres veux-tu avoir ?

— Les lèvres d'Angelina Jolie. Elles sont belles et attirantes. Elles font la moue d'elles-mêmes. N'importe quel type donnerait sa vie pour embrasser ce genre de lèvres.

— Que vois-tu dans le miroir ? demanda-t-il, pour ce qui semblait être la centième fois.

— Rien. Je veux dire, juste mon visage.

— Décris-moi encore le genre de lèvres que tu veux.

Nous repassâmes par le même refrain. Et encore. Puis, juste au moment où j'étais certainement prête à abandonner, je clignai soudainement des yeux et mon corps se mit à trembler. Pour un instant, dans le miroir du placard, j'imaginai que je pouvais voir à travers mon visage. Et puis…

— Attends une seconde ! C'est incroyable. Mes lèvres ont vraiment changé ! Elles ne reprennent pas leur apparence normale !

— Que dis-tu de ton nez ? Quel genre de nez as-tu ?

— Un nez fier. Courageux, mais pas trop gros.

— Et tes yeux. De quelle couleur sont tes yeux ?

— Vert clair. Ils éblouissent. Mes cheveux sont d'un roux éclatant. On dirait qu'ils sont en feu.

Je commençai à rire et je fus incapable de m'arrêter. En même temps, la sensation de chaleur augmentait dans mon plexus solaire. J'étais tout près d'exploser et je me tournai vers Alfred.

— Comment est-ce que je parais pour toi ? demandai-je, excitée.

— Comme une toute nouvelle personne.

— Sérieusement ?

— Le miroir ne ment pas. Ton pouvoir a émergé. Encore un peu de pratique, et James et Alexis pourraient entrer ici et te parler pendant une heure et ne pas savoir qui tu es.

— Ça me rappelle. Sais-tu où se trouve James ces jours-ci ?

Alfred hésita.

— Oui.

— Comment s'en sort-il ? poursuivis-je, me demandant s'ils étaient en contact.

— Que veux-tu dire ?

— Je ne l'ai pas vu depuis que j'ai été connectée. On m'a suggéré de l'éviter. Je me demandais s'il soupçonne ce qui se passe.

Alfred hocha la tête.

— Je ne connais pas très bien James.

— Ne connais-tu pas son numéro de téléphone ?

— Ton père ne te l'a pas donné ?

— Pas dans ce monde, il ne l'a pas fait, lui dis-je avec un ton de défi.

Je savais qu'il l'avait.

Alfred sortit son cellulaire et fit défiler sa liste de numéros. Il trouva celui de James et me le donna. Je le remerciai.

— Pas de problème, répondit-il avant de changer de sujet. Donc, tu veux aller fouiner dans le désert à l'extérieur d'Henderson ? Il y a quelques maisons spectaculaires aux limites de la ville. En plein le genre d'endroit où les Lapras auraient pu investir.

— Penses-tu que je peux les tromper avec ce nouveau look ?

— Ça dépend de l'expérience du Lapra auquel tu es confrontée. Si j'étais toi, j'emmènerais aussi des renforts. Tu ne sais jamais qui tu pourrais rencontrer.

— Pourquoi ai-je le sentiment que tu es sur le point de m'offrir tes services ?

— C'est ton choix, Jessica. Mais comme Kendor, je possède beaucoup de savoir-faire.

— Tu l'as donc rencontré ? demandai-je.

— Il y a longtemps. Je doute qu'il se souvienne de moi.

Je réfléchis à son offre.

— Je te suis reconnaissante d'avoir pris le temps de m'aider à développer ce déguisement. Mais je me sentirais plus à l'aise d'y aller seule. Je dois penser à beaucoup de choses.

— Et tu viens tout juste de me rencontrer.

Il faisait preuve de tact. Il disait qu'il comprenait pourquoi je n'avais pas complètement confiance en lui. Je jouai le jeu.

— Tu parais si différent. C'est comme rencontrer quelqu'un pour la première fois.

Alfred me surprit en m'offrant sa main.

— Fais attention, Jessica. Rappelle-toi qui tu es.

Alfred partit, et je répétai un peu plus par moi-même. Une autre heure de travail concentrée, et je me sentis à l'aise dans ma nouvelle peau, ce qui était une autre façon de dire que j'étais capable de changer mon apparence à volonté.

Je commençais même à être plus habile pour orienter mon déguisement dans une direction spécifique. Les femmes de chambre apparurent, et je testai mes nouvelles capacités sur elles. J'étais capable de reproduire le truc qu'Al avait utilisé sur Alex, Jimmy et moi. Pour une femme de chambre, je paraissais être une rousse courte, pour une autre, une blonde longiligne. Encore plus impressionnant, je n'avais pas à leur demander comment elles me voyaient. Je le savais, tout simplement.

C'était une question de croyance contre la conviction. Avant d'arriver à maîtriser ce pouvoir en compagnie d'Alfred, j'avais essayé de me convaincre que je ressemblais à quelqu'un d'autre. Puis, alors que le pouvoir inhérent à mes gènes faisait surface, je commençai à accepter d'être différente ; et tous ceux qui m'entouraient étaient forcés d'avoir la même impression. Tout au fond de moi, j'étais toujours consciente qu'il s'agissait d'un mensonge, mais à la surface de mon esprit, j'étais certaine d'avoir changé.

Je louai encore une autre voiture, une Honda Accord, et je quittai la ville sans qu'on me suive. Pourquoi les Lapras me suivraient-ils ? Je ne ressemblais pas à Jessica Ralle. À l'extérieur de la ville, je tournai vers la colline qui avait attiré l'attention de Whip, celle avec la couronne de pierres. Pourtant, je sentais qu'il était trop tôt pour tenter de localiser Lara. Il y avait une excellente chance que Susan — Syn — soit avec elle, et si quelqu'un parmi les Lapras pouvait pénétrer mon déguisement, ce serait elle.

En outre, Susan avait déjà prévu une rencontre avec moi pour ce soir, et je n'étais pas prête à nuire au plan de Cleo en rejetant cavalièrement l'offre de Susan. Néanmoins, j'espérais trouver un meilleur plan, ou je priais pour que Kendor le fasse. Mieux que quiconque, il connaissait Susan et avait souligné la nécessité d'une attaque.

L'attitude de Kendor était en partie ce qui me poussait maintenant.

Je ne cherchais pas la maison de Lara, mais plutôt celle de Huck.

Ce n'était pas important qu'il n'y ait pas de Huck dans ce monde.

Il y avait une Kari. Non. Dans le monde des sorciers, son nom était Karla. Étrange que le nom ne me soit pas venu spontanément. Mais je pris alors conscience que c'était parce que je ne la connaissais pas vraiment dans le monde des sorciers. Pour moi, Kari était toujours Kari.

Kari avait décrit le paysage à partir de la maison de Huck dans le monde réel et il correspondait à la description que Susan m'avait donnée de l'endroit où les Lapras prévoyaient de nous installer Lara et moi. Encore une fois, il était logique que ces lieux soient situés à proximité l'un de l'autre, car ainsi les Lapras pourraient mieux concentrer leur sécurité. Aussi, lorsque Kari m'avait parlé de la belle sonorité des carillons qui pendaient à la véranda arrière, elle m'avait fourni un autre indice de la place où pouvait se trouver Huck.

Depuis que j'étais devenue connectée, tous mes sens s'étaient aiguisés. J'étais persuadée que si j'arrivais près de la maison, je serais en mesure d'entendre les carillons.

La petite ville d'Henderson dans le monde des sorciers était peu différente de son homologue. Je retrouvai rapidement la zone que Whip nous avait indiquée, à Jimmy et à moi, avec les falaises qui surplombaient le désert. Mais je rencontrai un problème. Ce n'était pas important que chaque maison aux limites de la ville soit entourée d'une dizaine d'acres ou plus, ce qui signifiait que la zone était étalée sur une vaste étendue de terres…

La communauté était clôturée.

Pour autant que je pouvais voir — et j'avais emporté des jumelles — l'endroit était entouré d'une clôture surmontée de barbelés. Pour pénétrer à l'intérieur, je devrais franchir un poste de garde où se tenaient deux gardes.

Deux faits m'inspirèrent à prendre un risque. Tout d'abord, il n'y avait aucun doute que le son de carillon parvenait d'une maison située à l'extrémité de la rue où se trouvait le poste de garde. Deuxièmement, mon pouvoir avait augmenté, même depuis la courte distance à partir de Las Vegas. Maintenant, la personne qui me fixait dans mon rétroviseur se transformait selon ma volonté.

Certes, je ne connaissais pas beaucoup de Lapras que je pouvais imiter, mais quoi de mieux pour pénétrer leurs barrières de sécurité que la docteure Susan Wheeler en personne ? Même si les gardiens avaient vu leur patronne entrer plus tôt, ils n'allaient pas l'arrêter et discuter avec la femme. J'avais l'impression que discuter avec la chef de l'Ordre n'était pas une prescription pour vivre longtemps.

J'enfilai le visage et le corps de Susan et je le fixai en place.

Ce n'était pas le genre de visage que je risquais d'oublier.

J'arrivai à la tour de garde. Les deux hommes portaient des uniformes marron et transportaient des revolvers de calibre 45. Ils me reconnurent, car ils se redressèrent soudainement si raide que je pensai qu'ils feraient éclater une vertèbre. Je n'aurais pas été surprise s'ils avaient salué.

Le garde plus âgé se pencha près de ma fenêtre baissée.

— Comment allez-vous aujourd'hui, madame ? demanda-t-il.

— Très bien, répondis-je.

— On nous a dit que vous restiez en ville aujourd'hui.

— Vous avez mal entendu. Laissez-moi passer.

— Bien sûr.

Le garde recula en sautant et fit signe à son copain de soulever la barrière qui bloquait l'entrée. Elle était contrôlée de l'intérieur de la cabane. Un moment plus tard, je roulais vers ce que je souhaitais être la maison de Kari. Il me vint à l'idée que si j'étais au mauvais endroit, je pourrais revenir en arrière et demander mon chemin aux gardes. Ils avaient semblé désireux de plaire.

Je me garai dans l'allée de Kari et je sortis de la fraîcheur de la voiture pour entrer dans la chaleur torride. Difficile à croire, mais Henderson était pire que Las Vegas et Apple Valley. Néanmoins, je laissai le soleil plomber sur mon front. J'entendais les palpitations de mon cœur. Mon plan d'action n'était pas clair. Ou était-ce un manque de détermination? Alors que les rayons du soleil me perçaient la peau et que la sueur suintait à travers mes pores, je permis à mon visage de reprendre les traits de Jessica Ralle.

Je me dirigeai vers la porte et je sonnai.

Kari répondit. Vêtue d'un short et d'un haut de bikini, elle ne semblait pas heureuse de me voir.

— Jessica. C'est une surprise, dit-elle.

— J'ai pensé venir me faire une idée du voisinage où l'on me demande d'habiter.

Kari essaya de regarder au-delà de moi.

— Quelqu'un t'a emmenée ici?

— Je ne suis pas apparue par magie. Puis-je entrer?

Kari hésita.

— Bien sûr.

Elle ouvrit la porte plus grande.

— J'aurais aimé que tu appelles à l'avance. La place est un foutoir.

Kari était une souillon dans les deux mondes. Des vêtements et des assiettes jonchaient le sol et la table du salon.

— Je m'excuse. On ne m'a pas non plus donné beaucoup de préavis. Hé, as-tu quelque chose à boire? Un cola?

— J'ai du cola. C'est ça qu'on boit ici.

— Super. Tant que c'est froid, je peux boire à la bouteille.

Kari nous servit les boissons et nous nous assîmes dans un petit coin-cuisine qui donnait sur une piscine délicieusement bleue. Avec le climatiseur qui fonctionnait à plein rendement, il faisait frais à l'intérieur. Ça me plaisait. Je fis un geste avec ma bouteille.

— C'est un bel endroit, dis-je.

— Merci.

Kari m'examina, elle n'était pas une imbécile.

— Qu'est-ce qui t'a fait changer d'avis ? demanda-t-elle.

— Tu veux dire, pourquoi est-ce que je réfléchis à l'offre des Lapras ?

— Ouais. L'autre jour, on aurait dit que c'était impossible.

Je pris une gorgée de ma boisson.

— Il peut se passer beaucoup de choses dans un court laps de temps.

— Qu'est-ce qui t'est arrivé ?

— Ils ne te tiennent pas au courant ?

— Ils me racontent ce que je veux savoir, dit-elle.

— Vraiment ? J'ai entendu dire qu'ils te révèlent que ce qu'ils pensent que tu devrais savoir.

Kari parut ennuyée.

— Si tu es venue ici pour m'insulter…

— Je suis venue ici pour te tuer, interrompis-je.

Kari se figea un instant. Puis, elle prit un air décontracté et posa sa bouteille sur la table. Mais sa main tremblait tellement qu'elle manqua son coup et la bouteille tomba sur le sol. Les carreaux du coin-cuisine étaient en pierre. La bouteille se brisa et le cola se répandit en pétillant. Kari essayait d'avoir l'air cool, mais nous savions toutes les deux qu'il était trop tard pour ça. Elle renifla.

— Tu racontes des conneries, Jessica, dit-elle.

— Tout compte fait, tu ne pourrais pas m'arrêter. À ta façon de te déplacer et de te tenir, je vois voir que tu n'as pas hérité du gène de la force et de la vitesse. Ça veut dire que tu ne peux pas te défendre et que je peux t'atteindre avant même que tu aies le temps de composer le 911 sur ton cellulaire. Ou peut-être que c'est le 666 ici dans le monde des sorciers?

Je m'interrompis.

— Je ne raconte pas de conneries, Kari.

Elle semblait de plus en plus effrayée.

— Ce n'est pas ce que je voulais dire.

— Qu'est-ce que tu voulais dire?

— Je te connais depuis quatre ans, tu n'es pas une meurtrière.

— Pour ton bien, j'aimerais que ce soit vrai. Mais j'ai tué un homme la nuit dernière, un ami, et je vais probablement en tuer d'autres d'ici la fin de la journée.

Je m'arrêtai.

— Mais si tu m'aides, tu survivras peut-être.

Kari fit signe par la fenêtre.

— Toute cette région appartient aux Lapras. J'ai fait une entente avec eux. Ce qui signifie que je suis sous leur protection. Si tu portes la main sur moi, c'est toi qui mourras.

Je haussai les épaules.

— Ça me semble bien. Mais tu as commis une erreur quand tu as laissé entrer le loup par ta porte. Moi. Parce que je suis comme n'importe quel autre prédateur dont l'enfant est menacé. Je me fous des règles et des lois des hommes. Tout ce qui m'importe, c'est de détruire la menace.

— Je ne veux pas faire de mal à Lara. Quand il est question de nos enfants, Jessica, nous sommes du même côté. J'ai essayé de te le dire au Mirage. Je ferai tout pour protéger Huck. Et c'est la même chose pour James.

— Tu veux dire Jimmy. James ne connaît pas Huck. Il ne connaît que Lara.

Kara parut offensée.

— Je sais tout ça. Ne me traite pas comme si j'étais stupide. Je peux vraiment t'aider.

— Dis-moi où ils gardent Lara.

Kari hésita.

— Je ne le sais pas.

Je soupirai.

— Tu mens. Dommage.

— Attends une seconde, dit Kari alors qu'elle allait se lever.

Dans un geste trop rapide pour qu'elle le suive, je tendis le bras, je l'attrapai et la repoussai sur son siège. L'attaque aveuglante draina toute la couleur de son visage.

— Dis-moi où ils gardent Lara, répétai-je calmement.

Kari avala sa salive.

— Dans une maison près de la base de cette colline.

Par la fenêtre, elle pointa vers la maison — c'était plutôt un manoir — avec la couronne de pierres grossièrement taillée qui planait au-dessus.

— Hier, je les ai vus y entrer avec elle.

— Susan était-elle avec eux?

— Je pense que oui. Frank aussi.

— Qui tenait Lara?

— Une autre femme. Je ne la connais pas.

— Dis-moi quel genre de sécurité il y a à cette maison.

— Je ne sais pas. Je ne suis jamais allée à l'intérieur. Mais j'ai vu des gardes à pied sur le terrain. Il y a des gardes Lapras partout dans cet endroit.

Kari essayait encore de me prévenir qu'il serait dangereux de la tuer.

— À quelle fréquence Susan visite-t-elle la maison?

— J'ai entendu dire qu'elle n'y est pas souvent.

— Y a-t-il des gardes dans les collines? demandai-je.

— Quelqu'un m'a dit qu'ils gardent des tireurs embusqués là-haut. Au cas d'une attaque.

— Ils croient qu'il y en aura une?

— Les Lapras auxquels j'ai parlé savent que les Tars sont en colère à propos de quelque chose, mais ils ne savent pas quoi.

— Le Lapra moyen est-il au courant de l'existence de Lara?

— Non.

— Intéressant.

Je m'assis et je réfléchis. Mon silence énerva Kari.

— J'ai répondu à toutes tes questions, dit-elle.

Je hochai la tête.

— Tu as fait de ton mieux.

— Tu devrais partir maintenant. Quelqu'un te repérera.

— Écoute et ne m'interromps pas. Tu es un problème, et par là, je ne veux pas dire que je suis inquiète que Jimmy essaie de retourner avec toi. Il ne m'aurait jamais laissée si tu n'étais pas tombée enceinte. Il voulait bien agir. Donc, ne pense pas que je te vois comme une menace dans le sens traditionnel.

— Des conneries. Tu as toujours été jalouse de moi.

Je levai la main.

— Écoute, j'y ai pas mal réfléchi. Comme mère de Huck, tu vas toujours être dans la vie de Jimmy. Mais parce que tu es une Lapra, je ne peux pas le permettre. Ça le met en danger ainsi que Lara et moi. En plus, ce n'est pas bon pour Huck. Ce garçon ne peut pas grandir entouré d'autant de mal. Il finira comme eux.

Je m'arrêtai.

— Comme tu peux voir, mes préoccupations sont logiques.

Kari se tendit.

Je l'entendais respirer difficilement.

— Nous pouvons trouver une solution, dit-elle d'une voix sourde.

— Je ne vois pas comment. Et je suis désolée, vraiment. Je ne t'aime pas, mais je ne te déteste pas non plus. Si les circonstances étaient différentes, je t'ignorerais. Mais je ne peux pas. Tu es un détail gênant qu'aucun de nous ne peut se permettre.

— Tu m'as dit que si je t'aidais, tu me laisserais partir.

— J'ai menti.

— Tu t'es servie de moi !

— Oui, dis-je.

Encore une fois, elle voulut se lever. Encore une fois, elle n'alla nulle part.

Des larmes jaillirent de ses yeux et elle se mit à trembler.

— Tu racontes à quel point les Lapras sont maléfiques, mais regarde-toi. La semaine dernière, tu n'aurais jamais envisagé de tuer quelqu'un. Mais maintenant, juste parce que tu as le pouvoir, tu y penses. Tu ne vois pas à quel point tu as changé ?

Je hochai la tête solennellement.

— Je ne peux pas te contredire. Parfois, je me regarde et je suis stupéfaite. Je me demande si c'est l'influence de ce monde. Sa morale est certainement plus fruste que celle de notre monde normal. Mais ensuite, je regarde plus en profondeur et je vois que je suis tout simplement pragmatique. Tu es dangereuse, Kari. Tant que tu es vivante, je ne pourrai jamais me détendre.

Kari bondit et pointa la porte.

— Sors de ma maison ! cria-t-elle.

Je me levai et je m'approchai lentement d'elle.

— S'il y avait autre façon de te faire disparaître, je l'utiliserais. Mais il n'y en a pas. Si je te laisse ici vivante, la seconde où je sors par cette porte, tu tireras la sonnette d'alarme.

— Non ! Je jure que je ne dirai à personne que tu étais ici !

— Tu le feras, tu devras le faire, et je ne peux pas le permettre.

Kari hocha la tête.

— Non ! Attends ! Tu ne peux pas faire ça.

Je ne voulais plus qu'elle souffre.

Je tendis le bras et je l'attrapai par la base de son crâne et j'allais lui briser le cou. Mais au dernier moment, je me rendis compte qu'elle avait raison. Je n'étais pas une meurtrière. J'en étais incapable. Lui faire craquer la colonne vertébrale, la transformer en poupée de chiffon, rien qu'à y penser, je me sentais malade. Alors, je compris à quel point mon sentiment de pouvoir m'avait corrompue.

Pourtant, j'avais toujours un problème avec la sécurité des Lapras. Kari les alerterait dès mon départ, et on me capturerait, et probablement qu'on me tuerait. La seule solution, c'était d'emmener Kari. Plus tard, j'essaierais d'imaginer ce qu'il fallait faire d'elle. Je voulais toujours l'éloigner de Jimmy et de Huck.

Je fis pivoter Kari à 180 degrés, et je passai mon bras autour d'elle et j'appliquai la prise d'étranglement bien connue. Comment se faisait-il que je connaisse cette prise ? Je l'ignorais ; ça m'était venu par instinct. Mais c'était assez simple. Je pressai sur la carotide de Kari, l'artère qui amène le sang au cerveau. Elle se débattit peut-être cinq secondes avant de s'effondrer inconsciente dans mes bras. Je tins son cou encore 10 secondes de plus pour m'assurer qu'elle demeure inconsciente.

J'ouvris la porte du garage et je conduisis ma voiture à l'intérieur, puis je me garai brièvement à côté de son véhicule. Je larguai Kari dans mon coffre et deux minutes plus tard, j'étais en route pour passer devant la sécurité, encore une fois sous la forme de Susan Wheeler. Ils me firent signe de passer sans poser de questions.

Bientôt, je me retrouvai en plein désert. Je tournai sur une rue transversale obscure ; une route étroite faite d'asphalte qui tombait en miettes et qui n'était probablement même pas sur la carte. Je ne me dirigeais pas vers Las Vegas. J'avais besoin de temps pour réfléchir, et ça m'aidait de continuer à rouler. J'étais allée chez Kari pour la tuer, mais j'avais perdu mon sang-froid. Ce n'était pas grave — j'étais contente de l'avoir laissée vivre. Mais des décisions impulsives conduisent souvent à des conséquences complexes. Ce n'était pas comme si je pouvais entreposer la fille dans la chambre froide où on m'avait larguée, même si l'idée était attrayante.

Soudain, j'entendis un grand bruit venant du coffre.

Kari était éveillée et de mauvaise humeur.

Pas de panique. Je n'étais pas surprise. L'effet de la prise d'étranglement ne devait pas durer plus de 10 ou 15 minutes. Je m'en souvenais de ma vie dans le monde des sorciers. Mais c'était un peu énervant de voir que Kari lançait de vigoureux coups de pied.

La banquette arrière éclata et la tête de Kari sortit.

— Je ne suis pas assez bonne pour m'asseoir en avant avec toi ?

Le ton de sa voix, la facilité avec laquelle elle s'était libérée — tout cela me fit prendre conscience que je l'avais sérieusement sous-estimée. Merde, je m'étais fait duper ! Il y avait 15 minutes, la jeune fille pleurait tellement elle avait peur et maintenant elle semblait heureuse comme un pinson.

Dans mon rétroviseur, je vis qu'elle grimpait sur la banquette arrière. Je freinai brusquement. J'avais ma ceinture de sécurité, je la portais toujours. Kari fit un vol plané, en passant par l'ouverture entre les sièges avant, et frappa le pare-brise. Ça aurait dû être suffisant pour l'assommer complètement. Mais c'est à peine si elle cligna des yeux.

— Tu sais, Jessica, ta conduite est nulle, dit-elle, juste avant de me donner un coup de pied à la mâchoire.

Je vis des étoiles, le monde entier s'inclinant à un angle maladroit. Heureusement, la voiture était arrêtée, et il me restait assez de sens pour sortir avant qu'elle me frappe de nouveau.

Je sautai par la porte sans détacher ma ceinture de sécurité et je la brisai. Le changement de l'air frais de l'intérieur pour le soleil de plomb à l'extérieur n'aidait pas le bourdonnement dans ma tête. Je m'affaissai contre le côté de la voiture, en essayant de reprendre mon souffle. Mais j'exagérai le geste pour que Kari arrive directement vers moi. Une erreur de sa part.

Je lui fermai brusquement la porte en plein visage. Sa tête passa par la fenêtre du côté du conducteur. Du verre déchiqueté lui coupa le cuir chevelu et du sang coula sur ses cheveux blonds. Encore une fois, le coup aurait dû l'assommer. Il aurait dû la tuer. Mais elle libéra sa tête et elle me sourit.

— Pas la faible sorcière que tu croyais que j'étais, n'est-ce pas? dit-elle.

Un coup monté. Son comportement débonnaire avait été une mascarade. Maintenant, elle m'avait toute seule au milieu de nulle part, ce qui avait probablement été son intention depuis le début. Elle possédait le gène de la force. Merde, elle semblait plus forte que moi, sans doute parce qu'elle était une sorcière depuis plus longtemps. Je devais me servir de mon intelligence, il me fallait prendre l'avantage.

Kari sortit une jambe de la voiture, et je donnai de nouveau un coup de pied sur la porte. Le métal coupa son mollet. Elle jura et se renversa à l'intérieur du véhicule tandis que je le contournais en me dirigeant vers le coffre. Je l'ouvris en brisant la serrure, et je soulevai le tapis qui recouvrait le pneu de rechange. Un coup d'œil hâtif révéla un cric en acier destiné au conducteur qui voulait changer un pneu. Tout aussi utile était la trousse de survie. À l'intérieur, il y avait quelques fusées éclairantes et un long tournevis.

J'empoignai les outils et je me précipitai vers le côté du passager. Kari avait récupéré et elle se tenait debout nonchalamment près de la porte du conducteur, avec le sang qui coulait toujours de ses cheveux. Elle n'était pas pressée de me rattraper. Je crois qu'elle voulait d'abord jouer avec moi. Nous nous tenions chacune d'un côté de la voiture.

— Oh, mon Dieu, c'est effrayant. Tu t'es trouvé des armes, dit-elle pour se moquer de moi. Je suppose que tu attends que je me rende et que j'implore ta pitié.

— J'aurais pu te tuer tout à l'heure chez toi, dis-je, en donnant un coup de tournevis sur le côté du réservoir d'essence dissimulé.

L'essence commença à se déverser sur l'asphalte autour de la roue arrière, mais pas assez rapidement à mon goût. Je tordis le tournevis d'un côté et de l'autre, et j'élargis le trou. Un flot de carburant éclaboussa l'espace à mes pieds.

Kari ne sembla pas le remarquer. Elle ne pouvait voir ce que j'étais en train de faire, et en plus, elle avait toujours été si centrée sur elle-même qu'elle s'arrêtait rarement pour réfléchir à ce que faisaient les autres. Même si elle était maintenant devenue une sorcière, la meneuse de claque gâtée faisait toujours partie d'elle.

— Tu ne pourrais tuer quelqu'un même si ta vie en dépendait, dit Kari, se frayant lentement un chemin vers le coffre. Tu es trop douce, trop préoccupée d'être bonne. Je ne peux pas imaginer ce qu'un type comme James a vu en toi.

Je reculai vers l'avant de la voiture.

— Je ne sais pas, certains gars sont bizarres. Ils aiment une fille intègre, une fille qui n'est pas une salope.

Kari contourna l'arriere, s'approchant de l'essence qui dégoulinait. Elle l'aperçut, elle avait dû la voir, mais ça ne sembla pas la déranger. Elle lança sa tête vers l'arrière et se mit à rire.

— Si j'ai trompé Jimmy, il ne l'a jamais su. Ou, devrais-je dire, il ne l'a jamais demandé. C'est un gars sympa, mais trop naïf pour ce monde.

— Alors, toute cette fanfare disant qu'il est le père de ton enfant, c'était des conneries ? demandai-je en même temps que je sortais une fusée éclairante de ma poche arrière, tout en la gardant hors de sa vue.

Kari s'arrêta et durcit le ton.

— Les conneries, c'est comment tu t'es justifiée pour me le voler. Tu as agi comme si vous étiez tous les deux des âmes sœurs et que ça te donnait le droit de tout simplement me marcher dessus. Tu as fait une grosse erreur quand tu as fait de moi ton ennemie, Jessica.

— Maintenant, je suppose que tu vas me le faire payer ?

Kari tira un couteau à lame automatique de sa poche. Zut ! j'avais raté ça. Elle appuya sur un bouton latéral et une lame surgit. Effilé comme un rasoir, l'acier brillait dans le soleil de plomb.

Kari jubilait.

— Ma sœur. Je vais te faire saigner.

Elle bondit, mais pas avant que je m'agenouille et brise le capuchon de la fusée et la gratte sur l'asphalte. Il ne fallut qu'un coup de poignet pour la jeter dans la mare de l'essence. Sachant ce qui allait arriver, je bondis pour m'éloigner de l'avant de la voiture.

L'arrière du véhicule explosa dans une boule de feu.

Kari fut brièvement envahie par les flammes, mais ce fut l'onde de choc qui causa le plus de dégât. Le réservoir de la voiture était pratiquement plein. Baigné de flammes, il constituait une bombe efficace. L'explosion lança Kari loin de la route. Ses cheveux prirent feu et le poignard fut soufflé de sa main. Elle atterrit en un tas fumant.

Levant le cric de la voiture, je fus sur elle en un instant. Je devais frapper pendant que j'en avais la chance, me dis-je. Il m'était impossible de faire preuve de pitié.

Je frappai alors qu'elle tentait de se mettre debout. Elle ne me vit pas venir. Elle était trop occupée à essayer d'éteindre le feu de ses cheveux en train de brûler.

Le cric l'attrapa à la tempe, la partie la plus mince du crâne. J'entendis un léger craquement et je me balançai vers elle de l'autre côté. Elle était coriace, elle continuait de grimper. Puis, je fis une pirouette et je frappai aussi fort que je le pouvais sur sa rotule gauche. Je n'avais pas besoin des sens subtils d'une sorcière pour entendre une masse d'os et de cartilages se fracturer.

Hurlant de douleur, elle tomba sur le dos. Je bondis sur sa poitrine, plaquant ses bras avec mes genoux, et j'appuyai le cric sur sa gorge.

— Qui est en train de saigner maintenant? ricanai-je.

Elle étouffait alors que je rétrécissais sa trachée.

— Tu n'as pas le courage de me tuer, haleta-t-elle.

Je pressai plus fort.

— Je n'ai pas besoin de courage. C'est un plaisir.

Ce qui me dérangeait, c'était que je disais la vérité. Plus que le frisson de la victoire d'être vivante quand j'aurais pu être morte, je sentis une secousse orgasmique s'élancer le long de ma colonne vertébrale, laissant mes nerfs émoustillés. C'était bizarre, Kari était mourante, mais on aurait dit qu'elle sentait ce que j'étais en train de vivre.

— Le plaisir de la douleur, murmura-t-elle, citant une partie de la ligne écrite sur la paroi de l'égout.

— Qu'est-ce que ça veut dire? demandai-je, en tirant sur le cric.

Mais j'avais déjà écrasé sa trachée. Elle sifflait comme une bête mourante.

— Elle te tient où… elle te voulait, haleta-t-elle.

— Susan? Qu'est-ce qu'elle me veut?

Kari sourit. Puis, ses yeux se dilatèrent et elle regarda le ciel qu'elle ne voyait pas. Elle avait cessé de respirer. Elle était morte.

Il ne fallut pas beaucoup de temps pour enterrer son corps dans le désert. Le sol du monde des sorciers semblait plus poreux, moins substantiel. Sans prendre de pause, je creusai deux mètres en me servant du cric de la voiture comme d'une pelle.

Lorsque j'eus terminé, je m'arrêtai pour réciter deux prières. Une pour Kari et une pour moi. Ma prière était la plus inquiétante. Je ne pouvais pas exactement demander à Dieu de me pardonner un meurtre. J'espérais seulement pouvoir me pardonner.

Je ne prévoyais pas de raconter à James ou Jimmy ce que je venais de faire.

CHAPITRE 22

De retour en ville, je tentai d'appeler Alfred et je n'obtins aucune réponse. Puis, j'essayai de contacter la seule personne à qui je voulais vraiment parler, James. Je hochai la tête en composant le numéro. Bien sûr, je ne respectais pas les ordres de mon père. Mais qu'à cela ne tienne, à quoi ressemblait vraiment ce gars ? Que ferais-je si je ne l'aimais pas comme j'aimais Jimmy ? Merde ! Et s'il voyait quelqu'un d'autre pendant qu'il lui était interdit de me contacter ?

Encore une fois, je n'obtins aucune réponse. Mais je me détendis un peu quand je réussis à joindre mon père sur mon cellulaire et qu'il m'expliqua pourquoi James ne répondait pas.

— Je lui ai dit de t'éviter, dit-il. Et je t'ai dit que je le lui avais dit. Ta première nuit dans le monde des sorciers. Tu ne t'en souviens pas ?

— Tu m'as dit de l'éviter un jour ou deux jours.

— Quelques jours, me corrigea-t-il. Pourquoi as-tu besoin de lui parler ?

Il faisait tellement père en ce moment.

— Susan voulait que je l'emmène, ce soir, dis-je.

— Elle l'a suggéré, elle n'a pas insisté. La dernière chose que tu veux, c'est que James voie Lara et s'attache à elle une fois de plus. Ça le transformerait en une marionnette pour Susan.

— Je suppose, dis-je d'un ton plaignard.

— Tu ne sembles pas très convaincue.

— Écoute, je traverse un moment difficile et il me manque. Ce serait vraiment agréable de prendre de ses nouvelles, tu sais, et d'entendre sa voix.

— Comment as-tu eu son numéro ?

— Par Alfred.

Mon père fit une pause.

— Intéressant.

— Papa ? Connais-tu bien Alfred ?

— Je le connais depuis un certain temps. C'est un homme bon.

— Est-ce que c'est un sorcier puissant ?

— Je n'irais pas aussi loin.

— Sais-tu combien il a de gènes de sorcier ?

Mon père hésita.

— C'est étrange, je viens de vérifier notre base de données, et son nombre n'est pas mentionné.

— Est-ce que le Conseil exige qu'il soit inscrit ?

— Le Conseil n'insiste pas. Il est probable qu'Alfred ne nous en a pas parlé parce que son nombre est faible. Nous ne passons pas notre temps à parler de nos nombres. Pendant des siècles, Cleo a découragé la pratique. C'est une autre façon d'étiqueter les gens. Comme toute autre chose, ça peut mener à des préjudices.

— Votre fichier sur Alfred donne-t-il son âge ?

— Pourquoi demandes-tu ça ?

— Il m'a raconté qu'il était pilote de chasse pendant la Seconde Guerre mondiale.

— C'est vrai. Il a beaucoup de compétences. Comment l'as-tu rencontré ?

— Alex sort avec lui, dis-je.

Mon père n'avait pas répondu à ma question.

— Personne ne m'en a parlé.

— Papa. Comment l'as-tu rencontré ?

— Par hasard. Il vend des médicaments pour une compagnie pharmaceutique dans le monde réel. Il venait me voir à mon bureau à Malibu.

— Hatsu a dit que je pouvais lui faire confiance.

— Hatsu est très vieux et très sage. Alfred est-il avec toi en ce moment ?

— Non. Je lui ai téléphoné en même temps que j'ai appelé James. On dirait que tout le monde m'a abandonnée durant cette journée cruciale.

— Tu dis n'importe quoi. Le Conseil va te recevoir avant ta rencontre avec Susan. Crois-moi, je ne les ai jamais vus prêter autant attention à une seule personne.

— Quand et où ? demandai-je.

— À 19 h. Je te contacterai avant pour te donner l'endroit.

Après mon réveil tardif, et la formation approfondie d'Alfred, en plus de ma bataille contre Kari, la journée était déjà presque à moitié passée. La rencontre devait avoir lieu dans deux heures à peine.

— J'ai l'impression que les choses vont trop vite, dis-je. Que nous ne sommes pas préparés pour cette épreuve de force avec Susan.

— Le Conseil a eu le temps de réfléchir. Voyons ce qu'il a à dire.

— Très bien, papa.

— Ce que j'entends en bruit de fond, c'est la circulation ?

— Ouais.

— On m'a dit que tu n'avais pas quitté ta chambre d'hôtel aujourd'hui.

— Tu m'espionnes ?

— Je te protège.

— Je me suis faufilée dehors. Ce n'est pas si grave. Appelle-moi dès que tu sais où je dois me rendre.

Nous nous dîmes au revoir. J'avais terminé l'appel depuis à peine 10 minutes quand j'essayai de nouveau de contacter James. Il n'y avait toujours pas de réponse et j'étais inquiète à son sujet. James était peut-être plus respectueux envers mon père dans ce monde, mais je ne pouvais toujours pas imaginer qu'il accepte qu'on lui donne des ordres.

Je roulai jusqu'à la boutique du prêteur sur gages où je m'étais arrêtée la veille alors que je cherchais dans la zone industrielle l'égout insaisissable. Le propriétaire semblait aussi louche que son commerce. Le ventre bombé, des taches de nourriture sur sa chemise et un cigare éteint dans sa bouche, il n'avait pas paru très heureux de m'aider. Mais pendant que j'étais dans la boutique, j'avais remarqué une boîte remplie de pistolets rangée dans la section de stockage arrière.

Je n'aimais pas les révolvers, je détestais tout ce qu'ils représentaient. Mais je n'étais pas certaine que cela s'applique aussi à la Jessica Ralle qui déambulait dans les rues du monde des sorciers. Je me souvenais d'avoir possédé ma propre arme de poing. Effectivement, je me rappelais avoir été une tireuse d'élite.

Russell m'avait enseigné à tirer. Ça me revenait tout à coup. De même que la douleur de sa mort. Avec tellement de choses qui se passaient autour de moi, je n'avais pas eu la chance de faire une pause et de pleurer sa mort convenablement. Et maintenant, ce n'était pas le moment.

Je me souvenais que Frank n'avait pas pris la peine de me fouiller quand j'avais rencontré Susan, sans doute parce que dans l'ensemble, les Lapras étaient tellement présomptueux qu'ils ne croyaient pas qu'ils pourraient se faire blesser. Il était vrai que Frankie était mort, mais le type qui le suivrait pour prendre sa place dans la hiérarchie serait probablement tout aussi arrogant.

Cette fois, je retournai chez le prêteur sur gages avec 5 000 dollars en espèces. J'expliquai ce que je voulais au propriétaire et il me dit d'aller au diable. Mais alors, je le regardai dans les yeux et je le prévins que je n'avais pas l'habitude de me faire traiter de cette manière. Il pigea le topo. J'étais connectée. Il me présenta immédiatement ses excuses.

— Je vous ai mal comprise, Mère, se hâta-t-il de dire. J'ai tout simplement pensé qu'une personne comme vous n'aurait pas besoin d'une arme à feu.

— Permettez-moi de décider de mes besoins, lui dis-je, pendant que je comptais 30 billets de 100 dollars sur son comptoir. Je veux un pistolet semi-automatique de neuf millimètres. Haut de gamme, et compact. De plus, je veux un silencieux de qualité que je peux visser sur le bout à tout instant.

Les yeux injectés de sang de l'homme se gonflèrent à la vue de l'argent comptant.

— J'ai un Glock neuf millimètres absolument propre et facile à dissimuler. Mais vous allez devoir sacrifier le nombre de balles pour la petite taille.

— Combien de balles?

— Le modèle compact prend des chargeurs de 8 balles au lieu des 15 habituelles, dit-il, alors qu'il s'avançait nonchalamment vers la boîte que j'avais repérée sur son plancher la veille.

Je le suivis de près. Je ne m'attendais pas à ce qu'il essaie de me voler, considérant qu'il savait qui ou ce que j'étais; mais je demeurais prudente.

— Mais avec ce Glock, poursuivit-il, vous pouvez le glisser dans votre ceinture sous votre chemisier, et ni vu ni connu.

— Montrez-le-moi, lui dis-je en désignant la boîte sur le plancher.

Mais il me surprit en tendant le bras au-dessus de ma tête pour sortir une boîte à chaussures doublée de cuir. À l'intérieur, il y avait le pistolet avec trois chargeurs trapus, complètement vides, et un épais silencieux de sept centimètres de long. Il me remit le pistolet et un seul chargeur vide.

— Avez-vous de l'expérience avec les armes semi-automatiques? demanda-t-il.

— Je sais qu'elles tirent plus vite et que les recharger se fait plus rapidement, lui dis-je.

— C'est vrai. Mais elles posent plus de problèmes que les révolvers. Un révolver ne se coincera jamais. Un semi doit être gardé super-propre. Mais il est difficile de trouver un révolver qui prend un silencieux, ajouta-t-il. Je sais que je n'en ai pas.

Je me sentais à l'aise avec ce pistolet dans ma main. Je me sentais *méchante*.

— Je veux celui-ci. Montrez-moi comment m'en servir. Et je veux les chargeurs supplémentaires et deux boîtes de munitions.

— Si vous prenez le silencieux, ce sera 5 000 dollars, dit-il. C'est un article très spécial.

— Vous voulez dire qu'il est illégal.

Il leva les mains comme pour faire semblant de se défendre.

— C'est vous qui le dites, Mère, pas moi. Tel quel, si vous achetez ce révolver, nous ne nous sommes jamais rencontrés.

— Compris. Je vous donne 4 000, pas plus. Et vous allez me montrer tout ce que j'ai besoin de savoir pour m'en servir.

— Je vais prendre bien soin de vous, Mère, dit-il.

Il fut fidèle à sa parole. En effet, il m'offrit une formation tellement approfondie qu'au moment où je quittai sa boutique, le soleil était couché et le temps de ma rencontre avec le Conseil était venu. Mon père appela à l'instant où je remontai dans ma voiture et m'indiqua le nouvel emplacement, une petite maison dans un vieux quartier résidentiel de la ville. Je m'y rendis directement, mais je pris soin de dissimuler mon révolver dans le coffre.

À l'intérieur, les membres du Conseil étaient déjà rassemblés et m'attendaient. Mon père était présent. Je sentis un pincement devant l'absence de Russell. D'après le décompte du temps dans le monde des sorciers, il ne s'était passé que 24 heures depuis ma réunion avec le Conseil, mais pour moi, ça semblait une éternité.

D'autres souvenirs de Jessica Ralle me revenaient. Je me souvenais comment la naissance de Lara n'avait pas été facile. Comment mon père avait refusé de me donner un médicament pour atténuer la douleur, pas même un peu de Demerol pour me détendre. Rien. Une naissance cent pour cent naturelle pour l'enfant parfait du Conseil. Bien sûr, plus tard, quand j'avais tenu Lara dans mes bras, j'avais ressenti que ça en avait vraiment valu la peine.

À ma grande surprise, je commençai la réunion en expliquant comment j'avais localisé l'endroit où Lara était détenue. Cleo paraissait heureuse que j'aie obtenu l'information, mais elle insista pour savoir pourquoi j'avais pris sur moi de rendre visite à Kari. Merde, la femme avait un radar.

— Depuis que j'ai été connectée à votre groupe, je n'ai connu que du danger. Il est partout où je me tourne. Pourtant, vous ne me donnez pas beaucoup de conseils, et je ne suis pas du genre à rester immobile à attendre que les choses se passent. Je suis allée voir Kari parce que j'avais l'impression que je devais prendre une position plus proactive.

— Une attitude proactive est une chose, dit Cleo. L'assassinat en est une autre.

Je laissai paraître ma colère.

— Aucun de vous ne m'a accusée de meurtre quand j'ai tué Russell. Parce que vous avez vu sa mort comme nécessaire. Eh bien, la mort de Kari était tout aussi nécessaire. Elle m'a attaquée.

— Lui avez-vous donné une raison pour qu'elle vous attaque? demanda Cleo.

— Peut-être. Je l'ai enlevée.

Hatsu sourit.

— Ce n'est pas une mauvaise raison.

— Je ne pouvais pas lui permettre de bousiller la vie de Jimmy, dis-je.

Kendor hocha la tête.

— Vous avez fait la bonne chose.

Cleo secoua la tête.

— Ce qui me trouble, c'est que vous l'ayez tuée avec autant de désinvolture. Sans nous consulter.

— Elle m'a attaquée, dis-je.

— Vous continuez à ne pas tenir compte de ce que je vous dis.

— Quoi? Qu'à partir de maintenant, je dois vous obéir? Je ne me souviens pas de m'y être engagée.

— Jessica, dit brusquement mon père. Sois respectueuse.

Je hochai la tête.

— Kari est morte. Je suis heureuse qu'elle soit hors du chemin. Maintenant, passons à autre chose. En êtes-vous arrivés à un plan pour tuer Susan ?

— Nous sommes arrivés à un consensus, dit Cleo. Nous manquons encore d'informations sur cette confusion qui a été employée à deux reprises contre nous, et qui semble être strictement sous le contrôle de Susan. Pour cette raison, nous nous en tiendrons à notre dernière décision. Vous accepterez son offre et vous lui permettrez de vous installer dans une maison avec Lara.

Je ne pouvais me sentir plus découragée. Ils n'avaient pas bougé d'un centimètre.

— C'est ça ? C'est tout ce que vous avez à offrir ? Vous vous réunissez et vous discutez pendant deux jours, et à la fin vous dites : « Faites ce que veut la chienne. » Excusez-moi, mais on ne dirait pas que c'est un plan pour l'arrêter. Ça ressemble bien plus à une raison de capituler.

— La sécurité de Lara est toujours notre priorité, dit Cleo. Jusqu'à ce que nous puissions avoir la certitude qu'elle est en sécurité, nous ne pouvons pas attaquer, du moins pas directement.

— Kendor, dis-je, me tournant vers mon ami. Vous ne pouvez pas être d'accord avec cette folie.

Il paraissait fatigué, abattu, une expression que je ne me serais jamais attendue à voir chez un homme aussi puissant.

— Nous avons voté. C'est ce qu'a décidé le Conseil. Je dois obéir.

Je me levai avec impatience.

— Depuis quand obéissez-vous à qui que ce soit ? Je vous le dis, à vous tous, je connais cette femme. Je sais de quoi elle est capable. Pendant que vous restez assis et que vous l'étudiez patiemment à distance, vous pouvez être certains qu'elle est en train de se refermer sur vous avec un filet qui vous étouffera tous à mort, et pas seulement Lara et moi.

— Vous êtes une fille brave, dit Cleo, alors qu'elle se levait brusquement et posait ses mains sur mes épaules. Nous reconnaissons votre courage, même si nous croyons qu'il est mal orienté. Gardez Lara vivante à tout prix. Laissez ce drame se jouer comme il était destiné à le faire.

— C'est plus qu'un drame pour moi, dis-je, les yeux brûlants.

Mais je réussis à retenir mes larmes, même lorsque Cleo me serra contre elle.

Mes sentiments étaient dans un sale état. D'une part, je voulais l'étrangler pour être si passive. En même temps, je détestais abandonner son étreinte. Son amour ancien était comme un bouclier qui chassait la racine même de ma peur.

Mon père m'offrit de m'accompagner jusqu'à la sortie. Je lui dis de ne pas se déranger et je quittai la maison. J'étais à cinq minutes du Conseil lorsque mon cellulaire sonna. Une jeune femme me parla d'une voix glaciale.

— Rendez-vous devant le Tropicana à 23 h tapant, dit-elle. Ne soyez pas en retard.

— Puis-je… ?

Mais elle avait raccroché.

J'avais deux heures à tuer. En route pour le désert, après m'être assurée de n'être pas suivie, je roulai sur une route secondaire dans le sable et je m'arrêtai à côté d'une série de rochers. L'homme de la boutique de prêteur sur gages m'avait donné des munitions supplémentaires. J'insérai mes chargeurs — il fut utile d'avoir des doigts super puissants — et j'utilisai quelques bouteilles de cola abandonnées pour pratiquer ma visée. Je ne fus absolument pas surprise de découvrir que j'étais une tireuse d'élite.

Je tirai trois balles a travers le silencieux, pas plus. L'homme de la boutique m'avait avertie que même les silencieux de la plus haute qualité s'usaient rapidement. Pour l'instant, en comparaison, l'accessoire transformait les explosions d'un neuf millimètres en de légers sifflements.

Je laissai le silencieux attaché au pistolet. Si je me servais de l'arme, disons à l'intérieur d'une maison, je ne voulais pas être entendue par le service de sécurité de Susan.

J'étais en train de quitter mon champ de tir privé lorsque James m'appela.

— Salut, Jessica, j'ai entendu dire que tu as essayé de me joindre.

— Qui te l'a dit? demandai-je, ravie d'entendre sa voix.

Il avait la même voix que Jimmy, sauf qu'elle paraissait peut-être un peu plus âgée.

— Alfred. Je l'ai rencontré en ville. Est-ce que ton interdiction est terminée? Pouvons-nous être amis de nouveau?

— Oui. Je veux te voir. Tu me manques.

James baissa la voix.

— Alfred dit que tu as fait des progrès pour ravoir Lara. Est-ce vrai?

— Je vais la voir ce soir. Aimerais-tu venir?

— Quoi? Bien sûr. Excellentes nouvelles. Est-ce ça signifie que tout va bien maintenant?

— Lara reste toujours prisonnière en quelque sorte, mais nous pourrons la voir tant que nous voudrons. Tant que nous collaborerons.

— Collaborer avec qui? demanda-t-il d'un ton méfiant.

J'hésitai. Que savait-il au juste?

— Devine, dis-je doucement.

— Je comprends, répondit-il rapidement, comme s'il avait peur que quelqu'un écoute.

Est-ce que les Lapras mettent les téléphones sous écoute dans le monde des sorciers?

— Où devrions-nous nous rencontrer?

Je lui donnai les détails et nous nous dîmes au revoir. Mais un instant plus tard, je me demandai si j'avais fait erreur. Si je voulais tout simplement l'emmener pour des raisons égoïstes. Par contre, il était assez astucieux de me faire accompagner par James. De cette façon, Susan verrait que nous étions unis quand il serait question d'accepter son offre.

À 22 h 50, je rencontrai James devant le Tropicana. J'avais complété le cercle. C'était l'hôtel où j'avais rencontré Russ pour la première fois.

James m'attrapa et m'embrassa avant même que nous nous soyons dit bonjour. Je ne protestai pas. Il me semblait si vivant dans mes bras, si rempli d'amour. C'était bizarre. Quand Cleo m'avait prise dans ses bras, je m'étais sentie en sécurité. Et quand James m'enlaçait, je défaillais. Et pourtant, je ressentais qu'il y avait quelque chose de semblable dans les deux étreintes, et je ne pouvais l'expliquer. Peut-être était-ce le mystère du véritable dont Cleo avait dit qu'il pouvait circuler entre les dimensions.

— Bon Dieu, il fait bon de te tenir, chuchota James dans mon oreille.

— Il est encore meilleur de te tenir, dis-je, finissant par le lâcher.

Je dus reculer un peu pour le jauger. Ses cheveux étaient plus longs que ce à quoi j'étais habituée, deux ou quatre centimètres, et ses vêtements étaient plus soignés. Il portait un pantalon gris et un manteau de cuir noir assez doux pour dormir dessus. J'aurais souhaité que nous puissions maintenant nous blottir l'un contre l'autre dans un lit.

— Raconte-moi ce qui se passe avec Lara, dit James. Est-ce qu'elle va bien ?

— Physiquement, elle va bien. Mais sur le plan émotionnel… eh bien, elle fait souffrir les gens qui l'ont enlevée parce qu'elle est d'humeur grincheuse. Sa maman lui manque. Tu te souviens quand elle est née ? Nous disions qu'elle était spéciale. Qu'elle illuminait la pièce !

— Est-ce que tout le monde ne pense pas la même chose de son enfant ?

— Probablement. Mais il se trouve que Lara est vraiment spéciale. Voilà pourquoi ces connards la veulent.

— Ils ne veulent pas seulement de l'argent ?

— Non.

Je m'arrêtai, et je me demandai encore une fois à quel point James était au courant de ce qui se passait.

— Raconte-moi comment tu as rencontré Alfred.

Il hésita.

— Grâce à Alexis. Elle me l'a présenté.

— As-tu passé beaucoup de temps avec lui ?

— Quelques heures. Il s'est éclipsé juste avant que tu arrives. Je suis surpris que tu ne l'aies pas vu. Il croit qu'il peut nous aider.

Il mentait, ou bien il me racontait seulement une partie de l'histoire. J'étais mal à l'aise. Mon Jimmy ne m'avait jamais menti.

Une limousine noire apparut soudain. Elle se gara à côté de nous et le conducteur fit descendre sa vitre électrique. Lorsque je vis qui était derrière le volant, je faillis m'évanouir.

— Frank ! dis-je en haletant.

Il sourit en ouvrant sa grande bouche de dents blanches comme neige, sa peau noire et son crâne chauve luisant sous les rayons de lune qui se déversaient d'en haut. Il nous ordonna de monter.

Pourtant, James hésita une fois que je fus sur la banquette arrière. Il s'arrêta et regarda autour de lui. J'ignorais ce qu'il cherchait.

— Qu'est-ce qu'il y a, James? demandai-je.

Il hocha la tête et monta.

— Rien.

Frank mit la limousine en marche et nous roulâmes sur le Strip. Dans le monde des sorciers, l'endroit était toujours affairé, peu importe l'heure ou le jour. Je me demandai si la compulsion perverse qui poussait les gens à vouloir jouer constamment provenait de la morosité qui semblait planer sur la ville. Les gens de cette société étaient-ils si désespérés qu'ils ne cessaient d'être en quête du gros lot? Comme je l'avais remarqué précédemment, au moment où j'avais quitté la morgue, les nuits dans le monde des sorciers semblent plus sombres, les néons plus lumineux. Même la lune paraissait voilée.

Frank prenait plaisir à mon malaise devant son incroyable résurrection.

— Vous vous demandez comment j'ai remis ma tête en place, dit-il.

— Quelque chose comme ça, dis-je.

— C'est un bon exemple pour vous donner une idée du type de personnes à qui vous avez parlé. Maudits Tars. Ils vous enferment dans une chambre froide pour vous transformer en sorcier, et puis ils ne vous disent pas tout. Pas même les bases. Vous devriez écouter Susan quand elle vous dit que leur approche est une approche sans issue.

— Parlant de morts? dis-je.

Frank renifla.

— C'est le monde des sorciers! Toute cette merde dont on vous a bourrée quand on vous a dit que c'était un miroir du monde réel est un mensonge. C'est le seul monde qui compte. L'autre, c'est juste une ombre. Ce qui est important, c'est ce qui se passe ici.

— Alors, vous êtes en train de me dire que si vous mourez dans le monde des sorciers, vous mourez automatiquement dans les deux mondes. Mais quand on meurt dans le monde réel, tous les paris sont ouverts?

— Vous avez compris, ma chère. Mais on aurait dû vous l'expliquer cinq minutes après votre réveil ici. Si vous restiez avec nous, vous sauriez ce qui est réel et ce qui est un mensonge. Maintenant, je n'ai jamais vu Susan s'intéresser autant à quelqu'un qu'à vous. Alors, n'allez pas essayer de jouer au plus fin avec elle ce soir. Je peux déjà vous dire qu'elle n'est pas de bonne humeur.

— Quelque chose l'a mise de mauvaise humeur? demandai-je.

Frank regarda par la fenêtre vers la lune. Elle était pleine. Comme la nuit où Lara est née. Ma fille avait un mois lunaire ce soir.

— Quelque chose d'important est sur le point de se passer, dit-il sans expliquer ce qu'il voulait dire.

Ce soir, Frank ne prit pas la peine de prendre des routes secondaires, ou de revenir sur ses pas. Il jeta à peine un coup d'œil dans son rétroviseur. Il était évident qu'il ne craignait pas d'être suivi. Il roula directement vers Henderson, du côté nord, où se trouvait la communauté clôturée, et les gardes lui firent signe de passer. Il y en avait six au lieu de deux.

Au bout du pâté de maisons, avant de tourner à gauche et de monter vers le manoir à la base de la colline avec la couronne de pierres, nous passâmes devant la maison de Kari, et je ne pus m'empêcher de remarquer que toutes les lumières étaient allumées. La porte d'entrée était grande ouverte et j'aperçus un garde à l'intérieur. La disparition de la jeune fille n'était plus un secret.

Je songeai à indiquer la maison à James, pour qu'il sache au moins où l'on gardait Huck, mais je me souvins alors qu'il ne connaissait pas le garçon.

James se pencha et murmura à mon oreille.

— Que peux-tu encore me dire à propos de ces gens? demanda-t-il.

— Ils sont très connectés. Pourris jusqu'à la moelle.

— Et ils ont pris Lara. Pourquoi?

— Parce qu'elle est une sainte, dis-je, les mots sortant avant d'avoir eu le temps d'y réfléchir.

Une sainte? Comment pourrais-je croire dans les saints quand je ne savais pas s'il y avait un Dieu? Pourtant, quand je lui ai dit ça, ça m'a paru être exact.

Le manoir était également bien éclairé, avec une fontaine à l'avant sans cesse attisée par un arc-en-ciel de couleurs. Nous nous garâmes à côté de l'eau qui éclaboussait. Nous sortîmes de la voiture et nous prîmes un moment pour profiter du panorama. James descendit rapidement de la limousine et regarda fixement la nuit. Peut-être était-il attiré par la lueur de la lune. Je devais admettre que la lumière semblait adoucir un terrain qui autrement paraissait inhospitalier.

Je me souvenais de la lumière merveilleuse que j'avais vue dans ma tête la première nuit où Jimmy et moi avions fait l'amour. Bien entendu, je l'avais aussi vue avec James. Il était curieux que mon père ait raconté avoir aperçu presque la même chose la nuit de la naissance de Lara. Et il avait aussi parlé du son, de cette musique qui n'était pas produite par un instrument terrestre. Entre ces deux événements, il y avait un lien mystérieux que je ne saisissais pas encore, même si je sentais que la réponse était proche.

Nous entrâmes. Susan et son fils, Whip — celui dont la queue se terminait par un dard — attendaient. Lara était aussi présente, mais Susan la confia à Frank au lieu de me la remettre, une façon d'établir qui était aux commandes. À regarder ma fille sans pouvoir la toucher, je ressentais une douleur dans ma poitrine. Frank se retira dans un coin, avec Lara assise sur ses genoux, les mains massives de l'homme la tenaient fermement.

Pendant que Whip se promenait dans le salon, et que sa queue se glissait sur tout ce qu'il voulait, Susan nous ordonna à James et à moi de nous asseoir sur le canapé. Elle faisait les cent pas devant nous, ne portant plus la blouse stérile bleue de notre dernière rencontre, mais des pantalons noirs et un chemisier rouge qui moulait sa poitrine athlétique.

Susan ne perdit pas de temps. Elle exigea de savoir où se trouvait Kari. Je hochai la tête.

— Comment le saurais-je? dis-je.

— Parlons-nous de la Kari de l'école? demanda James.

Je trouvai bizarre qu'il ne l'appelle pas Karla. C'était, après tout, son nom dans le monde des sorciers.

— Oui. Elle est la mère de votre fils dans l'autre monde, dit Susan d'un ton cassant, son attention toujours concentrée sur moi.

— Vous savez à quel point cette rencontre est importante ce soir. Je suis surprise que vous commenciez par un mensonge.

— Qu'est-ce qui vous fait croire que je mens? demandai-je.

Susan s'arrêta et tendit un CD.

— Une copie d'un ruban de sécurité qui a été enregistré cet après-midi à 13 h 50. À ce moment, Kari a eu une visiteuse. Les gardes l'ont laissée entrer parce qu'ils croyaient que c'était moi. Bien sûr, ils ont été trompés par une puissante sorcière. Mais même si cette sorcière a du pouvoir, c'est quand même une idiote. Car elle n'a pas pensé que son envoûtement n'aurait pas d'effet sur une caméra étant donné que ce n'est pas un être vivant.

Susan lança le CD sur mes genoux.

— Devrions-nous le faire jouer? demanda-t-elle.

Je haussai les épaules.

— On ne peut pas toujours gagner.

— Où est Kari? répéta Susan.

— Dans une fosse peu profonde à 15 kilomètres d'ici, dis-je.

Susan sourit d'un air glacial.

— Comme je m'y attendais. Je me demande comment ce meurtre influencera votre future position. Vous qui agissez toujours de façon si moralisatrice chaque fois que nous discutons des Lapras et des Tars.

Je baissai la tête en direction de Susan, comme pour concéder le point.

— Si vous apprenez à tuer, vous devriez apprendre des meilleurs. Kari n'était rien, continuai-je. Pourquoi perdre du temps à parler d'elle?

— Je parle d'elle plus pour le bien de James que pour le vôtre.

Susan fit une pause.

— Que pensez-vous de votre douce et aimable petite amie qui assassine de sang-froid votre maîtresse?

Confus, James se tenait sur ses gardes.

— Je ne le crois pas.

— Alors, démarrez l'enregistrement Jessica, ordonna Susan.

— C'est inutile.

Je posai une main sur le bras de James.

— Je t'expliquerai tout plus tard.

— Méfiez-vous des plus tard dans le monde des sorciers, prévint Susan. Ça devient souvent des, « trop tard ».

— Je suis venue ici ce soir parce que je suis intéressée par votre offre, dis-je. Voilà la seule raison de ma présence. Si vous voulez discuter de futilités, alors je reviendrai une autre fois.

— Bien dit Jessica, répondit Susan. Comme vous cherchez rapidement à retrouver le contrôle. Après tout, vous avez peut-être l'étoffe d'une Lapra.

Elle fit un geste vers le manoir.

— Que pensez-vous de la maison ? J'ai cru que ça pourrait être l'endroit parfait pour vous et votre petite famille.

Je regardai autour de moi.

— Je pourrais m'y habituer.

— Trop riche pour vos goûts ?

— Un peu voyant. Mais ce qui me préoccupe le plus, c'est que vous respectiez votre parole et que vous nous laissiez seuls et en paix.

— Vous aurez la paix, je peux vous l'assurer, dit Susan, en même temps qu'elle s'avançait vers Frank et Lara.

Ma fille ne semblait pas à l'aise sur ses genoux, mais elle ne pleurait pas. Elle continuait de me regarder, j'en étais certaine. Susan parut remarquer l'attention de Lara parce qu'elle frôla légèrement le visage de l'enfant de ses doigts, comme pour la distraire.

— J'aurai seulement besoin de Lara une ou deux fois par semaine.

— Pour quelle raison ? demandai-je.

— L'étudier.

— On dirait que vous allez mener des expériences sur elle.

— Des conneries. L'enfant s'est beaucoup mieux comportée depuis qu'elle vous a vue.

Susan caressa le côté du visage de Lara.

— Elle a également démontré encore plus de potentiel que ce que je croyais possible.

— A-t-elle aidé Frankie à se lever d'entre les morts ? dis-je d'un ton sarcastique.

Susan se tourna de nouveau vers moi à la mention de Frank. Je savais ce qui allait arriver ensuite.

— Je crains que cette version de Frank ne se joigne plus à nous. Mais votre question soulève un problème : avec qui étiez-vous quand vous exploriez les égouts ? Ce devait être quelqu'un d'habile avec une épée pour arracher la tête d'un guerrier aussi puissant que Frankie.

— Je me suis fait prendre par surprise, murmura Frank.

— Kendor ne m'accompagnait pas, dis-je. Il n'est apparu que lorsque Frank a menacé de me tuer.

Susan ne put dissimuler l'effet que le nom de Kendor eut sur elle. Elle trébucha presque en se dirigeant vers moi.

— J'ai entendu dire que vous avez bavardé tous les deux après qu'il vous a sauvé la vie, dit-elle.

— Nous n'avons pas parlé longtemps. Mais il m'a dit que votre vrai nom était Syn et que vous étiez tous les deux amoureux depuis près de 2 000 ans.

La lèvre inférieure de Susan se mit à trembler légèrement. De nouveau, elle tenta de le cacher, mais elle en fut incapable.

— Vous a-t-il raconté pourquoi je l'ai quitté ?

— Nous n'avons pas abordé ce genre de détails.

— Ah, Jessica, vous mentez, mais vous dites aussi la vérité. Kendor ne sait pas pourquoi je l'ai laissé.

Elle fit une pause, réfléchissant, son corps se balançant légèrement.

— Qu'est-ce qu'il a dit encore ?

— Il m'a parlé de votre passé. Des enfants que vous avez eus, et à quel point vous aviez souffert tous les deux quand ils sont disparus.

Je m'arrêtai.

— Robere. Era. Herme...

— Arrêtez! cria soudainement Susan.

Je m'arrêtai — et toute la pièce se figea en même temps. Même Whip demeura immobile sur le sol et Lara cessa de pleurnicher entre les mains de Frank. On aurait dit que les noms avaient balayé la pièce comme des pierres tombales désincarnées et avaient frappé Susan comme un marteau fait de mauvais souvenirs. La douleur dans l'air était presque palpable, et Susan était censée être en mesure de récolter cette forme particulière d'énergie. Mais je pense que cet échantillon était même trop puissant pour qu'elle puisse l'avaler. Une minute suivie d'une seconde minute s'écoula, et aucun d'entre nous n'osa la déranger.

Enfin, Susan s'assit en face de James et moi.

Elle se comporta comme si elle n'avait jamais vécu de crise.

— Je dois savoir si votre désir de rester ici avec Lara est authentique, me dit-elle.

— Oui. Mais vous demandez l'honnêteté, alors c'est ce que je vais vous donner. Je veux être avec James et ma fille. Je ne veux pas être retenue prisonnière.

Susan haussa les épaules.

— Vous resterez ici jusqu'à ce que je sois persuadée que vous n'essaierez pas de vous enfuir. La longueur de votre détention dépend totalement de vous. Est-ce acceptable?

— Vous voulez dire que ça dépend totalement de vous, dis-je.

— Vous n'avez pas beaucoup de choix, Jessica

Je m'arrêtai.

— Alors, je peux vivre avec ça.

Susan se tourna vers James.

Vous êtes aussi le bienvenu de rester ici. Mais ce n'est pas la façon des Lapras d'accepter un non-sorcier en leur sein. Pour rester avec nous, vous devrez devenir l'un de nous. Comprenez-vous?

Il hocha la tête.

— Il faut que je sois connecté. Je dois activer mes pouvoirs en mourant.

— C'est quelque chose que vous voulez faire? demanda Susan.

— Oui. De tout mon cœur, dit James.

Visiblement, il avait autant envie de devenir un sorcier dans le monde des sorciers que dans le monde réel. Mais ses motivations étaient-elles les mêmes?

— Non! interrompis-je. Il n'a pas le gène de la guérison. Il y a des risques qu'il ne survive pas au processus.

Susan désigna un sac sur la table du salon.

— Oubliez-vous que je suis médecin? Dans mon petit sac noir, j'ai suffisamment de morphine pour endormir James d'un sommeil heureux. Si profond que sa respiration cessera, et que techniquement, il sera mort. Mais j'ai aussi un grand assortiment de médicaments — adrénaline, éphédrine, et autres choses pour le ranimer. Et quelle vie ce sera! James, vous aurez accès à cinq gènes de sorcier.

Susan fit une pause.

— C'est votre décision.

Il hocha fermement la tête.

— Faisons-le.

Susan tapa des mains.

— Je pense que je vais vous aimer, James. En plus d'être mignon comme tout, vous avez du courage. Je peux nous voir devenir de bons amis. Peut-être quelque chose de plus. Qu'en penseriez-vous, Jessica?

— Vous perdez votre temps si vous essayez de me rendre jalouse. Vous choisissez aussi un mauvais moment pour tenter de connecter James. Ce soir, il est question de Lara et moi. N'oubliez pas que vous avez besoin de moi pour la garder heureuse.

Susan parut offensée.

— Voulez-vous dire que vous refusez de permettre à votre ami d'accéder à ce qu'il souhaite? demanda-t-elle.

— Laisse-moi le piquer, supplia soudainement Whip, sautant sur le sol et s'approchant de James.

— J'aimerais bien, chéri, sauf qu'il n'y a pas d'antidote pour ton poison.

La queue de Whip s'avança devant lui, s'enroulant et se déroulant dans les airs, avant de trouver James et de s'enrouler autour de sa taille, pour ensuite caresser son bras gauche, et se glisser vers son visage.

— Il est grand et fort, dit Whip. Est-ce que je vais devenir aussi grand que lui?

— Tu es déjà un grand garçon, mon chéri, dit Susan, qui se leva et tendit la main pour prendre son sac noir.

Je me levai pour la bloquer.

— Arrêtez! criai-je. Ce n'est pas l'endroit pour faire des expériences sur lui. Si vous provoquez une surdose, faites-le dans le monde réel. Au moins, alors, s'il ne survit pas, il sera toujours vivant dans le monde des sorciers.

— Détrompez-vous, ça n'a pas d'importance, dit Susan. Personne ne peut échapper à la mort. Elle vient quand elle le décide. C'est comme une force de la nature qui détruit tout ce à quoi le reste de la nature a donné naissance. Voilà une façon polie de vous annoncer que vous ne pouvez pas arrêter ce qui va se passer ici ce soir. Essayez, et Whip pourrait avoir envie de vous piquer. Et je vous préviens, même avec tous vos pouvoirs, vous ne seriez jamais capable de vous remettre de ce genre de poison.

De l'endroit où il était assis sur le sol, Whip se déplaça vers mon pied et laissa sa queue ramper jusqu'à ma jambe. J'avais l'impression de me retrouver dans un bassin de poulpes. Je regardai James, le cœur brisé. Pourquoi ne voyait-il pas mes yeux suppliants?

— S'il te plaît, ne fais pas ça, implorai-je.

James se tint devant moi.

— Ça devait arriver, Jessie.

Susan fronça soudainement les sourcils.

— Comment l'avez-vous appelée?

Avant qu'il puisse répondre, nous entendîmes un coup à la porte.

Susan m'ordonna d'aller ouvrir. Ne sachant pas ce que j'aurais pu faire d'autre, je lui obéis.

Une silhouette habillée de cuir noir se tenait sur la véranda.

— Puis-je entrer? demanda Kendor.

Son pouvoir ancestral imprégnait sa voix et transparaissait dans son maintien.

Bien sûr, le fait qu'il tenait une épée dégainée dans sa main droite, une épée déjà trempée de sang, ajoutait du poids à sa requête.

Susan déposa sa trousse médicale et parla depuis l'autre côté de la pièce.

— Pourquoi pas? dit-elle.

Kendor entra dans la maison. Frank se retira plus profondément dans le coin, où il tint Lara devant sa poitrine comme un bouclier. Ma fille ne criait pas, mais elle regardait silencieusement les mains massives de l'homme, comme si elle se perdait dans ses propres pensées insondables. Susan était à côté de James et moi, et tout ce temps elle fixait Kendor avec émerveillement. Non, c'était Syn qui le regardait, et la voix dans mon esprit ne pouvait plus penser à elle comme à Susan.

— Comment vas-tu ? demanda Syn.

— Très bien. Toi ? demanda Kendor.

Des gouttes de couleur rouge vif continuaient à couler de son épée sur le plancher de bois.

— Même chose.

Syn fit une pause.

— Tu as l'air bien.

— Toi aussi, dit Kendor. Tu m'as manqué.

— Tu aurais dû te nettoyer avant de venir. Tu salis mon plancher.

Kendor ne gaina pas son épée.

— Tes gardes sont tellement nombreux. Je me souviens d'une période où tu ne pouvais supporter que d'autres veillent sur toi.

— Les as-tu tous tués ?

— Oui.

— Il y en a encore beaucoup d'autres d'où ils venaient.

Kendor leva un sourcil.

— En as-tu besoin ?

Elle hocha la tête.

— Tu dois maintenant savoir que si même si ta lame avait un kilomètre de long, elle ne pourrait pas me toucher.

Je pensai que Syn parlait de la confusion.

Kendor jeta un coup d'œil dans la salle de séjour, l'examinant, cherchant peut-être le meilleur angle d'attaque.

— Voilà pourquoi j'ai apporté plus qu'une épée physique, dit-il.

— Une fusion? demanda Syn. De ton Conseil en conflit? Désolée, mais je ne suis pas impressionnée.

— Tu devrais l'être. Nous avons réglé nos différences. Nous sommes tous du même avis.

— Quand il est question de moi? demanda Syn.

— Oui. Tu dois partir.

Syn parut amusée.

— Oh, chéri. Maintenant, je suppose que je devrais me mettre à courir et aller me cacher.

Syn était une excellente comédienne. Cependant, l'implication que Kendor avait tout le Conseil derrière lui l'inquiétait. Son visage ou sa voix ne montrait pas de peur; néanmoins, je la sentais.

C'est alors seulement que je me rendis compte que le Conseil m'avait menti quand nous nous étions rencontrés plus tôt dans la soirée, sans doute afin d'endormir ma vigilance, pour que Syn ne puisse lire dans mes pensées et savoir ce qu'ils avaient prévu.

J'ignorais comment fonctionnait la fusion, mais comme Kendor était venu seul, il était probable qu'il suffisait qu'un seul membre du Conseil soit physiquement présent pour transmettre son pouvoir. Je soupçonnais aussi que Kendor avait enfin révélé la véritable nature de Syn au Conseil, possiblement un effort irrévocable qui visait à obtenir le soutien de Cleo pour attaquer la femme.

Il eût été inutile de me dire ces choses. Mon gène de l'intuition était actif. Les faits me semblaient évidents. Tout comme il était clair que Kendor était prêt à sacrifier sa vie pour me protéger et protéger Lara.

— Mais on m'a dit de te faire une offre finale, dit Kendor. Si tu acceptes de libérer Jessica, James et Lara, tu pourras partir d'ici saine et sauve.

— Alors, après tout ce temps, ils emploient la menace. Eh bien. Tu me connais. Tu sais comment je réponds aux menaces.

Le ton de Syn s'endurcit et elle pointa vers Frank qui continuait de tenir Lara fermement.

— Si le Conseil tentait seulement de me forcer à cligner des yeux, je ferais signe à Frank de déchirer l'enfant en deux.

Kendor hocha la tête.

— Frank ne va pas faire de mal à Lara.

— Vous êtes rapide, frère, dit Frank pour avertir Kendor. Mais pas si rapide.

Kendor parut réfléchir.

— Vous avez raison.

Derrière moi, il sembla que l'air avait soudainement épaissi. Il y eut un mouvement subtil, une vague dans les molécules d'oxygène que nous respirions. Pour une raison ou pour une autre, je ne voyais plus les rideaux blancs qui recouvraient les fenêtres, même s'ils n'étaient qu'à quelques mètres de là. Quelque chose bloquait ma vision, quelque chose d'invisible, ce qui n'avait pas de sens parce que si c'était invisible, j'aurais dû être en mesure de voir à travers. Peu importe ce qui se manifestait, la chose semblait avoir le pouvoir de débrancher nos cerveaux de nos yeux, ou encore nos esprits de nos corps. Il y eut un éclair de lumière, plus un résultat du choc qu'autre chose.

James et moi sursautâmes. Syn restait solidement debout.

Une silhouette apparut de nulle part. Alfred.

Il tendit la main à l'arrière de mon pantalon et en sortit le Glock de neuf millimètres que j'avais dissimulé. Il devait être familier avec l'arme, et il était certainement au courant que je la portais.

Dans un mouvement fluide, Alfred retira le cran de sûreté, inséra une balle dans le chargeur, et tira Frank dans le front. La cartouche vola avec un doux sifflement. Frank s'effondra contre le dossier du fauteuil, son cerveau tacha le mur fraîchement peint. Lara était toujours sur ses genoux. Les yeux encore ouverts, Frank laissa échapper ce qui ressembla à un halètement surpris avant de se pencher dangereusement sur un côté. Je courus vers ma fille. Alfred me devança, mais il me remit rapidement l'enfant.

Il eût été idiot de célébrer. La Méchante Sorcière était encore vivante et mortelle, et nous n'avions aucune maison à lui faire tomber sur la tête. Pourtant, en tenant ma fille j'avais l'impression de tenir le paradis dans mes mains. Elle tortillait son petit corps entre mes doigts en même temps qu'elle s'efforçait de tourner la tête pour me regarder. À ce moment, il se produisit quelque chose alors que je regardais à mon tour dans ses yeux bleu vert. C'était impossible à décrire, mais je le dirai quand même.

Je voyais l'amour. Il était réel, aussi réel que son corps physique.

C'était le tissu dont Lara était faite.

Chaque cellule… Amour, amour, amour…

De loin, je vis et j'entendis deux choses différentes.

Le visage dévasté de Syn. James qui me parlait.

Tout le sang s'était vidé de la peau de Syn. Ses lèvres remuaient, mais aucun son n'en sortait. Pourtant, je pouvais lire le nom que ses lèvres essayaient de former.

Herme… Herme… Herme.

James était plus près, à côté de moi, mais son explication semblait également me parvenir à partir d'une grande distance. J'entendais ce qu'il disait — ce qui ne voulait pas dire que je comprenais.

— Je t'ai vue me regarder alors que je mettais beaucoup de temps à entrer et à sortir de la limousine, me dit-il. Nous avons eu de la chance que Frank ne l'ait pas remarqué. C'était juste pour permettre à Alfred de passer avant moi.

Il fit une pause.

— Jessie?

Il ne cessait de m'appeler Jessie, pas Jessica.

Je hochai la tête pour me libérer du regard hypnotisant de Lara et de l'expression dévastée de Syn. Ma voix sortit comme un croassement.

— Il était assis entre nous tout le chemin jusqu'ici?

— Il fallait que je m'assoie quelque part, dit Alfred, en me parlant, même si ses yeux ne quittaient pas Syn.

Elle secouait la tête comme si elle essayait de se remettre de ses émotions. Elle était encore pâle comme un fantôme.

— Hein? marmonnai-je.

— Même quand je suis invisible, je ne peux passer à travers les objets, continua Alfred, même s'il était aussi distrait que je l'étais. Si tu avais tendu le bras pour prendre la main de James, tu te serais heurté à moi.

Lentement, mon cerveau commençait à comprendre. Très lentement.

— Comment James faisait-il pour savoir où tu étais? demandai-je.

— C'est l'un de mes nombreux pouvoirs de sorcier, dit James.

— Mais tu n'es pas un sorcier, protestai-je.

James tendit le bras pour prendre ma main. Il tendit la main vers Lara. On aurait dit qu'il la voyait pour la première fois, parce que… c'était la première fois. Ses yeux trahissaient la vérité. Pour lui, elle était nouvellement née. Il me fallut plusieurs secondes pour saisir ce que ça voulait dire. James, ce James, n'appartenait pas au monde des sorciers.

C'était Jimmy!

D'une manière ou d'une autre, il avait vécu l'expérience de la mort.

Maintenant, il était vivant dans le monde des sorciers!

Il était un sorcier! Et il était avec moi!

— Herme, réussit à dire Syn à voix haute, en ignorant Kendor, ses yeux rivés sur son… fils? Oui, c'était vrai, c'était son enfant. Alfred était Herme, celui dont Kendor m'avait parlé. C'était pourquoi Syn était encore blême, encore secouée. Elle avait de la difficulté à parler à son fils.

— C'est impossible. Tu es mort, murmura-t-elle.

Alfred — Herme — hocha la tête.

— Je suis ici maintenant.

— Pourquoi? demanda Syn, et le mot aurait pu servir pour une dizaine de questions.

Herme choisit de répondre à la plus importante.

— Pour mettre fin à cette folie, dit-il.

Syn jeta un coup d'œil à Kendor, sa confusion se transformant rapidement en rage.

— Tu savais que notre fils était vivant et tu me l'as caché? dit-elle sèchement.

Kendor hocha tristement la tête.

— Je ne l'ai découvert qu'aujourd'hui.

— Tu mens! cria-t-elle.

— Non, Mère. Il dit la vérité, dit Herme.

— Pourquoi nous as-tu quittés? demanda Syn.

Il n'y avait aucune excuse dans la voix de Herme.

— Personne ne pouvait voir comme moi dans ton cœur. Même Père ignorait comment tu avais changé, ce que tu étais en train de devenir, et je ne pouvais pas supporter de le lui dire. J'ai senti qu'il était préférable que je parte tout simplement et j'ai prié pour que tu trouves la paix de ta propre manière.

Herme fit une pause.

— Mais tu ne l'as jamais fait.

— Je n'aurais jamais perdu ma paix si j'avais su que tu étais vivant! hurla Syn. C'était toi, c'était ta perte qui avait brisé mon cœur.

— Non, dit Herme. Quand je suis parti pour les colonies, il ne restait rien à briser dans ton cœur. Tu es ce que tu es, Mère, ce que tu as choisi d'être. Tu n'as personne à blâmer, sinon toi-même.

Syn força un rire effrayant.

— Donc, vous vous êtes tous réunis pour me supplier de bien me comporter. Mon amant, mon enfant, la mère de l'enfant parfait, même le Conseil ancien. Et oui, je peux sentir la tempête menaçante de l'esprit du Conseil qui se prépare à me frapper si je refuse d'obéir. Mais ce qu'aucun de vous ne peut comprendre, c'est que j'ai quitté votre monde depuis longtemps pour quelque chose de beaucoup mieux. Un royaume de plaisir infini où je ne peux plus jamais être blessée.

— Mère? demanda Herme.

— Traître! cria-t-elle, en faisant claquer ses doigts vers lui comme si elle tentait de le rendre invisible une fois de plus, avant de poser la même main sur le cœur déclaré vide par son fils.

Je pus voir qu'elle ressentit alors une douleur au plus profond de sa poitrine. Mais ce ne fut qu'à ce moment qu'elle se détourna d'Herme et qu'elle maudit le reste du groupe. Je pouvais enfin dire qu'elle ressemblait vraiment à une sorcière.

— Vous tous, tuez-moi avec votre petite fusion si vous en êtes capables! jura-t-elle.

— Mais vous découvrirez que ce sera vous qui périrez!

Kendor n'essaya même pas d'attaquer avec son épée. Au lieu de cela, il ferma les yeux et fronça les sourcils pour mieux se concentrer. Jetant un regard sur Herme, j'étais persuadée que je le trouverais à viser avec mon Glock. Mais lui aussi avait fermé les yeux. Il était clair qu'il savait qu'aucune arme physique ne serait efficace contre la confusion de Syn.

Le salon fut inondé d'énergies bizarres et commença à se transformer, mais je n'étais pas certaine que cette transformation soit tridimensionnelle. Je ne suis même pas sûre d'avoir vu le changement avec mes yeux ou avec mon esprit, à l'intérieur ou à l'extérieur. Pendant un moment, il sembla que la distinction entre les deux avait disparu.

Je *crois* que je vis une lumière bleue s'élancer de Kendor et de Herme vers Syn. La lumière était à la fois chaude et froide, et paraissait faite d'un tissu plus réel que celui d'une chaise ou d'une table. C'était comme une lumière de vie projetée depuis les cœurs et les âmes des hommes et des femmes qui ne se souciaient que du bien-être de l'humanité. Un altruisme pur qui autorisait tant d'esprits à se regrouper si puissamment ; et bien que la source de lumière bleue fût sacrée, elle avait le pouvoir de détruire presque tout sur son passage.

S'y opposant, arrêtant la lumière bleue comme un mur de briques psychiques cimentées au centre de la pièce, il y avait une sphère rouge en expansion. Elle était également plus palpable que tout objet physique, et plus sa taille augmentait, plus Syn paraissait s'écarter de la lumière bleue.

En un éclair, je me rendis compte que c'était la clé de la confusion, et la raison de son impénétrabilité me fut soudainement évidente. Car Syn ne s'échappait pas seulement en s'éloignant, elle entrait dans un autre monde où il n'y avait pas de lumière bleue, pas de Conseil, pas même un monde connu comme la terre. Si le monde réel était un reflet du monde des sorciers, alors ce domaine était à l'opposé de la vie. Pourtant, il y avait ici un paradoxe, car il semblait que les hôtes de cette dimension ne pouvaient s'alimenter qu'en se nourrissant des vivants. Et en plus de Syn, il y avait des créatures à l'intérieur de ce monde. Elles m'appelaient.

Je tentai de ne pas répondre, mais une vague d'intenses souffrances traversa mon corps et mon esprit, et on aurait dit que chaque fibre de mon système nerveux et tout sentiment et toute pensée dans mon esprit se faisaient roussir par des flammes qui brûlaient depuis le début des temps. La douleur était si intense que j'aurais fait un marché avec le diable lui-même pour la faire cesser.

Ce désir fut suffisant.

C'était comme un désir secret, un mot de passe spécial qui me permettait de répondre aux êtres du royaume que convoitait Syn. Avant même de m'en rendre compte, j'étais à côté d'elle dans la sphère rouge. Mais l'apparence et la couleur s'étaient modifiées pour prendre la forme d'un champ de bataille.

CHAPITRE 23

— Croyez-vous en Dieu? demanda Syn, debout à proximité, à côté d'un arbre planté au bord d'un immense champ où deux armées s'entre-tuaient avec une fureur qui n'émergeait que durant un combat final.

L'armée à ma gauche était romaine. Je reconnaissais les larges boucliers, les longues lances, les casques de fer. À droite, il y avait les Huns, maîtres de leurs chevaux, de leurs arcs et de leurs flèches. Au loin, il y avait le prix à gagner, la ville de Rome.

« C'est quoi ce bordel? » me demandai-je.

Avais-je un corps? Je ne crois pas. Pas là. Pas à cette époque. Je ne pense pas que les corps physiques pouvaient exister à l'intérieur de la sphère rouge. Je ne respirais pas, je ne sentais plus battre mon cœur dans ma poitrine. Mais paradoxalement, j'avais des mains, je voyais mes mains. J'étais un esprit dans une forme. Je portais même des vêtements ; la même robe rouge que Syn.

— Je ne suis pas religieuse, dis-je, répondant à sa question. Mais je crois en Dieu.

Syn se moqua doucement de moi.

— Si c'est vrai, alors vous devriez pouvoir répondre à la question que se posent tous les athées. S'il y a un Dieu, pourquoi a-t-il créé tant de souffrances ?

— Je ne sais pas. Peut-être que…

— Arrêtez, interrompit Syn. Vous avez dit la seule chose qui compte. Ajoutez un seul mot à « Je ne sais pas » et ça devient du babillage. Vous ne pouvez pas savoir parce qu'il n'y a pas de réponse à cette question. Aucun dieu raisonnable ne créerait de souffrance. Donc, il ne peut y avoir de Dieu. Comprenez-vous ?

Il semblait important pour elle que je renonce immédiatement à ma foi, avant qu'elle passe à l'étape suivante.

— Je ne sais pas, répétai-je. Votre argumentation ne paraît pas plus valable que celle de ceux qui croient en Dieu.

— Allez, Jessica, vous ne croyez pas ça.

— Pourquoi mes croyances vous dérangent-elles ?

Elle hocha la tête vers l'arbre tout près.

— En raison de ce qui est sur le point de se produire. Vous ne pourrez pas vivre l'expérience si vous permettez à vos croyances humaines de vous faire obstacle.

Soudain, un Hun à cheval se mit à courir autour de l'arbre et arrêta son cheval en pleine foulée et visa avec son arc. Il ne semblait pas nous voir. Il avait comme cibles trois soldats romains qui couraient vers l'arbre. Le Hun décocha une flèche, faisant tomber le soldat sur la gauche. Une autre flèche tua l'homme sur la droite.

Mais le Hun ne pouvait descendre le soldat du milieu. Ce soldat savait comment courir tout en se servant de son bouclier. Il était aussi habile avec son épée. Comme il se refermait sur sa proie, le Hun tira sa propre lame et tenta de renverser le Romain. Le Romain n'essaya pas d'esquiver son adversaire en s'éloignant du cheval de son opposant. Au contraire, il s'élança directement sur le côté de l'animal avec le côté de son corps comme pour s'y attaquer. Le mouvement était risqué, mais il suffit pour l'amener à l'intérieur de la portée de l'épée du Hun. En conséquence, le soldat romain put facilement poignarder le Hun à la poitrine.

Le Hun tomba au sol, mort.

Le Romain se permit un moment pour applaudir.

Malheureusement, le bref cérémonial l'avait distrait d'un autre Hun qui arrivait dans son dos. Ce Hun était à pied et portait un javelot. À la dernière seconde, le Romain l'entendit, mais il était déjà trop tard. Le Hun avait lancé le javelot, et il attrapa le Romain dans l'abdomen, le clouant au tronc de l'arbre.

— Robere, entendis-je murmurer Syn, et la scène se transforma soudain.

Il était tard dans la soirée, les armées avaient disparu, et une femme solitaire vêtue d'une robe grise pleurait en même temps qu'elle saisissait l'extrémité d'un javelot ensanglanté et le tirait pour le libérer de l'arbre et du corps de l'homme. Alors qu'il se renversait dans les bras de la femme, je vis que c'était Syn 1600 ans plus tôt. Elle tomba à genoux en sanglotant et tint son fils unique dans ses bras.

Syn pointa vers son incarnation antérieure.

— Croyez-vous en Dieu? demanda-t-elle de nouveau.

— Pourquoi est-ce que je changerais mes croyances à cause de ce qui vous est arrivé?

— Touchez-la.

— Pourquoi?

— Touchez-la, sinon la douleur reviendra. Vous connaissez la douleur, n'est-ce pas, Jessica?

Elle m'avait eue. Je n'oublierais jamais la douleur.

Je touchai la femme avec ce que je pensais être les mains de l'esprit et je fus immédiatement engloutie dans son chagrin. Il était total, capable de briser mon âme, égal dans tous les sens à la douleur dont Syn venait de me menacer. Plus que tout, je voulais qu'il cesse. J'allais retirer ma main.

— Arrêtez! ordonna Syn avant que je puisse enlever ma main.

Des larmes se mirent à couler sur mon visage.

— S'il vous plaît. Je ne peux pas le supporter.

— Parce que vous avez oublié la leçon que vous avez apprise dans l'égout. La douleur, le plaisir, la puissance. Les trois ingrédients qui créent le triangle qui forme le cercle qui permet à la sphère rouge de se manifester.

Elle fit une pause.

— Devrais-je le réciter pour vous?

— Oui! Si vous me permettez de retirer ma main quand vous aurez terminé!

Syn parla d'un ton solennel.

— La douleur devient un plaisir lorsque c'est le pouvoir qui crée la douleur.

Elle fit une pause.

— Comprenez-vous?

Je ne comprenais pas, pas avec mon esprit, mais dès l'instant où elle avait prononcé les mots, la douleur qui descendait dans mon bras et dans mon cœur se transforma en plaisir. C'était remarquable. On aurait dit que chaque nerf de mon corps était baigné d'extase. La dernière chose que je voulais faire, c'était de retirer ma main. Syn hocha la tête, comme si elle lisait dans mes pensées.

— Je n'ai pas découvert la réalité de ce monde le jour où je suis allée chercher le corps de mon fils, dit-elle. Je ne l'ai même pas apprise quand la peste de Justinien a frappé la Sicile et emporté ma famille. Tant d'atroce douleur, et j'étais incapable de voir ce qui se trouvait juste devant moi. C'est seulement quand Herme est parti pour les colonies — et qu'il est mort, du moins, c'était ce que je croyais — que j'ai compris le but de la souffrance.

— C'est alors que l'Alchimiste est venu à vous, dis-je.

Syn sembla ennuyée que je connaisse l'homme, que Kendor ait partagé un tel secret avec moi. Elle se mit à parler rapidement.

— J'étais mûre pour la vérité. Je l'aurais découverte de moi-même. Il m'a simplement indiqué la bonne direction.

— La direction de l'enfer, où les démons se nourrissent de la douleur des autres ? demandai-je.

— Vous pouvez l'exprimer de cette façon si vous le voulez. Ou appelez-les dieux qui peuvent transformer le plus grand mal en plus grand bien.

— Le plaisir ? demandai-je.

— Le plaisir. L'extase. La béatitude. Des mots différents pour le même objectif.

Syn fit une pause.

— Retirez votre main de mon Moi plus jeune.

J'hésitai.

— Pourquoi ?

Syn se mit à rire.

— La croyante en Dieu demande pourquoi ? Saviez-vous que l'athée qui a compris que le seul salut dans la vie est le plaisir demande habituellement pourquoi pas ? Pourquoi votre douleur ne devrait-elle pas être employée pour générer de la joie ?

— Parce que vous la créez aux dépens d'un autre, répondis-je.

— Alors, retirez votre main. Plus vous la touchez, plus sa douleur durera.

— C'est un mensonge. Votre fils est mort il y a 16 siècles. Ce n'est qu'un jeu. Nous ne pouvons pas modifier le passé.

Syn devint plus sérieuse.

— Peut-être qu'on ne peut pas le changer, personne ne le sait. Mais je sais que je vous ai vue après que j'ai trouvé Robere. Vous vous teniez au-dessus de moi comme vous vous tenez maintenant. Je croyais que vous étiez un démon, que vous veniez vous moquer de moi dans ma douleur.

Elle fit une pause.

— Retirez votre main de mon épaule. Empêchez le plaisir d'entrer dans votre cœur.

À travers un acte de grande volonté, je parvins à retirer ma main. Le plaisir s'arrêta. La satisfaction de laisser l'ancienne Syn ne put même empêcher la sensation de perte de s'écrouler sur moi. Je me sentis enterrée sous une montagne de fadeur, où il n'y avait ni plaisir ni douleur, que du vide. Il était incroyable de voir à quel point c'était terrible. Si rapidement, je craignais d'être déjà accro au plaisir.

— Je l'ai fait, la raillai-je. Ce n'était pas si difficile.

— Parce que vous venez de commencer.

J'aurais dû savoir ce qui allait suivre.

Soudain, nous étions en Sicile avec la Syn et le Kendor de cette époque. Ils s'occupaient de leur fille, Era, une femme adulte avec deux enfants, Anna et Theo, qui étaient tous atteints de la peste bubonique. Anna était la plus malade des trois, et Syn demeurait avec elle jour et nuit dans les deux mondes.

Il était utile à leur progéniture que Syn et Kendor aient des capacités de guérison, mais la maladie possédait la puissance de la malédiction d'un démon. C'était trop virulent pour toute forme de capacité de guérison psychique. En une semaine — que je vécus en moments compressés — le visage et le cou d'Anna étaient devenus enflés et avaient pris une terrible teinte noir-bleu, alors que la bactérie bubonique se multipliait dans ses veines. Chaque souffle était un cauchemar. Alors que la jeune fille approchait de la mort, Syn insista pour que je la touche, elle et la Syn épuisée de cette époque. Je protestai, mais elle attrapa mes mains et elle les plaça là où elle le voulait.

La douleur émotionnelle, la douleur physique, tout cela était horriblement flou. Je ne pouvais le supporter. En effet, je refusais de le prendre, et même si je savais que je tombais de nouveau sous la séduction de Syn, je répétai la ligne de la litanie dans mon esprit : *La douleur devient un plaisir lorsque c'est le pouvoir qui crée la douleur.*

Instantanément, la douleur s'arrêta tandis qu'un raz de marée de plaisir m'assaillit et me secoua profondément. L'euphorie était comme un cadeau. Oui, pensais-je, c'était exactement ce que c'était. Un cadeau des habitants du royaume rouge.

— Naturellement, ils récompensent ceux qui les récompensent, chuchota Syn dans mon oreille, dans la chambre d'Anna, où la jeune fille avait commencé à étouffer et où l'ancienne Syn pleurait. Tout ce que vous avez à faire, c'est de leur apporter la souffrance, la vôtre ou celle des autres, et le plaisir sera là. Non seulement ça, mais ils vous accorderont un grand pouvoir.

— Pourquoi ? demandai-je.

— De cette façon, vous aurez la possibilité de créer plus de douleur.

Sa remarque expliquait la dernière ligne de la litanie, celle que j'avais récitée.

— Voilà comment vous avez découvert la confusion pendant la Seconde Guerre mondiale, dis-je. Ça vous a été accordé parce que vous aidiez les nazis.

— Vous n'êtes pas loin de la vérité. C'était une relation qui nous a profité, à moi et aux nazis. Mais vous oubliez la contribution des Américains avec leurs bombes incendiaires sur des millions de Japonais, et les deux dernières explosions qui m'ont donné un accès complet à ce royaume, le largage des bombes atomiques sur Hiroshima et Nagasaki. Pendant ces deux événements, j'ai ressenti un frisson comme vous ne pouvez pas imaginer.

Syn sembla se pencher plus près, même si elle était déjà au-dessus de moi.

— De mon point de vue, c'est la nation qui craignait le plus Dieu sur la terre qui a prouvé sans l'ombre d'un doute qu'il ne pouvait y avoir de Dieu.

— L'image rémanente de ces sensations ne vous a pas quittée, lui dis-je. Hiroshima et Nagasaki ont été brûlées dans votre âme. Vous êtes toujours en train d'essayer de recréer ces événements.

— C'est ce que je fais. Et alors ? dit Syn en se moquant de moi. Si vous n'êtes pas d'accord, relâchez Anna et laissez-la mourir. Oh, attendez, je vois que vous hésitez. Avez-vous peur que votre plaisir soit interrompu ?

Cette fois, il me fut plus difficile de la laisser aller. La douleur de Syn était plus grande qu'avant, et, par conséquent, tel était le plaisir que les habitants du royaume rouge me dispensaient. Il semblait pervers de boire le nectar parce que la personne à côté de moi suait le sang. Pourtant, c'était ainsi. Anna était en train de mourir dans les mains de sa grand-mère, et la fille de Syn, Era, et son petit-fils, Theo, toussaient dans la chambre voisine. La Syn de ma vision savait que ce n'était qu'une question de temps avant qu'elle perde toute sa progéniture. Tout de même, sa douleur ne faisait qu'amplifier ma joie. On aurait dit que chaque cellule de mon corps avait un orgasme.

Mais d'une certaine manière, je parvins à lâcher prise. La vision de l'agonie de Syn m'en donna la force. Je me dégoûtais trop pour tenir le coup.

Je m'attendais à ce que la Syn en robe rouge réagisse avec colère.

Elle se contenta de rire. On aurait dit qu'elle savait qu'elle m'avait eue.

Syn me fit avancer à l'époque de la Syn du XVIIIᵉ siècle, au moment où elle courait tous les matins vers la boîte aux lettres pour voir s'il y avait un message de Herme venant du Nouveau Monde. Mais Herme n'écrivait jamais, et chaque jour elle lisait dans les journaux que la guerre entre l'Angleterre et les colonies faisait de plus en plus de victimes. Dans son cœur, elle savait que son fils devait en faire partie.

La Syn en robe rouge me força à fixer une vision de son jeune Moi alors qu'elle se mettait à genoux, et qu'elle pleurait, à côté de la boîte aux lettres vide. Une fois de plus, en même temps que la douleur, arriva le plaisir, parce que je redirigeai instinctivement sa souffrance vers les habitants du royaume rouge. On aurait dit que je la leur offrais, comme un sacrifice.

Dans ma vision, je vis un grand homme avec une longue barbe blanche qui apparut près de Syn en sanglots. Il ressemblait à un magicien, et je n'eus pas besoin de me faire dire que je voyais le fameux Alchimiste. Alors, il était vivant tous ces jours, même si Kendor avait juré qu'il l'avait tué plus de 2 000 ans plus tôt.

Cette fois, Syn retira mes mains.

Le plaisir cessa. La vision disparut.

— Vous n'êtes pas prête à savoir ce qu'il m'a enseigné, dit Syn.

Depuis que j'étais entrée dans le royaume rouge, c'était la première fois que je la voyais secouée.

— Vous craignez que je puisse devenir plus puissante que vous ? la taquinai-je.

Elle me gifla au visage, et je sentis un picotement, et je n'avais même pas de corps physique.

— N'oubliez pas qui est le maître ici ! cria-t-elle.

Je luttai pour paraître impassible.

— Étrange, je ne me souviens pas d'avoir accepté d'être votre élève.

Syn parut apprécier ma bravoure. Encore une fois, elle s'approcha et sembla parler soit à mon oreille ou à mon esprit.

— Je vous ai demandé si vous croyiez en Dieu. Même si c'est une œuvre de fiction, la Bible contient des traces de sagesse secrète. Vous vous souvenez quand Jésus dit à ses disciples : « Dans la maison de mon père, il y a plusieurs demeures. » ?

— Bien sûr, répondis-je.

— Eh bien, voici mon manoir ! Et voici votre chambre ! s'écria Syn alors qu'elle levait les bras et qu'en un éclair nous étions à l'hôpital, à la morgue, au moment où le docteur Dave était seul avec moi, en train de me peloter.

Je regardai tandis que je finissais par puiser dans mon pouvoir, le feu dans mon plexus solaire, et que mon corps s'était soudainement réchauffé, et que j'avais pu m'asseoir toute droite.

Foutu pervers ! Touche-moi encore une fois et je te couperai la bite !

Évidemment, ce fut le choc qui initia l'attaque cardiaque de l'homme, même s'il en aurait probablement eu une peu de temps après. Mais ce n'était pas ce qui préoccupait Syn. De son côté, elle essayait de me prouver que j'étais déjà une meurtrière.

Je commençais à connaître ses méthodes. Voilà pourquoi elle m'emmenait à ma première victime, comme si elle criait : *Voyez ce que vous avez fait à mon ami!* Je regardai le coroner affaissé sur le plancher tandis qu'il haletait dans un effort pour respirer.

— Posez votre main sur son cœur, ordonna Syn.

— Non.

— Je vous promets que vous serez heureuse.

— Non, dis-je.

— Très heureuse, Jessica. Ou devrais-je vous appeler Jessie ? N'êtes-vous pas une meurtrière dans les deux mondes ?

— Je n'ai rien d'une meurtrière ! Je ne suis pas comme vous ! Elle me saisit le bras.

— Vous ne seriez pas ici si vous n'étiez pas prête à me suivre. Vous remarquerez qu'aucun des autres n'a pu traverser vers le royaume rouge. Vous seule êtes venue.

Elle relâcha mon bras, mais elle me poussa dans le dos vers le docteur Dave.

— Attendez, dis-je, sentant qu'elle ne me disait pas toute la vérité.

C'était l'une des qualités positives du royaume rouge. Les pensées apparaissaient comme des objets physiques, elles avaient de la substance, il était ainsi difficile pour elle de me cacher ses intentions.

— Pourquoi ? demanda Syn.

— Dans le monde des sorciers, dans la maison, je tiens Lara dans mes bras.

Syn fit une pause.

— Alors, vous avez remarqué.

Je hochai la tête.

— Il y a un lien. C'est une autre raison pour laquelle je suis ici avec vous. Mais… elle n'est pas comme vous.

— Elle n'est comme personne ! C'est une enfant ! C'est vous-même qui l'avez dit. Pour moi, et pour vous, elle est du pur potentiel. C'est comme de l'énergie atomique. Est-elle bonne ? Est-elle mauvaise ? On peut s'en servir pour chauffer un million de foyers. Ou elle peut écrabouiller ces mêmes maisons. Lara se trouve dans la même position. C'est une puissance brute et, oui, ce pouvoir a aidé à vous transporter dans ce royaume en avance sur votre temps. Mais ce n'est pas important. Ce qui importe, c'est que nous pouvons la mouler selon notre propre conception.

— Vous m'avez emmenée ici pour arriver à elle.

— Je vous ai emmenée ici pour arriver à vous deux.

Elle toucha brusquement mon bras.

— Maintenant, touchez-le, buvez sa douleur, récoltez ce que vous avez semé. Je vous promets que vous ne serez pas déçue.

J'ignore pourquoi je le fis. Curiosité, peut-être.

Des mensonges. Comme il est facile de mentir à l'intérieur de son propre esprit.

Je ressemblais au toxicomane qui rationalisait mentalement sa prochaine dose.

Je le fis pour le plaisir que je savais que ça allait me donner.

Je posai ma main sur le cœur mourant du docteur Dave. Même quand la véritable Syn, vêtue de vêtements médicaux bleus, entra dans la morgue et parla à l'homme, je laissai ma main en place. Et je savais que même alors, la docteure Susan Wheeler m'avait vue, comme je la voyais présentement, dans une vision.

Le plaisir était pur et irrésistible.

S'il n'y avait pas de Dieu, alors ce n'était pas un mauvais substitut.

Je ne pus lâcher prise que lorsque Syn m'offrit un plus grand plaisir. Un claquement de doigts nous fit avancer dans le temps dans une autre pièce. Où Russell était en train de brûler à mort dans le feu que j'avais poussé sur sa poitrine. Oh, Seigneur, une telle douleur, un tel plaisir — ses hurlements me firent pouffer de rire. Je savais que ma réaction était malade, et je m'en fichais.

Puis, enfin, ce fut l'aboutissement lorsque Syn me conduisit dans le désert vers ma plus récente victime. J'avais enlevé Kari pour protéger Jimmy et Huck. Je n'avais pas eu l'intention de la tuer. C'était un fait que je n'avais aucune idée de ses capacités secrètes.

Pourtant, ce n'était rien d'autre qu'une série de mensonges. Nous deux, nous avions eu une histoire. Depuis l'époque où elle m'avait volé Jimmy et l'avait éloigné de moi, j'avais eu envie de tuer la chienne.

Je touchai la tête de Kari, alors que j'étouffais le souffle de son corps, que je broyais l'arrière de sa tête dans le gravier dont je me servirais ensuite pour l'enterrer, je fus soudain remplie d'une euphorie que m'auraient enviée les dieux. Et cette fois, je n'eus pas à faire de pause pour diriger sa douleur vers le royaume rouge. Je le fis automatiquement et, bien sûr, avec plaisir.

Je dus me mettre à genoux pour rester en contact avec Kari ; comme plus tôt dans la journée, quand je lui avais écrasé la trachée. Et lorsque je levai les yeux, ivre des étincelles qui virevoltaient entre les synapses du cerveau de mon être spirituel, je vis que Syn était non seulement vêtue d'une robe rouge, mais qu'elle portait aussi une couronne d'or. De l'endroit où j'étais agenouillée sur le sol — en reconnaissance de l'excitation qu'elle m'avait procurée — je la saluai. Pour la première fois, je me sentais réellement reconnaissante.

— Vous êtes la reine rouge, dis-je, comprenant enfin le sens caché du jeu de vingt-deux.

Il n'était pas étonnant que l'Alchimiste l'ait créé, et qu'il en recueille les bénéfices. Il était celui qui avait montré au monde l'ouverture vers le royaume rouge qui se trouvait au-dessus du monde des sorciers, autant que du monde réel. C'était bizarre, mais ça ne me dérangeait plus que mon propre monde ne paraisse plus être qu'un univers d'ombres. Je sentais que je devais des excuses à Syn.

— Je ne veux pas l'entendre, dit-elle comme elle lisait une fois de plus dans mes pensées. Remboursez-moi avec du sang. Remboursez-les avec de la douleur.

— Les? dis-je.

Elle posa ses mains sur mes épaules et se pencha et m'embrassa sur le front.

— Vous êtes maintenant l'une des nôtres, Jessica.

Je laissai aller Kari et je me levai. La perte du plaisir qu'elle m'avait donné ne me causa aucune douleur, parce que je savais que ce qui allait arriver ensuite serait encore mieux. Oui, me dis-je, les choses iraient de mieux en mieux.

CHAPITRE 24

J'avais tort. Un instant plus tard, nous sortîmes de la sphère rouge et rien n'avait changé. «Rien», ça voulait dire que les acteurs du drame étaient encore les mêmes. Ils se trouvaient encore au même endroit qu'au moment où j'avais quitté la pièce. La cause? C'est qu'en réalité, je n'étais allée nulle part. Autant que je puisse en juger, le temps n'avait pas du tout avancé.

Pourtant, quelque chose en moi s'était transformé.

J'étais maintenant affamée. Affamée de plaisir.

Ce n'était pas comme si j'avais perdu la raison. Je savais toujours que Syn était le mal, comme tout héroïnomane intelligent sait que sa drogue de prédilection est malsaine. Ce qui ne diminue en rien sa soif de l'aiguille. En fait, il est probable que ce même caractère malsain augmente son désir. Et Syn m'offrait le fruit le plus interdit de tous. Un simple échange. Donne-moi de la douleur et je te donnerai du plaisir. C'était son message. C'était son pouvoir.

Je tremblais en tenant Lara dans mes mains. Je me sentais indigne de la tenir, au moins jusqu'à ce que j'aie prouvé que j'étais digne d'être sa mère. Car je me rendais soudainement compte que ce n'était peut-être pas le cas.

C'est pourquoi je la tendis à James.

Mais ce n'était pas la seule raison de la lui remettre.

J'avais besoin de mes deux mains libres.

Tout près de moi, Syn me regarda et hocha la tête.

Nous avions quitté la sphère rouge, mais je pouvais encore lire dans ses pensées. Elle n'avait pas à prononcer les mots. Pour le moment, la fusion était interrompue, et Herme et Kendor avaient rouvert les yeux. Ils n'avaient pas réussi à vaincre Syn, mais leurs efforts n'avaient pas été vains, car même si la confusion de Syn l'avait protégée, elle n'avait pas détruit ses ennemis.

Nous étions dans une impasse. Il fallait quelque chose pour faire pencher la balance. Syn croyait posséder ce quelque chose parce qu'elle était convaincue que j'étais maintenant de son côté. En surface, l'idée était absurde. Intellectuellement, je savais toujours ce qu'elle était capable de faire au monde. Mais sur le plan émotionnel et physiquement même, elle avait raison — j'étais avec elle. Mon corps se languissait de plaisir. Non seulement le voulais-je, mais j'en avais besoin ! Pire, je savais que si je désobéissais, elle me donnerait le contraire.

Une souffrance absolue.

C'était ainsi qu'elle gardait son chien en laisse.

Kendor vit une ouverture et souleva son épée. C'était le plus ancien dans la pièce. Il avait vu la montée et la chute des civilisations. Il avait aimé Syn pendant 2 000 ans et il la connaissait mieux qu'elle se connaissait elle-même. Et s'il n'avait pas fait preuve d'audace, il n'aurait pas survécu à l'offensive croissante des Lapras.

Pour Kendor, une impasse correspondait à une occasion.

Il fit un pas vers Syn.

Syn tourna la tête et me regarda fixement.

Je saisis ce qu'elle voulait que je fasse. C'était surtout en fonction de la façon dont nous étions positionnés, et de qui faisait confiance à qui. James se trouvait à ma droite, Herme à ma gauche. Tous les deux me connaissaient et me faisaient confiance. Et aucun ne comprenait ce que j'avais vécu à l'intérieur du royaume rouge.

Pendant qu'il avait contribué à la fusion, Herme avait poussé le pistolet dans sa ceinture avant de fermer les yeux. Ses yeux étaient maintenant ouverts, mais ça ne changeait rien au fait que l'arme n'était qu'à quelques centimètres de ma main gauche. Si je tendais le bras pour la prendre, m'arrêterait-il? Je ne le pensais pas. Après tout, j'étais censée faire partie des gentils.

Je ne le voulais pas, mais je le fis quand même.

Je saisis l'arme, et Herme me laissa m'en emparer. Il croyait probablement que je voulais l'utiliser pour protéger Kendor. Peut-être se rendait-il compte qu'il était la mauvaise personne pour tirer sur sa mère. Quelle que soit la raison, je transférai rapidement l'arme de ma main gauche et je levai le pistolet.

Kendor ne me prêta aucune attention. Il leva son épée sanglante, il fit un autre pas vers Syn. Son visage était un masque de concentration. S'il était réticent à tuer l'amour de son extraordinaire vie, il ne le montrait pas. Pourtant, il ne se pressait pas, il n'avait pas à se hâter. Je l'avais vu en action. Je ne doutais pas qu'il la décapiterait.

Ensuite, ce serait terminé. Nous serions tous en sécurité.

Mais le plaisir serait aussi terminé.

— Faites-le, me siffla Syn, montrant enfin sa peur.

Elle ne l'avait pas dit, mais j'avais entendu le « sinon » dans sa voix. Mon Dieu, comme je la détestais alors, même si je venais de me prosterner devant elle. Mais je crois que c'était ce dernier geste qui faisait que je me sentais tellement impuissante entre ses mains. Mon cœur me disait qu'elle était un monstre, ma tête me suggérait de lui tirer dessus, mais une partie de moi que je ne pouvais nommer m'ordonnait de lui obéir.

Je pointai le pistolet vers la poitrine de Kendor.

— Arrêtez! criai-je.

Kendor s'arrêta dans son élan. Son regard allait et venait entre Syn et moi, puis il hocha la tête avec bienveillance, comme pour me dire qu'il avait compris mon problème. Il était le seul. James et Herme se mirent à crier tous les deux.

— Jessie! hurla James. Qu'est-ce que tu fais?

— Elle t'a jeté un sort, avertit Herme.

— Tout va bien, dit tranquillement Kendor, abaissant son épée et me regardant avec une telle compassion que je me sentis honteuse.

— Nous pouvons en parler. Nous sommes amis, n'est-ce pas, Jessica. Et nous sommes ici pour Lara. Concentrez-vous sur votre fille. Elle est la seule qui peut vous aider maintenant.

Je hochai la tête, trop confuse pour regarder vers Lara.

— Vous ne comprenez pas, marmonnai-je. Ce n'est pas ce que je veux faire. Mais je dois le faire. Je dois vous arrêter.

— Je me suis arrêté, répondit Kendor, laissant la pointe de son épée toucher le sol de bois. Mais vous devez comprendre que ce qu'a dit Herme est vrai. Vous êtes une jeune sorcière qui a été ensorcelée. Voilà ce que fait Syn. Je le sais, elle a fait la même chose avec moi. Voilà pourquoi j'ai mis tant de temps pour dire au Conseil qui elle était vraiment. Je me suis trompé, et maintenant, vous êtes en train de faire la même erreur.

Je luttai pour parler.

— Je dois vous tirer dessus.

Kendor hocha la tête.

— C'est Syn qui parle. Ce n'est pas vous.

J'avalai ma salive.

— Mais le plaisir, je ne le sens plus.

— Parce qu'il n'est pas réel, dit Kendor. Rien de ce qu'elle vous a montré n'est réel. Seule votre fille importe. Regardez votre fille, Jessica, regardez Lara.

J'entendis Lara roucouler à côté de moi. Je commençai à me tourner vers elle. Puis, j'entendis un fort sifflement. Je me figeai. Syn m'ordonnait une fois de plus.

— Tuez-le, murmura Syn.

— Oui, entendis-je répondre mon corps.

Ce n'était pas moi qui parlais, ce n'était pas mon âme, ce n'était qu'un morceau de chair qui se languissait de ressentir ce qu'il avait ressenti à l'intérieur du royaume rouge. Ça n'avait pas de sens. Un désir physique primaire ne pouvait avoir le dessus sur tout ce à quoi je croyais. Mais il n'était pas nécessaire que ça ait du sens. Que m'avait dit Syn ? Ce n'était pas une question de savoir pourquoi je devrais tirer sur Kendor, la question était : pourquoi pas ?

— Je suis désolée, dis-je doucement alors que j'armais le chien.

L'homme de la boutique de prêteur sur gages avait démontré à quel point la détente était sensible une fois que le chien avait été tiré. Il fallait moins d'un demi-kilo de pression pour faire tirer le semi-automatique, quelques grammes, et déjà je caressais la gâchette avec mon doigt en sueur. Kendor soupira en regardant mon visage.

— Vous n'êtes pas comme elle, dit-il calmement, et en ce même instant il se lança en direction de Syn, son épée soulevée comme un cobra prêt à mordre.

Il était rapide, 10 fois plus que moi, mais il devait s'avancer de trois mètres alors que mon doigt ne devait se déplacer que d'une fraction de centimètre.

— Jessie, non! cria James, tendant le bras vers le pistolet.

J'appuyai sur la détente. Le coup de feu retentit comme le tonnerre dans mes oreilles. Mais Dieu seul savait où se dirigeait la balle. À la dernière seconde, James avait donné un coup sur ma main et la trajectoire avait dévié.

Kendor sembla faire un faux pas, puis il trébucha. La balle l'avait frappé à l'épaule droite ; un mauvais endroit, puisque c'était là que se concentraient les nerfs qui contrôlaient son bras et sa main. Il ne laissa pas tomber son épée, mais son emprise s'affaiblit et elle se mit à pendiller dans sa main.

C'était l'ouverture parfaite pour Syn. S'avançant d'un pas vers lui, elle donna un coup de pied à la lame que tenait Kendor. Pendant que l'objet volait dans les airs, elle tira un couteau de l'arrière de sa propre ceinture. La lame était longue et dentelée, et il était évident qu'elle savait s'en servir. Bien sûr, c'était son mari qui le lui avait enseigné. Elle la posa sur son cou en un clin d'œil.

Ce fut au tour de Kendor de se figer sur place. Mais pas de peur, je ne crois pas que l'homme connaissait la peur. Il sourit à son ancien amour.

— Le jour où je t'ai rencontrée, tu m'as dit que tu me tuerais.

— C'était des blagues.

— Peut-être.

Elle hocha la tête.

— Je suis désolée.

Il hocha la tête.

— C'est moi qui suis désolé. Herme a expliqué ce qui t'était arrivé. Je sais que tu ne peux pas te maîtriser.

— Herme, répétait-elle, même si elle ne regardait pas dans la direction de son fils. Même pas lorsqu'il se mit à parler.

— Non, maman, cria Herme.

Syn enfonça la lame encore plus profondément. Une ligne rouge apparut sur la gorge de Kendor. Il ne recula pas, il refusa même de bouger la tête.

— Nous ne pouvons vivre tous les deux, lui dit-elle. Pas dans ce monde ni dans l'autre. Tu le sais.

Il hocha faiblement la tête.

— Tout va bien, Syn.

Étrange, ce sourire qu'elle lui fit alors. Puis, j'aperçus effectivement une lueur de joie sur son visage.

— Tu disais toujours ça, dit-elle.

— Je le pensais.

— Kendor, dit-elle doucement, et tout à coup elle éloigna le couteau, et pendant un moment, on aurait dit qu'elle allait le laisser.

Mais elle le souleva brusquement dans les airs et le fit descendre dans le cœur de Kendor, une poussée simple et rapide, et elle le libéra. Sans crier, sans un bruit, Kendor tomba sur le sol.

Syn se tourna vers nous, le sang de Kendor dégoulinant de son couteau. Son objectif était évident. Ses ennemis mourraient tous ce soir. Mais envisageait-elle que Lara et moi en faisions partie? Ce n'était pas clair.

Herme prit le pistolet de ma main et le pointa vers Syn.

— Tu en as assez fait, dit-il.

Elle était impassible.

— Tu aurais dû rester dans l'ombre, Herme.

— Je ne peux te laisser blesser ces gens, dit-il.

Syn donna un petit coup rapide de sa main vide et le pistolet vola de la poigne de son fils.

— Tu ne possèdes aucune arme qui peut me faire du mal. Kendor le savait, de même que ton maudit Conseil.

Herme se plaça devant James et moi.

— Tu devras me tuer d'abord, dit-il.

— Tu ne m'en crois pas capable, cher fils.

— Non.

— Alors, tu m'as mal comprise. Je vais te tuer. Ce ne sera pas si difficile. Parce qu'il y a des années, tu m'as obligée à te tuer et à t'enterrer dans mon esprit.

Herme hocha la tête en signe de résignation.

— Fais ce que tu as à faire.

— Herme, écartez-vous, dit James avec une soudaine autorité. Prenant ma main, et tenant toujours notre fille dans son autre bras, il s'avança. J'étais confuse, mais j'avais l'impression de le voir pour la première fois. Son visage rayonnait de la lumière d'une confiance que je n'avais jamais vue avant.

— Allez-vous-en, ordonna-t-il en regardant Syn.

Syn parut ennuyée alors qu'elle utilisait son pantalon pour essuyer le sang de Kendor de son couteau.

— J'ai bien peur d'avoir perdu tout intérêt pour vous.

— Qu'est-ce que tu fais? murmurai-je.

James fit en sorte que ma main touche Lara en même temps que lui.

— Elle ne peut pas te faire de mal, dit-il. Pas si nous sommes ensemble tous les trois.

— Comment le sais-tu? demandai-je.

— À cause de la lumière et de la musique. C'était là lorsque nous avons fait l'amour et quand Lara est née, et quand je l'ai tenue pour la première fois. Ça vient d'un endroit plus grand que sa stupide sphère rouge. Voilà pourquoi je devais venir ce soir dans le monde des sorciers, ajouta-t-il. Pour te le rappeler.

— Mais comment le sais-tu ? insistai-je.

La question semblait raisonnable. Mais une réponse, ou du moins une réponse partielle, me vint avant qu'il ait prononcé un autre mot. L'amour que j'avais ressenti lorsque j'avais regardé Lara dans les yeux était revenu. Il baignait ma poitrine et sembla guérir la chose que Syn avait placée dans mon cœur quand j'étais à l'intérieur de la sphère rouge. La douleur pouvait conduire au plaisir, mais Syn avait menti en disant qu'elle pouvait aussi apporter la joie. Seul l'amour en était capable et seul l'amour pouvait guérir la douleur à laquelle elle m'avait exposée.

Soudain, fixant Lara et James, je me sentis comme enfermée dans une armure. Un bouclier de lumière et de compassion et d'empathie. Toutes les bonnes choses qui faisaient que les gens pouvaient être bons si seulement ils essayaient. Je compris alors que j'avais décidé consciemment de profiter du plaisir. Maintenant, je devais rejeter ce choix et plutôt choisir ma famille.

Je le fis. Tout simplement. Je choisis Lara et James.

Pendant ce temps, James avait fait de son mieux pour répondre à ma question. Il fit signe à Syn.

— Essayez d'utiliser votre magie noire sur nous, dit-il.

— Si vous le souhaitez, répondit Syn en levant le couteau et en pointant le bout de la lame vers James.

— La douleur, dit-elle doucement, et je savais que c'était un sort et que dans une seconde, il pourrait commencer à se tordre.

Mais tout ce qui arriva, ce fut que Lara se mit à roucouler doucement et quand Syn tenta de faire un pas vers nous, l'enfant roucoula plus fort. L'armure n'était pas imaginaire. Nous étions protégés. Syn hocha la tête, déconcertée.

— Merde, qu'est-ce qui se passe ? chuchota Syn pour elle-même.

— Partez, répéta James.

Syn sourit et piqua le bout de son doigt avec son couteau, provoquant un filet de sang qui se mit à couler sur sa paume.

— Alors, votre enfant peut neutraliser mes pouvoirs. Impressionnant. Mais je crains ne pas avoir besoin d'eux pour vous faire souffrir.

Elle secoua le couteau en direction de James.

— Savez-vous à quoi ça ressemble que de se faire écorcher vivant ?

Ma nouvelle foi commença à vaciller.

James n'avait pas de réponse à sa question.

Syn enjamba le corps de Kendor et se dirigea vers nous.

Whip attrapa le bas de son pantalon et parla d'une voix dégoulinante de venin.

— C'est mon tour, maman, laisse-moi les piquer. S'il te plaît ?

Syn se pencha et caressa la tête de son fils.

— Très bien. Pique-les tous, même le bébé. Elle cause plus d'ennuis qu'elle…

Syn n'eut pas la chance de terminer. Le dard de Whip se balança et lui perça la poitrine. Le poison entra dans son cœur. Elle écarquilla les yeux, figée par le choc, puis elle tomba à genoux et s'étendit près de Kendor.

Je ne pouvais pas le croire.

Je n'arrivais même pas à comprendre ce qui venait d'arriver.

— Pourquoi ? soufflai-je. Pourquoi son fils l'a-t-il tuée ?

Je jetai un coup d'œil vers James pour une explication.

— Whip a traversé l'expérience de la mort avec moi, dit-il.

— Quoi ? marmonnai-je.

— Ce Whip a les souvenirs de notre Whip.

Je hochai la tête, trop étourdie pour comprendre.

— Tu sais comment ça fonctionne, dit James. Au début, tu ne possèdes que les souvenirs du monde dans lequel tu as été connecté. Donc, ce Whip que tu vois est vraiment notre Whip.

— Et tu l'as tué dans le monde réel? demandai-je.

— Je l'ai tué, et je me suis tué aussi. Je n'avais pas le choix.

Je poussai James sur la poitrine.

— Comment as-tu pu permettre à un enfant de risquer sa vie comme ça? criai-je.

James sourit. Ou était-ce Jimmy?

— Whip avait une maladie mortelle en combinaison avec un gène de guérison inactif. Il n'avait rien à perdre et tout à gagner. Bien sûr, je lui ai permis de se joindre à moi.

J'étais incapable d'en prendre plus. Tout se passait trop vite. Mais je ne pouvais certainement pas célébrer, pas avec Kendor qui gisait sur le sol. M'avançant près de son corps, je m'agenouillai près de sa tête et je caressai ses beaux cheveux blond foncé. Il était couché sur le ventre, le visage tourné dans ma direction, les yeux fermés. Il était impossible de croire qu'il était mort après une si longue vie. Mais la mare de sang autour de son cœur affirmait le contraire.

Herme se mit à genoux en face de moi, à côté de sa mère. Il posa une main sur sa tête, et nous nous regardâmes l'un et l'autre à travers un écran de larmes.

— Je suis désolée, murmurai-je.

— Ce n'est pas la peine, dit-il.

— J'ai tiré sur ton père. J'ai perdu le contrôle. J'ai…

— Ma mère a tiré sur mon père. Tu étais le véhicule. Crois-moi, tu n'as rien fait de mal.

— Mais si je n'avais pas faibli, Kendor serait encore vivant.

Herme regarda son père mort.

— Même s'il était venu ici pour la tuer, je ne pense pas qu'il aurait pu vivre avec lui-même s'il avait réussi. D'une façon un peu bizarre, tu lui as rendu service.

— Tu as perdu tes deux parents. Ce n'est pas juste.

Herme soupira.

— C'est arrivé. Que ce soit juste ou non, ce n'est plus important.

Whip vint vers moi et m'embrassa. Il essayait de me réconforter. Avec ses mains — pas sa queue, Dieu merci — il essuya mes larmes.

— Jessie, dit-il, et je compris qu'il pouvait parler parce qu'il avait la voix de son jumeau. Je t'aime.

— Oh, Whip, dis-je en l'embrassant.

Je caressai son dos, mais je fis attention de ne pas laisser ma main descendre trop bas. Son cœur était peut-être pur, mais son dard me donnait encore la chair de poule.

— Je t'aime aussi, ajoutai-je en le serrant très fort.

« Amour », pensai-je.

Le mot convenait tellement, peut-être parce que dès le début, l'amour avait été la réponse. La seule chose qui avait pu arrêter Syn.

Je levai les yeux vers James.

— La transformation — comment y es-tu arrivé ? demandai-je. Quand l'as-tu fait ?

— Tu oublies qu'Herme est vendeur de médicaments dans la vraie vie, dit James. Il nous a donné ce qu'il fallait à moi et à Whip, juste après que tu te t'es endormie dans mes bras dans la chambre d'hôtel.

— Mais tu t'es endormi avec moi, dis-je.

— J'ai fait semblant, dit James. En réalité, j'attendais qu'Herme revienne de sa promenade avec Alex.

— Nous avions tout planifié plus tôt dans la soirée, dit Herme. Après que vous avez interrogé le pauvre Al, mais avant votre départ pour aller souper. Whip nous accompagnait. C'était vraiment sa décision de passer à travers l'expérience de la mort.

— Vous avez fait tout ça sans l'approbation du Conseil? demandai-je.

— Oui, dit Herme. Je n'ai parlé au Conseil qu'après avoir rencontré mon père pour la première fois depuis des siècles. C'était le lendemain, en quelque sorte, dans le monde des sorciers. Hatsu m'avait emmené le voir. Hatsu était le seul sorcier qui connaissait ma véritable identité.

Je fixai le corps de Kendor.

— Pourquoi t'es-tu détourné de ton père pendant si longtemps? demandai-je.

— À part Cleo, il était parmi les membres les plus en vue du Conseil. Les Lapras avaient des espions partout.

Herme fit une pause.

— Je ne pouvais prendre le risque de le voir.

Et maintenant, il ne le verrait plus du tout, songeai-je. Herme avait eu de bonnes paroles pour moi, mais je me reprochais toujours la mort de Kendor.

— Tu t'es joint à ton père pour exécuter la fusion, dis-je. Tu étais prêt à tuer Syn. À un moment donné, tu as dû te tourner vers le Conseil.

— Mon père et moi sommes allés au Conseil ce soir, dans le monde des sorciers, une heure avant ta rencontre avec eux. À ce moment, nous avions décidé que nous devions tout risquer pour vous sauver, toi et ta fille. Herme ajouta doucement : et bien sûr, Whip et James.

— Et le Conseil était d'accord? demandai-je.

— Oui, dit Herme.

— Merci, dis-je

Herme hocha la tête. Il n'y avait rien à ajouter.

J'embrassai Kendor sur la tête, je me levai et j'étreignis Lara et James ensemble. Ma fille prenait plaisir à donner des coups de pied, et une fois de plus la pièce sembla se remplir de lumière.

— Alors, c'est terminé ? demandai-je à James.

Mon petit ami m'embrassa sur les lèvres.

— C'est terminé, promit-il.

Mais je n'avais pas bien compris ce qu'il avait voulu dire. Pas quand nous retournâmes à l'hôtel et que nous donnâmes à Lara un bain et un biberon, avant de la mettre au lit. Pas même quand nous nous installâmes sous les draps et que nous nous enlaçâmes si longtemps et si fort que je croyais que la musique et la lumière reviendraient vers nous.

Non, ce ne fut que lorsque je me réveillai le matin, de retour dans le monde réel, que je compris ce que Jimmy avait sacrifié pour nous protéger Lara et moi. Car alors que je bâillais et que je me tournais vers lui pour l'embrasser, je sentis sa peau froide, et je remarquai qu'il ne respirait pas.

Tout bien considéré, il n'avait pas survécu à l'expérience de la mort.

L'aiguille était toujours dans la veine de son bras.

Il s'était endormi dans ce monde pour pouvoir être avec nous dans le monde des sorciers. Où nous avions le plus besoin de lui.

Mon Jimmy.

ÉPILOGUE

Deux jours après notre retour de Las Vegas, Jimmy fut enterré à Apple Valley. D'après le décompte de temps du monde réel, nous étions jeudi. Bien sûr, dans le monde des sorciers, il était encore vivant, mais pour les 200 personnes en deuil venues assister à son service, ça ne voulait rien dire. Surtout pour son seul parent restant, son père, qui, je crois, me tenait secrètement responsable de la mort de son fils.

Kari fut portée disparue, bien que la police se soit présentée plusieurs fois pour m'interroger sur sa disparition. Jusqu'à présent, j'avais fait un excellent travail pour leur dissimuler Huck, et étant donné que l'enfant était censé être mort, personne n'exerçait de pression sur moi à propos du garçon.

Certainement que personne ne s'intéressait à Whip. Je trouvais curieux que mon nouveau rôle de mère de deux enfants ne soulève aucune question, tandis que la perte de deux de mes camarades de classe faisait jaser tout le monde. Mais enfin, personne à part ma mère et mon père, et quelques amis, ne savait que j'avais les enfants. Ce n'était pas comme si je laissais Whip jouer dans le quartier ou dans le parc, sauf tard dans la nuit.

En ce qui concerne Jimmy... la théorie dominante voulait qu'il soit retourné avec Kari, et que je les aie surpris au lit ensemble à leur insu. Puis, quand nous nous étions réunis plus tard, je les avais incités à expérimenter une dose de morphine, à laquelle j'étais secrètement accro, et ils avaient succombé à la ruse, parce qu'après tout j'étais Jessie Ralle, une gentille jeune fille sans casier judiciaire, une moyenne de A- au secondaire, et quelqu'un que la plupart des gens d'Apple Valley connaissaient comme la fille jolie, mais sage qui travaillait à la bibliothèque locale.

Allez comprendre.

La police m'avait assuré que je ne faisais pas partie des suspects, tandis qu'en privé, ils avaient révélé au père de Jimmy et aux parents de Kari qu'ils ne cesseraient d'essayer de me faire avouer, même s'ils devaient y consacrer le reste de leur vie.

Je me disais qu'ils pouvaient bien aller au diable. J'allais bientôt partir pour aller vivre avec mon père à Malibu. Il avait prévu d'embaucher de l'aide pour s'occuper des enfants afin que je puisse étudier à l'UCLA à temps plein. Non pas que j'avais besoin d'aide financière. Il semblait que Russ m'avait laissé 10 millions d'euros dans un compte bancaire en Suisse. Mon père m'avait expliqué que chaque fois que Russ allait en vacances, il adorait jouer au vingt et un dans les casinos européens.

Ma mère déménageait aussi à Malibu, dans un appartement à proximité, et elle parlait de retourner aux études pour devenir infirmière. Naturellement, elle supposait que ma nouvelle richesse résultait de la soudaine générosité de mon père. Elle était au courant au sujet des enfants, mais pas à propos du monde des sorciers. Peut-être ne le saurait-elle jamais.

Malgré les soupçons qui pesaient sur moi sur le plan juridique, on m'avait permis de prononcer quelques mots à l'enterrement de Jimmy. Je m'assurai que ce fut court et sympa.

— Je sais que certains sont mal à l'aise à cause de ma présence ici, mais ceux qui me connaissent et, mieux encore, ceux qui connaissaient Jimmy ont compris que le lien que nous partagions était magique. Il était parfait. Toute ma vie, j'avais rêvé d'avoir un petit ami comme Jimmy, et quand il a fini par apparaître, il était 1 000 fois mieux que dans tous mes rêves. Parce qu'il était réel, et une personne tellement authentique. Sans même faire d'efforts, d'une manière ou d'une autre, il se souciait de tout le monde. Je le sais, parce que j'ai vu à quel point il tenait à moi. Jimmy n'est pas mort d'une surdose de drogue. Jimmy ne fumait même pas de l'herbe. Sa mort est beaucoup plus noble. J'ai aimé Jimmy de tout mon cœur, et j'ai le sentiment que je l'aimerai toujours. Car, voyez-vous, il ne nous a pas laissés. Il est proche, plus proche que n'importe qui d'entre vous peut imaginer. Chaque soir quand je me couche, je le vois. C'était un bon gars, mon Jimmy, et je crois que je continuerai à le voir jusqu'au jour de ma mort.

Après l'enterrement, Herme et Alex passèrent chez moi pour voir comment j'allais. Il semblait qu'à cause de tout le drame de la dernière semaine, personne n'avait pris la peine de me dire que ma meilleure amie était aussi une sorcière, une qui possédait le gène de guérison. Ce n'était pas une coïncidence qu'elle était ma meilleure amie. Après tout, le Conseil avait comploté pour tous nous réunir.

Herme prévoyait de connecter Alex à la prochaine pleine lune. Elle disait qu'elle était prête pour l'expérience, mais je voyais qu'elle avait des doutes. Lorsque je l'interrogeai, elle convint qu'elle avait peur.

— Quand j'entends tout ce que tu as vécu pendant les quelques derniers jours, dit-elle pendant qu'Herme jouait avec Whip dans l'autre pièce et que Huck dormait sur la chaise à côté de moi, je me demande si je n'ai pas suffisamment de problèmes à régler dans ce monde. Pourquoi aurais-je besoin d'un autre ?

— Le monde des sorciers existe, que tu en sois consciente ou pas, lui dis-je. Tu y es déjà, à jouer ton rôle habituel de vilaine. Autant en profiter pour voir ce qui en est.

Alex réfléchit.

— La seule raison qui m'a fait accepter qu'Herme le fasse, c'est parce que je veux vous revoir ensemble toi et Jimmy.

— Tu veux dire moi et James, corrigeai-je.

Elle exagérait. Elle voulait être une sorcière parce qu'elle voulait ce que nous voulons tous — la magie.

— N'est-ce pas la même chose ?

Je hochai la tête.

— Ce ne sera jamais pareil. Jimmy est James, bien sûr, mais il y a des différences. Tout ce que j'ai dit à son enterrement est vrai, mais pour être honnête, ça n'empêche pas qu'il me manque énormément. Du moins quand je suis dans ce monde.

Alex me serra dans ses bras.

— Je suis si désolée.

— Ça va, lui dis-je pendant qu'elle m'étreignait. Quand je suis ici, j'ai Whip et Huck pour me tenir compagnie. Et James et moi jouons avec Lara dans le monde des sorciers. Dans un sens, j'ai gagné bien plus que j'ai perdu.

Alex me lâcha et fit signe vers Huck qui dormait.

— Est-ce bizarre de prendre soin du bébé de Kari? demanda-t-elle.

— Je croyais que ça le serait, mais non. Je suppose que je le vois comme s'il appartenait à Jimmy. Je pense rarement à Kari, sauf si quelqu'un soulève la question.

Alex semblait préoccupée.

— Mais un jour, tu le remettras aux parents de Kari, n'est-ce pas? Je veux dire, l'ADN de Huck, si les policiers font un test, ils découvriront que c'est l'enfant de Jimmy et de Kari.

— Mon père m'a dit la même chose. Je suppose qu'un jour, je devrai le laisser à la porte des parents de Kari, avec une note, et sonner et courir comme si j'avais le diable à mes trousses.

Je m'arrêtai.

— Mais je ne suis pas prête à le laisser. Il était trop important pour Jimmy.

— Est-ce que la police de Las Vegas a la moindre idée de ce qui est arrivé à Kari?

— Non.

— Mais ils continuent de t'interroger?

— Bien sûr. Mais que puis-je dire? Je fais comme si elle s'était tout simplement mise à errer dans le désert et qu'elle avait disparu.

Alex serra les dents.

— Merde! Plus je pense à tout ça, plus ça me rend folle. Deux mondes, deux de chacun de nous. Tu sais, ces temps-ci, je ne peux pas regarder dans un miroir sans sentir qu'une fille démente me regarde.

— Elle existe. C'est toi.

— À quoi ça ressemble de prendre soin de Whip?

— Il n'y a jamais de problème avec lui. Depuis qu'il s'est éveillé à ce qu'il est, sa santé s'est rapidement améliorée. Il a le gène de guérison. Mon père dit qu'il devrait complètement se rétablir, ajoutai-je, et il a commencé à parler un peu.

— C'est super.

— C'est fantastique. Il est sacrément intelligent. Il me fait continuellement mourir de rire. Vraiment, ce n'est pas un sacrifice de prendre soin de lui.

— Mais c'était un monstre dans l'autre monde. À mesure que ses souvenirs reviennent, il ne pourrait pas changer? demanda Alex.

— Je sais de quoi tu as peur. Mon père et moi, nous en avons beaucoup parlé. Mais le Conseil a constaté que le monde dans lequel tu passes par l'expérience de la mort définit généralement le ton de la personnalité d'un individu. Étant donné que Whip est mort dans ce monde, le côté positif chez lui devrait rester en contrôle. Donc, non, je ne m'inquiète pas qu'il me tue dans mon sommeil.

Alex me regarda. Elle allait parler, mais elle se retint.

— Qu'est-ce qu'il y a? dis-je.

— Rien.

— Tu es en train de penser à quel point j'ai changé. Que je ne suis plus la douce et innocente Jessie que tu as connue.

— Je n'ai pas dit ça, protesta Alex.

— Ça n'a pas d'importance, c'est vrai.

Huck commença à remuer, et je le soulevai et je le tins contre ma poitrine. Pendant de tels moments, quand il était près de mon cœur, je me sentais plus proche de Jimmy, et je savais hors de tout doute qu'il était son enfant, peu importe l'incertitude que Kari avait essayé de semer en moi.

Mon amertume envers les Lapras n'avait pas disparu. Si Jimmy avait été contraint de prendre le risque qui l'avait tué, ce n'était qu'à cause d'eux. Et je ne le pardonnerais jamais aux Lapras. Je savais qu'un jour, je les ferais payer.

— Jessie ? dit Alex, que ma dernière remarque avait rendue perplexe.

Le nom Jessie me paraissait étrange. Je craignais que ce soit parce que je m'identifiais bien plus à Jessica, la puissante sorcière. Je n'étais pas certaine de pouvoir admirer cette personne. Après tout, c'était une meurtrière.

— Ce n'est rien, dis-je.

J'entendis un bruit à la porte, le facteur qui remplissait notre boîte aux lettres avec les factures du mois suivant. Je me levai pour vérifier s'il y avait des nouvelles de l'UCLA. Étant donné que j'avais reçu une admission tardive — avec l'aide de mon père — il semblait que j'aurais du mal à obtenir les cours que je voulais. Mais je n'étais pas inquiète, je me réjouissais de voir qu'une partie de ma vie revenait à la normale.

Dans la boîte, je trouvai une enveloppe rouge qui m'était adressée, sans adresse de l'expéditeur. Le timbre indiquait qu'elle avait été postée de Las Vegas. Je l'ouvris en la déchirant devant Alex. Elle dut voir l'expression de mon visage s'affaisser.

— Quel est le problème ? demanda-t-elle.

Je lui tendis la lettre pour que nous puissions la lire en même temps.

J'eus besoin de la lire deux fois pour le croire.

❦

Chère Jessie,
J'espère que vous allez bien.
Vous avez donné un magnifique spectacle dans le désert.
Un jour, bientôt, nous devrons nous rencontrer.
Bien à vous, l'Alchimiste
P.S. Syn vous envoie ses salutations.

— Qui diable est l'Alchimiste ? demanda Alex.

— Crois-moi, tu ne veux pas le savoir, répondis-je.

— Mais cette ligne à propos de Syn. C'est une blague, non ? Tu l'as tuée. Je veux dire, tu l'as tuée dans le monde des sorciers. N'aurait-elle pas dû mourir automatiquement dans ce monde ?

Je me souvins comment Kendor avait juré qu'il avait tué l'Alchimiste dans le monde des sorciers. Qu'il était impossible qu'il soit vivant dans le monde réel. Kendor avait été catégorique, et pourtant, quelque chose dans sa voix m'avait fait douter de lui.

— C'est ce qu'on m'a dit.

Alex réfléchit pendant un moment.

— Es-tu inquiète ?

J'hésitai.

— Oui.

À PROPOS DE L'AUTEUR

Christopher Pike est un auteur à succès de romans pour jeunes adultes. La série The Thirst, *The Secret of Ka*, et les trilogies Remember Me et Alosha comptent parmi ses titres favoris. Il est aussi auteur de plusieurs romans pour adultes, incluant *Sati* et *The Season of Passage*. Thirst et Alosha seront bientôt lancés comme longs métrages. Pike vit actuellement à Santa Barbara, où la rumeur veut qu'il ne quitte jamais sa maison. Mais on peut le trouver en ligne à christopherpikebooks.com.

NE MANQUEZ PAS LA SUITE

LE CHEVALIER NOIR

CHAPITRE 1

Soirée de première au Grauman's Chinese Theatre. Déroulez le tapis rouge et préparez-vous à accueillir les hordes de belles personnes dans leurs berlines Mercedes S-Class, leurs cabriolets Jaguar, Beamers et Bentley, et une foule d'autres voitures qui valent plus que la majorité des maisons américaines.

Parce qu'il était préposé au stationnement du Grauman's — portant maintenant légalement le nom TLC Chinese Theater ; un nom que personne à Hollywood ne connaissait — la plupart des gens de son âge auraient supposé que Marc Simona aimait monter dans ces voitures. La vérité était toute autre. Il se contentait de les garer après les avoir fait rouler sur à peine 200 mètres. Il n'avait jamais fait l'expérience de leur conduite sur la grand-route, et d'ailleurs, même si on lui avait donné la chance de conduire une voiture sport le long de la côte de la Californie, il n'aurait pas été intéressé. La seule chose qui comptait pour lui, c'était le volume du coffre de ces véhicules.

Ce qui était important, c'était l'espace.

Cela, et le genre de bijoux que portaient les propriétaires de ces véhicules lors des événements tapis rouge — surtout les dames. Parce que Marc ne garait pas les voitures pour les pourboires. Son travail de voiturier n'était qu'un rôle qu'il jouait pour savoir dans quel coffre grimper à la fin de la soirée.

La plupart des gens auraient traité Marc de voleur.

Il se plaisait à se considérer comme un professionnel.

De toute façon, il ratissait d'énormes sommes d'argent.

Lors de son dernier voyage à New York dans le fameux Diamond District — il avait traversé le pays seul en voiture en trois jours — il avait recélé une paire de boucles d'oreilles de saphir rehaussées de diamants, et en avait obtenu 20 000 dollars en espèces. Les pierres d'un bleu tapageur représentaient chacune cinq carats, et la femme aux oreilles esseulées à laquelle il les avait piquées avait également porté un bracelet en or serti de rubis qu'il avait vendu 10 000 dollars.

Il était toujours étonné de voir que la majorité des célébrités n'avaient aucun goût. Il était en quelque sorte un expert sur le sujet. Il avait constaté, de ses propres yeux, à quel point il était difficile, voire impossible, pour une certaine catégorie de femmes riches ou célèbres de résister à la tentation de se couvrir de la plus grande partie de leur boîte à bijoux lorsqu'elles assistaient à un événement tapis rouge.

Pour Marc, ce groupe était facile à repérer : des vedettes féminines qui avaient dépassé la quarantaine de quelques années de trop, et dont le téléphone avait cessé de sonner ; ou bien une potiche qui avait rendu visite une fois de trop à son chirurgien plasticien pour une succion du gras qu'il aurait été préférable de faire fondre avec une diète ou de l'exercice. Pour Marc, ce groupe correspondait à une boutique de prêteurs sur gages ambulante.

— Égratigne-la et tu es mort, dit sèchement un producteur en remettant les clés d'un coupé sport Mercedes noir à Marc, tandis qu'un autre préposé au stationnement aidait la femme de l'homme à sortir par la porte du passager.

Marc reconnut le type — Barry Hazen, producteur délégué du long métrage de ce soir. En principe, il aurait dû être l'homme de l'heure. Pourtant, Marc savait — comme toute personne qui a vaguement quelque chose à voir avec le milieu — que Hazen n'avait aucunement travaillé sur ce film. Le gars était plein aux as. Lui et ses partenaires étaient propriétaires d'une entreprise de production de taille moyenne. Son seul rôle consistait à signer des chèques. Il ne prenait jamais de décision concernant la création. Tout de même, grâce à son argent, il était en mesure de signer des films qu'il ne comprenait probablement même pas.

Marc s'en fichait bien. Parce que même si M. Hazen avait 60 ans et des cheveux blancs comme neige et un smoking Armani, Mme Hazen était une rousse de 30 ans qui portait un collier de diamants avec une pierre centrale de la taille d'une balle de golf. La pierre était si volumineuse qu'elle avait dû commencer à se former à l'époque des dinosaures. Marc ne pouvait que rêver à la somme qu'il en obtiendrait en la mettant en gage.

Marc sourit en prenant les clés de l'homme.

— Soyez sans crainte, M. Hazen. Je connais un endroit secret où je peux ranger ce bijou ; où Dieu lui-même serait incapable d'y toucher.

M. Hazen hocha la tête pour montrer son approbation.

— Nous partirons tard. Restez jusqu'à ce que je parte pour aller me la chercher et vous ne le regretterez pas.

— Certainement, répondit Marc.

Afin de pouvoir s'en prendre au couple de son choix, il restait toujours tard pour la fête qui suivait la projection d'un film. Les gens rentraient chez eux si fatigués et si ivres qu'ils se jetaient au lit dès leur arrivée à la maison. Mais peu importe le couple sur lequel son choix s'arrêterait. Pour le moment, les Hazen semblaient être une bonne cible, mais Marc savait qu'il y aurait plusieurs autres candidats avant que la nuit se termine. De plus, il devrait pointer son départ avant qu'ils reviennent pour prendre leur voiture.

Pourquoi? La réponse était simple. Il devait avoir terminé son travail pour pouvoir se dissimuler dans le coffre et rouler avec le couple jusqu'à leur maison.

Marc sauta dans la voiture et se dirigea directement vers Hollywood Boulevard, sans se soucier de vérifier l'arrière, faisant le tour du pâté de maisons à toute allure. Grauman's avait été construit il y a plusieurs décennies, à l'époque des films en noir et blanc, et son parc de stationnement pouvait accueillir seulement une fraction du trafic de voituriers. Aujourd'hui, le centre commercial voisin constituait le meilleur endroit pour ranger une Mercedes. Il y avait là une structure de stationnement à dix niveaux, et par expérience, Marc savait que le bas se vide de bonne heure. C'est l'endroit parfait; ça lui donnait plus que suffisamment d'intimité pour poursuivre son travail lucratif.

Il dissimula la voiture sport des Hazen dans un endroit qu'il réservait à ses candidats les plus prometteurs. En plus d'être physiquement isolée, la place était hors de portée de toute caméra de sécurité et était dotée d'une resserre de concierge rarement utilisée où il pouvait stocker les outils nécessaires à son métier et travailler sans se faire interrompre.

Marc se dirigea rapidement dans cette resserre et verrouilla la porte derrière lui. D'une boîte cachée dans un coin sous un évier sale, il sortit un boîtier plat en acier, de cinq centimètres carrés, chargé de mastic. Séparant la clé de la Mercedes du reste des clés des Hazen, il la déposa à l'intérieur du boîtier et appuya sur la partie supérieure.

La prise d'empreinte de clé était facile — mais pour le reste de l'opération, il fallait être patient et habile. Il ouvrit le boîtier et en retira la clé, puis il tendit le bras vers un tube de matière visqueuse brune et huileuse qu'on pourrait décrire comme de la « colle-plâtre ». Il serra le tube pour en déverser le contenu dans l'empreinte.

Marc ne connaissait pas la composition chimique exacte de la substance, et il ne s'en souciait pas. Tout ce qui importait, c'était qu'elle sèche rapidement et solidement, et cela se produisait lorsqu'on la chauffait. C'était son seul inconvénient et la principale raison pour laquelle il n'était pas aussi facile que le croyaient la plupart des gens de reproduire des clés. Pour accélérer le processus, il allumait une chaufferette à piles à l'intérieur de la resserre de concierge. Il gardait aussi des boîtiers supplémentaires sous la main. Certaines nuits, il utilisait une dizaine de ces boîtiers pour préparer autant de clés de rechange.

Pourtant, s'il avait de la chance, il finirait par n'employer qu'une seule clé et ne se faufilerait que dans une seule maison. Pour que son plan soit efficace, il fallait réunir plusieurs facteurs. Jusqu'à présent, après un an à garer des voitures de célébrités et à travailler lors d'une vingtaine d'événements tapis rouge, il n'avait réussi à se glisser que dans sept maisons. Et sur ces sept, il n'avait frappé de l'or qu'à quatre occasions.

Bien sûr, l'or était attaché à des bijoux... il ne pouvait pas vraiment se plaindre.

Marc termina l'application du plâtre, referma le boîtier en acier et tint le couvercle serré pendant une minute sans bouger d'un centimètre. Puis, après l'avoir ouvert et en laissant le boîtier et la clé à sécher sur l'appareil de chauffage, il nettoya la clé originale de M. Hazen avec une serviette en papier imbibée d'alcool et d'eau de Javel. Chaque fois qu'il réussissait à voler quelque chose de beau et de coûteux, il savait qu'il n'y avait pas de moyen plus facile pour la police de remonter jusqu'à lui que s'il laissait même le moindre résidu de mastic sur la clé de voiture originale.

Étant donné que Hazen était son premier candidat de la soirée, Marc avait un peu perdu la main et il lui fallut plus de temps que d'habitude avant de quitter la resserre de concierge — six bonnes minutes. Le processus aurait dû lui prendre la moitié de ce temps.

« Merde », songea-t-il.

Son patron, Steve Green — ancien marin d'Australie à la voix rude et chef du stationnement de voituriers — allait se demander ce qui lui prenait autant de temps.

Pourtant, quand Marc finit par quitter la resserre, il le fit sans la fausse clé dans sa main. D'après son expérience, il savait qu'il était préférable de la laisser sécher sur le radiateur pendant au moins 20 minutes. Plus l'objet était chauffé, plus il durcissait.

Quand Marc revint au théâtre, son patron lui demanda effectivement où diable il était allé.

— Je me suis fait prendre derrière des voitures de police pendant que je tournais autour du pâté de maisons, mentit Marc.

— Est-ce qu'ils t'ont arrêté ?

— Presque. J'étais en excès de vitesse.

Green sourit pour lui témoigner son approbation. Il était réputé pour prendre les Jaguars et les Porsches et aller faire un tour pendant le temps mort au milieu de la représentation.

Marc sourit en même temps que son patron, mais il se hérissa à l'intérieur. Ce n'était pas une bonne chose que Green ait remarqué le retard. Raison suffisante pour biffer les Hazen de sa liste de candidats.

— Où as-tu garé la trique des Hazen ? demanda Green.

Chez les voituriers, on croyait généralement que la plupart des voitures de célébrités étaient des symboles phalliques.

Marc remit les clés à son patron.

— Juste à côté, niveau G, coin sud, espace 19, loin de tout le monde. Vous savez comment est ce trou du cul à propos de sa bagnole.

Green hocha la tête en même temps qu'il suspendait les clés sur le crochet approprié.

— On ne peut pas être trop prudent avec le type qui paie pour la fête. Il peut tous nous faire congédier.

Marc se détendit lorsqu'il remarqua que son patron avait rapidement laissé tomber la question. Mais c'était un avertissement. Il devrait accélérer son rythme de duplication. En même temps, il lui faudrait être plus sélectif dans le choix de ses candidats.

Pourtant, il savait qu'il ne pouvait pas contrôler tous les aspects du cambriolage. Une grande partie du succès d'un voleur, c'était la chance. Par exemple, l'heure de départ d'un couple, et leur état d'ivresse — il ne pouvait prévoir ces choses. Voilà pourquoi il devait fabriquer autant de clés supplémentaires. Il devait augmenter ses chances.

L'heure de la première approchait et la circulation s'intensifiait. Marc se retrouva à faire l'aller-retour à partir du stand de voituriers avec peu de chance de rattraper son souffle. Mais il réussit à identifier les trois autres cibles.

éditions

www.ada-inc.com
info@ada-inc.com

 www.facebook.com/editionsada

 www.twitter.com/editionsada